本书获"广西大学中西部高校提升综合实力计划"经费资助

剑虹居古文诗集校注

广西地方古籍整理研究丛书·第二辑

[清] 秦焕 著

陈自力 刘雪平 校注

上海古籍出版社

图书在版编目(CIP)数据

剑虹居古文诗集校注／(清)秦焕著；陈自力，刘
雪平校注.—上海：上海古籍出版社，2017.6
(广西地方古籍整理研究丛书·第二辑)
ISBN 978-7-5325-8334-8

Ⅰ.①剑… Ⅱ.①秦… ②陈… ③刘… Ⅲ.①古典散
文—散文集—中国—清代②古典诗歌—诗集—中国—清代
Ⅳ.①I214.92

中国版本图书馆 CIP 数据核字(2017)第 031999 号

广西地方古籍整理研究丛书(第二辑)

剑虹居古文诗集校注

[清]秦焕　著

陈自力　刘雪平　校注

上海世纪出版股份有限公司
上　海　古　籍　出　版　社　出版

(上海瑞金二路272号　邮政编码200020)

(1)网址：www.guji.com.cn
(2)E-mail：guji1@guji.com.cn
(3)易文网网址：www.ewen.co

上海世纪出版股份有限公司发行中心发行经销

上海惠敦印务科技有限公司印刷

开本890×1240　1/32　印张14.75　插页3　字数397,000
2017年6月第1版　2017年6月第1次印刷

ISBN 978-7-5325-8334-8

Ⅰ·3142　定价：58.00元

如有质量问题，请与承印公司联系

《广西地方古籍整理研究丛书》总序

梁　扬

在自治区党委、广西大学党委有关领导的大力支持下,经过广西大学文学院师生的共同努力,《广西地方古籍整理研究丛书》第一辑(10种)已于 2011 年 12 月在巴蜀书社出版[①],第二辑(10 种)亦将在上海古籍出版社付梓[②],第三至六辑(46 种)已完成初稿,一俟机会成熟,亦当陆续修订面世。另有 7 种已先期单独出版[③]。这将是对广西地方古籍文献中作家别集的一次空前规模的整理,也是对广西地域文学与文化的一次比较深入的发掘研究和重要创获。

一

我国浩瀚的古籍文献,以历史之悠久、数量之繁多、内容之丰富而著称于世。它维系着源远流长、博大精深的中华文化的根脉,并见证了中华民族绵延数千年,一脉相承奋斗发展的伟大历史。广西作为中华民族大家庭中的重要成员,在长期的发展过程中,也有大量珍贵的古籍文献遗存。

广西地方古籍整理研究工作,包括对文献的普查、整理和研究等三个方面。

(一)对广西地方古籍文献的普查工作。

最早系统载录广西文献者当推清代谢启昆《广西通志·艺文略》。该《志》所录,始自汉成帝时期的陈钦,止于清嘉庆初年,历时近两千年,存广西人士著作 240 余种。其后蒙启鹏《近代广西经籍志》收录闻见所及的桂人著作,凡谢《志》未收,或虽收而有缺遗者,一并著录;外省人士所写有关广西文献,亦酌予采录。共得 450 余种。

20 世纪 30 年代,广西统计局对本省地方古籍文献遗存情况进行普查,"举凡广西人或广西人团体之各种撰著、译述、纂辑、笺注,其已成定本者,悉为甄录",共得 2548 种,辑为《广西省述作目录》一书,并对各时代各类别的述作列表说明:

种数 类别 朝代	总类	哲学	宗教	社会科学	语文学	自然科学	应用艺术	艺术	文学	史地	合计
汉	3	1									4
三国	2								1		3
唐									2		2
宋	1	1	2	2					8	19	33
元		1							1	2	4
明	17	15		15		2		3	80	143	275
清	157	62	1	31	14	11	30	13	803	281	1398
民国	180	45	14	135	29	52	31	12	219	106	824
合计	360	125	17	183	43	65	61	28	1114	552	2548

80 年代初,广西民族学院(今民族大学)图书馆编《广西历代文人著述目录》,收 819 家 1505 种著述,具体情况见下表:

作家 朝代 作品	三国	唐	宋	元	明	清	民国	合计
人数	1	2	8	2	70	622	114	819
种数	1	6	9	2	98	1078	311	1505

该馆同时编有《广西历代文人著述馆藏联合目录》,进一步载明各

书在区内主要图书馆的收藏情况,极便读者检阅。

80 年代中期,广西社会科学院文学研究所查阅区内馆藏的 700 余种古籍,从中鉴别出历代广西少数民族文人著作约 60 种,收录少数民族文人作品或关涉少数民族内容的古籍 100 余种,另有作者族属待考的古籍约 30 种。

(二)对广西地方古籍文献的搜集整理。

早在 20 世纪 40 年代,陈柱以数年访求所得编为《粤西丛书》,可惜仅出版《粤西十四家诗钞》、《粤西词四种》和《红豆曲》等三种。其后黄华表辑《广西丛书》,更仅刊行《玉溪存稿》一种,均未竟其功。

新中国成立后,古籍整理研究工作渐受重视。1981 年 9 月,根据陈云同志的意见,中共中央下发《关于整理我国古籍的指示》,明确指出,"整理古籍,把祖国宝贵的文化遗产继承下来,是一项十分重要的、关系到子孙后代的工作","整理古籍是一件大事,得搞上百年",为古籍整理出版工作进一步指明了方向,极大地推动了古籍整理出版工作。广西老一辈著名学者、原自治区政府副主席、自治区政协副主席莫乃群先生曾主持《桂苑书林丛书》、《广西史志资料丛刊》等大型项目,为此,莫老亲临广西民族学院、广西大学,座谈商议广西古籍整理工作,动员中文系教师承担有关项目。在此背景下,广西部分高校相继建立古籍整理研究机构④,并先后参与了莫老主持的广西地方古籍整理工作,"把有关广西的诗、文、史、地、科技、社会、民族、人物的古籍或资料,分别整理,或校点,或校注,或校补,或选注,或辑录",陆续出版了数十种广西地方古籍。其中包括广西古籍中最具参考价值的清代汪森纂"粤西三载"(《粤西诗载》、《粤西文载》、《粤西丛载》)的校注本,以及《三管诗话校注》、《粤西十四家诗钞校评》、《王鹏运词选注》、《桂海虞衡志校补》等重要古籍。

稍后,广西少数民族古籍整理出版规划领导小组主编《广西少数民族古籍丛书》,已出版的壮族作家别集有清代蒙泉镜《亦嚣轩诗稿》、韦绣孟《茹芝山房吟草》等。曾德珪编《粤西词载》、蒋钦挥主编《全州历史文化丛书》15 种、杨东甫编《八桂千年游：古代广西旅游文学作品荟萃》等也相继面世。由广西桂研究会潘琦会长主编的《桂学文库》，截至 2015 年 8 月底，已由广西师范大学出版社推出"广西历代文献集成" 66 种，另已有扫描文件待出者 128 种。

广西大学文学院一直积极参与广西古籍的整理研究，并把这项工作与研究生培养有机结合起来，其中，汉语言文字学硕士点古籍整理专业 1993—2005 级校注广西古代作家别集 70 种，中国古代文学硕士点元明清文学专业 2005—2006 级校注广西古代作家别集 3 种，计 73 种。除已出版的 17 种外，此次上海古籍出版社即将出版 10 种，尚需修订待机出版的有 46 种。（详见文末附表）

（三）对广西地方古籍文献的研究状况。

黄华表曾就其编辑《广西丛书》所见发表《广西文献概述》一文，对历代广西的文、诗、词、曲各体裁、流派的文献进行概括述要。

2004 年中共中央下达《关于进一步繁荣发展哲学社会科学的意见》之后，有关高校又陆续建立与古籍所相关而又有所分工的研究中心⑤，加强对广西地方古籍文献的研究工作。今据对《中国知网·中国期刊全文数据库》及《中国重要报纸全文数据库》，以及广西各主要高校、科研机构网站的检索调查⑥，获得有关广西地方古籍研究成果的资讯为：专题论文 26 篇⑦，科研项目 13 项⑧，学术专著 15 种⑨。

由于《中国知网》收录的选择性，各高校、科研机构网站又多未能及时更新信息，以及检索者可能的疏漏等原因，上述资讯或未能完全反映实际的研究情况。但从中已可看出，对广西地方古籍的整理与研究，已受到越来越多的单位和学者的重视，开始呈现出一派繁荣景象。

二

广西大学文学院从事广西地方古籍整理的研究者，主要是汉语言文字学、中国古代文学硕士点的导师。大家面对广西古籍这座蕴蓄丰厚却有待开发的南国特色宝藏，这批久经岁月侵蚀而亟须抢救的不可再生资源，以当代学人的责任感、使命感和紧迫感，甘坐冷板凳，满怀热心肠，共同投入广西地方古籍整理研究工作，而且二十余年如一日，专注地尽力做好这项事业。

在确定选题和整理研究中，我们的做法可以概括为"四个并重"：

（一）本籍人士与外来人士的著述并重。广西人士生于斯写于斯，如吴廷举、朱依真、苏时学、王维新、蒋励常、黄体正、苏煜坡、李宗瀛、李彬、罗辰等，其著述固然难能可贵；而居外地写他乡的广西人士，如契嵩、蒋冕、戴钦、王贵德、龙启瑞、王拯、赵炳麟、潘乃光、蒋琦龄、况周颐等，因故乡仍给其创作带来重大影响，并在述作中多有反映，故当一并予以重视。被贬谪或宦游来桂的外省人士，如董传策、瞿式耜、赵翼、汪为霖、李宪乔、谢启昆、秦焕、徐樾、甘汝来、郝浴等，不仅传播了中原文化，而且以理论指导和创作实绩促进了广西文学与文化的发展，其著述亦应受同等重视；但那些虽有吟写八桂佳作却从未到过广西的外省人士，如韩愈、杜甫、白居易、张籍、刘长卿、王昌龄、张说、许浑、钱起、张祜等，则不在此列。

（二）大小作家、男女作家并重。此处论作家的大小，一按名声高下，二据作品多寡。声名远播者如"一代高僧"契嵩，"乾隆三大家"之一赵翼，"晚清四大词人"之王鹏运、况周颐，"岭西五大家"吕璜、朱琦、彭昱尧、龙启瑞、王拯等；沉寂无闻者如李宗瀛、王衍梅、崔瑛、钟琳、周必超、李彬、周益等，悉数纳入，穷达不捐。以作品多寡论长短，原本不足为训。只是我们在指导研究生选题时有轻重缓急的考虑，要求先选有诗500首或文10万字以上的"大"家，后来降为诗300首或文6万字以上者，最终因资源渐竭才不再作数量上的硬要求。女作家人数本来就不多，名家作品数量则更少，因之如清代闺秀诗，即将35家诗结为一集加以校注。其余如有父女、夫妻皆能诗文者，亦一并论及。

（三）多种版本与孤本善本并重。在版本的选择上，尽量选取较早的、较为通行又较可靠的本子为工作本,再辅以他本校勘。要求先选有多种版本的著述进行整理校注,也是基于让学生获得较全面扎实的训练并保证校注本学术质量而考虑。但在普查选题时,发现有的著述疑似孤本,且蟫蠹伤残严重,亟待抢救性保护。如王维新《海棠桥词》抄本在广西区内久已绝踪,80 年代初邓生才同志于旧书摊购得并捐赠给容县博物馆,2001 年研究生赴容拍照时因蟫蠹粘连未能摄全,后来导师亲往并在馆长协助下将缺页补齐,惜蠹洞残字已难以复原。

(四) 作品的校勘注释与作家生平研究并重。校注者对每部书不仅加以新式标点,还对生僻的字词、晦涩的典故予以注释,对所涉人物的生平、地名的变迁也作简略考释。在查找资料时,既广求一般文史论著资料,又特别留意地方史志文献材料;强调以地方志作为整理地方古籍的重要依据,并应着力诠释原著(文)含义,切忌生搬硬套辞书以释义。在生平研究中,要求以大量可信的文献资料为依据,注重于对相关素材的梳理、鉴定,坚持言必有据,不发空论;强调所依据的文献资料务必是第一手"生料",少用第二、三手"熟料",力忌照搬他人重复使用过的"腐料"。在尽可能充分地占有翔实可靠的材料基础上,详考史实,补充史料,阐幽发微,使一些人物本事、行迹及史事本末昭然若揭,以助读者便捷地了解书籍内容,真正起到导引作用,对专业研究者也有启迪意义。

三

著名文化学家罗迈德·威廉姆斯说过:"文化研究最精彩的片段,将不再是回溯古老洞穴的火把,而是照亮未来选择的光柱。"[⑩]结合广西的历史与现状,充分发掘与利用广西固有的文化资源,建设独具风格的文化强省,日益成为广西学界和政界的共识。

越是具有地方性的文化,越富于民族性;越是具有民族性的文化,越富于世界性。因此，近年来，许多省市均致力于地方古籍的整理出版，如广东的《岭南丛书》、湖北的《湖北地方古籍文献丛书》、福建的《福建丛书》、甘肃的《陇右文献丛书》、安徽的《安徽古籍丛书》、山西的《山右丛书初编》、东北数省的《辽海丛书》、广西的《桂学文库》等，对各地文化、经济建设具有多方面的借鉴意义与应用价值。这套《广西地方古籍整理研究丛书》，也当作如是观。

（一）珍稀的文献资料。南京艺术学院音乐学院张翠兰教授指出："《海棠桥词》是清嘉道年间广西词人王维新的一部稀见词作，集中的《法曲献仙音·洋琴》是目前所见清词中唯一一首专述洋琴（即扬琴）的咏物词。因作者身处边地，词集未刊刻，原作流传不广且抄本稀见，故词作中蕴涵的相关史料在目前所见扬琴研究论著论文中鲜见引用。"⑪再如，赵翼的人口论，始于知广西镇安府时的所见所思，"我行万里半天下，中原尺土尽耕稼"；⑫来到"地当中国尽，官改土司流"的镇安，"只拟此中非世界，谁知鸡犬亦相闻"，⑬"昔时城外满山皆树，今人烟日多，伐薪已至三十里外"。⑭随着密菁日渐萎缩，虎群不时入城觅食，赵翼曾组织打虎安民，同时开始意识到人口问题的严重性："遥山最深处，想必无人居。一缕炊烟起，乃亦有室庐。始知生齿繁，到处垦辟劬。虎豹所窟宅，夺之为耕畬。尚有佣丐者，无地可把锄。民生方愈多，地力已无余。不知千岁后，谋生更何如？"⑮此后，随着思考逐步深入，他形成了解决人口问题的基本框架："太平生齿日蕃昌，不死兵戈死岁荒"，⑯通过天灾人祸达到减员；"勾践当年急生聚，令民早嫁早成婚。如今直欲禁婚嫁，始减年年孕育蕃"，⑰通过晚婚、晚育控制人口增长；"或仿秦开阡陌例，尽犁坟墓作田畴"，⑱推平坟墓以增加耕地；"只应钩盾田犹旷，可惜高空种不成"，⑲斗胆提出将皇家园林翻为耕地，并想到了如何向高空发展这个几百年后的热点问题！以往，洪亮吉的《治平篇》被视为我国乃至世界上最早的人口专论，但事实上赵翼的人口论比他早 22 年，更比英国的马尔萨斯早 27 年！又如，唐景崧曾亲赴越南联络黑旗军统兵抗法长达六年,而当甲午战争中国战败,清廷被迫签订《马关条约》割让台湾之际,又曾率领台湾军民自主抗日。故其《请缨日记》里蕴含中法战争、中越边情、中日战争的丰富史料,"其中得失是非,足以备鉴来兹,有裨时务,而事必征实,尤可为后世史官得所依据焉"。[20]

(二)传统思想精华举要。在北宋禅宗史上,一代高僧契嵩"谋道不谋身,为法不为名"的思想境界,令人肃然起敬。明代戴钦《古风拟李白三十首》诸作,既热情歌颂抵抗外族入侵的正义战争,又痛批明武宗宠信小人、乱政祸国的昏庸无能。清代赵炳麟与康有为、黄遵宪、丘逢甲等共同投身社会变革,并致力"诗界革命",作品多借咏叹古今,指陈时政得失。潘乃光在汹涌的洋务大潮中,坚持独立思考,提出武器制造"镕金冶铁不自铸,购向外夷年年来"绝非长久之计,要就地取材国产化;"讲求机器固应尔,众志当仿长城坚",强国的根本不在利器而在于招揽人才凝聚人心。当《马关条约》签订,日军割占台湾之际,他写下《台湾割让,时局可知,谁实为之,愤而成此》等诗篇,怒斥出卖国家利益的当朝权贵,期望能力挽狂澜,救国于水火。蒋琦龄《中兴十二策》则提出"端正本,除粉饰,任贤能,开言路,恤民隐,整吏治,筹军实,诘戎行,慎名器,恤旗仆,挽颓风,崇正学"的政治主张,并留下"气愤如山死不平"的《绝笔》。前贤们的爱国情怀、凛然正气和真知灼见,至今仍闪烁光芒。

(三)艺术创作规律的启示。广西文学是中国文学的重要组成部分,清代广西各民族文学是中华古代多民族文苑中的一簇奇葩,也是汉、壮等多民族融和,南北、东西文化交流的成果和实证。这种融和与交流是双向的、共赢的。例如经济欠发达的少数民族聚居地桂西,自乾隆年间傅堅、商盘、赵翼、汪为霖相继知镇安府,李宪乔、刘大观分任镇安府归顺知州、天保县令,均颇能尊重民族风习,积极推动文化建设,促成当地诗人成批涌现。李宪乔"政暇尝以教州人士。州人粗知韵语,皆宪乔所教也。贡生童毓灵、庠生童葆元皆经其陶育。一时风雅称彬彬焉"[21]。壮族人素以善歌而著称于世,其以汉文写诗亦颇有特色。如童毓灵《独秀峰呈颖叔先生》诗句:"龙攫虎挐纷无数,中间一峊尤峗峗。"用了三个古壮字:"峊",上声下形,即读若当地壮话"巴"音,意指高而尖的石山。"峗",左形右声,即读若当地壮话"松"音,意指(山)高;两字叠用,即很高很高。二句以刚健灵动之笔,极写众山簇拥之下独秀峰的险峻奇丽。诗中偶用古壮字对理解诗作并无大碍,反而使笔下景物别具异域风味,更显奇丽怪伟。这些土著壮人夹用古壮字写汉诗与国内名家唱和,堪称相映成趣,独特绝妙! 其余诗作也大多类似,风格古朴,较少含蓄雅致之作,无论沉郁悲怆还是显豁浅俗,均力求自然畅达,直抒内心情感。由此可见,壮族文人诗并非汉族诗歌的单纯模仿,而是自具品格,保有自身的独特价值,为清代诗坛增添了一道奇丽灵秀的异彩。而赵、汪、李诸大家,入镇安后其诗风诗境和影响力亦有变化。李宪乔旅桂十余年,先后在岑溪、苍梧、桂林、归顺、天保、柳州、柳城、宁明、百色、南宁、崇善等地或任职,或寓居,或行经,"所至以诗教人,开各邑宗风"[22],传播诗法,召集诗社,八桂诗家十数位与之交游,后学师从有名姓可考者更多达数十人。于是高密诗派由山东崛起,以广西为根据地,逐渐辐射到江西、江苏,再传衍各省,形成为全国性的主要诗派之一。尚镕《三家诗话》称:"云松宦游南北数千里之外,所表现固皆不虚,而极险之境地,极怪之人物,皆收入诗料,遂觉少陵、放翁之入蜀,昌黎、东坡之浮海,犹逊其所得所发之奇,可谓极诗中之伟观也。"指出赵翼镇安府诗作在题材、风格上的开拓之功,业已超越杜甫、韩愈、苏轼、陆游诸大家的同类作品。再如,文学的发展与经济状况并不都成正比,经济欠发达地区、少数民族地区在一定条件下也能产生全国性大家。如"岭西五大家"崛起于内地桐城派衰竭之际,是桐城中兴的前奏,以致梅曾亮惊叹:"天下之文章,其萃于岭西乎?"[23]又如王鹏运、况周颐分列"晚清四大词人"之冠冕和殿军;王维新作为清代散曲大家,是张炯《中华文学通史》中论及清散曲仅举的两家之一。

(四)资政参考示例。古代广西各地经济、社会、文化的发展极不平衡,桂北、桂东南、桂东、桂中相对较快,桂西、桂西北、桂西南则长期落后,政治制度的不平衡是其重要原因之一。对桂北等地区,很早就派出流官,治以中原之术;对桂西等地区的许多州县,则至清末仍维持羁縻制、土司制,推行愚民政策。政治上的差异,造成了桂西等地区经济、教育与文化发展的严重滞后。以史为鉴,更见当今中央西部大开发战略的英明及时。应在大力扶持西部经济建设的同时,加大对"老、少、边、山、穷"地区文教事业和社会发展的倾斜力度。又如,从古籍中体现的广西古代教育情况来看,许多官员都重视教育事业,有的带头捐资办学,有的亲自授课。在科举腐败、官学衰落的背景下发展起来的书院,民办、公立并举,有较宽松活跃的学术争鸣氛围和浓厚的学习风气,造就了许多学者名儒。后来随着书院官学化、行政化的逐步加深,其特点和优势也随之消失。这对于当今的教育教学改革,不无借鉴意义。

习近平总书记在党的十八大报告中强调指出:"中华文明绵延数千年,有其独特的价值体系。中华优秀传统文化已经成为中华民族的基因,植根在中国人内心,潜移默化影响着中国人的思想方式和行为方式。今天,我们提倡和弘扬社会主义核心价值观,必须从中汲取丰富营养,否则就不会有生命力和影响力。"当今,随着中国—东盟自由贸易区、北部湾经济区相继成立,广西站在了一个千载难逢的腾飞基点上。我们期盼,通过对广西地方古籍的整理研究工作,能为积极寻找广西文化的根,深入探讨广西崛起内在的文化基因,努力探索文化与经济互动发展的最佳模式,尽到自己的一份责任。

四

我们的古籍整理研究工作,一直得到自治区领导和社会各界的鼎力支持。莫乃群、李纪恒、潘琦、钟家佐、梁超然、沈北海等同志都曾过问并解决有关问题,有的还直接参与研究生培养工作。黄天骥、钟振振、莫砺锋、康保成、陶文鹏、郑杰文等国内名家对我们的工作多有指导。毛水清、丘振声、顾绍柏、韦湘秋等十余位区内专家学者先后参与历届学位论文的评审指导工作。自治区图书馆、桂林图书馆、自治区通志馆、广西大学图书馆，以及国内、区内许多图书馆和有关单位都提供了资料查阅之便。此外，本丛书还吸取了海内外许多专家学者的研究成果，大都注明了出处，而其中有些为学界所熟知的，为节省篇幅不再一一标示。谨此说明，并致以诚挚的谢意！

　　限于水平，丛书的编纂和各别集的整理、校勘、注释及前言等，错误失当，在所难免，敬请专家、学者和广大读者批评指正。

2015 年 9 月 1 日于广西大学碧云湖畔寓所

　　①《广西地方古籍整理研究丛书》第一辑，余瑾主编，梁扬副主编，巴蜀书社 2011 年 12 月第一版。

　　②《广西地方古籍整理研究丛书》第二辑，余瑾主编，李寅生、梁扬副主编，上海古籍出版社即出。

　　③ 详见本文后附《广西大学文学院已整理的广西地方古籍情况简表》。

　　④ 广西民族学院古籍整理研究所、广西大学古籍整理研究所、广西师范学院古籍整理研究所。

　　⑤ 广西师范大学八桂文化与文学研究中心、广西大学文学与文化研究中心。

　　⑥ 检索截止日期：2015 年 8 月 31 日。此项网上调查工作及文末所附《广西大学文学院已整理的广西地方古籍情况简表》的编制，均由广西大学行健文理学院梁颖峰完成。

　　⑦ 专题论文 26 篇，即毛水清《桂山漓水写襟抱——谈李商隐在桂林》，《学术论坛》1980 年第 4 期；梁扬《镇安府任上的赵翼》，《广西大学学报》1981 年第 1 期；梁扬《袁枚与广西》，《广西大学学报》1981 年第 2 期；梁扬《赵翼在镇安府》，《学术论坛》1981 年第 4 期；毛水清《瘴雨海棠写归魂——谈宋代词人秦观在广西》，《学术论坛》1982 年第 3 期；丘振声《论临桂词派》，《学术论坛》1985 年第 7 期；梁超然《唐末五代广西籍诗人考论》，《广西社会科学》1986 年第 3 期；丘振声《浩气长存山水间——瞿式耜、张同敞风雨桂林吟》，《学术论坛》1987 年第 5 期；梁超然《略论〈粤西诗载〉的史学价值与美学价值》，《广西民族

学院学报》1988 年第 4 期;韦湘秋《博学多才的龙启瑞》,《学术论坛》1989 年第 1 期;丘振声《试论壮族诗人韦丰华的诗论》,《广西民族学院学报》1989 年第 3 期;梁超然《晚唐桂林诗人曹唐考略》,《广西师范大学学报》1989 年第 4 期;莫恒全《试论爱国诗人朱琦及其诗》,《学术论坛》1989 年第 2 期;张维《晚清诗人朱琦的诗歌创作》,《中国韵文学刊》2000 年第 2 期;黄海云《赵翼镇安府诗文研究》,《苏州大学学报》2005 年第 7 期;梁扬、戎霞《〈小山泉阁诗存〉版本生成考论》,《广西大学学报》2006 年第 6 期;葛永海《论清代壮族名士郑献甫纪游诗的文化维度》,《广西民族研究》2007 年第 2 期;王德明《论广西文学在晚清的崛起》,《南方文坛》2007 年第 4 期;王德明"杉湖十子研究"系列论文,《广西师范大学学报》等 2007—2008;李惠玲《临桂龙氏父子与晚清词坛》,《广西民族大学学报》2008 年第 2 期;王德明"清代广西文学家族研究"系列论文,《南方文坛》等 2008—2009;梁扬《论王维新对清代散曲题材的新变与开拓》,《广西大学学报》2008 年第 5 期;张维《试论家族文化对清代广西古文创作的影响——以全州谢氏、蒋氏为例》,《广西师范大学学报》2010 年第 3 期;谢仁敏《清代壮族文人的精神特质及其文学选择》,《广西民族研究》2012 年第 2 期;梁颖峰《别开生面的世态民情独家报道——赵翼笔下的清代桂西壮族社会》,《传播与版权》2013 年第 6 期;梁颖峰《桂西壮族地区汉文化传播例谈——从靖西"二童"到德保"三盛"》,《广西大学学报》2014 年第 1 期。

⑧ 科研项目 13 项,即梁扬、陈自力主持广西大学项目《岭西五大家研究》1996—1998;李复波主持全国高校项目《粤西文载整理》1997—1999;梁扬主持广西大学项目《广西地方古籍整理研究丛书》2001—2003;杨东甫主持全国高校项目《古代广西旅游文学作品汇编》2002—2004;梁扬主持广西社科项目《赵翼镇安府诗文考论》2004—2005;梁扬主持国家社科基金项目《清代广西作家群研究》2005—2007;张明非主持国家社科基金项目《广西文学史》2005—2007;沈家庄主持广西师大项目《临桂词派与粤西词人群体研究》2006—2008;陈自力、李寅生主持广西社科项目《广西地方古籍整理研究丛书》2007—2009;阙真主持国家社科基金项目《广西彩调研究》2008—2010;梁扬主持广西社科项目《广西乡邦文学文献研究》2013—2015;梁颖峰主持广西社科项目《桂西壮族地区汉文化传播研究》2013—2015;梁扬主持广西高校项目《广西典籍研究》2014—2016。

⑨ 学术专著 15 种,即梁超然《八桂诗人论及其他》,广西人民出版社 1988 年版;梁庭望等《壮族文学概要》,广西民族出版社 1991 年版;韦湘秋《广西百代诗踪》,广西人民出版社 1995 年版;张利群《词学渊粹——况周颐〈蕙风词话〉研究》,广西师大出版社 1997 年版;韦湘秋《广西历代词评》,广西教育出版社

2001年版;张维、梁扬《岭西五大家研究》,江苏古籍出版社2003年版;梁扬、黄海云《古道壮风——赵翼镇安府诗文考论》,中国社会科学出版社2005年版;周作秋、欧阳若修等《壮族文学发展史》,广西人民出版社2007年版;张维《清代广西古文研究》,广西师范大学出版社2008年版;黄海云《清代广西汉文化传播研究》,民族出版社2009年版;王德明《广西古代诗词史》,广西师范大学出版社2009年版(获广西第十一次社会科学优秀成果奖一等奖);张明非《广西古代诗文发展史》,广西师范大学出版社2012年版;范学亮《古道盘龙——商盘旅桂诗研究》,中央民族大学出版社2013年版;钟文典、刘硕良主编《中国地域文化通览·广西卷》,中华书局2013年版;梁扬、谢仁敏等《清代广西作家群研究》,中国社会科学出版社2013年版(获广西第十三次社会科学优秀成果奖一等奖)。

⑩ 转引自:蒋磊《蓝色大潮——21世纪上半叶人类文明与海洋发展》,北京:海潮出版社2013年版,第281页。

⑪ 张翠兰《稀见清词中的洋琴史料》,《江苏教育学院学报》2007年第6期。

⑫⑬⑮⑯⑰⑱⑲ 赵翼《瓯北集》,上海古籍出版社1997年版,第267、269、731、1272、1196、1196、1196页。

⑭ 赵翼《檐曝杂记·镇安水土》,清乾隆五十七年(1792)湛贻堂刊本。

⑳ 唐景崧《请缨日记·跋》,上海古籍书店1980年影印版。

㉑ 何福祥纂《归顺直隶州志》,清道光二十八年(1848)抄本,成文出版社1967年影印版。

㉒ 广西统计局编《古今旅桂人名鉴》(1934),杭州古籍书店1987年影印版。

㉓ 龙启瑞《彭子穆遗稿序》,《经德堂文集》卷四,清光绪四年(1878)京师刻本。

附：广西大学文学院已整理的广西地方古籍情况简表

序号	年级	校注本题目	著者			校注者		备注
			朝代/姓名	原籍贯	简历	研究生	导师	
1	93级	《粤西词见》校注	清·况周颐	广西临桂	内阁中书，会典馆修纂	赵艳丽	林仲湘 陈自力	
2	96级	《恰志堂诗文集》校注	清·朱琦	广西临桂	翰林院编修，监察御史	张维	梁扬	
3		《龙壁山房诗文集》校注	清·王拯	广西马平	大常寺卿、孝廉书院主讲	李芳	陈自力	
4	97级	《经德堂诗文集》校注	清·龙启瑞	广西临桂	翰林院编修、江西布政使	吕斌	梁扬	岳麓书社,2008
5		《广西清代闺秀诗校注》	清·陆媛媛等			杨永军	梁扬	共收35家诗
6		《月沧诗文集》校注	清·吕璜	广西临桂	浙江庆元，奉化等县知县	胡永翔	陈自力	
7		《致翼堂诗文集》校注	清·彭昱尧	广西平南	广东巡抚黄石琴幕僚	王春林	陈自力	
8	98级	《九芝草堂诗存》校注	清·朱依真	广西临桂	《广西通志》分纂 布衣终生	周永忠	梁扬	巴蜀书社,2011
9		《韦庐诗集》校注	清·李秉礼	江西临川	刑部郎中，未儿退居桂林	赵志方	梁扬	
10		《宝墨楼诗册》校注	清·苏时学	广西藤县	候选内阁中书，两广总督阮元等书院	阳静	陈自力 梁扬	巴蜀书社,2011
11		《芙蓉池馆诗草》校注	清·罗辰	广西临桂	两广总督阮元之幕僚	罗瑛	梁扬 滕福海	上海古籍，即出
12		《带江园诗文集》校注	清·黄体正	广西桂平	广西西隆州学正，桂林司训	刘洋	陈自力 滕福海	

（续表）

序号	年级	校注本题目	朝代/姓名	原籍贯	简历	校注者研究生	导师	备注
13		《戴钦诗文集》校注	明·戴钦	广西马平	刑部郎中	石勇	滕福海	巴蜀书社,2011
14		《青箱集剩》校注	明·王贵德	广西容县	湖广麻阳县令、南明监军佥事	江宏	谢明仁	巴蜀书社,2011
15	99级	《玉照堂诗钞》校注	清·邓建英	广西苍梧	山西榆社知县、绛州通判	曾赛男	梁扬	
16		《少鹤先生诗钞》校注	清·李莪乔	山东高密	岑溪知县、归顺知州	赵黎明	潘琦 梁扬	上海古籍,即出
17	00级	赵翼镇安府诗文校注①	清·赵翼	江苏常州	镇安、广州知府,贵西兵备道	黄海云	梁扬	中国社科,2005
18		《空青水碧斋诗集》校注	清·蒋琦龄	广西全州	国史馆总纂、顺天知府	银健	潘琦 梁扬	巴蜀书社,2011 广西人民,2013
19		《西舍诗钞》校注	清·况澄	广西临桂	户部主事、河南按察使	方芳	潘琦 梁扬	
20		王维新韵文集校注	清·王维新	广西容县	武宣县教谕、平乐、泗城府教授	彭君梅	梁扬	光明日报,2012
21		《桐阴清话》校注	清·倪鸿	广西临桂	广东昌山、江村等县巡检	王璇	梁扬	
22		《味腴轩诗稿》校注	清·封祝唐	广西容县	陕西神木县知县	苏钦生	梁扬	

（续表）

序号	年级	校注本题目	著者			校注者		备注
			朝代·姓名	原籍贯	简历	研究生	导师	
23		《镡津文集》校注	宋·契嵩	广西藤县	一代高僧,封"明教"禅师	邱小毛	林仲湘	巴蜀书社,2011
24		《蒋励常诗文集》校注	清·蒋励常	广西全州	融县教谕、全州清香书院山长	袁志成	滕福海	
25		《韫山诗稿》校注	清·朱凤森	广西临桂	河南裕县、固始知县	韦盛年	滕福海	
26		瞿式耜诗歌校注	清·瞿式耜	江苏常熟	南明吏兵部尚书兼桂林留守	李 英	滕福海	
27	01级	《赵柏岩诗集》校注	清·赵炳麟	广西全州	翰林院编修、都察院侍御史	刘 深	余 瑾	巴蜀书社,2011
28		《赵柏岩文集》校注	清·赵炳麟	广西全州	翰林院编修、都察院侍御史	孙改霞	余 瑾	上海古籍,即出
29		《况周颐词集》校注	清·况周颐	广西临桂	内阁中书、会典馆修纂	秦玮鸿	梁 扬	上海古籍,2013
30		《退蓭斋诗钞》校注	清·倪 鸿	广西临桂	广东昌山、江村等县巡检	王先岳	梁 扬	上海古籍,即出
31		《悦山堂诗集》校注	清·谢赐履	广西全州	山东巡抚、左都御史	周毅鸿	谢明仁	
32		《湘皋集》校注	明·蒋 冕	广西全州	礼部尚书兼文渊阁大学士	梁颖稚	谢明仁	
33		《东湖集》校注	明·吴廷举	广西梧州	广东右布政使、主讲东湖书院	邹壮云	滕福海	
34		《问梅轩诗草偶存》校注	清·蒋启敭	广西临桂	山东、河南河道总督	杨 端	李黄生	
35		《莘益斋诗集》校注	清·苏煜坡	广西贺县	临桂县教谕、主讲临江书院	周生杰	李黄生	上海古籍,即出

（续表）

序号	年级	校注本题目	朝代·姓名	原籍贯	著者简历	校注者研究生	校注者导师	备注
36	02级	《岭西五家词校注》	清·王拯等	广西全州		黄红娟	梁扬	巴蜀书社,2011
37		《琼台诗话》校注	明·蒋冕	广西全州	礼部尚书兼文渊阁大学士	李柳宁	梁扬	广西人民,2013
38		《遗园诗集》校注	清·徐樾	广东番禺	广西巡抚张联桂幕僚,成都知府	石天飞	陈自力	巴蜀书社,2011
39		《素轩诗集》校注	清·黎建三	广西平南	甘肃山丹等八县知县	陆毅青	陈自力	
40		《小庐诗存》校注	清·李宗瀛	广西桂林	布衣终生	刘晖	谢明仁	
41		《空青水碧斋文集》校注	清·蒋琦龄	广西桂林	国史馆总纂,顺天府丞	步蕾英	谢明仁	
42		《树经堂咏史诗》校注	清·谢启昆	江西南康	广西巡抚,《广西通志》主修	曾志东	滕福海	
43		《易安堂集》校注	清·龙献图	广西临桂	昭州训导,《临桂县志》编纂	李国新	滕福海	
44		《横集》校注	清·吴时来	浙江仙居	刑科给事中,谪戍横州	范利亚	滕福海	
45		《寓真轩诗钞》校注	清·蔡希邠	江西新建	龙州同知,广西按察使	武海军	李寅生	
46		《榕阴草堂诗草》校注	清·潘乃光	广西荔浦	湖北布政使王之春幕僚	杨经华	李寅生	巴蜀书社,2011
47	03级	《剑虹居古文集》校注	清·秦焕	江苏山阳	桂林府知府,广西按察使	刘雪平	陈自力	上海古籍,即出
48		《白鹤山房诗抄》校注	清·李璠	广西苍梧	广州知府	黄飞	陈自力	
49		《小山泉阁诗存》校注	清·汪为霖	江苏如皋	刑部郎中,思、恩、镇安知府	戎霞	梁扬	

（续表）

序号	年级	校注本题目	原著者 朝代·姓名	籍贯	简历	校注者 研究生	导师	备注
50		《红杏诗集》校注	清·王衍梅	浙江会稽	武宣知县	农福庞	谢明仁	
51		《唐确慎公集》校注	清·唐鉴	湖南善化	平乐知府	乔丽荔	谢明仁	
52		《豫章集》校注	清·王必达	广西临桂	武昌知府,安肃道按察使	张月兰	滕福海	
53		《树经堂文集》校注	清·谢启昆	江西南康	广西巡抚,《广西通志》主修	夏侯轩	滕福海	
54		《甘庄恪公集》校注	清·甘汝来	江西奉新	广西巡抚	郭春林	李寅生	巴蜀书社,2011
55		《小罗浮草堂集》校注	清·冯敏昌	广西钦州	翰林院编修,户、刑部主事	杨年丰	李寅生	上海古籍,即出
56		《醉白堂诗文集》校注	清·谢良琦	广西全州	江苏宜兴知县,延平通判	熊柱	梁扬	广西人民,2001
57	04级	《琼笙吟馆诗余》校注	清·崔瑛	广西桂平	布衣终生	兰旻	滕福海	
58		《南涧文集》校注	清·李文藻	山东益都	桂林府同知	王艳玲	陈自力	
59		《菊芳园诗钞》校注	清·何梦瑶	广东南海	义宁,阳朔,岑溪知县	游明	陈自力	
60		《咀道斋诗集》校注	清·钟琳	广西苍梧	直隶行唐,昌平知县	肖菊	谢明仁	
61		《分青山房诗集》校注	清·周必超	广西临桂	甘肃礼县,宁远等县知县	李会	谢明仁	
62		《中山诗钞》校注	清·郝浴	河北定州	广西巡抚	王玮	李寅生	上海古籍,即出
63	05级	《海叟集》校注	明·袁凯	松江华亭	监察御史	孙晓飞	陈自力	

（续表）

序号	年级	校注本题目	原著者 朝代·姓名	原籍贯	著者简历	校注者 研究生	校注者 导师	备注
64		《奇游漫记》校注	明·董传策	松江华亭	刑部主事，谪戍南宁	朴建芳	陈自力	
65		《穆堂初稿诗集》校注	清·李绂	江西临川	内阁学士，广西巡抚	王昭	谢明仁	
66		《海日堂诗集》校注	清·程可则	广东南海	桂林知府	魏捷	谢明仁	
67		《愚石居集》校注	清·李彬	广西贵县	赐内阁中书，辞隐故里	方立顺	滕福海	
68		《北上》《过江集》校注	清·王必达	广西临桂	南昌知府，甘肃按察使	周楠	滕福海	
69		《阮庵笔记五种》校注	清·况周颐	广西临桂	内阁中书，会典馆修纂	张宁	李寅生	上海古籍，即出
70		《树萱草堂集》研究	清·周益	广西临桂	刑部主事，湖北恩施知县	刘青山	李寅生	
71		《王鹏运词集校注》②	清·王鹏运	广西临桂	内阁中书，礼科给事中	宋丽娟	李寅生	
72	06级	《商盘旅桂诗校注》③	清·商盘	浙江绍兴	郁林知州，太平、镇安知府	范学亮	梁扬	中央民大，2013
73		《潜斅日记》校注	清·唐景崧	广西灌阳	吏部主事，台湾布政使、巡抚	李光先	李寅生	上海古籍，2016

① 《赵翼镇安府诗文考论》附录；　② 05级中国古代文学《王鹏运词研究》附录；　③ 06级中国古代文学《商盘旅桂诗研究》附录。

目　　录

剑虹居文集　卷上

剑虹居诗集　卷上

剑虹居诗集　卷下

秦 焕 评 传

　　清朝作为中国封建社会最后一个王朝,作为中西方文化碰撞较为激烈的一个时代,其内在的急剧变化,其受外部的猛烈冲击,都是前所未有的,以前任何朝代都没有面临像清朝这样复杂诡谲的局势,也没有像清政府这样的手足无措,迷糊困惑,研究这个时代丰富的内涵,研究这个时代的困境,对于我们今天都具有举足轻重的意义。江苏淮安人秦焕恰恰就生活在这个由盛转衰的时段,他生活在咸、同之际兵燹最烈的地区——江苏,其后又经历过两次鸦片战争,中法战争,长期协办军务,任职于西南边陲广西,对于国家边患之祸感受颇深。他从一介寒士跻身于统治阶层,有着封建士子在仕途中的深刻心理体验,同时他的诗文创作又反映出处于封建末世的士子特有的心路历程。因此,研究秦焕其人其文,对了解那个独特的时代,了解那个时代人们无奈挣扎的社会心理有一定的典型意义,而且通过他的诗文我们可以感受到当时的文坛的气息。

一、秦焕生平与作品简介

(一) 秦焕的生平研究

　　《剑虹居古文诗集》前附的《国史馆本传》、《续纂山阳县志》、《清史列传》等书,对秦焕入仕后的经历有较为详细的介绍,其入仕前的经历在他创作的一些诗文中也有零散的记载,将这些材料集中起来,我们可以比较清楚地了解秦焕的生平履历。

　　秦焕的一生可以咸丰十年(1860)考中进士为界,分为两个时期,第一时期(1818—1860),苦读求仕,金榜题名。

关于秦焕的生年,1997 年编的《桂林市志》上定为 1813 年,但据《续纂山阳县志》所记,秦焕卒于光绪十七年(1891),卒年七十四岁,以此推算,秦焕当生于 1818 年。

秦焕出生在江苏淮安府治山阳县一个世代穷苦的儒生之家,故居在江苏淮阴市楚州区南门大街元件厂内。由于父亲早逝,家境窘迫,年幼的秦焕不得不到淮楼酒家当学徒,每晚挨家挨户回收酒瓶。这段经历给他留下了深刻的印象,以至于在科举成名之后仍不时提起:"奈焕生也晚,又值少孤,厄于贫贱"(《阮菊圃生诔》),"几回羞向淮楼过,犹忆当年旧酒瓶"。①

"伤心三十年前事,易箦遗言在读书。"(《简故乡诸友》其二)秦焕的父亲对他抱有殷切的期望,临死前还念念不忘,嘱咐他一定要寒窗苦读,以振兴门楣。所以年少的秦焕立志读书,要出人头地,希冀通过科举考试来改变自己的寒士地位,跻身统治阶层。

他怀着一种强烈的功名心走在漫漫求学路上,这时他的求学之路上出现了转机,"焕淮产也,少孤贫,读书无多,道光戊戌受知于寿阳相国祁文端入泮,公(黎半樵)于是年调南河库道,衡文于崇实书院,焕随众肄业"(《〈黎半樵先生奏疏文集〉书后》),道光戊戌指道光十八年(1838),寿阳相国祁文端即清朝道、咸、同三代帝师祁寯藻。祁寯藻(1793—1866),字叔颖,又字淳甫,号春圃,山西寿阳人,为祁韵士第五子。嘉庆十九年进士,选庶吉士,授编修。咸丰时官至体仁阁大学士,致仕。同治初,以大学士衔为礼部尚书。同治五年(1866)卒,晋赠太保,祀贤良祠,命钟郡王奠醊,谥文端。祁寯藻关心时政,体恤民隐。咸丰年间农民起义频发,身为军机大臣的祁寯藻,每日佐君理事,均侃侃持正论,民本思想为其做官座右铭。注重农事,广泛收集农言,考察农事,撰写了具有学术价值的农业专著《马首农言》。后任同治皇帝老师,

---

① 蔡云万著:《蛰存斋笔记》,上海:上海书店出版社,1997 年版。

率领师傅们对同治皇帝竭诚进讲。祁寯藻在朝40余年,世人评论他一生忠君、勤政、爱民、崇俭,是官吏楷模。他对近代学术的发展做过一定贡献,精通经书,提倡汉学与宋学并重,倡导经世致用之学,并身体力行,曾组织学者俞理初、苗先路、何绍基及何秋涛等人校刊过《说文系传》和《朱子小学》等等,工诗古文词,亦通训诂,明义理,一生集诗近3000首,被人尊为道光年间诗坛领袖,是道咸宋诗派的代表人物。道光十七年(1837),他调任户部右侍郎并简放江苏学政。他到江苏后,奉旨严禁鸦片烟,撰写《新乐府》三章,刊示各地,痛陈鸦片烟之害,对当时的禁烟运动起了积极的推动作用。同时,他针对当时江苏学子重文轻德,在考试中词章之学甚多,根底之学甚少等问题,于道光十九年(1839)重刊宋本《说文系传》,刊发《朱子小学》,遵旨恭书《圣谕广训》等,以加强基础知识和德行的教育。他还针对各州书院简陋、考棚少而考生多的问题,增修了考棚,重修了常州书院,为发展江苏的教育事业,做出了自己的贡献。① 正是在这段时间,秦焕有幸得到了祁寯藻的恩遇,入县学学习,观其为人做官,治学赋诗,祁寯藻对秦焕都有可能产生了一定的影响。

"焕窃憾为秀才太蚤,成进士太迟"(《〈黎半樵先生奏疏文集〉书后》),从中秀才到中进士,这段人生作者主要是维持生计,按捺住焦躁的心情埋头苦读,希冀鲤跃龙门,来获取自身价值的圆满,完成双亲的夙愿。但道咸年间的鸦片战争和太平天国起义,让天下更增添了些许不太平,波涛汹涌的农民起义和悲苦万状的百姓生活,使得身处其中的人无法不为之侧目,无法不为之动容,尤其是满腔热血的士子文人。秦焕在现实的刺激下,激起了自己的爱国热情和忧患意识,苦于自己不在其位不能亲手指点江山,现实和理想的双重矛盾使得他在这段时间创作出其诗文集中最有价值的一部分作品,如《病说》万余言,"烽火痛思

---

① (清)白昶等修,(清)张嘉言等纂:《寿阳县志·祁寯藻传》,清光绪十六年(1890)刻本。赵尔巽等著:《清史稿》,北京:中华书局,1977年第11675页。王钟翰点校:《清史列传》,北京:中华书局,1987年第3607页。

著先鞭"之类的诗歌，反映现实之讯切，情感之饱满，非常富有感染力。同时秦焕结交了一批形似徜徉于现实之外实则深忧国民的"性情中人"和"病夫"，如刘谷人，郝企三，葛星五，阮菊圃，万雨村等，《病辩》中提到："癸丑四月九日，企三、谷人两先生见访，谷人自去秋抱病，至今未已，企三虽未如谷人之久，亦若断若续，同为病中人焉。座上相对，各有一种别致，企三言次日当带病赴馆，而谷人亦以久未得家书为言。予睹二君病态，自憾无病，情同木石。移时送客出门，谷人向予索诗，予应之曰当作《病说》以相遗，谷人深以为然而去。阅三日，援笔成此，剑虹自记。"癸丑即咸丰三年（1853）。这些病都是因情而起，情都是因事而起，他们见现实的不尽如人意所以被触动胸中万千情丝，忧患成疾，秦焕跟这些人惺惺相惜，作文示志。和这些人的交游，袒露了秦焕真实的怀抱，他关注着时势的发展走向，积蓄着报国酬志的力量，激发的责任使得他跃跃欲试。

清咸丰五年（1855），秦焕中举人，《山阳县志》卷九"选举"记载秦焕是"浙闱并补乙卯科"举人。[①] "助人豪气三千丈，迟我名场二十年。莫道归装行色减，彩毫题遍六桥边。"（《自杭应试后渡江作》）作者在这首诗中抒发了在杭州参加乡试后信心高涨的豪情，很是春风得意。再经过五年的寒窗苦读，正值精力旺盛的中年秦焕终于在清咸丰十年（1860）中进士，分户部滇司行走。

第二时期（1860—1891），勤政为民，循吏本色。

清咸丰十年（1860），秦焕开始踏上正式的仕宦之途，被派"随大臣贾桢办理团练。事竣，奏请免其学习，作为候补主事"，"同治元年，由江北团练大臣晏端书奏调襄办军务"，"同治五年，派通州验收漕粮"，"同治九年，办理捐铜局"。这时间让他最得意的可能是清同治十一年在京被抽调参办皇上的大婚典礼，表现出来让人赞赏的"干练"，"诏加随带三级"。后又于清光绪元年"筹助贵州军饷"，京察时得到"一等加一

---

① 丁宴、何绍基、孙云、张兆栋等纂修：《重修山阳县志》，影印清同治十二年（1873年）刻本。

级"的好评价,五年"旋充工部宝源局监督,兼办理京捐",以三品衔外放广西桂林知府,这是未入粤前的主要任职情况。

秦焕精于制艺文字(八股文),在京城同僚中颇有名声,有"文虎"之称。[1] 他的弟子在诗文集序言中称赞道:"吾师山阳秦文伯先生通籍后,佐治农曹,文章经济倾动朝右,常出其余技而为制艺,不独裁成士类,抑且上邀主知召对时,屡荷垂询,至足荣矣。""《剑虹居制义》久为艺林脍炙,丐其余沥。"对秦焕的八股文评价很高。影响到秦焕的古文创作,也带上结构严谨、骈文气息较浓的色彩。秦焕踏上仕途,同时也远离了自己的家乡和亲友,早期的为官生涯又都是跟随他人办团练,或是协助他人办军务,自己的才能无法淋漓尽致地展现,后又常驻广西边陲地方,离家乡路途遥远,于是他常常在诗文中浅吟低唱,慨叹自己的身不由己、空无建树和寄人篱下,勾起自己对家人亲友的深深思念,如《春日即事》:"一毡长伴岁寒身,到眼桃符又换春。生计非难偏误我,客途已苦况依人。"《山西司当月夜坐口占》:"风雪催寒尽,饥躯耐客途。一官双鬓短,千里只身孤。报国心空有,还家梦转无。不知春已到,惊见换桃符。"

清光绪五年(1879),秦焕奉旨授粤西桂林府遗缺知府,六年旋补桂林府,开始了长达十余年的粤西生涯。在粤十年,秦焕才有了真正令人称道的宦绩。

1. 百姓闹粮局,单骑诚劝民

清光绪五年(1879)秦焕任桂林府,始"以振文风、端士习、厘定书院为首务,一时登高第者悉出门下"。首先端正士风,狠抓学政,取得了一定的成效,培养出了很多封建社会所需要的人才。其时所辖的临桂县因粮赋未征齐,成立了专门的临时机构去清查粮赋,其中的官员心急,采取了粗暴的手段,弄得百姓人心惶惶,尤其是田亩甚多的苏桥镇受到不法之徒的挑唆,索性聚众暴乱,哄闹粮局,掠走官印,大吏派兵进剿,

---

[1] 陈民牛著:《壮丽东南第一州·楚州》,中国文史出版社 2005 年。

和百姓狭路相持,于是大吏委任秦焕前去强行逮捕,秦焕不忍与善良的百姓兵刃相向,遂一人单骑深入苏桥镇,与百姓坦诚相待,陈述利害关系,"民皆感泣知罪",后把几个挑唆之人绳之以法,藏印令之人罚"甘结(写给官府的保证书)"十张,而使事情得到了和平解决,损失降到了最低限度。

2. 威慑法人,力援边战

清光绪八年(1882),秦焕被调署梧州府。恰值法国人来梧州建造教堂传教,法国人早在1858—1862年间就并吞了南圻(越南南部),19世纪70年代将魔爪伸进了北圻,不仅要将越南变成他们的殖民地,而且企图由此打开中国的西南地区的门户,侵入中国腹地。梧州百姓非常愤慨,并积极反抗西方列强的各种侵略,也是在这一年九月,梧州市民千余人将基督教美国浸信会梧州教堂捣毁,将汤杰卿等教士驱逐出境,教士仕文等二人为此自广州至梧州,亦被驱逐。这就是有名的"梧州教案"。这时法国人来梧州建堂传教也是没安好心的,梧州百姓对此非常气愤,准备阻止,相约每家出一人,用火烧驱赶法人。秦焕受巡抚的委派去主持大局,为了不挑起战争而两败俱伤,秦焕悄悄与百姓定计,只恫吓法人。法使进入郡廨,约好的百姓故意一拥而上,大声喧哗,还有隆隆的炮声助威,法使非常惧怕,说自己通过了通商衙门的允许,秦焕戏答百姓都是来从教养家的,无法阻挡。法使被这种人多势众的场面威慑住,向秦焕乞援,秦焕出计,法人"遥谢逸去",这件事秦焕显示出了不屈的气节和巧妙的智慧,得到了梧州人的尊敬。

法国急于占领越南北部,企图利用下游在越南北部的红河作为进入中国的通道,在光绪八九年间又一次武装侵入越南的北圻,先后占领了河内和南定。越南为滇粤两省之唇齿,这时中法之间的形势变得异常严峻,清朝政府也派兵进驻广西、云南、越南的边境地区,把中法之间严重形势的处理权交给了李鸿章,李鸿章和法国公使宝海在天津一番谈判后,进驻边境地区的清朝官军奉到的命令是"以剿办土匪为名,未可显露助战之迹,致启衅端"。① 不管怎么样,清朝还是派兵进驻中越边境地段,军械粮饷等物资纷纷运过梧州,秦焕通过捐款来筹齐舟楫缆夫等运输费用,没有从老百姓身上征取一分钱,给他们增加负担,充分体现了爱民护民的为官思想。清光绪九年(1883),秦焕又协助除匪,援剿越南边贼禽渠,升为道员补用。十年,旋又回到桂林。临行前作《梧江送别图》,题咏其盛。

3. 两遇大水,民命为重

清光绪十一年(1885),秦焕兼任盐法道。中法战争爆发,法国在海战方面摧毁了我方福建船政局,在台湾占领了基隆炮台和澎湖,陆战方面却遭受很大失败,黑旗军横梗在北越到云南省的路上,于是法国人主要进攻广西。清方主将潘鼎新自动放弃谅山,逃进了镇南关(今友谊关),这时老将冯子材奉命抵达前线,在镇南关外与法国侵略军展开激战,使得法国全军仓皇后撤,谅山被夺回。秦焕为克复谅山做了大量的援助工作,率先捐资捐物,还发动其他桂人集资筹饷,支援前线,赏加二品衔。

这一年,灵川发大水,省河一夕暴涨,淹没了很多居民房屋,这次大水史书亦有记载:"(光绪十一年)广西东、北、西北部一带大雨,湘、漓、桂江及红水河均涨大水,出现数百年不遇之大水灾。五月初二日,漓江水骤高二丈余,倒灌入城,沿河庐舍尽淹,临桂漂没六十余村。"②秦焕亲临灾区,勘察灾情,置生死于度外,向上级申请缓征灾区的粮赋,捐廉收埋骸骨,安定民心。

清光绪十二年(1886),桂林又遭水患,河面漂满尸体,秦焕诚心祈祷江神,愿意代民受罪。洪水肆虐,饥荒袭来,米价腾贵,秦焕设厂施粥,派人去广州购米,船商要求颁照免税,有人以为广西一省米谷是赋税的主要来源,免税不可,但秦焕当机立断,毅然颁照,另外又不惜代价从全州星夜兼程购米,"焕曰:'民命为重。若费重不获开报,倾家赔补

---

① 《清光绪朝中法交涉史料》卷五,故宫博物院1932年版,第27页。
② 唐志敬编著:《清代广西历史纪事》,南宁:广西人民出版社,1999年第578页。

所不辞。'"最后数十万的灾民幸存了下来。

清光绪十三年(1887),桂林或淫雨纷纷,或干旱弗雨,秦焕诚心为民,不顾酷日炎暑或泥淖盈途,步行十里到广福王庙祈福,晴雨立应,广西少雪,冬天祈雪亦能应验,雨雪竟四寸。这里虽然染上了不少神化色彩,但只有秦焕勤政为民,一心为百姓谋福利,才会受到百姓的喜爱,百姓才会将他的美政上升到能感化物格的高度。

4. 仁德服人,不辞劳苦

清光绪十四年(1888),秦焕补盐法道,他看重刑罚,最担心动用大刑逼供,让囚徒口服心不服,造成冤案,总是告诫下属要亲自调查,理清案情,每每碰到一些狡赖犯人,巡抚就让秦焕审讯,秦焕晓之以理,动之以情,让囚徒心服口服,"即曰:'我辈为好官,死亦甘心耳。'囚泣,焕亦泣"。

清光绪十五年(1889),秦焕任广西按察使。这年冬天秦焕梦见一身穿铠甲的伟人告诉他城内有火灾,焕梦中为民请命,着急地争辩,失声惊动了仆从,果然城内科第塘火起,欲烧至官署,署外火光中呼号声连天,焕连忙穿衣出去祈祷,后见官署屋瓦震动,一阵风吹过熄灭了大火。这种美化无疑寄托了百姓对秦焕的信任和感激。秦焕为政不辞劳苦,焕兼盐法道时,代理巡抚李秉衡远驻镇南关外,处理中法之间的有关事宜,署布政使凌彝铭病甚,秦焕在后方悉心做好一切事情,户籍编制、赋税、布政使和按察使两司事、关防等事宜,"案牍纷纭,悉心剖决,笔如旋风,洪纤毕举"。"所至劝蚕桑,设书局,平榷课,通沟渠,恤孤寡,给旅椟,寅僚有亏帑者代之偿,贫穷不能归骨者赒以资,尤留心人才,身率俭约,牧令有片善,必赞不绝口,文檄下移,必亲致数语敦勉之"。

正是秦焕恪守职责,心中常装着百姓,为人谦逊仁义,不仅得到了上司和同僚的赞赏和敬佩,"巡抚倪文蔚,署巡抚李秉衡、沈秉成均荐为'循吏第一'",而且获得了百姓一片至诚的拥戴和赞颂。

清光绪十六年(1890),秦焕奉旨进京,百姓献"慈云远恋图",以此表示他们对秦焕的殷切盼望,上覆一亭,曰望来亭(现存叠彩山顶,改称

"拿云亭"),亭旁还有一记功碑,用长歌体裁来歌颂秦焕在桂林的德政,文云:"在官勤求民瘼,所至劝蚕桑,设书局,平权课,通沟渠,恤孤寡。诚能格物,德可动天,伏蛟止火事昭然。"送别时百姓老幼扶携,直送至百里外,焕与民共泣,流露出官民融洽的款款深情。后秦焕在黄州府(今湖北黄州县)地段不幸伤足,于是回到家乡养病。

光绪十七年(1891),秦焕病逝,享年七十四。

秦焕早在家乡江苏时,就游览了不少名胜古迹,或凭古吊今,或怡情山水,如《过平原》,秦焕经过山东平原县时,想起战国时名人平原君赵胜,对他的历史事迹有感而发。再如《君山顶》:"峰峦去地五百丈,天风吹我峰峦上。大海潮头不见来,江流一线平于掌。昂首望天天更高,云衢能达何辞劳!置身已出红尘外,不必题诗也自豪。"君山在江苏江阴县北澄江门外,其巅有松风亭,突起平野,俯临长江,形势险要,又名瞰江山,秦焕在自然中抒发真我,欣赏美景。粤西的绮丽山水也深深吸引了秦焕的眼球,他在公事之余,常常畅游于广西桂林的奇山秀水中。桂林叠彩山门下现存秦焕建有的叠彩亭,其上留有他的一副对联:"风洞大文章流水潭烟空万象,洞天古图画诗人名士共千秋。"该对联分别取"风"和"洞"二字为上下联的第一字,不仅道出了叠彩山自然山水的幽幽胜景,更是道出了叠彩山集自然风景与人文古迹于一处的古韵。

秦焕可以称得上是封建官吏的一介楷模。他以仁政治理地方,体恤民隐,忠诚为国,恪守职责,勤政倍著,提携后进,果敢有谋,仁德和民本思想是他做官的座右铭。正如其弟子汪树堂在序言中写到:"其爱民也,若子弟;其定策也,若蓍蔡;其任事也,若决江河。"

秦焕的后代不似他这样奋进有名,其子名保愚,字少文,候补知府。秦保愚很会经营盘剥,几十年间,成为淮安城内首屈一指大地主、大富户。民国十年(1921),参与辑成《续纂山阳县志》。秦少文政治上保守反动,辛亥革命淮安光复期间,作为"乡董"之一,在扑杀革命志士周实、阮式过程中扮演了不光彩的角色。解放前秦家在南乡计有万余亩良田,宅院雕梁画栋,房屋百间,大门和"明三暗五"的堂屋砖雕十分精美,秦少文妻妾成群,儿子就有十几个,过着十分靡烂奢侈的生活。① 秦焕的孙辈名中都用"粤"字,其有点名气的是"长房长孙"秦粤生,字寄尘,1882 年出生于广西祖父任所,后以"优贡"身份在京城任"七品小京官"。秦粤生能诗文,"登贤书,少有才名,为禾中七子之一,工诗词,书得苏米法,王壮愍有龄抚浙,爱其才延入幕,磨盾草檄,倚马万言,著《行军法戒宝山》,蒋敦复序之",还著有《寄尘诗稿》、《寄尘文稿》,他的诗文能反映清末民初社会现实,颇有价值。② 1939 年日寇侵占淮城时,秦氏一家躲到城南十五里的"秦田村",日军一百余人全副武装包围了整个村庄,"请"秦粤生出任日伪淮安知事。秦粤生拒绝"合作",表现了一个知识分子崇高的民族气节。其妻杨贞淑,字药生,性至孝,著有《眉影楼诗稿》。

(二)《剑虹居古文诗集》的版本流传

秦焕的著作颇丰,著有《剑虹居古文诗集》、《剑虹居感旧集》、《剑虹居制艺》、《榕城课士草》等,但由于常年在外奔波和做官,其所作常常随手散佚,百不一存,《剑虹居古文诗集》是由秦保愚在其父死后检家藏诗文若干篇,由门下弟子汪剑新太守、恩艺棠中丞合力刻印。《剑虹居古文诗集》包括文两卷(42 篇),诗两卷(334 首),分为 4 册。作品前面附有清代国史馆本传,弟子浙江余杭汪树棠(即汪剑新)和淮南荷芳书院林恩寿序,诗文后有子保愚跋。现存的《剑虹居古文诗集》版本有两个,一个为清光绪乙巳年即光绪三十一年(1905)刻本,4 册冠像,像名"文伯先生遗像","受业景星敬题"。一二册封面标题题有"剑虹居文集",三四册封面标题题有"剑虹居诗集",均为陆润庠题签。该刻本行款特征为每半页 9 行 22 字,白口,左右双边,单鱼尾,版心有"剑虹居文集"、"剑虹居诗集"字样,校刊人为子保愚、孙粤馨、粤荣、粤恩、粤成、粤生、粤思、粤崇、粤宏。其后又有一修补本问世,与原来刻本的校刊人不同,增加了孙粤安、粤咸。修补本对原来刻本进行了刊误订正。两本均

---

① 陈民牛著:《壮丽东南第一州·楚州》,中国文史出版社 2005 年。
② 邱沅、王元章、段朝瑞等人纂修:《续纂山阳县志·杂记》,民国十年(1921)刻本。

藏于国家图书馆,首都图书馆也藏有一套原刻本。

二、秦焕诗文的研究

(一)秦焕诗文创作的社会背景

秦焕的一生跨道、咸、同、光四个时期,其诗文创作也主要在咸丰、同治、光绪年间,这个时期恰好是波谲云诡、复杂急变的晚清社会时期,是中国社会从传统向近代转型的历史时期。这时清王朝已从康乾盛世的鼎盛状态中跌落下来,国势江河日下,仍然是沿袭一种旧体制,这种体制赖以存在的物质基础是自给自足的自然经济,宗族制度仍是社会组成的主要形式,儒家思想仍占绝对的优势,科举取士制度为文人学子提供了进入官僚体系的途径。旧体制因其长期的运转已经在国家社会中根深蒂固,牢不可破,很难改变。它越是顽固,它的弊端也越深地扎根于其间,就像熟透了的水果,成熟的气息无处不在,但其接下来的生命历程将是腐烂。于是与西方文明开始接触时,在西方文明的强烈撞击下,它虽死守住自己的阵地,安于现状,用天朝上国来欺骗自己,却屡屡惨败,力不从心,懦弱无能,正如马克思所说:"清王朝的声威一遇到不列颠的枪炮就扫地以尽,天朝帝国万世长存的迷信受到了致命的打击,野蛮的、闭关自守的、与文明世界隔绝的状态打破了……接踵而来的必然是解体的过程,正如小心保存在密闭棺木里的木乃伊一接触新鲜空气便必然要解体一样。"[①]

大清帝国的内部积弊日深,政治上买官鬻爵,贿赂公行,官贪吏污,无情剥削和欺压百姓,经济上闭关锁国,财力不足,文化上的专制统治和八股取士,窒息了文化活力和士人的创造力,整个社会民生日困,危机重重,使得被统治的所属的子民忍无可忍,不断爆发武力冲突来抗争。如1851年太平天国军在广西起义,所向披靡,以摧枯拉朽之势席卷了大半个中国,占据了清朝的半壁江山,继之有捻军起义和贵州、四

---

① 《马克思恩格斯选集》(第2卷),北京:人民出版社,1972年,第264页。

川、云南等地苗、回、彝等少数民族起义,给清政府以沉重打击。特别是作者感同身受的家乡江苏,在太平天国起义中成为战争漩涡的中心。1853 年太平军定都天京,镇江、芜城、瓜洲等地成为战略要地,在此发生多次争夺,大小战役此起彼伏,使江苏成为一大炮火连天的战场。太平军遭到清军全面的进攻而陨落,这时赖文光将太平军残部和许多小股分散的捻军组织起来,活跃于东到山东、西到陕西的广大地区,清军马上派僧格林沁和左宗棠分别进剿东捻和西捻。双方有时借战乱而乘机掠夺,给百姓的生活带来很大的困扰,"同治元年正月,皖捻李成纠众东下,二月六日度监河犯清江浦,山阳戒严,城门尽闭,板闸居人尽逃,十一日贼马分窜东坎,二十三日犯车桥……先是耀伦(清军将领)等至车桥,纵兵大掠,居人避之,一市为空,怨兵同于怨贼也……三月初九日(贼)窜顺清河、清江、浦集,兵民守围,围南火光,连绵二十里,入山阳境。初十日贼掠议河、山阳沟,直抵杨家庙,焚杀不可胜计。"①

　　战争使百姓苦不堪言,清朝的腐朽官吏又是百姓的一大血吸虫。淮安作为苏北一大政治、文化、经济中心,其漕运发达,商业繁荣,盐、漕、河、关四利咸沾其益。淮关作为全国四大榷关之一,是封建王朝财政收入的重要来源,漕运为封建王朝的命脉,而掌管漕运的总督及其属下往往奢靡成风,应酬频繁,贿赂成风,耳濡目染使得作者对社会的腐败有更深刻的认识。

　　除了这些"人祸",还有很多让百姓不堪承受的"天灾"。道光、咸丰年间,江淮地段的黄河多次决口,百姓流离失所,哀鸿遍野,运河也常常发威害民,漕运、治水等成为江淮地区官吏宦绩的重要凭证之一。《清史·志一百》:"有清一代,经营于淮、黄交汇之区,致力綦勤,糜帑尤钜。"咸丰元年,南河(即徐州道、淮扬海道所管的黄河,邳、宿运河,洪泽湖、海口山、清、高、宝运河都属其范围)、丰北(江苏省徐州丰县北)、三堡河决。咸丰三年,黄河再决丰北。咸丰五年,黄河复决铜瓦厢,东注

大清河入海。《续纂山阳县志·杂记》卷十五:"道光二十八年夏,运河水涨,东岸五坝齐开,东南乡大水。九月扬河厅泛地,七颗柳地方堤决旋塞。"

这些在秦焕诗文中都有明显的凸现,作者屡屡提到烽烟,边患,战火,兵荒马乱、民不聊生的战乱惨状,国家政治吏治的腐败和官吏剥削的贪婪,如作者特意写了《贪吏叹》来勾画官吏嗜财无才、中饱私囊、贪赃枉法的嘴脸:

> 苛政官便民不便,贪吏敛财兼敛怨。只求财贿囊橐充,那计怨怨闾阎遍?堂堂长吏挟大权,征输不足日议捐。幸在府库归职掌,虚名何难冒国帑?但有锱铢暮夜投,令可旋更法可枉。方今时势需吏才,吏才半为黄金来。谋国日拙谋身巧,一方虽瘠一家肥。无厌孰如贾,难饱孰如虎?登垄心计负嵋威,何人兼之惟大府。

《李林枝〈获盗记〉序》:"且夫淮郡重地也,大河北去,沧海东环,宋金之末,三百里内绝少人烟,言之伤矣。幸际开平日久,人不知兵,询王孙之将略,罕有能道之者。近来南北烟生,羽书络绎,居斯土者燕幕何殊?"描写的是太平军与清军在江苏长期对抗,使得江苏淮安等许多地方陷入一片战火当中,百姓生命安全朝不保夕。作者在外作官,对深处水深火热之中的故乡无不挂牵,"烽火终贻桑梓惧","妻孥消息阻云天"等语比比皆是。再如《山西司当月夜坐口占》其一:

> 薄宦羁居久,官衙待漏晨。穷愁磨意气,劳苦炼精神。放胆陈时事,伤心哭古人。归怀萦岁杪,江北尚烟尘。

《清史稿·穆宗本纪》中记载:"(同治元年)粤匪犯庐、和及江浦。……命副都御史晏端书赴广东督办厘金,吴棠督办江北团练。"江北指江苏长江下游北部一带,粤匪指太平天国起义军。这一年作者由江北团练大臣晏端书奏调江北襄办军务。

对外关系上,清朝软弱落后的状态诱发了西方列强的极大贪欲,列强连连发动无耻的侵略战争,妄图以鸦片走私和火力大炮来撞开中国的国门,攫取巨大的利益,第二次鸦片战争后西方列强更是变本加厉,从经济、政治、文化等方面加紧了对中国的扩张,边疆危机也越发严重。通过如两次鸦片战争,中法战争等一系列较量,清政府被迫签下一系列丧权辱国的不平等条约。《岑彦卿宫保六十寿序》:"近年法夷猾夏,摇荡我边疆,蹂躏我南越,窥伺我西关。"指的就是法国企图途经越南而入侵我国西南广西、云南等地区。《读首慕五〈筹边论〉书后》:"时法夷第在越南,福州未经其蹂躏也,广东虎门以外亦尚无夷船,今则局况又一变矣。"这里的"局况一变"就是指1884年8月23日法国侵略舰队在福州马尾军港内的马江江面上向清朝福建海军开炮,其罪恶炮火吞噬了福建海军,摧残了福建船政局,蓄意挑起了侵略中国的一场很不光彩的表演。帝国主义在中国无耻地掠夺,急遽扩张,使清政府逐渐失去了独立的国家主权。

在经历了鸦片战争等屈辱历史和农民起义的沉重打击后,中国的有识之士或是深感国家民族的落后,力图挽救民族危亡,争取国家自立富强,或是忠实维护封建王朝,力挽清政府危局。许许多多中国人坚持不懈地求索奋进,开始睁眼看世界,了解西方,接触林林总总的西方思想观点,继则比照西方和中国的强弱悬殊,提出维护民族独立、改革社会弊端、争取国家富强和社会进步的种种主张、方案,从而形成丰富多彩的社会思想。这时社会思潮风起云涌,错综多样,其主要有经世致用思潮和洋务思潮。清初,针对明末的空谈浮夸学风,顾炎武等一批思想家就提出治学要与解决社会现实问题结合起来,他的《日知录》就充分体现了治世济民、经世致用的精神,这种思潮猛烈抨击了晚明学风,在当时产生了相当大的影响。后随着清王朝统治的巩固和文化专制主义的推行,文字狱盛行,学者惧怕触犯时讳不能自保,于是埋头于古代文献的爬梳整理和诠释故训、烦琐考证,考据学兴盛,经世精神隐而不彰。

到嘉庆后,社会陷入深刻的危机,由盛转衰,各种矛盾突出,弊政丛生,再加上列强的入侵更加暴露出清政府的软弱,伤害了人们的民族自尊心,士人们受时势的刺激,喋血饮恨,怀抱经世救国之志,倡言改革,寻求拯救国势颓废和抵御外侮的措施,学者不能再安心埋头于故纸堆而置现实于不顾,乾嘉汉学适应不了社会巨变必然走向衰落,而且这时各种农民起义持续发生,统治者无暇再顾及士人的精神专制,政治控制略为宽松,如梁启超所说:"嘉道以还,积威日驰,人心已渐获解放,而当文恬武嬉之既极,稍有识者,咸知大乱之将至。"①士人们敢于关注世务,针砭弊政,匡时济民的政治热情高涨,力矫时弊、切于时务的经世思潮再次兴起。这时的经世思潮代表人物有林则徐、陶澍、贺长龄、龚自珍、魏源等,他们以匡济天下为己任,直面现实,抨击时政,目睹风俗颓败、国体腐朽的社会现状,要求补偏救弊,探求古今治乱得失,关心国事民瘼、讥切时政。强烈的爱国意愿和身体力行的献身精神,在面对列强的欺凌,他们表现出高度的民族自尊心,捍卫国家富强自立的不容推辞的责任心。经世思潮本质上仍是一封建思想体系,是中国儒学经世思想的一脉相承,其要求与西方对话,睁眼看世界,"师夷长技以制夷",寻求新知于异域,又使这种思潮染上一定程度的近代色彩。

秦焕的生平和诗文创作鲜明地体现了经世思潮的影响。秦焕作为一介为封建政府所称颂的"循吏",在其未出仕之前,就密切关注天下形势的变化,与其交往的也是一批身在朝野心忧天下的士人,如郭相廷、郝企三、万雨村、子高、缦卿等,他们忧国忧民,叹己之途,看似不问世事,实则忧患成疾,这是传统士大夫的"通病"。科考中举出任官职后,他躬亲践行,尽职尽责,两袖清风,为民爱戴,任桂林知府时"以振文风、端士习、厘定书院为首务,一时登高第者悉出门下,在官慈惠开敏,周知民间疾苦"。在他的诗文中屡屡有中法战争和国内混战形势的愤慨之作,如文集中作者笔意纵横的《病说》万余言,写尽士人封建末世伤时忧

---

① 梁启超著,夏晓虹点校:《清代学术概论》,北京:中国人民大学出版社,2004 年第 194 页。

世的心态。在诗集中作者一方面痛惜国家战火连连,官吏腐败,民不聊生,而向往美妙的"桃花源"理想世界意欲隐居自好,另一方面却急欲征战沙场,建功酬志。如《春日即事》:"疏狂有酒杯中尽,痛哭无书阙下陈。"这是面对国家政局动荡,自己却无力回天的自责。再如《书愤》其一:

> 扰攘九州内,艰危十载前。河山怜鬼蜮,土木愤人天。疾恶齐民快,持筹上相贤。枕戈刘越石,夜起著先鞭。

国事扰扰,时局艰难,借用"枕戈刘琨著先鞭"的典故来表达自己欲力挽危局、济世安民的豪情壮志。清朝国土疆域辽阔,康乾年间国力强盛还能保持主权独立,版图完整,"自乾隆后,边徼多事,嘉道间学者渐留意西北边新疆、青海、西藏、蒙古诸地理"①,这时周边国家如俄国实力逐渐强大,企图将黑手伸进我国广袤的领土,如日本通过明治维新国力大增,如西方列强霸占了越南等小国,以此为跳板觊觎我国,英法等国不时用坚船利炮来骚扰我国沿海地区,边境隐忧重重,边衅不断,许多知识分子开始掀起对边疆的研究热潮,如祁韵士、松筠、龚自珍等等,秦焕出于对国家的热爱,再加上他长期任职在广西边陲,亲历中法战争,所以对祖国的南部边境上存在的种种问题感受颇深,他或是渴盼良材来守护国土,或是渴望亲赴战场建立"马援标铜柱,班超指玉关"的丰功伟绩。其《拟杜诸将次元韵》:

> 节旄天上不重来,鹤唳猿啼日夜哀。未见孙吴施豹略,谁从褒鄂上麟台?兰舟风净花三峡,莲幕春秋酒一杯。独有九重宵旰苦,河山难得是边材。

---

① 梁启超著,夏晓虹点校:《清代学术概论》,北京:中国人民大学出版社,2004 年第181 页。

　　作者认为国家的独立完整正是需要有孙武和吴起那样的军事奇才,有像唐初段志玄和尉迟恭那样的骁勇大将来保卫。《读〈使东记〉书后》:"嗟乎! 两汉而后外患多已,乃唐有姚宋边患消,宋有范韩敌胆怯,则国家所恃者诚不在金汤之势,而在柱石之臣已。"也表达了对贤能良才的呼吁。再如《九日登高同人小集》:"少难投笔作班超,老欲据鞍追马援。"作者斗志昂扬,雄心未泯,多想亲赴战场洒一腔报国热情!

　　积极的中国人不断地了解西方,向西方寻求救国真理,师夷长技以求强,振兴商务以求富,谋求自强之道,如果说第二次鸦片战争之前把外国有关事务称为"夷务",表明人们对国际事务和形势认识不清楚,还有一种妄自尊大的心态,到 19 世纪 60 年代,洋务论的普遍出现,这表明中国人民在靖内乱和御外侮的过程中深深折服于西方"轮船之速,洋炮之远",洋务在内涵上也日益扩充,除外交事务外,引进外国设备和科学技术、派遣留学生、筹办海军海防等都为洋务,"洋务思潮毋庸置疑地成为 19 世纪 60—90 年代社会新思潮的一面共同旗帜"[①]。洋务思潮主张采西学,制洋器,师其所长,借法自强来抵御外侮,主张通商来富国,工商立国,派遣人出国学习制造、化学、电气学、军政诸学,坚持"中学为体、西学为用"。

　　洋务蔚然成风的时代里,秦焕自然也免不了将目光投向于洋务。他写下了《论洋务》三篇,主张士不能好稽古而不通今致用,应当注重现实情况,认为在当时中国当与西人开关互市,对待外国资本主义要"和不忘战",禁烟应禁其吸食者,使民众保持廉耻之心,禁止鸦片贸易但不能完全断绝中外通商贸易,与西人通商贸易是发展趋势,双方互利互惠,"中国之人且难禁其不往,外国之人何能禁其不来",所以对待西人不能单一地采取敌对的态度。

　　纵观这几十年,社会思想主要是在两种观念材料相夹杂而逐步形成和发展起来的,一种是中国古代思想,一种是西方近代思想。中学和

---

① 刘学照:《论洋务思潮》,《历史研究》1986 年第 3 期第 52 页。

西学的猛烈碰撞影响到很大一部分传统的封建士大夫,面对千疮百孔、日薄西山的大清王朝,这些封建士大夫都力图挽救颓势,改变世风,表现出高度的责任感和忧患意识。他们既牢牢护守儒释道等中国传统精神文化的生命和根基,维护中国文化道统,坚持中学为体,悠久的文化让他们有着一种文化自豪感和优越感,甚至带上守旧色彩的夷狄观念和天朝上国意识,他们把远洋而来的欧洲人称为"夷",取古代对异族的贱称,甚至嘲笑、奚落西方的先进技术和风俗,反映了"四夷臣服"、"万邦来朝"等自尊自大的传统观念,价值理念上存在着保守的特质。同时西学的输入和传播,使得他们又被西方先进的科学技术所震撼,感觉要挽救日益式微的国势,就应该涵容、吸收西方的物质文明成果,体现出一定的进步性和开放性,这种中西会通的文化观看似矛盾,实则是互融的。正如张之洞所指出的:只要在精神和行动上遵循圣人的法则,"如其心圣人之心,行圣人之行,以孝弟忠信为德,以尊主庇民为政,虽朝运汽机,夕驰铁路,无害为圣人之徒也。"①他们引进西方文明的最终目的是为了保国保教,维护封建王朝的统治。

这种传统与近代的矛盾在秦焕的身上存在,如他的《论洋务一》、《论洋务二》、《论洋务三》等文章中,主张中西通商贸易,认为其无法禁止,作者思想上有其开通之处,同时他认为传统的圣人、圣教、圣经是至上的,醉心于孔孟之书,三皇五帝之制,所以不必禁止传教,嘲笑传教之西人"不知中国者,圣人之国也,非圣人之教而日训于圣人之国,其与鹊噪蛙鸣何异?"面对中国的优秀文化,西人不但不能制服中国百姓,"而往往为中国之百姓所制",甚至幼稚地认为西人是不待自驱的,"何如有西人之处,任其来而远之,中国之人日与之远,彼将不待驱而自远之矣。予所谓感化之者,岂外此乎?"这里作者又变成了文化保守主义者,甚至有一点卫道者的盲目自信。再如《李升初〈格物解〉书后》:"嗟乎!时势至今日,曲技异端盈天下焉。"作者面对时局的新变化,不能理解接

---

① 陈山榜著:《张之洞劝学篇评注》,大连:大连出版社,1990年第159页。

受,把人们学习西方的自然科学技术贬为"曲技异端",什么才是有利于风俗人心的"格物"呢? 作者认为"《大学》之格物,平天下者也;异学之格物,扰天下者也",体现出作者墨守成规、目光狭隘的一面。

(二) 秦焕散文的研究

秦焕古文集可以分为时政、序跋、寿序、论史、说理等几类,一共42篇,近3万字,分为卷上和卷下两册。卷上有《四皓安储论》、《汉唐宋明党人论》、《唐宋藩镇朋党得失论》等论史文,评论历史的得失,阐述自己的观点,比如论"藩镇朋党",就认为唐之亡,亡于有朋党,而宋之弱,弱于有朋党而无藩镇;《论洋务一》、《论洋务二》、《论洋务三》等时政文,对禁烟和通商持开放的态度;《病说》等一系列的说理文,论述"病"这一士人的精神状态;卷下包括《〈中庸衍义〉序》、《〈家语段注〉序》、《〈先正语录节要〉序》等书序,评价书对当今的功用价值,对维护封建社会的意义;还有《全小汀相国七十寿序》、《岑彦卿宫保六十寿序》、《崧镇青方伯五十寿序》等寿序,为宦海中的好友祝贺生辰,歌功颂德。其中写得最文采飞扬、思想内涵最丰富、最能体现作者真性情的一部分就是《病说》万余言。

1. 从《病说》中看秦焕散文的思想价值

《剑虹居古文诗集》序言中:"盖有真性情而后有真学识,有真学识而后有真经济,用能诚无不格,废无不举。"在《病说》诸篇中,秦焕从自己身边的几个身在朝野、心忧朝阙的读书士子的病中情状描述开去,探讨他们的病源,抒写他们的病状,展现他们病的过程,试图提出解决办法,抉其病体,探其病根,并追溯历史上典型的人物,串联起古今,揭示出中国封建士大夫的通病,将长期的动荡生活中士大夫的苦闷郁积、百端交集的心病聚焦在一起,发为动人心魄的万余文字,体现其性情之真。

积极入世、兼济天下的儒家理想人格经过几千年的沉淀,已深深地沉入中国封建士大夫的文化心理最深处,尤其在国家和社会处于即将颠覆的危难时刻,这种忧患意识和建功的渴望显得更加迫不及待。然而正是社会的不稳定,许多士大夫的人生愿望不能正常实现,这股热情被无情的现实浇灭后,便悄悄地隐蔽在他们的内心深处,日积月累,积愤难消,最终忧患成疾。正如作者所说,"客问于予曰:'病胡为而有乎?'予曰:'有情斯有病矣。'……盖业已有情而实不能不病,而实不敢不病,而实不忍不病。"(《病说》其一)病源来自士大夫有情,情是病产生的决定因素,什么样的情就产生什么样的病,《〈病说〉续编》其五中作者就写出了不同性质的情衍生出了许多种不同性质的病。作者所推崇的"情"是何物? 即是对万民疮痍的现实关怀及历史责任感和壮志未酬等感慨。作者笔下的士子友人几乎都有病,"癸丑四月九日,企三、谷人两先生见访,谷人自去秋抱病,至今未已,企三虽未如谷人之久,亦若断若续,同为病中人焉。"(《病辩》)他们惺惺相惜,同病相怜,互相传染,各自病得不轻,《病说》其四中就展现了郝企三受到刘谷人的感染,内心的缠绵固结之情遂发为病的过程。他们志同道合,因而其情其病本质上是相同的。但个人气质风度的迥异,遂显出了病态攸殊的韵致。如《〈病说〉续编》其五:

> 而诸君皆有病,正不独企三、谷人两君也。菊圃先生有雅病,终朝怜蝶瘦,逐蜂狂,徜徉花里;星五有拙病,每当同人欢笑时,忽焉入座低眉,画墙欲语,惘惘如有失;相廷有傲病,往往一言不合,白眼望天;芰芗虽旧病不发,而心病未除,青毡一片,藉作蒲团,其忏悔不知何谓;若子高则有懒病,老屋三间,蒙童数个,课晴雨,话桑麻,徒步小巷中,人不知其为农为贾;至缦卿则有放病,披衣出门,笑声达二里外,不登龙山,时常落帽,好昂头故也。吁! 得病如诸君,其人奇,故其病奇。

晚清时风雨飘摇的时势,混乱衰败的政治漩涡,个人的力量显得微不足道,他们压抑着自己的政治热情,政治上的失落让他们只有在各自的病态中寻找着个人价值的定位,沮丧失望的他们将自己放逐到山林野趣中去,以此来抒发各自抑郁彷徨的心境。隐逸不仕成为他们的人生选择,在田园式的生活中他们可以达到任心适志,我行我素,因而他们的行为就显得有些古怪、不近情理。任情放纵的生活方式让他们找到了暂时的精神慰藉,得到了精神上的短暂宁静,同时也保持了精神人格的独立。如《病说》其二:"吾为客大声呼之曰:'沮溺隐于耕者也,宁戚隐于牧者也,严陵隐于钓者也,梁鸿隐于春者也,君平隐于卜者也,刘伶隐于饮者也,谷人隐于病者也。'"跟古代许多贤人隐士一样,晚清的一部分士大夫也找到了一种寄托心灵的有效方式,远离世俗,不受浊世的约束。秦焕对这种恬静、安宁的生活也表现出了追求向往之情,诗集中他不断地提到"武陵津"、"桃花源"等理想世界,文集中他又生花妙笔尽情描摹万千病态。如《病赞》:

> 纸窗无尘,花影竹影,一卷一灯,是为病景;披衣散步,庭阴倚树,非醉非醒,是为病趣;空谷音沉,敲门畏客,昼拥一毡,是为病癖;心事蹉跎,或泣或歌,昂头天问,是为病魔;促膝片时,欣戚万状,若嬉若颠,是为病样;山川金粉,一炬土焦,登高南骂,是为病豪;有刀作佩,有剑在囊,出门欲去,是为病狂;书气填胸,茗香清胃,含咀英华,是为病味。

作者将各种各样的病状描摹生动,多面立体地将病中行为写得趣味异常,写出了林林总总的"病",这样率性的笔触似乎让我们感受到乱世中的隐士超脱尘寰、怡情愉悦的精神享受,实则这种放达的外表下藏着一个个苦闷、躁动的心灵,这就是他们真正的病症所在。他们的内心充盈着哀愁、感伤、焦虑和怨愤,积聚了太多的对现实的担忧和不满。惨烈的国家现状,饱经劫难的清代百姓,异国蹂躏的屈辱,在他们的心里会留下挥之不去的印痕,激起儒家士大夫的悲天悯人的人文关怀和经邦济世的历史使命感。他们的眼界必然密切关注国家社会,由一人之病遂至国家之病,作者巧妙地把国家比作大人,将描写其子民的个人之小病的笔触自然地转到国家这个大人的膏肓之大病上,显示出对国

家大厦将倾的焦虑。此时痼疾已让大清这台国家机器锈蚀而无法运转,正如《〈病说〉续编》其三:

> 呜乎,今天下病矣!天下犹一人之身:北直其首也,山左、山右两臂也,河南自咽喉以下也,江浙四省则胸腹之大也,两湖、两广居两大胯,云贵一带则由足而上也,若由盛京而北则鬓发虽长,初非肌肤可比也。三年之前,病起胯间,不过疥癣之疾,非大患也。自良医先亡,毒气蕴结不解,间有能医之士,未许专治,动为庸医所掣肘,而两胯之大遂糜烂不可复支,一旦上攻心腹,使急用药调治,纵难骤返沉疴,亦断不至同疽发背上。奈何见病色沮,刀圭委地,心腹之患遂至进逼咽喉,受病者所为呻吟日夜也。独是病所已侵之处,渐将成痞,而病所未侵之处,亦复养痈,只以胸腹之症而致头目为之不清,肩臂为之不适,手足为之不安。浸淫既久,元气大亏,培养未周,病根尚伏,将所谓三年之艾何存哉?

这里作者把国家比喻成一人之肉身,国家政治出现一点毛病时就如人只是皮上长癣,尚容易想办法治理,然而朝廷不能任用贤人能士,却信任那些无能之辈就像轻微病人落入庸医手中,原来的一点小病没有治愈,新的问题又层出不穷,其弊政越积越多,犹如毒气蕴结越来越厚,使得病越发严重,国家慢慢变得腐败不堪就像人身腐烂不可救,日积月累,遂遍及全国,国家最后走向灭亡。这就是对当时危机重重、散乱坏败的清政府的示警,对国家和民族命运和前途的忧虑。"日之将夕,悲风骤至",对民族国家的绝望,人生理想的破灭,使得这些士大夫陷入了深深的忧伤和愤激当中。如《〈病说〉续编》其五:"为之词曰:'同是乾坤大病身,脚跟立定此红尘。匣中三尺龙泉剑,夜夜哀鸣泣鬼神。筵前并尽玉壶春,笑骂歌吟总性真。四海疮痍齐下泪,将来医国让何人。'"作者他们面对乱世危局,却空有一腔抱负,无处报答,只有将悲凉慷慨的情绪埋藏在觥筹交错、纵情娱乐的外部行为之下,满腔怨愤和无可奈何是多么的令人震撼！这种猛志难酬、怀才不遇的现实情结在古人那里找到了精神上的共鸣，"千古病人，一样伤心，子为我听，我为子吟"（《病赞》），作者列举了西山病饿的伯夷、叔齐两兄弟，远赴匈奴、泪洒他乡的大义昭君，宦途不顺、大志难伸的王粲，为国家大义牺牲自我的壮士荆轲，战场驰骋、命运舛苦的将军李广，落魄潦倒、心怀社稷的诗人杜甫等几个儒家士大夫的典型代表，以他们初时慷慨入世、济时昂扬的心境来与当代士大夫的心境互相唱和，以他们的宏图未展、悲凉沉郁的人生处境来映衬当代士大夫的悲哀地位，将古今之士大夫的精神本质连通起来。得不到社会的认可，找不到自己正确的定位，也没有真正理解的知音，他们无疑都是苦闷焦虑、寂寞孤独的，于是一部分就放逐自我，压抑住自己的真实内心，戴上放诞不羁、纵情游戏的伪装面具，如阮籍，一方面任诞纵酒，不拘礼法，高谈玄学，超脱现实，另一方面"时率意独驾，不由径路，车迹所穷，辄恸哭而反"，对时运和己途不能洒脱释怀，甚至有人远离尘嚣、隐逸遁世，在美好的自然和简单纯朴的生活当中寻求精神的解脱和心灵的避难所。

秦焕对这种儒家士大夫忧国忧己的通病表现出深深的理解和尊崇，因为他本身也是一位同病者。他常常在文章中赞叹这种"病"，说"有病者雅，无病者俗；无病者苦，有病者福"（《病赞》），处处责备自己情同木石，未能像刘谷人他们那样有情有"病"，说"谷人有病，我辈独无病，我辈可愧"（《病说》其二），再如《病说》其三："客曰：'子既盛称谷人之病，试问子何以不病？'……吾性浮动，病若不屑约束我；吾情躁率，病若不屑陶镕我；吾才粗疏，病又若不屑涵濡我；而且吾学卤莽，病知我不能体验而远我；吾识浅陋，病知我不能融会而弃我……"这样自贬式的自我剖析，正是出于作者自己对现实的深刻忧虑和严苛的自我鞭策，正是因为秦焕自己具有经世济民、安邦定国的人文情怀和乱世中难以实现抱负的矛盾心理，他才能抓住刘谷人等人乃至许多士大夫的精神内涵。在揭示当时大部分士大夫的精神困惑之余，也显露出作者自己的心路历程。作者能言士大夫之病，并且知士大夫之病，仍然自谦称自己没资格"有病",只好"无病",表现出对士大夫经国人格的敬仰,其实这也是一种"病",是和中国封建士大夫之病是相通的。最后作者在《〈病说〉续编》其五中承认自己是有"病"的:"我即以无病之身日与诸君相接,且恐为病染,而况仆本病人乎!"这种强烈的经世精神以及现实和理想的矛盾感情在诗集中体现得更加明朗。高尚的士大夫中有人争称自己"有病"或"无病",一些钻营蝇头小利的小人也争称自己"有病"或"无病",有为了突出士大夫忧时伤世之病的本质精髓,作者将士大夫的忧天下之"有病无病"与一般追名逐利的凡夫俗子之病对比起来,崇高与卑劣的品质昭然显现,讥讽和批判了那些自私自利、眼界狭隘的无聊"病夫"。《〈病说〉再续》其一:

> 非比天下有病之人,多自谓无病;天下无病之人,多自谓有病也。问有病之人何以自谓无病,则如视已病于瞆而自谓明,听已病于塞而自谓聪,口舌病于钝拙而自谓强辩,心思病于蔽锢而自谓旁通,若有所不得已者也;问无病之人何以自谓有病,则如位不病于卑而日忧贱,境不病于穷而日忧贫,不病于无名而日忧才之湮没,不病于无势而日忧人之欺凌,若有所不得已者也。

这里的"有病"就是指一些人自欺欺人,自我蒙蔽,没有勇气面对现状,还企图强行掩盖事实,说成"无病",而意欲经国的士大夫经受的是精神上的病痛,他们虽然逃避现实,有一些放任自然的病态的行为举动,但他们的病痛来自现实的黑暗和遗弃,个人的不得志,他们敢于正视自己的精神苦闷,并随时有一股勇挑重担的责任感;这里的"无病",本是指处境显达,人生顺利,无担忧之虞,但这类在乎功名俗利之徒却杞人忧天,忧一己之私利,害怕自己的地位、境遇、名利、权势等步入低谷,变得"有病",相反正直士大夫心胸坦荡,即使希望能患忧时忧己之病,也是从拯救时弊、建立不朽功名的相对崇高的价值观出发,不注重一己一时的短暂功名,及世俗的利益。对比"有病"却装"无病","无病"却非要"有病"的欲盖弥彰之举,那些正直士子显得率真,他们展现的是真实的本色,不造作,不矫情,如《病说》其一:"无病之谷人,谷人之暂也;有病之谷人,谷人之常也;无病之谷人,谷人之伪也;有病之谷人,谷人之真也;无病之谷人,谷人之拙也;有病之谷人,谷人之巧也……"。

作者将一人之病折射出众人之病,从士大夫的精神之病连接当代国家社会的现实之病,用古之病来互衬今之病,高尚的"有病无病"之争对比虚伪的"有病无病"之争,全方位地用深沉的笔调描绘出一副活生生的病态图,反映出了晚清士大夫在时局艰难的境地中挽民族于狂澜的经国意识和沉雄抑郁的心理状况,进而触及了中国封建士大夫几千年儒道互补的传统文化性格,揭示了古往今来的士大夫之通病。

2. 秦焕古文的艺术特色

(1) 当理切事　结构严谨

秦焕的古文有一种浓烈的议论特色,其间如论、说、序、跋等文体,占了大半部分。文集评论历史的有如《燕太子使荆轲刺秦论》、《四皓安储论》、《汉武帝置平准于京师都受天下委输论》等几篇,评价历史的得与失,感慨历史的功与过,反驳当代人的错误不当的看法;议论时政的有《论洋务》几篇,对洋务开展中禁烟禁教的做法提出质疑,认为不应强令禁止,而应启发百姓的廉耻之心,当局要看到百姓贫困这个根本的原因;说理的有《好刚说》、《病说》等,这几篇叙述和议论夹杂,以"病"为独特视角,论述天下人之病态种种,笔峻辞丰,辩思敏捷;论书题跋的有《〈中庸衍义〉序》、《〈家语段注〉序》、《〈先正语录节要〉序》、《〈止足斋序〉书后》、《读〈使东记〉书后》等等,评书论道,以封建伦理作为赞誉和批判的尺度,弘扬封建道统。

作者阐明道理,关注时事,体现出一定的洞察力和鉴别力,尤其是"论"这种文体,无论是评论历史、论事、论时政,都有很强的思辨色彩。如《唐宋藩镇朋党得失论》这篇文章中,一开头作者就反驳了世人的一般见识,"世之论唐宋者,咸曰唐之亡亡于藩镇;宋之弱弱于朋党,而不知皆非也。"接着摆明自己的看法——"唐之藩镇虽强,苟其间无朋党之祸,则藩镇亦不足以亡其国;宋之朋党虽纷,苟其时有藩镇之威,则朋党亦不足以弱其国",然后分别精干地叙述唐、宋的历史,昭显事实,唐则从肃宗的政治论述到武宗的时代,宋则从太祖时代点过几个重要年代到达南宋,即使是述史,也没有驰骋文笔,放开叙述,而是提纲挈领地提炼出事实本质,就事实进行深度评判,得出"此唐之亡不亡于有藩镇,而亡于有朋党也"和"此宋之弱不弱于有朋党,而弱于无藩镇也"的论断。再如《汉武帝置平准于京师都受天下委输论》,作者先简单交代"平准"这项经济政策的出台时间和原因,顺势将别人的论点挑明,立即加以否定,然后展开辩驳,得出"平准"之害更甚于"入粟补官"法,揭示出它们以"商贾之计"谋国、搜刮黎民脂膏的本质,一针见血,全篇议论性强,短小的篇幅里容下的几乎全是议论文字。这些议论体现了作者学养深厚,见解精辟,能穿透事物的表面直达事物的核心,其间的思辨魅力让人欣赏不已。

秦焕精于制艺(八股文),写法纯熟,在同僚中颇有些名声,所以他的一部分古文论事、论理,都显得严谨有序,论述精当,表现出驾驭文章结构布局的高超本领。方苞在《又书〈货殖传〉后》中谈到"义法"说讲到:"义即《易》之所谓'言有物'也,法即《易》之所谓'言有序'也。义以为经而法纬之,然后为成体之文。"①言之有物,行之有序,对内容和形式这样的要求是中国古文写作的传统,也是桐城文派的"家法"。秦焕的有些古文行文有序,结构圆融,是一个统一紧凑的整体。如《阮菊圃生诔》中,作者认为"先生,雅人也。雅非俗笔所能传。然画工,俗笔也,画景,俗景也",认为俗文俗画不容易描摹出阮菊圃其人的精神,更自谦自己不才,实则作者的精心布局、精巧构思已经具有相当的艺术功底,"余姑勿深求,而特念余与公有自恨于己者四,有不可解于公者六,有不能为公慰者五,而有可以共信于心者一,吾正不妨为公白之",作者把与阮菊圃交往的点点滴滴,纷繁琐事,总结综合成"四恨"、"六不

---

① 周中明著:《桐城派研究》,沈阳:辽宁大学出版社,1999 年第 115 页。

解"、"五不慰"、"一心",其后的文章在这个纲领下展开,文词虽然繁富,文句虽然纷乱,篇幅虽然冗长,但我们仍然可以抓住其内容脉络,理清文章的主旨,作者通过几句"文眼",把一大段长篇文字紧紧凝聚,结构圆满浑然。再如《沈仲复中丞六十寿序代》中叙述沈仲复的生平时又按事情发展的自然顺序来记叙,像年谱一样来记载其生平,自然有序,流水记账式的清晰明了。《武乡侯自比管乐论》中在细说诸葛亮的主要事迹中,将管仲和乐毅的事迹镶嵌进来,互为交叉,又互为参照,成螺旋式结构,"况日者仲谋据有江东,不啻霸气归于云梦;曹操潜移汉鼎,不啻重器迁于临淄。一旦风云交会,霖雨相资,司马徽藻鉴千秋,是即先生之鲍子也;刘豫州草庐三顾,是即先生之燕昭也",将三国时的形势与管仲和乐毅时的天下形势类比,司马徽和刘备慧眼识孔明,与鲍叔牙力荐管仲、燕昭王知会乐毅相提并论,突出了他们之间的相似性,后笔锋一转,用"是管乐为其易,公独为其难也"来说明他们面临的形势的不同,诸葛亮处于更加艰难的局势,以"故论管者,犹讥其昧于荐贤,公则推诚以得士;议乐者,犹惜其终于奔赵,公则尽瘁以保邦"来说明他们道德品质的截然不同之处,凸显诸葛亮更加崇高无私。这样几回交叉比较中,情节交织而不杂乱,主线副线地位恰当,反而有一种相辅相成、相反相生之美。

（2）骈散相间　笔妙蒙庄

早在中唐古文运动中,韩、柳为了转变六朝的华丽骈文的文风,在文章的句法上就进行了革新,创造了一种骈散合一的句式特点,"韩、柳文实乃寓骈于散,寓散于骈;方散方骈,方骈方散;即骈即散,即散即骈。"①这种融合散行和骈偶的句法特点,为后代散文家提供了宝贵的借鉴经验。秦焕的古文句式骈散结合,而且骈文篇目和散文篇目互相夹杂,将骈文文法用于古文的创作,以单行奇句与排偶骈句相杂,不仅使得一篇具体文章整饬有序,富有流动变化,而且让整个文集质朴和华

---

① 顾随著:《诗文丛论》,天津:天津人民出版社,1995 年第 258 页。

丽并存,风格错落起伏,有活动的美感,作者可以自由灵活地抒发自己的跌宕摇落之气。如《好刚说》:

> 天下之不矜才者,皆天下之无才者也;天下之不使气者,皆天下之无气者也。无才气者,庸人也;有才气者,贤士也。有才而不矜,有气而不使,非大贤以上不能学。人自负才气,贵有养焉以制之,偶有不检,则才或流于骋气,或近于激者,皆好刚之过也。天下之物刚者,易折;古今之势刚者,易败。项羽惟刚,故灭于汉;李密惟刚,故杀于唐。汉如贾晁之上书,唐如牛李之分党,类皆才气之各不下人。综览千古以来,士大夫高才傲世,盛气凌人,卒之忧贻社稷,祸及身家,指不胜屈。

前面两两对仗,接着转为散行,后又"天下之物"和"古今之势"对仗工整,"项羽"和"李密"严阵相对,继之而来的又是自由的散文句式,句式整齐中富有变化,参差不齐,错落有致。秦焕文集总体上骈文气息较浓,句式上以骈句为主,不仅散文中夹杂有骈偶句式,而且一些篇目中几乎全文两两对偶,迂徐回环,琅琅上口,如《病说》其五:"企三为人与谷人异,而病亦各如其为人。企三无心者也,谷人有心者也;企三以无心为有心也,谷人以有心为无心也。以无心为有心,柔克者也;以有心为无心,刚克者也。柔克者,病偏于阴虚,欲医企三之病,请以谷人医之;刚克者,病偏于阳虚,欲医谷人之病,请以企三医之。然而企三、谷人两不愿也,今将以谷人医企三,企三或化而为谷人,是寒化而为热也;今将以企三医谷人,谷人或化而为企三,是热化而为寒也。……"甚至有的就是骈文,辞藻富丽,才雄恣肆,声律协调,如《病跋》:"山枢隰榆,破黄粱于一枕;桑田沧海,吊赤县于千年。处处婆醒春梦,年年鬼唱秋坟。草木争荣,莫非富贵;金石比寿,犹有文章。纵虞翻骨相,未卜鸢腾;而李贺心肝,自将凤吐。韩潮苏海,披编挽一代狂澜;宋艳班香,摇笔散九天奇彩。"

为文尚"气"古已有之,"文气"说的气与人的血气相关,与人的性情相关。刘勰在《文心雕龙·体性篇》:"若夫八体屡迁,功以学成,才力居中,肇自血气;气以实志,志以定言,吐纳英华,莫非情性。"①认为文体的变化决定于人的气质,情与气偕,作者的才力、血气都是情性的表现。文气与人的性情有关,情浓气盛,胸中有愤懑不满之情,抑郁不平之气,就会不平则鸣。当然这需要才学的支持,韩愈言"气盛言宜",就是要求人要加强道德品质的修养和才学的积累,方能养成浩然之气,气与才相融形成"才气",才会有沛然的文章气势。"气"、"势"慢慢相近,"气"大多偏向指文章的行文气势,形成了为文的一道品质,历代的文章家非常重视文章的气势。刘大櫆在其《论文偶记》中指出:"行文之道,神为主,气辅之。曹子桓、苏子由论文,以气为主,是矣。"②主张文章以"神"为主,重视作家的精神气质,同时"文章最要气盛"。姚鼐在《惜抱轩文集·复鲁絜非书》中把文章之美分为阳刚和阴柔两种,"其得于阳与刚之美者,则其文如霆,如电,如长风之出谷,如崇山峻崖,如决大川,如奔骐骥"③,我们可以认为这是姚鼐对奔腾驰骋般的文章气势的推崇。

秦焕的一部分古文如《病说》诸篇,才气恢宏,生气贯注,气势如行云流水。《剑虹居古文诗集》序言中提到:"先生以抗直重于时,忠爱之忱,时于所作诗古文辞流露而不自已,……夫淮阴固大江以南人文渊薮也,士生其间具嵚崎磊落之气,发激昂慷慨之音,掉鞅文坛后先辉映。"秦焕拥有戆直忠亮的独特个性,其受到淮阴磊落爽直的地域文化性格的影响,又因其处于摇摇欲坠的封建末世这个特别时代,其伤时的情怀太过浓郁,其经世的志向受到阻碍,心中蕴积着太多幽忧不平之气,无法压抑,不可抑遏,不吐不快,情感倾泻而出,发为文章《病说》诸篇,形成了才雄笔异、恣肆曼衍的古文特色。其门下弟子在《剑虹居古文诗

---

① 周振甫注:《文心雕龙注释》,北京:人民文学出版社,1981 年第 309 页。
② 周中明著:《桐城派研究》,沈阳:辽宁大学出版社,1999 年第 182 页。
③ 周中明著:《桐城派研究》,沈阳:辽宁大学出版社,1999 年第 245 页。

集》序言中赞叹道:"其中渊懿朴茂,文则摩垒西京,朗润清华,诗则嗣音六代。而说病五万余言离奇变化,笔妙蒙庄。"庄子的散文正是汪洋恣肆、奇幻诡妙的散文艺术的典型代表,人言其有"纵横习气",跌宕奇异。《病说》诸篇作者从"说"、"续编"、"再编","辩"到"赞"、"跋",文体多样,行文雄奇郁勃,显示了作者学力修养之深厚,文墨技艺之超妙。

　　大多作者在抒情达意时,多半选中人、事、物等素材,而《病说》诸篇别出心裁地挑中"病"这一生理或心理现象为描写对象,以此来衬托人的思想感情,显示出题材的奇异性和独创性。庄子以其大胆的浪漫主义想象,散文中题材另辟洞天,有扶摇直上的大鹏,有井蛙,有神人,有入火不热、入水不濡的真人,有畸形怪状的丑人等等,甚至是一些抽象的概念如"知"、"无穷",庄子都把形象化,拟人化,思维现象、心理现象、自然现象都能入文,是战国时文坛的题材拓荒者。秦焕写病,把它拟人化,塑造成具体成能听、能想、能感受的活人形象,《〈病说〉续编》其二:

　　　　余作《病说》五篇,继之以"赞",终之以"辩"。刘子爱而诵之,而刘子之病亦遂闻之。然则病有耳乎? 曰病乌乎无耳也? ……心造病,病造形,形造声,将以阳气为父,将以阴气为母,将以心田为庐舍,将以性府为门庭,将以热血为丹膆,将以脐门为窗牖,将以思路为道途,将以情苗为饕餮,将以肝火为炊爨,将以肺水为壶浆,将以斗胆为护卫,将以诗肠为盘桓,将以少女心神、小姑脾神为眷属。然则刘子之病,将视刘子之腹为安乐窝矣,将视刘子之腹为温柔乡矣。……譬如既有洞府,不可少羽流,病之洒落颇似道;既有宝刹,不可少浮屠,病之慈慧颇似僧;既有台榭,不可少歌舞,病之妖娆颇似妓;既有囊箧,不能无穿窬,病之狡狯颇似贼。……今刘子阅予文而喜,刘子之病亦必闻刘子之诵予文而喜。夫至使刘子之病亦赏予文,则予将为刘子惧且转而自惧,窃呼谷人而告之以正论焉。

这里的"病"俨然一个有手、有脚、有耳、有神智、有思维的人，它不仅像人一样生活，它居住在人的心田，用热血来涂抹上色，肚脐是它的窗牖，人的思路是它行走的坦途，它吃的是情苗，用肝火煮熟，喝的是肺水，胆壮可以保护它，少女心思是它心仪的对象，而且它还有各种性格特征，如洒落、慈惠、狡狯，具有独特思维，可以阅读、鉴赏文章，同时产生相应的情感变化。作者把"病"写得活灵活现，别开生面，显示了非凡的想象力，拓宽了题材领域，与庄子笔下那些形形色色的主人公有异曲同工之妙。既然"病"如此灵活多智，对付它就必须是出其不意的办法，才能以怪制怪，作者别出心裁地想到了"医病"的绝妙办法，《〈病说〉续编》其三：

今为刘子计，莫如以治兵者治病，心自为君，气自为帅，思自为官，体自为令，智府深沉为帷幄，器量宽广为疆场，争斗在理欲之关，战胜在天人之界。识病之真，务得寇之情状；防病之起，务摧寇之前锋；清病之原，务剪寇之党羽；弥病之隙，务断寇之归路；拔病之根株，务使寇之一扫而大定。心腹无恙，而后头目清，肩臂适，手足安，元气虽未能骤充，而病根庶不至复发。知一身之病之所以治，即知天下之病之所以治。

作者将治兵的道理运用到治病上，"气"相当于兵营中的统帅，以智慧为统帅的指挥台，以自己的宽大度量为两相厮杀的疆场等等，还有将认识病情为探听寇状，防止病发为摧毁对方的前锋，防治病根就如同把贼寇一网打尽，防病蔓延就好像毅然断截对方的后路等等，将看似毫不相干的两者联系在一起，显示出奇妙的智慧和独特的艺术眼光，这种怪异的艺术构思，也许庄子也会叹服。

作者任意遣笔，洋洋洒洒万余言，就如借用了庄子的随意五彩笔上天入地，腾挪翻转。一些文句首尾相连，形似顶针，使文意连贯通畅，节奏在迂回中前进，回环往复但不沉重凝滞，如《病说》其一："有病斯有情矣。然人知病生于情,而不知情生于病;人知情生于病,而不知情生于无病;人知情生于无病,而不知病生于无病;人即知病生于无病,而不知情生于无情;不知情生于无情,宜乎不知无情之为至情,无病之为至病,何则? 天下有情之人,皆天下有病之人;天下有情有病之人,皆天下自谓无情之人;天下自谓无情之人,乃为天下真有情之人,遂为天下真有病之人。"这里每一个小分句丝丝相连,一句的末尾就是第二句的开头,娓娓连接,一气呵成。作者在文中运用了大量的排比、对偶、对比,使文章雄直宏阔,气势畅达。如《〈病说〉再续》:"原其大旨,终不外乎此情:情挚则圣,情浮则狂;情通则智,情塞则愚;情厚则公,情薄则私;情深则真,情浅则伪;情逸则雅,情劳则俗;情顺则达,情泥则拘;情定则正,情荡则邪;情平则直,情谬则曲;情常则庸,情变则怪;情有情则君子,情无情则小人。"这其间每一小对互相对比,相反相成,如"情挚"和"情浮","情通"和"情塞",每一对又蔚然排列,文势通达。这种排比、对比、对偶的手法在文集中比比皆是,让我们感受到了作者倾江灌河般畅快的文思,俯仰自如的文笔,纵横洒脱的情感。还有作者让文句层层盘旋,句式叠罗伸长,文意层层递进,逐步加深,如《病说》其四:

予朝趋而见客,其举止异常,奇哉! 肖谷人矣。予暮趋而见客,其辞气异常,奇哉! 愈肖谷人矣。予明日趋而见客,其神明异常,奇哉! 真肖谷人矣。予迟至十数日后趋而见客,其举止辞气神明,静与物化,动与天游,奇哉! 视谷人无毫厘之差矣! 嗟乎! 天生谷人,天又生客,天心之有情也;病一中于谷人,又中于客,人心之有情也。然谷人不病,则客无由病。谷人即病,而非予能知谷人之病,则客无由病。予即知谷人之病,设不与客言,则客无由病。予即与客言谷人之病,而非客平日隐与谷人同病,则客无由病。且客平日即隐与谷人同病,而非谷人之病实有一种缠绵固结之至情,有以感人于无形,则客终无由病。

作者层次分明地将企三受谷人的感染而患同样的"病"的过程一一陈述,呈现出"病情"发展的由浅入深的步骤,文句结构相似而又逐层延长。为了阐明"客无由病"的诸多理由,作者逐层辩驳,结构上又段段回顾,类似顶针,文意连绵不断,从表面的原因直达最深层的原因。这种盘旋式的写法增强了文章的气势和可读性,壮其采,畅其气,弘其势。有的通篇反复反问,饱蘸感情,气势雄壮,理直气壮,酣畅淋漓,增强文章的理趣,如《〈病说〉续编》:"天下有形者幻耶,无形者幻耶? 有声者幻耶,无声者幻耶? 无形而有形者幻耶,有形而无形者幻耶? 无声而有声者幻耶,有声而无声者幻耶? 由是言之,更有幻于刘子之病者耶? ……问病何以有形,病答耶? 问病何以有声,病答耶? 问刘子之病何以有形,刘子能代病答耶? 问刘子病何以有声,刘子能代病答耶? 刘子不能代答,刘子何不藏其形耶? 刘子何不秘其声耶?"有时采用骈赋中四六句式,吸取骈赋铺张扬厉的文体特点,如《病赞》罗列了病景、病趣、病癖、病魔等不同行为特点的"病",四字一句,四句一层,紧凑严谨,词藻繁富。再如《〈病说〉再续》其二:

> 君不见夫白日昏昏,终年闭门,一榻时卧,已死其神。逢人昂首,钟声徒扣,一诺千金,已死其口。拥卷如城,蟫蠹丛生,一丁不识,已死其睛。箕踞北牖,客来却走,半揖不恭,已死其手。不山不林,拖紫腰金,满腔茅草,已死其心。入门锦屋,出门华毂,戴笠趋前,已死其足。贻忧寝堂,骨肉参商,本根先拨,死其肺肠。芝兰交淡,金石盟感,一朝谷风,死其肝胆。

这里以"君不见夫"统领后文众多结构划一的骈俪句式,细绘"其神"、"其口"、"其睛"、"其手"、"其心"、"其足"、"其肺肠"、"其肝胆"等诸方面病态恹恹、丧失真神的神态,声韵和谐,工于形式,长于描绘,作者任意铺陈,体察细微,抓住了各种病态的精妙的外部特征。

秦焕的古文时而短小精悍,严谨有序,时而放任自如,才雄气肆,让人体会到两种鲜明的艺术特征。总体上偏于笔肆气畅,有一种阳刚之美,语言朴质无华,其间又点缀着小束繁花富锦。

（三）秦焕诗歌的研究

《剑虹居古文诗集·汪树堂序》中:"吾惧先生之诗文不传,则先生之真不见也。"这种"真"可能就是抓住秦焕独特的人格魅力和诗文艺术两方面而言。秦焕诗歌内容无非是感时抒怀、赠友唱酬、论书题画、咏史怀古、关注民生、咏物言情、游历山水等几大类,共 334 首。如《杂感》、《书愤》、《感赋》等捕捉自己的心灵的感悟,抒发自己的瞬间情感;《游鸡鸣寺登旷观台》、《游金山》、《虞山》、《望潮》等游览祖国的山水,记载自己的行踪;《赠刘云岩》、《赠刘德扬》、《简故乡诸友》等诗向朋友诉说自己的情怀,表现知己般的深情;《题杨定夫图照》、《题裘梅生图照》、《题归汉图》等评论诗画的优劣,由其内容引发深深的感慨;《飞蝗叹》、《乞食叹》、《蓷荷叹》等关注民生疾苦,反映残酷现实;《汉光武》、《魏武帝》、《隋炀帝》、《宋太祖》等咏史抒怀,评价历史人物的功与过;《春草》、《秋草》两组咏物诗,托物寓意,寄托自己沉郁的情思。诗歌中表达自己忧时伤世的沉郁基调,叹时世不济,人心浇离,为国家呼吁良材贤吏,或是叹烽火战乱,思亲念友,向往静谧美好的理想世界,或是叹自己依人客途,前途未卜,表达个人功业未立而急欲弃笔从戎、建功沙场的愿望。这些都表现出一个儒家士大夫对社会、国家、个人的忧患意识和高度的社会责任感。

秦焕诗歌明显是受宋代诗风的影响。

大清朝延续到鸦片战争前夕,各种社会矛盾日益激化,到鸦片战争爆发,清王朝一败涂地,大厦将倾的危机感笼罩在爱国士人的头上。这影响到诗歌上,士人不满于嘉道以前宗经征圣、拟古摹古、逃避现实的浓腻浮滑的文风,而是更加注重现实生活,崇尚求实厚重,宋诗的以文为诗,以理趣为诗,以学问为诗等特点,求真求我、恶伪恶俗、尚硬尚涩的风格,使得它迎合当时的士子的心境。同时在道咸时期"天崩地解"的时代特征与明末清初类似,瘦硬叉牙的宋诗,更宜于表现他们心中的

块垒和桀骜不驯的精神,唐诗的明朗高华显然不适合,如邓之诚先生
《清诗纪事初编》卷六谈到"盖盛衰之感,不能寓于肤阔,此其所以折而
入宋欤。"①

陈衍在《石遗室诗话》中说:"道、咸以来,何子贞(绍基)、祁春圃
(寯藻)、魏默深(源)、曾涤生(国藩)、欧阳磵东(辂)、郑子尹(珍)、莫
子偲(友芝)诸老,始喜言宋诗。"②严羽在《沧浪诗话·诗辩》中批评宋
诗,"而古人未尝不读书,不穷理。所谓不涉理路、不落言筌者,上
也。……近代诸公作奇特解会,遂以文字为诗,以才学为诗,以议论为
诗"③,这却相当准确地概括了宋诗的主要特征。而在道咸年间宗宋已
成为一种普遍的风尚,涉及当时文坛上几乎所有的诗歌派别,如龚自
珍、魏源为代表的经世派,曾国藩为代表的桐城派,以程恩泽、祁寯藻、
郑珍、何绍基等为代表的宋诗派。祁寯藻为三代帝师,官至军机大臣、
体仁阁大学士、太子太保,曾国藩是满清中兴的大将,更是晚清以文臣
封侯第一人,其自身为理学名臣,以高位主持诗教,借助其特殊的地位、
声望与影响,宗宋诗风在道咸之际愈演愈盛,足以转移风气,陶铸一世
之人心。宋诗派的基本创作倾向为"合学人、诗人之诗二而一之"。一
是学问至上,学问是作诗的根本,以才学入诗,以学问入诗,以考据入
诗,以经史诸子为诗材诗料,以杜、韩、苏、黄为诗学风范,认为四人胸有
积轴,学力赡富,其诗富有理趣。派中同行,互相吹捧其学识学力,莫友
芝在《巢经巢诗钞序》中称郑珍,其于"诸经疑义,抉摘畅通……而才力
赡裕,溢而为诗,对客挥毫,隽伟宏肆。"④他们认为做诗要先讲为人,将
学问、为人、作诗三者合而为一。同时他们又从学问中求不俗,趋新求
异,独创异格,认为要有真性情,讲真我自立,反对模拟。何绍基在《使
黔草自序》中论述了不俗的重要性:"顾其用力之要何在乎? 曰:'不

① 张仲谋著:《清代文化与浙派诗》,北京:东方出版社,1997 年第 18 页。
② 陈衍著:《石遗室诗话》,沈阳:辽宁教育出版社,1998 年第 1 页。
③ 张少康主编:《中国历代文论精选》,北京:北京大学出版社,2003 年第 86 页。
④ 舒芜、周绍良等编选:《中国近代文论选》,北京:人民文学出版社,1981 年第 127 页。

俗'二字尽之矣。所谓俗者,非必庸恶陋劣之甚也。同流合污,胸无是非,或逐时好,或傍古人,是谓之俗。直起直落,独来独往,有感则通,见义就赴,是谓之不俗。"①在这里他讲了为人、作诗两方面都要自立不俗,认为应该要有"真性情","真气真骨真形"。何绍基还主张艺术上的独创性,不依傍古人,这种不俗、独创,是宋诗派最有价值的诗论部分。人要有真我真性情,始能人与文为一,那么,所谓真我真性情又是指什么呢? 何绍基在《与汪菊士论诗》中说:"凡学诗者,无不知要有真性情,却不知真性情者,非到做诗时方去打算也。平日明理养气,于孝弟忠信大节,从日用起居及外间应务,平平实实,自家体贴得真性情,时时培护,字字持守,不委外物摇夺,久之则真性情方才固结到身心上,即一言语一文字,这个真性情时刻流露出来。"②他们都是仕宦官僚,深谙中国儒家经史之道,养就纲常等级观念,对社会人生的观察都自觉运用等级眼光,体现出封建士大夫的精神物质,穷达之间难掩一种官宦味。而且因循温柔敦厚的儒家诗教,要求能体会和坚守封建纲常名理,恪守儒行,扶持纲常做人,以读书积气、涵抱名理作诗,这是他们不俗、真性情的出发点。这使得他们的诗论带上了保守、征圣复古的气味。因此他们的诗歌创作也烙上这种烙印,内容大多为狭窄,局限在个人的遭遇和赠答唱酬、题书画上,没有将目光投向广阔的社会生活。

祁寯藻被陈衍认为是最能体现宋诗派以考证入诗和以才学入诗的诗人,他的《题馛龁亭集》和《自题馛龁亭图》两首诗,正是"证据精确,比例切当,所谓学人之诗也;而诗中带着写景言情,则又诗人之诗也。"③"证据精确,比例切当"指其诗作中有些地名、人名考证,用这来概括学人之诗的内涵,正道中宋诗派的自恃所在。祁寯藻《题馛龁亭集自序》中主张"义理和训诂不可偏重",论诗强调"穷通显晦,情遇各殊;

---

① 舒芜、周绍良等编选:《中国近代文论选》,北京:人民文学出版社,1981 年,第131 页。
② 中国社会科学院文学研究所《中国近代文学百题》组编:《中国近代文学百题》,北京:中国国际广播出版社,1989 年,第 54 页,第 52 页。
③ 陈衍著:《石遗室诗话》卷二十八,辽宁:辽宁教育出版社,1998 年,第 381 页。

温柔敦厚,体要斯在",极力推崇"温柔敦厚"的诗教。他精通经书,提倡汉学与宋学并重,倡导经世致用之学,强调"性情"和"学识",他的诗作大多写官场酬答,或感恩皇帝赏赐,或扈从皇帝出游,还有少数关注民生疾苦和写景抒情之作①。游国恩认为他的诗"是典型的拟古主义和形式主义作品"②,他身为大官僚,远离现实生活,无暇亲自体验下层人民群众的真实感受,所以写不出贴近现实的深刻之作,这是他的生活经历所限制。

秦焕于1838年受祁文端寿阳相国的知遇之恩,入泮习书,通过自己的苦读拼搏由一介寒士跻身于统治阶级的官僚行列之中,他的人生之路上很有可能受到祁相国的影响,他在《〈黎半樵先生奏疏文集〉书后》中写道:"焕淮产也,少孤贫,读书无多,道光戊戌受知于寿阳相国祁文端入泮。"在这种知遇关系的笼罩下,而祁寯藻又作为一个在当时政界中、文坛上颇有知名度的人物,在秦焕的仕宦人生和文学创作中不难找到祁文端的为人和为文思想的影子。而当时整个社会大环境的求实学术思潮和宗宋文学思潮的熏陶,再加上江浙地区自清初就形成的崇宋和尚实的历史传统的浸染,如浙派诗人以宗宋为基本诗学倾向,钱钟书论述浙派诗最为精警,他将浙派诗宗宋的脉络零散而又贯为一体地论说出来,如"助孟举钞宋诗之吕晚村、吴自牧,皆与梨洲渊源极深";"全谢山传黄氏之学,其诗亦粗硬作江西体"③。浙东学派和浙派诗的开山祖师黄宗羲讲授蕺山之学,以王阳明为宗主,为学主经世致用,长于史学,论诗强调学问,重经史,认为诗之源头、本质、功能是性情,诗就要抒发性情个性。这种地域文化背景和人文景观使得秦焕的诗歌创作很容易会有宗宋的倾向。他在文集《〈樗轩集〉序》中说到:"才范以识,学化于养,则文也而进于道焉。"阐述了自己对才能、学问和修养等之间

---

① 中国社会科学院文学研究所《中国近代文学百题》组编:《中国近代文学百题》,北京:中国国际广播出版社,1989年,第54页,第52页。
② 游国恩等主编:《中国文学史》,北京:人民文学出版社,1964年,第1179页。
③ 钱钟书著:《谈艺录》,北京:中华书局,1984年,第144、146页。

的看法。

秦焕诗歌存在着宗宋的倾向,首先我们来感受其类似的情感基调。如前所说,秦焕所处时代风云变幻,悲风惨雾,他自己又是家贫少孤,经历坎坷,饱经忧患,对时局的混乱和个人前途的渺茫,他忧深思远,对现实有点心灰意冷,欲全身而退,洁身自好,同时却又被激起了强烈的奋发精神,斗志昂扬,希望有所作为,他的诗歌呈现出了沉郁孤傲、清冷坚忍的情感基调。如作者以咏物来抒愤,来表达深沉感情,愤世嫉俗意,都寄托在吟咏的事物上。在他的笔下,"历劫风霜原有骨,降才天地岂无心",梅花具有了历经磨难仍傲立的坚强品质;"自古怜才珍老干,栽培反赖有冰霜",梅花的耐苦寒生成健筋傲骨,正是自己勇敢地经受磨练而前途更远大的心理写照;"幽秀尚堪留劲节,萧疏从不傲同侪。也能得地生瑶圃,未肯随人上玉阶",这里的春草坚贞独立,不受别人的摆布;"抹雨涂烟去路遥,别离心绪为谁撩?梦从腊鼓声中破,魂在芒鞋踏处销。关塞九边余燧火,江山一代几渔樵。长安道上浓如锦,愿借生花彩笔描",谚语云"腊鼓鸣,春草生",这里的春草却又梦破魂消,命运多舛,以此来喻处于战火中的关塞战士,用长安的生机勃勃的春草来比喻其所处地的美好,表达对战乱的不满;"本色文章羞绚烂,闲身位置爱林岩",从春草的朴实颜色和所长的位置,突出它们保持真我、不事奢华的本色。相对于《春草》组诗,《秋草》组诗中表达的情感偏重于哀伤凄怆。"曾经膏雨吐芳苞,候过金风叶未抛。万古标名营有菜,数椽庇士屋惟茅。天兼寒燠如三月,地起烽烟逼四郊。休笑闲才关系小,军书星火索刍荛",这里出现的"茅"、"刍荛"等小草,物象特征也变得粗野一点了,这些小草实物是与战争联系的,虽曾经受过膏雨滋润,经历过萧索的秋风仍然有生命力,但蕴含的情感是战乱时的哀伤;"物犹如此我何堪?频向花前次第探。分手自从三月后,伤心无过大江南。恩知必报愁长结,忧到能忘垢且含。几度登城怜谢客,苍苍萑苇阻征骖",这里的是"苍苍萑苇",色彩从春天的鲜绿变成了秋天的暗绿,使人读出其中的沧桑感,作者因分别而心境黯淡。

除开情感基调,我们就诗歌创作的艺术特色详细地来看,也可以明显地感受到它和宋诗一些相同的气味。到底秦焕诗如何在宗宋的大气候中展现个人呼吸的不同呢?

1. 学问之诗,学识博洽,尽显才情

清人李重华说:"凡引一古人,一故事,俱是比。"①高友工先生指出:"一个典故有两个极点:一个与现实问题相关;一个与历史事件相关。两个互相比较,而比较的目的则在于显示它们的相似之处,从而提供机会以使诗人描述或评论现实的问题。"②秦焕在其诗歌中任意驱策调遣了大量的典故,经、史、子、集皆能入诗,来抒情达意或是说明现实问题,显示了他的学识繁富。或是透过表面的含义来传达深刻、隐喻性的深层含义,达到探索幽微的作用;或是以古喻今,由此及彼,来达到纵横联想、驰骋想象的作用;或是把前代的人或事引出来,借过去的人或事在有限的篇幅里来表达不便明说或不能一下子说清的深邃的感情,达到以简驭繁、以少胜多的作用。如《杂感》其二十:

> 阮籍哭穷途,世无逍遥地。陆云有笑癖,亦招流俗忌。何如委初心,物情置勿议?不绝淳于缨,不洒灵均泪。万事付悠然,升沉两无意。花间酒半壶,不醒亦不醉。日与羲皇人,北窗争把臂。

在这首诗中作者连用了"阮籍穷途哭"、"陆云爱笑"、"淳于髡笑人所出者少而所欲者奢,以至冠缨索绝"、"屈原被流放不能自明而悲愤"以及"陶渊明北窗下卧,自谓羲皇人"的典故,这一系列典故的运用正是曲折地表达了作者身处多事之秋的晚清时代,面对复杂难解的社会,人处在其中是万分无奈和烦恼,不如不动感情,漠视中立,丢掉所有的责任和个人的前程,只与酒交谈,来获得自己的逍遥自在。连用了几个典

---

① 王夫之等:清诗话,上海:上海古籍出版社,1999 年第 930 页。
② 高友工、梅祖麟著:《唐诗的魅力》,上海:上海古籍出版社,1990 年第 161 页。

故,反复咏叹,形成诗情的起伏回环,将典故融入平易自然的语言中,不矫作,不生硬,贴切地表达自己一种受压抑的心理。再如《寿佛寺题壁》其十四:

> 巨艰独力岂堪胜,事到难言但抚膺。宰相刚方思赵鼎,状元温饱愧王曾。道傍筑室谁无误,纸上谈兵我亦能。青史一编殷鉴在,祸人家国是模棱。

诗人在这里引经据史,列举了几个历史人物,如赵鼎、王曾、苏味道,运用了与他们相关联的历史事件,即"赵鼎为人刚方,主张力战金人,不屈服秦桧而绝食","宋代王曾中状元,但志不在温饱、俸禄","唐代宰相苏味道遇事圆滑,模棱两可",还运用《诗经·小雅·小旻》篇中"道傍筑室"和史上"纸上谈兵"的典故来反讽因循机械、已无创见的错误行为,斥责官吏无能,祸人家国,以古喻今,表达了作者真挚而深沉的感情。晚清政府正处于内忧外患的境地,外有强敌逼近,内有反叛不断,非常需要真正能力挽狂澜、有回天之力的良材。

秦焕诗歌中还有多典一用和一典多用的现象,用古今上下相似之事物来说明同一件事,如为了表达向往隐逸、追求理想世界这一思想感情,他用了北窗下卧("日与羲皇人,北窗争把臂"《杂感》其二十)、梅妻鹤子("长啸谢沙汀,愿伴梅花老"《杂感》其二十五)、蒋诩三径("一榻茶烟三径竹,可能容我作诗僧"《游金山》其三)、武陵津("江乡何处武陵津"《春日即事》)、桃源境("柴桑即住是桃源"《感赋》其二)、钓鱼台("何时真觌面,携屐钓鱼台"《怀万雨村》其二);如为了表达自己在国家危难之时思挺身而出、希望被重用而得以报国立功的强烈愿望,他挑用了"囊中锥"、"黄金台"("寄语金台投笔客,江北城郭尚烟氛"《寄丁子静》其二)、"麒麟图形"("麒麟图形非易事,丈夫底事耻雕虫"《咏史》其二)、"著先鞭"("枕戈刘越石,夜起著先鞭"《书愤》其一)、"弹铗"("未经归路裘先敝,纵到侯门铗肯弹"《简故乡诸友》其三)等等典

故;又用"王粲登楼作赋"("楼前夕照愁王粲,塞外凉风泣李陵"《秋草》
其二十六)、"狄仁杰望乡云"("国计支离家计拙,几回翘首望乡云"《简
故乡诸友》其一)、"张翰思莼"("秋风天末起,莼菜也相思"《燕市喜晤
张芸碟》其三)、"停云"("停云二千里,惆怅独登台"《寄王南卿》其三)
等等一系列典故抒发自己漂泊异地,烽烟阻隔,从而思念家乡、亲友的
难舍情怀。诗歌中还常常一个典故反复使用,如枕戈刘琨、班定远投
笔、西山饿死人、贾长沙痛哭上书等等典故,卫霍、郭李、班超、苏武、祖
逖、马援、诸葛亮、严陵、陶渊明、王曾、梁鸿、韩信等等历史人物也常常
是作者歌咏的对象,当我们将这些典故和历史人物一一串联起来时,作
者的感情轮廓就粲然可见了。作者真实而庄重地抒发对国家社会的遭
遇、时代的变迁、个人的穷达境况的感受。

　　《剑虹居古文诗集·子保愚跋》:"先严自有声庠序,即嗜古文诗词。
登第后,研究弥笃,尝谕保愚曰:尚书左国,文章之根柢也;毛诗楚辞,诗
赋之本源也。"在秦焕的诗文中明显地体现了推崇《诗经》、《楚辞》的特
点,他在诗中直接援引借用了《诗经》中的篇目,如《菊梦》其一:"俗情
解脱怜蕉鹿,乡思分明怨草虫"(《诗·召南·草虫》:"喓喓草虫,趯趯
阜螽。未见君子,忧心忡忡。"),这里用典指乡愁正浓,怨草虫不知趣而
叫得人心烦,典故融入诗中,不着痕迹,犹盐溶于水。《砚田叹》:"出作
南亩犹呼庚(《诗经》中多处提到南亩)",《秋草》其二十:"孝子悲怀托
蓼莪",《秋草》其二十四:"长依芸案检葩经"(葩经即《诗经》),或是采
用由《诗经》篇中主旨题意而来的典故,如《秋草》二十九:"天恩湛露好
同霑"(湛露即《诗·小雅》篇名,天子宴诸侯也),《杂感》其四:"请把常
棣诗,涕泣一披读"("常棣"诗讲兄弟友爱),《春草》其二六:"种就生刍
人似玉,场苗端为白驹留"(《诗·小雅·白驹》篇,"生刍一束,其人似
玉"的典故指祭奠先辈、友人,称誉死者德行,"白驹"比喻贤才,这里用
典咏赞春草)。诗中也喜用"香草"、"幽兰"、"芝兰"、"兰芷"、"美人"
等文词,如同屈原钟爱它们一样,即寄托了作者的美好想象;诗集中直
接有一篇《读〈离骚〉》:"缠绵悱恻此肝肠,洁比湘兰吐异芳。试问忠贞

谁克绍,治安三策有文章。"这首诗作者深深同情屈原的忧国忧民、自我不得志的愁结郁肠,表现出对屈原高洁人格的赞赏,它的精神深深影响了后来人;诗集中多处运用灵均泪等典故,也有"孤臣泪眼弹兰芷"(《秋草》其二十)、"沧江骚客感,香草故人诗"(《燕市喜晤张芸碟》其三)、"江干纫佩楚灵均"(《秋草》其一)、"忠魂南国楚灵均"(《菊梦》其二)等论述屈原的诗句,这些都是出自诗人对屈原精神的深深认同的结果,诗人不仅在诗材上借用了它们,而且在诗歌情感基调上也有《楚辞》的影子。《诗经》、《楚辞》对作者诗文创作、人格修养上的影响是根深蒂固的,这里只是从用典角度简单提及。

更值得一提的是,秦焕的咏物诗既体现了清朝咏物诗的特点,歌咏题材广泛,且连章叠韵,常常采用组诗形式,而且大量的历史故事、典故的入诗,丰富了咏物诗的内涵。晚清朱庭珍说"近人尤好以一题顺押上下平韵作三十首,甚至咏物小题亦多至数十首,且有至百首者。"清初赵吉士依韵答于仪部七律四首,自后一直叠此韵作诗,竟得千余首,名《千叠余波》①。秦焕的几组咏物诗采用组诗形式,从各个角度来吟咏事物,《春草》、《秋草》两组咏物诗各多达三十多首,《梅花》等也有将近十首一组,如《春草》一组押"东"、"之"、"微"、"鱼"、"苔"、"痕"、"宵"等各韵的平声韵,韵摄叠用,一题咏至几十首,而且搜罗了牵涉到春草的大多数典故、人物、历史故事,如"一卷离骚资润色,清芬原不让蘺茝",与战国屈原用香草来比喻贤人君子的历史故事有关;"青留北地明妃冢,绿到南阳处士庐",思绪又飘到了远嫁匈奴的王昭君的墓上以及高士诸葛孔明的隐居之所;"最好长林风日丽,有人濡笔赋萋萋",又指的是众多诗人赋诗咏草,留下了很多关于草的佳句,像谢灵运就有"萋萋春草生,王孙游有情"这样流传千古的妙句;"忍思出郭循陔蕙,愁见提筐感涧芼"中的"陔蕙"就是孝子养亲之典;"疾风明主知王霸,出世时人笑谢安",指东汉王霸在颍川就跟着汉光武帝创帝业,打江山,一直没

---

① 蒋寅:《清代文学的特征、分期及历史地位——〈清代文学通论〉引言》,烟台师范学院学报,2004 年第 4 期,第 7 页。

有离开,光武帝就用"疾风知劲草"来称誉王霸操守坚贞。晋代谢安初在东山隐居,后为名禄还是出山为官,有人拿一种药草来嘲笑他的前后不一的动摇行为,就说这种草有二名:"处则为远志,出则为小草"。组诗的形式突破单独一首诗的表现能力,用大量典故来丰富诗歌内容,丰富了吟咏对象小草的人文内涵,增强了咏物诗的深度,托意显得含蓄有味,并且能够借用小草的有关典故来表情达意,达到咏物和咏史的巧妙结合。

秦焕诗集中还有一部分吟咏历史事件和历史人物的诗。如《咏史》其四:

> 五噫悲愤和梁鸿,从古和衷戒党同。扪虱不为桓氏用,骑驴隐恸岳家忠。雄才自信殊狐媚,兔死谁知念狗功?麟阁图形非易事,丈夫底事耻雕虫。

这首诗涉及梁鸿《五噫歌》、王猛扪虱对桓温、韩世忠质问秦桧"莫须有"罪名等几个历史事件,感慨历史上忠臣遭忌,得不到理所应当的待遇反落得悲惨下场,感慨为人臣协主建功之不易。诗人还吟咏了尧、舜、禹、汤、周文王、周武王、秦始皇、汉光武、曹操、隋炀帝、宋太祖、周公、晋文公、楚霸王、钱镠、介子推、杨朱、墨翟、荆轲、张良、韩信、贾谊、李广、李陵、朱买臣、严子陵、马援、班超、祢衡等一大批历史名人,对他们的主要事迹了如指掌,手到擒来,抒发俊快精辟的议论,显示出深厚的史学知识和独到的史学见解。

2. 议论之诗,平板直露,意锐新警

秦焕的诗歌中有很多说理议论诗,或是在咏史诗中通过评价议论历史人物,来发表自己的看法,显露自己的心迹,或是受到某些事物的启发来抒发自己的感慨,阐明一些人生哲理,如《李少卿》:"许以忠臣语近阿,斥为降将论犹苛。较量功罪平情贵,一恸河梁别泪多。"根据李陵的遭遇命运,对他做出"非忠臣亦非降将"的不偏不过的评价;再如《杂感》其二十九：

> 居高而驭卑，执巨而综细。宜乎才恢恢，布置归次第。那知变诈生，在在为牵制。防奸适养奸，革弊翻酿弊。尘起风难驱，云飞日可闭。始知古今来，宵小术囷替。不在夷狄间，多在肘腋际。所以古惠人，宽政须猛济。

开头就用"高"和"卑"、"巨"和"细"之间的关系来说明对待事物要用辩证统一的方法，后面举了些因错误的方法而失败的例子——"防奸适养奸，革弊翻酿弊"，最后落在仁人治政不应偏宽容而应宽猛相济的结论上，论证脉络分明。再比如《杂感》十六：

> 不有瓦缶响，黄钟不见真。不有砆砆质，白璧不见纯。有莠苗斯贵，有秕粟乃珍。落叶满山谷，独瞻松柏新。掩鼻鲍鱼肆，愿与幽兰邻。荣名属君子，反赖有小人。

这首小诗相对有些趣味，作者虽然说明的是一个浅显的道理——万物都是有对立面的，而且是双方互为依存，但是将观点蕴藏在诗歌意象中，没有直接把议论语句塞进诗中，用"瓦缶"的响声衬托黄钟的"纯正"，用"砆砆"的杂质来反衬"白璧"的纯白无瑕，还有莠与苗、鲍鱼与幽兰的相反相辅的关系，自然就引出了君子和小人的类似的关系。

今人在探讨理趣时，就把以诗明理按艺术性的高下分为三类：理趣、理致、理障。理障就是指为了表达所谓的哲理，损害了诗歌的审美性和诗独具的艺术特质①。然而秦焕有些诗歌说理过于直白，忽略了诗性的表达，成为干瘪的说教，如《杂感》其十："人有惠于我，虽小不可忘；我有惠于人，虽大无矜张"，诗歌开头就直接摆出一副说教的姿态，"千

---

① 陈文忠：《论理趣——中国古代哲理诗的审美特征》[J]，文艺研究，1992年第3期，第61页。

金报一饭,意气殊堂堂。百钱愧亭长,毋乃狭肺肠",接着就用韩信的
"千金报漂母"和"韩信只以百钱报亭长"的两个事件来论证,虽然加入
典故显得学识深厚,但缺乏诗歌技巧的直露议论,显得毫无趣味;再如
《杂感》其三十一:"聪明亦何凭,凭在学与养。学深立不移,养粹权不
爽。可立未可权,终惧为物罔。能方不能圆,执一不执两。与人家国
事,安得无恼怅?岂知旋转才,意诚心原广?今不尽可非,古不皆可仿。
不虑小人群,患在君子党。一笑古权奸,非无希圣想。用术与用权,公
私同运掌。"通篇都充斥着议论的言语,其代替了诗歌的意象塑造,沦为
一首内容贫乏空洞的说理诗。这样的议论直接入诗,伤害了诗歌的审
美艺术性,成为干枯的说理诗,诗歌的情感表现力大大削弱,读起来也
不容易受作者情感的渲染。

黄庭坚说:"文章最忌随人后。"(《赠谢敞王博喻》)秦焕有些诗篇
在议论时力求出新,表现不俗,议论新奇。诗人在咏史诗中评臧指点历
史人物,对他们褒贬不一,表现出自己与众不同的学力见解。如《王右
军》:"中原板荡孰匡扶,逸少经纶世所无。徒向兰亭搜墨宝,似珍鳞爪
弃骊珠。"王羲之的书法古今第一,举世闻名,人们常常只关注他的书法
成就,而作者却别出心裁地对他经邦济世的能力大加赞赏,认为可以稳
定匡扶晋朝。再如《张留侯》:"留侯那肯学燕丹,王佐休同侠客看。六
国议封谁谏止,始知忠汉不忠韩。"张良是汉朝初一代功臣,他为汉打下
天下出谋划策,又为稳定汉室江山献计出力,从汉朝的立场看应该是受
到敬仰的一代贤臣,但作者却另辟新径,从韩国的立场出发,把张良、燕
太子丹和为刺杀秦王而献身的侠客荆轲看对比,认为他不忠实于自己
的本国,不仅不肯为韩国复仇献出生命,而且在汉室初定欲封原六国
时,他还进谏劝止,使韩国不得复立。

3. 平易之诗,质直朴实,清新秀逸

(1)叙述平实,朴实流畅。秦焕的诗歌虽然多理情浑融的典故,多
意锐切当的议论,或深厚蕴藉,或睿智透辟,但是没有走上险怪奇崛、生
涩奥援之路上,这是秦焕深濡"温柔敦厚"的诗教,使整个诗风温厚冲

和。他使用熟典,不刻意追求僻典,他使用的词语都是温丽的词句,没有怪诞的意象出现;他的议论也不尖刻急切。尤其是他的时政诗质朴真实,像一个旁观者来真实再现当时情景及感受,寓情于事中,不求大放厥声,也不取尖新雕琢,或是阐发一些议论,鲜明提出自己的观点,来表现了他"穷年忧黎元,叹息肠内热"的忧国忧民情怀,体现了儒家诗学写实的典型特色。如《乞食叹》:

> 乞食难,乞食难,昼行宵伏河之干。囊橐虽具糇粮少,呱呱褓负黄尘道。凉风西来林木号,路上饥躯吹欲倒。近村门巷犬声狂,小儿索哺呼爷娘。稍获箪豆便奔走,夕阳在树齐搔首。隔岸人家门已关,荒祠无佛三两间。悲哉露宿岂得已,日出僵尸扶不起。

作者一开始就点明"题意",好像当事人在诉苦,后面接着细腻地陈述"乞食"之有何难。装米的袋子虽大,但盛载的米却少;漫漫黄尘道中,一个瘦削的孩子显得多么渺小,好像要被黄沙吞掉;风凉且强劲,人体弱且瘦小;门巷里的狗叫得欢,正好和小孩的呼声相得益彰;温暖的人家门紧闭,荒凉的寺庙却大门敞开;昨天夕阳西下时还狂奔乱跳,今天日出三竿时却成了一具僵尸。诗人没有直抒胸臆地表现出自己愤怒、哀伤的感情,只好像一个身临现场的人将自己所见所感通过几个客观的画面的对比呈现,让我们从中领会到诗人对民生疾苦的关切之情,他心之切,才能察之细,才能绘之真。

(2)写景抒情,清丽俊逸。当诗人抛开一切凡尘俗事,而与大自然相亲近的时候,他才用生花妙笔展现了真实纯粹的自我,在这里只有一颗率真的心和真淳的美景对话。秦焕有一部分山水游历诗写得秀美形象,如《独秀峰》:"惆怅四无邻,乾坤砥柱身。我来桂林里,依傍向何人?"独秀峰又名独秀山,是广西桂林一处美景,平地孤拔,以无他峰相属,故名。作者在这里抓住独秀峰"独"的特征,化我为山,以山为人,用一种拟人的口气揣摩山的孤寂心理,显得生动灵气,表现出山的孤傲和独树一帜的个性。又如《游金山》："此时游兴觉非凡，万顷奔涛一叶帆。独有江风豪似我，浪花吹上旅人衫。"金山在江苏镇江市北，旧时在江中，被大江环绕，每有大风四起，势欲飞动，南朝谓之浮玉。诗人观临金山，感觉独处江中的金山好像就是波涛汹涌中一叶小帆，将金山景描摹得形象贴切，这时阵阵江风豪气干云，时不时撩起游人的衣衫，显得亲昵有情。

（3）以文为诗，气韵灵动。赵翼《瓯北诗话》中说："以文为诗，始自昌黎（韩愈），至东坡益大放厥词，别开生面，成一代大观。"①认为苏轼继承唐代韩愈，开创了以文为诗的新局面，成就了宋诗以文为诗的独特景观。确实宋诗散文化，使得诗歌形式更加流动，表现力更加增强，功不可没。秦焕诗歌也体现出以文入诗的特色。诗歌形式大体上保持对仗工整，但是在每一联诗句中又突破常规，不顾韵律、对偶的要求，体现出整中有散、常中有变的特色，减轻了诗中的学究气，使得诗歌语言明畅如话，给诗歌注入了一种简约疏宕的特征。1. 句式参差。秦焕诗歌中有一部分诗句式灵活，不拘泥于只用四言、七言、五言等模式，而是根据情感的需要随时变换句式，三言、四言、五言、七言相杂，但总以一种句式为主，规矩之中又有机动灵活，如《观潮》："潮胡为而来？势如羽箭声如雷。潮胡为而去？云为旌旆风为驭。"五言七言相杂，但又体现出对称性，既有方圆又突破方圆。再如《萑苻叹》："萑苻萑苻，四顾皆危途。我闻皖省千百里，盗贼公行竞蜂起。"2. 用虚词入诗。用散文中常用的字法入诗，用虚词，语尾助词等。如《杂感》其二十一："居官亦何乐，珠履而华冠。……吁嗟患得态，十倍于寒酸。""亦"、"而"、"吁嗟"、"于"都是虚词；《泰山行》："呜呼噫嘻我知矣，天心本顺人心偏。""呜呼噫嘻"都是语气词，"矣"也为语气词，这样显得诗句灵活，流动。3. 用散文笔调，拆单成偶，每一联诗句中不讲究声律，也不严格对仗。这在诗集中大量出现，如《观潮》："吁嗟乎！万物自长还自消，君不见海上

---

① 赵翼著，霍松林、胡主佑校点：《瓯北诗话》，北京：人民文学出版社，1981 年第 56 页。

潮。"这里有了散文句式,三言、五言、六言相错综,而且用了散文叙事笔调,两句诗实际上连起来是一句话。再如《重有感》:"见说江南事,妖氛玷圣朝。"意义连贯,偶句可连成单,不对仗,没有固定的节奏。再如《泰山行》:"我观泰山侧,不上泰山巅。唯恐凌绝顶,呼吸通上天……我行泰山下,停车泰山前……我别泰山去,回首泰山边。酝酿精灵不可测,但见冈峦万仞生云烟。"这首诗用散文叙事笔调,反映出作者行踪的有序变化,句尾韵脚一致,但句中韵律散漫拗折。《别郭相廷》:

> 君缘湖干行,应爱湖滨好。湖水浊且浑,离思添懊恼。湖水洁且清,尘虑临风埽。湖水迢复迢,名程怜远道。湖水深复深,万事萦怀抱。湖水光如奁,照人颜色槁。湖水声如号,使人忧心捣。我有双鲤鱼,临流放去早。

整体上结构是工整的,但其中每一小对句又是散句,整中含散,伸缩自如,表情达意没有受对仗的限制,作者可以根据自己的感情需要,自由成诗,显示出相当的灵动性。《逝者叹》这首诗形式上非常典型:

> 逝者长已矣,一入泉台唤不起。前日犹见汝为人,道傍握手言笑亲。不曾闻疾忽闻吊,作鬼君先不自料。何况两鬓未华颠,终朝问舍兼求田。常为子孙千岁计,近虑且抱一百年。胡为有药不医病?胡为有钱不买命?地下如果魂有知,也当逃归诏不应。否则便宜梦里来,强似独上望乡台。呜呼!问君君不语,觅君君何处?一出郭门心酸楚,青草已生墓头土。

这是一首古乐府,有规律的节奏,但整体上形式自由,既有句式上五言、二言、七言的错综夹杂,又有"矣"、"且"、"也"等虚词入句,用口语化的方法将事情叙述,每一小对之间打乱了句律,词性、平仄都没有严格地对应,加上口语词的参与,使这首诗形式自由,诗情如行云流水,诗人更酣畅淋漓地抒发生死难料的感慨和惋惜之情。

（4）叠词夹用，音节美妙。诗歌中用了许多叠词，使得音节上有回环反复之美，读起来琅琅上口，音韵流转，增加了音韵的美感，鲜活了诗歌语言。《易水行》："云低日黯风萧萧，千秋过客心胆摇。"《重有感》："主君情款款，游子意茫茫。"《为万雨村题画》："君看乾坤皆草草，即知人事总虫虫。"《题〈云龙图〉》："人中之龙神落落，云中之龙光茫茫。"

秦焕整个诗风厚朴雄郁，其中带有清新疏野之感。诗歌内容却狭窄，作者生活于清道光、咸丰、同治、光绪年间，这段时期是清朝封建统治开始丧权辱国、走向腐朽没落的天崩地解的阶段，他亲历了鸦片战争、太平天国运动、中法战争等一系列重大历史事件，虽然对当时哀鸿遍野的社会现状和流离失所的百姓生活都有所记录，但没有把目光落在广阔的社会生活上，而是只注重一己之情遇，注重经史学问，没有深刻地反映出当时的风云剧变、波澜壮阔的时代，没有真切地体会到下层人民的疾苦悲哀，当他过多地倚重经史学问时，诗歌的情感之美、意象之美受到了抑制，用典有时比较生硬，而且有些诗作充斥直板的议论，语言朴实不奢华，有时略显粗野。

结语

秦焕作为一名正统的儒家士大夫，其经国济世的理想是儒家濡染的结果，其强烈的历史责任感和关注现实的入世精神，其立足本职、悯民为民的思想和行动都是令人称道的。但同时封建士大夫的局限也束缚了他的眼界，他过多地关注一己之情，大一点不过是其同阶层的士大夫圈，较少将目光投向广阔的社会下层人民生活，多层面地反映波澜壮阔的历史现实。同时他站在封建统治阶级的立场，以儒家的道统，对起义反抗清代统治者的农民军存在巨大的偏见，用污蔑字眼"贼"或"匪"来称呼他们。他非常维护封建纲常名理，如"粤寇倡乱，蹂躏数省，小儿女视死如归，得诸见闻、证诸歌咏者多矣，若萧山蔡氏其尤可异者也"

(《书〈萧山蔡氏两烈妇传〉后》),这里作者称赞那些抵抗太平军的百姓,维护封建统治秩序;又如《李升初〈格物解〉书后》中用《大学》中的"格物"为正宗的标尺来评价晚清兴起的"格致之学"。当然,每一个人都是处于一定历史阶段的人,不可能超越这个历史阶段,因此我们不能苛求古人。

校 注 凡 例

1. 本校注以《剑虹居古文诗集》的清光绪三十一年（1905）修补本为底本，以原刻本为参校本，并采用理校法。

2. 本书校勘，凡两本有异处，均出校，不论其是否异体字，如"陷"和"泌"；凡两本相同的异体字，均不出校，径改，但通假字不变，如"懋"。

3. 两本中的错字或是疑有增衍和脱落的现象，均出校，明显的错字改动，增衍或脱落之处均改动，以理顺文意。

4. 原文中因对一些名讳表示尊敬而在其前面空两格，本书均按照现代人的习惯不予空格。

5. 原文中一些缺笔字，本书均按现在的规范不予缺笔，如"玄"缺笔。

6. 原文中有若干缺字，本书中用符号"□"代替。

7. 本书先校后注，校勘记用"【校】"表示，顺序符号为"（一）、（二）……"注释用"【注】"表示，顺序符号为"①、②……"均用小号字，与原文的字号相区别。

8. 注释以疑难字词、典故、史实、引语、典章制度、人名地名、化用他人诗句为主，在文中均用上标标出，遇有查阅不明而需出注的地方，标出"不详"字样。

9. 同样的词条反复出现，前面解释后，后面再出现的就注明参看某某处，但若继续频繁出现，则不再出注；出现次数较少的则重注，免去读者翻阅之麻烦。

10. 原文的繁体字一般改为简化字，并严格按照国家公布的简化字总表加以简化，但有些字简化后会影响文意，就仍保持繁体字样。

11. 本书采用分篇分首校注的方式，校注列于每篇每首之后，即使是同一标题下有若干首诗，也是如此。

国 史 馆 本 传

　　秦焕，江苏山阳人。咸丰十年进士，以主事用分户部，随大臣贾桢办理团练。事竣，奏请免其习学，作为候补主事。同治元年，由江北团练大臣晏端书奏调襄办军务，叙功，奉旨赏加员外郎衔。二年，回京供职。五年，派通州验收漕粮，事竣，诏俟补主事，后以员外郎即补，并加四品衔。九年，办理捐铜局，赏加道衔，在部历充捐纳房豁免处总办、则例馆纂修。十一年恭办大婚典礼，诏加随带三级。十三年，补主事。光绪元年，擢员外郎，筹助贵州军饷，赏戴花翎。二年，京察一等加一级。三年，升郎中。五年，复京察一等，奉旨记名以道府用，旋充工部宝源局监督，兼办理京捐，叙功，诏俟补道府，后加三品顶戴。

　　是年，奉旨授广西桂林府遗缺知府。六年，到省署桂林府知府，旋补桂林府。焕任桂林以振文风、端士习、厘定书院为首务，一时登高第者悉出门下。在官慈惠开敏，周知民间疾苦。所属临桂县以粮赋缺额，禀院司设局清查，操之太急，其地有苏桥镇，田亩素多，农民惶惧，不逞之徒从而煽惑，因哄闹粮局，掠其官印，县令请大吏派兵弹压并往剿之，民守隘相持。大吏愈怒，即委焕往捕。焕请去兵曰：“彼民素德，我必不忍以刃相向。”遂单骑独往，属耆老开诚布公，谕以利害，民皆感泣知罪。越日，搜得印令，绅耆出甘结数十张以自赎，仅置不逞之徒于法事，遂定民安，耕凿如常。是役也，所全者大，自是上下益信任之。

　　八年，调署梧州府。时法国人来梧州将建堂传教，民相约家出一人，束缊火之，张其约于衢，大府因调焕为备。既而法使者舟至，焕阴谓民：“姑恫喝之，勿果尔，恐两伤。”法使入郡廨，众拥而哗，炮声镐镐然四起,使大惧问曰:"吾以通商衙门知会来此,纷纷者何为?"焕曰:"是将从教。彼意奉教则赡其家,其数不可计。使者诺之自退。太守不能禁之不从教也。"使者语塞乞援。焕曰:"免于暂,可。"遂躬导水次。使急起碇,遥谢逸去。梧人德之。时法与越构衅,边圉戒严,南北洋调兵,饷糈军械络绎,道途悉由该境经过,应需舟楫缆夫所费不赀,焕均捐廉应给,不以丝毫累民。

九年,以捕除积匪功请以道员升用,旋以援剿越南边贼禽渠功,再请以道员补用,允之。十年,回桂林,任作《梧江送别图》,题咏甚盛。

十一年,兼理盐法道,于援剿克复谅山案内上其功,赏加二品衔。十一年,灵川山中发蛟,大水为患,省河一夕暴涨数丈,沿江居民漂没。焕登城垂涕,随赴四乡勘灾,详请大吏具奏,将本年粮赋分别蠲缓,并捐廉收埋骸骨,抚绥防范,民心乃定。

十二年,桂林又大水,浮尸蔽江下。焕祷江神愿以身代,水少退。是岁大饥,米石腾贵至八两有奇,设厂施糜食饿者,先碾义仓谷平粜,旋饬赴东省购米,船商请颁照免税。或以粤西厘税米谷为大宗,需饷方殷,未便使厘税无著,焕以为事当权其缓急,救饥即以防乱,未可因噎废食,亟以印照给商免税,一面复饬赴全州一带购米,由陆星夜趱运,或虑陆运费重,焕曰:"民命为重。若费重不获开报,倾家赔补所不辞。"于是陆运米迅至,以继粜局,而东省商运米亦至,全活灾民以数十万计。是年冬,大计膺卓异。

十三年,桂林或雨泽愆期,或霪霖弗止,焕辄步行十里许祷广福王庙,虽酷日炎暑,或泥淖盈途,不少却步,晴雨无不立应,冬祈雪亦如之。粤故罕雪,民姑请祈之,竟雨雪四寸,其诚能感格如此,民作"嘉禾颂"以美之。是年,开去桂林府缺,署理盐法道。

十四年,补盐法道。焕每慎重刑罚,常虑囚罪虽坐诛,多极刑而服,及大府过堂辄不承。任桂林时督理通省,发审案件,恒诫属吏无锻炼务得其情。迨迁任道篆大府,每于狡赖囚徒,仍使焕鞫之,囚一见即曰:"我辈为好官,死亦甘心耳。"因泣,焕亦泣。

十五年,七月署按察使,八月授按察使司按察使。是年冬,夜梦伟人著金甲告以火灾,焕为民请命,不允,争失声,仆从惊起。焕询城内有无火灾,果报科第塘火起。延及署前,焕衣冠出祷,须眉不避,闻署外呼号声,乃火逼路绝者,急坏壁出之,活数十百人,民间登高纵观,见臬署屋瓦皆震,忽反风而灭,群相讶,既乃知焕所禳。焕生平精力过人,任桂林时护巡抚李秉衡远驻镇南关外,署布政使凌彝铭病甚,焕兼盐道善后,保甲、厘金并藩臬两司事、摄关防者五,案牍纷纭,悉心剖决,笔如旋风,洪纤毕举,在官勤求民瘼,所至劝蚕桑,设书局,平榷课,通沟渠,恤孤寡,给旅槥,寅僚有亏帑者代之偿,贫穷不能归骨者赒以资,尤留心人材,身率俭约,牧令有片善必赞不绝口,文檄下移必亲致数语敦勉之。公余好读书,精时艺,著有《剑虹居感旧集》梓刻行世,在粤行郡试者七卷皆自阅,无襄校,士论翕然。巡抚倪文蔚、署巡抚李秉衡、沈秉成均荐为"循吏第一"。

十六年,奉旨入觐。粤人献"慈云远恋图",勒碑,覆以亭曰"望来亭"。题旌颂德者充街衢,老幼扶携,牵衣百里外。焕泣别,许再至,舟次黄州,伤足,乃陈情归籍养疴。

十七年冬,卒于籍。子保愚候选知府。

恩　寿　序

今将斤斤焉字栉句比！而为文曰：孰为正宗？孰为羽翼？孰为大乘禅？孰为辟支果？非不足矫流俗之异同，俨然副文人之目也。而究之浮华如绣蜉蝣之衣，虚渺若刻羚羊之角，二者交讥而已。若夫若木之光，非可夺以爝火；沧海之波，非可追以涔蹄。古人立言必与德功相表里者，知其所见有大焉者矣。

吾师山阳秦文伯先生通籍后，佐治农曹，文章经济倾动朝右，常出其余技而为制艺，不独裁成士类，抑且上邀主知召对时，屡荷垂询，至足荣矣。寿幸附门墙，自维鞅掌簿书，莫由振先生之业，而接衣钵之传，良用恧然。先生以抗直重于时，忠爱之忱时于所作诗、古文辞流露而不自已。虽其中于人世不能不有所辩白，然主文谲谏，"言者无罪，闻者足戒"，殆亦风人之遗旨欤！夫淮阴固大江以南人文渊薮也，士生其间具嵚崎磊落之气，发激昂慷慨之音，掉鞅文坛，后先辉映。然而阁门仰屋，一饱无时，短褐长镵，忽焉将老，岂无文采风流湮没不彰于世者乎？乃知经济文章有互相为用者，遇与不遇，中有天焉，非人力所可强也。先生一麾出守浔历监司，所居民富，所去民思，五管之间有碑在口。古人所谓三不朽者，殆兼任而无愧矣。迄今泰山梁木，向往徒殷，犹幸秉节是邦，得式先生之庐，而重亲手泽。

世兄少文太守能继先业，辑先生诗、古文辞若干首，手录成帙，命序其端。窃维二十年前程门立雪，春风化雨如在目前。其中渊懿朴茂，文则摩垒西京，朗润清华，诗则嗣音六代，而说病五万余言，离奇变化，笔妙蒙庄，倘所谓庄言之不足而寓言之者乎？渊明有言曰："称心而言，人亦易足。"称心者,真之谓也。昌黎亦曰:"文无他奇,惟其是而已。"是者,真之谓也。

时典淮安郡者浙江汪剑心世丈树堂,亦先生门人也。既怂恿付梓,叙其缘起而发明斯义矣。寿不揣固陋亦志数言,庶无忘薪尽火传之意云尔。

光绪三十一年乙巳夏五月,门下士吉林恩寿谨识于淮南使署之荷芳书院。

汪 树 堂 序

吾师山阳秦文伯先生《剑虹居制义》久为艺林脍炙，丐其余沥而蜚黄腾达以致身青云者，殆不可以数计，而诗古文独不传。盖先生自以其赠答之作，多成于迫促仓猝之间，不假点窜，而性又抗直不能自敛抑，振笔疾书，语多讥切，不欲以表襮于世也。

虽然，堂窃有说焉。夫人之立言，所以能参德功而并垂不朽者，惟其真而已矣。故瑾瑜不必匿其瑕，非碔砆所能貌似；黄钟不必尽其声，非瓦缶所敢争鸣：则真与不真之辨也。先生官京曹，以文章动朝右，及其出守桂林洊历监司，其爱民也，若子弟；其定策也，若蓍蔡；其任事也，若决江河。盖有真性情而后有真学识，有真学识而后有真经济，用能诚无不格，废无不举。而综其立德立功之要，无不可见之于诗文。举凡舟车之况瘁，案牍之纠纷，无一日非先生立德立功之时，即无一日非先生立言之时，而顾欿然若不足，抑知先生之自以为不足者，固他人殚思尽气，而不能企及万一者乎！吾惧先生之诗文不传，则先生之真不见也。

岁癸卯来守淮阴，爰商之少文世兄，辑先生之文若干篇、诗若干首，付诸手民，虽存千百于十一，亦足窥见一斑。既抄录成帙，少文属堂序其端。堂窃忆早岁供职京邸，获游先生之门，谬辱清才之誉，乃不自振拔，不能登甲科致第，借传先生之衣钵，一行作吏，此事遂废。倥偬牒诉之中，鞅掌风尘之际，堂何敢复言文，更何敢序先生之诗文？惟是先生之遗命，本不欲以此示人，堂既怂恿付梓，使后之读者将循先生之言，以求见其德功，而不失先生之真也。遂自忘其固陋，谨书数语以志颠末云。

光绪乙巳五月，受业余杭汪树堂谨识。

【剑虹居文集】

·卷 上·

春秋孔子之刑书论

孔子,无位者也,无位则不当刑人。孔子,无权者也,无权则不能刑人。然不在其位,而独操褒贬之律,褒贬定,不赏罚而赏罚也,是即孔子之刑也。不操其权,而独任笔削之业^①,笔削定,不生杀而生杀也,是亦孔子之刑也。且赏罚在一时,褒贬独垂于千古。生杀在一时,笔削独昭于千古。故赏罚生杀有其事,而笔削褒贬则在于书也。或云成康之世几于刑措^②,刑固衰世之法乎?然而尧舜之朝明刑不废,故五行之中,金为兵象^③,四时之序,秋主肃杀^④。《周礼》一书掌于司寇^⑤,则刑固圣王作威之柄也。自平王而后缡葛一战^⑥,天子不能刑诸侯,浸假而政在大夫^⑦,政在陪臣,而天下遂无所惧。何以无所惧也? 不畏刑。何以不畏刑也? 以刑不得而加诸其身也。

孟子曰:"孔子成《春秋》而乱臣贼子惧。"夫乱臣贼子不惧天子之刑,而惧孔子之书,且惧孔子之书如惧天子之刑,则谓《春秋》为刑书固宜。独是谓《春秋》为刑书固矣,何以目为孔子之书哉?《春秋》为鲁史之名,则宜曰鲁国之刑书。春秋之事,桓文为盛,则宜曰桓文之刑书。不知桓文有功,桓文岂能无罪? 则二公方自罹于刑,更乌能刑人? 况鲁为侯国,不能正三家之罪^⑧,安得伸列辟之讨^⑨? 则刑书不能属之齐晋,亦不能属之宗国。惟孔子有天子之德,虽无天子之位与权,而其笔之书者实能补天子之权。俾天下益懔然于天子之位,而无不共惧天子之刑,则皆孔子修书之功也,故曰孔子之刑书也。

孔子之言曰:"知我者其惟《春秋》乎! 罪我者其惟《春秋》乎!"孔子之苦心,深望天下谅之矣。遏人欲于横流,存天理于既灭,有《春秋》以为刑书,天下后世乃惧刑,天下后世乃能刑期于无刑,孔子所以为万世师表也。

【注】

① 笔削:笔指记载,削指删改。古代无纸,书写在竹简木札上,遇有讹误,则以刀削去并笔改正,后世因称修改文字为笔削。《史记·孔子世家》:"至于为《春秋》,笔则笔,削则削,子夏之徒不能赞一辞。"

② 成康之世:指西周国君周成王及其子周康王的统治时期。成王年幼即位,由其叔父周公旦摄政。亲政后继续分封诸侯,命周公兴礼乐,立制度,务从节俭,推行周公"以德慎罚"的主张,营东都成周,定鼎郏鄏,奠定周朝统治基础;其子周康王即位,继续强调继承文王武王的治绩,伐鬼方及东南各族,开拓疆土,武力控制异邦,旧的史家夸成康之世是"民和睦,颂声兴"。参见《史记·周本纪》)。 刑措:他书也作"刑错"。意思是无人犯法,刑法搁置不用。《史记·周本纪》:"故成、康之际,天下安宁,刑错四十余年不用。"集解:"应劭曰:错,置也。民不犯法,无所置刑。"

③ 金为兵象:古代以五行配四时,金属秋,而古代多于秋季治兵,故云。《汉书·五行志》:"金,西方,万物既成,杀气之始也。"

④ 秋主肃杀:秋季万物凋零,万象肃杀,古人因附会出秋主肃杀之说。《礼记·月令》:"孟秋之月……凉风至,白露降,寒蝉鸣,鹰乃祭鸟,用始行戮。……立秋之日,天子亲帅三公九卿、诸侯大夫,以迎秋于西郊。还反,赏军师武人于朝。天子乃命将帅,选士厉兵,简练桀俊,以征不义,诘诛暴慢,以明好恶,顺彼远方。是月也,命有司,修法制,缮囹圄,具桎梏,禁止奸,慎罪邪,务搏执……戮有罪,严断刑。天地始肃,不可以赢。"

⑤ 司寇:官名。《周礼·秋官》:"大司寇,掌管刑狱,为六卿之一。"

⑥ 繻(rú)葛:古地名。春秋属郑地。周桓王十三年合蔡、卫、陈伐郑,战于此地,王师大败。此事见于《左传》桓公五年。或云即长葛,今河南长葛县北有故城。

⑦ 浸假:逐渐的意思。

⑧ 三家之罪:三家指春秋鲁国大夫孟孙氏、仲孙氏、季孙氏,他们是鲁桓公的后代,又称"三桓"。鲁文公死后,三家势力日强,分领三军,实际掌管了鲁国

政权,权力僭越了臣子应有的本分,故称三家之罪。

　　⑨ 列辟:历代天子也。辟,天子、诸侯君主的通称。《逸周书·武穆解》:"监于列辟。"

燕太子使荆轲刺秦论

　　秦之亡,非亡于刘、项也,亡于燕太子丹也①。始皇非胆落于燕之一击不至惴惴焉日防天下图己也,非防天下太甚,不至坑儒焚书②,销兵筑城③,若此之虐也。非因坑诸生四百余人,则扶苏不谏也。扶苏不谏,不至怒使监军也。扶苏不监军,则天下不为胡亥有也。天下不为胡亥有,则斯、高未能为祸于天下④,诸侯之兵不起也。诸侯之兵不起,刘、项皆匹夫,吾不知操何术以亡秦族也? 嗟乎! 秦之富强,至于孝、庄⑤,即无始皇,亦必灭六国。燕无太子丹,秦亦必灭燕。史传轲刺秦王,知事不就,言欲生劫⑥,此饰辞耳。荆之意殆主于刺之也。刺而不中,自人事言之,则燕之不幸。自天事言之,则秦之不幸也。始皇早死,秦终能有天下。始皇早死,扶苏嗣位,秦何由亡天下哉? 则谓秦之亡于燕太子之手也,岂创论哉?

【注】

　　① 燕太子丹(前? 一前226):战国时燕王喜太子,曾为质于秦,后逃归,他于燕王喜二十八年使荆轲入秦刺杀秦始皇,不遂,秦发兵击燕,燕王喜斩丹以献,五年后,秦又发兵虏燕王喜,灭燕。

　　② 坑儒焚书:始皇三十四年,秦始皇采纳李斯建议,下令"臣请史官非秦记皆烧之。非博士官所职,天下敢有藏诗、书、百家语者,悉诣守、尉杂烧之。有敢偶语诗书者弃市。令下三十日不烧,黥为城旦。所不去者,医药卜筮种树之书。若欲有学法令,以吏为师"。"于是使御史悉案问诸生,诸生传相告引,乃自除犯

禁者四百六十余人,皆坑之咸阳,使天下知之,以惩后"。(《史记·秦始皇本纪》)

③ 销兵:秦始皇统一中国后,收缴天下兵器,聚之咸阳,熔为钟镰,铸铜人十二,各重千石。

④ 斯、高:指秦国当时的丞相李斯和掌权的大宦官赵高,在始皇死后,矫诏赐长子扶苏死,立少子胡亥为帝,两人专断朝政。

⑤ 孝、庄:指秦孝文王和庄襄王。孝文王为秦始皇祖父,在位不足一年。庄襄王为秦始皇父亲,在位三年。

⑥ "言欲生劫":《史记·刺客列传》记荆轲行刺不成,反被秦始皇击伤,"轲自知事不就,倚柱而笑,箕踞以骂曰:'事所以不成者,以欲生劫之,必得约契以报太子也。'"

四皓安储论①

天下安,注意相;天下危,注意将。将相得人则国安,国安则天下安。储也者,国之本,即天下之本也,则欲安天下必自安储始。汉高帝既得天下,立盈为太子,储位之定久矣。其后因戚姬生赵王如意,又以太子仁弱,欲废而立之,储位自是不安。史传帝意主于废,大臣争之,皆莫能得。御史大夫周昌廷争之以为不可,吕后闻之谢昌,谓:"微君,太子几废。"②然则安储者,周昌也,非四皓也。方吕后使建成侯吕泽强要留侯画计,留侯曰:"此难以口舌争也,以高帝所不能致之人,聘而为太子客。"其后高帝见之,谓为羽翼已成,其势难动,储因以安,用留侯计也③。吾谓张良之计以为安储则可,以为安汉则不可。夫储之安危,未有不恃乎将相者也。当高帝之朝,廷臣之才皆出淮阴侯韩信下,使当日不杀信,用以辅惠帝制诸吕,吕后既难擅称制之权④,亦可免人彘之惨⑤,樊将军对之胆落⑥,

南北军安得入吕台吕产手也⑦？计不出此，乃吕后竟诬而杀之⑧。说者谓后之意在王诸吕，信亡则无可畏之人矣。然则留侯之计聘四皓，为储计乎？为汉计乎？试问孝惠在位七年，彼四皓安往哉？所为持危而扶颠者⑨，果安在哉？犹幸诸吕皆庸材，陈平、周勃得以安刘⑩，则犹将相之为功也。否则，若所谓少帝者，乃吕后取他人之子立之。使平勃早亡⑪，吕禄等复⑫，枭雄难制，则为祸于汉者，岂惟储位之不安已乎？区区四皓又奚裨于汉室哉！

【注】

① 四皓安储：四皓是指汉初商山四位隐士，名东园公、绮里季、夏黄公、角（lù）里先生。四人博学多闻，须眉皆白，故称四皓。（后以"商山四皓"来称年高德劭、名望素著的隐士高人。）汉高祖欲召，不应。后高祖意废太子刘盈，立赵王刘如意为储。吕后便用张良之计，用厚礼召迎四皓以辅太子。高祖见之遂慨叹："羽翼成矣。"这才打消废储的念头。事见《史记·留侯世家》、《汉书·张良传》。

② "御史大夫"数句：刘邦欲废太子，御史大夫周昌强谏曰："臣口不能言，然臣期期知其不可，陛下虽欲废太子，臣期期不奉诏。"刘邦拊掌大笑，遂打消废储的念头。吕后见周昌，跪谢曰："微君，太子几废。"事见《史记·张丞相列传》，这就是"周昌期期"的历史掌故。　周昌（？—前191？）：汉沛人，从刘邦起兵破秦，为中尉，刘邦即位后为御史大夫，封汾阴侯。口吃，刚直敢言。

③ "方吕后"数句：《史记·留侯世家》载：上欲废太子，立戚夫人子赵王如意。大臣多谏争，未能得坚决者也。吕后恐，不知所为。……吕后乃使建成侯吕泽劫留侯……吕泽强要曰："为我画计。"留侯曰："此难以口舌争也。顾上有不能致者，天下有四人。四人者年老矣，皆以为上慢侮人，故逃匿山中，义不为汉臣，然上高此四人。"……汉十二年，上从击破布军归，疾益甚，愈欲易太子。……及燕，置酒，太子侍。四人从太子，年皆八十有余，须眉皓白，衣冠甚伟。上怪之，问曰："彼何为者？"四人前对，各言名姓，曰东园公，角里先生，绮里季，夏黄公。上乃大惊，曰："吾求公数岁，公辟逃我，今公何自从吾儿游

乎?"……四人为寿已毕,趋去。上目送之,召戚夫人指示四人者曰:"我欲易之,彼四人辅之,羽翼已成,难动矣。吕后真而主矣。"　　　吕泽(?—前199):西汉单父人。吕后长兄,以客从刘邦入汉,还定三秦,将兵下砀。刘邦败彭城,往从之,佐定天下,封建成侯。

④ 称制:行使皇帝权力。《汉书·高后纪》:"惠帝崩,太子立为皇帝,年幼,太后临朝称制。"注:"天子之言,一曰制书,一曰诏书。制书者,谓为制度之命也,非皇后所得称。今吕太后临朝行天子事,断决万机,故称制诏。"

⑤ 人彘之惨:指汉高祖刘邦宠戚夫人,欲立其子刘如意为太子,废掉吕后之子,没有成功。后高祖死,吕后报复,断戚夫人的手足,挖掉眼睛,熏灼耳朵,逼其服一种使人失音为哑的毒药,并让其居于厕所,称为"人彘"。事见《史记·吕太后本纪》。

⑥ "樊将军"句:事见《史记·淮阴侯列传》:韩信被贬为淮阴侯,"知汉王畏恶其能,常称病不朝从。信由此日夜怨望,居常鞅鞅,羞与绛、灌等列。信尝过樊将军哙,哙跪拜送迎,言称臣,曰:'大王乃肯临臣!'信出门,笑曰:'生乃与哙等为伍!'"

⑦ "南北军"句:汉惠帝卒,吕太后哭,泣不下。张良子张辟强知吕后心未安,遂劝丞相陈平请求吕后拜吕台、吕产为将,将兵居南北军。陈平从之。吕后悦,其哭乃哀。事见《史记·吕太后本纪》。　　　南北军,西汉屯卫京城的禁卫军有南北之分,南军以卫尉统率,守卫未央宫;北军以中尉统率,守卫京城。

吕台(?—前186):西汉单父人。吕泽子,吕后侄,高祖八年,嗣父爵为周吕侯。吕后称制,与吕产并为将,封吕王。卒谥肃。　　　吕产(?—前180):西汉单父人。吕泽次子,吕后侄,吕后七年,封梁王,吕后病危时为相国,居南军,吕后卒,欲为乱,被朱虚侯刘章所杀。

⑧ "乃吕后"句:言吕后捕杀韩信事。汉高祖十年,陈豨反,刘邦率军前往平叛。韩信欲袭吕后、太子,以与陈豨里应外合。吕后察知,用计将韩信诱至宫中,命武士缚韩信,斩于长乐宫钟室。事载《史记·淮阴侯列传》。

⑨ 持危而扶颠:指在危难或即将倾覆之时予以援助。语出《论语·季氏》:"危而不持,颠而不扶。"

⑩ 陈平(?—前178):西汉河南阳武人,高祖六年,封曲逆侯,惠帝、吕后、文帝时历任丞相,吕后死,平与太尉周勃等合谋,诛诸吕,迎立文帝,任丞相,卒

谥献。　　　周勃(？—前169)：西汉泗水沛人，以军功为将军，封绛侯，勃为人敦厚少文，高帝以为可属大事。惠帝时任太尉，后与陈平定计诛诸吕，汉室以安，文帝时拜右丞相，惧功高招祸，又不谙政事，称病辞职，陈平死，复相，旋免，卒谥武。

⑪ 平勃：这里指汉相陈平和周勃。因为平勃协谋，铲除吕后势力，维护刘氏政权，后来诗文便以平勃并举，作为大臣同心协力共谋国事的典故。

⑫ 吕禄(？—前180)：西汉单父人，吕后侄，吕释之子，吕后七年封赵王，为上将军，居北军，卫宫。吕后卒，欲为乱，为周勃等所诛。

汉武帝置平准于京师都受天下委输论①

汉武帝穷兵黩武，好大喜功，以致国藏空虚，不足以供军国之用，遂于元封元年置平准于京师都受天下委输②，贵卖贱买，欲使富商大贾无所牟大利，而万物不得腾贵③。论者谓此举犹胜于入粟补官之法④。曰非然也。夫入粟者，以商贾为公卿，平准者，以公卿为商贾，皆为利而已矣，而不知其害甚巨也。盖入粟之害隐而深，平准之害显而烈。富商大贾以财为官，将取偿于官，毕致其贪污之术，廉耻亡而风俗敝，故其害隐而深也。大农诸官笼天下货物⑤，坐市贩卖⑥，使闾阎无所牟利⑦，而失业奸民非走敌则为盗，故其害显而烈也。且入粟与平准并无二情，始以商贾之资为出身之计⑧，继以商贾之计为谋国之资，势不尽括天下穷黎之脂膏不止，而当世犹美其词曰："民不益赋而天下用饶。"⑨夫益赋者，阳取之耳。平准之法，阴夺之也。商贾心计之工，固然其无足怪。独念士大夫读圣贤书，将以行其所学而亦不免商贾之心也，悲夫！

【注】

① 置平准于京师都受天下委输：《史记·平准书》载，汉武帝元封元年，

"(桑)弘羊诸官各自市,相与争,物故腾跃,而天下赋输或不偿其傭费,乃请置大农部丞数十人,分部主郡国,各往县置均输盐铁官,令远方各以其物贵时商贾所转贩者为赋,而相灌输。置平准于京师,都受天下委输。召工官治车诸器,皆仰给大农。大农之诸官尽笼天下之货物,贵则卖之,贱则买之。如此,富商大贾无所牟大利,则反本,而万物不得腾跃。故抑天下之物,名曰平准。天子以为然,许之。"统治者标榜"平准则民不失职,均输则民齐劳逸。故平准均输,所以平万物而便百姓。"(《盐铁论·本议篇》)。　　平准,古代官府转输物资、平抑物价的措施。　　委输,运送,以物置于舟车上叫委,转运到他处交卸叫输。平准置于京师,由郡之输官从各郡转输货物到京师。

② 元封元年:指公元前 110 年。

③ 腾贵:指物价飞涨。

④ 入粟补官:把谷物交给官府,用以买官。这是晁错在汉文帝时提出的,本意是务农贵粟,主募天下入粟县官,得以拜爵除罪,令民入粟边六百石,爵上造,增至四千石为五大夫,万二千石为大庶长,以为贵粟足以重农。但农家五口,力耕不过百亩,所收不过百石,士宦之路仍在财富,富商大贾以金钱笼致而得者,如是则重农而农益轻,贵粟而金益贵。《史记·平准书》:"(桑)弘羊又请令吏得入粟补官及罪人赎罪。"也作"入谷补官"。

⑤ 大农诸官:古官名。《史记·三代世表》:"文王之先为后稷,……尧知其贤才,立以为大农,姓之曰姬氏。"汉朝大司农、大农丞、治粟内史都称大农,故此处称大农诸官。

⑥ 坐市:谓在集市上做买卖。汉王充《论衡·诘术》:"人昼夜居家,朝夕坐市,其实一也,市肆户何以不第甲乙?"

⑦ 闾阎:闾,里门也;阎,里中门也,泛指民间。

⑧ 出身:古时认为当官是委身事君,故以出身指作官。

⑨ "当世犹美"二句:《史记·平准书》载,桑弘羊推行平准和入粟补官的措施后,"一岁之中,太仓、甘泉仓满。边余谷诸物均输帛五百万匹。民不益赋而天下用饶。于是弘羊赐爵左庶长,黄金再百斤焉。"

武乡侯自比管乐论[①]

儒者非问世之难，而问心之难；大贤非自知之贵，而自屈之贵。间尝求才于三代以下，衡品于两汉而还，董子有名世之学而短于功勋[②]，贾生有王佐之才而隘于器量[③]。至如绩标麟阁[④]，不少能臣，望重云台[⑤]，非无名将，求其远迈[⑥]，萧曹卓然[⑦]，自命管乐者，绝未有逾于武乡侯者也。

且夫武侯视管乐何如哉？当其草莽潜身[⑧]，蓬门抱膝[⑨]，心忧赤帝之衰[⑩]，目击黄巾之乱[⑪]，卜鸿图于鼎足，智越孙庞[⑫]，运雄略于师心[⑬]，气吞吴魏。盟情淡泊，不期知己分金[⑭]；抗志圣贤，岂望君王相骏[⑮]？即鱼能得水，未罗文网而来[⑯]；况龙自蟠冈，岂慕金台而去[⑰]？斯拟以殷周之元臣[⑱]，洵无以异也；第观夫齐燕之霸佐，初何足方之[⑲]？而况乎群雄虎踞[⑳]，更甚于荆楚之强也；汉贼蚕吞，更甚于青齐之横也[㉑]。绵竹未收[㉒]，荆州已失[㉓]，非有先业可凭也；周瑜早逝，刘表先亡，非有外援可倚也。而乃布八阵于东吴，图成画地[㉔]；定七擒于南服[㉕]，计在攻心。渡泸水而地入不毛[㉖]，较伐山戎而更险出祁山[㉗]，而驿传筹笔[㉘]，视围即墨而尤难[㉙]。且思乘马有书[㉚]，未详乎流马之法[㉛]；结赵有术[㉜]，讵高于结吴之谋。是管乐非能比于武侯，武侯岂第比于管乐也哉？然而隆中当日自度之矣[㉝]。盖见夫匡天下之才，高乎宁戚[㉞]，上将军之略，迈于剧辛[㉟]。苟管子不相齐，识途老马何自远征[㊱]？苟乐生不去燕，陷[(一)]阵火牛焉能入垒[㊲]？况日者仲谋据有江东，不啻霸气归于云梦[㊳]；曹操潜移汉鼎，不啻重器迁于临淄[㊴]。一旦风云交会，霖雨相资[㊵]，司马徽藻鉴千秋[㊶]，是即先生之鲍子也[㊷]，刘豫州草庐三顾，是即先生之燕昭也[㊸]。假使佐治之凤雏不死[㊹]，守荆之虎将犹存[㊺]，赤壁之交不离，街亭之机不失[㊻]，则六伐运计，不第夸九合之逞雄⁴⁷，五丈屯军，何至若二城之不拔⁴⁸？奈何天心已定，国势难移，扬丞相之天威，南人不反，运将军之神算，北伐空劳。是管、乐为其易，公独为其难也。

要之，管、乐有先生之才，器囿于霸；先生抱管、乐之略，学宗夫王。故论管者，犹讥其昧于荐贤⁴⁹，公则推诚以得士。议乐者，犹惜其终于奔赵⁵⁰，公则尽瘁以保邦。挽四百年之鸿祚⁵¹，比三十载之息争，何如辟千余里之蚕丛⁵²，拟七十城之拓地？奚若梁父吟余，前后表自呈谏草⁵³；锦官春晚，八百桑人当甘棠⁵⁴？淘天下之奇才，为古今之王佐也。嗟呼于今，奉为伊吕⁵⁵，世不以为誉，岂知当年，自比管、乐，人尚莫之许也哉？然则名垂万古，且长吟杜甫之诗⁵⁶，传立千秋，固无取陈寿之笔也已。

【校】

（一）陷：原刻本中作"陷"，修补本中为"陷"，今从修补本，下同。

【注】

①武乡侯：指蜀国丞相诸葛亮，他在蜀后主刘禅在位时被封为武乡侯。　管乐：指管仲与乐毅。管乐并称，指有抱负有治国才能的人。《三国志·蜀书·诸葛亮传》："身长八尺，每自比于管仲乐毅，时人莫之许也。"管仲（？—前645）：春秋时齐国颖上人，名夷吾，字仲，初事公子纠，后相齐桓公，主张通货积财，富国强兵，九合诸侯，一匡天下，使桓公成为春秋五霸之首。　乐毅，战国时燕将，魏国乐羊之后，好研习兵书，自魏使燕，燕昭王任为上将，联赵、楚、韩、魏，总领五国兵伐齐，攻占七十余城，攻占齐都临淄，惟莒、即墨未下，以功封于昌国，号昌国君。

②"董子"二句：董仲舒（前179—前104），汉广川人，他少治《春秋公羊传》，著有《春秋繁露》等书。汉景帝时为博士，下帷讲读，三年不窥园。武帝时以贤良对策称旨见重，拜江都相。后因言灾异事下狱，几死，不久赦免，再出为胶西王相，恐久而获罪，乃告病免官家居，朝廷每有大事常遣使就其家咨询。董仲舒推尊儒术，抑黜百家，宣扬"天人感应说"，认为君权神授，天常显示符瑞或

灾害来指导天子行动,确定"三纲五常"的封建秩序,把神权、君权、夫权、父权结合成一体,从理论上奠定了两千多年的封建社会秩序。但他一生未居高位,故云。

③ "贾生"二句:指贾谊(前201—前169),汉洛阳人,以年少能通诸家书,十八岁"以能诵《诗》属《书》闻于郡中",汉文帝召为博士,迁太中大夫,贾谊改正朔,易服色,制法度,兴礼乐,又数上疏陈政事,言时弊,写过《过秦论》、《治安策》、《论积贮疏》等有名的政论文,对巩固中央集权、削弱王国势力和抗击匈奴等提出了很好的建议,所以说他有"王佐之才";但受周勃、灌婴等排斥,被贬长沙王太傅,"贾生既辞往行,闻长沙卑湿,自以寿不得长,又以谪去,意不自得。及渡湘水,为赋以吊屈原"(《史记·屈原贾生列传》)。后召回长安,拜为梁怀王太傅,因梁怀王骑马跌死而大受刺激,最后竟哭泣岁余至死,死时仅三十三岁。所以说他"隘于器量"。

④ 麟阁:指麒麟阁。《汉书·苏武传》:"甘露三年(前51),单于始入朝。上思股肱之美,乃图画其人于麒麟阁,法其形貌,署其官爵姓名。……皆有功德,知名当世,是以表而扬之,明著中兴辅佐,列于方叔、召虎、仲山甫(周宣王时名臣)焉。"张晏注:"武帝获麒麟时作此阁,图画其象于阁,遂以为名。"后以此典形容臣子建立功业,名标青史。

⑤ 云台:汉宫中高台名,《后汉书·阴兴传》:"后以兴领侍中,受顾命于云台广室。"《注》:"洛阳南宫中有云台广德殿。"汉明帝图中兴名臣于云台,即此。《东观汉记·显宗孝明皇帝》:"(永平)三年春二月,图二十八将于云台,册曰:剖符封侯,或以德显。"以此典形容臣子功勋卓著,名标史册。这里望重云台,意思是在朝廷中有很大的功绩,享有很高的声望。

⑥ 远迈:高远豪迈(的人)。《晋书·嵇康传》:"康早孤,有奇才,远迈不群。"

⑦ 萧曹:指汉开国功臣萧何和曹参。《史记·张丞相列传》:"(周)昌为人强力,敢直言,自萧、曹等皆卑下之。"

⑧ 草莽:犹草茅,喻在野,《孟子·万章下》:"在国曰市井之臣,在野曰草莽之臣。"　潜身:指隐居。

⑨ "蓬门"句:《三国志·蜀书·诸葛亮传》:"惟博陵崔州平、颖川徐庶元直与亮友善。"注引《魏略》:"亮在荆州,以建安初与颖州石广元,徐元直,汝南

孟公威等俱游学,三人务于精熟,而亮独观其大略。每晨夜从容,常抱膝长啸。"这里指人怀有治世才能,等待时机。

⑩ 赤帝:本指汉高祖刘邦,《史记·高祖纪》载:刘邦为亭长时,为县送徒到郦山,徒多道亡。到丰西泽中,夜乃解纵所送徒。后于泽中遇大蛇,刘邦拔剑斩蛇。后有人至蛇所,见一老妪夜哭,问其原因。妪曰:"人杀吾子,故哭之。"人曰:"妪子何为见杀?"妪曰:"吾,白帝子也,化为蛇,当道,今为赤帝子斩之,故哭。"这里指刘邦建立的汉朝。

⑪ 黄巾之乱:东汉末太平道首领张角等于灵帝中平元年(184 年,甲子年)发动的农民起义,倡言"苍天已死,黄天当立,岁在甲子,天下大吉"(简称"黄天太平"),徒众达数十万人,皆以黄巾裹头,称为黄巾军。

⑫ 孙庞:指战国齐人孙膑和魏人庞涓。两人同习兵法,很有军事才能。

⑬ 师心:以己意为师,不拘守成法。这里谓诸葛亮谋略运用自如,得心应手。

⑭ "盟情"二句:此反用管仲与鲍叔牙行贾分金的典故,谓诸葛亮与人结交,情淡如水,并不希望从中得到什么好处。按,春秋时,管仲曾与鲍叔牙做生意,每次分财利,管仲都多要,鲍叔牙知道管仲贫困,所以不怪他。后来,鲍叔牙还把管仲推荐给齐桓公,辅助其成就霸业。事见《史记·管仲列传》。

⑮ 君王相骏:典出《战国策·燕一》:"燕昭王收破燕后即位,卑身厚币,以招贤者,欲将以报仇,故往见郭隗先生,郭隗曰:'臣闻古之君人,有以千金求千里马者,三年不能得。……三月得千里马,马已死,买其首五百金,涓人对曰:'死马且买之五百金,况生马乎? 天下必以王为能市马,马今至矣。'于是不能期年,千里之马之者三。'"后以此典形容诚心求贤。

⑯ 罗文网:文网,法网,法禁。罗,本义是用网捕鸟,引申为陷入。

⑰ 蟠冈:盘伏,屈曲在山冈。　　金台:黄金台的省称。《战国策·燕一》:郭隗曰:"……今王诚欲致士,先从隗始;隗且见事,况贤于隗者乎?"于是昭王为隗筑宫而师之。鲍照《放歌行》注引《上谷郡图经》:"黄金台,易水东南十八里,燕昭王置千金于台上,以延天下之士。"用此典表示帝王招纳贤士,士人能够得到礼遇,受用。

⑱ 元臣:大臣也。李绅《过韩信庙诗》:"功高自弃汉元臣,遗庙阴森楚水滨。"

⑲ 齐燕之霸佐：这里指齐相管仲和燕将乐毅。

⑳ 虎踞：形容形势雄伟如虎一样蹲着，《太平御览》卷一五六引张勃《吴录》曰："刘备曾使诸葛亮至京，因睹秣陵山阜，叹曰：'钟山龙盘，石头虎踞，此帝王之宅。'"这里指魏吴等其他国实力雄厚，超过占有荆楚的蜀国。

㉑ 青齐：古山东属青州，又称齐国。此泛指山东一带。

㉒ 绵竹：县名，属四川省，汉置，属广汉郡，以其地竹性柔韧可为绳索，因以得名，故城在今四川德阳县北，北周废，改为晋熙县，隋初改为孝水县，因境内有姜诗宅而名，后又复名绵竹，明属汉州，清属绵州。

㉓ 荆州：汉武帝所置十三刺史部之一，辖境约当今湖北、湖南两省及河南、贵州、广东、广西的一部分，东汉治汉寿（今湖南常德市东北），三国时魏吴各有荆州，州境在三国时位于三国接壤地带，兵争甚烈，两晋又合二为一。

㉔ 布八阵：八阵，古代的八种兵阵，八种名目不一，三国蜀诸葛亮有洞当、中黄、龙腾、鸟飞、折冲、虎翼、握机、连衡等八阵。在实际作战中按各阵而具体操作的战斗队形及兵力部署称为"八阵图"，《三国志·蜀书·诸葛亮传》："推演兵法，作八阵图。"　图成画地：意即诸葛亮以八阵图御东吴军，东吴军见阵不敢再进。

㉕ 定七擒：三国时诸葛亮为了巩固蜀汉后方，于蜀建兴三年（225）平定南中包括今四川南部、云南贵州等地，曾七次生擒孟获，又七次释放，目的是要孟获心服口服，最后孟获真的心悦诚服了。参见《三国志·蜀书·诸葛亮传》。

㉖ 泸水：水名，一名泸江水，指今雅砻江下游及金沙江会合雅砻江以后的一段江流。《三国志·蜀书·诸葛亮传》中的"出师表"："故五月渡泸，深入不毛。"

㉗ 山戎：我国古代北方民族名，也叫北戎，居于今河北省东部。春秋时代与齐郑燕等国境界相接。　祁山：山名，在甘肃西和县西北。三国时诸葛亮伐魏，六出祁山，即此。按诸葛亮攻魏六次，但出祁山两次，后主建兴六年（228）攻祁山，战于街亭，建兴九年围祁山，其余出建威，在祁山附近，出散关、守城固、出斜谷，皆经汉中一带。

㉘ 筹笔：地名，在这里设了个驿站，叫"筹笔驿"。在四川广元县北，亦称朝天驿，相传诸葛亮出师运筹于此。唐宋皆因旧名。唐李商隐、杜牧都有"筹笔驿"诗。

㉙ 视：比照，《后汉书·张纯传》："帝乃东巡岱宗，以纯视御大夫从。"注："视，比也。"　　即墨：县名，战国时齐地，汉置县，属胶东国，以城在墨水边，故称即墨。故地在今山东平度县东南。指燕将乐毅攻打齐国，包围即墨。

㉚ 乘马：古军赋名，按田邑多少征集车马甲士。参阅《管子·乘马》、《汉书·刑法志》。

㉛ 流马：古时运载工具名，即四轮车，诸葛亮伐魏，曾以木牛（独轮车）、流马运粮，《三国志·蜀书·诸葛亮传》注引《诸葛亮集》记制作的规格。

㉜ 结赵有术：《战国策·乐毅报燕王书》中记载：乐毅奔赵后，燕惠王惧赵用乐毅，乐毅使人献书给燕惠王，其为燕惠王献策："夫齐，霸国之余教，而骤胜之遗事也。闲于甲兵，习于战攻。王若欲伐之，则必举天下而图之。举天下而图之，莫径于结赵矣。且又淮北、宋地，楚、魏之所同愿也。赵若许约，楚、赵、宋尽力，四国攻之，齐可大破也。"

㉝ 隆中：山名，在湖北襄阳县西，汉末诸葛亮筑庐居于此，山半有抱膝石，隆起如墩，可坐十数人。《汉晋春秋》曰：亮家于南阳之邓县，在襄阳城西二十里，号曰隆中。相传刘备三顾茅庐，和诸葛亮在隆中谈论天下形势，给刘备定下联吴抗曹、三分天下的政治路线和军事方针，称为"隆中对"。

㉞ 宁戚：《吕氏春秋·举难》："宁戚欲干齐桓公，穷困无以自进，于是为商旅，将任车，以至齐，暮宿于郭门之外。桓公郊迎客，夜开门，辟任车，爝火甚盛，从者甚众。宁戚饭牛居车下，望桓公而悲，击牛角疾歌。桓公闻之，抚其仆之手曰：'异哉！之歌者非常人也。'命后车载之。"后任为相，拜为上卿。一作"宁越"。

㉟ 剧辛（？—前242）：战国赵国人。燕昭王时在燕国任职，参与谋划伐齐事宜。燕王喜时，率军攻赵，为赵将庞煖所杀。

㊱ 识途老马：《韩非子·说林上》："管仲、隰朋从桓公伐孤竹（国名），春往冬反，迷惑失道。管仲曰：'老马之智可用也。'乃放老马而随之，遂得道。"后以此典形容人富有经验阅历。

㊲ 乐生：指乐毅，燕昭王后燕惠王继位，齐行反间计，惠王使骑劫代毅，毅惧诛出奔赵。　　陷阵火牛焉能入垒：《史记·田单列传》："（燕昭王派乐毅总领五国兵伐齐）燕既尽降齐城，唯独莒、即墨不下。"田单率军固守即墨，"乃收城中得千余牛，为绛缯衣，画以五彩龙文，束兵刃于其角，而灌脂束苇于尾，烧其

端。凿城数十穴,夜纵牛,壮士五千人随其后。牛尾热,怒而奔燕军,燕军夜大惊。牛尾炬火光明炫耀,燕军视之皆龙文,所触尽死伤。五千人因衔枚击之……燕军大骇,败走。……乘胜,燕日败亡,卒至河上,而齐七十余城皆复为齐。"后以此典称扬人善用奇计,建树大功。

㊳ 江东:旧称自安徽芜湖以下的长江下游南岸地区为江东,江东之称始于汉初,秦末项羽自称与江东子弟八千人渡江而西,指吴中而言。三国时吴全部地区称江东。　　云梦:泽名。《周礼·夏官·职方》:"正南曰荆州,……其泽薮曰云梦。"先秦两汉所称云梦,大致包括今湖南益阳、湘阴以北,湖北江陵以东,安陆以南,武汉市以西地区。韩信协助刘邦取得天下,手握重兵,被封为楚王,实力可与刘邦鼎立天下,对汉中央政权的威胁很大。这里指孙权据有江东犹如韩信据有云梦,实力很强。

㊴ 重器:指宝器,古代以象征国家、社稷。　　临淄:县名,亦作"临菑"。古营丘地,齐献公自薄姑迁都于此,改名临淄,因地临淄水而名。春秋战国为齐国国都,现并入淄博市,属山东省。

㊵ 霖雨:犹甘霖,霖雨用以救旱因比喻恩泽。

㊶ 司马徽:东汉末颍川阳翟人,字德操,善于知人,人称水镜。他曾向刘备推荐过诸葛亮、庞统。

㊷ 鲍子:指鲍叔牙,又称鲍叔,春秋齐人,与管仲交,知管仲贤,齐桓公即位后鲍叔牙遂荐管仲,相桓公九合诸侯而成霸业。这里类比司马徽赏识诸葛亮并向刘备推荐。

㊸ 燕昭王:战国时燕王哙子,名平,时燕被齐所破,哙死,燕昭王继位后卑身厚币,招纳贤士,师事郭隗,士争相赴,任用乐毅为上将军,攻占齐国七十余城。这里类比刘备任用诸葛亮。

㊹ 凤雏:指庞统(179—214),汉末襄阳人,字士元,其叔称之为凤雏,吴将鲁肃致书备曰:"庞士元非百里才也,使处治中、别驾之任,始当展其骥足耳。"诸葛亮亦言之,遂从耒阳令升为治中从事,与亮并为军师中郎将,后劝备取蜀,进军雒县,中流矢卒,年三十六。

㊺ 守荆之虎将:指关羽。刘备既得江南诸郡,命关羽为襄阳太守,督荆州事,建安二十四年(219),拜为前将军,围曹仁于樊,威震一时,孙权用吕蒙计袭破荆州,杀关羽及其子关平。

㊻ 街亭之机不失：街亭即街泉亭，故址在今甘肃秦安县东北，228 年诸葛亮北出祁山，先锋马谡拒张郃于街亭，为张郃所破。《三国志·蜀书·诸葛亮传》："魏明帝西镇长安，命张郃拒亮，亮使马谡督诸军在前，与郃战于街亭。"

㊼ 六伐运计：指诸葛亮六出祁山伐魏。　　　九合之遄雄：指管仲协助齐桓公九次召集诸侯会面，《论语·宪问》："（齐）桓公九合诸侯。"疏："言九合者，《史记》云：兵车之会三，乘车之会六。《谷梁传》云：衣裳之会十有一。"

㊽ 五丈屯军：五丈指五丈原，在今陕西岐山县南、宝鸡县东、周至县西，渭水南岸。《三国志·蜀书·诸葛亮传》："（建兴）十二年春（234），亮悉大众由斜谷出，以流马运，据武功五丈原，与司马宣王对于渭南。亮每患粮不继，使己志不申，是以分兵屯田，为久驻之基。"　　　二城之不拔：指燕国乐毅总领兵攻打齐国，只有莒、即墨二城久攻不下。

㊾ 昧于荐贤士：管仲临死前，齐桓公让他荐贤为相，问鲍叔牙和隰朋怎样，管仲说鲍叔牙是真君子，但对善恶计较太分明，不可为相；隰朋对自己要求高，对于别人的小毛病不计较，不做不该做的事，可为相。但后来齐国易牙、竖刁、开方三子作乱，后人谓管仲临死前未荐治国贤能，如苏洵《管仲论》中责备管仲未"举天下之贤者以自代"。

㊿ 犹惜其奔赵：指燕惠王即位后，齐使反间计，惠王使骑劫代毅，毅惧诛，出奔赵，齐因兴兵，大破燕军，尽复失地。乐在赵，被封为观津，号望诸君。这种"一臣事二主"的做法，在封建社会是人所不齿的。

51 鸿祚：鼎盛的王业，经久不衰的国运，《明史·外戚传·陈公》："萝图肇开，鸿祚峨巍，日照月临，风行霆驰。"

52 蚕丛：相传为蜀王之先祖，教人蚕桑。汉扬雄《蜀王本纪》："蜀之先称王者，有蚕丛、折权、鱼易、开明。"后也以蚕丛喻指蜀地。

53 梁父吟余：唐李商隐《筹笔驿》："他年锦里（成都）经祠庙，梁父吟成恨有余。"梁父吟，乐府楚调曲名，也作"梁甫吟"。梁父，山名，在泰山下。梁甫吟盖言人死葬此山，为挽歌，歌词悲凉慷慨，今所传古辞相传为诸葛亮作。《三国志·蜀书·诸葛亮传》："（父）玄卒，亮躬耕陇亩，好为《梁父吟》。身长八尺，每自比于管仲、乐毅。惟博陵崔州平，颍川徐庶元直与亮友善，谓为信然。"后以此典指人怀有治世之才能，待时而起。　　　前后表：出征前上给皇上的表文。诸葛亮于建兴五、六年（227，228）两次北伐上疏，《文选》采用前篇，题作《出师表》。前表见《三国志》本传，后表，亮集所无，出张俨默记，见本传注引《汉晋春秋》，或疑是伪作。

⑭ 锦官：谓主治锦之官，因以为城名，在今四川成都市南。成都旧有大城、少城，少城在大城西，即锦官城。后人泛称成都为锦官城。　八百桑：《三国志·蜀书·诸葛亮传》："初，亮自表后主曰：'成都有桑八百株，薄田十五顷，子弟衣食，自有余饶。至于臣在外任，无别调度，随身衣食，悉仰于官，不别治生，以长尺寸。若臣死之日，不使内有余帛，外有赢财，以负陛下。'"　人当甘棠：《史记·燕召公世家》："召公之治西方，甚得兆民和。召公巡行乡邑，有棠树，决狱政事于下，自侯伯至庶人各得其所，无失职者。召公卒，而民人思召公之政，怀棠树不敢伐，作《甘棠》诗咏之。"《诗经·召南·甘棠》："蔽芾甘棠，勿翦勿伐，召伯所芨。"此典意在称颂官吏仁政爱民。

⑮ 奉为伊吕：《三国志·蜀书·彭羕传》："羕于狱中与诸葛亮书曰：'……足下，当世伊吕也，宜善与主公计事，济其大猷。'"　伊吕，商伊尹佐商汤，西周吕尚佐周武王，都是开国元勋。常并称以颂扬人的地位和功勋，泛指辅弼重臣。这里称赞诸葛亮辅佐刘备，后主刘禅，功绩卓越。

⑯ 杜甫之诗：杜甫在成都城南泛舟过武侯祠，留下著名的七律《蜀相》来咏叹诸葛亮："丞相祠堂何处寻，锦官城外柏森森。映阶碧草自春色，隔叶黄鹂空好音。三顾频烦天下计，两朝开济老臣心。出师未捷身先死，常使英雄泪满襟。"

汉唐宋明党人论①

　　呜呼！贤人君子之用于世，盖甚难矣。孔子曰："志士仁人，无求生以害仁，有杀身以成仁。"当世之盛，君子不必尽中立而不倚也，天子不使小人得厕其间以掣其肘而败②其功，以曲成之也③。及乎处乱世，事暗君，大木将颠，非一绳所维，明哲保身之流，高举远引，遁迹山林邱园矣。君子怀君国之忧，感慨奋发，至有所偏，为金壬所陷害④，是亦何能无过与？汉之党锢、唐之牛李、宋之道学、明之东林⑤,皆以党人称。然此数者,虽不能尽无偏胜之弊,而必谓汉之亡、唐之乱、宋之弱、明之危皆由于此焉,此则有未足为定论者。

宋曾南丰曰:汉自元兴以后,政出宦者,豪杰特起之士,相与发愤同心,直道正言。至于解印绶,弃家族,骨肉相勉,赴死而不避。百余年间,擅强大觊非望者相属,皆逡巡而不敢发。⑥汉能以亡为存,党人之力也,是党人实以存汉,非亡汉也。至若唐之牛李,则不能无遗议焉。夫牛李之在唐,其才本非庸碌者,比使其和衷协恭以匡君国⑦,未必不能平河北之乱⑧,夺中尉之权⑨,内消宦竖之专横,外靖强藩之跋扈,使会昌之业比美元和⑩,乃以睚眦小怨,互相排挤,甚至内结奥援,以胜异己,反不惜屈节于宦寺,以授其权于小人,而清流之祸即因之⑪,无怪乎小人之倾,君子非党,而亦必目之为党也。宋之道学,夫宋岂能有道学哉?孔孟千余年心传之所寄⑫,非宋之所能有也,宋果能有之,则必能用之,宋将越汉唐与三代比烈,又何强之足云乎!虞不用百里奚而亡⑬,秦穆公用之而霸。宋实禁道学,乌得绳之以弱之罪也?岂以程明道一为讲官⑭,朱考亭一为转运使⑮,遂以成宋之弱耶?是周鲁之弱,孔子为之也?明天启之时,东林即不立门户,岂能逃凶竖之网乎?虎狼之于人无不噬也,天欲败人国家,必先自尽其善类,明亡国之君实纵焉,又将谁咎哉?而高魏杨左诸公锋镝在前⑯,鼎镬在后⑰,不惜陷胸决脰⑱,忤逆珰,以庶几冀君之一悟⑲,亦足悲矣。幸而一二免于缇绞者,亦皆捐躯明志,与社稷同殒,其浩然正大之气,不且将惊天地而动鬼神哉!

噫!此历朝党人惟唐或不免偏私,而若汉若宋若明,皆无非端人正士也。端人足以亡国,谁能存国哉?正士足以弱国,谁能强国哉?乃世之持是论者,吾不知其时丁末造⑳,其所自立将居何等也?

【注】

① 党人：同道结合之人。《楚辞·离骚》："惟党人之偷乐兮，路幽昧以险隘。"

② 厕：即参加的意思。 掣其肘：比喻使人做事而故意留难牵制。战国时宓子贱治亶父，请鲁君派近臣两人同往，至亶父，邑吏皆朝，宓子贱令吏二人书，吏方书，宓子贱便从旁掣摇其肘，吏书之不善，则怒。吏归报鲁君，鲁君谓："宓子以此谏寡人之不肖也。"事见《吕氏春秋·具备》。

③ 曲成：多方设法使有成就。《周易·系辞》："曲成万物而不遗。"注："曲成者，乘变以应物，不系一方者。"

④ 金壬：谄媚卑鄙的小人。本作"憸壬。"

⑤ 党锢：东汉桓帝时，宦官势盛，士大夫李膺等疾之，捕杀其党，宦官乃言膺等与太学游士为朋党，诽谤朝廷，疑乱风俗，桓帝震怒，逮捕党人，辞连二百余人，皆禁锢终身。灵帝时，膺等复起用，与大将军窦武谋诛宦官，事败，膺等百余人皆被杀，死徙废禁者六七百人。《后汉书》有《党锢传》。 牛李：指唐牛僧孺与李吉甫、德裕父子组成的宗派。以李德裕为首的李党与以牛僧孺、李宗闵为首的牛党斗争激烈，被称为"牛李党争。"《新唐书·李德裕传》："至是，间帝暗庸，裴度使与元稹相怨，夺其宰相而己代之。欲引僧孺益树党，乃出德裕为浙西观察使。俄而僧孺入相，由是牛、李之憾结矣。" 道学：指宋时理学，自周敦颐、程颢、程颐至朱熹最后完成的以儒家为主、兼容佛道思想某些内容的一种思想体系。 东林：明万历年间，吏部郎中无锡人顾宪成被革职还乡，倡议重修东林书院，与高攀龙等讲学其中，评议朝政。天启时，宦官魏忠贤专权，东林诸人与之对抗，被目为党人，附阉者造《东林点将录》，企图一网打尽，天启五年杀杨涟、左光斗、魏大中等，诏毁各地书院，并榜示东林党人，顾宪成已死，亦被削夺赠官，崇祯时党禁始解。

⑥ 曾南丰：指曾巩（1019—1083），宋代建昌南丰人，字子固，工文章，为唐宋八大家之一，嘉祐二年进士，尝编校史馆书籍，官至中书舍人，藏书至二万卷，皆手自校定。 "汉自元兴"一句：出自《曾巩全集》卷十九《徐孺子祠堂记》。 元兴：东汉和帝刘肇的年号，公元105年。

⑦ 和衷协恭：《尚书·皋陶谟》："同寅协恭，和衷哉。"本意是同敬合恭而和善的意思，以后称同心为和衷，友好合作为协恭。

⑧ 河北之乱：指唐后期形成割据势力的河朔三镇,他们拥兵自立,不受朝廷节制,不向朝廷缴纳赋税,自行委派官吏,节度使更替也是军中拥立或父子相承。

⑨ 中尉：护军中尉,唐后期用宦官任护军中尉,统领神策军,为皇帝禁军,防守京师。

⑩ 会昌：唐武宗(李瀍)年号,841—846。指唐武宗任用李德裕为相,使国家政治有一定的改观,对回鹘采取接济和遏制的妥当政策,控制了回鹘等北面边境的局势,围攻泽潞,制服藩镇叛兵。　　元和：唐宪宗李纯的年号,806—820。元和年间唐宪宗决意用兵,来制服如西川、淮西等地节度使和李师道等人的叛乱,使得各方镇对中央朝廷俯首听命,这反映出唐王朝统治权力的加强,暂时实现了接近于全国统一的局面,史称"元和中兴"。

⑪ 清流之祸：指负有时望的清高的士大夫多因结党营私的罪名受到宦官的镇压和迫害。如宋代的道学家,明朝的东林党。

⑫ 心传：宋儒宣扬道统,谓《尚书·大禹谟》"人心惟危,道心惟微,惟精惟一,允执厥中"十六字为尧、舜、禹传授心法,称"十六字心传"。后因称师弟相传为心传。

⑬ 百里奚：春秋时秦穆公之贤相。原为虞大夫,晋献公灭虞,虏奚,以为秦穆公夫人陪嫁之臣。奚以为耻,逃至宛,被楚人所执,秦穆公闻其贤,用五羖羊皮赎之,后来委以国政,称为五羖大夫,与蹇叔、由余等共助穆公建成霸业。

⑭ 程明道：指程颢,字伯纯。与弟同受学于周敦颐,并称"二程"。其学泛涉诸家,出入老、释,返求之于六经。其学谓天即理,为学以"识仁"为之主,而仁须也"诚敬"存之。在洛阳讲学十余年,《宋史·道学传》:"乡必有校,暇时亲至,召父老与之语。儿童所读书,亲为正句读,教者不善,则为易置。择子弟之秀者,聚而教之。……颢之死,士大夫识与不识,莫不哀伤焉。文彦博采众论,题其墓曰明道先生。"

⑮ 朱考亭：指朱熹,字元晦,一字仲晦,号晦庵、遁翁。晚年从居建阳考亭,又主讲紫阳书院,故亦别称考亭、紫阳。他阐发儒家思想中的"仁"和《大学》、《中庸》的哲学思想,继承和发展二程的理气关系的学说,集理学之大成,后世并称程朱,故曰转运。

⑯ 高魏杨左：指明东林党人高攀龙、魏大中、杨涟、左光斗,他们敢于议政,

与掌权宦官作对。　　锋镝:锋,兵刃;镝,箭镞。泛指兵器。

⑰ 鼎镬:古代酷刑,用鼎镬以烹人。

⑱ 脰(dòu):头项。

⑲ 珰:本为汉代武官的冠饰。《后汉书·朱穆传》上疏:"案汉故事,中常侍参选士人。建武以后,乃悉用宦者。自延平以来,浸益贵盛,假貂珰之饰,处常伯(周官名,从诸伯中选拔而得名,常随伴皇上左右,应对顾问,秦汉称侍中)之任,天朝政事,一更其手,权倾海内,宠贵无极,子弟亲戚,并荷荣任,故放滥骄溢,莫能禁御。"后来遂以珰作为宦官的代称。

⑳ 丁:当,正值。　　末造:末世。造,世代。

唐宋藩镇朋党得失论

世之论唐宋者,咸曰唐之亡亡于藩镇,宋之弱弱于朋党,而不知皆非也。唐之藩镇虽强,苟其间无朋党之祸,则藩镇亦不足以亡其国。宋之朋党虽纷,苟其时有藩镇之威,则朋党亦不足以弱其国。

唐自肃代,委靡成习①,李怀玉等诸镇猖狂②,代宗之世,其最反覆不臣者,又莫如田承嗣③,德宗处置失宜,更启建中之祸④,宪宗稍挫其威,穆宗以后,仍守故辙,直至武宗,用一李德裕而河朔三镇悉赖以平⑤,唐世以来,功莫与并乃无何,而李逢吉、李宗闵、牛僧孺等相与排挤⑥,卒至沦身瘴海⑦,冤死吴湘⑧,唐室之威,遂致不振。

宋太祖即位汴都,鉴前代之失,遂以杯酒尽释藩镇之权⑨,于是唐代之痼疾一朝而解。迨庆历之朝⑩,贾昌朝、陈执中等悉范仲淹、富弼而排之⑪,目以为党,飞章诋毁,一网立尽。至元祐之时⑫,又有程颐、苏轼、刘挚等以私忿之訾⑬,遂有洛、蜀、朔党之分⑭,互相攻讦,七八年间废罢不一,卒致正人既去,群小当国，一误于安石[15]，再误于蔡京[16]，金狄之难萌[17]，徽钦之祸兆[18]，宋之天下，遂不可为矣。然康王南渡[19]，李纲建议欲收合豪杰，使之经略淮徐以北，得如唐世藩镇法，世其子孙，卒用其策，而南宋竟少赖以安焉。

呜呼！唐室之乱虽不能无咎于藩镇，而牛李之才固非庸碌者比，使其和衷共济以匡君国，安知河北之乱不能由此而平？乃以睚眦小怨，竟授其权于小人，此唐之亡不亡于有藩镇，而亡于有朋党也。

宋室之弱，虽不能无议于朋党，然程明道一为讲官，朱考亭一为转运使，宋即因是而弱，是周鲁之弱，孔子亦不得辞其咎矣。不知实因开国之初，兵革才息，即以藩镇为可废，一至叠经大难，焦头烂额之后，始知雄长一隅者，有时亦借其干城腹心之用[20]，而欲从而效之，则已晚矣。此宋之弱不弱于有朋党，而弱于无藩镇也。

【注】

① 委靡成习：指唐肃宗贪图淫逸。《旧唐书·肃宗本纪》："七月辛酉，上至灵武，时魏少游预备供帐，无不毕备。裴冕、杜鸿渐等从容进曰：'今寇逆乱常，毒流函谷，主上倦勤大位，移幸蜀川。……伏愿殿下顺其乐推，以安社稷，王者之大孝也。'上曰：'俟平寇逆，奉迎銮舆，从容储闱，侍膳左右，岂不乐哉！公等何急也？'"

② 李怀玉：应为李怀仙（？—768），唐柳城胡人，世事契丹，守营州，善骑射，安禄山反，以怀仙为裨将，后降唐，濮固怀恩表为幽州、卢龙节度使，怀恩反，怀仙亦治城邑甲兵，拥兵自立，朝廷不能制，被部将朱希彩所杀。

③ 田承嗣（704—778）：唐平州卢龙人。开元间为安禄山部将，禄山起兵，为前锋攻陷洛阳，代宗时降唐，后授魏博节度使。

④ 建中之祸：唐德宗李适对藩镇用兵，反而使山东、河北藩镇勾结联合对抗朝廷，建中四年德宗发泾原兵去关东作战，泾原节度使姚令言率兵五千过长安，士卒未得到些许赏赐，并且只有糙米蔬菜犒劳士卒，士卒不满，一场兵变发

生，姚令言等人拥立太尉朱泚为主，德宗逃往奉天，唐王朝差点灭亡。

⑤ 李德裕（787—849）：唐赵郡人，字文饶。父李吉甫为宰相，历仕宪、穆、敬、文、武诸朝，为李党首领，武宗时以淮南节度使内调为宰相，力主对藩镇用兵，镇压泽潞镇刘稹的割据独立行为，稳定河东镇的兵乱，执政六年，进太尉，封卫国公，宣宗时遭牛党打击，被贬潮州司马，再贬崖州司户，卒于贬所。　河朔三镇：又称河北三镇，指唐后期形成割据势力的成德、卢龙、魏博三个藩镇，安史之乱后，其余部势力很大，唐廷只得迁就他们，以李宝臣为成德节度使，李怀仙为卢龙节度使，田承嗣为魏博节度使，他们内部实际就是一个"小朝廷"，对唐王室威胁很大。

⑥ 此句指牛僧孺与李宗闵、杨嗣复等结为朋党，排除异己，权震天下，视为牛党。宣宗时李德裕被罢相，牛僧孺、杨嗣复等久遭贬逐之人皆同日北还，牛党上台，打击李党。

⑦ 沦身瘴海：指李德裕被贬潮州一带，《旧唐书·李德裕传》："史臣曰：'……与夫市井之徒，力战锥刀之末，沦身瘴海，可为伤心。'"

⑧ 冤死吴湘：吴湘，为诗人吴武陵的侄儿，会昌中为江都县尉，百姓颜悦女有容貌，扬州都虞侯刘群想娶她为妻，押军牙官李克勋也想娶她，继母焦氏做主嫁给吴湘，于是刘群、李克勋唆使江都百姓控告吴湘贪赃，并强娶属下女子为妻。淮南节度使李绅把吴湘娶妻的财礼都诬指为赃款，奏报朝廷，经刑部郎中郑亚、御史中丞李回、宰相李德裕逐级批准，把吴湘杀了。且把扬州派去按问此案的御史崔元藻贬为崖州司户。这是一件冤案，吴湘贪赃是实，但款项不多，罪不至死。后依附牛党的吴湘兄诣阙诉冤，因此李德裕被再贬。

⑨ 杯酒尽释藩镇之权：宋太祖即位初，就有两个节度使起兵造反，为了汲取唐藩镇权力过大的教训，宋太祖用计解除藩镇之权，他在宫里举行宴会，请石守信、王审琦等几位老将喝酒。酒席上，宋太祖解除了禁军大将石守信、王审琦兵权，打发他们到各地去做节度使，稳定了宋朝初的统治基础。

⑩ 庆历：宋赵祯（仁宗）年号，1041—1048；

⑪ 贾昌朝（998—1065）：字子明，真定获鹿人。晋史官纬之曾孙也。任工部侍郎充枢密使，拜同中书门下平章事、集贤殿大学士。又拜昭文馆大学士，监修国史。上备边"六事"，多实行之。庆历七年罢相判大名府，英宗即位，徙凤翔节度使，进封魏国公，卒谥文元。　陈执中（990—1059）：宋洪州南昌人，字

昭誉,任龙图阁直学士、知永兴军,拜右谏议大夫、同知枢密院事。拜同中书门下平章事、集贤殿大学士兼枢密使。真宗年事已高,但无人敢提立储之事,陈执中进《演要》三篇,以早定天下根本为说,真宗很是欣赏,遂立太子。凡权势者所引为三司勾当公事及监场务官,皆奏罢之。当朝八年,人不敢以私事求之。以事劾罢,出判亳州,卒谥恭。 范仲淹、富弼以排之:庆历三年(1043),仁宗任用范仲淹参知政事,富弼、韩琦为枢密副使,要他们条列当世急务,范仲淹提出十项建策,仁宗颁行全国,号称"新政",后遭到贵族的反对,范仲淹被罢免,富弼因附和改磨勘法,被指为范仲淹同党,也被罢免。 富弼,宋河南洛阳人,字彦国。少为范仲淹、晏殊所知,殊以为婿。

⑫ 元祐:宋赵煦(哲宗)年号,1086—1093。

⑬ 程颐:宋洛阳人,字正叔,世称伊川先生,少与兄颢俱学于周敦颐,同为北宋理学创立者,并称"二程"。程颐为西京国子监教授,又擢任为崇政殿说书,为当时以高太后、司马光为首的保守派最为倚重的儒学代表。 刘挚(1030—1097):宋永静军东光人,字莘老,仁宗嘉祐中进士,屡上疏反对新法,谪监衡州盐仓,哲宗立,召为吏部郎中,擢侍御史,劾新党并罢常平,免役法。拜尚书中丞,累迁右仆射,以言官劾其援引私党等,罢知郓州。

⑭ 洛、蜀、朔党:指宋元祐年间三党,洛党以理学家程颐、贾易为首,蜀党以苏轼、吕陶为首,朔党以刘挚为首,三党都反对王安石变法,但他们之间有矛盾,彼此攻击,蜀、洛两党相攻最烈,朔党则游离于二者之间,议论亦互有异同。

⑮ 一误于安石:指王安石变法最终失败,变法派和保守派之间的斗争持续了多年,而且王安石变法有很多失误。

⑯ 蔡京:宋仙游人,字元长,熙宁三年进士,徽宗时因童贯得为尚书右仆射,后为太师,以恢复王安石新法为名,四掌权柄,排斥异己,专以奢侈迎合帝意,广兴土木,工役繁重,搜刮成性,遍布党戚,后被钦宗贬死。

⑰ 金狄之难:宋徽宗崇尚道教,迷信道士,崇信道士林灵素,听从其意,贬低佛教,称佛为金狄,自称教主道君皇帝。并听从蔡京的建议,编道史,科举中设立道学,道士考试做道官。全国各地大力修道观,道士领取俸禄,每一道观给田地上千顷,纵令道士剥削农民。

⑱ 徽钦之祸兆:宣和七年,金兵分东西两路进攻宋国,宋徽宗见势危,乃禅位给太子赵桓(钦宗)。靖康元年,金兵攻克汴京。次年三月,金军大肆搜刮,立

张邦昌为楚帝，驱掳徽、钦二帝和宗室、后妃、教坊乐工等数千人，携法物宝器、文籍舆图等北返，北宋亡，史称"靖康之难"。

⑲ 康王：指宋高宗赵构。

⑳ 干城：干，盾；城，城郭。都起捍御防卫作用。也用以比喻捍卫者或御敌立功的将领。　腹心：喻亲信。《诗经·周南·兔罝》："赳赳武夫，公侯干城。……赳赳武夫，公侯腹心。"

明 通 公 溥 论

天下非才学之难，而有识之难。识不到，量不优。量不优，皆由识不到。故世需才，才尤需识。人知明则通，公则溥，知明为通之本，而不知明实公且溥之本也，则尝有味乎周子明通公溥之说焉①？

夫儒者，于天下事，明于议事易，明于行事难，明于已事易，明于将事难。议事知有是非而已，行事则先有得失之见，而神智扰矣。已事知有成败而已，将事则兼有名利之心，而神智愈扰矣。扰生昧昧，生偏偏，生狭狭，则无在可以措手。推原其弊，大都平日读书第以文字博功名，本未留心于古人经济之实，一旦得所借手，则已举平日之诵法一切置之，胥吏窥其意旨，遂假法行私②，酿为民害，其以冒昧而偾事者十之五③，其以苛刻而偾事者十之九。论者或太息其初终易辙，利令智昏，而吾谓其平日读书，心地先未曾明也，而犹望其通达机宜，无以偏私狭隘之见误国，则望之者实愚甚。今夫家与国无能两顾也，义与利无能兼营也，策天下之安危，不暇计一己之祸福也。古大臣明于治体而知上下之患，莫大乎为身家计而不务事功，偷安旦夕而不计长久。于是定一策不在中材意料之中，任一人不在仕路夤缘之内④。一事也，于千万人之所便，毅然为之,而众为之助,明犹可测;一事也,于千万人之所不便,毅然为之,而众不之挠,明不可测。一事也,图之于仓猝,竭精明强干之才,明犹易及;一事也,图之于暇豫,收懦弱颛愚之用,明不易及。无一人不在其包容中,实无一事不在其洞鉴中,譬之于水清于镜,有不平如衡者乎?

通也,公、溥也,乃其所以为明也,而要非察察为明者可得而托也。夫《周官》为圣人经世之书⑤,王莽用于汉而乱世,安石用于宋而祸民,此何故者? 盖其人天资刻薄,复持坚僻之见以为明,其失也,泥法亦误,变法亦误,违众亦失,徇众亦失,虽文章经术卓卓一时,而猜嫌疑忌之胸,实不可与人,家国事曲为之解者,谓是好明而流于刻核者也⑥。呜呼,天下安有刻核者而犹谓之好明者哉? 子思言聪明睿知足以有临,而推之于溥博渊泉之量,明察之为用大已⑦。三代而下,明于治体,于春秋得一子产焉⑧,于蜀汉得一武侯焉⑨,其他若郭汾阳之慑敌⑩,岳忠武之治兵⑪,程朱之释经立说⑫,胥是道也⑬。士当匡居坐论,自负通才,及观其一言一行,而偏私浅狭之胸襟,为之曲露甚矣。明体达用之学,固未可轻冀天下之士也夫。

【注】

① 周子:指宋理学家周敦颐,他继承先秦道家清静无为和儒家正心诚意的思想,提出修身养性的"主静"说和"主敬"说,倡导"主静",认为无欲使人精神集中,进入虚静的境界,保持这种状态就能进入圣人的境界。 明通公溥之说:周敦颐《通书·圣学》:"曰:'圣可学乎?'曰:'可。'有要乎?'曰:'有。''请问焉。'曰:'一为要。一者,无欲也;无欲则静虚动直。静虚则明,明则通;动直则公,公则溥。明通公溥,庶矣哉!'"

② 胥吏:官府中的小吏。

③ 偾事:败事。《礼·大学》:"此谓一言偾事,一人定国。"

④ 夤(yín)缘:凭借关系,进行钻营。

⑤ 周官：《周礼》一书，汉世初出，称《周官》，因与《尚书·周官》篇名相混淆，改称《周官经》，自刘歆以后称《周礼》。

⑥ 刻核：苛刻。

⑦ "子思"四句：《中庸》："唯天下至圣为能聪明睿知，足以有临也；宽裕温柔，足以有容也；发强刚毅，足以有执也；齐庄中正，足以有敬也；文理密察，足以有别也。溥博渊泉，而时出之。溥博如天，渊泉如渊。见而民莫不敬，言而民莫不信，行而民莫不说。"相传《中庸》为子思所作，清魏源取《礼记》之《中庸》、《坊记》、《表记》、《缁衣》四篇为《子思章句》。　　溥博：周遍广远。

⑧ 子产（？—前522）：春秋郑国人，名侨，字子产，又字子美，谥成子，穆公之孙，子国之子，因居东里，又称东里子产。自郑简公时始执国政，历定、献、声公三朝，时晋楚争霸，郑国弱小，处于两强之间，子产周旋其间，卑抗得宜，保持无事，子产死，孔子称为古之遗爱。

⑨ 武侯：即蜀相诸葛亮。

⑩ 郭汾阳：即唐郭子仪，累官至太尉、中书令，封汾阳郡王，号"尚父"，世称"郭汾阳"，亦称"郭令公"。

⑪ 岳忠武：即南宋岳飞，秦桧死后，孝宗为岳飞建庙于鄂，号忠烈。淳熙六年，谥武穆。嘉定四年，追封鄂王。

⑫ 程朱：宋程颢、程颐与朱熹提倡性理之学，以主敬存诚为本，成一学派，世并称"程朱"。

⑬ 胥：皆，都。《诗经·鲁颂·有駜》："鼓咽咽，醉言舞，于胥乐兮。"

拟权书孙武篇①

古今唯上智可不学，而能中材以上，胥有赖于学。凡事皆然，而况行兵乎？而谓《孙子》十三篇可以弗传乎②？后世韬略，汗牛充栋，要皆祖于孙子，而实无逾于孙子。其《计篇》云："多算胜少算，不胜智也。"《作战篇》云："远输则百姓贫。"《谋攻篇》云："全国为上，破国次之，仁也。"又云："不战而屈人之兵,信也。"《军争篇》云:"三军可夺气,将军可夺心,勇也。"又云:"以治待乱,以静待哗,严也。"其余神奇机警,辞约意该。揆诸圣人,临事而惧、好谋而成之旨③,其心则非,其言则是。孙子其言兵之雄乎世,第见入郢之役④,孙子为吴将兵,以三万破楚二十万。窃为孙子奇,而吾谓不足奇也。楚师无纪律,不必孙子亦可以破楚。然则何奇乎尔?吾于吴宫教战时奇之⑤。阖闾出宫人百八十人,孙子分为二队,以王之宠姬二人为队长,乃因嬉笑之故,斩之以徇于众,其毅然行法,非有雄断不能。且当日之约束申令,初无强敌在前也,不过如后人训练之法。乃孙子于训练之时,即以临敌当之,务使将知士心,士知将心,应变行权,胥有实用,可谓能矣。后人不明此义,平日训练纵极纯熟,及仓猝出军,无异乌合,其咎在训练与临敌判为二事,有虚名而无实用,亦未于十三篇中绎其义也。故淮阴将略即寓于辱胯下之年⑥,武侯权谋已定于居隆中之日。才即上智,能不泥古法,尚不能离古法,而况下此者乎?或谓孙子佐吴王,不能防患未然,献一策以弭祸乱,不知此不足为孙子咎也。庸主骄于上,佞臣贪于下,虽圣贤不能有为,况孙子乎?此以知子胥不惜一死,忠也⑦;孙子不献一策,智也。著十三篇以传世,殆有窥于《六韬》之义⑧蕴而畅其说者欤!学士口不谈兵,而胸中有甲兵数万,夫亦谓居承平之世,可无将绩,不可无将才。彼赵括自谓读父书,而实未尝读书耳⑨。天下有真读书之士,而不能运筹帷幄者,未之有也。为三军之司命⑩,安可以弗学也?学焉而安得舍孙子之书也?然则孙子之书无可訾耶?曰:以名臣目之,为王者之师,或不足;以名将目之,为霸者之佐,则有余。

【注】

① 权书:权宜作书,顺辞以答。　　孙武:春秋时齐人,世称孙武子,以兵

法求见吴王阖庐,用为将,西破强楚,北威齐晋,《汉书·艺文志》"兵家"著录《孙子兵法》八十二篇,今有十家注本。

②《孙子》:旧题孙武撰,一卷,共十三篇,我国兵书传于今者,以此为最古。宋吉天保始集三国魏曹操、南朝梁孟氏、唐李筌、杜牧、陈皞、贾林、宋梅圣俞、王晳、何延锡、张预等十家注本为《孙子十家注》,分为十五卷。清孙星衍校定。

③揆(kuí):揣度,估量。　圣人临事而惧,好谋而成之:语出《论语·述而》:"暴虎冯河,死而无悔者,吾不与也。必也临事而惧,好谋而成之。"

④入郢之役:《史记·楚世家列传》:"(昭王)十年冬,吴王阖闾、伍子胥、伯嚭与唐、蔡俱伐楚,楚大败,吴兵遂入郢,辱平王之墓,以伍子胥故也。吴兵之来,楚使子常以兵迎之,夹汉水阵。吴伐败子常,子常亡奔郑。楚兵走,吴乘胜逐之,五战及郢。己卯,昭王出奔。庚辰,吴人入郢。"　郢,春秋时楚都,故址在今湖北荆州市西北纪南城,楚文王十年自丹阳迁此。此地处纪山之南,故亦称纪郢,又称南郢。

⑤吴宫教战:《史记·孙子吴起列传》:孙武以兵法见于吴王阖庐,阖庐要他在宫中妇人身上试用自己的兵法。以宫中美女一百八十人,分为两队,以吴王的两个宠姬为队长,持戟而立。开始号命,申明军法,然后击鼓传命,使之向右,宫女们不动,只是大笑,再次反复申明,击鼓向左,宫女们仍是大笑,孙武下令将两位队长斩首,吴王大骇,传令孙武勿杀。孙武认为既为主将,将在军,君命有所不受。遂斩二姬示众,这时再击鼓传令,没人敢不遵从。

⑥胯下之年:《史记·淮阴侯列传》:"淮阴屠中少年有侮信者,曰:'若虽长大,好带刀剑,中情怯耳。'众辱之曰:'信能死,刺我;不能死,出我袴下。'"

⑦子胥:即伍子胥,名员,春秋楚人,父奢兄尚都被楚平王杀害,子胥奔吴,吴封以申地,故称申胥。与孙武共佐吴王阖闾伐楚,五战入郢,掘平王墓,鞭尸三百。吴王夫差败越,越请和,子胥谏不从。夫差信伯嚭谗言,迫子胥自杀。

⑧《六韬》:汉人采掇旧说,假托为吕尚编写的古兵书,分《文韬》、《武韬》、《龙韬》、《虎韬》、《豹韬》、《犬韬》六个部分,记周文王、周武王问太公兵战之事,此书自东汉以后盛行,影响很大,唐人自《通典》以下谈兵的多引其说,宋元丰时颁于武学,为《武学七书》之一。

⑨"赵括"一句:即"纸上谈兵"的典故。指战国赵括少时学兵法,与父奢谈兵事,奢不能难,后括代廉颇为将,为秦将白起所败,蔺相如谓括徒能读其父

书传,不知通变。

⑩ 司命:神名,《礼记·祭法》称宫中所祀小神中有司命,《风俗演义·祀典》称民间所祀小神中有司命,后转为与生命攸关的事物。

好刚说有序

都城夷氛之变①,编修汪慕杜先生应当路之聘,立勇局焉②。局设于西城,勇丁近百名,总其事者为通州孙芝庭上舍③。三月以来,居民安堵④,慕翁奉特旨以四五品京堂补用⑤,芝庭亦受职教谕。其时因局务丛脞⑥,因邀京江朱子梅光禄入局襄助⑦,芝庭才调落落不群,而子梅性戆直,共事时每多龃龉。予惧其不克保全始终,因作《好刚说》一篇,以质诸两君,两君当亦相视一笑。且予之重有虑者,正不在目前之事,方今天下多故,维持世变,实待奇杰,二君均非常人,异日貔貅十万⑧,扫荡边尘,出将入相,为我国家柱石,同寅和衷⑨,将有赖焉。愚谓他年之共济,即卜于此日之缔交,二君能不河汉余言⑩,斯真私心所窃幸者已。

天下之不矜才者,皆天下之无才者也。天下之不使气者,皆天下之无气者也。无才气者,庸人也。有才气者,贤士也。有才而不矜,有气而不使,非大贤以上不能学。人自负才气,贵有养焉以制之。偶有不检,则才或流于骄气,或近于激者,皆好刚之过也。天下之物刚者易折,古今之势刚者易败。项羽惟刚,故灭于汉,李密惟刚,故杀于唐⑪。汉如贾晁之上书,唐如牛李之分党,类皆才气之各不下人。

综览千古以来,士大夫高才傲世,盛气凌人,卒之忧贻社稷,祸及身家,指不胜屈。论者虽原其心,重其节,慨叹其遭逢,而要其不可一世之概,实不能无过焉。吾所尤太息者,于宋得一人焉，曰王荆公[12]。公之初心，第知为国策富强之业，绝非卓莽之乱天下可比，乃立朝诸君子不能降气以待彼，复自诩其经术视举朝皆不己若[13]，攻之愈烈，持之愈坚，而流毒遂不可已。平心论之，虽公之坚僻误国[14]，而诸君子之党同伐异，亦不无过。刚之弊焉，于明又得一人焉，曰张江陵[15]。江陵人品心术，实出荆公之上，其功被宗社，既异霍光之不学[16]，尤殊王导之无能[17]，只以不能有容，遂干众忌，夺情一事[18]，坐视廷杖，谏臣不为援手，身后之祸全召于此。议者不察，遂以权奸目之，其衔冤甚矣。由是观之，岂真才气之为人累哉？抑不善养其才气之为累也，皆好刚之过也。

　　或难之曰："士既读书明道，思以名节风，天下将竟委蛇徇众，隐忍悦俗，其负当路之付托犹后也，其曷以称须眉伟大夫哉？"余曰："是不然也。"今夫时有常变，达人审几[19]，事有重轻，君子守约。淮阴侯不屑伍樊哙[20]，而无妨辱少年于胯下。蔺相如可以叱秦王，而无妨避廉颇于途中[21]。诚知所自处也。故事关艰大，虽捐躯自尽不为愚；情系寻常，虽唾面自干不为弱[22]。三代而下，如唐之郭汾阳[23]，明之王文成[24]，皆有合乎此。是以功名盖世，人主不疑。智慧保身，宵小失算。盖刚济以柔，则天德之刚而非人欲之刚，夫何矜才使气之有？且才气之具于人者，如水焉，静则平，动则荡，荡则必决。又如火焉，抑则熄，扬则炽，炽则必张。知其易荡而有以范之，则永无溃岸之虞。知其易炽而有以濡之，则永无炎冈之患[25]，明乎水火可以制夫才气。

　　嗟乎！人之一身，天地父母之身也，忧能损神，怒易伤肝，其为军国之计、忠孝之节，奋起力争，犹可以谢天下，如因区区一事一言略有牴牾，遂同小丈夫之悻悻，其自视亦太轻，是我不能役才气，而我转为才气役矣。天下重任，既非懦弱者所能仔肩一二，卓立之士复不免误于矜肆，吾甚惜之。然而矜才者,必能敛才。使气者,必能静气。

创此说,以质诸君子,庶君子可进而教我以刚中之道。

【注】

① 夷:古对异族的贬称,多用于东方民族,春秋后多用于对中原以外的各族的蔑称。

② 编修:官名,宋代有史馆编修,明代属翰林院,职位次于修撰,与修撰、检讨同谓之史官,掌修国史,清承此称。　　汪慕杜:《诗韵合璧》作者。他尊韵府之例,取愚古轩《诗韵珠玑》,益以《诗脿》选句,重加增订,复经旌邑汤氏以《诗脿》补编而成。　　当路:当仕路,掌握政权。《孟子·公孙丑》:"夫子当路于齐,管仲晏子之功可复许乎?"这里指掌权的人。　　勇局:清朝一旦有战事,就从地方上招募兵卒的一种兵制,行营招募的兵卒叫勇。勇局属于临时性质,一旦战事结束,勇局就自行解散。

③ 孙芝庭:人名,不详。　　上舍:上舍生,宋代太学生之一。宋代太学生之一。王安石变法,熙宁四年定三舍法,分太学为上舍、内舍、外舍,扩大太学生名额。初学者入外舍,由外舍升内舍,由内舍升上舍。神宗元丰时,每月一私试,每年一公试,补内舍生,隔年一舍试,补上舍生。清代称监生为上舍,本此。

④ 安堵:相安,安居。

⑤ 京堂:清代对某些高级官员的称呼,一般是三四品官,如都察院、通政司、国子监和大理、太常、光禄等寺的长官。清中叶以后成为一种虚衔,如言三品京堂、四品京堂。或称三四品卿,又尊称为京卿。

⑥ 丛脞:烦琐,细碎。

⑦ 京江:长江下游称扬子江,亦名京江,因流经镇江市,而镇江市古称京口,所以叫京江。　　光禄:光禄大夫,秦郎中令的属官,有中大夫,汉武帝改名为光禄大夫,没有固定的职守,相当于顾问。唐以后成为无专职的散官,品秩时有升降。

⑧ 貔貅:猛兽名,即貔,一说貔之牝者为貅,古人多连举,以喻勇猛之士。

⑨ 同寅:《尚书·皋陶谟》:"同寅协恭和衷哉。"寅,敬,同寅即同具敬畏之心。后称同僚为同寅。

⑩ 河汉：比喻言论迂阔，不切实际，犹如上天河汉，迢递清高，寻其源流，略无穷极。

⑪ "李密"二句：指李密参加瓦岗起义军，后被推为主，称魏公，起用隋军降将士，杀翟让，心稍骄，不恤士，素无府库财，军战胜，无所赐与，又厚抚新集，人心始离。后投唐又背唐，被杀。《旧唐书·李密传》："史臣曰：'……（李密）竟为叛者，终是狂夫，不取伯当之言，遂及桃林之祸。'"

⑫ 王荆公：即王安石，以元丰中封荆国公，世称荆公。《宋史·王安石传》："论曰：朱熹尝论安石'以文章节行高一世，而尤以道德经济为己任。被遇神宗，致位宰相，世方仰其有为，庶几复见二帝三王之盛。而安石乃汲汲以财利兵革为先务，引用凶邪，排摈忠直，躁迫强戾，使天下之人，嚣然丧其乐生之心。卒之群奸嗣虐，流毒四海，至于崇宁、宣和之际，而祸乱极矣'。此天下之公言也。"

⑬ "复自诩"一句：《宋史·王安石传》："（熙宁）二年二月，拜参知政事。上谓曰：'人皆不能知卿，以为卿但知经术，不晓世务。'安石对曰：'经术正所以经世务，但后世所谓儒者，大抵皆庸人，故世俗皆以为经术不可施于世务尔。'上问：'然则卿所施设以何先？'安石曰：'变风俗，立法度，正方今之所急也。'上以为然。"

⑭ 坚僻：这里指安石性强拗，自信所见，执意不回，听不进众人意见，得罪了许多同僚，他的变法触犯了很多人的利益，遭到保守派的强烈攻击。

⑮ 张江陵：指明张居正，字叔大，号太岳，江陵人。隆庆时与高拱并相，万历初代拱为首辅。锐意革新，整顿吏治，清丈土地，行一条鞭法，用戚继光等为将增强边防，任潘季驯等治理黄、淮河。主政十年，勇于任事，豪杰自许。然深沉有城府，莫能测也。而且为人严苛自负，持法甚严，以御史在外，往往凌抚臣，痛欲折之，一事小不合，诟责随下，遭到大家的嫌恶。死后被中官张诚及不满的守旧外官所攻，籍其家。

⑯ 霍光之不学：昭帝八年即位，光以大司马大将军手遗诏辅政，封博陆侯，昭帝崩，迎立昌邑王刘贺，后废而立宣帝。光秉政二十年，匡扶社稷，族党满朝，权倾内外。后霍氏腐败，宣帝收其兵权，以谋反致夷族。《汉书·霍光传》："赞曰：'拥昭立宣，光为师保，虽周公、阿衡，何以加此！然光不学亡术，暗于大理，阴妻邪谋，立女为后，湛溺淫溢之欲，以增颠覆之祸，死才三年，宗族诛夷，哀哉！'"

⑰ 王导之无能：王导崇尚道学，喜清谈，主清静。东晋建立后，王导实行宽和政策，维护偏安江左的局面。在各种势力的斗争中，他往往采取包容、宽和、兼顾各方面利益的解决办法。《晋书·王导传》："及贼（石勒）平，宗庙宫室并为灰烬，温峤议迁都豫章，三吴之豪请都会稽，二论纷纭，未有所适。导曰：'建康，古之金陵，旧为帝里，又孙仲谋、刘玄德俱言王者之宅。古之帝王不必以丰俭移都……今特宜镇之以静，群情自安。'由是峤等谋并不行。"

⑱ 夺情一事：夺情，指丧服未满，朝廷强令出仕。《明史·张居正传》："（万历五年，张居正丁父忧）户部侍郎李幼孜欲媚居正，倡夺情议，居正惑之。冯保亦固留居正。诸翰林王锡爵、张位、赵志皋、吴中行、赵用贤、习孔教、沈懋学辈皆以为不可，弗听。吏部尚书张瀚以持慰留旨，被逐去。御史曾士楚、给事中陈三谟等遂交章请留。中行、用贤及员外郎艾穆、主事沈思孝、进士邹元标相继争之。皆坐廷杖，谪斥有差。时彗星从东南方起，长亘天。人情汹汹，指目居正，至悬谤书通衢。帝诏谕群臣，再及者诛无赦，谤乃已。"

⑲ 达人：通达知命的人。　　几：事之迹兆。

⑳ "淮阴侯"一句："信知汉王畏恶其能，常称病不朝从。信由此日夜怨望；居常鞅鞅，羞与绛、灌等列。信尝过樊将军哙，哙跪拜送迎，言称臣，曰：'大王乃肯临臣！'信出门，笑曰：'生乃与哙等为伍！'"

㉑ "蔺相如"二句：赵惠文王十六年蔺相如用计使和氏璧完整归赵，十七年渑池之会上，又以同归于尽的危行来逼秦王击缻，挫败秦王让赵王击瑟以侮辱赵王的诡计，以功为上卿，位于廉颇之上。廉颇不服，言见相如必辱之，相如以国家为重，每朝时，常称病，不欲与廉颇争列。见相如出，望见廉颇，相如引车避匿。

㉒ 唾面自干：《尚书·大传·大战》中有"骂女毋叹，唾女毋干"之文，谓逆来顺受，忍辱不与人计较。刘肃《大唐新语·容恕》："初，（娄）师德在庙堂，其弟某以资高拜代州都督。将行，谓之曰：'汝今又得州牧，叨据过分，人所嫉也。将何以终之？'弟对曰：'自今虽有唾某面者，亦不敢言，但自拭之，庶不为兄之忧也。'师德曰：'夫前人唾也，发于怒也，汝今拭之，是逆前人怒也。唾不拭将自干，何如笑而受之？'弟曰：'谨受教。'"后以"唾面勿拭"的典故形容对人尽量忍让，避免惹事。

㉓ 郭汾阳：郭子仪平定安史之乱，诚服回纥，破吐蕃，匡扶唐室，以一身系

时局二十余年,但在平时的处事中却宽厚,不居功自傲。"事上诚,御下恕,赏罚必信。遭幸臣程元振、鱼朝恩短毁,方时多虞,握兵处外,然诏至,即日就道,无纤介顾望,故谗间不行。……朝恩又尝约子仪修具,元载使人告以军容将不利公。其下衷甲愿从,子仪不听,但以家僮十数往。……唐史臣裴垍称:'权倾天下而朝不忌,功盖一世而上不疑,侈穷人欲而议者不之贬。'"(《新唐书·郭子仪传》)

㉔ 王文成:即王守仁,字伯安,明浙江余姚人。正德初因忤宦官刘瑾,谪龙场驿丞。曾镇压农民起义,平定宁王宸濠之乱,官至南京兵部尚书,封新建伯,卒谥文成。王守仁得罪刘瑾,被贬,"谪龙场,穷荒无书,日绎旧闻。忽悟格物致知,当自求诸心,不当求诸事物",他没有不断埋怨而是专心于学术。"萼暴贵喜功名,风守仁取交阯,守仁辞不应。……萼遂显诋守仁征抚交失,赏格不行。献夫及霍韬不平,上疏争之,言:'夫忠如守仁,有功如守仁,一屈于江西,再屈于两广。'"虽然遭到别人的压制和诬陷,但王守仁始以直节著。"(《明史·王守仁传》)

㉕ 炎冈:焚烧山岗。《尚书·胤征》:"火炎崐冈,玉石俱焚。"

论 洋 务 一

嗟乎!士不通今,虽万卷横胸,直与一丁不识者等,且并不如焉。何则?人不通古,犹可考之经史,质之师友,空疏之误,事也小。人不通今,无以增其阅历,导其聪明,执拗之误,事也大。

中洋事起,已有年矣,始误于和,继误于战,兼误于和而战、战而和,而予谓欲无贻误,唯在于和不忘战。中外之隙,始于黄树斋侍郎禁烟一折①,林文忠一代伟人,独于为粤督时办理洋务失之太猛②。盖吾禁吾国臣民不得食烟,果不食烟,则市烟者不禁自绝。即或禁止,亦唯不准其贸易而已(一),必欲举其物而付之一炬也,何为也哉?即使两广兵力足以制之,而沿海一带疆域甚多,安得无隙可乘?此定海最先失势之由来也③。我宣宗成皇帝仁德如天④,深以民命为重,当其命将出师决意在抚,奈一时大臣非唯无将才,并少特识,其于和不忘战之道全不思索,是以一误再误。最后僧忠亲王天津失利⑤,虽误于奸民,然文宗显皇帝不为近臣所惑,坚持定计,即与之通商,亦近至津沽为止⑥,帝都何由得入哉? 自首善之区,容其驻蹕,则亦何地不可到哉? 况传教之说载在章程,外省舆情不洽,动辄滋事,国家费用帑金殆不堪握算⑦。推原其由,今之地方官吏稽古之人多,通今之人少。

昔人谓士不通经,不足以致用,吾则谓士不通今,亦安足致用?

【校】

(一) 贸:原文作"懋",据文意改。

【注】

① 黄树斋:即黄爵滋,字德成,号树斋,江西宜黄人。道光三年进士,选庶吉士,授编修,迁御史、给事中。以直谏负时望,遇事锋发,无所回避,言屡被采纳。道光十八年,黄树斋上疏"请严塞漏卮以培国本",力主禁烟,引起了很大的反响。道光帝深韪之,下疆臣各抒所见,速议章程。官至刑部左侍郎,进《海防图表》,极言抗英之际,坐事落职。道光三十三年卒。　　侍郎:官名,秦汉本为宫廷的近侍,隋唐以后,中书、门下及尚书省所属各部均以侍郎为长官的副职,官位渐高。至明清,递升至正二品,与尚书同为各部的堂官。

② 林文忠:即林则徐,他死后皇帝优诏赐恤,赠太子太傅,谥文忠。林则徐禁烟后,使英法等列强非常恼怒,发动了鸦片战争,以武力相逼,使得清政府非常害怕,道光二十年九月,(皇帝下)诏曰:"乃自查办以来,内而奸民犯法不能净尽,外而兴贩来源并未断绝,沿海各省纷纷征调,糜饷劳师,皆林则徐等办理不善之所致。"并且罢免林的官职,饬即来京,以琦善代之。

③ 定海:县名,属浙江省,汉句章县地,宋为昌国县,明洪武十七年,改昌国卫;二十五年改定海卫,清康熙二十六年,改置定海县,属宁波府。

④ 宣宗成皇帝:即道光帝爱新觉罗·旻宁,全称是宣宗效天符运立中体正

至文圣武智勇仁慈俭勤孝敏宽定成皇帝。

⑤ 僧忠亲王：指科尔沁亲王僧格林沁(？—1865)，博尔济吉特氏，蒙古科尔沁旗人。道光五年，袭封科尔沁札萨克多罗郡王爵。咸丰四年镇压太平北伐军，封亲王。咸丰十年，英法兵犯大沽，僧格林沁率部守大沽西岸，大败。僧格林沁所部为骑兵，清廷倚为镇压捻军的主力，同治四年，被山东农民军宋景诗部与捻军击毙于曹州府菏泽县。光绪时，建科尔沁亲王僧格林沁祠，曰"显忠"，在安定门内。　　天津失利：指咸丰九年英、法、俄、美四国来犯，避开大沽于北塘登岸，我军失利，炮台被陷，僧格林沁退守通州，联军进驻天津后议和不就，双方战于通州八里桥和安定门，我军均败，联军遂入京。

⑥ 文宗显皇帝：即咸丰帝爱新觉罗·奕詝，全称是文宗(庙号)协天翊运执中垂谟懋德振武圣孝渊恭端仁宽敏显皇帝(谥号)。　　近至津沽为止：指第二次鸦片战争后，英、法、俄强迫清政府签订了不平等的《北京条约》，其中规定：增开天津为商埠。

⑦ 帑(tǎng)金：指国库里藏有的金帛钱财。

论 洋 务 二

　　或告予曰："今日百姓之恶西人也，非恶其人也，恶其教也。恶其教者，以发逆洪杨等贼首①，实宗天主教也。"予曰："不然。"

　　夫发逆之欲愚天下也，故浑贵贱亲疏之伦，而概称兄弟，其称天主者，伪也，冀以是惑众也②。西人之宗天主也，其人生于汉，其为教粗浅，不敢拟圣贤，故仅行于外洋，亦如佛教仅宜于西方。夫圣人之教且难化及外夷③，而谓西人之教转能行诸中国，无此人理，亦无此天心。然则西人坚欲为之者，何意？百姓从而好之者，何意？其更有从而恶之者，又何意？不知欲为之者，西人之诈也。彼亦自知是教不足以收拾人心，而非借是为名不足以游览中国。不知中国者，圣人之国也，非圣人之教而日训于圣人之国,其与鹊噪蛙鸣何异?亦徒形其妄已矣。至百姓好之者,非真好之也,恶之者,亦非真知其可恶也。盖自生齿日繁④,先生井田之法坏⑤,百姓总日近于穷,降至今日,捐例开而士穷⑥,荒政多而农穷⑦,奇技兴而工穷,厘务繁而商穷⑧,海航为利薮⑨,西人为利魁,民力遂无一不穷。其好西人者,冀有所得于我也,其恶西人者,恐有所失于彼也,皆利薰于心故也。故知好其教之人非真好,即知恶其教之人非真知其可恶。西人视中国百姓为可制,而往往为中国之百姓所制。西人不自知其为所制,而且欲借枢垣之势以制督抚⑩,欲借督抚之势以制郡县⑪,欲借郡县之势以制闾阎,岂知吏能制民而有时不能,长吏能制吏而有时不能,枢垣能制长吏而有时不能,而于是西人遂转为中国百姓所制?

噫嘻!通商之西人,西人之大黠者也。传教之西人,西人之大愚者也。我既不能禁其通商,又何必禁其传教?

【注】

① 发逆:对太平天国农民起义军的蔑称。

② "夫发逆之欲"句:指太平天国运动主要的追求目标之一就是平均,其内部互相称兄弟姐妹,无等级差别。这集中体现在纲领《天朝田亩制度》中,在生产资料上,主张平分土地;在分配制度上,主张绝对平均的圣库制度;在社会关系上,主张人人平等;最终的目标是要建立"无处不均匀,无人不饱暖"的理想社会。

③ 圣人:本指人格品德最高的人,儒家典籍中多泛指尧、舜、禹、汤、文、武、周公、孔子,自儒家定于一尊以后,特指孔子为圣人,圣人之教即孔子开创的儒教。

④ 生齿:古以人生男八月而生齿,女七月而生齿,官府俱登记其数,载入户籍,后世因谓人民为生齿。   先生:先人,先古。

⑤ 井田:相传古代奴隶社会的一种土地制度,以方九百亩的地为一里,划为九区,其中为公田八十亩,八家均私田百亩,同养公田,余二十亩,家各二亩半

为庐舍。因形如井字,故名。

⑥ 捐例:清代纳钱授官的章程,准予士民捐资以得官,最初由于补充军饷或兴办工程需要,准富民献纳款项,因加奖叙,后遂列为正项收入,明订章程及价格,如"河工捐例"、"海防捐例"等。清中叶后尤滥,以致官职成为商品,加剧了吏治腐败。

⑦ 荒政:救济饥荒的法令制度。荒,凶年。

⑧ 厘务:指清末于水陆要隘分设卡局,以抽取行商货物税,大致照物值抽取若干厘,抽取的税叫厘金或厘捐。咸丰三年,太平天国起义军建都南京,清廷饷源枯竭,太常寺卿雷以諴(xián)始于江北创设厘捐,对来往商品照值征税,后来晏端书推行于广东,本为筹措军饷的临时措施,后各省亦相继仿行,遂成为正项收入,增加了人民的负担,阻碍了商品经济的正常发展。

⑨ 薮:大泽。比喻人或物聚集的地方。这里指海航是利润最大的行业。

⑩ 枢垣:指中央政权中重要的机关或官职。　　督抚:清代各省置总督和巡抚,合称督抚。

⑪ 郡县:犹言府县。郡县之名,初见于周。秦始皇统一六国,分国内为三十六郡,为郡县政治之始。汉鉴于秦以郡县而亡,乃分国内为国与郡两种,郡为朝廷直辖,国以分同姓异姓诸侯。其后中央集权,郡县遂成常制。周时县大于郡,后世则郡大于县。

论 洋 务 三

信及豚鱼①,圣人论其理不必征其事。然汉有虎而河可渡矣②,唐有鳄而溪可迁矣③,天下无不可化之物,岂有必不可化之人? 然则,居今日而论洋务,则惟恃有感化之一术焉。夫中与外异者,面目差异,而官骸则一也,语言差异,而文字则通也,嗜好差异,而食息则同也,山川城郭差异,而犹是天也,犹是地也,犹是日月也,犹是风云雷雨也,故已中外一家。中国之人且难禁其不往,外国之人何能禁其不来? 今将施以感化之道,欲其能化,必能知感。

　　试问,化于何起感于何施耶?不知予所谓感化之者,非强外国之人就我范围,乃不欲中国之人外我声教④。忆自中外为难之始,无一事非吾人为之擘画,无一处非吾人为之经纪。初尚以汉奸目之,近则习见不怪矣。京官二十年来,日见西人,留心观之,其起造屋宇以吾人为之,指挥奴仆以吾人充之,其襄助等事亦于吾人求之。穷秀才闭户训蒙⑤,岁得几何,不足以畜妻子,一旦从事西人,一月所获丰于往日一岁所入,于是低首下心为其指使。至搢绅大人日与周旋⑥,不思国家羁縻之术⑦,期于息事安民,而咸谓洋制之精,特高千古。

　　呜呼,恸矣!夫二帝三王之制度⑧,汉唐宋明且不能兴复,至今日益荡然无存,犹幸五经尚在⑨,士读孔孟之书可以陶其性情。然则西人并不足感化,所难感化者,仍中国之人耳。人心廉耻之道一失,非特好西人者,已丧基本心,即今之恶西人者,亦难必守其初心。如果有廉耻,西人虽建堂传教,亦唯西人自为之,不为之用,西人爽然⑩,并不与之争,西人益赧然。今之枢垣,诚以外省洋务责之督抚。今之督抚,以各郡洋务责之郡县。今之郡县,由是聚闾阎而议之。谓与其无西人之处,恐其来而驱之,何如有西人之处,任其来而远之?中国之人日与之远,彼将不待驱而自远之矣。予所谓感化之者,岂外此乎非然者?前日訾毁西人之人,为后日信服西人之人,又安知今日畏惧西人之人,不即为他日趋附西人之人乎?孔子论九经,柔远人,与子庶民并举⑪,则安辑远,人必自保,惠庶民始。予故曰:治域外鸥张易,治宇下顽梗难也。

【注】

　　① 信及豚鱼:比喻信用卓著,及微隐之物。鱼者,虫之隐者也;豚者,兽之微贱者也。《周易·中孚》:"豚鱼吉,信及豚鱼也。"

②"汉有虎"句：《后汉书·刘昆传》："（刘昆）拜议郎，稍迁侍中、弘农太守。先是，崤、黾驿道多虎灾，行旅不通。昆为政三年，仁化大行，虎皆负子度河。帝闻而异之。"《后汉书·宋均传》："（宋均）迁九江太守。郡多虎暴，数为民患，常募设槛阱而犹多伤害。均到，下记属县曰：'夫虎豹在山，鼋鼍在水，各有所托。且江淮之有猛兽，犹北土之有鸡豚也。今为民害，咎在残吏，而劳勤张捕，非忧恤之本也。其务退奸贪，思进忠善，可一去槛阱，除削课制。'"其后传言虎相与东游度江。后以"虎渡河"的典故来称颂地方官吏政绩优良。

③"唐有鳄"句：《旧唐书·韩愈传》："初，愈至潮阳，既视事，询吏民疾苦，皆曰：'郡西湫水有鳄鱼，卵而化，长数丈，食民畜产将尽，以是民贫。'居数日，愈往视之，令判官秦济炮一豚一羊，投之湫水，祝之曰：'……今天子神圣，四海之外，抚而有之。况扬州之境，刺史县令之所治，出贡赋以共天地宗庙之祀，鳄鱼岂可与刺史杂处此土哉？……'祝之夕，有暴风雷起于湫中。数日，湫水尽涸，徙于旧湫西六十里。自是潮人无鳄患。"用此典来赞誉地方官吏贤能爱民。这里用这两个典故说明人心诚爱能感化动物。

④声教：声威和教化。

⑤训蒙：《尚书·伊训》："臣下不匡，其刑墨，具训于蒙士。"疏："蒙谓蒙稚，卑小之称。"后因以训蒙指教育儿童。

⑥搢绅：搢亦作"缙"，插；绅，束腰的大带。插笏（hù）板于腰带上。古时仕宦者垂绅搢笏，因称士大夫为搢绅。

⑦羁縻：羁，马笼头；縻，牛纼（zhèn），牵拉牛用的绳子。喻维系，联络。这里指维持、支撑社稷的方法。

⑧二帝三王：二帝，指尧、舜；三王，指夏禹、商汤、周文王。

⑨五经：儒家的五部经典，汉武帝建元五年置五经博士，始有五经之称。汉班固《白虎通义·五经》："五经何谓？谓《易》、《尚书》、《诗》、《礼》、《春秋》也。"

⑩爽然：默然。

⑪"孔子论九经"三句：出自《中庸》："凡为天下国家有九经，曰：修身也，尊贤也，亲亲也，敬大臣也，体群臣也，子庶民也，来百工也，柔远人也，怀诸侯也。子庶民则百姓劝，……柔远人则四方归之。"

病　说

其　一

客问于予曰："病胡为而有乎？"予曰："有情斯有病矣。"曰："情胡为而有乎？"予曰："有病斯有情矣。然人知病生于情，而不知情生于病。人知情生于病，而不知情生于无病。人知情生于无病，而不知病生于无病。人即知病生于无病，而不知情生于无情。不知情生于无情，宜乎不知无情之为至情，无病之为至病，何则？天下有情之人，皆天下有病之人。天下有情有病之人，皆天下自谓无情之人。天下自谓无情之人，乃为天下真有情之人，遂为天下真有病之人。非有情之人，必好为有病之人，盖业已有情而实不能不病，而实不敢不病，而实不忍不病。观其情之所以为情，即知其病之所以为病，而即知其人之所以为人已。客如不解，请观刘子谷人。①"

【注】

①　刘谷人：人名，生平不详。

其　二

客曰："谷人，何人也？"予曰："情人也，病人也。谷人之病，他人不能医，谷人自能医也。""谷人自能医，谷人何以不自医也？"曰："谷人如自医，谷人已自负其为谷人也，谷人且甚负谷人之病也，谷人万不肯也。然则无病之谷人，谷人之暂也；有病之谷人，谷人之常也。无病之谷人，谷人之伪也；有病之谷人，谷人之真也。无病之谷人，谷人之拙也；有病之谷人，谷人之巧也。无病之谷人，谷人之拘也；有病之谷人，谷人之达也。无病之谷人，谷人之支离也；有病之谷人，谷人之超妙也。

无病之谷人,谷人之诡奇也;有病之谷人,谷人之平淡也。"

　　吾为客大声呼之,曰:"沮溺隐于耕者也[①],宁戚隐于牧者也[②],严陵隐于钓者也[③],梁鸿隐于舂者也[④],君平隐于卜者也[⑤],刘伶隐于饮者也[⑥],谷人隐于病者也。谷人有病,我辈独无病,我辈可愧。我辈有病,终不能如谷人之病,我辈更可叹。我辈既难杜门觅病,犹逐逐焉日就谷人而问病[⑦],是为谷人所窃笑者已。持此问谷人,谷人当以予为知病者,当以天下善知病者无有出予之右者。"

【注】

　　① 沮溺:春秋时的隐士长沮和桀溺,《论语·微子》:"长沮、桀溺耦而耕,孔子过之,使子路问津焉。"后世诗文常指避世隐居的高士。

　　② 宁戚:春秋时卫人。其家贫,穷困未显,宁戚替人喂牛。《吕氏春秋·举难》:"宁戚欲干齐桓公,穷困无以自进,于是为商旅,将任车,以至齐,暮宿于郭门之外。桓公郊迎客,夜开门,辟任车,爝火甚盛,从者甚众。宁戚饭牛居车下,望桓公而悲,击牛角疾歌。桓公闻之,抚其仆之手曰:'异哉! 之歌者非常人也。'命后车载之。"后任为相,拜为上卿。一作"宁越"。

　　③ 严陵隐于钓:严陵即严光,字子陵,东汉会稽余姚人。晋皇甫谧《高士传》:"少有高名,同光武游学。及帝即位,光乃变易姓名,隐逝不见。帝思其贤,乃物色求之。后齐国上言:'有一男子,披羊裘钓泽中。'帝疑光也,乃遣安车玄纁聘之,三反而后至。""除为谏议大夫,不屈,乃耕于富春山。后人名其钓处为严陵濑焉。"后以此典形容人不图富贵,隐居山泽。

　　④ 梁鸿:字伯鸾,东汉扶风平陵人也。家贫好学,不求仕进,娶同县孟光(字德曜),后夫妇同入霸陵山中,以耕织为业。鸿因事过京师,作《五噫歌》。"遂至吴,依大家皋伯通,居庑下,为人赁舂。每归,妻为具食,不敢于鸿前仰视,举案齐眉。"(《后汉书·梁鸿传》)以"凭舂"等表示隐居谋生,甘守贫贱。

　　⑤ 君平:即严遵,汉代蜀郡人。《汉书·王贡两龚鲍传》:"君平卜筮于成都市,……裁日阅数人,得百钱足自养,则闭肆下帘而授《老子》。博览亡不通,依老子、严周之指著书十余万言。扬雄少时从游学,以而仕京师显名,数为朝廷

在位贤者称君平德。……君平年九十余,遂以其业终,蜀人爱敬,至今称焉。"形容其淡泊为生,自足自食。

⑥ 刘伶:晋沛国人,字伯伦。与阮籍、嵇康等友好,称竹林七贤。纵酒放达,乘鹿车,携一壶酒,使人荷锸相随,说:"死便埋我。"尝著《酒德颂》,自称"惟酒是务,焉知其余"。仕晋为建威参军。后常以刘伶为蔑视礼法、纵情饮酒、逃避现实的典型。

⑦ 杜门:闭门,堵门。　　逐逐:必须得之的样子。

其　三

客曰:"子既盛称谷人之病,试问子何以不病?"予曰:"噫嘻! 客何言之易也? 昔者中古之世尧有病,舜又有病,文王生殷之衰,抱病以终,春秋之世孔子大病者也,颜子甫得病而即逝①,孟子得病于战国,终孟子世,卒未遇一良医。自是而后代有病人,虽受病有深浅,要非假托为病者,所可同今者,谷人病矣。吾纵不敢以古人之病,律谷人之病,吾究何敢以今人之病,疑谷人之病? 吾不敢以今人之病,疑谷人之病,吾更何敢以吾之无病,而轻学谷人之有病? 夫使吾以无病托有病,谷人纵不我责,其如病之不我与,何哉? 此岂病之有私于谷人而故薄于我乎哉? 平心论之,不当咎病,还当咎吾。吾性浮动,病若不屑约束我。吾情躁率,病若不屑陶镕我。吾才粗疏,病又若不屑涵濡我。而且吾学卤莽,病知我不能体验而远我。吾识浅陋,病知我不能融会而弃我。吾胸襟不宏,病来既无所寄托。吾力量不厚,病到又难于担当。吾好逆亿②,病恶我之心机,而不乐与我周旋。吾好议论,病畏我之舌锋,而不愿使我亲炙③。吾愈就病,病愈离我,犹之我愈亲谷人,谷人愈疏我。此中离合之机,天为之耶? 人为之耶? 仍有情无情为之耶? 客固钟于情者,今以病望予,视予太深,无乃视谷人转浅欤? 予固不可以无说。"

【注】

　　① 颜子：指孔子弟子颜回，鲁人，字子渊，被尊称为"颜子"，也被称为"复圣"。好学，安贫乐道，一箪食，一瓢饮，不改其乐。不迁怒，不贰过，在孔门中以德行著称。年二十九，发尽白，早死。

　　② 逆亿：逆想，猜测。亿，预料，猜想。

　　③ 亲炙：亲近而熏炙之，谓亲承教化。

其　四

　　客闻予言而去，数日不复见客。或曰："客病矣。"予疑之。或曰："客真病矣。"予愈疑之。予朝趋而见客，其举止异常，奇哉！肖谷人矣。予暮趋而见客，其辞气异常，奇哉！愈肖谷人矣。予明日趋而见客，其神明异常，奇哉！真肖谷人矣。予迟至十数日后趋而见客，其举止辞气神明，静与物化，动与天游，奇哉！视谷人无毫厘之差矣。

　　嗟乎！天生谷人，天又生客，天心之有情也。病一中于谷人，又中于客，人心之有情也。然谷人不病，则客无由病。谷人即病，而非予能知谷人之病，则客无由病。予即知谷人之病，设不与客言，则客无由病。予即与客言谷人之病，而非客平日隐与谷人同病，则客无由病。且客平日即隐与谷人同病，而非谷人之病实有一种缠绵固结之至情，有以感人于无形，则客终无由病。

　　自今以往，予虽能言谷人之病，予仍不能知谷人之病，而真知谷人之病者，遂独让客。客为谁？郝企三先生是也①。

【注】

　　① 郝企三：人名，生平不详。

其　五

　　企三为人与谷人异，而病亦各如其为人。企三无心者也，谷人有心者也。企三以无心为有心也,谷人以有心为无心也。以无心为有心,柔克者也;以有心为无心,刚克者也。柔克者,病偏于阴虚,欲医企三之病,请以谷人医之。刚克者,病偏于阳虚,欲医谷人之病,请以企三医之。然而企三、谷人两不愿也。今将以谷人医企三,企三或化而为谷人,是寒化而为热也。今将以企三医谷人,谷人或化而为企三,是热化而为寒也。出乎病,仍入乎病,非善为二君计也。今有人于此为企三酌一方焉,曰补元汤①,企三之病庶有瘳乎②? 未必然也。为谷人酌一方焉,曰清凉散③,谷人之病庶有瘳乎? 亦未必然也。嗼曰④:"心病还将心药医。"二君惟其情独至,故其病独至。然则得病如二君,可不谓之同病相怜者哉?

【注】

① 补元汤:滋补元气的汤药。

② 瘳(chōu):病愈,恢复元气。

③ 清凉散:药名,能清热。

④ 嗼:通"谚",谚语。

病　赞①

壬子清秋,棘闱战罢②。一病经年,自春徂夏。病者何人? 淮南刘子③。情为病牵,病因情起。病里徜徉,情绪深长,俗儿不解,请语其详。纸窗无尘,花影竹影,一卷一灯,是为病景。披衣散步,庭阴倚树,非醉非醒,是为病趣。空谷音沉,敲门畏客,昼拥一毡,是为病癖。心事蹉跎,或泣或歌,昂头天问,是为病魔。促膝片时,欣戚万状,若嬉若颠,是为病样。山川金粉,一炬土焦,登高南骂,是为病豪。有刀作佩,有剑在囊,出门欲去,是为病狂。书气填胸,茗香清胃,含咀英华,是为病味。我观病状,我知病原,病状可绘,病原难言。千古病人,一样伤心,子为我听,我为子吟。渺渺西山,弟兄病饿,采薇一歌,千秋寡和④。琵琶出宫,美人病中,年年青冢,泪洒春风⑤。依人王粲,落拓病途,登楼长啸,目断江湖⑥。白衣而起,壮士病矣,呜咽歌声,凄凉易水⑦。射虎心雄⑧,将军病穷,灞陵醉尉⑨,前路相逢。广厦愿奢,杜陵病久,茅屋秋风,诗编在手⑩。人情固尔,化理亦然,作非非想,与子观天。不见晴云,舒卷绛霄,忽惊堆墨⑪,病态飘飘。不见明月,光辉如昼,忽讶钩痕,病容消瘦。我观清流,为霖亦易,何不出山,似有病意。我观野花,遍种山家,何不簪帽,似为病赊⑫。我观庭松,生枝荫满,不曾化龙⑬,似为病懒。我观画梁,衔泥双燕,不到杏林⑭,似为病倦。卓哉!庄叟《齐物》,论通乾坤⑮,万卉口口,厥病惟同。有病者雅,无病者俗,无病者苦,有病者福。惟刘与郝,德邻不孤,寥寥天壤,两个病夫。无病呻吟,识者笑我,即佛即仙⑯,病中证果⑰。

【注】

① 赞:文体的一种,以颂扬人物为主旨。

② 壬子:这里指清咸丰二年(1852)。作者是1860年咸丰十年的进士,他所生活的年代为咸丰时代,还有其后几篇文章都作于癸丑年(1853),由此推断。　棘闱:唐五代试士,用棘刺围试院,以防止放榜时士子喧噪,后又用以杜塞传递夹带之弊,后来便称科举时代的试院为"棘闱"或"棘围"。

③ 刘子:即刘谷人,不详。

④ "渺渺西山"四句:即首阳山。《史记·伯夷列传》:"伯夷、叔齐,孤竹君之二子也。……武王已平殷乱,天下宗周,而伯夷、叔齐耻之,义不食周粟,隐于首阳山,采薇而食之","时王摩子入山,难之曰:'君不食周粟,而隐周山,食周薇,奈何?'"(《绎史·列士传》),二子遂饿死。后世常把他们当作高尚守节的典型。

⑤"琵琶出宫"四句：汉元帝竟宁元年，匈奴呼韩邪单于入朝，求美人为阏氏，帝予宫人王嫱字昭君，以结和亲。昭君戎服乘马，提琵琶出塞入匈奴，卒葬于匈奴。现在内蒙古呼和浩特市南有昭君墓，据《太平寰宇记》载，昭君墓草色常青，故名青冢。

⑥"依人王粲"四句：王粲，三国魏山阳高平人，字仲宣，为建安七子之一。《三国志·魏书·王粲传》："（王粲少有才华，很受蔡邕赏识）年十七，司徒辟，诏除黄门侍郎，以西京扰乱，皆不就。乃之荆州依刘表。表以粲貌寝而体弱通悦，不甚重也。"王粲《登楼赋》李善注引盛弘之《荆州记》曰："当阳县城楼，王仲宣登之而作赋。"刘良注："仲宣避难荆州，依刘表，遂登江陵城楼，因怀归而有此作，述其进退危惧之状。"王粲《登楼赋》："登兹楼以四望兮，聊暇日以销忧。……虽信美而非吾土兮，曾何足以少留！遭纷浊而迁逝兮，漫逾纪以迄今。情眷眷而怀归兮，孰忧思之可任。"

⑦白衣：丧吊的冠服。《史记·刺客列传》："（轲）遂发。太子及宾客知其事者，皆白衣冠以送之。"荆轲刺秦王难以生还，故以白衣冠表示诀别。　"呜咽"二句：荆轲渡过燕国南界的易水去刺杀秦王，燕太子和高渐离等于易水送别，荆轲作歌曰："风萧萧兮易水寒，壮士一去兮不复还。"　易水，水名，《战国策·燕》："燕南有呼沱、易水。"其水有三，皆发源河北易县，起自定兴西南入拒马河，为中易，今大部已干涸，在定兴西边沙河流入合于中易者为北易，即今之易水，经徐水县名瀑河者为南易。

⑧射虎心雄：《史记·李将军列传》："（李）广出猎，见草中石，以为虎而射之，中石没镞，视之石也。因复更射之，终不能复入石矣。广所居郡闻有虎，尝自射之。及居右北平射虎，虎腾伤广，广亦竟射杀之。"形容其武艺精湛，气概豪迈。

⑨灞陵醉尉：灞陵，本作霸陵，故址在今陕西西安市东。《史记·李将军传》："（李广因被匈奴俘获过而去官）顷之，家居数岁。广家与故颍阴侯孙屏野居蓝田南山中射猎。尝夜从一骑出，从人田间饮。还至霸陵亭，霸陵尉醉，呵止广。广骑曰：'故李将军。'尉曰：'今将军尚不得夜行，何乃故也！'止广宿亭下。"形容其失势后受到欺凌冷遇。

⑩"广厦愿奢"四句：指唐杜甫在成都建有浣花草堂，并做《茅屋为秋风所破歌》，中有"安得广厦千万间，大庇天下寒士俱欢颜，风雨不动安如山。呜呼！

何时眼前突兀见此屋,吾庐独破受冻死亦足!"数语。　　杜陵,这里指唐杜甫。杜陵本是地名,在今陕西西安市东南,古为杜伯国。本名杜原,又名乐游原。汉宣帝在此筑陵,改名杜陵。唐杜甫祖籍杜陵,他也曾在此附近居住,自称杜陵布衣、少陵野老。

⑪ 堆墨:浓墨凝重的大字。

⑫ 病赊:赊,宽缓,迟缓。病赊即迟慢懒散的病。

⑬ 化龙:《后汉书·方术列传·费长房传》:"长房辞归,翁与一竹杖,曰:'骑此任所之,则自至矣。既至,可以杖投葛陂中也。'又为作一符,曰:'以此主地上鬼神。'长房乘杖,须臾来归,自谓去家适经旬日,而已十余年矣。即以杖投陂,顾视则龙也。"以"杖化龙"形容仙家变化。这里指松枝不积极做任何变化,是为懒病。

⑭ 杏林:传说三国吴董奉隐居匡山,在此修炼成仙。为人治病不要钱,但使重病愈者种杏五株,轻者一株,如此数年,得杏树十万余株,蔚然成林。董奉在林中设一仓,告诉可用一筐谷子来换一筐杏子。若谷少而取杏多,林中老虎即怒吼追逐;若偷杏,林中老虎将其咬死,还杏谢罪后才使其复活。董奉用换杏得来的谷子赈济穷人。

⑮ 庄叟:指庄周,叟,对老人的尊称。　　《齐物》:《庄子》篇名。内容以齐是非、齐彼此、齐物我、齐夭寿为主。

⑯ 即佛:即"即心是佛",也作"即心即佛"。佛教禅宗谓只要内求诸心,便可悟道成佛。《景德传灯录·明州大梅山法常禅师》:"初参大寂,问如何是佛。大寂云:'即心是佛。'师即大悟。"

⑰ 证果:佛教谓精修久之,悟道有得。这里指参透"病"的道理来悟道成佛成仙。

病　辩

予作《病说》、《病赞》甫成,而吉君芷芗至①。芷芗者,深于情者也,阅而笑,笑而惊,惊而疑,谓曰:"谷人之病固深,企三亦复不浅,在膏肓⁽一⁾之间,不药石之②,可乎?"予闻言亟辩之曰:"夫病而有待于药石,皆不可以言病也,安得执是以测二子之病哉？盖他人之病危机也，二子之病生机也。他人之病形骸也，二子之病神智也。他人之病中于寒暑饮食也，二子之病关乎性命天人也。且君于二年之前之病，君忘之乎？君前日之病，则偶惊于歧途也。二子今日之病，则不出于正轨也。"

予尝谓天下万不能无病者，其人有三：一为朱户王孙，日坐华屋，披锦绣，食甘脆③，不到有病，千金之躯不极形其贵也；一为金闺少妇，日对镜台，画翠眉，拭红袖，不到有病，百媚之容不极形其娇也；一为穷乡旅客，深院离人，春水方添，便期鲤到④，秋云乍起，遂盼鸿归⑤，不逢有病，别离之感犹未至于不可解也。况赋材如二子，圭璧之躬⑥，甚于纨袴之质也。文采之艳，甚于婀娜之华也。卅里辞家，半弓拓地⑦，拟诸三秋志感⑧，万里从征，其别绪羁愁亦无以过也。然则二子之病得已乎？不得已乎？芷芎深情无减于谷人、企三，而有病无病稍判者，则境为之也。吾持此论非第为谷人、企三辩，抑亦欲告夫天下后世之病生于情者。

癸丑四月九日⑨，企三、谷人两先生见访，谷人自去秋抱病，至今未已，企三虽未如谷人之久，亦若断若续，同为病中人焉。座上相对，各有一种别致，企三言次日当带病赴馆，而谷人亦以久未得家书为言。予睇二君病态，自憾无病，情同木石。移时送客出门，谷人向予索诗，予应之曰当作《病说》以相遗，谷人深以为然而去。

阅三日，援笔成此，剑虹自记。

【校】

（一）肓：诸本皆作"盲"，据文意应为"肓"，今改。

【注】

①吉君芷芎：人名，不详。

② 药石：药物的总称。药，方药；石，砭石，皆以治病。这里指用药。

③ 甘脆：美味的食品。也作"甘毳"。

④ 鲤：乐府古辞《饮马长城窟行》："客从远方来，遗我双鲤鱼（鱼形的两块木板，一底一盖，中间夹信）。呼儿烹鲤鱼（拆信函），中有尺素书。长跪读素书，书上竟何如。上有加餐食，下有长相忆。"后以"鲤"指代书信。

⑤ 鸿：大雁，为书信的代称。《汉书·苏武传》："昭帝即位数年，匈奴与汉和亲。汉求武等，匈奴诡言武死。后汉使复至匈奴，常惠请其守者与俱，得夜见汉使。具自陈道。教使者谓单于，言天子射上林中，得雁，足有系帛书，言武等在某泽中。"

⑥ 圭璧：古代诸侯朝会、祭祀时用作符信的玉器。也用以比喻人品之美好。《诗经·卫风·淇奥》："有匪君子，如金如锡，如圭如璧。"

⑦ 半弓：旧时丈量田亩所用工具为称弓，五尺为一弓，即一步。半弓，即半步。　　拓地：扩张领土。

⑧ 三秋：秋季三个月。

⑨ 癸丑：这里指咸丰三年（1853）。

病 说 续 编

其 一

　　天下有形者幻耶，无形者幻耶？有声者幻耶，无声者幻耶？无形而有形者幻耶，有形而无形者幻耶？无声而有声者幻耶，有声而无声者幻耶？由是言之，更有幻于刘子之病者耶？刘子告余曰："胸之傍，膜之间，隐积一块，其病之形耶？偃卧之余，若车辆之转，水响出腹中，其病之声耶？"问病何以有形，病答耶？问病何以有声，病答耶？问刘子之病何以有形，刘子能代病答耶？问刘子病何以有声，刘子能代病答耶？刘子不能代答，刘子何不藏其形耶？刘子何不秘其声耶？刘子不藏其形，而乃以其形惑人耶？刘子不秘其声，而乃以其声惑人耶？刘子以病之形声惑人，刘子不自为形声惑耶？

嗟乎！今岂尚有扁鹊耶？庸医满前，亦谁见其形耶？亦谁闻其声耶？不见其形而曰是非形耶，瞽者自以为明耶？不闻其声而曰是非声耶，聋者自以为聪耶？刘子乃甘与瞽者、聋者绘形绘声耶？刘子之病不将欺瞽者之不见，而曰幻其形耶？不将欺聋者之不闻，而曰幻其声耶？夫使刘子之病日以幻者，谁之咎耶？而谓予能默焉已耶。

其 二

余作《病说》五篇，继之以赞，终之以辩。刘子爱而诵之，而刘子之病亦遂闻之。然则病有耳乎？曰病乌乎无耳也？昔者晋侯疾秦伯，使医缓为之。未至，公梦二竖子曰："彼良医也，惧伤我焉①。"由是言之，病固合形声而成神矣。病有神不奇乎？曰乌乎奇也？天地之间，木能为妖，石能为语，而况人为万物之灵。生质之内，元首为君，股肱为臣，而况心为万变之宰。心造病，病造形，形造声，将以阳气为父，将以阴气为母，将以心田为庐舍，将以性府为门庭，将以热血为丹腏^{(一)②}，将以脐门为窗牖，将以思路为道途，将以情苗为饔飧③，将以肝火为炊爨，将以肺水为壶浆，将以斗胆为护卫，将以诗肠为盘桓，将以少女心神、小姑脾神为眷属。然则刘子之病，将视刘子之腹为安乐窝矣④，将视刘子之腹为温柔乡矣⑤。况乎他人或患茅塞，而刘子此中则自谓海阔天空。他人或患尘封，而刘子此中则自谓冰壶玉镜。他人或患意马心猿，而刘子此中则自谓鱼跃鸢飞。刘子既抱此受病之躯^(二)，即无怪病之相率而至。譬如既有洞府⑥，不可少羽流⑦，病之洒落颇似道。既有宝刹⑧，不可少浮屠⑨，病之慈慧颇似僧。既有台榭，不可少歌舞，病之妖娆颇似妓。既有囊箧，不能无穿窬⑩，病之狡狯颇似贼。始而刘子为主，病为客，病尚为刘子所制。继而病为主，刘子为客,刘子几为病所制。

今刘子阅予文而喜,刘子之病亦必闻刘子之诵予文而喜。夫至使刘子之病亦赏予文,则予将为刘子惧且转而自惧,窃呼谷人而告之以正论焉。

【校】

(一)原刻本作"膗",修补本中为"腰",今从修补本。

(二)原刻本作"区",修补本中为"躯",今从修补本。

【注】

① "昔者晋侯疾秦伯"数句:《左传·成公十年》:"公(晋景公)疾病,求医于秦,秦伯(秦桓公)使医缓(秦之良医)为之。未至,公梦疾为二竖子,曰:'彼良医也,惧伤我,焉逃之?'其一曰:'居肓之上,膏之下,若我何?'医至,曰:'疾不可为也,在肓之上,膏之下,攻之不可,达之不及,药不至焉,不可为也。'公曰:'良医也。'厚为之礼而归之。"后称人所患的疾病为"二竖子"。

② 丹膗(huò):油漆用的红色颜料。

③ 饔飧(yōng sūn):饔,早餐;飧,晚餐。《孟子·滕文公》:"贤者与民并耕而食,饔飧而治。"注:"饔飧,熟食也。朝曰饔,夕曰飧。"

④ 安乐窝:《宋史·邵雍传》:"初至洛,蓬荜环堵,不芘风雨,躬樵爨以事父母,虽平居屡空,而怡然有所甚乐,人莫能窥也。……雍岁时耕稼,仅给衣食。名其居曰'安乐窝',因自号安乐先生。"以"安乐窝"借指安闲舒适的住所。

⑤ 温柔乡:旧题汉代伶元《飞燕外传》:"是夜进合德,帝大悦,以辅属体,无所不靡,谓为温柔乡。谓嫕曰:'吾老是乡矣,不能效武皇帝求白云乡也。'"以"温柔乡"喻指使人沉迷之境。

⑥ 洞府:相传神仙居住之地。

⑦ 羽流:道士。

⑧ 宝刹:佛寺的通称。

⑨ 浮屠:佛,梵语音译,也指僧人。

⑩ 穿窬:穿壁翻墙,指偷窃行为。《论语·阳货》:"色厉而内荏,譬诸小

人,其犹穿窬之盗也与。"注:"穿,穿壁;窬,窬墙。"

其 三

鸣乎,今天下病矣!天下犹一人之身:北直其首也①,山左、山右两臂也②,河南自咽喉以下也,江浙四省则胸腹之大也③,两湖、两广居两大胯,云贵一带则由足而上也,若由盛京而北则鬓发虽长④,初非肌肤可比也。三年之前,病起胯间,不过疥癣之疾,非大患也。自良医先亡,毒气蕴结不解,间有能医之士,未许专治,动为庸医所掣肘,而两胯之大遂糜烂不可复支,一旦上攻心腹,使急用药调治,纵难骤返沉疴,亦断不至同疽发背上⑤。奈何见病色沮,刀圭委地⑥,心腹之患遂至进逼咽喉,受病者所为呻吟日夜也。独是病所已侵之处,渐将成痞(一)⑦,而病所未侵之处,亦复养痈⑧,只以胸腹之症而致头目为之不清,肩臂为之不适,手足为之不安。浸淫既久,元气大亏,培养未周,病根尚伏,将所谓三年之艾何存哉⑨?夫病在天下,天下无治病之人,病遂猖狂。病在一身,一身无治病之方,病遂滋扰。而吾谓病正不难治也,亦贵得乎所以治之之具耳。

今为刘子计,莫如以治兵者治病,心自为君,气自为帅,思自为官,体自为令,智府深沉为帷幄,器量宽广为疆场,争斗在理欲之关,战胜在天人之界。识病之真,务得寇之情状。防病之起,务摧寇之前锋。清病之原,务翦寇之党羽。弥病之隙,务断寇之归路。拔病之根株,务使寇之一扫而大定。心腹无恙,而后头目清,肩臂适,手足安,元气虽未能骤充,而病根庶不至复发。知一身之病之所以治,即知天下之病之所以治。刘子而不欲出而医天下,刘子而欲出而医天下,请从自医其病始。

【校】

（一）痞：诸本皆作"疢"，据文意改。

【注】

① 北直：旧北直隶的简称。即今河北省。明成祖迁都，以南京为南直隶，以北平为北直隶，清初置直隶省，1928 年改为河北省。

② 山左：旧称山东省为山左，因在太行山之左，故称。 山右：指山西省，因在太行山之右，故称。

③ 江浙四省：指江苏（苏）、浙江（浙）、安徽（皖）、江西（赣）四省。

④ 盛京：满族人称入关前的旧都为盛京，即今辽宁沈阳市。

⑤ 沉疴：疴也作痾，重病。 疽：结成块状的毒疮，浮浅者为痈，深厚者为疽。

⑥ 刀圭：古代量取药物的用具，刀本为钱之别名，其上一圈正似圭璧之形，举刀取药时仅满刀钱上之圭，故名刀圭。也借指药物。

⑦ 痞：病名，胸中懑闷结块的病。

⑧ 养痈：谓患痈疽畏痛不割，终成大患。

⑨ 三年之艾：艾，即艾草，艾蒿。茎叶有香气，干后制成艾绒，可作灸用。"三年之艾"出自《诗经·王风·采葛》："彼采艾兮，一日不见，如三岁兮。"传："艾所以疗疾。"

其　　四

谷人将前编诸作示葛星五①，星五称之，遂谓郭相廷曰："是作尚不轻薄。"余闻言疑焉。

夫轻薄，病也。谓是不轻薄，非是必轻薄可知。谓予之为是不轻薄，则予之舍是多轻薄可知。然则，予其日在病中乎？夫世俗所目为不轻薄者，则曰长厚。星五以轻薄目我，是欲进我于长厚也。而不知轻薄固病，长厚亦病也。病轻薄，不可也，病长厚，尤不可也。予亦尝放眼千古之上矣，《鲁论》一部言纪便便②，《孟子》七篇语传谔谔③，孔孟之轻薄也，而当时推长厚者，则为乡原④。两汉以还，轻薄者骂座⑤，长厚者数马⑥；

轻薄者叱吏⑦,长厚者拜官;轻薄者请剑⑧,长厚者献书⑨;轻薄者挂冠⑩,长厚者投阁⑪;轻薄者罹党祸⑫,长厚者号中庸⑬。三国之世,祢衡之侮慢涉轻薄矣⑭,而当时称长厚者则为屈身汉贼之荀彧⑮。五代之初,郑綮之诙谐成轻薄矣⑯,而当日推长厚者则为历事十君之冯道⑰。古今廉耻之大防,轻薄者争之,长厚者败之。轻薄者出而清议生⑱,长厚者出而名教坏。

星五以长厚规我,星五得无误我乎而又大非也?星五之所见为长厚,即我之所见为轻薄者也。薄在口也,厚在心也。薄在笑谈也,厚在意气也。薄在游戏也,厚在悃忱也。其外不薄,其中弥厚者,目前有其人相廷是也。其中本厚,其外以薄为诚者,星五是也。其中本厚,其外间失之薄者,谷人是也。其中本厚,其外不薄而不肯自安于不薄者,芷艻是也。浑浑乎,即外即中,何薄何厚,则企三是也。至于我,较异诸君。我所极薄之处,皆我所极厚之处,人视我极薄之处,皆我自视为极厚之处。今星五谓予为不薄,我之病不由是已,我之病反由是起矣。

谷人之病不过二年而令我说之不已,若我之受病亦已久矣,将欲自为说夫亦何说之词?

【注】

① 葛星五:人名,生平不详。郭相廷:人名,生平不详。

②《鲁论》:汉时《论语》有《齐论》、《鲁论》、《古论》三种,前二者为今文,后者为古文,其中《鲁论》二十篇,为鲁人所传,西汉末,张禹本受《鲁论》,兼讲《齐》说,善者从之,时人谓之《张侯论》,即今本《论语》。　　便便:形容善于辞令。《论语·乡党》:"其在宗庙朝廷,便便言,唯谨尔。"

③ 谔谔:直言的样子。

④ 乡原:外博谨愿之名,实与流俗合污的伪善者。原也作愿。《论语·阳货》:"乡原,德之贼也。"《孟子·尽心下》:"非之无举也,刺之无刺也,同乎流

俗,合乎污世,居之似忠信,行之似廉洁;众皆悦之,自以为是,而不可与入尧舜之道,故曰'德之贼'也。"

⑤ 骂座:这里指汉武帝时魏其侯窦婴失势,武安侯田蚡强势压人,与窦婴交好的灌夫心里不服气,在庆贺田娶燕王女的喜筵上,武安侯故意意慢魏其侯窦婴,"灌夫不悦。起行酒,至武安,武安膝席曰:'不能满觞。'夫怒,因嘻笑曰:'将军贵人也,属之!'时武安不肯。行酒次至临汝侯,临汝侯方与程不识耳语,又不避席。(灌)夫无所发怒,乃骂临汝侯曰:'生平毁程不识不直一钱,今日长者为寿,乃效女儿呫嗫耳语!'……武安乃麾骑缚(灌)夫置传舍,召长史曰:'今日召宗室,有诏。'劾灌夫骂座不敬,系居室。"(《史记·魏其武安侯传》)

⑥ 数马:《史记·万石君传》:"万石君,名奋,其父赵人也。……万石君家以孝谨闻乎郡国……诸子孙咸孝,然建最甚,甚于万石君。建为郎中令,书奏事,事下,建读之,曰:'误书!"马"者与尾当五,今乃四,不足一。上遣死矣!'甚惶恐。其为谨慎,虽他皆如是。万石君少子庆为太仆,御出,上问车中几马,庆以策数马毕,举手曰:'六马。'庆于诸子中最为简易矣,然犹如此。"

⑦ 叱吏:指汉哀帝时何并为长陵令时法办外戚骄贵王林卿一事。《汉书·何并传》:"林卿杀婢婿埋冢舍,并具知之……林卿既去,北度泾桥,令骑奴还至寺门,拔刀剥其建鼓。并自从吏兵追林卿。行数十里,林卿迫窘,及令奴冠其冠被其襜褕自代,乘车从童骑,身变服从间径驰去。会日暮追及,收缚冠奴,奴曰:'我非侍中,奴耳。'(何)并自知已失林卿,乃曰:'王君困,自称奴,得脱死邪?'叱吏断头持还,县所剥鼓置都亭下,署曰:'故侍中王林卿坐杀人埋冢舍,使奴剥寺门鼓。'吏民惊骇。林卿因亡命。"

⑧ 请剑:《汉书·霍光传》:"光曰:'昌邑王行昏乱,恐危社稷,如何?'群臣皆惊鄂失色,莫敢发言,但唯唯而已。田延年前,离席按剑,曰:'先帝属将军以幼孤,寄将军以天下,以将军忠贤能安刘氏也。今群下鼎沸,社稷将倾,且汉之传谥常为孝者,以长有天下,令宗庙血食也。如令汉家绝祀,将军虽死,何面目见先帝于地下乎?今日之议,不得旋踵。群臣后应者,臣请剑斩之。'"

⑨ 献书:指贾谊献治安策。文帝时,匈奴强,侵边。天下初定,制度疏阔。谊数上疏陈政事,言时弊,以为事势可为痛哭流涕长太息,而进言者曰天下已安已治,非愚则谀,因陈治安策,多所欲匡建,称"贾谊痛哭上书"。

⑩ 挂冠:《后汉书·逢萌传》:"逢萌字子康,北海都昌人也。家贫,给事县

为亭长。时尉行过亭,萌候迎拜谒,既而掷蟓叹曰:'大丈夫安能为人役哉!'遂去之长安学,通《春秋经》。时王莽杀其子宇,萌谓友人曰:'三纲绝矣! 不去,祸将及人。'即解冠挂东都城门。"此典形容不满现实而辞官归隐。

⑪ 投阁:《汉书·扬雄传》:"莽诛(甄)丰父子,投(刘)棻四裔……雄校书天禄阁上,治狱使者来,欲收雄,雄恐不能自免,乃从阁上自投下,几死。莽闻之曰:'雄素不与事,何故在此?'间请问其故,乃刘棻尝从雄学作奇字,雄不知情。有诏勿问。然京师为之语曰:'惟寂寞,自投阁;爰清静,作符命。'(雄曾作《解嘲》,有清静寂寞自守之语,时人讥其言行不一)雄以病免,复召为大夫。"

⑫ 罹党祸:指东汉桓帝时的"党锢之祸",参前文集卷上《汉唐宋明党人论》注⑥。

⑬ 号中庸:指中庸胡广(91—172)。《后汉书·胡广传》:"胡广字伯始,南郡华容人也。……遂察孝廉。既到京师,试以章奏,安帝以广为天下第一。……性温柔谨素,常逊言恭色。达练事体,明解朝章。虽无謇直之风,屡有补阙之益。故京师谚曰:'万事不理问伯始,天下中庸有胡公。'"时朝廷衰微,外戚宦官专权,广将顺自保而已。以此典称官吏办事谨慎、老成练达。

⑭ 祢衡:东汉平原般人,字正平,少有才辩,恃才傲物,藐视权贵,率性而为,狂傲不逊。与孔融交好,融荐于曹操,曹操召为鼓吏,令其改服鼓吏之服,欲辱之,衡于操前裸身更衣,后又至操营门外大骂,操大怒,送之于刘表,表又送之于江夏太守黄祖处,终被黄祖所杀。参后诗集卷下《祢正平》。

⑮ 荀彧(163—212):颍川颍阴人,字文若,少有才名,何颙称为"王佐才"。汉末初从袁绍,后依曹操,官司马,操比之为张良,操迎汉献帝徙都许昌,以彧为侍君,守尚书令,时人称为荀令君。常参与军国大事,操之功业,多出彧谋,后因反对操进爵魏公,饮药自尽。《三国志·魏书·荀彧传》:"钟繇以为颜子既没,能备九德,不贰其过,唯荀彧然。"

⑯ 郑綮:唐荥阳人,字蕴武。《旧唐书·郑綮传》:"綮善为诗,多侮剧刺时,故落格调,时号郑五歇后体。初去庐江,与郡人别云:'唯有两行公廨泪,一时洒向渡头风。'滑稽皆此类也","昭宗见其激讦,谓有蕴蓄,就常奏班簿侧注云:'郑綮可礼部侍郎、平章事。'……明日果制下,亲宾来贺,搔首言曰:'歇后郑五作宰相,时事可知矣。'累表逊让,不获。既入视事,侃然守道,无复诙谐。"

⑰ 冯道:字可道,瀛州景城人。冯道历任后唐、后晋、后汉、后周四朝,三入

中书,在相位二十余年,以持重镇俗为己任,未尝以片简扰于诸侯,平生甚廉俭。著《长乐老自叙》,自号长乐老,陈己履历以为荣,"明宗顾谓侍臣曰:'冯道性纯俭,顷在德胜寨居一茅庵,与从人同器食,卧则刍藁一束,其心晏如也。及以父忧退归乡里,自耕樵采,与农夫杂处,略不以素贵介怀,真士大夫也。'"

⑱ 清议:指社会上公正的舆论。

其 五

予橐笔兹土三年矣①。疏牖停云②,知檗话雨③,指屈不过数人,以师事者为阮菊圃先生④,若星五、相廷、谷人、芷芗,皆在兄事之内。企三馆于廿里外,不能频会,会时多半在病中。余日盼企三至,故日祝企三病。此外郝氏时与聚首者,更得竹林二人,子高、缦卿是也⑤。而诸君皆有病,正不独企三、谷人两君也。菊圃先生有雅病,终朝怜蝶瘦,逐蜂狂,徜徉花里;星五有拙病,每当同人欢笑时,忽焉入座低眉,面墙欲语,惘惘如有失;相廷有傲病,往往一言不合,白眼望天;芷芗虽旧病不发,而心病未除,青毡一片,借作蒲团,其忏悔不知何谓;若子高则有懒病,老屋三间,蒙童数个,课晴雨⑥,话桑麻⑦,徒步小巷中,人不知其为农为贾;至缦卿则有放病,披衣出门,笑声达二里外,不登龙山,时常落帽⑧,好昂头故也。

吁!得病如诸君,其人奇,故其病奇。我即以无病之身日与诸君相接,且恐为病染,而况仆本病人乎?念及此,而予何以为情,诸君又何以为情乎?为之词曰:

同是乾坤大病身,脚跟立定此红尘。匣中三尺龙泉剑⑨,夜夜哀鸣泣鬼神。

筵前并尽玉壶春,笑骂歌吟总性真。四海疮痍齐下泪,将来医国让何人。

前编意嫌未尽,复援笔为之说。甫成一则,闻谷人返里,题目既失,遂无心作文,将置之矣。昨日相廷居停招饮⑩,星五席间呼予曰:"连日览《病说》,亦自觉病生。"吁! 何情之易移也! 因痛饮酣醉,赖诸君扶归。今朝带病握管续成,窃愿与同病者共证之。

癸丑四月三十日,剑虹记于郝氏之曝书堂。

【注】

① 橐笔:古代书史小吏,手持橐囊,插笔于头颈,侍立于帝王大臣左右,以备随时纪事,称持橐簪笔。后因用以指文士的笔墨生涯。

② 疏牖:窗户。停云:晋陶潜有《停云》诗四首,自序称"停云,思亲友也。"后很多题名都取此意,如明文征明《停云馆帖》、清李家瑞《停云阁诗话》。

③ 知檠话雨:檠,灯架,也指灯。唐李商隐《夜雨寄北》:"君问归期未有期,巴山夜雨涨秋池。何当共剪西窗烛,却话巴山夜雨时。"称朋友聚晤话旧为话雨。

④ 阮菊圃:人名,文集卷下有《阮菊圃生诔》。

⑤ 子高:人名,不详。　　缦卿:人名,不详。

⑥ 课:指占卜。

⑦ 话桑麻:桑麻泛指农事,唐孟浩然《过故人庄》:"开筵面场圃,把酒话桑麻。"

⑧ 龙山落帽:《晋书·孟嘉传》:"为征西桓温参军,温甚重之。九月九日,温燕龙山,僚佐毕集。时佐吏并著戎服,有风至,吹嘉帽堕落,嘉不之觉。温使左右勿言,欲观其举止。嘉良久如厕,温令取还之,命孙盛作文嘲嘉,著嘉坐处。嘉还见,即答之,其文甚美,四坐嗟叹。"形容人文雅倜傥,风度翩然。龙山,今湖北江陵县西北。

⑨ 龙泉剑:三国曹植《与杨德祖书》:"盖有南威之容,乃可论其淑媛;有龙泉之利,乃可议其断割。"据晋《太康地记》记载,河南西平县有龙泉水,可以砥砺刀剑,特坚利,故有坚白之论,是以龙泉之剑为楚宝。后来即作剑的泛称。

⑩ 居停:栖止、歇足之处,后因称租寓之所为居停。《宋史·丁谓传》:"周怀政事败,议再贬准,帝意欲谪准江、淮间,谓退,除道州司马。同列不敢言,独王曾以帝语质之,谓顾曰:'居停主人勿复言。'盖指曾以第舍假准也。"

病 说 再 续

其 一

余自谓无病,继又自谓有病。闻者疑之。余曰:"无疑也。"初言无病,正受病已深,犹复向人讳病。继言有病,正因抱病既久,欲盖弥彰是皆病家常态。非比天下有病之人,多自谓无病。天下无病之人,多自谓有病也。问有病之人何以自谓无病,则如视已病于瞆而自谓明,听已病于塞而自谓聪,口舌病于钝拙而自谓强辩,心思病于蔽锢而自谓旁通,若有所不得已者也。问无病之人何以自谓有病,则如位不病于卑而日忧贱,境不病于穷而日忧贫,不病于无名而日忧才之湮没,不病于无势而日忧人之欺凌,若有所不得已者也。凡若此者,并非出于两人,又非出于一人之前后始终。盖既以无病为有病,则遂以有病为无病。以有病为无病,则有病之病已为不治之病。以无病为有病,则无病之病亦渐成为不治之病。此天下受病者之变态也,余特别之为天下告。

其 二

病人之所怕者,死而已矣。岂知天下之死人不必为天下之病人哉?谓天下之死人不属于天下有病之人,已奇。谓天下之死人转属于天下无病之人,更奇。谓天下之死人反属于天下惟恐有病之人,尤奇。

苟细思之,何奇之有?君不见夫白日昏昏,终年闭门,一榻时卧,已死其神。逢人昂首,钟声徒扣,一诺千金①,已死其口。拥卷如城②,蟫蠹丛生,一丁不识,已死其睛。箕踞北牖③,客来却走,半揖不恭,已死其手。不山不林④,拖紫腰金,满腔茅草,已死其心。入门锦屋,出门华毂,戴笠趋前⑤,已死其足。贻忧寝堂，骨肉参商⑥，本根先拨，死其肺肠。芝兰交淡⑦，金石盟感⑧，一朝谷风⑨，死其肝胆。若而人者，皆恐饥渴病我而溺醉饱，皆恐单寒病我而觅轻暖，皆恐劳瘁病我而就逸豫，皆恐慷慨病我而习刻薄，皆恐廉洁病我而务贪婪，皆恐直朴病我而工粉饰，皆恐谦让病我而尚争陵，皆恐名教之中病我而逾乎其外，庶不至于病，庶可不骤至于死。

　　而自我观之，呜乎噫嘻，死已久矣！然则天下已死之人，皆为天下无病之人，皆为天下惟恐有病之人，此无病者所以怕死也。士既有病，则何怕死哉？既不怕夫死，更何怕乎病？

【注】

　　① 一诺千金：《史记·季布栾布列传》："曹丘至，即揖季布曰：'楚人谚曰"得黄金百，不如得季布一诺"，足下何以得此声于梁楚间哉？且仆楚人，足下亦楚人也。仆游扬足下之名于天下，顾不重邪？何足下距仆之深也！'"形容严守诺言，言必有信。这里指轻易不开口，很少说话，好像一句话有千金贵重。

　　② 拥卷如城：书籍环列如城，言其多。《魏书·李谧传》："（李谧）每曰：'丈夫拥书万卷，何假南面百城。'每绝迹下帏，杜门却扫，弃产营书，手自删削，卷无重复者四千有余矣。"后以此典形容家中藏书极丰。

　　③ 箕踞：《庄子·至乐》："庄子妻死，惠子吊之，庄子则方箕踞鼓盆而歌。"古时无椅凳，坐于席上，坐则跪，行则膝前，足皆向后，以是为敬，若伸两足，则手据膝，故若箕状，箕踞为傲慢不敬之容。

　　④ 不山不林：山林，指隐居，因隐士多避于山林中，故称。《艺文类聚》三七南朝梁代沈约为武帝搜访隐逸诏："高尚其志，义焕通灵，山林不出，训光惇史。"这里指出仕做官。

　　⑤ 戴笠：戴斗笠，喻贫贱。《初学记》卷十八引晋代周处《风土记》："越俗性率朴，初与人交有礼，封土坛，祭以犬鸡，祝曰：'卿虽乘车我戴笠，后日相逢下车揖。我步行，君乘马，后日相逢君当下。'"这里指贫贱的下人。

　　⑥ 参商：二星名，参在西，商在东（商星即辰星），此出彼没，永不相见，古代神话传说，高辛氏二子不睦，因迁于两地，分主参商二星，后因以比喻兄弟或亲

人不睦。

　　⑦ 芝兰：香草名，用来比喻贤人，君子，优异超群的人。《孔子家语·在厄》："且芝兰生于深林，不以无人而不芳；君子修道立德，不谓穷困而改节。"这里指君子之交。

　　⑧ 金石盟：即"金石交"，即金银、玉石之属，比喻如金石般坚贞的、深厚的友情。

　　⑨ 谷风：东风。《尔雅·释天》："东风谓之谷风。"疏："孙炎曰：谷之言榖，榖，生也，谷风者生长之风也。"

其　三

　　天下知病之士能治病，天下不知病之士亦能谈病。今试执耕氓牧竖而指其病乎，耕氓牧竖而首肯矣①。今试执走卒下隶而指其病乎，走卒下隶而首肯矣。今试执妇人孺子而指其病乎，妇人孺子亦徐徐而首肯矣。今试执搢绅士大夫而指其病乎，搢绅士大夫阳或感激，而阴将痛骂不去口矣。岂搢绅士大夫之自爱，反出于耕氓牧竖、走卒下隶、妇人孺子之下哉？非然也。耕氓牧竖、走卒下隶、妇人孺子之病，病可以告人者也。搢绅士大夫之病，病不可以告人者也。可以告人之病，治病之方人知之，人不忍故秘之。不可以告人之病，治病之方自知之，人亦可从旁度之。一旦窃指其病，私拟其方，大都补气用黄金，宽胃用赤仄②，沁脾用珠玉，温中用青紫③，化痰用熊掌腥唇，驱疯用锦屏金屋，避寒到鸾台凤阁，清热引绿鬓红颜④，养疴要开捷径之门，煮药需汲要津之水，而问疾者遂有月卿星使⑤，而染病者遂有骥子麟孙⑥，以病启病，以病继病，而搢绅士大夫之病遂贻天下之大病，卒为古今之通病。余前云今天下病者非耕氓牧竖、走卒下隶、妇人孺子为之，乃搢绅士大夫为之也。天下尽如耕氓牧竖、走卒下隶、妇人孺子之病，则天下没病矣。其奈搢绅士大夫日纷纷抱病也，何哉？

【注】

① 耕氓:"氓"应为"甿",农民。　　牧竖:牧童。

② 赤仄:汉钱币名,同"赤侧",以赤铜为外边,故名,又称紫绀钱,子绀钱。

③ 青紫:汉制,丞相、太尉皆金印紫绶,御史大夫银印青绶,三府官最崇贵。后也泛指贵官之服。

④ 绿鬓红颜:绿鬓,乌亮的发鬓。红颜,妇女美丽的容颜,两者均指年轻美人。

⑤ 月卿:《尚书·洪范》:"卿士惟月,师尹惟日。"清孙星衍谓卿统于王,如月统于岁;师尹统于卿士,如日统于月。后因称朝中贵官为月卿。　　星使:古代天文学家认为天节八星主使臣持节,宣威四方,因称皇帝或朝廷的使者为星使。《后汉书·李郃传》:"和帝即位,分遣使者,皆微服单行,各至州县,观采风谣。使者二人当到益部,投郃候舍。时,夏夕露坐……郃指星示云:'有二使星向益州分野,故知之耳。'"

⑥ 骥子麟孙:骥子,良马,喻有才能的人。这里两者都指贵族子弟,官宦子弟。

其　　四

治病之恃有药也,久矣。我思昔人云勿药①,得中医旨哉言乎!盖药能治病,药又能生病,药且能坏病,犹之人贵读书,书能益人,书又能愚人,书兼能误人,书且能祸人。药至坏病,诿为药之咎不得也,饮药者之咎也。书至祸人,诿为书之咎不得也,读书者之咎也。

夫千古有尝药之祖②,而后人不以为神农功,千古有焚书之劫,而昔人不以为祖龙过③,其故何哉?良以古今以来,饮药而治病者十之三,饮药而生病者十之九,饮药而坏病者十之七,读书而获益之人百之一,读书而获祸之人亦百之一,读书而为所愚之人与读书而为所误之人俱十之九。其在圣人系《易》则曰"勿药有喜"④,其在贤人论学则曰"何必读书"⑤。愚谓人不饮药,则地下无含冤之鬼。人不读书,则天下无欺世之奸。然此固尝药之圣人所不料，抑亦著书之圣人所不料也。

嗟乎！世无古良医，病在人身者无已时。世无古良士，病在人心者有终极哉！天下好饮药者，以为何如？天下好读书者，又以为何如也？夫读书而至为所愚为所误，此正无药可治之病也噫！

【注】

① 勿药：不用服药而病自愈。《周易·无妄》："无妄之疾，勿药有喜。"后称病愈为勿药。

② 尝药：神农即炎帝，烈山氏，相传以教民为耒、耜以兴农业，尝百草为医药以治疾病。

③ 祖龙：指秦始皇，《史记·秦始皇本纪》："秋，使者从关东夜过华阴平舒道。有人（江神）持璧遮使者曰：'为吾遗（wèi）滈（hào）池君（水神）。'因言曰：'今年祖龙死。'使者问其故，因忽不见，置其璧去。使者奉璧具以闻。始皇默然良久，曰：'山鬼固不过知一岁事也。'退言曰：'祖龙者，人之先也。'使御府视璧，乃二十八年行渡江所沈璧也。"集解："苏林曰：'祖，始也。龙，人君象。谓始皇也。'"

④ 系：涉及，关系，引申为研习。

⑤ 何必读书：语出《论语·先进》："子路曰：'有民人焉，有社稷焉，何必读书，然后为学？'子曰：'是故恶夫佞者。'"

其　五

余始说病为谷人发，余继说病不仅为谷人发，余今说病并不为谷人发。

总而论之，病有圣有狂，有智有愚，有公有私，有真有伪，有雅有俗，有达有拘，有正有邪，有直有曲，有庸有怪，有君子有小人。原其大旨，终不外乎此情。情挚则圣，情浮则狂；情通则智，情塞则愚；情厚则公，情薄则私；情深则真，情浅则伪；情逸则雅，情劳则俗；情顺则达，情泥则拘；情定则正，情荡则邪;情平则直,情谬则曲;情常则庸,情变则怪;情有情则君子,情无情则小人。其人如是,其情如是,其病如是。

余之反覆推求,夫病者亦不得不如是,持是质诸同病诸君子。惟愿诸君子遇天下病中人,一一揣其病体而抉其病根,是则立说者之厚幸也。自是立说者,其亦可以卷舌而退也已。

病　跋

闻之茂陵风雨^①,相如病里^(一)之情,春草池塘^②,康乐病中之句^③。有是贫,非病之言,悬鹑莫怪^④。有不容,何病之语,歌虎无妨。吹箫市上,讵困英雄^⑤。卧雪山中,自成高士^⑥。古哲不为奇穷所挫,今人可因俗累而牵。岂不知天使才穷,文憎命达?美人迟暮^⑦,何时无洒泪灵均^⑧?壮士飘零,到处有离乡庾信^⑨。然而雄心未已,虎气终腾,不忍绝温峤之裾^⑩,何难投班超之笔^⑪?风尘头白,不减少年。天下眼青,休愁前路。岂特处药炉之右,亦瘦亦寒,并可参花管之禅,即仙即佛。且夫登高一望,万种苍凉。去路几经,者般萧瑟。鸟革朱门^⑫,忽为墟矣。龙鳞上壤^⑬,瞬易姓矣。鼎钟旧器,鬻于市矣。雕刻良材,爨作薪矣。山枢隰榆^⑭,破黄粱于一枕^⑮;桑田沧海^⑯,吊赤县于千年^⑰。处处婆醒春梦,年年鬼唱秋坟。草木争荣,莫非富贵;金石比寿,犹有文章。纵虞翻骨相^⑱,未卜鸢腾^⑲;而李贺心肝,自将凤吐^⑳。韩潮苏海^㉑,披编挽一代狂澜;宋艳班香^㉒,摇笔散九天奇彩。古人未往,卒业犹存。俗子名成,即燕市扬鞭^㉓,只^(二)似衣冠傀儡^㉔;才人遇左,即蜗庐伏枕^㉕,依然山斗光芒^㉖。陶靖节为处士,早解归来^㉗;范文正作秀才,便关忧乐^㉘。穷达殊途,行藏一辙^㉙。铗弹座上^㉚,原噭绛帐^㉛。依人□□,锥处囊中^㉜。岂必青衫误我^㉝,问名山之著述^㉞。敢言异日千秋,怜旅馆之徜徉,聊与故人同病。

谷人清晨至索观《病说续编》，不知余近日郁郁于衷者，更有欲伸之旨也。据所见而直书，岂顾俗眼惊哉！

癸丑五月二十二日，剑虹记。

【校】

（一）里：原刻本与修补本皆作"裏"，据文意疑是错字，应为"裹"，今改。

（二）只：诸本皆作"衹"，据文意应为"祇"，字形相混而误用，今改，下同。

【注】

① 茂陵风雨：指汉司马相如因消渴疾（糖尿病）免官家居，死于茂陵。在此间，他创作了很多赋，他的大赋气势磅礴，想象广阔，词藻华丽，被扬雄誉为"长卿赋不似从人间来"。　茂陵：今陕西兴平县地，汉初为茂乡，属槐里县，武帝葬此，因置为县，属右扶风。

② 春草池塘：《南史·谢惠连传》："（谢方明）子惠连，年十岁能属文，族兄灵运嘉赏之，云'每有篇章，对惠连辄得佳语'。尝于永嘉西堂思诗，竟日不就，忽梦见惠连，即得'池塘生春草'，大以为工。常云'此语有神功，非吾语也'。"形容人灵机忽至，妙手天成，而得佳句。

③ 康乐：指南朝宋谢灵运，《南史·谢灵运传》："袭封康乐公，以国公例除员外散骑侍郎，不就。为琅邪王大司马行参军。性豪侈，车服鲜丽，衣物多改旧形制，世共宗之，咸称谢康乐也。"

④ 悬鹑：鹌鹑毛斑尾秃，像褴褛的衣服，因以悬鹑形容衣服破烂。《荀子·大略》："子夏贫，衣若县鹑。"县，通悬。

⑤ "吹箫市上"两句：《史记·范雎蔡泽列传》："伍子胥橐载而出昭关，夜行昼伏，至于陵水，无以糊其口，膝行蒲伏，稽首肉袒，鼓腹吹篪，乞食于吴市。""篪"一作"箫"。《吴越春秋·王僚使公子光传》："子胥之吴，乃披发佯狂，跣足涂面，行乞于市，市人观罔有识者。"形容志士流浪漂泊，处境艰难困窘。

⑥ "卧雪山中"两句：《后汉书·袁安传》"后举孝廉"注引《汝南先贤传》："时大雪积地丈余，洛阳令身出案行，见人家皆除雪出，有乞食者。至袁安门，无有行路，谓安已死。令人除雪入户，见安僵卧。问何以不出。安曰：'大雪人皆饿，不宜干人。'令以为贤，举为孝廉。"

⑦ 美人迟暮：美人旧指贤人，或指怀念的人。《楚辞·离骚》："惟草木之零落兮,恐美人之迟暮。"

⑧ 洒泪灵均：屈原字灵均,《楚辞·离骚》："皇览揆余初度兮,肇锡余以嘉名。名余曰正则兮,字余曰灵均。"汉王逸《楚辞·离骚叙》："屈原放在草野,复作《九章》,援天引圣,以自证明,终不见省,不忍以清白久居浊世,遂赴汩渊自沉而死。"后以此典表现抒发遭受谗毁而不得自明的悲愤。

⑨ 离乡庾信：庾信字子山,南阳新野人也。《周书·庾信传》："信虽位望通显,常有乡关之思。乃作《哀江南赋》以致其意云。其辞曰:'……信年始二毛,即逢丧乱,藐是流离,至于暮齿。燕歌远行,悲不自胜;楚老相逢,泣将何及。畏南山之雨,忽践秦庭;让东海之滨,遂餐周粟。下亭漂泊,皋桥羁旅,楚歌非取乐之方,鲁酒无忘忧之用。追为此赋,聊以记言,不无危苦之辞,唯以悲哀为主。'"慨叹身世飘零多事,抒发乡思离愁。

⑩ 温峤裾：温峤,晋太原祁县人,字太真,与庾亮等讨平王敦,后苦心调停于庾亮、陶侃之间,平历阳太守苏峻乱,官至骠骑大将军,卒谥忠武。《晋书·温峤传》："元帝初镇江左,琨诚系王室,谓峤曰:'……今晋祚虽衰,天命未改,吾欲立功河朔,使卿延誉江南,子其行乎?'……初,峤欲将命,其母崔氏固止之,峤绝裾而去。其后母亡,峤阻乱不获归葬,由是固让不拜,苦请北归。"形容其义无反顾、慷慨报国的豪迈气概。

⑪ 投班超之笔：《后汉书·班超传》："超与母随至洛阳。家贫,常为官佣书以供养。久劳苦,尝辍业投笔叹曰:'大丈夫无它志略,犹当效傅介子、张骞立功异域以取封侯,安能久事笔砚间乎?'左右皆笑之。超曰:'小子安知壮士志哉!'"用此典形容弃文从戎,建功疆场的远大志向。

⑫ 鸟革：形容宫室庄严华丽,《诗经·小雅·斯干》："如鸟斯革,如翚斯飞。"革,翼;翚,五采雉。言飞檐凌空,如鸟之张翼,丹青奇丽,如雉之振采。

⑬ 龙鳞：龙的鳞甲,这里形容上等的土地高下排列如龙鳞。

⑭ 山枢隰榆：《诗经·唐风·山有枢》："山有枢,隰有榆。"

⑮ 破黄粱于一枕：唐沈既济《枕中记》中记载道:唐代开元年间,有一道士吕翁,有神仙之术,他在邯郸道上旅舍中休息,见到年轻人卢生准备下田,便与其交谈。卢生感慨自己不遇于时,吕翁说:"观子形体,无苦无恙,谈谐方适",何来困顿? 又问他什么是适意? 卢生回答:"士之生世,当建功树名,出将入相,列

鼎而食,选声而听,使族益昌而家益肥,然后可以言适乎。"这时店主人正在蒸小米饭,吕翁拿出一青瓷枕让卢生枕眠以实现凤愿。卢生梦见自己娶了大族清河崔氏女儿,第二年又中了进士,官场中沉浮五十年,做到卿相高官,享尽荣华富贵,子孙都与名族婚配,最后年老病死。卢生这才醒,见自己仍在小旅馆里,主人的小米饭还没熟,于是明白了人生富贵荣华如梦幻的道理。

⑯ 桑田沧海:比喻世事变化很大,晋代葛洪《神仙传·王远》:"王远因遣人召麻姑,亦莫知麻姑是何人也。……如此两时,闻麻姑来。……麻姑自说云:'接侍以来,已见东海三为桑田。向到蓬莱,又水浅于往日会时略半耳,岂将复为陵陆乎?'王远叹曰:'圣人皆言海中行复扬尘也。'"

⑰ 赤县:赤县神州的略称。指中国。《史记·孟子传》附驺衍:"中国名曰赤县神州。"赤县神州内有九州,其外如赤县神州者也有九州。

⑱ 虞翻骨相:虞翻字仲翔,三国吴会稽余姚人也。《吴书》曰:翻少好学,有高气。初为会稽太守王朗功曹,历事孙策孙权,屡犯颜谏诤,获谴徙交州。虽处罪放,讲学不倦,门徒常数百人,为《易》、《老子》、《论语》、《国语》训注。《三国志·吴书·虞翻传》:"翻数犯颜谏争,权不能悦,又性不协俗,多见谤毁……翻放弃南方,云'自恨疏节,骨体不媚,犯上获罪,当长没海隅,生无可与语,死以青蝇为吊客,使天下一人知己者,足以不恨。'"

⑲ 鸢腾:《旧唐书·马周传》:"周有机辨,能敷奏,深识事端,动无不中。太宗尝曰:'我于马周,暂不见则便思之。'中书侍郎岑文本谓所亲曰:'吾见马君论事多矣,援引事类,扬榷古今,举要删芜,会文切理,一字不可加,一言不可减,听之靡靡,令人亡倦。昔苏、张、终、贾,正应此耳。然鸢肩火色,腾上必速,恐不能久耳。'"后以"鸢肩上腾"的典故表示虽官运发达但不能持久。

⑳ 凤吐:晋葛洪《西京杂记》卷二:"扬雄读书,有人语之曰:'无为自苦,玄故难传。'忽然不见。雄著《太玄经》,梦吐凤凰,集《玄》之上,顷而灭。"以此典来形容人文才俊逸或诗文秀美。

㉑ 韩潮苏海:比喻文章波澜壮阔,韩,韩愈;苏,苏轼。清俞樾《茶香室丛钞》:"国朝萧墨《经史管窥》引李耆卿《文章精义》云:'韩如海,柳如泉,欧如澜,苏如潮,'然则今人称韩潮苏海,误矣。"

㉒ 宋艳班香:指诗赋称艳香绮。宋,指宋玉,著有《登徒子好色赋》、《高唐赋》、《神女赋》等。班,班婕妤,汉成帝妃。钟嵘《诗品》:"汉婕妤班姬,《团扇》

短章,词旨清捷,怨深文绮,得匹妇之致。"唐杜牧《冬至日寄小侄阿宜诗》:"高摘屈宋艳,浓薰班马香。"

㉓ 燕市:春秋战国时燕国的国都蓟城内。蓟城在今北京城西南部宣武门至和平门一带。古蓟城城内有公宫、历室宫,有燕市,会聚南北各地的物产。《史记·刺客列传》:"荆轲既至燕,爱燕之狗屠及善击筑者高渐离。荆轲嗜酒,日与狗屠及高渐离饮于燕市,酒酣以往,高渐离击筑,荆轲和而歌于市中,相乐也,已而相泣,旁若无人者。"

㉔ 衣冠傀偶:《史记·项羽本纪》:"人或说项王曰:'关中阻山河四塞,地肥饶,可都以霸。'项王见秦宫皆以烧残破,又心怀思欲东归,曰:'富贵不归故乡,如衣绣夜行,谁知之者!'说者曰:'人言楚人沐猴而冠耳,果然。'项王闻之,烹说者。"以"衣冠沐猴"来形容人徒具仪表,而无内才。

㉕ 左:逆境,挫折。   蜗庐:晋崔豹《古今注》中《鱼虫》:"蜗牛,陵螺也。……野人结圆舍,如蜗牛之壳,曰蜗舍。"《三国志·魏书·管宁传》注引《魏略》曰:"(时有隐者焦先,河东人也。)先字孝然。……饥不苟食,寒不苟衣,结草以为裳,科头徒跣。每出,见妇人则隐翳,须去乃出。自作一瓜牛庐,净扫其中。"裴松之案《魏略》云:"焦先及杨沛,并作瓜牛庐,止其中。以为瓜当作蜗;蜗牛,螺虫之有角者也,俗或呼为黄犊。先等作圜舍,形如蜗牛蔽,故谓之蜗牛庐。"比喻隐士的简陋住宅。

㉖ 山斗:泰山、北斗的省称,犹言泰斗,《新唐书·韩愈传》:"赞曰:'……自愈没,其言大行,学者仰之如泰山、北斗云。'"后因以山斗比喻德高望重或有卓越成就而为众所敬仰的人。

㉗ "陶靖节"两句:《晋书·陶潜传》:"潜叹曰:'吾不能为五斗米折腰,拳拳事乡里小人邪!'义熙二年,解印去县,乃赋《归去来》。其辞曰:归去来兮,田园将芜胡不归?既自以心为形役,奚惆怅而独悲?……归去来兮,请息交以绝游,世与我而相遗,复驾言兮焉求!"以此来表明自己厌恶官场、向往田园逸趣的心迹。   陶靖节,指晋陶渊明,南朝宋颜延之《陶征士诔·序》:"故询诸友好,宜谥曰靖节征士。"世称靖节先生。

㉘ "范文正"两句:范文正指宋范仲淹,苏州吴县人。年六十四卒。赠兵部尚书,谥文正。既葬,帝亲书其碑曰"褒贤之碑"。范仲淹为秀才时尝言"士当先天下之忧而忧,后天下之乐而乐"。在其名篇《岳阳楼记》中也有"先天下之

忧而忧,后天下之乐而乐"这样的语句,表达出以天下为己任的责任感。

㉙ 行藏:《论语·述而》:"子谓颜渊曰:用之则行,舍之则藏,唯吾与尔有是夫!"谓出仕即行其所学之道,否则退隐藏道以待时机。

㉚ 铗弹:《史记·孟尝君列传》:"(战国齐人冯驩,家中贫困,愿作孟尝君的门客。)孟尝君问传舍长曰:'客何所为?'答曰:'冯先生甚贫,犹有一剑耳,又蒯缑。弹其剑而歌曰:'长铗归来乎,食无鱼。'孟尝君迁之幸舍,食有鱼矣。五日,又问传舍长。答曰:'客复弹剑而歌曰:'长铗归来乎,出无舆'。'孟尝君迁之代舍,出入乘舆车矣。五日,孟尝君复问传舍长。舍长答曰:'先生又尝弹剑而歌曰'长铗归来乎,无以为家'。'"《战国策·齐策四》:"孟尝君问:'冯公有亲乎?'对曰:'有老母。'孟尝君使人给其食用,无使乏。于是冯谖不复为歌。"

㉛ 绛帐:《后汉书·马融传》:"融才高博洽,为世通儒,教养诸生,常有千数。涿郡卢植,北海郑玄,皆其徒也。善鼓琴,好吹笛,达生任性,不拘儒者之节。居字器服,多存侈饰。尝坐高堂,施绛纱帐,前授生徒,后列女乐,弟子以次相传,鲜有入其室者。"以此典指师长设教授徒,传授学业。

㉜ 锥处囊中:《史记·平原君虞卿列传》:战国时秦围赵都邯郸,赵王派平原君带门下二十食客前往楚国求救定盟,后选来选去还差一人,毛遂自我推荐愿意前往,平原君说:"夫贤士之处世也,譬若锥之处囊中,其末立见。今先生处胜之门下三年于此矣,左右未有所称诵,胜未有所闻,是先生无所有也。先生不能,先生留。"毛遂曰:"臣乃今日请处囊中耳。使遂蚤得处囊中,乃脱颖而出,非特其末见而已。"后毛遂以三寸之舌说服楚王定盟。这里指没有机会而才华不得施展,怀才不遇。

㉝ 青衫:唐制,文官八品九品服以青,这里指仕宦。

㉞ 名山之著述:即名山事业。汉司马迁撰《史记》,《自序》谓自成一家之言:"藏之名山,副在京师,俟后世圣人君子。"后来因称著作为名山事业。
异日:往日,从前。

寄刘谷人书

谷人足下仆旧,岁遗足下《病说》诸篇,反覆万余言,而终不能呼之使觉也,其故何哉? 吁! 我知之矣。足下为人,忮心太甚[1],忮生耻,耻生嫉,嫉生愤,愤生疑,疑生惧,惧又生疑,疑又生愤,愤又生嫉,嫉又生耻,耻又生忮,而遂合而成病。足下若欲病愈,除非足下死。足下一日不死,足下之病一日不愈。足下之病无愈之日,足下之身终无死之日。然则,病亦何尝偏欲加之足下哉? 足下自不肯离病耳。今欲与足下言,请足下置身局外,总为他人设想。

试问人生斯世,富有止境耶? 无止境耶? 贵有止境耶? 无止境耶? 功业名誉有止境耶? 无止境耶? 儿孙福泽有止境耶? 无止境耶? 况《易》之垂象[2],吉居其一,凶悔吝居其三[3]。天下顺境少而逆境多,富贵、功名、福泽,人尚无满志之时,反是而思变态万状,又岂能以意度也耶? 里巷之子,髫龄执业[4],至齿危发秃,始博一衿[5],便趾高气扬,大有睥睨一切之概,而玉堂少年,高衔大吏,因头衔未晋,终日俯首丧气,往往有之矣。此两种人,似何度量之不侔[6]? 然易地而处,则又无以异也。无所足于己,徒因人为重轻,得则喜,失则悲,总为此忮心所误,而受病遂深。

今日足下之病,其又何疑耶? 吾非敢以俗情测足下,特以足下之病,足下实不能自讳。仆与足下相交五年,几乎晨夕相晤,足下五年之中,无一年无病,一年之中无一月无病,一月之中又无十日无病,即无病之日而口必谈病,手必画病,态必托病,神必摹病,虑必防病,情必恋病,其意又似惟恐从此无病。然则病亦何尝偏欲加之足下哉? 足下自不肯离病耳。足下素患病,近因星五之病又自惧死。仆谓足下必不死,足下若死,则足下无病矣。足下之病先不能让足下死,至足下之病所以不能让足下死之故,足下且自思之。

【注】

① 忮(zhì)心: 猜忌之心。《庄子·达生》:"虽有忮心者,不怨飘瓦。"

②垂象：显示征兆，历代统治阶级把某些自然现象，附会人事，认为是预示人间祸福吉凶的迹兆。《周易·系辞上》："天垂象，见吉凶，圣人象之。"

③"吉居其一"两句：《周易·系辞下》曰："八卦成列，象在其中矣；因而重之，爻在其中矣；刚柔相推，变在其中矣；系辞焉而命之，动在其中矣。吉凶悔吝，生乎动者也。"宋儒解之曰："同一动也，吉居其一，而凶悔吝居其三。故君子慎动。"清王夫之在《周易外传》中："吉凶悔吝之生乎'动'也，则曰不动不生，不生则不肇乎吉，不成乎凶，不胎可悔，不见其吝。"

④执业：捧书求教，犹言受业。业，书版。

⑤衿：本指古代衣服的交领。青衿为学子所服，故沿称秀才为青衿，亦省称为衿。

⑥侔：相等，《墨子·小取》："侔也者，比辞而俱行也。"注："谓辞义齐等，比而同之。"

答　客　问

《论语》二十篇，孔子罕言汤武之事，而于泰伯之让则称至德①，文王之事则称至德②，此非孔子真有所不满于汤武也。圣人先知，早知后世必有以汤武为口实，如莽操之流者，立说以防万世，盖慎之至也。有汤武之德，适逢桀纣之虐，圣人始躬为征诛，而天下不得以为过，否则虐未至桀纣，德未若汤武，而轻言南巢、牧野之举③，非篡而何？孔子系《易》，而至《革》卦有云："汤武革命，顺乎天而应乎人。"天人之故，圣人不难明言，圣人正未敢数言，后人读书会其意焉，可也。

孟子论伯夷、伊尹④，每系伯夷于伊尹之前，盖以伊尹之千驷弗视，一介不取，其心迹正与伯夷同，不能为伯夷，必不能为伊尹。三代后良相称诸葛孔明一淡泊明志之人而已⑤。《乾》之初九："潜龙勿用"，九二："见龙在田"，九五："飞龙在天"。诚以有守乃可有为，立功不先立德。孟子系伯夷于伊尹之前者,殆举两圣人以定穷达之鹄⑥,而时代之先后不系焉。

春秋会聘⑦,宋书公,他国止书爵,于僭称公者则削之,独鲁侯以公书者,以《春秋》固鲁史也。修本国之史,讳本国之失,人臣之苦心,天下后世当共谅焉。至列国书,葬称公者,或褒贬之律于生前以严,于生后以宽欤?今之士大夫官阶,每于生后必晋增一级,或于古义暗有合焉,未可知也。

《礼记》成于汉儒之手,其述古半多附会,"易箦"一事尤不可信⑧,而乃得并列于经者,其名言可味,实能抉出古人之用心,即如"君子之爱人以德,细人之爱人以姑息",此二语非大贤不能道。至阎氏《四书释地》云⑨:"大夫赐箦,士生前可用",义亦不确。

总之,读古人书,总当细玩其辞义之所在。古人有万世不朽之言,有一时救弊之言,有自恐其言之不足以信今传后,而必托诸往圣昔贤之言,则虽近于附会而著述之苦心,要不失为觉世之君子。《大学》、《中庸》本列《礼记》,"四子"书以《大学》弁端,特尊经之义。至《孝经》纯粹简明,即未与《论》、《孟》并列,要不可忽。学者当先读《孝经》,然后再读《论》、《孟》、《学》、《庸》,将心术成学术,学术成治术。学术治术,总以心术为本,庶不背君子务本之意也。

管见如此,因承明问,敢举以质之。

【注】

① "而于泰伯之让"一句:《论语·泰伯篇》:"子曰:'泰伯,其可谓至德也已矣。三以天下让,民无得而称焉。'"

② "文王之事"一句:《论语·泰伯篇》:"三分天下有其二,以服事殷。周之德,其可谓至德也已矣。"相传当时为九州,文王得六州,是有三分之二。

③ 南巢:即今安徽巢县,《尚书·仲虺之诰》:"成汤放桀于南巢。"《史记·夏本纪》:"桀走鸣条,遂放而死。"《正义》引《括地志》云:"庐州巢县有巢湖,即

《尚书》'成汤伐桀,放于南巢'者也。"《淮南子》云:"汤败桀于历山,与末喜同舟浮江,奔南巢之山而死。"　牧野:在今河南淇县南。《史记·周本纪》:"武王朝至于商郊牧野,乃誓。……誓已,诸侯兵会者车四千乘,陈师牧野。帝纣闻武王来,亦发兵七十万人距武王。武王使师尚父与百夫致师,以大卒驰帝纣师。纣师虽众,皆无战之心,心欲武王亟入。纣师皆倒兵以战,以开武王。武王驰之,纣兵皆崩畔纣。"

④伊尹:名挚,是汤妻陪嫁的奴隶。佐汤伐桀,被尊为"阿衡(宰相)"。汤死后,其孙太甲破坏商汤法制,伊尹把他放逐到桐宫,三年后迎之复立。一说伊尹放逐太甲自立七年,太甲还,杀伊尹。《史记·殷本纪》:"阿衡欲奸汤而无由,乃为有莘氏媵臣,负鼎俎,以滋味说汤,致于王道。或曰,伊尹处士,汤使人聘迎之,五反然后肯往从汤,言素王及九主之事。"

⑤"诸葛孔明"一句:诸葛亮《诫子书》:"非淡泊无以明志,非宁静无以致远。"成都武侯祠二门有沈尹默的题诗:淡泊以明志,宁静以致远。汉贼不两立,王业不偏安。

⑥鹄(gǔ):箭靶的中心。《礼记·射义》:"故射者各射己之鹄。"后喻指目标、目的。

⑦聘:古代诸侯间通问修好。《礼记·曲礼》:"诸侯使大夫问于诸侯曰聘。"

⑧易箦:调换寝席。箦,竹席。《礼记·檀弓上》:"(春秋鲁国曾参临终,以寝席过于华美,不合当时礼制,命子曾元扶起易箦),曾元曰:'夫子之病革矣,不可以变,幸而至于旦,请敬易之。'曾子曰:'尔之爱我也不如彼。君子之爱人也以德,细人之爱人也以姑息,吾何求哉? 吾得正而毙焉,斯已矣。'举扶而易之。反席未安而殁。"后以易箦喻将死。

⑨阎氏:即阎若璩,清太原人,字百诗,号潜丘。博通经史,长于考证,读《尚书》古文二十五篇,疑其讹,沉潜三十余年,作《古文尚书疏证》八卷,明《古文尚书》二十五篇及孔安国传皆为东晋人伪作。尤精地理,修《一统志》,撰《四书释地》五卷,清江藩《汉学师承记》以阎为冠。

【剑虹居文集】

·卷　下·

中庸衍义序

　　作文有功,令背古者必黜,所以尊经也。论文无功,令僭注者不禁,所以晰义也。宋儒真德秀作《大学衍义》[1],明儒邱濬作《大学衍义补》[2]。盖真之书,止于格致、诚正、修齐[3],邱之书,则统治平而揭之,邱固真之功臣也。《中庸》何义? 即《大学》之义。天人之道,即明新之道[4]。

　　苍梧萧茂才读书不为科名[5],而一志圣贤。《中庸衍义》一书,殆欲效真与邱之发明圣学,洵善读书者乎! 特真、邱之阐《大学》,由约而极博,证体于用也。茂才之阐《中庸》,由博而返约,纳用于体也。或以持论与朱注不合为疑[6]。予谓守辙循途者末学也,拘文牵义者曲学也,非圣贤之心学也。心主常,学主变,同而异者,一本之所以万殊;学惟一,心惟精,异而同者,万殊之所以一本。学所参差之处,正心所融贯之处。张惕庵作《四书翼注》[7],世既许为紫阳功臣矣[8],又何疑于萧氏《中庸衍义》哉?

【注】

　　① 真德秀:宋蒲城人(1178—1235),字景元,宁宗庆元五年进士,官至参知政事。世称西山先生,谥号文忠,德秀初有重名,及为宰相,首以尊崇道学、正心诚意劝理宗,随又进所著《大学衍义》,皆非时务所急,众大失望。其学以朱熹为宗,著有《大学衍义》、《文章正宗》、《西山集》等。　《大学衍义》:四十三卷,以《大学》为本,援引儒家典籍和史事,附己说,讲修身、齐家、治国之道。

　　② 邱濬:即丘濬(1418—1495),明琼州琼山人,字仲深,号琼台。景泰五年进士,幼孤,母李氏教之读书,既长,博极群书,尤熟于国家典故,自翰林院编修,进侍讲,迁国子祭酒,累官至礼部尚书,弘治四年,兼文渊阁大学士,参预机务,

为尚书入内阁者之始。八年,卒于官,赠太傅,谥文庄,尝采群书为宋真德秀《大学衍义》加增补,分十二目,一百六十卷。

③ 格致、诚正、修齐、治平:《大学》篇里有"古之欲明明德于天下者,先治其国。欲治其国者,先齐其家。欲齐其家者,先修其身。欲修其身者,先正其心。欲正其心者,先诚其意。欲诚其意者,先致其知。致知在格物。物格而后知至,知至而后意诚,意诚而后心正,心正而后身修,身修而后家齐,家齐而后国治,国治而后天下平"句。

④ 明新:《大学》:"大学之道,在明明德,在亲民,在止于至善。"亲,即新,明新之道指明明德、新民,皆当至于至善之地而不迁。

⑤ 苍梧:县名,在广西东南,汉置广信县,属苍梧郡治,隋平陈,废郡改苍梧县,历代相因,明清皆为广西梧州府治。　　萧茂才:人名,不详。

⑥ 朱注:指宋理学家朱熹的《四书集注》,自元以来,是历代王朝科举考试的必读书目。

⑦ 张惕庵:即张甄陶(1713—1780),清福建福清人,字希周,号惕庵,乾隆十年进士,授编修,历官广东鹤山、香山、新会、高要、揭阳知县。主讲五华、贵山、鳌峰各书院,有《学实政录》、《读书翼注》。

⑧ 紫阳:山名,在安徽省歙县城南,宋朱松读书于此,后其子朱熹居福建崇安县,题厅事曰紫阳书室,后人因以紫阳为朱熹的别号。清咸丰于歙县建紫阳书院,同治时延俞樾为主讲。

家语段^(一)注序^①

《家语》一书夙好披读,研玩再三,作而叹曰:"是非孔门弟子之所手撰,殆孔氏子孙之所家藏也。"是书之作,疑值获麟百有余年之后^②,其在孟子之时乎。盖事为孔子之事,言非孔子之言也。言即为孔子之言,而其意则是,其辞则非,是以后人未敢与《论语》并列也,何以知之? 盖即于其文字知之,如《相鲁篇》对定公语,《始诛篇》告子贡语,《在厄篇》告子路语,《入

官篇》告子张语，《执辔篇》与闵子骞言，均神似孟子。作者身
处战国，其文笔纵横，与《国策》相近，是借孔子之言与事自著
为文章。以后裔述祖德语而曰家，尊之也，亲之也，又私之也，
且自谓耳熟心传，而大书特书之也。既成，秘之名山，传之后
代，如孔臧、孔安国等，殆复为之编次也乎③。

　　今苍梧萧茂才于是书分为段注，是即老泉苏氏读《孟子》
之法④。然文字虽近《国策》，而义理纯正，非亲炙之者口授微
言⑤，亦断难阐发至此。段注一出，而是书精义益彪炳日星，则
茂才之有功于圣学也，此又其征焉。

　　是为序。

【校】

　　（一）原刻本中作"叚"，修补本为"段"，今从修补本，下同。

【注】

　　①《家语》：即《孔子家语》，《汉书·艺文志》著录《孔子家语》二十七卷，至
唐已亡佚，今本十卷，四十四篇，为三国魏王肃所传，其书杂采秦汉诸书所载孔
子的遗文逸事，综和以成篇。清孙志祖、陈士珂各有《疏证》。肃自称得之于孔
子二十二代孙猛，往往以书中所记作为攻击郑玄的论据，后人疑为即出于肃之
伪作。

　　②获麟：《左传·哀公十四年》："十四年春，西狩于大野，叔孙氏车子鉏商
获麟，以为不详，以赐虞人。仲尼观之，曰：'麟也。'然后取之。"《孔丛子·记
问》："（孔）子曰：'天子布德，将致太平，则麟凤龟龙，先为之祥。今周宗将灭，
天下无主，孰为来哉？'遂泣曰：'予之为人，犹麟之于兽也，麟出而死，吾道穷
矣。'"传说孔子作《春秋》，至此而止。感慨天下动乱，生不逢时，志向抱负无法
施展。

　　③孔臧：西汉人，孔安国从兄，文帝前九年嗣父爵蓼侯，武帝元朔二年官太
常，始与博士等议劝学励贤之法，请著功命，自是公卿士大夫士吏彬彬多文学之
士，后以南陵桥坏，衣冠道绝，坐罪，免。　　孔安国：西汉人，孔子后裔，受
《诗》于申公，受《尚书》于伏生，司马迁曾从安国问故。以治《尚书》为武帝博

士，官至谏大夫、临淮太守，《尚书孔氏传》旧题为安国所作，但《汉书·艺文志》仅云安国献《古文尚书》，遭巫蛊事，未列于学官，未言作传，故后人多以为魏晋人托名之作。

④ 老泉苏氏：即唐宋八大家之一苏洵（1009—1066），宋眉州眉山人，字明允，号老泉，精通六经、百家之说，仁宗嘉祐元年，携子苏轼、苏辙赴试京师，欧阳修上其所著文二十二篇，士大夫争相传阅，除试秘书省校书郎，以文安县主簿参与修纂建隆以来礼书，名《太常因革礼》，书成而卒。　　读《孟子》之法：苏洵生平尤好《孟子》，曾端坐读之七八年，谓其"语约而意尽，不为巉刻斩绝之言，而其锋不可犯"（《上欧阳内翰书》）。

⑤ 微言：精微之言，汉刘歆《移书让太常博士》："及夫子没而微言绝，七十子卒而大义乖。"

先正语录节要序①

《语录节要》，延寿峰观察手编也②。语多出于先正时，时见于他说，每惜略而不详，泛而无纪。兹经观察汇为一编，分为四门，父兄以是诫其子弟，师友以是导其生徒，长官以是规其僚属，其为世范，获益不浅。今将付梓，嘱予弁言。

予谓布帛菽粟⁽¹⁾之理③，日星河岳之文④，金石可勒⑤，复何从而更参一义？虽然有说焉，自来经传不朽之论，见仁见智，识解攸殊，欲为先正功臣，亦贵加以辩论耳。即如《立身篇》有云："'问人生何事最乐？'曰：'无违心之事，则乐矣。'但须心主于理，勿役于欲。我欲添二语作注，于义乃圆也。"《教家篇》云："家庭和气致祥，一曰容，二曰忍，此本于唐代张氏百忍之说⑥，乃高宗纳其说卒兆武氏之祸⑦，则'忍'之一字，固未足尽齐家之义矣。"《处世篇》云："志士不免求人，要在有道。嗟呼！天下有求人之道哉？愚谓求人仍不外求我耳⑧。"又

《居官篇》云："近见士大夫多以《感应篇》劝世⑨，但以祸福劝，不若以名节劝。今之作吏者，果皆识名节为何物乎？贪利忘身，有并祸福而不知者矣。"予非有不足于先正之言，惟服膺既深辩论，益慎所望。读是编者，能体观察之心，即可不负先正之立言之意。予将以勉人者自勉，尚望进而教之。

【校】

（一）菽粟：原刻本中作"粟菽"，修补本中为"菽粟"，今从修补本。

【注】

① 先正：先代之臣，《尚书·说命》："昔先正保衡。"传："正，长也，言先世长官之臣。"后多用以指前代的贤人。

② 观察：清代道员的俗称。

③ 布帛菽粟：这些为日常生活所必需，故用以比喻虽属平常但不可缺少的东西。

④ 河岳：黄河和五岳，古代祭祀山河的对象，后泛指山川、大地。南齐谢朓《为宣城公拜章》："惟天为大，日星度其像；谓地盖厚，河岳宣其气。"

⑤ 金石：金，指钟鼎之属，石指碑碣之属，古人常于日用器物上镌刻文字，又颂功纪事寓戒，多铭于金石。南朝梁元帝集录碑刻，为《碑英》百二十卷，为金石文字著录之始，其书不传。迄清代大盛，金石遂成为专门之学。

⑥ 唐代张氏百忍之说：《旧唐书·孝友传》："郓州寿张人张公艺，九代同居。北齐时，东安王高永乐诣宅慰抚旌表焉。隋开皇中，大使、邵阳公梁子恭亦亲慰抚，重表其门。贞观中，特敕吏加旌表。麟德中，高宗有事泰山，路过郓州，亲幸其宅，问其义由。其人请纸笔，但书百余'忍'字。高宗为之流涕，赐以缣帛。"参看诗集卷下《张公艺》注。

⑦ 武氏之祸：指唐高宗性格软弱忍让，镇不住其妻武氏，李氏江山遂不保，被皇后武则天夺权，建立大周国，开始武姓统治时代。

⑧ 求人仍不外求我：化用"求人不如求己"。谓自力奋斗，不仰仗他人。《文子·上德》："怨人不如自怨，求诸人不如求之己。"

⑨《感应篇》：《宋史·艺文志·道家类·神仙》著录李昌龄《感应篇》一

卷,《道藏》"太清部"著录作《太上感应篇》三十卷,清顺治十三年上谕刊行,其书内容多取晋葛洪《抱朴子》,以劝人为善居多,托名老子之师太上,宣扬因果报应,迷信色彩浓,在旧时流行甚广。

景筱晴古文序①

　　古人之才,大用大效,小用小效,非才之小也,其所用才者不大耳。其抗节何独不? 然千古大节,吾于宋得一人焉:文文山,今所传者仅一歌耳,吾于明得一人焉:杨椒山②,今所传者,只一卷诗耳。虽寥寥短章,已足惊风雨而泣鬼神,何尝侈言著作哉? 小晴事迹,难抗古人,而血性则同。海屏太守恸少君临难之惨③,欲表章之,为刊其时文④,刊其试帖⑤,刊其杂咏。披览之余,亟呼海屏而告之曰:"此其鳞爪非骊珠也⑥,乌足传小晴?"为索其古文,得四卷,近二百篇,精选得二十余篇,心血贯金石,真足传小晴矣。

　　或曰:"人读小晴古文,每爱不释手,方憾其少。君之所取严谨如是,毋乃多遗珠乎⑦?"予曰:"非也。予之所赏者,文也。予之所重者,人也。小晴每遇节义之事,下笔有神,无语不从肺腑中出,传其人实借以自传。故江局遇难,早知其必以身殉,赋于天者,然也。使小晴不逢江局之变,即逢其变而不至于死,此日犹从容杖履,叉手坫坛,抑或艺苑云梯⑧,宦途风顺。我知其刚大之气终必与古仁人争烈,庸庸福泽中,绝无此人。盖于其文决之矣,故有小晴之文而小晴传,即无小晴之文而小晴亦必传。我所视为骊珠者,恐小晴有知,转又自薄为鳞爪。人岂贵文哉? 文岂贵多哉? 世有著作等身⑨,鸿名冠世,往往遇君父之难,而偷生幸免,青史贻讥,以视小晴其人之贤不肖何如耶?"

【注】

①景筱晴：名泽。有《景筱晴文集》、《景筱晴诗草》光绪十三年刊本。

②杨椒山：即杨继盛，字仲芳，容城人，别号椒山。《明史·杨继盛传》："俺答躏京师，咸宁侯仇鸾以勤王故有宠。帝命鸾为大将军，倚以办虏。鸾中情怯，畏寇甚。继盛以为仇耻未雪，遽议和示弱，大辱国，乃奏言十不可、五谬。……帝尚犹豫，鸾复进密疏。乃下继盛诏狱，贬狄道典史。……当是时，严嵩最用事。恨鸾凌己，心善继盛首攻鸾，欲骤贵之，复改兵部武选司。而继盛恶嵩甚于鸾。且念起谪籍，一岁四迁官，思所以报国。抵任甫一月，草奏劾嵩，斋三日乃上奏曰：'……嵩有是十罪，而又济之以五奸。'……帝益大怒，下继盛诏狱……遂以三十四年十月朔弃西市，年四十。"

③海屏太守：涂庆澜（1839—1912），字海屏，同治年进士。历任翰林编修、国史馆撰修，功臣馆总纂。曾以知府赴浙江任厘金总办，故云太守。

④时文：科举应试之文，对"古文"而言，明清称八股文为时文。

⑤试帖：唐以来科举考试中采用的一种诗体，大抵以古人诗句命题，其诗或五言或七言，或八韵或六韵，冠以"赋得"二字，故亦称赋得体。

⑥鳞爪：指事物的片断或点滴，比喻不重要或用处不大的东西。宋代尤袤《全唐诗话·刘禹锡》："长庆中，元微之、刘梦得、韦楚客同会乐天舍，论南朝兴废，各赋《金陵怀古》诗。刘满引一杯，饮已即成。白公览诗曰：'四人探骊龙，子先获珠，所余鳞爪何用耶？'" 骊珠：《庄子·列御寇》："河上有家贫恃纬萧而食者，其子没于渊，得千金之珠。其父谓其子曰：'取石来锻之！夫千金之珠，必在九重之渊而骊龙颔下。子能得珠者，必遭其睡也。使骊龙而寤，子尚奚微之有哉！'"用"骊珠"指代珍贵难得的人才或事物。

⑦遗珠：遗失珍珠。《庄子·天地》："黄帝游乎赤水之北，登乎昆仑之丘而南望还归，遗其玄珠。使知索之而不得，使离朱索之而不得，使吃诟索之而不得也。乃使象罔，象罔得之。"比喻遗漏精华或埋没人才。

⑧云梯：喻高山石路，也作仕进之喻，窦巩《送刘禹锡》："今日太行平似砥，九霄初倚入云梯。"这里指在文坛进步快捷。

⑨等身：《宋史·贾黄中传》："贾黄中，字娲民，沧州南皮人，唐相耽四世孙……黄中幼聪悟，方五岁，玭每旦令正立，展书卷比之，谓之'等身书'，课其诵

读。六岁举童子科,七岁能属文,触类赋咏。"后人转称著书很多为"著作等身",则是说所著之书叠起来有作者身子那么高。

梣 轩 集 序

天生人才,而第使其仅以诗文见,则有搔首而怪天心之忍者。天生人才,而犹使其得以诗文见,则有抚膺而感天心之仁者。

浙江为人才渊薮,山阴全氏独冠一时①,若全君炳炎,尤卓卓焉。予于光绪五年出守粤西,早闻全氏昆玉才名,心极艳之,旋晤炳炎于榕城②。炳炎行事,浩浩落落,予奇之。其议论锋起,上下古今,供其指画,予益异之。而当世于炳炎,往往挤排之挫折之,予重疑之。今读其所著《梣轩集》,而恍然于全子之遭挤排挫折者,不必咎全子也,而更不必咎当世。自古人才钟乾坤奇气以生,则必有一种不可磨灭之概,发诸穷愁。人但知诗文非穷不工,不知诗文既工必穷。我观全子集中碑序诸作古茂精悍,记说诸作曲折幽深,画策之文洞悉兵机,条陈之文备谙时务,诗笔吐嘱天然,有性灵语,有见道语,其慷慨沉郁,一片血诚,从丹田流出。不读万卷书,无此纵横;不行万里路,无此阅历。是人之挤排挫折全子者,正所以栽培成就全子者也。

全子勉乎哉! 吾闻天也包乎地圆,所以妙于方矣。吾见水也克夫火柔,所以胜夫刚矣。全子诚能以圆包方,以柔克刚,才范以识学化于养,则文也而进于道焉。读全子之文,想见全子之为人。著作虽止四卷,而一卷见山,一勺见海,全子之才必不徒以是见,而是固其权舆也③。天下有真知全子者,必不河汉余言。

【注】

① 山阴:即今浙江绍兴市,春秋越王勾践之都,秦置县,以邑在山之阴而名,隋废,并入会稽县,唐复置,明清与会稽县并为浙江绍兴府治所,1912 年并山阴、会稽为绍兴县。

② 昆玉:称人兄弟的敬词。　榕城:桂林的别号"榕城",因唐高祖武德年间(618—627)李靖在桂林筑城后,城南门长有巨大榕树得名。明代杨基有诗:"兰根出土长斜挂,榕树城门却倒生。"

③ 权舆:起始。《诗经·秦风·权舆》:"於我乎? 夏屋渠渠。今也每食无余。於嗟乎? 不承权舆。"

李林枝获盗记序^①

上农之苗胡为而茂耶^②? 曰:勤锄莠也。良医之针胡为而神耶? 曰:戒养痈也^③。方今红巾猖獗^④,蹂躏海内,秣陵瓜步^⑤,不靖寇氛,两陷芜城^⑥,肝脑涂地^⑦。而跳梁之始,实自粤西^⑧。仆于山川形势、帏幄事机,未能备悉,第就风影传闻。推原祸首大抵起于一二奸民,由一二人以煽数十人,由数十人以煽数百人,由数百人以煽数千人,遂煽至数万人不止。始第拒捕,继遂戕官。始第掠野,继遂攻城。始第蜂起一方,继遂鸱张数省。彼奸民躬为,元恶大憝^⑨,其始念原不料至于此也。忧时势者,痛今日翦除之难,未尝不恨昔日纵容之过。是由治田而不知锄莠,治疾而不免养痈焉。夫谁实使之然哉? 观于此,而因奇我李君林枝也。

林枝,涟水茂才^⑩,少倜傥负大志,慕周孝侯之为人^⑪,以除害井里为己责,豪迈之气不受羁束,往往与客整襟四座,一语不投,辄叉手嫚骂,及其人俯首引愆,则又酣嬉自适,不留纤芥于胸,磊磊落落,有古壮士风。于是士林争识其人,下逮村氓牧竖、妇人孺子,皆仰望丰裁⑫。凡遇不平事,按剑叱之,而宵小不轨之流,遂有闻之胆落、见之股栗者。其所以致此者,洵非无本矣。旧岁土匪滋事,以次就擒,杖毙之余,并皆按律。其事啧啧人口,郡尊恒知功有所归,感佩良深,特加青眼⑬。林枝乃将先后措施之略,集为一编。愚偶得展阅,益叹林枝之功在梓乡⑭,不可没也。且夫淮郡重地也⑮,大河北去⑯,沧海东环⑰,宋金之末,三百里内绝少人烟,言之伤矣。幸际升平日久,人不知兵,询王孙之将略,罕有能道之者。

近来南北烟尘,羽书络绎⑱,居斯土者燕幕何殊⑲?方其奸民之攘窃,事未可知,鼠盗不塞⑳,将为鲸吞,而林枝奋袂一呼,渠魁既歼㉑,党羽悉散,以书生之面目,作大府之干城㉒,可谓壮哉!假使吾淮留此一二人不去,转恐无旦夕之安。假使粤西将彼一二人早去,何至有烽烟之祸?但愿天下秀才如李君林枝者,能多其人,非特闾阎之福,抑亦为民牧者之幸也㉓。能锄莠以安良,勿养痈以贻患,知此可以治天下。

惜乎!林枝仅小试之也。

【注】

① 李林枝:人名,生平不详。

② 上农:劳力强、生产技术水平高的农民。《管子·揆度》:"上农挟五,中农挟四,下农挟三。"

③ 养痈:谓患痈疽畏痛不割,终成大患。

④ 红巾:古代农民起义军,常以红巾裹头,史籍上因称红巾。这里指太平天国起义军。

⑤ 秣陵:地名,今江苏江宁县,历代更名很多次,楚威王以其地有王气,埋金镇之,号曰金陵,秦始皇改为秣陵,后孙权迁都于此,改为建业。 瓜步:地名,在今江苏六合东南,有瓜步山和瓜步镇。

⑥ 芜城:即广陵城,故址在今江苏江都县境,扬州市东北,战国楚地,秦汉

置县,西汉吴王刘濞都此,筑广陵城。南朝宋竟陵王刘诞据广陵反,兵败死,城邑荒芜,鲍照作《芜城赋》讽之,因名芜城。一说即邗沟城,汉以后荒废,因名。《清史》列传一百六十二:"(咸丰三年)二月,林凤祥等陷镇江、扬州,令吴如孝等留守。""(咸丰六年)秀成登高见城中兵出,遣镇兴、仕章当敌,而自率奇兵绕国樑军后击之。乘胜击丹徒,和春败走,遂渡瓜洲攻扬州,陷之。"

⑦ 肝脑涂地:形容战乱中死亡惨烈。

⑧ 跳梁:强横。《汉书·萧望之传》:"今羌虏一隅小夷,跳梁于山谷间。"

⑨ 大憝(duì):大恶人,《尚书·康诰》:"元恶大憝,矧惟不孝不友。"后也泛指罪魁祸首。

⑩ 涟水:县名,属江苏省。汉襄县地,隋开皇置,元废,明清为安东县,1914年复名涟水县。

⑪ 周孝侯:即周处,晋阳羡人,字子隐,少孤,横行乡里,乡人把他和南山虎、长桥蛟合称三害,周处决心改过,杀虎斩蛟,后入吴投陆机陆云兄弟为师,官至御史中丞,与氐族齐万年战,梁王司马肜与处有旧仇,迫处进兵,绝其后援,战死。著《默语》三十篇、《风土记》,并撰集《吴书》。及元帝为晋王,将加处策谥,太常贺循议曰:"案谥法执德不回曰孝。"遂以谥焉。

⑫ 丰裁:高大的身材,对他人容貌的美称。

⑬ 青眼:《晋书·阮籍传》:"(阮籍母死办丧事,嵇喜去吊丧),籍又能为青白眼,见礼俗之士,以白眼对之。及嵇喜来吊,籍作白眼,喜不怿而退。喜弟康闻之,乃赍酒挟琴造焉,籍大悦,乃见青眼。"后用此典表示对人喜爱,赏识或重视。以"白眼"表示对人厌恶、轻蔑。

⑭ 梓乡:家乡,故乡。《诗经·小雅·小弁》:"惟桑与梓,必恭敬止。"桑与梓为古代住宅边常栽之树木,东汉以来遂用以比喻故乡。

⑮ 淮郡:指淮阴郡,后魏置,北周置东平郡。隋开皇元年改郡为淮阴,后置楚州,南宋绍定元年改楚州为淮安军,明清时为淮安府,治所在山阳县,1914年废府,改山阳县为淮安县。

⑯ 大河:指淮水。古四渎之一。今称淮河。源出河南桐柏山,东经安徽江苏流入洪泽湖,下游本流经淮阴涟山入海,后黄河夺淮,自洪泽湖以下主流合于运河经高邮湖江都县入长江。

⑰ 沧海:东海的别称。《初学记》:"按东海之别有渤澥,故东海共称渤海,

又通谓之沧海。"

⑱ 羽书：军事文书，插鸟羽以示紧急。《后汉书·西羌传》论："烧陵园，剿城市，伤败踵系，羽书日闻。"注："羽书即檄书也。魏武奏事曰'边有紧急，即插羽以示急'也。"

⑲ 燕幕：即燕巢幕上，比喻处境极危，《左传·襄公二十九年》："（吴国公子季札）自卫如晋，将宿于戚。闻钟声焉，曰：'异哉！吾闻之也："辩（通"变"，变乱）而不德，必加于戮。"夫子获罪于君以在此，惧犹不足，而又何乐？夫子之在此也，犹燕之巢于幕上，君又在殡，而可以乐乎？'遂去之。"注："言至危。"

⑳ 鼠盗：即鼠窃狗盗，喻指小窃小盗，也作"鼠窃狗偷"，《旧唐书·萧铣传》："论曰：'自隋朝维绝，宇县瓜分，小则鼠窃狗偷，大则鲸吞虎据。'"

㉑ 渠魁：首领。旧称武装反抗集团或敌对者的首领。

㉒ 大府：高级官府。明清时称总督、巡抚为大府。　　干城：干，盾；城，城郭。都起捍御防卫作用。也用以比喻捍卫者或御敌立功的将领。

㉓ 民牧：治理人民之人。后多以民牧称州郡等地方长官。

万氏族谱序

万子雨村，白田茂才①，前出其《春晖堂记略》一篇，予为之序，复为之跋。

雨村，固纯孝人也。人知孝其父母，则能爱其同生。爱其同生，则能笃其同宗，则能恤其同姓。雨村之必能亢尔宗，而睦尔族也，固无待言。近雨村手订族谱，嘱予弁言简端。予何言哉？予惟思雨村之言，而叹其居心之厚，用意之远，为之进参一解，以转质诸雨村，且转质诸万氏之贤裔，可乎？

夫万氏之先，隐于耕钓者也，数传而后有人焉，入成均，列黉序②。在恒情观之，几疑祖宗之朴有不如子孙之文者，而吾谓不然也。吾尝观于搢绅士族，好华恶实，趋逸避劳，恋安忘危，父兄之教不先，子弟之率不谨，阃内外家礼荡然③，而蓬门隘巷，户少杂宾，父老荷蓑，稚子拥篲④，妇女浣濯缝纫，各业其业，胼手知勤⑤，馈口示俭，敝衣粗食，习以为恒，间一宾来款洽，炊黍杀鸡，饶有古意，此甿庶之家法⑥，士大夫有不能守者矣。然则，元亮归耕⑦，志和把钓⑧，昔贤寓意，亦欲后世子孙能守先人敝庐，不求闻达，未始不可免祸危邦，以视世之逐逐于名利者，其为人贤不肖何如也？或者谓诗书之教胡可竟废？况后起之英，高自期许，其薄田舍而慕胶庠也⑨，势为之也，虽然窃有惧焉，且夫学校非古，岂朝夕之故哉？自经术兴⑩，而身心意知之学废。自词章兴⑪，而笺注辨难之学废。自科举兴，而睹记博洽之学废。髫年入塾，粗识章句，便握管，袭时艺，幸获一衿，自谓名立。拙者舌耕为业，以误人子弟⑫，黠者欺侮乡间要结当路，为俗吏作鹰犬，最不幸者，身入宦途，面目俱非，卒以贪庸堕其家声，贻子孙之祸于无穷，以视世之耕渔野老，其贤不肖又何如也？然则万氏之先，其殆有潜德隐行之君子乎，此可为雨村慰者也。而谓我必以是望万氏之贤裔，则又不然。

　　今夫有书不可不读，犹之有田不可不耕也。古人持竿负耒，不忘歌诵，况身逢盛世，食毛践土二百年矣⑬。民之翘而秀者⑭，上不能以勋猷资黼黻⑮，下复不能以文章咏太平，毋亦羞当世之士耶？则吾所冀于万氏贤裔者，惟望其读书而已，且惟望其读书如雨村而已。如雨村之学术，可以为经生。如雨村之性天，可以为令嗣。

　　方雨村从事于兹谱也，每言曰："序次错紊，族人也将以途人目之，如一本何？"予闻此言，心骨悲甚。呜呼！天下有不以途人视族人者哉？风俗之偷也⑯。凉薄先见于一门，豆觞德色⑰，箕帚诟声⑱，骨肉不免，何论一脉？族小者，猜嫌亦小，族大者，争凌亦大。当其瓜分遗产，稍不均平，或衔怨以入骨，或结讼以终身。至若寒素之族，则封殖自私⑲，重视财帛，与性命等。彼视族人如途人，且愿族人皆以途人视己，己心始安，甚至途人反得容其攀援,而族人转不得邀其收恤,是视族人并不如途人也。君子诵《诗》至《行苇》一篇⑳,窃不禁废书而三叹也,雨村谅早伤之矣。古之时,大功同财而有禄者,必仁其族,平时饥寒相恤,死病相救,有事则聚族而谋。《传》有云:"尊祖,故敬宗;敬宗,故收族。㉑"以是知雨村订谱之意,又岂徒序其支派而已耶? 宋范文正置义田赡族㉒,子孙享之者垂七百年。夫文正忧乐相关之量,实由亲,亲以推诸仁民,而具此襟抱,早在于为秀才之日。然则,能原其本根者,又非真读书人不能也? 雨村勉乎哉! 雨村与族中之贤裔共勉乎哉!

【注】

① 万雨村:人名,生平不详。　白田:地名,在江苏省宝应县南。

② 成均:古之大学。《周礼·春官·宗伯》:"大司乐掌成均之法,以治建国之学政,而合国之子弟焉。"注:"(郑)玄谓董仲舒云:'成均,五帝之学。'"后为官设学校的泛称。　黉(hóng)序:古代的学校。

③ 阃(kǔn):门槛,这里指家门外。

④ 拥篲:即执帚。篲,帚,古人迎候宾客,常执帚致敬,意谓扫除以待客。

⑤ 胼(pián)手:胼,手掌脚底生的老茧。一般说"胼手胝足",意谓手掌脚底生厚茧,形容十分辛劳。

⑥ 屯庶:古指农村中百姓,后来泛指平民。

⑦ 元亮:指陶潜,一名渊明,字元亮。曾为州祭酒,复为镇军、建威参军,后为彭泽令,因厌弃官场黑暗,不能"为五斗米折腰",遂弃官归隐,耕种田园自给,以诗酒自娱。

⑧ 志和把钓:《新唐书·张志和传》:"张志和,字子同,婺州金华人。始名龟龄。……命待诏翰林,授左金吾卫录事参军,因赐名。后坐事贬南浦尉,会赦还,以亲既丧,不复仕,居江湖,自称烟波钓徒。著《玄真子》,亦以自号。……每垂钓不设饵,志不在鱼也。县令使浚渠,执畚无忤色。……颜真卿为湖州刺史,值志和来谒,真卿以舟敝漏,请更之,志和曰:'愿为浮家泛宅,往来苕、霅间。'辩捷类如此。"以此典形容隐居江湖,四处漂泊。

⑨ 胶庠：周学校名，胶为周之大学，在国中王宫之东，庠为小学，在国之西郊。《礼记·王制》："周人养国老于东胶，养庶老于虞庠。"

⑩ 经术：犹经学，研究经书，为诸经作训诂，或发挥经中义理之学。两汉有今文之学和古文之学之分，以解释训诂典制为重，宋儒重义理，称理学，或称道学、宋学，分为程朱、陆王二派，清代自乾嘉以来以汉人为宗，兼承宋学，成就超越汉宋。

⑪ 词章：诗文的总称，也作"辞章"。

⑫ 舌耕：旧时学者授徒，恃口说谋生，犹农夫耕田得粟，故曰舌耕。旧题晋王嘉《拾遗记·后汉》："（贾逵）门徒来学，不远万里，或襁负子孙，舍于门侧，皆口授经文。赠献者积粟盈仓。或云：逵非力耕所得，诵经口倦；世所谓舌耕也。"

⑬ 食毛践土：《左传·昭公七年》："封略之内何非君土？食土之毛，谁非君臣？"毛，谓土地生长的植物。后因以"食毛践土"为对君上感恩戴德之辞。

⑭ 翘而秀：谓才能特出。《抱朴子·勖学》："陶冶庶类，匠成翘秀，荡汰积埃，革邪反正。"

⑮ 猷：道，法则。《诗经·小雅·巧言》："秩秩大猷，圣人莫之。"　黼黻：本指古代礼服上绘绣的花纹，也指华丽的词藻。

⑯ 偷：浇薄，不厚道。《论语·泰伯》："故旧不遗，则民不偷。"

⑰ 豆觞：即觞豆，饮食的器具，觞酒豆肉的简称，泛指饮食。　德色：自以为有恩于人而形于颜色。《汉书·贾谊传》"陈政事疏"："借父耰锄，虑有德色；母取箕帚，立而谇语。"

⑱ 箕帚：指家内洒扫之事。《国语·吴》："勾践请盟：一介嫡女，执箕帚以晐姓于王宫。"后因以箕帚为妻的代称。　谇声：责让，埋怨话。

⑲ 封殖：聚敛财物。《三国志·魏书·公孙瓒传》"兵益盛，进军界桥"注引《典略》表袁绍罪状："绍既兴兵，涉历二年，不恤国难，广自封殖。"

⑳《行野》：即《诗经》中《我行其野》篇，其中有："我行其野，蔽芾其樗。昏姻之故，言就尔居。尔不我蓄，复我邦家。"《诗三家集疏》："齐说曰：'黄鸟采蓄，既嫁不答。念我父兄，思复邦国。'"　废书而三叹：放下书本而叹息。《史记·孟子荀卿列传》："太史公曰：'余读孟子书，至梁惠王问"何以利吾国"，未尝不废书而叹也。'"

㉑ "《传》云"二句：出自《仪礼·丧服子夏传》："传曰：'何以服齐衰三月也？尊祖也。尊祖，故敬宗。敬宗者，尊祖之义也。'"

㉒ 宋范文正置义田赡族：《宋史·范仲淹传》："仲淹内刚外和，性至孝，以母在时方贫，其后虽贵，非宾客不重肉。妻子衣食，仅能自充。而好施予，置义庄里中，以赡族人。泛爱乐善，士多出其门下，虽里巷之人，皆能道其名字。"

王氏族谱序

天下有事极绚烂，而有害于人品心术者，此流俗之所惊，而为有道者之所慨也。天下有事极平常，而有裨于风俗人心者，此流俗之所忽，而为士君子之所尊也。其为流俗所惊者，莫如仕宦至卿相，富贵归故乡，宗族倚为光宠，往往攀援阀阅①，谬托贤裔，不惜自诬其祖宗，而于一族之寒微者转屏弃焉，而莫之恤，毋乃失其本心乎？可慨孰甚焉！至有人焉淡于荣利，足不出里门，日趋步父兄之后，间与后生小子讲孝友，说诗书，不忘先世敦朴而为子弟倡，深恐谱牒不修，无以为轻遗其亲者劝，是真有道君子之用心，而流俗每每忽之。呜呼！此天下之所以乱也欤！

吾淮王氏，前明由苏迁淮三百年来②，耕读为业。其裔南卿先生者，隐君子也，昔尝与予论天下之变故，莫甚于一姓之族，欢乐不相共，患难不相怜，庆吊不相通，生死不相闻，礼法不相纠绳，性情不相联属，而狱讼操戈又其甚者焉③！天下敢于犯豆觞之人，充其恶卒为乱贼。天下忍于毒生灵之辈，受其祸首在家庭。有子谓孝弟为仁之本④，孟子谓人人亲其亲，长其长，而天下平⑤，《尚书》言时雍之化不外亲睦⑥，其旨一也。自世风不古，凉薄性成，箕帚耰锄⑦，骇人闻见，更何望相友相助相扶持耶？窃叹俗之偷也。由于宗法之不立，宗之坠也。

由于谱牒之不明，谱之亡也。不由于邑之中无良有司⑧，而由于族之中少乡先辈⑨，不由于族之中无仕宦富贵之搢绅，而由于族之中少诗书孝友之处士⑩。

今先生闭户著书，而以修明谱牒为事，于学为务本，于道为兴仁，于德为追远⑪，于业为裕后，于功为惩薄俗而敦古风，此天下极平常之事，以视天下极绚烂之事，其贤不肖相去何如也？焕因读王氏族谱，而知圣人合族之精意存乎其间焉。谁人知之哉？天下人知之哉！

【注】

① 阀阅：本作伐阅，功绩和资历，秦汉功有五品：勋、劳、功、伐、阅。明其等曰伐，积日曰阅。后也用以指世家门第，官僚豪门。

② 苏：即苏州，本春秋吴地，吴灭属越，汉置吴郡，南朝陈为吴州，隋开皇九年郡废，因境内有姑苏山，改名苏州，隋唐间数易其名，宋仍称苏州，后改平江府。明复为苏州府，清沿置。辖境相当于今江苏苏州市、吴县、吴江、昆山、常熟等地。　淮：即淮安府，南宋绍定元年置淮安军，端平元年改为州，元朝至元二十年升为路，明清为府，治所在山阳县。1914 年废府，改山阳县为淮安县。

③ 狱讼：讼事，有关财物之争执为讼，以罪名相告为狱。《周礼·春官·司寇》："以五刑听万民之狱讼。"

④ 有子：即孔子弟子有若，春秋鲁人，字子有，小孔子三十三岁，主"礼之用，和为贵"，孔子死后，门人以有若貌似孔子，曾一度奉以为师。《论语·学而》："有子曰：'……孝弟也者，其为仁之本与！'"

⑤ 孟子谓人人亲其亲，长其长，而天下平：《孟子·尽心上》："孩提之童无不知爱其亲者，及其长也，无不知敬其兄也。亲亲，仁也，敬长，义也，无他，达之天下也。"

⑥ 时雍：犹言和善。时，善；雍，和。后世诗文多以时为时世，以时雍指时世安定、太平。《尚书·尧典》："百姓昭明，协和万邦，黎民于变时雍。"

⑦ 箕帚樵钮：《汉书·贾谊传》中《陈政事疏》："借父樵钮，虑有德色；母取箕帚，立而谇语。"这里指亲人间互相责怪，关系淡薄。

⑧ 有司：官吏，古代设官分职，事各有专司，故称有司。

⑨ 乡先辈：犹言乡先达。乡间有名望的前辈。

⑩ 处士：未仕的或不仕的士人。《汉书·异姓诸侯王表》："秦既称帝，患周之败，以为起于处士横议。"注："处士谓不官于朝而居家者也。"

⑪ 追远：常连言"慎终追远"，谓父母的丧事，要办得谨慎合理，祖先虽远，须依礼追祭。《论语·学而》："曾子曰：慎终追远，民德归厚矣。"《集解》："孔（安国）曰：慎终者丧尽其哀，追远者祭尽其敬。"

朱子良年谱序

萧山朱子良先生①，自订五十八岁以前年谱一编，宣山姚君为之记②。

予读姚文至篇末，有云"升沉不改其度，恒谈笑自若，其后福未艾也"，不禁太息曰："嗟乎！一人有福，百姓无福矣。"所谓福者，门昼掩，榻长悬，倘祥于水石花竹间，不履不衫，一壶一卷，非与闲客谈风月话古今，即与儿女子时相嬉笑。为问仕宦中人有此福乎？侧足宦途，非但山川跋涉，烽火折冲为甚劳瘁也③，即簿书在手，冠带缠身，雨晦风潇，放衙听鼓其惫已甚④，福于何有？然则福先生者，为先生计，则得返诸先生后乐先忧之怀，或有所不满者乎？

先生年弱冠知名于时，宦游两粤，鸿才硕望垂四十年。予读其文，综往事而计之，觉有大可危之机四，有大可幸之机四。何谓可危？当宣城沈令为贼胁去⑤，子身往探，贼不加刃且罗拜焉，此非初心所及料，其可危者一。武宣城陷⑥，为贼拥入，舟中不食不言不作生还想矣，乃卒无事，其可危者二。艇匪屠柳郡⑦，庆远戒严⑧，先生襄其事，经七十余战，倘不先期奉札劝捐，庆郡失守，尚堪问哉？其可危者三。贼围建昌⑨，身在郡幕地道,炮发轰坏城垣二十余丈,设非督帅潮勇转败为胜,祸真莫测,其可危者四⑩。何谓可幸?夫周文忠、劳文毅、曾文正皆当代之贤臣也⑪,有古大臣以人事君之风焉。文忠来粤治军时先生随营,象州大黄江之捷⑫,功最多,保以知县即补,文忠深器其才,尝见先生至起立,谓曰此座他日当属足下,其可幸者一。文正耳其名奏调赴楚军时,粤西多事,长吏皆倚重不遣去,虽负世知己而才名益为当路所重,其可幸者二。文毅抚西省知人善任,贼围武宣,先生正署邑,令地为柳、庆咽喉,日勤战守,贼畏之时,丁太恭人忧⑬,将奔丧,中丞奏请以墨绖从戎⑭,信任如此,使谗言不入,始终一心,功业可睹矣,其可幸者三。今督云贵刘荫渠制军⑮,平日景仰三公者也,方先生改官为幕,复有建昌之功,经张月卿、苏虞阶两中丞委任⑯,历署龙胜、全州、横州⑰,政声卓卓,早为刘公所知。故刘为中丞于太平府查办一案⑱,特委能吏,先生定谳绝无瞻徇⑲,时群议沸腾,赖中丞持正以功署庆远府,倘无土司一事⑳,免触怒于廉访㉑,岂非所全者大乎?其可幸者四。所奇者遇可危卒无可危,遇可幸终无可幸,天之所以锡福于先生欤㉒?且夫国运盛衰,视乎人才进退。自古名臣之有裨国家者,吏治为上,军功次之,文事又次之。盖治无龚黄㉓,安用卫霍之勇才㉔?非平勃,何取贾董之书㉕?有房杜之谋㉖,而褒鄂乃得以图像㉗。有李郭之绩㉘,而李杜乃得以陈诗㉙。程朱著作不足以治平,韩岳勋名不能于恢复㉚,岂非以王安石、蔡京辈之流毒民生乎㉛?

今天下之吏治,殆难言矣,如先生所展布者,清积案,查田粮,积谷石,设书院,抑豪族,剿土匪,何一非循良之经济㉜?而下笔千言兼枚速马工之技㉝,非止韬钤满腹已也㉞,洵所谓全才乎!则先生自订之年谱,其将为天下后世之治谱也哉!敢于姚君记后而特为之序。

【注】

①　朱子良：人名，生平不详。

②　宣山：应为"宜山"，即今广西宜山县，古称宜州。

③　折冲：使敌人的战车后撤，即击退敌军。冲，战车的一种。《吕氏春秋·召类》："夫修之于庙堂之上，而折冲乎千里之外者，其司城子罕之谓乎？"

④　放衙：免去属吏早晚两衙的参见。宋苏轼《入峡》："放衙鸣晚鼓，留客荐霜柑。"　　听鼓：古代官府卯刻击鼓，召集僚属，午刻击鼓下班，因称官吏到衙门值班为听鼓。

⑤　宣城：属安徽省，汉丹阳郡宛陵县，东汉置宣城县，晋为宣城郡治所，唐为宣州治所，明清均为宁国府治所。

⑥　武宣城陷：指1851年4月太平军在洪秀全、冯云山的亲自督战下，与周天爵、向荣为首的清军战于武宣三里圩，清军全军大败而逃。《清史》列传一百六十二："咸丰元年，秀全僭号伪天王，纵火焚其墟，尽驱众分扰桂平、贵、武宣、平南等县，入象州。"　　武宣，县名，属广西，本汉朝中溜县地，隋属始安郡桂林县，唐武德间析置武仙县，明宣德六年改为武宣，清属浔州府。

⑦　艇匪：以轻便小船为交通工具的匪徒。这里指出没于桂林、梧州、广东一带的农民起事军。　　柳郡：即柳州，明清为府，治所在今广西柳州市。

⑧　庆远：府名，唐置粤州，改称宜州，宋宣和元年置庆远军，咸淳初升为庆远府，元改为路，明清仍为府，1913年废，地在今广西宜山县。《清史·劳崇光传》："（咸丰三年）洎英人踞广州后，广东贼氛复炽。艇匪窜扰广西，浔州、柳州、庆远、梧州、南宁相继陷。"

⑨　建昌：汉豫章郡地，宋太平兴国四年置建昌军，元代至元十四年改为路，明初称肇昌府，不久改为建昌府，清依旧，府治即今江西南城县。

⑩　"身在郡幕地道"等句：《清史》列传二百六十二："（咸丰三年）凤祥等自氾水败退，犯郑州、荥阳。六月，围怀庆，以地道攻城，不克。镇江寇出城扑我军，战北固山下，伏寇纵火，七营皆被焚。邓绍良退守丹阳，都司刘廷楜潮勇驰援。寇退入城，复扰丹徒镇，刘廷辀退之。向荣檄总兵和春与刘廷楜阳运河之新丰镇，寇始不敢南窜，常州获安。寇之围怀庆也，立木栅为城，深沟高垒，我兵相持几至六旬。"　　潮勇：从潮州招募来的士兵。

⑪　周文忠：即周天爵，字敬修，山东东阿人，嘉庆十六年进士，道光中累擢

至湖广总督,咸丰元年起用为广西巡抚,偕钦差大臣李星沅征讨太平军。咸丰元年春,亲率兵与向荣会剿金田匪洪秀全等。咸丰二年安庆失守后任安徽巡抚,平定宿州、怀远捻军。庐州陷,奉命援庐州,以疾卒于军,谥文忠。　　劳文毅:即劳崇光,字辛阶,湖南善化人。道光十二年进士,选庶吉士,授编修。累擢为广西布政使。二十八年,奉使赴越南册封。时广西会党处处起事,崇光多方镇压分化,招降首领张嘉祥,咸丰间抚广西八年,镇压太平军及其化起事部队,坚持桂林十余次,擢两广总督。同治初,授云贵总督,六年,卒,赠太子太保,谥文毅。　　曾文正:指曾国藩,清湖南湘乡人,字涤生,道光十八年进士。累迁内阁学士、礼部侍郎,署兵部。太平天国时在湖南办团练,后扩编为湘军,成为镇压起义军的主力。任两江总督并节制浙、苏、皖、赣四省军务,力主"借洋兵助剿",终于攻陷天京,世人比之于汉之诸葛亮、唐之裴度、明之王守仁。同治十三年,薨于位,谥文正。

⑫象州大黄江之捷:《清史·向荣传》:"是秋至军,由柳州、庆远进剿,以达宜山、象州,连破贼于索潭墟、八旺、陶邓墟、犹山等处,贼氛稍戢……咸丰元年春,攻大黄江,贼分出诱战,率总兵李能臣、周凤岐合击,大破之,歼千数百人。……四月,贼突围窜象州。"《清史·乌兰泰传》:"贼踞象州中坪,乌兰泰督贵州三镇兵,由罗秀进梁山村,逼近贼巢。……破伏贼于莫村,一日七战皆捷,斩级数千。"　　象州,县名,属广西,隋开皇十二年置象州,大业二年废,唐武德四年复置,取界内象山为名。宋因之,元曰象州路,寻降为州,明清因之,1912年改县。

⑬恭人:古代妇人的封号,宋制,中散大夫以上官员之母与妻封恭人,元制六品以上,明清四品以上官员之母与妻封恭人。　　丁忧:居父母之丧。父母死后,子女要在家守丧三年,不做官,不婚娶,不赴宴,不应考。

⑭中丞:官名,汉御史大夫下设两丞,一称御史丞,一称中丞,明初设都察院,其中副都御史职位相当于御史中丞,明清常以副都御史或佥都御史出任巡抚,清代各省巡抚例兼右都御史衔,因此明清的巡抚,也称中丞。　　墨经:黑色丧服,也作"墨缞"。古代礼制:在家守制,丧服用白色。如果有战争或其他重大事件不能守制,服黑以代丧服。

⑮刘荫渠:即刘长佑(1818—1887),清湖南新宁人,字子默,号荫渠,道光二十九年拔贡,咸丰间奉命募楚勇建军,转战各省,同治间镇压捻军、苗、回义

军,光绪初官至云贵总督,多次领兵镇压广西、云南境内的匪叛,援助越南剿匪,着力于滇、粤备边事务,稳定我国的西南边境。中法战争中力荐刘永福,并出兵援助,打击法人和越匪的气焰。十三年卒,谥武慎。　制军:明清总督的别称。清制,总督辖一省或二省,综理军民要政,制军的原意是因为总督有节制文武各官之权,又称制宪、制台。

⑯ 张月卿:即张凯嵩,字云卿,又字月卿,湖北江夏人。道光二十五年进士,广西即用知县,历宣化、怀集、临桂知县。咸丰五年,擢庆远知府。剿平王得胜等。八年,克庆远,授按察使,迁布政使。其后数次镇压农民起事军。同治六年,擢云贵总督,滇事纷繁,行至巴东,称病,三疏请罢。光绪六年,以五品京堂起用,授贵州巡抚。十年,调云南,兴矿利,偕内阁学士周德润勘越南界务。十二年,卒于官。

⑰ 龙胜:古称桑江,秦朝属黔中郡,西汉归武陵郡;晋至隋,属始安郡(郡治桂林),今属广西桂林市辖县。　全州:县名,属广西,汉洮阳县地,隋置湘源县,五代晋天福四年在南楚置全州。　横州:即今广西南宁市横县。秦属于百越,汉元鼎六年后,今横县境分属广郁、合浦、安广、平山等县地,隶属合浦郡、郁林郡。而安广县故治在今横县,是横县建置之始。明清时属横州,民国十年,横州改为横县。

⑱ 太平府:宋为太平寨,元改为太平路,明清为府,即今广西崇左县地。

⑲ 定谳(yàn):定案。谳,议罪。

⑳ 土司:元明清时,分封境内各少数民族首领的世袭官职。

㉑ 廉访:即按察使的俗名,唐景龙二年置十道按察使,分察各地。宋以诸路转运使兼按察,专主巡察,别有提点刑狱官。元置提刑按察使,后改为肃政廉访司,主管一路的司法刑狱和官吏考核,明仍建提刑按察使司,以按察使为一省司法长官,主管一省刑名按劾之事,清因之,又名臬司。清末改为提法使。

㉒ 锡:与、赐给。《公羊传·庄元年》:"王使荣叔来锡桓公命。锡者何?赐也。"

㉓ 龚黄:指汉代循吏龚遂、黄霸。龚遂仕昌邑王刘贺,累引经义让贺行正路,谏诤忘己,宣帝时为渤海太守,时值饥荒,遂开仓济贫,劝民农桑,境内大治。黄霸于武帝末补侍郎谒者,时吏尚严酷,而独霸以宽和为名,宣帝时坐夏侯胜事系狱,从胜受《尚书》。后擢颍州太守、扬州刺史,得吏民心。汉世言治民吏,以

霸为第一。《宋书·良吏传》："史臣曰:'汉世户口殷盛,刑务简阔……龚黄之化,易以有成。'"

㉔ 卫霍:指汉朝攻打匈奴的名将卫青和霍去病。《后汉书·冯绲(gǔn)传》:"卫、霍北征,功列金石。"

㉕ 贾董:贾指贾谊。文帝时,匈奴强,侵边。天下初定,制度疏阔。谊数上疏陈政事,言时弊,以为事势可为痛哭流涕长太息,而进言者曰天下已安已治,非愚则谀,因陈治安策,多所欲匡建,又称"贾谊痛哭上书"。董指董仲舒,武帝即位,举贤良文学之士前后百数,而仲舒以贤良对策焉。朝廷每有大事,常遣使就其家咨询。仲舒所著,皆明经术之意,及上疏条教,凡百二十三篇,推崇儒术,抑黜百家。

㉖ 房杜:指唐太宗时宰相房玄龄和杜如晦,共掌朝政,房知杜能断大事,杜知房善建嘉谋,同心济谋,以佐佑帝。

㉗ 褒鄂:褒指唐初功臣段志玄,从平霍邑,下绛郡,攻永丰仓,皆为先锋,从刘文静拒屈突通于潼关,与尉迟恭一起跟随太宗征王世充、窦建德、刘黑闼等,玄武门杀太子建成、齐王元吉,封褒国公。鄂指尉迟恭,其与段志玄一起跟随太宗征讨天下,是唐初有功的武勇之士,封为鄂国公,当时并称褒鄂。 图像:为纪念功臣而画像,唐太宗曾在凌烟阁为唐初二十四功臣图像。

㉘ 李郭:唐大将李光弼和郭子仪的并称。两人平定安史之乱,廓清河朔,保乂皇室,翼戴三圣,世并称李郭。

㉙ 李杜:指唐朝诗人李白和杜甫。唐韩愈《调张籍》:"李杜文章在,光焰万丈长。"

㉚ 韩岳:指南宋抗金名将韩世忠和岳飞。

㉛ 王安石:这里指王安石变法失败,用人不当,被一些人利用,使得社会局势动荡,参前文集卷上《好刚说》注⑩。 蔡京:宋仙游人,字元长,熙宁三年进士,徽宗时因童贯得为尚书右仆射,后为太师,以恢复王安石新法为名,四掌权柄,排斥异己,专以奢侈迎合帝意,广兴土木,工役繁重,搜刮成性,遍布党戚,后被钦宗贬死。

㉜ 循良:指奉公守法,也指奉公守法的官吏。

㉝ 枚速马工:指汉司马相如、枚皋,两人为文,一工一速,枚皋,枚乘子,字少孺。武帝时上书自陈,拜为郎,好诙谐,善辞赋,才思敏捷,讽刺不避权贵,时

以比东方朔。《汉书·枚乘附枚皋传》："上有所感，辄使赋之。为文疾，受诏辄成，故所赋者多。司马相如善为文而迟，故所作少而善于皋。皋赋辞中自言为赋不如相如，又言为赋乃俳，见视如倡，自悔类倡也。"

㉞ 韬钤：兵法之书《六韬》和《玉钤篇》的合称。亦指用兵谋略。

全小汀相国七十寿序①

皇上御极之九年②，岁在庚午③，中原大定，边陲渐平，四夷喁喁④，依宇下六合一家，旷古所无。俾天下争自濯磨，含和吐气，共登仁寿⑤，则大宗伯之责焉。时任满尚书者⑥，为我小汀夫子也。夫子灵钟崧岳，派衍清华⑦，自嘉庆己卯举于乡⑧，道光己丑成进士⑨，入词垣，躬事三朝，位历六官，天下想望丰采垂五十年。季冬十二月越四日，届七旬正寿。国家褆祜中外⑩，隆遇耆臣，恩旨赐寿⑪，宠赉蕃厘⑫，卓哉煌煌，臣门有喜，公子某介觞祝嘏⑬，礼也。焕等忝列门墙⑭，知不可无一言。虽然，言亦难矣将胪列。

夫文章之富，经济之宏，知遇之荣，名位之盛，恐言之不能尽，且为人所共知，亦无待于言。无已，举一二大端言之乎。道光年间，夫子在喀喇沙尔办理开垦事宜⑮，仿赵充国之法⑯，因而导之，采侯方域之议⑰，变而通之，林文忠公深服其能。客有自塞下来者，言实惠在民，至今赖之。或持以为问，而夫子不言，殆善劳不伐者欤？咸丰庚申，夷氛不靖，文宗显皇帝驾幸热河⑱。夫子与王大臣秘受机宜，履颠若坦，化蹇为平，其苦心维持，罕有知者。事定之后，夫子缄口不言，人亦无敢过而问者，知其忠于谋国之心挚矣。然必借此铺陈伟绩，又重违夫子心，则又未可以为言也。惟念夫子家承阀阅，少擢簪缨⑲，而起居俭朴，依然儒素，其俯恤孤寒，不啻亲尝其甘苦，门下草茅,新进一刺^⑳,甫入开阁延之,温言霁色,如被春风,如饮醇醪,凡有所求,若品节无玷者,不惮嘘枯^㉑,至于嫉恶,亦不姑宽,每见躁进之徒,必谆谆垂诚,但圭角不露^㉒,蔼然太和,与同僚共事,温厚和平,往往功则归人,误则引咎,虽有刚愎气盛者,遇之辄化,甚有为所包涵而不自知者。莅官任事以廉谨,帅下驭吏持大体,不矜苛察,人亦无敢以欺枉相试。持身接物如是,而况忠敬之忧眷眷国家数十年如一日乎?

　　窃谓古今治乱系政治,天下安危在臣工。自来为大臣者,为勋臣易,为荩臣难,为能臣多,为纯臣少^㉓。勋臣才略,任以事权,借群策群力,可建丰功,然无定识远谋,每为仓猝所误,失天下心。荩臣则心乎国是,本无功名之见,以清操为天下先,此郭汾阳所以心折杨绾也^㉔。能臣锐精图治,以成法难拘而思变,乃法愈变术愈疏,以宽政无裨而尚苛,乃政益苛,弊益甚。纯臣则有诚无伪,悃忱格主,盈廷不知,立达为民,建白不著^㉕,欧阳永叔谓韩魏公不动声色措天下于泰山之安者^㉖,是也。尚论及此,而困以重我夫子。然则夫子之器量,从可知矣。

　　方今皇太后廑念礼典^㉗,皇帝大婚期近,隆仪巨制掌在秩宗,委任益重,夫子心力加殚,将为朝廷斟元赞化,举天下之民纳诸仁寿,非硕德耇英,何以胜任? 然后知卫武《宾筵》之恪^㉘,肇于丹书铭带之恭也^㉙。召公《卷阿》之音^㉚,应夫宫寝雎麟之化也^㉛。自古有然,何疑今日。知元老受祉^㉜,实有补于圣天子寿考^㉝,作人之治^㉞,勒之金石,被之管弦,颂祷在天下焉。岂及门之所得而私也哉?

【注】

　　① 全小汀: 即全庆(? —1882),字小汀,叶赫纳喇氏,满洲正白旗人,尚书那清安子。道光九年进士,选庶吉士,授编修,累擢喀喇沙尔办事大臣,在新疆

天山南路垦田六十余万亩,光绪间官至刑部尚书,体仁阁大学士,光绪八年卒,谥文恪。

② 御极:谓皇帝登位。

③ 庚午:这里指清穆宗同治九年(1870)。

④ 喁喁(yóng yóng):众人向慕,如群鱼之口上向。

⑤ 仁寿:言仁者安静,故多长寿。《论语·雍也》:"知者动,仁者静。知者乐,仁者寿。"《汉书·董仲舒传》:"尧舜行德则民仁寿。"　　大宗伯:宗伯,古代六卿之一,《尚书·周官》:"宗伯掌邦礼,治神人,和上下。"《周礼·春官》有大宗伯,掌邦国祭事典礼,所掌即后来礼部之职,故也称礼部尚书为大宗伯或宗伯,礼部侍郎为少宗伯。

⑥ 尚书:官名,秦时本为少府属官,掌殿内文书,职位很低,汉成帝时设尚书员,群臣章奏都经过尚书,职位不高但权很大,明洪武十三年废中书省,以六部尚书分管政务,清末改官制并六部,改尚书为大臣。这里指全小汀担任过工部、礼部、吏部、刑部、兵部等各部的尚书一职。

⑦ 崧岳:《诗经·大雅·崧高》:"崧高维岳,骏极于天。维岳降神,生甫及申。"传:"岳降神灵和气,以生申、甫之大功。"申伯、甫侯都是周宣王的舅父,朝之重臣,相传为古四岳后裔。后代诗文称有门阀的大臣为"崧生岳降。"

⑧ 嘉庆己卯:指嘉庆二十四年(1819)。

⑨ 道光己丑:指清道光九年(1829)。

⑩ 褆祜(tí hù):褆,安;祜,福。犹言安福。

⑪ 耆臣:年老有德望的大臣。

⑫ 宠赉:犹言宠赐。　　蕃厘:蕃,众多;厘,福。多福。

⑬ 介觞:介,佐助;觞,饮酒。犹言祝酒。　　祝嘏:告神祈福之辞,《礼记·礼运》:"修其祝嘏,以降上神。"注:"祝,祝为主人飨神辞也;嘏,祝为尸致福于主人之辞也。"后世称祝寿为祝嘏。

⑭ 忝:羞辱,有愧于。《尚书·尧典》:"否德,忝帝位。"多用于自谦之辞。
门墙:《论语·子张》:"夫子之墙数仞,不得其门而入,不见宗庙之美,百官之富。得其门者或寡矣。"后以遂以门墙为师门之称。

⑮ 喀喇沙尔:1844 年 10 月,清廷派林则徐和喀喇沙尔办事大臣全庆往南疆勘查荒地。

⑯ 仿赵充国之法：《清史·全庆传》："（全庆上疏言）伊拉里克西南沿山为蒙古出入之路，垦地在满卡南附近，东西两面，以'人寿年丰'四字分号，各设正副户长一，乡约四，择诚实农民充之，承领耕种。又吐鲁番为南北枢纽，应安置内地民户，户领地五十亩，农田以水利为首务。"　赵充国，字翁孙，陇西上邽人也，后徙金城邻居。为人沉勇有大略，武帝时以破匈奴功拜为中郎将，宣帝时与大将军霍光定册尊立宣帝，封营平侯。西羌起事，充国年七十余犹驰马金城，招降罕开，击破先零，罢兵屯田，其上言谨条不出兵留田便宜十二事，寓兵于农，有利于地方的安定和开发。

⑰ 侯方域：字朝宗，号雪苑，清河南商丘人。父恂，明户部尚书。工诗古文，文学韩、欧，长于叙事，明末与方以智、冒襄、陈贞慧合称为四公子，与魏禧、汪琬齐名，号"国初三家"。方其父恂之督师援汴也，方域进言应先诛杀一批不听话的守令和军纪不严的许定国师，来树立威信，收合一批土寨勇士，约同其他将领，汴之围不救自解。

⑱ 文宗显皇帝驾幸热河：指英法联军于咸丰庚申 1860 年由大沽以北的北塘登陆，攻陷严密设防的大沽炮台，很快进驻天津。随后谈判破裂，联军部队打败清军，逼近北京，咸丰帝逃出长城前往热河，留下恭亲王奕䜣来跟英法谈判。

热河，水名，在今河北承德县东，清雍正元年于热河西岸置热河厅，乾隆四十三年改置承德府，治所在今河北承德市，这里有承德避暑山庄行宫，行宫内有温泉注之，因名热河。

⑲ 簪缨：古代官吏的冠饰，因以喻显贵。这里指其父那清安为嘉庆十年进士，授户部主事，迁翰林院侍讲。累迁内阁学士。作过礼部侍郎、左都御史、管光禄寺事兼都统、兵部尚书等要职。

⑳ 草茅：在野未出仕之人。《仪礼·士相见》："在野则曰草茅之臣。"　刺：名片，古代在竹简上刺上名字，故名。《释名·释书契》："书称刺，书以笔刺纸简之上也。"

㉑ 嘘枯：即嘘枯吹生。《后汉书·郑太传》："孔公绪（伷），清谈高论，嘘枯吹生，并无军旅之才，执锐之干。"注："枯者嘘之使生，生者吹之使枯，言谈论有所抑扬也。"极言有辩才。

㉒ 圭角：圭的棱角，犹言锋芒。《礼记·儒行》"毁方而瓦合"注："去己之大圭角，下与众人小合也。"又称人沉着有涵养为不见圭角或不露圭角。

㉓ 荩臣：《诗经·大雅·文王》："王之荩臣，无念尔祖。"集传："言其忠爱之笃，进进无已也。"荩训为进，本指王所进用之臣，后称忠诚之臣为荩臣。纯臣：忠纯笃实之臣子。

㉔ 杨绾（？—777）：字公权，唐华州华阴人。玄宗天宝进士，补太子正字。又登辞藻宏丽科为第一，超授右拾遗，肃宗即位灵武，绾冒难赴行在，拜起居舍人，迁中书舍人，礼部、吏部侍郎，中书侍郎，同中书门下平章事，元载秉政，绾不依附。卒谥文简。《旧唐书·杨绾传》："绾素以德行著闻，质性贞廉，车服俭朴，居庙堂未数月，人心自化。……中书令郭子仪在邠州行营，闻绾拜相，座内音乐减散五分之四。……其余望风变奢从俭者，不可胜数，其镇俗移风若此。"

㉕ 建白：建，建议；白，说明。陈述意见。这里指陈述意见的文章。

㉖ "欧阳永叔谓"一句：《宋史·韩琦传》："论曰：'琦相三朝，立二帝，厥功大矣。当治平危疑之际，两宫几成嫌隙，琦处之裕如，卒安社稷，人服其量。欧阳修称其"临大事，决大议，垂绅正笏，不动声色，措天下于泰山之安，可谓社稷之臣"。岂不信哉！'" 欧阳永叔，即欧阳修，字永叔，自号醉翁、六一居士。

韩魏公，即宋代韩琦，字稚圭，相州安阳人。天圣五年进士，仁宗时西北边事起，琦与范仲淹率兵拒战，韩范久在兵间，为宋廷所倚重，时人称"韩范"。嘉祐中官同中书门下平章事，英宗时拜为右仆射，封魏国公，卒谥忠献。琦为相十年，当是时，朝廷多故，琦处危疑之际，知无不为。

㉗ 廑（qín）念：殷切注念。也作"廑注"。旧时书札中多用之。

㉘ 卫武公（前？—前758）：春秋时卫国国君，名和，康叔九世孙，釐侯子，杀兄共伯而立，修政治国，和集其民，武公四十二年，犬戎杀周幽王，武公将兵往佐周平戎，甚有功，周平王命武公为公。五十五年卒。 《宾筵》：即《诗经·小雅》中《宾之初筵》篇，其云："宾之初筵，左右秩秩。笾豆有楚，肴核维旅。酒既和旨，饮酒孔偕。钟鼓既设，举酬逸逸。……"《毛诗序》："《宾之初筵》，卫武公刺时也。幽王荒废，近小人，饮酒无度，天下化之。君臣上下沉湎淫液，武公既入而作是诗也。"另一种解释：朱熹《诗集传》："韩氏序曰：'卫武公饮酒悔过也。'今按此诗意与《抑》戒相类，必武公自悔之作，当从韩义。"

㉙ 丹书铭带：帝王颁发给功臣记述功绩的一种证件。

㉚《卷（quán）阿》：《诗经·大雅》中的一篇，云："有卷者阿，飘风自南。岂弟君子，来游来歌，以矢其音。……有冯有翼，有孝有德。以引以翼，岂弟君

子,四方为则。"《诗三家义集疏》:"此诗据《易林》齐说,为召公避暑曲阿,凤凰来集,因而作诗。盖当时奉命巡方,偶然游息,推原瑞应之至,归美于王能用贤。故其诗得列于《大雅》耳。"

㉛ 宫寝:指宫殿。　　睢麟之化:睢麟为《诗经》中《关睢》、《麟之趾》两篇名,《毛诗序》:"然则《关睢》、《麟趾》之化,王者之风,故系之周公,南言化自北而南也。""《麟之趾》,《关睢》之应也。《关睢》之化行,则天下无犯非礼,虽衰世之公子,皆信厚如《麟趾》之时也。"

㉜ 受祉:接受天地神明的降幅。

㉝ 寿考:年高,长寿。《诗经·大雅·棫朴》:"周王寿考。"笺:"文王是时九十余矣,故云寿考。"

㉞ 作人:《诗经·大雅·棫朴》:"周王寿考,遐不作人。"疏:"作人者,变旧造新之辞。"后来也指培育人材。

岑彦卿宫保六十寿序①

岁在光绪戊子②,仲夏之月下旬越五日③,为我彦卿宫保花甲嵩辰④。桂省同官咸谋诸焕,谓我辈备员珂里⑤,夙仰龙门⑥,挹经文纬武之芬⑦,溯食德饮和之福⑧,今拟互呈华祝⑨,一展葵忱⑩,殆不可以无言。予曰:"言岂易易哉?于天下所共知者而言之,则已赘。于乡邦所共传者而言之,则亦迂。人有言其智者,防马逆之谲计⑪,予谓不足以尽智;人有言其勇者,捣陶逆之坚巢⑫,予谓不足以尽勇;人有言其忠者,如平杜逆时十万众击以偏师⑬,予谓未足以尽忠;人有言其廉者,如诛文逆后亿万数散为重赏,予谓未足以尽廉。将浑言其德,陈文恭公为理学之宗⑭,艺林嘉惠,勒金石以富缥缃也⑮,势顺;今公为经纶之宰,蔀屋沾仁⑯,出水火而登衽席也⑰,势逆。将显言其功,支东南之半壁,固西北之长城,如当代元勋,其成功于士饱马腾之日也,事易;展壮胆于朱旂,奋空拳于白刃,如我公伟绩,其收效于民贫土瘠之区也,事难。襟抱之大,日月当天,功业之隆,江河行地,亦安得以铭鼎传之,簪笔绘之,为足以铺张大烈也哉?"

虽然,窃有说焉。闻戊寅冬服阕入觐[18],褒嘉叠荷,己卯春抚黔矣[19],辛巳夏调闽矣[20],壬午夏升云贵矣[21],秋由粤取道返桂林,时焕守郡得以敬谒。仰其度也,天民大人中人[22];聆其言也,圣经贤传中语。不图伯仲伊吕之名世,仍一诵法孔孟之诸生[23]。我闻范文正公为秀才时,以天下之忧乐为一己之忧乐,而日以先忧后乐为心,人称为"真秀才"。今公为秀才时,视天下之安危如一己之安危,而日以转危为安为事,我奉为"真秀才"。知治国平天下之道,无不从齐家来者,即知絜矩之道[24],无不从孝弟慈来者。盖家为国本,而慈由孝推。公弟三人:仲和卿,花翎按察使[25],衔补用道,振勇巴图鲁[26];三楚卿[27],花翎按察使,衔黄马褂[28],遇缺尽先道[29],额图珲巴图鲁;四魏卿,花翎盐运使[30],衔分省补用道。各具雄才,恪遵兄训,相与图报国家。哲嗣有五:长泰阶,由荫生授农部正郎[31],焕旧同曹也;次旭阶,太守,今持家政,才敏品端不染搢绅习气;三云阶,孝廉供职水部[32],锐志云程[33];四(一)尧阶,太学生[34];少子春荫,能读书矣。孙行已有六人,头角峥嵘[35],均非凡品,棣萼已成梁栋[36],桂兰并蔚,菁莪卓哉[37],盛矣!独是自古克家难于经国,每见祖宗遗泽有荡逾于其子孙者矣,父兄清风有败坏于其子弟者矣。故世有俭约束身、辛勤砺(二)志者,出自寒素清流则为谨士[38],出自大家巨室则为名贤,观德门之家范,想纯臣之官箴焉。且夫官分内外,而吏治最重,事分中外,而人才益难。

今天下之大利在通商,今天下之大害在和夷,不和夷何由通商?欲通商务在和夷。道光初年,隙之开也。由于禁鸦片林文忠持法太猛,其时我宣宗成皇帝以天地胞与为心[39],不忍海隅苍赤罹于干戈[40],又默念犬羊之性第在攘利,非有远图,加以承平日久,将不知兵,专阃之帅[41],但求无事,于是一误再误,遂成今日之局。岂知战而后和,必和不忘战?汉和匈奴,恃卫霍之能战焉。唐和回纥,恃李郭之将兵焉。宋和契丹,恃韩范之在军焉[42]。况夷人与华人交际,遇强则让,遇弱则欺,和局之定,人知赖有多材多技之人以洽其情,不知尤赖有至刚至大之人以寒其胆。人知赖有长驾远驭之才以善羁縻,不知尤赖有极天蟠地之才以善控制[43]。

　　近年法夷猾夏[44],摇荡我边疆,蹂躏我南越[45],窥伺我西关,我公赫然震怒,大纛远征,不辞瘴疠,菩萨低眉驯狮固易,金刚竖指伏虎何难[46]?如南人之服孔明[47],如辽人之重司马[48],见浅者以为奋百战以拯疮痍,识微者以为纳九边而登仁寿[49],则谓我公一人力担天下大局可也。天下只利弊两途,立书院,请开科,兴利也,尤重者在务整绿营[50]。裁徭役,减厘金,除弊也,尤难者在不借洋债。其识力在群公上焉,榕城奇突,无如独秀一峰[51],乃目中有山,而意中有人,竭回天之力[52],成补天之功[53],以作擎天之柱[54]。寿人寿世,其谁与归?为之颂曰:"天子万寿,重臣千秋。乐只君子[55],福备九畴。"是为序。

【校】

　　(一)四:诸本皆作"五",应为"四",今改。

　　(二)砺:诸本皆作"礪",应为"礪"("砺"的繁体字),今改。

【注】

　　①岑彦卿:即岑毓英(1829—1889),字彦卿,号匡国,清广西西林人。道光间以诸生从军。咸、同间镇压云南杜文秀回民及贵州苗民起事,光绪初累擢云贵总督,中法战争时,自请出关战法军,克宣光,进捣山西、河内,卒谥襄勤。　　宫保:即太子少保。清制不立太子,但有太子傅保之名,专为大臣及有功者之加衔,无职掌官属,也无员额。太子称东宫,故名宫衔。如太子太傅称宫太傅,太子太保称宫太保,太子少保称宫保等等。《清史·岑毓英传》:"(同

治)十二年,顺宁、云州、腾越皆下,全滇底定,加太子少保,晋一等轻车都尉世职。"

② 光绪戊子:指清光绪十四年(1888)。

③ 仲夏之月:农历五月。

④ 嵩辰:对年长者寿辰的敬称。

⑤ 备员:凑数,谓虚在其位,聊以充数。任事自谦,也称备员。 　　珂里:对人乡里的尊称,后来也尊称人的家乡为珂里、珂乡。

⑥ 龙门:《后汉书·党锢列传·李膺传》:"是时(汉桓帝时)朝廷日乱,纲纪颓阤(zhì),膺独持风裁,以声名自高。士有被其容接者,名为登龙门。"有注曰:"以鱼为喻也。龙门,河水所下之口,在今绛州龙门县。辛氏《三秦记》曰:'河津一名龙门,水险不通,鱼鳖之属莫能上,江海大鱼薄集龙门下数千,不得上,上则为龙也。'"用"龙门李膺"的典故形容很荣幸地受有声望的高士、贤者接待交往。这里称颂岑彦卿为德高望重的高士,贤人。

⑦ 经文纬武:谓文事武功合成为一,实现至治,犹如经纬织成布帛。

⑧ 食德:享受先人余荫。《易周·讼》:"食旧德,贞,厉终吉。" 　　饮和:《庄子·则阳》:"故或不言,而饮人以和。"本谓使人自得其和,后用作施恩泽之意。

⑨ 华祝:即华封三祝。《庄子·天地》:"尧观乎华。华封人曰:'嘻,圣人!请祝圣人。使圣人寿。'尧曰:'辞。''使圣人富。'尧曰:'辞。''使圣人多男子。'尧曰:'辞。'"后以此典祝颂人富贵长寿多子等。

⑩ 葵忱:《淮南子·说林训》:"圣人之于道,犹葵之于日也,虽不能与(日)终始哉,其乡(向)之诚。"曹植《求通亲亲表》:"若葵藿之倾叶,太阳虽不为之回光,然终向之者,诚也。臣窃自比葵藿,若降天地之施,垂三光之明者,实在陛下。"后以此典形容人对至道或下对上赤诚向往,忠心追随。

⑪ 防马逆之谲计:《清史·岑毓英传》:"(同治)二年,回弁马荣叛,戕总督潘铎,毓英率所部粤勇一千,与弟毓宝等守籓署。之铭微服诣毓英,司道皆集,分兵守东、南门,密召马如龙入援。如龙至,诛乱党,马荣跳走南宁,合马联升踞曲靖八属。……进克寻甸,擒马荣、马兴才,克曲靖,擒马联升,并诛之。"

⑫ 捣陶逆之坚巢:《清史·岑毓英传》:"(同治五年劳崇光)令毓英督剿猪拱箐苗。猪拱箐隶贵州威宁州,与海马姑相犄角,山溪阻深,苗酋陶新春、陶三

春分据之。……(六年)二月,师抵猪拱箐。……于营前掘深坎,贼所发石尽陷坎内,诱降保人,得贼虚实,选敢死士二千,填壕以进,连破木城二,直捣其巢,纵火焚之……擒陶新春及其死党……擒陶三春及悍酋二百余人,皆斩之,贼悉平。"

⑬ "如平杜逆"一句:《清史·岑毓英传》:"(同治六年)杜文秀大举东犯,连陷二十余城,省垣告急。……同治十一年毓英亲自督战,先断贼援,直薄城下,掘隧道,陷城垣数十丈,夺东南两门入。贼守内城,昼夜环攻,守陴贼多死。杜文秀穷蹙服毒,其党舁之出城诈降……毓英令杨玉科率壮士二百入城受降,布重兵城外夹击之。"

⑭ 陈文恭公:即陈宏谋,字汝咨,号榕门,广西临桂人,雍正元年进士,历任布政使、巡抚、总督长达三十余年,所在注重农田水利、治铜等事业,官至东阁大学士致仕。乾隆三十六年卒,命祀贤良祠,赐祭葬,谥文恭。宏谋早岁刻苦自励,治宋五子之学,宗薛瑄、高攀龙,内行修饬,辑古今嘉言懿行,为五种遗规,尚名教,厚风俗,亲切而详备。奏疏文檄,亦多为世所诵。《清史·陈宏谋传》:"论曰:'……宏谋学尤醇,所至惓惓民生风俗,古所谓大儒之效也。'"

⑮ 缥缃:缥,淡青色;缃,浅黄色。古时书衣或书囊常用淡青、浅黄色的丝帛,后因以代指书卷。

⑯ 蔀(pǒu)屋:草席盖顶之屋,以指贫者之居。

⑰ 水火:比喻灾难。艰险。　　袵席:朝堂宴享时所设的席位。

⑱ 戊寅:指光绪四年(1878)。　　服阕:古丧礼规定,父母死后,服丧三年,期满除服,称为服阕。岑毓英光绪二年,丁继母忧。

⑲ 己卯:指光绪五年(1879),授贵州巡抚,加兵部尚书衔。

⑳ 辛巳:指光绪七年(1881),调福建督办台湾防务,开山抚番,炸溪,筑台北城。

㉑ 壬午:指光绪八年(1882),署云贵总督,光绪九年,实授。

㉒ 天民:先知先觉的人。　　大人:德行高尚的人。《易乾》:"夫大人者,与天地合其德。"

㉓ 诸生:明清时经省各级考试录取入府、州、县学者,称生员,生员有增生、附生、廪生等名目,统称诸生。

㉔ 絜矩:絜,度量;矩,法度。《礼记·大学》:"所谓平天下在治其国者,上

老老而民兴孝,上长长而民兴悌,上恤孤而民不倍,是以君子有絜矩之道也。"

㉕ 花翎:即孔雀花翎,清代官员的冠饰有三眼、双眼、单眼之分,清初花翎只赏给得朝廷特恩的贵族和大臣,咸丰以后赏戴甚滥,又定报捐花翎之例,于是五品以上官员皆可援例捐纳单眼花翎,惟赏戴双眼花翎仍出于特恩,三眼花翎只赏给亲王贝勒。　　按察使:参前《〈朱子良年谱〉序》注⑪"廉访"。

㉖ 巴图鲁:蒙语,意为勇士。《元史·兵志·宿卫》称为拔都,拔突,霸都鲁。清初,满族、蒙古族有战功的人多赐此称,上冠他字为"勇号"。冠以满文如搏奇,谓之清字勇号。后来也用于汉族武官,冠以汉字如刚勇,谓之汉字勇号。

㉗ 楚卿:指其弟岑毓宝。《清史·岑毓英传》附:"光绪十年,出关援剿宣光、临洮,旋克广威府、不拔县、梅枝关,赐黄马褂。十四年,授福建盐法道,擢云南按察使,权布政使,护巡抚,兼护总督。……毓宝勇于战阵,不谙文法,御史溥松劾其护总督时,任用私人,政刑失当,坐夺职,卒于家。"

㉘ 黄马褂:马褂为骑马时穿的短外衣。清制,凡领侍卫内大臣,护军统领等,皆服黄马褂,巡幸时,扈从乘舆,以壮观瞻,也赐给有军功的臣下,称赏穿黄马褂。

㉙ 缺尽:谓没有官职空缺。　　先道:先任道员。

㉚ 盐运使:官名,宋有提举茶盐司,元于两淮、两浙等处始置都转运盐使司,惟明初盐运使受督盐道监察,其后始为平行官。

㉛ 荫生:清制,因祖先的官职、功劳而得进国子监读书的叫荫生,意谓借祖宗的余荫。

㉜ 孝廉:本为汉选举官吏的两种科目名。孝,孝子;廉,指廉洁之士。汉武帝元光元年初,令郡国举孝廉各一人。后来合称孝廉。历代因之,州举秀才,郡举孝廉。清别为贡举的一种,故俗称举人为孝廉。

㉝ 云程:犹言云路。青云之路,喻宦途。

㉞ 太学生:太学,即国学。相传虞设庠,夏设序,殷设瞽宗,周设辟雍,即古太学。汉武帝元朔五年,始设太学,立五经博士。隋初置国子寺,炀帝改名国子监,唐设国子、太学、广文等七门,属国子监。明以后不设太学,只有国子监,在监读书的称太学生。

㉟ 头角:头顶左右之突出处,常比喻青少年的气概或才华。

㊱ 棣萼:犹言棣华。《诗经·小雅》中的一首诗篇名,诗云"常棣之华,鄂不韡韡(wěi)。凡今之人,莫如兄弟。"相传是周公所作的宴饮兄弟的乐歌。后

以棣华比喻兄弟或兄弟友爱。

㊱ 菁莪：即《诗经·小雅》中《菁菁者莪》篇的简称，美育才。其云："菁菁者莪，在彼中阿。既见君子，乐且有仪。"《毛诗序》："《菁菁者莪》，乐育材也。君子长育人材，则天下喜乐之矣。"

㊳ 寒素：门第卑微又无官爵。　　清流：旧时指负有时望的清高有德的士大夫。《新唐书·裴枢传》："（裴枢）俄贬登州刺史，又贬泷州司户参军。至滑州，全忠遣人杀之白马驿，投尸于河，年六十五。初，全忠佐吏李振曰：'此等自谓清流，宜投诸河，永为浊流。'全忠笑而许之。"

㊴ 天地胞与：即民胞物与的意思，以民为同胞，以物为同辈。犹言泛爱一切人与物。

㊵ 海隅苍赤：指天下百姓。《尚书·益稷》："帝光天之下，至于海隅苍生，万邦黎献，共惟帝臣。"

㊶ 专阃：专主阃外的事权。阃外，郭门之外。后称将帅在外统兵为专阃。

㊷ 韩范：指宋韩琦和范仲淹的合称。《宋史·韩琦传》："琦与范仲淹在兵间久，名重一时，人心归之，朝廷倚以为重，故天下称为'韩范'。"

㊸ 极天蟠地：形容能到达天又能盘伏到地下，无所不往，能力非常大。《尚书·乐记》："及夫礼乐之极乎天而蟠乎地也。"

㊹ 猾：扰乱。《尚书·尧典》："蛮夷猾夏，寇贼奸宄。"

㊺ 南越：也作南粤，今广东、广西一带，秦始皇置桂林、南海、象郡。秦朝末年，赵佗自立为南越武王。汉元鼎六年置南海、苍梧、郁林、合浦等九郡。

㊻ "菩萨低眉"二句：菩萨低眉，形容慈祥良善之貌。金刚竖目，金刚，佛教护法神名，手持金刚杵以立名。这里形容威猛可畏之面目。《太平广记》一七四《薛道衡》引《谈薮》："隋吏部侍郎薛道衡，尝游钟山开山寺，谓小僧曰：'金刚何为努目？菩萨何为低眉？'小僧答曰：'金刚努目，所以降伏四魔。菩萨低眉，所以慈悲六道。'"努，也作"怒"。

㊼ 南人之服孔明：三国时诸葛亮为了巩固蜀汉后方，于蜀建兴三年（225）平定南中，包括今四川南部、云南贵州等地，曾七次生擒其首领孟获，又七次释放，让孟获心服口服。

㊽ 辽人之重司马：司马指宋代司马光，字君实，历任仁宗、英宗、神宗三朝，熙宁间王安石变法，他竭力反对。哲宗即位，他入朝为相，恢复旧制，以身徇社

稷，躬亲庶务，不舍昼夜。《宋史·司马光传》："凡居洛阳十五年，天下以为真宰相，田夫野老皆号为司马相公，妇人孺子亦知其为君实也。……而西戎之议未决。光叹曰：'四患未除，吾死不瞑目矣。'……边计以和戎为便。……辽、夏使至，必问光起居，敕其边吏曰：'中国相司马矣，毋轻生事、开边隙。'"

㊾ 九边：明代北方的九处要镇，即辽东、宣府、大同、延绥、宁夏、甘肃、蓟州、偏头、固原。这里是泛指一般的边塞重镇。

㊿ 绿营：兵制，始于明代，清入关后，规定各省汉族兵众用绿旗，称为绿营兵或绿旗兵。有马兵、步兵、守兵三等，在京师的，称五城巡捕营步兵，其余分屯各省，隶属于提督总兵。总督、巡抚节制提镇，兼领本标绿旗兵。太平天国起义，绿营屡战屡败，渐归淘汰，湘军淮军渐盛，绿营名义一直保存至清末。

(51) 独秀峰：又叫独秀山，在广西桂林市王城内，平地孤拔，以无他峰相属，故名。下有岩洞，南朝宋颜延之曾在此岩中读书，因名读书岩。

(52) 回天：封建统治阶级以皇帝为天，凡能谏止皇帝某种行动者称回天，如唐贞观四年给事中张玄素谏止太宗修洛阳乾元殿，魏征叹曰："张公遂有回天之力。"后用来指很大的很关键的力量。

(53) 补天：古代神话传说，女娲氏用石补天。《淮南子·览冥》："往古之时，四极废，九州裂，天不兼覆，地不周载，火爁炎而不灭，水浩洋而不息，猛兽食颛民，鸷鸟攫老弱。于是女娲炼五色石以补苍天……"后以挽回世运为补天。这里指救国救民，改变时局。

(54) 擎天：古代神话传说谓昆仑山有八柱擎天。后因以比喻担当重任的人。

(55) 乐只君子：指有德的贤士。《诗经·小雅·南山有台》："南山有台，北山有莱。乐只君子，邦家之基。乐只君子，万寿无期。"《毛诗序》："得贤则能为邦家立太平之基矣。"《笺》："人君得贤，则其德广大坚固，如南山之有基趾。"只，语助词。

沈仲复中丞六十寿序代①

《大学》十章释"治国平天下"，而引《秦誓》之"思一个臣"②。一个臣者，纳天下于仁寿者也，而其量归于休休有容③。求之古人，伊傅、周召而降④，若唐之姚宋⑤，宋之范韩，庶几近之。我朝名臣鼎盛，江浙尤多，不难有大臣之才，而难有大臣之量，如我仲复中丞，其可谓休休有容者矣。

公籍隶浙之湖州归安⑥，先世代钟伟人，福建、陕西宦绩可考，无待述也。由己亥举人⑦，丙辰进士⑧，改庶吉士⑨，一时才名重日下。散馆一等授编修⑩，大考记名⑪，遇缺题奏，恩赏袍褂，稽古殊荣⑫，艺苑慕之，升侍讲转侍读⑬，庚申会试同考官⑭，辛酉山西副考官⑮，持玉尺衡人才⑯，英隽多出其门。同治三年⑰，京察一等⑱，授云南迤东道⑲。丁外艰⑳，服阕。八年，授江苏常镇道㉑。下车之始，以织事劝民㉒，著有《蚕桑缉要》，江南至今食利。十年，调苏松太道㉓，时台湾为日本窥伺㉔，上海一带办理防务，奸民煽惑百端，而公则恩威并用，经权兼施，夷人卒就范围以德化也。十三年，升授河南按察使㉕。光绪元年，调补四川按察使㉖，引疾归，卜宅吴门㉗，筑别墅额曰"耦园"，读书赋诗于其中，佳客日至，谈风月，乐琴樽，拟诸谢傅东山、裴公绿野无以异焉㉘。江督沈文肃公具摺密保㉙，奉特旨着来京时，犹以疾辞。而已授顺天府府尹矣㉚，此十年事也，入都供职，在总理衙门办事㉛。十二年，升内阁学士㉜。十三年，署刑部左侍郎㉝。时粤西关外议通商，非德望素服远人，必不克胜任，于是命补授广西巡抚。丕瑶亦于是年由贵州按察使司升补广西布政使司㉞，于本年春初莅任，距宪节到省，稍迟十余日耳。

按广西一省，提封岭右㉟，屏蔽中原，三江环绕㊱，五岭萦回㊲，东西控滇黔之区，南北倚衡湘之壤，道咸间发逆纵横，生民涂炭，赖劳文毅、刘武慎诸公先后抚绥㊳，而元气究未尽复。近十年来大吏多贤能，励精图治，方张靖达公在抚任㊴，特设练军以靖暴安良，旋升粤督。长白庆公兰圃㊵，一切措治，如曹参继萧何[41]，安详镇静。望江倪公豹岑继之察吏[42]，治民日以裁冗费为务。嗣因法越构兵，徐公晓山、潘公琴轩均在边关专治军务[43]，省事遂委诸两司。至李公鉴堂在臬任[44]，出关助剿，开藩后即护理巡抚[45]，爱民如子，疾恶如仇，具过人精力，举全局贯注一心，虽远驻龙州[46]，省垣事无巨细，均归裁定。尝观天地之化也，三伏熏炙，九秋萧索，严冬一至，以风霜立威，以冰雪表洁，其时松柏(一)挺干，梅竹争妍，为乾坤壮色，是李公抚粤之气象也。今春光既到，群被阳和，塞者以通，抑者以扬，敛(二)者以舒，惨者以乐，洋洋沐泽，熙熙登台，则非我公不足以当之矣。有汾阳之宽[47]，足以济临淮之严[48]，吏民之福早在圣心抢简中焉。且夫国计民生之大，弊在必去即去，有未净而已甚者无虞矣，利在必兴即兴，有未遑而将来者可望矣。公莅粤甫经数月，凡购经史，兴蚕桑，培文教，整武备，举贤员，减厘税，开荒土，建名宦祠，掩露处柩，虽议者未尽行，而如丝在缫，如陶在甄，收效必不远。昔人称罗文质不言而饮人以和[49]，又称李文靖如冰壶秋月莹绝瑕玷[50]，我公有焉。丕瑶负性刚直，每遇事抗言，多不自检，均在渊衷容纳之中。盖德量凝粹，令人莫窥其际，大臣器度休休，洵出于断断也乎！

公德配三续，今之化佐修齐者为一品夫人，严夫人淑慎贤明，精工翰墨，玉树双株均其所出[51]。兹逢季秋佳日，庆值嵩辰，同寅索言谊，不敢辞，谨据管见所及而言之，窃幸寿人寿世之经纶，洵有在焉。是为序。

【校】

（一）柏：原刻本中作"栢"，修补本中为"柏"，今从修补本。

（二）敛：原刻本与修补本皆作"歛"，实为"敛"，今改，下同。

【注】

① 沈仲复：即沈秉成（1823—1895），清浙江归安人，字仲复。咸丰六年进

士,官至安徽巡抚,署两江总督,抚广西时,教民蚕桑。抚皖时,兴修水利,设经古书院。喜金石书画,收藏皆精品。　　中丞:明清时指巡抚。参前文集卷下《〈朱子良年谱〉序》注⑨。

②《秦誓》:《尚书》中一篇,其云:"昧昧我思之,如有一介臣,断断猗,无他伎,其心休休焉,其如有容。……邦之杌陧,曰由一人;邦之荣怀,亦尚一人之庆。"断断,专诚守一。

③ 休休有容:宽容,有度量,气量大。

④ 伊傅:伊尹、傅说(yuè),都是殷的名相,后常并称。伊尹名挚,佐汤伐桀;傅说,名说,相传曾筑于傅岩之野,武丁访得,举以为相,出现殷中兴的局面。　　周召:周成王时,周公、召公共同辅政,史称周召。

⑤ 姚宋:指姚崇和宋璟,唐玄宗开元时相继为相,旧史以开元之治二人之力为多,史称姚宋。

⑥ 湖州:府名,三国吴宝鼎元年分丹阳设吴兴郡,治乌程。隋仁寿二年改置湖州。元改湖州路,明初改湖州府。　　归安:县名,宋太平兴国七年析乌程县置,以吴越王钱俶纳土,故以归安为名。明清为浙江湖州府治,1912 年与乌程并为浙江吴兴县。

⑦ 己亥:指清道光十九年(1839)。

⑧ 丙辰:指清咸丰六年(1856)。

⑨ 庶吉士:官名,明洪武初采《尚书·立政》"庶常吉士"之义,置庶吉士,六科及中书皆有之,永乐二年始专隶于翰林院,以进士之擅长文学和书法者任之,清因之,设庶常馆,进士殿试后朝考前列者,得选用为庶吉士。

⑩ 散馆:庶吉士肄业三年期满再经考核,按等第而分别授职,谓之散馆,二甲进士授编修,三甲授检讨,不入选者,内用六部主事、内阁中书,外用知县。

⑪ 大考:清制翰林、詹事的升职考试。参加者有翰林院讲读学士到编修、检讨,詹事府少詹事至中允、赞善。乾隆后规定:考试结果分四等,一等予以超擢,二等酌量升阶或遇缺提奏,三等降级录用或分别罚俸,四等降调休致,不入等者革职。　　记名:清制,官吏有劳绩,由军机处或吏部记名,以备考核铨叙。

⑫ 稽古:《尚书》之《尧典》、《舜典》、《大禹谟》、《皋陶谟》诸篇,皆以"曰若稽古"开端,《传》训稽为考,言稽考古道。汉郑玄信纬,训稽为"同",训古为"天",犹言同天。后遂以"曰若稽古"为帝王诏谕的套语。

⑬ 侍讲：官名，汉有侍讲的称号，但未设官，三国魏明帝景初二年，以曹爽弟彦为散骑常侍、侍讲。唐始设侍讲学士，讲论文史。宋沿置，并设侍讲、侍读，都由懂文学的官员担任。元明清翰林院有侍讲学士、侍讲。　　侍读：官名，职务是给帝王讲学。唐开元三年始设侍读学士，后废。宋太平兴国中设翰林侍读学士及翰林侍读之官，元明因之。清翰林院、内阁，并有侍读学士及侍读。

⑭ 庚申会试：指清咸丰十年(1860)的会试。　　同考官：清代科举制度，乡会试时，在正副考官下有同考官。同考官分房阅卷，所以又称房官。乾嘉后，会试同考官例用翰林院编修、检讨及进士出身的京官。

⑮ 辛酉：指清咸丰十一年(1861)。

⑯ 玉尺：《世说新语·术解》："后有一田父耕于野，得周时玉尺，便是天下正尺。"后以比喻衡量才识高下的尺度。

⑰ 同治三年：指1864年。

⑱ 京察：明清两代，对在京官吏定期进行考绩，清代史部设考功清吏司，对文武官员三年考绩一次，在京的称京察，在外地的称大计。京察三品以上，由部开列事实，具奏裁定，四五品特简王大臣验看，余官由长官考察。

⑲ 道：古代行政区域划名。汉零陵、广汉、陇西等有少数民族聚居的郡所设的县。后指一般行政单位，唐把全国分为十道，清在省与州、府之间设道。
云南迤东道：清雍正八年置，驻曲靖，辖四府一州，即曲靖、东川、澄江、昭通、广西(今云南泸西)。这里是官名。

⑳ 丁外艰：遭父母之丧叫丁艰，外艰是指父丧或承重祖父之丧。

㉑ 八年：指1869年。　　常镇道：康熙十三年置江镇道，驻镇江府，领江宁府、镇江府；二十一年增领常州府，江宁府另属；更名为常镇道。后通州来属，增领海门厅，更名常镇通海道。这里指官名。

㉒ 下车：《礼记·乐记》："武王克殷反商，未及下车而封黄帝之后于蓟。"后称初即位或到任为下车。

㉓ 十年：指1871年。　　苏松太道：清顺治年间设苏松兵备道，康熙二年归并常镇道，后称苏松常道，驻苏州，雍正八年移驻上海，加兵备衔，乾隆元年并入太仓，为分巡苏松太兵备道，辖苏州、松江、太仓三府州。这里是官名。

㉔ "时台湾"数句：《清史·沈葆桢传》："(同治九年日本请立约通商)十三年，日本因商船避风泊台湾，又为生番所戕，借词调兵，觊觎番社地。"

○25 十三年：指 1874 年。

○26 光绪元年：指 1875 年。

○27 卜宅：《尚书·召诰》："太保朝至于洛，卜宅，厥既得卜，则经营。"本指卜占建都之地，后为择地定居的泛称。　　吴门：古吴县城（今苏州市）的别称。吴县为春秋吴都，故称吴县城为吴门。

○28 谢傅东山：谢傅指东晋谢安，字安石，东山，在浙江上虞县西南，谢安早年隐居于此。《晋书·谢安传》："有司奏安被召，历年不至，禁锢终身，遂栖迟东土。尝往临安山中，坐石室，临浚谷，悠然叹曰：'此去伯夷何远！'"　　裴公绿野：裴公指唐裴度，字中立，河东闻喜人。绿野指其在洛阳的别墅。《旧唐书·裴度传》："度以年及悬舆，王纲版荡，不复以出处为意。东都立第于集贤里，筑山穿池，竹木丛萃，有风亭水榭，梯桥架阁，岛屿回环，极都城之胜概。又于午桥创别墅，花木万株；中起凉台暑馆，名曰'绿野堂'。引甘水贯其中，酾引脉分，映带左右。度视事之隙，与诗人白居易、刘禹锡酣宴终日，高歌放言，以诗酒琴书自乐，当时名士，皆从之游。"

○29 沈文肃公：指沈葆桢（1820—1879），字幼丹，福建侯官人。林则徐婿，道光二十七年进士，选庶吉士，授编修。咸丰间任江西广信知府，曾坚守城池御太平军，后擢江西巡抚，同治间，任福建船政大臣，同治末，日本侵略台湾时，任钦差大臣，办理海防，光绪初官至两江总督兼南洋大臣，筹建近代海军扩充南洋水师，谥文肃。

○30 顺天府：治所在今北京市。周时为燕地，汉唐为幽州治所，辽置南京，亦曰燕京，金改中都，元改大都。明洪武元年改曰北平府，永乐元年建北京，改为顺天府，清因之。　　府尹：官名，汉京师置京兆尹，唐西都、东都、北都等，各置府尹，从三品，掌宣教令，岁巡所属县，观风俗、讯囚等。明应天、顺天也置府尹，掌京府的政令。清因之，于顺天、奉天置府尹。

○31 十年：指光绪十年（1884）。　　总理衙门：即总理各国事务衙门，清末外交性质的中央机构，咸丰十年十二月十日正式成立，由恭亲王奕䜣、大学士桂良、户部侍郎文祥任管理大臣，主要办理外事交涉、派遣驻外使臣、兼管通商、海关、海防、订购军火、筑铁路等，下设南洋通商大臣和北洋通商大臣，分驻上海和天津，光绪二十七年改为外务部。

○32 十二年：指光绪十二年（1886）。　　内阁：明清两代政务机构。明太祖忌大臣权重,杀胡惟庸后不设宰相,洪武十五年仿照宋制,置诸殿阁大学士,收阅奏章,批发文稿,协助皇帝办理政务。永乐初,选翰林院侍读、编修等入阁,参与机务,称内阁,无官属。中叶以后,职权渐重,兼领六部尚书,成为皇帝的最高幕僚和决策机构。清初以国史院、秘书院、弘文院内三院为内阁,设大学士,参与军政机密,雍正设军机处,后来内阁便徒有虚名。

㉝ 十三年:指光绪十三年(1887)。

㉞ 丕瑶:即马丕瑶(1831—1895),清河南安阳人,字玉山,号香谷,同治元年进士,历官山西平陆、永济诸县知县,有政声。光绪间为广西巡抚,提倡蚕桑,民间每年增收银五六十万两,旋调广东,卒于官。 布政使:官名,明置。洪武九年分全国为十三承宣布政使司,每司设左右布政使,为一省的行政长官。宣德后因军事需要,增设总督、巡抚等官,权位比布政使高。其后,布政使的职权渐小,至清仅为督抚的僚属,专管一省的财赋和民政。康熙六年后,每省设布政使一名,不分左右,为从二品。俗称藩司、藩台。

㉟ 提封:指管辖的封疆。 岭右:指五岭以南地区,包括广东、广西地区。

㊱ 三江:明清时期,广西的漓江(珠江水系西江支流桂江的上游名称)、左江(源出越南的东北部山麓,珠江水系的邕江支流)、右江(源出云南东南部山麓,与左江在南宁市汇合贯穿整个南宁)有"三江"之称。

㊲ 五岭:指南岭山脉中五座著名的山岭,即大庾岭、骑田岭、都庞岭、萌渚岭及越城岭。

㊳ 刘武慎:即刘长佑,参前文集卷下《〈朱子良年谱〉序》注⑮。 抚绥:安抚,安定。

㊴ 张靖达:即张树声(1824—1884),字振轩,安徽合肥人。咸丰间,以廪生办团练,与太平军为敌,同治间,领淮军从李鸿章,转战江苏、浙江,后历官漕运总督、两江总督兼通商大臣,光绪间任两广总督,并一度署直隶总督,中法战争爆发后,命赴广东治军海防,光绪九年病死,谥靖达。

㊵ 长白:山名,古不咸山,亦名太白山、徒太山,金时始称长白山,省称白山。为辽宁、吉林东部和中朝边境山地的总称。鸭绿江、松花江的分水岭。 庆公兰圃:庆裕,字兰圃,喜塔腊氏,满洲正白旗人。以翻译生员考取内阁中书,充军机章京,兼总理各国事务衙门行走。曾任奉天府府尹,漕运总

督,河东河道,盛京将军、福州将军。光绪十年,法越构衅,庆裕巡视没沟营、旅顺口、大连湾,谕示居民曰:'有能杀敌立功,擒获奸细者赏。'又遵旨增练苏拉千人、食饷旗兵五百。上疏建议筹边筹饷事宜。光绪二十年卒。

㊶ 曹参继萧何:指汉代萧何为相国,定律令制度,何死,曹参继任相国,举事无所变更,稳定了汉朝的统治根基。

㊷ 倪公豹岑:即倪文蔚(?—1890),清安徽望江人,字豹岑。咸丰二年进士,改刑部主事。从严树森、李鸿章镇压捻军,光绪间官至河南巡抚兼署河道总督。　望江:属安徽省,县名。汉皖县地,东晋时置为新治县,隋开皇十八年由义乡县改为望江县。明清均属安庆府。

㊸ 徐公晓山:即徐延旭(?—1884),山东临清人,字晓山,咸丰进士,先后任知县、知府、道员等官。1882年任广西布政使,次年3月受命与广西提督黄桂兰等筹办中越边防。同年10月任广西巡抚,驻军越南谅山,为东线清军北宁前敌指挥。在中法战争初期,备战不力,指挥调度无能,致使1884年3月,法军三路进攻北宁时,清军不战而溃,因此革职,解京入狱,判斩监候。后改为充军新疆,未离京即病死。著有《越南辑略》。　潘琴轩:即潘鼎新(?—1888),清安徽庐江人,字琴轩,道光二十九年举人,咸丰间投军,募勇成立鼎字营,从李鸿章镇压太平军及东西捻军,官至广西巡抚,中法战争中,督军越南谅山,不战而退,失镇南关,革职。

㊹ 李鉴堂:即李秉衡(1830—1900),清奉天海城人,字鉴堂,纳捐为县丞,历任知县、知州、知府,有廉吏之称,中法战争中,护理广西巡抚,供应军食,抚恤战士,甲午战争起,召为山东巡抚,后以曹州教案罢职,不久复起,八国联军之役时,应诏赴京勤王,在武清河西务兵败,退至通州自杀,谥忠节。

㊺ 护理:旧制上级官缺职,以次级官守护印信,以下理大,处理事务,称曰护理。其衔职相当者,则称署理。

㊻ 龙州:即广西龙州县,广西壮族自治区崇左市辖县,在自治区西南边境。东部和南部与广西大新县、崇左市江州区、宁明县、凭祥市接壤,西部是越南高平省。

㊼ 汾阳之宽:指郭子仪,封汾阳郡王,号"尚父",世称"郭汾阳"。《旧唐史·郭子仪传》:"史臣裴垍曰:汾阳事上诚荩,临下宽厚,每降城下邑,所至之处,必得士心。前后遭罹幸臣程元振、鱼朝恩潜毁百端,时方握强兵,或方临戎敌,诏命征之,未尝不即日应召,故谗谤不能行。……始与李光弼齐名,虽威略

不逮,而宽厚得人过之。……权倾天下而朝不忌,功盖一代而主不疑,侈穷人欲而君子不之罪。"

㊽ 临淮之严:指李光弼,营州柳城人。以功进爵临淮郡王,累加实封至一千五百户。进封临淮王,赐铁券,图形凌烟阁。《旧唐书·李光弼传》:"光弼太尉、兼中书令,代郭子仪为朔方节度、兵马副元帅,以东师委之。左厢兵马使张用济承子仪之宽,惧光弼之令,与诸将颇有异议,欲逗留其众。光弼以数千骑出次汜水县,用济单骑迎谒,即斩于辕门。诸将慑伏,都兵马使仆固怀恩先期而至。……光弼御军严肃,天下服其威名,每申号令,诸将不敢仰视。"

㊾ 罗文质:即罗从彦(1072—1135),字仲素,宋南剑人,人称豫章先生,谥文质。从学于同郡杨时,为程颢、程颐再传弟子,谨守程氏之学,山间讲学不仕,强调"士之立朝,要以正直忠厚为本",多论士行和治国,议论醇正,《宋史·罗从彦传》:"朱熹谓:'龟山倡道东南,士之游其门者甚众,然潜思力行、任重诣极如仲素,一人而已。'"

㊿ 李文靖:指李沆,字太初,宋洺州肥乡人,谥文靖。真宗时为相,时以西北用兵,或至旰食。后契丹和亲,沆又谓边患既息,恐人主渐生侈心,因日取四方水旱灾情等事奏之,后真宗果大肆封禅山川,王旦称其见识远,遂谓之"圣相"。《宋史·李沆传》:"沆性直谅,内行修谨,言无枝叶,识大体。居位慎密,不求声誉,动遵条制,人莫能干以私。公退,终日危坐,未尝跛倚。治第封丘门内,厅事前仅容旋马。或言其太隘,沆笑曰:'居第当传子孙,此为宰相厅事诚隘,为太祝、奉礼厅事已宽矣。'"

(51) 玉树:喻姿貌秀美才干优异之人。《艺文类聚》卷八十一引晋裴启《语林》:"谢太傅(安)问诸子侄曰:'子弟何预人事,而政欲使其佳?'诸人莫有言者,车骑(谢玄)答曰:'譬如芝兰玉树,欲使生于阶庭。'"《世说新语·容止》:"魏明帝使后弟毛曾与夏侯玄共坐,时人谓之蒹葭倚玉树。"

崧镇青方伯五十寿序①

岁在光绪壬午②,仲冬之月越四日为镇青方伯五十弧辰③。焕等匏系边陲④，时逢长夏，每与二三知己萧斋话雨，远渚停云，谓去秋方伯崧公北上河梁分手⑤，倏忽经年，今冬添到鹤筹⑥，数周大衍⑦，天各一方，末由升堂晋祝⑧，当思所以寿公者。独是寿公，亦极难耳，阀阅之隆也，堂构之美也⑨，棣萼之瑞也，梅鹤之清也⑩，人所共知，初无待言。学问之师承也，科名之鼎盛也，长材重于驾部也⑪，上考纪于铨曹也⑫，人竞能道，亦无俟言。至若竹马郊迎⑬，羊城碑建⑭，蒲鞭惠溥⑮，挽粟勋高⑯，沂水之黔黎、岱疆之父老⑰，啧啧者争颂不衰也，更言不胜言。其何以为公寿哉？

公才优识卓，品粹量宏，至人之用心也，必能藏于九渊之底，沉其几于至深，乃能超乎万仞之颠，烛其几于至远，惟公有焉。然则欲为公寿，还即公之自有可寿者，一再思之耳。今夫物不得其平则鸣⑱，顾能鸣者非尽不平，不平者不尽能鸣，至有不平者复不能自鸣，则物之情戚矣。使无有平，其不平者而使不能鸣者，其情终无以自平，非唯拂物性，其抑逆天心矣。知民命之托于刑官也，大哉州县折狱持一邑之平也⑲，廉访折狱持一省之平也。天下有循吏，天下无冤民。天下无冤民，天下遂蒸成仁寿之俗。吾于公之治狱粤西，而知其仁焉，仁固寿征乎？合肥张制军之抚广西也⑳，酌定清，讼事宜，章既刊，公适至。张公之任事也，快若剑，丝有棼者无从扰焉。公之决事也，澄若镜，垢有积者无由藏焉。粤西自祸兴发逆，元气凿伤，邑有流亡，野多伏莽，自公秉臬，畏威怀德㉑，案牍日清，政平讼理，粤人乐之。去年公四十有九，众方谋先期祝嘏，而天章已降㉒，福星迁焉㉓。时缘相国左侯方于北直兴水利㉔，擘画度支，相国李伯总持北洋大局㉕，日以财源不裕为虑。皇太后暨我皇上深知天下根本莫重于畿辅㉖，畿辅根本莫切于库储，非精明廉介、体用兼优者，难膺屏翰之任㉗。九重耳目，直周于数千里外㉘，授公为直隶布政使。粤西得此信为公贺，未尝不惜边省之无福也。夫公于五年冬莅任㉙，七年夏卸任，总计握臬篆，十阅月耳。正不知感人抑何深也？方公之去省，官绅士民送者塞途，感颂之声无间于众。公即有厚泽，亦安能遍施？公即有仁言，亦何曾遍喻？乃为公所识者，既惜其奉令，无缘为公所不识者，亦憾夫攀辕无计㉚。至今属吏犹爱如冬日，慕若春风，更何怪亲炙鸿仪、备承尘教者之日㉛，不去怀也？

每思天下之患，多在士大夫徒饰虚名，不求实济，以迂拘为介，以苛刻为清，以操切为敏，以纷更为勤，以脱略为真，以猜疑为慎，治己先难有恒，驭世安能持久？知寿人寿世之经纶，洵不在彼而在此也。公履直藩任，又经数月矣，其持筹国计造福民生，当必有勒之鼎彝、贞诸金石者。归熙甫太仆有言曰㉜："有过人之行者，亦必有过人之遇，此天之权存焉尔。"愚则曰："有过人之遇者，乃益见过人之行，此人之真著焉尔。"古人五十服官政，尚届强仕之年，胡得言寿？然千秋不朽之业实基于此，胡得不言寿？故以耄耋期颐言寿者㉝，形质之寿也，以道德功烈为寿者，性命之寿也。榕门桂岭㉞，远距上都㉟，欲讯仁风㊱，鳞鸿迢递㊲，则惟翘跂五云、心香一瓣为公诵㊳。《天保》《南山》㊴，诸什不置，此殆所谓即公之自有可寿者，以敬为公介一觞焉㊵。

【注】

① 崧镇青：崧骏，字镇青，瓜尔佳氏，满洲镶蓝旗人。咸丰八年举人，历广西按察使、直隶布政使、漕运总督、江苏巡抚。光绪十七年卒。以清廉自矢，于国计民生服念不忘。抚江、浙绩尤著，兴利除弊，浙水患遂发帑赈济，杭、嘉、湖三府暨苏、松、常、太诸水源岁久淤塞，用工赈法，招集流民疏浚之。其杭、嘉、湖、绍诸塘岸堰塝，靡不次第修治，民赖其利。　　方伯：一方诸侯之长。《礼记·王制》："千里之外设方伯。"后来泛称地方长官为方伯。明清时布政使的别称，又称藩司，藩台，主管一省的人事和财务。

②　光绪壬午：指光绪八年(1882)。

③　仲冬之月：指农历十一月。

④　匏(páo)系：也作"系匏"。《论语·阳货》："(佛肸欲召孔子，子路疑问孔子曾经说过亲身作乱的人君子不去，而现在佛肸谋反为何孔子欲往)子曰：'然，可是言也。不曰坚乎，磨而不磷；不曰白乎，涅而不缁。吾岂匏瓜也哉？焉能系而不食？'"按匏苦不可食，无所用处，故系而置之。这里谦指自己没有做官无宦绩，没有多大用处。

⑤　河梁：桥梁。汉代苏武被匈奴扣留十九年，始得归汉，临行时李陵赠诗送别。李陵《与苏武》诗之三："携手上河梁，游子暮何之。徘徊蹊路侧，恨恨不得辞。行人难久留，各言长相思。……"后以河梁指代送别之地。

⑥　鹤筹：疑为鹤寿。旧时以鹤为长寿的仙禽。后常以鹤寿、鹤龄、鹤算等为颂人长寿之辞。

⑦　大衍：大，大数；衍，演。大衍，指用大数以演卦。《周易·系辞上》："大衍之数五十。"后因以大衍为五十的代称。

⑧　升堂：古代友谊深厚的人，相访时，常以进入后堂。

⑨　堂构：立堂基，造屋宇。《尚书·大诰》："若考作室，既底法，厥子乃弗肯堂，矧肯构。"传："以作室喻治政也。父已致法，子乃不肯为堂基，况肯构立屋乎？"后因以"肯堂肯构"比喻祖先的遗业。

⑩　梅鹤：清代吴振之辑《宋诗钞·和靖诗钞序》："林逋，字君复，杭之钱塘人，少孤，力学，刻志不仕，结庐西湖孤山。……时人高其志识，赐谥和靖先生。逋不娶，无子，所居多植梅畜鹤。泛舟湖中，客至，则放鹤致之，因谓梅妻鹤子云。"这里指淡薄名利，品节清静高雅。

⑪　长材：英才，高才。　　驾部：官职名，掌舆辇、邮驿、传乘、厩牧之事，魏晋以来，尚书有驾部郎，隋初改为驾部侍郎，属兵部。唐置驾部郎中，天宝中改驾部为司驾，宋仍称驾部，明又改为车驾司，属兵部。

⑫　上考：官吏考绩的最上等级。　　铨曹：指主管选拔官员的部门。

⑬　竹马郊迎：儿童游戏时当马骑的竹竿。《后汉书·郭伋列传》："郭伋字细侯，扶风茂陵人也。……伋前在并州素结恩德，及后入界，所到县邑，老幼相携，逢迎道路。……始至行部，到西河美稷，有童儿数百，各骑竹马，道次迎拜。伋问：'儿曹何自远来？'对曰：'闻使君到，喜，故来奉迎。'伋辞谢之。"以"竹马

迎"来称颂地方官政绩斐然。

⑭ 羊城:广州市的别称。战国南海人高固当楚国宰相,有五羊衔着谷穗出现于楚庭,因而在州厅上绘了五羊图。

⑮ 蒲鞭惠溥:《后汉书·刘宽传》:"延熹八年,(刘宽)征拜尚书令,迁南阳太守。典历三郡,温仁多恕,虽在仓卒,未尝疾言遽色。常以为'齐之以刑,民免而无耻。'吏人有过,但用蒲鞭罚之,示辱而已,终不加苦。事有功善,推之自下。灾异或见,引躬克责。"形容官吏治政宽厚爱民,以感化服人。

⑯ 挽粟:即"飞刍挽粟",谓用车船疾运粮草。《汉书·主父偃传》:"又使天下飞刍挽粟,起于黄、腄、琅邪负海之郡,转输北河,率三十钟而致一石。"注:"运载刍槁,令其疾至,故曰飞刍也。挽谓引车船也。"

⑰ 沂水:今称沂河。源出山东沂源县鲁山,南流经临沂县入江苏境,部分河水入大运河和骆马湖。　　岱疆:泰山周边地区。

⑱ 物不得其平而鸣:唐韩愈《送孟东野序》:"大凡物不得其平则鸣。"后因以不平之鸣指申诉枉屈的呼声。

⑲ 折狱:断狱,判案。《周易·贲》:"君子以明庶政,无敢折狱。"

⑳ 张制军:制军,明清总督的别称。指张树声,字振轩,安徽合肥人。光绪三年,广东总兵李扬才据灵山,构匪扰越南,朝旨调树声抚广西治之。事宁,擢总督,先后剿平西林苗匪、武宣积匪。光绪八年,鸿章丧母归葬,树声摄直督任。

㉑ 伏莽:《周易·同人》:"九三,伏戎于莽。"莽,丛木。指军队埋伏于草莽之中,后也指潜藏的盗匪。　　畏威怀德:慑服其威严,怀念其恩德。《国语·周》:"使务利而避害,怀德而畏威。"

㉒ 天章:犹言天文,指分布在天空的日月星辰等。比喻帝王的诗文词章。

㉓ 福星:古称木星为岁星,谓其所在有福,故又名福星。比喻为民造福之人。

㉔ 左侯:左宗棠,字季高,湖南湘阴人。宗棠募五千人,参用珍法,号曰"楚军"。因平定新疆回人骚乱和外人入侵有功,诏晋二等侯。人称"左侯"。《清史·本纪二十三》:"(光绪七年,夏四月)己未,懿旨,恭亲王、醇亲王会同左宗棠、李鸿章议兴畿辅水利。"

㉕ 李伯:指李鸿章,同治三年,他主持会攻,解除了李秀成等太平天国起义军对江宁、湖州等地区的占据,封一等肃毅伯,赏戴双眼花翎。　　北洋:旧称

黄海、渤海地区为北洋。宋代已有北洋的名称,清末又称辽宁、河北、山东等沿海各省为北洋。同治九年七月,李鸿章剿平北山土匪。值天津教堂滋事,移军北上。案结,调直隶总督兼北洋通商事务大臣。

㉖ 畿辅:畿,京畿;辅,汉三辅之类。旧称王都所在,泛指京城地区。

㉗ 屏翰:犹言屏藩。《诗经·小雅·桑扈》:"之屏之翰,百辟为宪。"《大雅·板》:"大邦维屏,大宗为翰。"屏,屏障,护卫;翰,主干。后用以比喻镇守一方的长官。

㉘ 九重:指宫禁,极言其深远。古代天子所居有九门,南面三门。三面各二门,合为九门。《楚辞·(宋玉)九辩》:"岂不郁陶而思君兮,君之门以九重。"注:"君门深邃,不可至也。"

㉙ 五年:指清光绪五年(1879)。

㉚ 攀辕:即"攀辕卧辙(牵挽车辕,横卧车道)"的典故。《后汉书·侯霸列传》:"侯霸字君房,河南密人也。……后为淮平大尹,政理有能名。及王莽之败,霸保固自守,卒全一郡。更始元年,遣使征霸,百姓老弱相携号哭,遮使者车,或当道而卧。皆曰:'愿乞侯君复留期年。'"用此典来称赞地方官吏的政绩。

㉛ 鸿仪:《周易·渐》:"鸿渐于陆,其羽可用为仪,吉。"疏:"处高而能不以位自累,则其羽可用为物之仪表,可贵可法也。"后以鸿仪比喻官位,也用于称赞人之风采或馈赠。这里指人之风采魅力。 麈教:古人执麈尾而谈,因敬称他人之指点教诲为"麈教"。

㉜ 归熙甫:即归有光,明昆山人,字熙甫,人称震川先生,嘉靖四十四年进士,官南京太仆丞,为古文,好司马迁《史记》,反对前后七子文必秦汉的复古主张,推崇唐宋古文,为明中叶以后一大作家。著有《震川文集》等。 太仆:官名,《周礼·夏官》有大仆,掌正王之服位,出入王之大命,秦汉为九卿之一,掌舆马及牧畜之事,北齐置太仆寺,有卿、少卿各一人,历代因之。

㉝ 期颐:称百岁之人。百年为生人年数之极,故曰期。此时起居生活待人养护,故曰颐。《礼记·曲礼》:"百年曰期颐。"

㉞ 榕门:桂林的别号"榕城",唐李靖在桂林筑城后,明代杨基写过一首诗:"兰根出土长斜挂,榕树城门却倒生"。故说"榕门"来指代广西。又陈宏谋,号榕门,陈宏谋是康乾时期清官廉吏的代表,又是清代的理学名臣。 桂岭:五岭之一,又名萌渚岭,在广西贺州县边界处。《岭外代答》卷一载:"桂林城北

二里,有一坨高数尺,植碑其上曰桂岭,及访,其实乃贺州实有桂岭。正为入岭之驿。全、桂之间皆是平陆,初无所谓岭者,正秦汉用师南越所由之道。桂岭当在临贺,而全、桂之间实五岭之一途也。"南越国赵佗曾在桂岭设防,汉高祖刘邦派陆贾出使南越说赵佗,北宋时,潘美伐南汉,岳飞镇压广西少数民族起义,均由此取道,为入岭南地区的"岭口要地"。

㉟ 上都:京都,首都。

㊱ 仁风:古时美化帝王或地方长官的谀词,言其恩泽如风之遍布。

㊲ 鳞鸿:鱼和雁,古传鱼雁都能传递书信,所以作书信的代称。

㊳ 五云:指青、白、赤、黑、黄五色之云,古人认为这是祥瑞。《周礼·春官·保章氏》:"以五云之物,辨吉凶、水旱降、丰荒之祲象。"也指皇帝之所在。这里也可以作京都解。　心香一瓣:佛教语,古以拈香一瓣表示对他人的敬仰。比喻虔诚敬仰的心意,如供佛之焚香。佛教禅宗长老开堂讲道,焚香敬礼,烧至第三炷香时,长老就说这一瓣香敬献授给我道法的某某法师。后来师承某人,也叫瓣香某人。

㊴《天保》:《诗经·小雅·天保》:"天保定尔,以莫不兴。如山如阜,如冈如陵。如川之方至,以莫不增。……如月之恒,如日之升。如南山之寿,不骞不崩。如松柏之盛,无不尔或承。"连用九个"如"字,祝颂君王福寿绵长。后人遂以"天保九如"为祝寿之词。　《南山》:《诗经·小雅·南山有台》:"南山有台,北山有莱。乐只君子,邦家之基。乐只君子,万寿无期。"祝愿贤人长寿。

㊵ 介:佐助。《诗经·豳风·七月》:"为此春酒,以介眉寿。"

王鹭兮封翁六十晋二寿序①

卿相而泽不被物,百龄亦虚生也;韦布而惠能及人,一善亦不朽也。孟子论善士,由一乡一国极之天下②,特以其所处言之,非谓善之量有盈歉也。盖士必具善天下之量,始足以善一乡,若我鹭兮封翁,真其人欤!

公世居泰之东乡③,少孤,奉慈帏以孝闻,读书外鲜嗜好,居恒宏奖人才，四方宾客仰山斗、坐春风，殆无虚日。方诸古大人，淡泊明志，休休有容，其度量何以异？所惜者仅施之一乡，而未得宰天下权耳。虽然，乌可量哉？焕，淮产也。淮邻于扬④，自咸丰癸丑金陵不守⑤，逆焰东犯，扬郡叠陷，淮危在旦夕，人第知有诸大帅相率屯营，如获安堵，不知泰州一邑屏障于东⑥，其联络里下河⑦，实为各邑枢纽，大营兵饷，多资于此。使无人焉，挟其定识定谋、任劳任怨，其曷以内练勇而外饷军？无以练勇则盗贼生，无以饷军则兵卒溃，无以保一乡即无以保一邑，无以保扬之兴化、东台、如皋、泰兴诸邑⑧，即无以保淮属之盐城、阜宁等邑⑨。淮东有失⑩，其可危者不独大江以北也。而幸不至是，则公之力居多。又闻之丙辰苦旱⑪，赤地千里，遍野嗷鸿⑫，公蒿目心伤⑬，为设立粥厂，自次年孟春至麦秋既熟乃止，全活流亡以数千计，可谓仁矣。

夫天下大势，于已乱而靖乱其事难，于未乱而弭乱其事易，海内苦干戈久矣。发逆乱于粤，捻逆乱于皖⑭，蔓延数省，流毒廿年，推原其故，胁从之众大都迫于饥寒，遂至走险。疆臣守吏支绌补苴，既多玩误，非无素封之户⑮，则又珍惜金钱重于性命，而不明大体，求有急公好义者卒不多得。至玉石俱焚之日，虽尽投凶暴，亦有所甘心，当室家无恙之秋，乃坐视颠连，莫为援手，人情之偷也，世风之替也，学士大夫不免蹈此，又何怪乎乡愚耶？是知团练之举⑯，靖乱已然也，赈恤之举，弭乱未然也。使粤与皖早有人焉，预为调剂，安知悍贼不化为良民？使泰无有人焉，倡为济施，安知饥民不变为流寇？观于此，益服公之毅于为善，非独扬郡全局之幸，即谓吾淮亦食其福可也。且功在梓桑⑰，力辞奖叙，亦足以愧功名之士矣。

德配黄太夫人，钟郝风徽⑱，式型乡里，其同心为善，真成贤助。哲嗣三人：长子实，太史，今官户部，次某太守，三某副郎，均克承庭训⑲，望重一时。今届封翁与太夫人六旬晋二，子

实于京寓称觞。焕谓古人文字显扬,诗歌揄颂,皆其所优为,
而要不足以表盛德,称堂上心^⑳,惟冀贤昆季^㉑,本其才华,发
为经济,将公之善于一乡一邑者扩充之于天下,庶公之志慰,
太夫人之志亦慰,是真所以善寿其亲者乎! 敢持是说,以为
之序。

【注】

① 封翁:因儿子功名而得受封赠的人。封建王朝推恩大官重臣,把官爵授
给本人父母,父母存者称封,已死者称赠。

② "孟子论善士"数句:出自《孟子·万章下》:"孟子谓万章曰:'一乡之善
士斯友一乡之善士,一国之善士斯友一国之善士,天下之善士斯友天下之善士。
以友天下之善士为未足,又尚论古之人。"

③ 泰之东乡:指泰州之东乡镇。

④ 扬:即扬州郡,汉置,为十三刺史部之一,东汉为广陵郡,历代治所屡有
变更。隋唐五代为广陵,明清为扬州府,治所在今江苏扬州市。1912 年废府。

⑤ 咸丰癸丑:指咸丰三年(1853)。《清史·本纪二十》:"(二月)壬辰,贼
陷江宁,将军祥厚、提督福珠洪阿等死。以怡良为两江总督,命慧成驰赴江南
防剿。丙申,命琦善会防淮扬。……三月乙巳,贼陷镇江、扬州。"　金陵:战
国楚威王置金陵邑,秦曰秣陵,三国吴自京口徙都于此,曰建业。晋为建康,南
朝宋齐梁陈皆都于此,五代梁置金陵府,南唐都之,为江宁府,宋改为建康府,明
洪武元年建都于此,曰南京,其地当今之南京市及江宁县。

⑥ 泰州:州名,春秋吴地,战国属楚,秦属九江郡,汉属临淮郡,东晋分广陵
置海陵郡,唐武德间置吴州,五代南唐改置泰州,取通泰之义,明清也为泰州。
1912 年改为泰县。

⑦ 里下河:此地区位于江苏省中部,西起里运河,东至串场河,北自苏北灌
溉总渠,南抵通扬运河,属江苏省沿海江滩湖洼平原的一部分。因里运河简称
里河,串场河俗称下河,平原介于这两条河道之间,因此称里下河平原。

⑧ 兴化:属江苏省,本海陵县地,属淮南,五代吴国武义中析为招远场,寻
改为兴化县,属扬州。南唐改隶泰州,清属扬州府。　如皋:县名,属江苏省。

汉广陵、海陵二县地,晋义熙中析置如皋县,隋省入海陵县,五代南唐复置如皋县,清属通州。 东台:县名,本泰州地,清乾隆三十二年析置。 泰兴:属江苏省,本泰州海陵县济川镇地,五代南唐时析置泰兴县,明清属扬州府。

⑨ 盐城:县名,属江苏省,汉置盐渎县,属临淮郡。三国时废。晋武帝复立,安帝时更名为盐城县。后代因之。清属淮安府。 阜宁:属江苏省,本山阳、盐城二县地,清雍正九年析置阜宁县。

⑩ 淮东:今安徽淮河南岸一带习称淮东,也称淮左。

⑪ 丙辰:指清咸丰六年(1856)。

⑫ 嗷鸿:哀叫着的大雁。《诗经·小雅·鸿雁》:"鸿雁于飞,哀鸣嗷嗷。"后来常用来比喻哀伤痛苦、流离失所的人。

⑬ 蒿目:举目远望。《庄子·骈拇》:"今世之仁人,蒿目而忧世之患。"注:"兼爱之迹可尚,则天下之目乱矣。"

⑭ 捻(niǎn):特指清中叶以后在安徽、江苏北部和山东、河南、湖北边境府县发展起来的团体。咸丰五年各路"捻头"在今安徽涡阳县治会盟,共推张乐行为大汉盟主,制定《行军条例》十九条,确定红白黄蓝黑五旗军制,咸丰七年受太平天国领导,同治二年张乐行被俘杀害,同治四年推张乐行之侄张宗禹和赖文光为领袖,击毙清军统帅僧格林沁。后分兵两路,皆以众寡悬殊而失败。

⑮ 素封:无官爵封邑而拥有资财的富人。《史记·货殖传》:"今有无秩禄之奉,爵邑之人,而乐与之比者,命曰'素封'。"《正义》:"古不仕之人,自有园田收养之给,其利比于封君,故曰'素封'也。"

⑯ 团练:编组而加以教练,后来于正规军以外,就地选取丁壮加以军事训练的地主武装,也称团练。

⑰ 梓郝:即桑梓。《诗经·小雅·小弁》:"惟桑与梓,必恭敬止。"桑与梓为古代住宅边常栽之树木,遂用作比喻故乡。

⑱ 钟郝:晋司徒王浑妻钟氏,为魏太傅繇之曾孙女,与弟湛妻郝氏皆有德行,钟虽门高,与郝相亲重。郝不以贱下钟,钟不以贵陵郝。时人称钟夫人之礼,郝夫人之法。指宽容有德,和善淑良的贤媛。 徽:美,善。《尚书·舜典》:"慎徽五典,五典克从。"传:"徽,美也,善也。"

⑲ 庭训:《论语·季氏》:"陈亢问于伯鱼曰:'子亦有异闻乎?'对曰:'未也。'尝独立,鲤趋而过庭。曰:'学《诗》乎?'对曰:'未也。''不学《诗》,无以

言。'鲤退而学《诗》。他日又独立,鲤趋而过庭。曰:'学《礼》乎?'对曰:'未也。''不学《礼》,无以立。'鲤退而学《礼》。闻斯二者,陈亢退而喜曰:'问一得三,闻《诗》,闻《礼》,又闻君子之远其子也。'"用此典指父教为庭训,也可指学生、晚辈受到老师、长辈的教诲。

⑳ 堂上:尊长居住的地方。《古诗为焦仲卿妻作》:"堂上启阿母。"指父母所居的正房。后因以堂上为父母的代称。

㉑ 昆季:兄弟。长者为昆,幼者为季。

黄母李太夫人八十寿序代①

　　寿序,非古也,始见于归氏《震川文集》②。然诵诗至《閟宫》九章③,其云:"鲁侯燕喜,令妻寿母。"又云:"既多受祉,黄发儿齿。"则诗歌介寿,又自古有之。

　　黄君让卿为文韶辛亥同年④,成己未进士⑤,又与韶同官农部,且同属滇司,性趣襟抱相同。而小人有母,公余退食⑥,杖履从容⑦,此乐复与让卿同。韶以契让卿之贤,因备识太夫人之贤。同治甲子⑧,予初莅安襄⑨,调汉关任臬藩十年以来,历官湖北最久地为让卿梓乡,间尝驰车安陆⑩,驻马钟祥⑪,览紫盖玉泉之胜⑫,见夫荆门耸日⑬,汉水泊天⑭,豪情郁勃,慨然想此邦伟人,暇与绅耆父老搜奇行,访德门,益洞悉黄氏积累由来旧已。今届壬申孟秋越六日⑮,为我李太夫人八旬大庆,让卿征文祝嘏邮寄一编。殆谓知之深者必言之当也,虽然,予何言哉?

　　将言李氏为钟邑望族,太夫人生而淑慎,笃于孝行,勤俭性成,家清贫,借女红⑯,供甘旨⑰,及归于达先年丈,佐理家政,井然有条,继陈太夫人、王太夫人后,抚伯氏谦六,一如己出,生仲氏楚翘,让卿其季也。让卿生甫三龄,椿庭见背⑱,太夫人苦节支持,养兼教,慈济严,以故谦六蜚声上舍[19],楚翘捧檄江西[20],让卿科名蔚起,有丸熊画获之遗风[21],此人所共知无待言者也。将言太夫人居乡之日,粤寇压境十数年中,危于兵,厄于水,均能化险为夷,福庇一门,时值岁荒,让卿方舌耕餬口,束脩所入分润乡闾[22],遵慈命也,此又人所共知,无待言者也。将言太夫人德至福备,哲嗣三:谦六虽弗禄,而著作等身[23],卓然名世;楚翘官豫章[24],有声;让卿农部,兼为总理各国事务衙门章京,勤劳楙著[25],晋秩有加。孙六人或优于学,或优于仕,曾孙十二人、元孙四人,均不凡器宇,头角峥嵘,前以长曾孙生子,五世同堂,由礼部具题奉旨赏赐"五叶衍祥"匾额并银两、彩绸、袄褂,升平人瑞,海内荣之,则无人不知更无待予言者也。

然则予固可以无言乎?今夫地之灵不得而知也,观于高冈桐柏,知其钟毓宏焉。水之灵不得而知也,观于大泽蛟龙,知其渊源厚焉。则欲知太夫人之贤,必于让卿之贤证之。《孝经》言"士之孝,忠顺以事其上而已"[26],言"卿大夫之孝,言满天下无口过,行满天下无怨恶而已。"[27]让卿,士大夫选也,犹忆与之同官时,登堂拜母[28],见其情真色挚,宛然孩童,予尝言惟顺亲,故获上信友他。人之贤大都匣剑囊锥[29],锋铓外露,独让卿如浑金璞玉,不假雕饰,襟次浩浩落落,一无城府。至两署从,公不肯捷足以争人先,又未尝畏巨艰而避之,是其忠也。不屑阿容以贬己节,又未尝轻权贵而藐之,是其顺也。论事识大体,与人绝少龃龉,每值议论锋起喃喃不倦,有时犯人忌讳绝不自觉,人亦爱其天真烂漫,猜嫌一空,真所谓言无口过,行无怨恶者,谓非母教之贤而能之乎?夫世之寿其亲者,莫大乎道德,立功名者次之,耀爵禄者次之,揄扬文字者又次之。今观让卿之为人,可以想见让卿之事亲,古人只此和气愉色可以化阴阳之愆沴,可以酿风雨之和甘,可以赞堂陛之都俞喜起[30],

可以消人心世运之反侧争凌。一室之眉寿㉚，一世之仁寿，基之让卿有焉。

让卿既以道德为显扬，功名富贵且不足言，文字何贵焉？然让卿寿亲原不借韶文字重，而韶之文字或转借让卿之寿，亲以传者，韶之幸也。由是大耋期颐，太夫人之寿无疆，吾知让卿之寿其亲者，将以不朽盛业曲慰慈心。正有未可量者，韶羡甚，韶母亦闻而羡甚，且顾韶而勖之曰："如黄子者，可以襄寿考，作人之治矣。"韶故不计文之合于古不合于古，而欣然援笔为文以献。

【注】

① 太夫人：汉制，列侯之母方称太夫人，后来凡官僚豪绅的母亲，不论存亡，均称太夫人。宋徽宗政和年间，曾以"太"字为对生者的尊称，令凡追封者皆去"太"字。

② "始见"一句：寿序是祝寿的文章，盛行于明中叶以后。清陈康祺《郎潜纪闻》卷七云："寿序谀词自前明归震川始入文稿。然每观近今名人集中偶载一二，亦罕有不溢美者。"归氏指明代古文家归有光。他有《震川文集》，正集、别集中寿序有一百多篇，如有《周弦斋寿序》。

③ 《閟宫》：《诗经·鲁颂》中的一篇，閟宫，为祭祀周人祖先帝喾正妃、后稷母亲姜嫄的庙。其云："閟宫有侐，实实枚枚。"传："閟，闭也。先妣姜嫄之庙，在周常闭而无事。"

④ 文韶：即王文韶（1830—1908），字夔石，浙江仁和人。咸丰二年进士，铨户部主事。累迁郎中，出为湖北安襄郧荆道，同治间任湖南巡抚，委兵事于按察使席宝田，镇压贵州苗民起事，后出任云贵总督，能绥靖各路土司，甲午战争间李鸿章赴日议和，以文韶权直隶总督、北洋大臣，和议成，实授，旋入赞军机，以户部尚书协办大学士，后随扈西安，回京后充政务处大臣、武英殿大学士，称疾乞休，光绪三十四年卒，谥文勤。　辛亥：指咸丰元年（1851）。

⑤ 己未：指咸丰九年（1859）。

⑥ 公余：公务以外的时间。　退食：为退朝而进食。

⑦ 杖屦：也作"杖屝"。《礼记·内则》："父母姑舅之衣、衾、簟、席、枕、几，不传；杖、屝，祗敬之，勿敢近。"古礼五十岁老人得扶杖，又古人入室，鞋必脱于室外。为尊敬长辈，长者可入室而后脱鞋。后遂以"杖屝"为敬老之辞，不指其人，以示敬意。

⑧ 同治甲子：指同治三年（1864）。

⑨ 安襄：指湖北的安陆和襄阳。

⑩ 安陆：府名，本晋竟陵郡地，元置安陆府，明改为承天府，清又改为安陆府，属湖北省，辖县有钟祥、京山、天门、潜江。1913 年撤府留县。

⑪ 钟祥：属湖北省，汉竟陵县地，属江夏郡，晋置石城，隋为郢州治。明嘉靖十年置钟祥县，清因之，为安陆府治。

⑫ 紫盖：与黄旗皆指云气，古人附会为象征王者之气。　　玉泉：山名，在湖北当阳县西北，古名覆船山，山有泉，色白而莹，三国时易今名，山下有玉泉寺。

⑬ 荆门：山名，在湖北宜都县西北。《水经注·江水》："江水又东历荆门、虎牙之间，荆门在南，上合下开，闇彻山南，有门象虎牙在此。"

⑭ 汉水：一称汉江，为长江最大支流，源出陕西宁强县北蟠冢山。初出山时名漾水，东经褒城县，合褒水，始为汉水。经陕西省南部、湖北省西北部和中部，至武汉市汉阳流入长江。《尚书·禹贡》："嶓冢导漾东流为汉。"

⑮ 壬申：同治十一年（1872）。　　孟秋：秋季第一个月，即农历七月。

⑯ 女红：红即"功"，女工的工作。《汉书·景帝纪》："雕文刻镂，伤农事者也；锦绣纂组，害女红者也。"

⑰ 甘旨：美味。《韩诗外传》："鼻欲嗅芬香，口欲嗜甘旨。"后来多用作奉养父母之辞。

⑱ 椿庭：《庄子·逍遥游》载上古有大椿长寿，八千岁为春，八千岁为秋，《论语·季氏》有孔鲤趋庭接受父训，后因以椿庭为父的代称。　　见背：指父母或长辈去世。

⑲ 上舍：宋代太学生之一。王安石变法，熙宁四年定三舍法，分太学为上舍、内舍、外舍，扩大太学生名额。初学者入外舍，由外舍升内舍，由内舍升上舍。神宗元丰时，每月一私试，每年一公试，补内舍生，隔年一舍试，补上舍生。清代称监生为上舍，本此。

⑳ 捧檄：檄，官符，犹后来的委任状。谓奉命就任。

㉑ 丸熊：揉和熊胆做成丸。《新唐书·柳仲郢传》：“仲郢，字谕蒙。母韩，即皋女也，善训子，故仲郢幼嗜学，尝和熊胆丸，使夜咀咽以助勤。”以此典形容贤母教子。　　画荻：《宋史·欧阳修传》：“欧阳修，字永叔，庐陵人。四岁而孤，母郑，守节自誓，亲诲之学，家贫，至以荻画地学书。幼敏悟过人，读书辄成诵。”以此典称颂母教有方。

㉒ 束脩：十条干肉，古代上下亲友之间相互赠献的一种礼物。《论语·述而》：“自行束脩以上，吾未尝无诲焉。”后多指致送教师的酬金。

㉓ 著作等身：是说所著之书叠起来有作者身子那么高。参前文集卷下《景筱晴古文序》注⑪。

㉔ 豫章：地名，《左传·定公四年》：“蔡侯、吴子、唐侯伐楚，舍舟于淮、汭，自豫章与楚夹汉。”其地在淮南江北之界，汉移其名于江南，置郡，属扬州，隋平陈，改为县，属洪州，故治在今江西南昌市。

㉕ 章京：官名，清代凡都统、副都统以至各衙门办理文书的人员，多称章京。如都统称固山章京，副都统称梅勒章京，总兵官称按班章京，以及总理衙门章京之类。　　椘著：椘，通“懋”。盛大，显著。

㉖ “士之孝”一句：语本《孝经·士章》：“故以孝事君则忠，以敬事长则顺，忠顺不失，以事其上，然后能保其禄位，而守其祭祀。盖士之孝也。”

㉗ “卿大夫之孝”一句：语本《孝经·卿大夫章》说：“是故非法不言，非道不行，口无择言，身无择行。言满天下无口过，行满天下无怨恶，三者备矣，然后能守其宗庙。盖卿大夫之孝也。”

㉘ 登堂拜母：古代友谊深厚的人，相访问时，常以进入后堂，拜候对方的母亲为礼节。后汉范式与汝南张劭为友，二人告归乡里，式约劭两年后过劭拜尊亲，见孺子。到期劭母酝酒，式果到，升堂拜母，饮尽欢而别。

㉙ 匣剑：指宝剑藏在匣中，剑气若隐若现，指光芒无法遮盖或是故意泄漏出来。比喻人有才华故意显露为人知，引人注目。《西京杂记》：“高帝斩白蛇剑，剑上有七采珠、九华玉以为饰，杂厕五色琉璃以为剑匣，剑在室中，光景犹照于外，与挺剑不殊。”“匣剑”的取义，即此。　　囊锥：即锥处囊中，这里指人的才能无法掩盖，得以展露，锋芒毕露。参前文集卷上《病跋》注㉜。

㉚ 堂陛：宫殿和台阶。《汉书·贾谊传》：“人主之尊譬如堂，群臣如陛。”

都俞：感叹词，以为可，则曰都曰俞；以为否，则曰吁曰咈。《尚书·益稷》："禹曰：'都！帝，慎乃在位。'帝曰：'俞！'"又《尧典》："帝曰：'吁，咈哉！'"后以此指君臣论政问答相得、气象雍睦之辞。

㉛眉寿：颂祝语，长寿之意。周代金文铭刻有"万年眉寿"、"眉寿无疆"等语。"眉"本为同音假借，旧说或以为年寿高者眉长是寿征，故曰眉寿。《诗经·豳风·七月》："为此春酒，以介眉寿。"

黎半樵先生奏疏文集书后

奇矣哉！天下有数十年前积诚生敬仰若斗山，极饥渴寤寐之忱①，求其著作，不获一见，乃转得于数十年后一偿其夙愿者，如焕于半樵夫子是也②。

忆自光绪己卯出守粤西③，庚辰秋补授桂林④，至丙戌，经六年矣⑤。时子俊观察粤西⑥，焕与同僚，仰望丰采，知为公哲嗣。下车以来，亲道范，聆训辞，如春风煦物，令人襟抱俱清，家学渊源由来旧已。一日出其鲤庭著作《鹭门集》一种⑦，其已刊者也，《谏垣奏疏》一种，其待刊者也，敬受而读之。

尝谓古人谏草，其最通达明畅者，唐有陆文⑧，宋有苏文⑨，我朝名臣蔚起，都俞启沃⑩，谠言所著⑪，博大昌明，近贤中如胡文忠、曾文正、林文忠、沈文肃⑫，本其勋猷，垂为建白，世之读其文者，想见其人，而足与颉颃者，信有在焉。盖公之文，皆人心所欲言而未能详言者，乃特言之。又皆治道所当言而不可不言者，乃悉言之，想当日诸巨公见之，不知若何心折矣。不为无补之空言，如条陈粤东积弊十事，均切于国计民生是也。不为过激之危言，如禁止鸦片以塞漏卮，但严禁民之不食而以抽税为非计是也。不为计臣更张之言，如《裕国足民》一疏，实有见于补苴者之滋弊也。不为儒臣粉饰之言，如《整顿捕务》一疏,实有见于姑息者之养奸也。至如言筹备京仓,言挑濬漕河⑬,言州县案件,言粤东匪党,言东莞民困⑭,言书吏需索⑮,言水手犯案,皆如悬秦镜⑯,握温犀⑰,青骢避道⑱,丹凤朝阳⑲。非熟读万卷,晰理未必如是之明也;非纵观六合⑳,揆机未必如是之远也。文不朽,人不朽焉。

　　焕,淮产也,少孤贫,读书无多,道光戊戌受知于寿阳相国祁文端入泮㉑,公于是年调南河库道㉒,衡文于崇实书院,焕随众肄业,惜其时工夫尚浅,领会无多,直至咸丰庚申始通籍㉓,分户部滇司行走㉔,闻印稿诸君谈及部务精详,先辈中必首推公,追忆观察袁江时㉕,已在二十年外矣。焕窃憾为秀才太早,成进士太迟,早故亲炙未深,迟故步趋未得㉖。迨至今日,阅历二十年,驰驱一万里,乃获一编在手,景仰前型,真有天际真人想㉗。文之宗也,治之谱也㉘,亲炙步趋虽抱歉于我,公幸藉慰于子俊观察,此焕所为俛仰,今昔不胜悲喜交集者也。天下读公之书者,必兼怜焕之志,奇焕之遇,附骥名彰㉙,其抑有数以存乎其间也夫?

【注】

　　① 寤寐:醒时与睡时,犹言日夜。《诗经·周南·关雎》:"窈窕淑女,寤寐求之。"这里指寤寐怀想,思念之甚。

　　② 黎半樵:人名。

　　③ 光绪己卯:指光绪五年(1879)。

　　④ 庚辰:指光绪六年(1880)。这里指作者于光绪五年奉旨授广西桂林府遗缺知府,六年到省署桂林府知府,旋补桂林府。

　　⑤ 丙戌:指光绪十二年(1886)。

　　⑥ 子俊:人名,黎半樵子。　　观察:清代道员的俗称。

　　⑦ 鲤庭:称子承父训为鲤庭,这里指父亲。参前《王鹭兮封翁六十晋二寿序》注⑱。

⑧ 陆文：陆指陆贽，唐苏州嘉兴人，字敬舆，大历六年进士，德宗召为翰林学士，朱泚之乱时从帝至奉天，诏书多出贽拟，时号"内相"。官至中书侍郎、门下同平章事。后为裴延龄所谮，贬忠州别驾。避谤不著书，惟考校医方。卒谥宣。所作奏议数十篇，指陈时病，论辩明彻，为后世所重。有《翰苑集》。

⑨ 苏文：苏指宋苏轼，他写了大量诗文奏牍来议论朝政，阐述自己的观点。《宋史·苏轼传》："轼始具草，文义粲然。复对制策，入三等。……论曰：器识之闳伟，议论之卓荦，文章之雄隽，政事之精明，四者皆能以特立之志为之主，而以迈往之气辅之。……仁宗初读轼、辙制策，退而喜曰：'朕今日为子孙得两宰相矣。'神宗尤爱其文，宫中读之，膳进忘食，称为天下奇才。"

⑩ 启沃：竭诚忠告。旧指以治国的道理开导君王。《尚书·说命》："启乃心，沃朕心。"疏："当开汝心所有灌沃我心。"

⑪ 谠言：正直的话。

⑫ 胡文忠：指胡林翼（1821—1861），字贶生，号润之，湖南益阳人。道光十六年，成进士，选庶吉士，授编修。咸丰四年以道员率勇由湘入鄂，进攻太平军，六年实授湖北巡抚，三河败后，仍支持曾国藩兄弟俩进攻安庆，定厘金，通盐运，多方筹饷，为湘军后盾。咸丰十一年，湘军破安庆，曾国藩奏捷，推林翼为首功，世亦并称二人为曾胡，同年因久病在武昌咯血死，谥文忠。

⑬ 挑濬：挑，挖取。濬，疏通河道，通"浚"。《尚书·禹贡》："禹别九州，随山濬川。"

⑭ 东莞：今县，属广东省。本汉博罗县地，晋置宝安县，唐至德二年改为东莞。宋开宝六年移置今县地，明清均属广州府，县属虎门，林则徐曾在此销毁英商鸦片。

⑮ 书吏：承办文书的吏员。清制，凡吏员充补内阁供事及在京衙门有书吏，均有定额。外省总督、巡抚、学政、各仓各关监督之吏，亦皆称书吏。书吏皆父子兄弟相传，虽职位卑微，熟于吏事成例，往往与长官狼狈成奸，阴操实权。

需索：犹勒索。

⑯ 秦镜：晋葛洪《西京杂记》卷三："高祖初入咸阳宫，周行库府，金玉珍宝，不可称言。其尤惊异者，……有方镜，广四尺，高五尺九寸，表里有明，人直来照之，影则倒见。以手扪心而来，则见肠胃五脏，历然无碍。人有疾病在内，则掩心而照之，则知病之所在。又女子有邪心，则胆张心动。秦始皇常以照宫

人,胆张心动者则杀之。"后人称官吏称颂断狱清明,明察奸恶为秦镜照胆。

⑰ 温犀:《晋书·温峤传》:"(峤)至牛渚矶,水深不可测,世云其下多怪物,峤遂燃犀角而照之。须臾,见水族覆火,奇形异状。"后以"温犀"比喻洞察一切的才识。

⑱ 青骢避道:《后汉书·桓荣传附桓典》:"(桓典)辟司徒袁隗府,举高第,拜侍御史。是时,宦官秉权,典执政无所回避。常乘骢马,京师畏惮,为之语曰:'行行且止,避骢马御史。'"指官吏治政严明,为官正直,不避权贵。

⑲ 丹凤朝阳:《诗经·小雅·卷阿》:"凤凰鸣矣,于彼高岗。梧桐生矣,于彼朝阳。"这首诗据齐说,是召公避暑曲阿,凤凰来集,古代认为一朝代的兴盛都有一种吉瑞现象出现。后因以"凤鸣朝阳"比喻贤才遇时而起或太平盛世出现。

⑳ 六合:天地四方。《庄子·齐物论》:"六合之外,圣人存而不论。"

㉑ 道光戊戌:指道光十八年(1838)。　　寿阳:县名,春秋时晋马首邑,汉榆次县地,晋于此置受阳县,唐贞观时更名寿阳,即今山西寿阳县。　　祁文端:即祁寯藻(1793—1866),字叔颖,又字淳甫,后改实甫,号春圃,山西寿阳人。嘉庆十九年,成进士,选庶吉士,授编修。咸丰时官至体仁阁大学士,致仕。同治初,以大学士衔为礼部尚书,在枢廷数十年,荐贤甚众。为道、咸、同三朝帝师。同治五年卒,晋赠太保,祀贤良祠,命钟郡王奠醊,谥文端。工诗古文词,亦通训诂,明义理,著有《题襪礽亭集》、《勤学斋笔记》、《马首农言》等。　　入泮:科举时代,学童考进县学为生员,叫入泮,因学宫前有泮水,故云。

㉒ 南河库道:清制,河库道属于江南河道总督,同驻清江浦,掌河工款项之出纳,为道员中之优缺,南河库道即管辖徐州、淮扬所经的黄河段,邳、宿运河,洪泽湖、海口山、清、高、宝运河都属其范围。

㉓ 通籍:指进士初及第。

㉔ 滇司:清代官制,户部按全国行政区域规划共分十四个清吏司,每司设郎中、员外郎和主事,滇司当为其中之一,掌管云南的钱粮、各厂税课,并管漕政事务。　　行走:官员任用类别之一,清制,官员派充某项职务即称在某机构或某官上行走。

㉕ 袁江:水名,又名袁水、秀江。源出江西省萍乡县罗霄山,东流入赣江,有险滩,形势险峻,号五浪滩。

㉖ 步趋:《庄子·秋水》:"且子独不闻夫寿陵余子之学行于邯郸与?未得

国能,又失其故行矣,直匍匐而归耳。"成玄英疏:"寿陵,燕之邑;邯郸,赵之都。弱龄未壮,谓之余子。赵都之地,其俗能行,故燕国少年远来学步。"这里以此典谦称自己向别人学习未能领会精髓,领会不深。

㉗ 天际真人:天上神仙。《世说新语·容止》:"桓(温)大司马曰:'诸君莫轻道,仁祖(谢尚)企脚北窗下弹琵琶,故自有天际真人想。'"

㉘ 治之谱:《南齐书·傅琰传》:"琰父子并著奇绩,江左鲜有。世云诸傅有《治县谱》,子孙相传,不以示人。"后来称父子兄弟为官有治绩为治谱家传,本此。

㉙ 附骥:《史记·伯夷列传》:"伯夷、叔齐虽贤,得夫子而名益彰;颜渊虽笃学,附骥尾而行益显。"索隐按:"苍蝇附骥尾而致千里,以譬颜回因孔子而名彰也。"《东观汉记·隗嚣》:"光武与隗嚣书曰:'苍蝇之飞,不过三数步,托骥之尾,得以绝群。'"用"附骥尾"的典故来形容追随先辈、名人而出名受益。

李升初格物解书后①

嗟乎!时势至今日,曲技异端盈天下焉,格物尚可言哉②?议者指是为格致之学③,其坏于风俗人心者甚大,升初明府闻而伤之④,此《格物解》之所由作也。幼读《大学》,朱子云:"格,至也。物,犹事也。穷至事物之理,欲其极处无不到也。"是即君子无所不用其极之谓人言诚意。注语为朱子暮年绝笔,即知格物注语,乃断非盛年著述。

今升初以身与家国天下为物,以修身、齐家、治国、平天下为格物,则明新中事皆格物中事,是《大学》之格物也,非异学之格物也,此岂升初之创议哉?顾炎武曰:"君臣父子国人之交,以至礼仪三百,威仪三千,是之谓物。"⑤《易》曰:"君子以言有物。"⑥《书》曰:"修其礼物。"⑦《诗》曰:"有物有则。"⑧《左传》曰:"君子将纳民轨物。"《记》曰:"仁人不过乎物,孝子不过乎物。"⑨皆与升初规度之意同。

　　总之经言格物，我取朱子"莫不因其已知之理而益穷之，以求至乎其极"二语，而格物之义以见。经言物格，我取朱子"则众物之表里精粗无不到，而吾心之全体大用无不明矣"二语⑩，而物格之旨以见⑪。今天下以奇技淫巧混托格致，固古人所不及料者也，古人不及见故不曾言，今日及见而多不敢言，升初明府独言之，此风俗人心所赖以维持者也。《大学》之格物，平天下者也。异学之格物，扰天下者也。我欲刊是解，为天下后世告。

【注】

　　① 李升初：人名。

　　② 格物：推究事物的原理。《礼记·大学》："致知在格物，物格而后知至。"

　　③ 格致：格物致知的简称。谓穷究事物的原理而获得知识。清末于西方传入的声、光、电、化等自然科学统称为"格致学"。

　　④ 明府：汉魏以来对太守牧尹，皆称府君，或明府君，省称明府。郡所居曰府，明即贤明之意。汉韩延寿为颍川太守，孙宝为京兆尹，皆称明府。唐人称县令为明府。

　　⑤ "君臣父子"一句：见顾炎武在《日知录·致知》："君臣父子国人之交，以至礼仪三百，威仪三千，是之谓物。……以格物多识于鸟兽草木之名，则末矣。知者无不知也，当务之为急。"

　　⑥ 君子以言有物：见《周易·家人》："家人，利女贞。……象曰：风自火出。家人，君子以言有物，而行有恒。"言有物者，即言不离乎经常也。

　　⑦ 修其礼物：见《尚书·微子之命》："成王既黜殷命，杀武庚，命微启代殷后，作《微子之命》。王若曰：'猷！殷王元子，惟稽古崇德象贤，统承先王，修其礼物，作宾于王家。'""礼物"指典礼文物。

　　⑧ 有物有则：见《诗经·大雅·烝民》："天生烝民，有物有则。民之秉彝，好是懿德。"有物有则即有天地万物有法则。

　　⑨ "仁人不过乎物"一句：见《礼记·哀公问》："公曰：'敢问何谓成身？'孔

子对曰：'不过乎物。'……公曰：'寡人蠢愚、冥烦，子志之心也！'孔子蹴然辟席而对曰：'仁人不过乎物，孝子不过乎物。是故仁人之事亲也如事天。事天如事亲，是故孝子成身。'"

⑩ "莫不因其已知之理而益穷之"四句：引自朱熹的《四书章句集注》释格物、致知之义："间尝窃取程子之意以补之曰：'所谓致知在格物者，言欲致吾之知，在即物而穷其理也。盖人心之灵莫不有知，而天下之物莫不有理，惟于理有未穷，故其知有不尽也。是以《大学》始教，必使学者即凡天下之物，莫不因其已知之理而益穷之，以求至乎其极。至于用力之久，而一旦豁然贯通焉，则众物之表里粗精无不到，而吾心之全体大用无不明矣。此谓物格，此谓知之至也。'"

⑪ 物格：物理之极处无不到也。

止足斋序书后

天下事，知足易，止足难①。知足者，自觉其可以如是而足，而情之未足者，尚伏于己之意中。止足者，共觉其未必如是即足，而情之自足者已入于人之目中。是知足者，其心犹有所未足。止足者，其心实无所不足。心有所未足，故借知之一念以自慰，此忍性之功也。心无所不足，故借止之一境以自安，此俟命之学也②。

首君慕五以"止足"二字名其斋，而著为序质诸谢方山③，驾部方山又转质诸予④。夫慕五不质诸他人而质诸方山，以方山止足者也。方山不质诸他人而质诸予，以予止足者也。以予止足，并以予能知慕五之止足者也。序中述生平种种，视孟子所云苦心志、劳筋骨、饿体肤、空乏拂乱亦何以异⑤？而大任卒迟迟有待者，此何故也？近人尝有持此说以疑天者，予晓之曰："圣君贤相、帝师王佐，此大任之显然者也。忠臣孝子、悌弟信友、循吏纯儒，此大任之微焉者也。珠玉登庙堂⑥，此光采也。珠玉在泥涂⑦，亦光采也。特未经拂拭而宝光不露，下和所为抱璞而泣也⑧。今天下物色宝玉者,往往视碔砆为瑜瑾⑨,此珠玉之厄运也,与珠玉何损哉?"孔子与子贡论美玉,而必曰"待贾待贾者⑩",止足也。

方山本止足者,今以慕五之文试予,殆欲予揭出慕五心事,而方山之心亦慰矣。唯止足者乃能与止足者相默契,以榕城之大而只有止足者三人,予不信也。敢持此说转质之止足斋主人。

【注】

① 止足:知止知足,不求名利。《老子》:"知足不辱,知止不殆。"

② 俟命:孟子曰:"尧舜,性者也;汤武,反之也。动容周旋中礼者,盛德之至也。哭死而哀,非为生者也。经德不回,非以干禄也。言语必信,非以正行也。君子行法,以俟命而已矣。"

③ 谢方山:人名。

④ 驾部:官职名,掌舆辇、邮驿、传乘、厩牧之事,魏晋以来,尚书有驾部郎,隋初改为驾部侍郎,属兵部。唐置驾部郎中,天宝中改驾部为司驾,宋仍称驾部,明又改为车驾司,属兵部。

⑤ "苦心志"一句:出自《孟子·告子下》:"故天将降大任于斯人也,必先苦其心志,劳其筋骨,饿其体肤,空乏其身,行拂乱其所为,所以动心忍性,曾益其所不能。"

⑥ 庙堂:宗庙明堂。古代天子遇大事,告于宗庙,议于明堂,故以庙堂指代朝廷。

⑦ 泥涂:泥泞的道途,比喻卑下的地位。《左传·襄公三十年》:"以晋国之多虞,不能由吾子,使吾子辱在泥涂久矣。"

⑧ 卞和所为抱璞而泣:《韩非子·和氏》:楚国人卞和在楚山上得到一块玉璞,献给厉王和继位的武王,其玉工都说是石头,卞和被砍去双脚。文王即位,卞和抱着玉璞在楚山脚下痛哭了三天三夜,直至眼里流血。文王问为何伤心,卞和说不是为砍了脚伤心,而是痛心珍贵的美玉被认为是石头,一片忠心被当作欺诳。后命玉工剖开玉璞,果得宝玉,于是就称"和氏璧"。以此典咏美玉或比喻怀才不遇,忠贞含冤。

⑨ 碔砆(wǔ fū)：似玉的美石。也作"武夫"，"珷玞"。汉司马相如《子虚赋》："碝石碔砆。"注："碔砆，赤地白采，葱茏白黑不分。"《战国策·魏》："白骨疑象，武夫类玉，此皆似之而非者也。"

⑩ 待贾待贾者：见《论语·子罕》："子贡曰：'有美玉于斯，韫椟而藏诸？求善贾而沽诸？'子曰：'沽之哉！沽之哉！我待贾者也。'"

读使东记书后

通天、地、人，始为儒，兼才识学可作史记事之书，岂易言哉？《使东记》八卷，魏卿夫子著也。夫子学问经济卓绝一时，焕夙仰之，每以不克亲炙为憾。去年秋偶以文字受知，始执业师门，今春获睹斯集，始而喜，继而叹，终有不能已于言者。

夫天下益人神智者有二：一为读书，一为行路。然读书而无所用其心，与面墙同①。行路而无所用其心，与闭户同。乃或同一用心，而独能明察上下古今之异，洞达经权常变之宜，规画治乱安危之大，则非读破万卷者又不克遄征万里也。嗟乎！两汉而后外患多已，乃唐有姚宋边患消，宋有范韩敌胆怯，则国家所恃者诚不在金汤之势，而在柱石之臣已。虽然诸葛才亚伊吕，而自持者不过谨慎。郭汾阳功在社稷，而重于蛮貊者只此忠信②。自古经纬勋名，则又不恃大才而恃小心也。记事八卷，可谓心细如发矣。窃愿读夫子之书者，勿以寻常随笔目之，庶知著述之才，其关系乎天下国家者岂浅鲜矣？

【注】

① 面墙：《尚书·周官》："不学墙面，莅事惟烦。"《论语·阳货》："子谓伯鱼曰：'女为《周南》、《召南》矣乎？人而不为《周南》、《召南》，其犹正墙面而立也与？'"用此典喻读书不当，如面墙而一无所见。

② 蛮貊：泛指少数民族。《尚书·武成》："华夏蛮貊，罔不率俾。"

读首慕五筹边论书后

筹边主脑在"且战且和、定计自守"八字。当慕五为此文持此论，时法夷第在越南，福州未经其蹂躏也①，广东虎门以外亦尚无夷船②，今则局况又一变矣。朝廷震怒一言主战，谁敢言和？但舍和言战，百计图维仍不出"定计自守"四字，此非徒为粤西一省策也，凡海疆皆当如是。特自守必须定计，计何以定？正未易言耳。予谓计之定也，在揆机。计之所以定也，在知本。自来孙吴之略均暗合于孔孟之书③，孔子论政兵可去而信不可无④，孟子言兵以人和为主⑤，未有不得其心而可用其力者也，战驱市人⑥，岂有不败哉？世之用兵者，果毅不难，难于通达，通达不难，难于慈惠。此各省疆臣之责也。

读慕五之论，揣慕五之心，殆有欲言而不敢言者在焉，是在阅者意会焉可矣。

【注】

① 福建未经其蹂躏：1884 年（光绪十年）8 月 23 日法国侵略舰队在福州马尾军港内的马江江面上向清朝福建海军开炮，炮火吞噬了福建海军，摧残了福建船政局。这里指在此之前的局面。

② 虎门：在广东东莞县，珠江三角洲东南侧，扼狮子洋外口，为珠江主要出海口，又称虎头门。英法列强向我国倾销鸦片，林则徐在虎门销烟。

③ 孙吴：指吴王阖闾间将孙武和魏武侯将吴起，战国时都以善用兵知名，两人善得军心，取得士兵的信赖。孙武吴宫教阵，斩杀美人头，树立起威严；吴起为将，与士卒最下者同衣食。与士卒分劳苦，卒有病疽者，为吮之，与士兵建立深厚的感情。后世多孙吴并称。《荀子·议兵》："孙吴用之，无敌于天下。"

④"可去而信不可无"一句：出自《论语·颜渊》："子贡问政。子曰：'足食，足兵，民信之矣。'子贡曰：'必不得已而去，于斯三者何先？'曰：'去兵。'子贡曰：'必不得已而去，于斯二者何先？'曰：'去食。自古皆有死，民无信不立。'"

⑤孟子言兵以人和为主：出自《孟子·公孙丑下》："天时不如地利，地利不如人和。……城非不高也，池非不深也，兵革非不坚利也，米粟非不多也，委而去之，是地利不如人和也。故曰：域民不以封疆之界，固国不以山溪之险，威天下不以兵革之利。得道者多助，失道者寡助。"

⑥战驱市人：市人，城市居民。《吕氏春秋·简选》："世有言曰：驱市人而战之，可以胜人之厚禄（大将）教卒（习战者），老弱罢民，可以胜人之精士练材……此不通乎兵者之论。"

书萧山蔡氏两烈妇传后

孔子云："自古皆有死，民无信不立。①"孟子云："志士不忘在沟壑。②"持此义以衡量天下，往往搢绅士大夫不能无憾，而未经读书识字之妇孺乃无难杀身以成仁，此不可解矣。粤寇倡乱，蹂躏数省，小儿女视死如归，得诸见闻、证诸歌咏者多矣，若萧山蔡氏其尤可异者也③。蔡君彦湘为余己未同年④，其一门节烈闻之久，苦未详，今始读其传，窃叹其骨肉流离，宛转赴难，何其义也！慷慨捐躯，何其勇也！匿迹全儿，何其智也！从容殉母，何其仁也！嗟乎！义、勇、智、仁，世所不能必诸搢绅士大夫者，乃于妇孺见之，且见于彦湘之一室，心为之悲而又气为之壮也。彦湘亦幸矣，不朽大节，光日月而寿河岳可矣，犹借区区文字乎哉！然欲以是愧世之搢绅士大夫之幸生也，亦安可无言？

【注】

① "自古皆有死"二句:见《论语·颜渊》。

② "志士不忘在沟壑"一句:《孟子·滕文公下》:"志士不忘沟壑,勇士不忘丧其元。"意谓有志之士,不怕死无葬身之地,弃尸山沟,勇敢的人不怕丢掉脑袋。

③ 萧山:县名,属浙江省。春秋吴王阖闾弟夫槩封邑。汉置余暨县,属会稽郡,三国吴改名永兴县,唐改萧山。历代相因,明清属绍兴府。

④ 蔡君彦湘:人名,不详。　己未:指咸丰九年(1859)。

傅 虎 生 传①

傅公虎生,黔产也,以名孝廉作牧粤西②。予闻其名未见也,然称之者意不尽满,或目为狂,或指为怪。

辛巳春公来省③,始识之,貌古神清,与谈当时人物,少可多否,出其著作若干编,文品诗品绝不依人门户,画品尤超然出尘,察其心迹好善忘势、嫉恶如仇,殆海忠介、陆清献一流襟抱者④。嗣委署出省,毅然以兴利除弊为己任,临歧握手尝勖之曰:"涉世之道,刚体柔用,庶实惠及民,而令名不至败于众。"乃别后蜚语日至,而虎生手书亦日至,洋洋洒洒千有余言,予展阅未终,长太息曰:"虎生殆矣。"

上宪每问曰⑤:"傅牧为人究竟何如?"予曰:"今之傅牧一昔之傅牧,非有二人,亦非始终异,辙其不异,而异者乃人之好恶变迁耳。始见为可好,如纳忠言,悦其妩媚。今见为可恶,如蒙童畏师保,若芒刺在背。"上宪且信且疑,方谓水落石出会有其时,而虎生竟中途逝焉。呜呼,恸哉!哲嗣扶榇过省,借读其手著,速谤记并其行述,窃叹君之才明守洁,心慈胆壮,所不足者养气之功耳。今将起君于九原而问之⑥:君为海忠介耶？不知忠介，生逢明季，主暗臣奸，乃得彰其节概。君为陆清献耶？不知清献幸际先皇志同道合，乃克展其经纶。今何时哉？无论边远微员，君门万里，即使备位显荣，而世无权奸，一腔热血洒于何从？是必不能为海忠介矣，又况圣主冲龄⑦，枢垣良佐惴惴小心，或朝建一策曰部议，暮陈一书曰部议，恐清献在今日亦碌碌卑官，安有两庑特豚之望⑧？是君亦何能为陆清献乎？

　　孔子言无毁誉为直道⑨。夫直道行于三代春秋，去三代已远，何况今日！而君乃欲以直道维世乎，闻人之聪明正直者，殁必为神君之形，化君之神存。予读君之文，予慕君之人，予悲君之人，予将以文质君之神，然则人以狂与怪疑公者，皆不知公固直者也。门下士有私谥先生者乎？予请以文直归之。

【注】

　　① 傅虎生：人名，生平不详。

　　② 孝廉：本为汉选举官吏的两种科目名，孝，孝子；廉，指廉洁之士。汉武帝元光元年初，令郡国举孝廉各一人。后来合称孝廉。历代因之，州举秀才，郡举孝廉。清别为贡举的一种，故俗称举人为孝廉。

　　③ 辛巳：光绪七年（1881）。

　　④ 海忠介：指海瑞，明琼山人，字汝贤，号刚峰。官户部主事。时世宗朱厚熜享国日久，迷信道教不亲朝，专意斋醮。督抚大吏和礼官争上符瑞。嘉靖四十五年瑞上治安疏极言帝失，逮下狱。穆宗立，始获释，迁右佥都御史，巡抚应天十府。属吏惮其威，墨者多自免去。瑞锐意兴革，请浚吴淞、白茆，通流入海，民赖其利。素疾大户兼并，力摧豪强，抚穷弱。在官嫉恶如仇，为当道所不喜，谢病归，闲居十六年。后起为南京吏部右侍郎，卒于官，贫至无以殓。谥忠介。《明史·海瑞传》赞曰："海瑞秉刚劲之性，戆直自遂，盖可希风汉汲黯、宋包拯。"　　陆清献：即陆陇其（1630—1693），字稼书，浙江平湖人。康熙九年进士。历官江苏嘉定、直隶灵寿知县，监察御史，时称"循吏"，学术专宗朱熹，排斥

陆、王,时人则推崇吕留良,陇其洁己爱民,康熙十八年丁父忧,去官日,惟图书数卷及其妻织机一具,三十一年卒。乾隆元年,特谥清献,加赠内阁学士兼礼部侍郎。著有《困勉录》、《松阳讲义》、《三鱼堂文集》。

⑤ 上宪:上司。

⑥ 九原:山名,在山西新绛县北,也作"九京"。《礼记·檀弓下》:"是全要领以从先大夫于九京也。"注:"晋卿大夫之墓地在九原,京盖字之误,当为原。"后世因称墓地为九原。

⑦ 冲龄:幼小。《后汉书·冲帝纪》"孝冲皇帝讳炳"注:"《谥法》曰:'幼小在位曰冲。'"

⑧ 两庑:宫殿或祠庙正殿外的东西两廊。

⑨ 无毁誉为直道:见《论语·卫灵公》:"子曰:'吾之于人也,谁毁谁誉?如有所誉者,其有所试矣。斯民也,三代之所以直道而行也。'"

简 雨 村①

余为雨村题石,非题石也,题雨村也。石即雨村,雨村即石也。雨村喜余之文,与余无与也,与余之文更无与也,雨村为石喜也。雨村为石喜,雨村自喜也。雨村自喜,雨村真以石自况也。胡雨村并欲以石,况余也!余读雨村之文,因笑雨村之误余非石也,余乃爱石者也。余视天下之人无一非石,石不独一雨村也。余视天下之人又无有一石,石独有一雨村也。人不能化而为雨村,人不能化而为石也,雨村生而不犹夫人,雨村生而即成为石也。余不遇雨村,余终不遇石也。雨村不遇余,终不遇爱石者也。雨村不遇余,雨村或不以石自珍,是雨村之不幸也,雨村之负余也。余即遇雨村,余倘不以石相赏,是余之无情也,余之负雨村也。余知雨村之断不负余也,雨村知余之断不负石也。而余亦胡为而爱雨村也? 爱之故,石知之也,雨村知之也,而人不知也。人岂唯不知余之所以爱人？并先不知雨村也，先不知石即雨村，雨村即石也。不知石，故不知雨村，而知其貌之霁也，但知其神之凝也，但知其情之腻也，且但知其孝思之纯也，师谊之笃也，恋恋于妻孥也，眷眷于朋友也，浸淫于卷轴也，涉猎于文词也，而于余所以爱之故，皆茫然不知也。雨村亦不愿有人知也，其不愿有人知也，其以石自处也。余亦不乐更有人知雨村也，其不乐更有人知也，其以石相待也。抑余思有石不可无菊也，有石不可无竹也，有石又不可无谷也，今何幸而皆得之也！

　　方余为雨村题石，首索余文者，刘子谷人也，继则有陆翁小南也，阮翁菊圃尚未知之②，知之则亦必啧啧不休也。人知三人皆与雨村莫逆也，不知三人固一为菊、一为竹而一为谷也，皆与石相左右者也。阮翁自知其为菊，犹雨村自知其为石也，一以菊自号，犹一以石自况也，将置石于菊侧则石弥隽也。我平日遇石则把臂，而遇菊则折腰也，故曰："有石，不可无菊也。"陆翁为竹，则又余知之而他人不知也，遇介然之行皆可以石呼之③，遇斐然之文皆可以竹目之也，况亭亭之表、一凌云之概也，将置石于竹侧，则石益韵也。我平日对石则娱情，而对竹则昂首也，故曰："有石不可无竹也。"至如谷人之为谷也，其中虚也，其底沉也。中虚故有所藏也，有所藏遂不免有疑滞也。底沉故有所坠也，有所坠遂不免有震撼也。故石之势常觉其平也，而谷之势常觉其险也，石之形常处于安也，而谷之形常处于危也。要之，谷得石而有所障也，石依谷而有所凭也。我平日临谷口，则取其风发泉涌，犹之抚石头则取其烂漫天真也，故曰："有石不可无谷也。"

　　至是而觉余之题石，不独为石题也，并不独为雨村题也，未尝不兼为阮陆二老、刘子谷人题也。则雨村之为雨村，余似不得矜为独知也，则余所以爱雨村之故，如阮陆二老、刘子谷人又似应知也。然余思菊者雅品也，竹者清品也，谷者自居为高品也,惟石焉近于雅则雅也,侪于俗则俗也,邻于清则清也,流于浊则浊也,履于高则高也,涉于卑则卑也。余究不能名其为雅、为俗、为清、为浊、为高、为卑,彼亦自忘其为雅、为俗、为清、为浊、为高、为卑也。故世终罕有知之者也,知之者乃独有一爱石之余也。持以问石,余固知石之必点头也,雨村以为何如也?

【注】

① 简:信札。

② 陆小南:人名,生平不详。　　阮菊圃:人名,生平不详。

③ 介然:专一,坚定不移。《荀子·修身》:"善在身,介然必以自好也。"

阮菊圃生诔①

先生,雅人也。雅非俗笔所能传。然画工,俗笔也,画景,俗景也。画之俗既可以绘先生之貌,则文之俗又何不可以绘先生之人?特是先生之为人正不易绘也,况不才如余,而欲以文字传先生,亦何不自量之甚乎?乃何以余虽欲自匿其拙,而先生转不容余之以拙自匿,且欲借余之献其拙以为嬉笑?此余之无如公,何者也?公既出斯图以命题,且嘱之曰:"昔人有生诔之文,谓诔之作也宜于生之日,不宜于死之日也。吾不可无此文,子不可无此作。文成之后,吾将顾而自娱,子其畅所欲言,无讳、无泛、无稍诬,吾不再觅第二手,实以子平日善于臧否人物。"

嗟乎!公之言如此,将以余为知己,而故以相勖耶?抑将以余为不知己,而故以相难耶?余姑勿深求,而特念余与公有自恨于己者四,有不可解于公者六,有不能为公慰者五,而有可以共信于心者一,吾正不妨为公白之。

公世德清芬,为吾淮望族,焕之先人联盟订谊,代有渊源,奈焕生也晚,又值少孤,厄于贫贱,不获置身于大人先生之前,闻其绪论,其恨一也。髫龄即耳大名,山斗空仰,长稍识途②,而先生已囊笔四方,无由亲炙,直迟至二三十载之后始得识荆③,其恨二也。八年聚首,不为不永④,乃依人门户,势难晨夕过从,间一返里,动经月日加以旅窗风雨,艰于造庐,幸得侍杖樽前,又因热客在坐⑤,不敢放胆而谈,舒其抑郁,其恨三也。且公于此土初系寓,公近年以来粗立家室,而余既不能十万买邻⑥,身如飞燕暂住画梁,瞬而秋风作客旧时门巷,知不免回首销魂焉,其恨四也。

抱此四恨,是以倾慕乎公者益甚,而无解于公者益多。一无解于公之贫,他人不贫(一)而口必言贫,额长蹙,先生贫而绝不言贫,头长昂。一无解于公之老,他人未老而自以为老,无病而好为吟呻,先生已老而不自以为老,豪气不减于年少。一无解于公之拙,他人貌为拙而心则巧,先生何难于巧而自甘为其拙! 阮囊久空犹拘拘焉⑦,一介不苟。一无解于公之淡,他人栽花种竹、弹琴敲棋,特借以自文其粗鄙,非必性之所寄也,先生独爱花成癖,扫榻留宾,煮茗焚香,清谈忘倦,凡一切人世名利俱不关心。一无解于公之放,他人衷曲虽不可告人,从其外观之未尝不规行矩步者也,先生则异是,每当酒酣耳热,一语解颐⑧,四坐绝倒,兴之所至,步履随人,遂使肉眼惊疑耳,啧啧多私议。一无解于公之狂,他人之狂,愚者夸其囊金,智者又诩其腹笥⑨,矜张之色两不相下,遂生衅端,自先生视之两付之一笑而已。若是者,岂能为公解乎? 公又岂能自解乎? 况不唯是已也。

古人七十非肉不饱⑩,鸡豚养志,孝子所以忧贫也,而先生志在淡泊,不嗜肥甘,平日疏水自得⑪,虽遇宾筵,亦动容于盛馔,而一脔之味究未尝轻下箸焉,则饮食之薄无以为公慰也。君子居无求安,然必自得其处耳,先生则寄人篱下,虽暂可容膝,奈半弓拓地,徒慨枝栖,较诸杜陵茅屋之叹当更有甚焉者⑫,则居处之艰无以为公慰也。贫若陋巷⑬,尚有负郭之田数亩⑭,而先生则青毡以外别无长物⑮,则子孙之计无以为公慰也。老者不以筋力为礼宜也⁽⁻⁾,今之少壮好自尊大,息交绝游,客来投刺,深居不面戚里⑯,庆吊驱遣稚子而已,而先生年迈古稀,独讲明夫礼尚往来之道,事必躬亲,则周旋之劳无以为公慰也。乡党耆宿自立崖岸⑰,言笑不轻假人,望之如逢怪物,乃先生不惜自贬丰裁以谐流俗,徒步小巷,妇孺争呼,降而村夫牧竖亦得从杖履之傍,问之无质故事,凡我同人更多不自检束,逐队敲门,笑声撼户,公虽心非之,而词色自霁,则结纳之泛更无以为公慰也。

然公岂欲人之相慰哉?不欲人之相慰,夫固有所自信者也。自信者何?信古不信今也,信理不信数也,信天不信人也,信人不信鬼也,公所信即我所信,公所不信即我所不信。乃公不信鬼而不言鬼,余不信鬼而言鬼。公不言鬼,欲人皆超于鬼之外。余言鬼,使鬼不混于人之中。公不言鬼,愿天下之鬼皆化而为人。余言鬼,惧天下之人或流而为鬼。所谓鬼者,生之前而为之,非死之后而为之也。盖有天之处为有鬼之处,死则首不戴天,无有天安有鬼?有地之处为有鬼之处,死则足不履地,无有地安有鬼?有人之处为有鬼之处,死则身弃乎人,无有人安有鬼?有物之处为有鬼之处,死则形委乎物,无有物安有鬼?有我之处为有鬼之处,死则神离乎我,无有我安有鬼?以心言,灵则人,蠢则鬼。以气言,刚则人,靡则鬼。以志言,伸则人,屈则鬼。以品言,正则人,邪则鬼。既有人即有鬼,不为人即为鬼,有始而人、终而鬼者,有忽而人、忽而鬼者,有甘于为鬼而又欲附于人者,有明知非人而不敢直斥其为鬼者,有人为鬼所诱而视鬼为人、视人翻疑为鬼者,有鬼为人所激而不自讳为鬼、遂大肆其虐于人者,有以鬼煽鬼而鬼与鬼为同类者,有以鬼忌鬼而鬼与鬼亦分党者。然则沙虫其体,其即所谓髑髅乎? 木石其心,其即所谓傀儡乎? 昏暮乞怜,其即所谓夜台乎[18]? 桎梏罹凶,其即所谓泥犁乎[19]? 饕餮之羹炙,非水浆而何? 蜉蝣之衣裳[20],非刍灵而何[21]? 居高位而素餐使人昏昏,非尸气而何? 视青蚨如性命一毛不拔[22],非纸钱而何? 至若鹰犬争逐,狐兔纵横,非魑魅魍魉而何如[23]? 我辈者功名潦倒,受尔揶揄,身世飘零,随伊戏弄,不能一日不在人之中,安能一日竟出鬼之外乎? 先生诚有慨乎此者也。

客有诘余者言:"子之言似矣。虽然生而为鬼,死而为何耶? 人死之日将不名为鬼耶? 鬼死之日将仍名为鬼耶?"余曰:"是不然也。天下唯为鬼者不死而死,则其生之年皆其死之日。天下唯为人者死而不死,则其死之日皆其生之年。鬼唯不死而死,故诔鬼之文宜作于死之日,诔之者哀之也。人唯死而不死,故诔人之文宜作于生之年,诔之者颂之也。吾何以为公颂哉? 吾知公固味道腴者也,天下有贪婪之鬼,无终日醉饱之人,则可为公慰者正在饮食之薄也。公固居广居者也,朱门大厦鬼多瞰之,而鸿儒谈笑转在陋室之中,则可为公慰者正在居处之艰也。公固种情田者也,积金贻子孙皆愚鬼耳,先生但知积德而已,则可为公慰者正在子孙之计也。公有深情故有谦德,有谦德故有和光,世人负性孤僻日与人远,人见无情之面目遂以鬼蜮刺之,视公何如也? 则可为公慰者正在周旋之劳也。公有全神故有虚怀,有虚怀故有雅量,世人暮气颓唐,易千众恶谤之者,谓其精神离形与鬼为邻焉,视公何如也? 则可为公慰者正在结纳之泛也。而吾益叹贫如公者始可以贫,愿以公之操守愧夫鬼而穷者。老如公者始可以老,愿以公之兴趣愧夫鬼而迷者。若公之拙,乃公之介也,愿以公之廉隅愧夫多欲之鬼。若公之淡,乃公之高也,愿以公之丰韵愧夫摹雅之鬼。若公之放,实公之正也,天下之拘鬼皆天下之黠鬼,盍以公之履蹈裁之。若公之狂,实公之大也,天下之骄鬼皆天下之浅鬼,盍以公之胸襟化之。而余转思夫日晤先生以来,觉先代之渊源绪论犹存焉,亲炙之素愿山斗终仰焉,不必日侍几杖,一夕之谈自足千古焉,此后即分手云天,而隔在形骸、通在梦寐焉,向所不解者既无不可解,向所大恨者不又转而为大快者乎!公即不以我为知己,我能不自负为公之知己乎?我虽欲自匿其拙又何能乎?"

乃客闻余言则又曰:"公不信鬼曾闻之矣。子谓即人即鬼,无乃故诬其词欤?且公方以此图日张诸壁,独不虑为鬼所见将,从而为祸于作者欤?"余曰:"是又不然也。公知而不言,厚道也,余知而言,直道也,其心则一也。况公之门墙冷落之场也,鬼多趋热而畏冷。公之庭户幽闲之境也,鬼又喜忙而恶闲。虽悬诸壁断无有鬼入其室者,又何虑焉?且我之文特恨不令鬼见耳,特恨鬼见如未见耳。如有人焉持我之文遍为鬼诵,恐天下之鬼将于是乎少矣。则我岂徒以是文传先生之为人乎哉?"

信乎非先生不能命我作是文,非我不能以是文为先生诔。诔曰:"公之先有人论无鬼兮,二气归于一理[24]。我之先有人谈天兮,意得者忘筌[25]。非大声不能振聋聩兮!我每疑贾生何所言于汉文之前人之异于草木禽兽兮[26],故浩气不尽于百年。况公之学守程朱兮,品亦介乎惠与连[27]。说鬼直超乎东坡之上兮[28],也曾向面壁而参禅。惟我心与公心洞然不迷兮,不知者且目为滑稽。"

【校】

(一)他人不贫:原无此四字,文意不通,疑脱,今补。

（二）宜：据文意，疑为"仪"。

【注】

① 诔：累述死者功德事迹以示哀悼的文章。

② 识途：《韩非子·说林上》："管仲、隰朋从桓公伐孤竹，春往冬反，迷惑失道。管仲曰：'老马之智可用也。'乃放老马而随之，遂得道。"以此典形容人富有经验阅历。这里指作者长了知识阅历。

③ 识荆：唐李白《与韩荆州书》："白闻天下谈士相聚而言曰：'生不用万户侯，但愿一识韩荆州。'何令人之景慕，一至于此耶！岂不以有周公之风，躬吐握之事，使海内豪俊，奔走而归之，一登龙门，则声誉十倍。所以龙盘凤逸之士，皆欲收名定价于君侯。"韩朝宗曾为荆州长史，喜识拔后进，为时人所重。以此典称颂接纳、举荐自己的前辈。后也用作久闻其名而初识面的敬辞。

④ 不永：不长久。

⑤ 热客：晋程晓《嘲热客诗》："平生三伏时，道里无行车。闭门避暑卧，出入不相过。今世褦襶子（暑月谒人，衣冠束身之状，比喻不晓事），触热到人家。主人闻客来，颦蹙奈此何。"因以指趋炎附势的人。

⑥ 十万买邻：《南史·吕僧珍传》："初，宋季雅罢南康郡，市宅居僧珍宅侧。僧珍问宅价，曰'一千一百万'。怪其贵，季雅曰：'一百万买宅，千万买邻。'"以此典形容择邻而居，好邻居难得。

⑦ 阮囊：宋阴时夫《韵府群玉·阳韵》："阮孚持一皂囊，游会稽。客问：'囊中何物？'曰：'但有一钱看囊，恐其羞涩。'"唐杜甫《空囊》诗："囊空恐羞涩，留得一钱看。"以"阮囊羞涩"形容生活贫困，身边无钱。

⑧ 解颐：开颜欢笑。宋周密《齐东野语·解颐》："匡说诗，解人颐，盖言其善于讲诵，能使人喜而至于解颐也。至今俗谚以人喜过甚者，云兜不上下颏，即其意也。"

⑨ 腹笥：笥，藏书之器，以腹比笥，言其学识丰富，满腹才学。《后汉书·边韶传》："边韶字孝先，陈留浚仪人也。以文章知名，教授数百人。韶口辩，曾昼日假卧，弟子私嘲之曰：'边孝先，腹便便。懒读书，但欲眠。'韶潜闻之，应时对曰：'边为姓，先为字。腹便便，《五经》笥。但欲眠，思经事。寐与周公通梦，静与孔子同意。师而可嘲，出何典记？'嘲者大惭。"

⑩ "古人言七十非肉不饱"三句：《孟子·梁惠王上》："五亩之宅，树之以

桑,五十者可以衣帛矣。鸡豚狗彘之畜,无失其时,七十者可以食肉矣。百亩之田,勿夺其时,数口之家可以无饥矣。谨庠序之教,申之以孝悌之义,颁白者不负戴于道路矣。七十者衣帛食肉,黎民不饥不寒,然而不王者,未之有也。"朱子注:"五十始衰,非帛不暖,未五十者不得衣也。……七十非肉不饱,未七十者不得食也。……衣帛食肉但言七十,举重以见轻也。……少壮之人,虽不得衣帛食肉,然亦不至于饥寒。"本言尽法制品节之详,来说明王道之成也。这里指一种理想、让人称道的养老生活。

⑪ 疏水:犹言粗粝的饮食。《论语·述而》:"饭疏食饮水,曲肱而枕之,乐亦在其中矣。"

⑫ 杜陵茅屋之叹:唐杜甫有著名的诗篇《茅屋为秋风所破歌》,叹自己的潦倒失意,由己及人,忧心天下。

⑬ 陋巷:狭窄的街巷,亦指贫家所居之处。《论语·雍也》:"贤哉回也!一箪食,一瓢饮,在陋巷,人不堪其忧,回也不改其乐。"山东曲阜颜庙附近,有陋巷故址。

⑭ 负郭:靠近城郭。《史记·苏秦列传》:"于是六国从合而并力焉。苏秦为从约长,并相六国。北报赵王,乃行过洛阳,车骑辎重,诸侯各发使送之甚众,疑于王者。周显王闻之恐惧,除道,使人郊劳。苏秦之昆弟妻嫂侧目不敢仰视,俯伏侍取食。……苏秦喟然叹曰:'此一人之身,富贵则亲戚畏惧之,贫贱则轻易之,况众人乎!且使我有洛阳负郭田二顷,吾岂能佩六国相印乎!'"以"负郭田"指代家中的产业。

⑮ 青毡:《太平御览》卷七零八引晋裴启《语林》曰:"王子敬(王献之)在斋中卧,偷人取物,一室之内略尽。子敬卧而不动,偷遂登榻,欲有所觅。子敬因呼曰:'偷儿!石染青毡是我家旧物,可特置否?'于是群偷置物惊走。"后以借指士人故家旧物,或是传承的事业。

⑯ 戚里:泛指亲戚邻里。

⑰ 乡党:犹乡里。周礼,二十五家为闾,四闾为族,五族为党,五党为州,五州为乡。 耆宿:老师宿儒。 崖岸:山崖、堤岸,比喻高傲,不易接近。

⑱ 夜台:坟墓。阮瑀《七哀诗》:"冥冥九泉室,漫漫长夜台。"

⑲ 泥犁:梵语,也作"泥黎"、"泥黎"。意译为地狱,在此界中,一切皆无,为十界中最恶劣的境界。

⑳ 蜉蝣：虫名，也叫渠略，体细狭，成虫长数分，有四翅，后翅甚小，腹部尾端有长尾须两条。夏月阴雨时从地中出，寿命短者数小时，朝生暮死，长者六七日。羽极薄而有光泽。《诗经·曹风·蜉蝣》："蜉蝣之羽，衣裳楚楚。……蜉蝣之翼，采采衣服。"

㉑ 刍灵：茅草扎成的人马，古代殉葬用品。孔子认为刍灵者善，为俑者不仁。

㉒ 青蚨：昆虫名，晋干宝《搜神记》十三："南方有虫，又名青蚨。形似蝉而稍大，味辛美可食。生子必依草叶，大如蚕子。取其子，母即飞来，不论远近，虽潜取其子，母必知处。以母血涂钱八十一文，以子血涂钱八十一文。每市物，或先用母钱，或先用子钱，皆复飞归，轮转无已。"后因称钱曰青蚨。

㉓ 魑魅魍魉：魑，山神；魅，怪物；魍魉，传说山林中害人的怪物。魍魉，水神。亦作"螭魅罔两"。引申指各种各样的坏人。

㉔ 二气归于一理：《二程遗书》卷十六："二气五行，刚柔万物，圣人所由惟一理。"二气，指阴阳二气；一理，指天理（自然法则），它是天道和人道的统一，反映为万事万物的共性和普遍性，是万殊之理的共相。这是宋代理学家的一种观点。

㉕ 意得者忘筌：《庄子·外物》："荃（筌）者所以在鱼，得鱼而忘荃；蹄者所以在兔，得兔而忘蹄；言者所以在意，得意而忘言。吾安得夫忘言之人而与之言哉！"以此典形容目的达到后就忘了原来凭借的事物。也指忘我、忘情等。这里指后者。

㉖ "贾生何所言于汉文之前"一句：出自贾谊向汉文帝上的《陈政事疏》："汤武置天下于仁义礼乐而德泽裕，禽兽草木广裕，德被蛮貊四夷，累子孙数十世，此天下所共闻也。秦王置天下于法令刑罚，德泽亡一有，而怨毒盈于世，下憎恶之如仇雠，祸几及身，子孙诛绝，此天下之所共见也。……今或言礼谊之不如法令，教化之不如刑罚，人主胡不引殷周事以观之也？"贾谊意在劝谏汉文帝实行德教，德治。

㉗ 惠与连：指柳下惠和少连，都是古代传说中的高洁隐士。柳下惠，即春秋鲁大夫展禽，鲁僖公时人，又字季。因食邑柳下，谥惠，故名。《论语·微子》："柳下惠为士师，三黜。人曰：'子未可以去乎？'曰：'直道而事人，焉往而不三黜？枉道而事人，何必去父母之邦？'"少连，孔子说他善于守孝。《礼记·杂

记》:"孔子曰:'少连、大连善居丧,三日不怠,三月不解,期悲哀,三年忧,东夷之子也!'"

㉘ "说鬼直超乎"一句:东坡说鬼的故事见宋代叶梦得《石林避暑录话》卷一:"子瞻在黄州及岭表,每旦起,不招客相与语,则必出而访客。所与游者亦不尽择,各随其人高下,谈谐放荡,不复为畛畦。有不能谈者,则强之说鬼,或辞无有,则曰'姑妄言之',于是闻者无不绝倒,皆尽欢而去。"纪昀有诗:"平生心力坐销磨,纸上烟云过眼多。拟著书仓今老矣,只应说鬼似东坡。"

【剑虹居诗集】

·卷　上·

杂　感

其　一

洪水未平治,巢父何由耕①?河北尚烽火,严陵钓不成②。乃知君臣义,无地能忘情③。古人好高蹈④,原非薄功名。生才重节操,持以报圣明。山林亦王土,韦布犹簪缨⑤。葵忱白日照⑥,何必为公卿。

【注】

① 巢父:传说为唐尧时隐士,在树上筑巢而居,时人号曰巢父,尧以天下让之,不受,巢父与许由为隐居之友,后来尧想召许由为九州长,许由不愿听,到颍水边去洗耳朵。(晋皇甫谧《高士传》)后以"巢父隐居"这个典故指埋名隐居的隐士。

② 严陵:即严光,字子陵,东汉会稽余姚人。参前文集卷上《病说》其二注③。以"子陵钓泽"(也可称"严陵钓")形容人不图富贵,隐居山泽。这里指天下不太平,连归隐山林都做不到。

③ 无地能忘情:《后汉书·仲长统传》:"统性俶傥,敢直言,不矜小节,默语无常,时人或谓之狂生。……作诗二篇,以见其志。辞曰:'……大道虽夷,见几者寡。任意无非,适物无可。古来绕绕,委曲如琐。百virtual何为,至要在我。寄愁天上,埋忧地下。叛散五经,灭弃风雅。'"后以"埋忧地下"的典故形容排遣忧虑,苦闷。诗人在这里指无地埋忧,不能排遣忧愁。

④ 高蹈:远避,谓隐居。南朝·宋颜延年《陶征士诔》:"赋诗归来,高蹈独善。"

⑤ 韦布:韦带布衣,贫贱者所服。簪缨:古代官吏的冠饰,因以喻显贵。

⑥ 葵忱白日照:《淮南子·说林训》:"圣人之于道,犹葵之于日也,虽不能与(日)终始哉,其乡(向)之诚。"曹植《求通亲亲表》:"若葵藿之倾叶,太阳虽不为之回光,然终向之者,诚也。臣窃自比葵藿,若降天地之施,垂三光之明者,实

在陛下。"后以此典形容人对至道或下对上赤诚向往,忠心追随。

其 二

达者为人父,生儿愿朴鲁。愚者为人父,生儿愿华膴①。读书志早成,车马变门户。功名移性情,遑知有恃怙②?亲病子不知,子游亲不怒。有泪背人弹,无言心更苦。苦境亦自甘,嗟嗟谁无父?

【注】

① 华膴:富贵,华贵。清龚自珍《〈鸿雪因缘图记〉序》:"今使所遇而永承平无事也,起家功名,致身华膴,一切勿问,固不得预于贤大夫之数。"

② 恃怙:即"怙恃",此处为押韵而倒置。《诗经·小雅·蓼莪》有"无父何怙,无母何恃"之句,后因取怙恃为父母的代称,父死称失怙,母死称失恃。

其 三

巢里鸦为雏,巢外鸦为母。雏饥泣以声,母哺衔以口。母瘦雏益肥,雏美母渐丑。一朝羽毛丰,独去投林薮①。霜高月落天,人踪绝樵叟。寒禽颓树颠,瑟缩立无偶。望雏雏不归,古木西风吼。

【注】

① 林薮:山林水泽之间。

其 四

须鬓或可损,不能移手足①。声气或偶乖,不能抛骨肉。人当孩提还,无过同怀睦②。兄嬉弟亦欢,此痛彼俱哭。食则共杯分,眠则同被宿。一日不相见,倚间时往复③。胡为马齿增④,渐失雁行笃⑤?请把常棣诗⑥,涕泣一披读。

【注】

①　移：摇动，变动。《礼记·玉藻》："疾趋而欲发，而手足毋移。"

②　同怀：此指同胞兄弟。

③　倚闾：意同"倚门"。以倚闾、倚门比喻盼望亲人归来。

④　马齿增：因马的牙齿随年而增，故也用来喻人的年龄一年年增大。

⑤　雁行：《礼记·王制》："父之齿随行，兄之齿雁行，朋友不相逾。"言兄弟出行，弟在兄后，后就用"雁行"作为兄弟之称。

⑥　常棣诗：指《诗经·小雅·常棣》，诗云："常棣之华，鄂不韡韡（wěi）。凡今之人，莫如兄弟。"《毛诗笺》："周公吊（管蔡）二叔之不咸（和），而使兄弟之恩疏，召公为作此诗，而歌以亲之。"后以常棣比喻兄弟。

其　　五

　　古人多弃妇，今人多畏妻。出户须眉傲，入门颜色低。高堂遭诟谇，同室相排挤。不见阋墙祸①，都缘掩袖啼②。悍妇如伐斧，所至枝叶批③。千古家国患，司晨由牝鸡④。贤哉伯鸾妇，举案与眉齐⑤。

【注】

①　阋墙：阋，争讼，争斗。《诗经·小雅·常棣》："兄弟阋于墙。"后因称兄弟不和为阋墙之争。

②　掩袖：《后汉书·黄琼传》注引汉刘向《说苑》："王国子前母子伯奇，后母子伯封。后母欲其子立为太子，说王曰：'伯奇好（喜欢）妾。'王不信。其母曰：'令伯奇于后园，妾过其旁，王上台视之，即可知。'王如其言，伯奇入园，后母阴取蜂十数置单衣中，过伯奇连曰：'蜂蜇我。'伯奇就衣中取蜂杀之。（王以为伯奇调戏后母，于是将其放逐。）"用"掩袖"的典故来形容耍弄阴谋，离间骨肉。

③　批：削，薄切。唐杜甫《房兵曹胡马》："竹批双耳峻，风入四蹄轻。"

④　司晨由牝鸡：指母鸡报晓。旧称女性掌权为牝鸡司晨。

⑤　贤哉二句：《后汉书·逸民列传·梁鸿传》："势家慕其（梁鸿，字伯鸾）高节，多欲女之，鸿并绝不娶。同县孟氏有女，状肥丑而黑，……择对不嫁……

父母问其故。曰：'欲得贤如梁伯鸾者。'……及嫁，始以装饰入门。七日而鸿不答。"妻子问其故。"鸿曰：'吾欲裘褐之人，可与俱隐深山者尔。今乃衣绮缟，傅粉墨，岂鸿所愿哉？'妻曰：'以观夫子之志耳。'"后"女椎髻著布衣，操作具而前。鸿大喜曰：'此真梁鸿妻也。'……乃共入霸陵山中，以耕织为业，咏《诗》、《书》，弹琴以自娱。……遂至吴，依大家皋伯通，居庑下，为人赁舂。每日妻为具食，不敢鸿前仰视，举案常齐眉。"后用"举案齐眉"的典故表示夫妻互敬，妻贤知礼。

其　六

君子交如漆，漆润光华彻①。小人交如漆，漆干脂膏竭。一为风过轩，永使胸襟洁。一为酒在樽，暂向口边热。握手誓陈雷②，凶终如吴越③。从古肝胆交，何能骤相悦？安得素心人，车笠盟金铁④？

【注】

①　交如漆：典出《后汉书·独行列传》："陈重字景公，豫章宜春人也。少与同郡雷义为友，俱学《鲁诗》、《颜氏春秋》。太守张云举重孝廉，重以让义，前后十余通记，云不听。义明年举孝廉，重与俱在郎署。……雷义字仲公，豫章鄱阳人也。……义归，举茂才，让于陈重，刺史不听，义遂阳狂被发走，不应命。乡里为之语曰：'胶漆自谓坚，不如雷与陈。'三府同时俱辟二人。"后以这个典故形容友谊真挚牢固。这里指交往过于亲密。

②　陈雷：指陈重与雷义。

③　吴越：古代的吴国和越国。在今浙江一带，汉王充《论衡·四讳》："吴越之俗，断发文身。"后因吴越互相敌对，转指敌对的两国。

④　车笠盟：《初学记》卷十八引晋代周处《风土记》："越俗性率朴，初与人交有礼，封土坛，祭以犬鸡，祝曰：'卿虽乘车我戴笠，后日相逢下车揖。我步行，君乘马，后日相逢君当下。'"后以"车笠盟"的典故形容交谊深挚，不因身份贵贱的改变而变化。

其　七

踪迹户庭疏,交游证怀抱。友朋猜忌多,翻觉途人好[①]。所厚既如斯,所薄安可保? 仲子离母兄[②],季子傲妻嫂[③]。不解骨肉亲,但求名利早。人心先沦亡,人品曷足道? 譬如空山乔,本枯干自槁。

【注】

① 途人:路人,陌生人。

② 仲子离母兄:典出《孟子·滕文公下》:"(陈仲子)辟兄离母,处于于陵。"又,晋皇甫谧《高士传》:"陈仲子,齐人。其兄戴为齐卿,食禄万钟。仲子以为不义,将妻子适楚,居于陵,自谓于陵仲子,穷,不苟求不义之食。"

③ 季子傲妻嫂:典出《史记·苏秦列传》:苏秦,雒阳人……出游数岁,大困而归。兄弟嫂妹妻妾窃皆笑之,曰:"周人之俗,治产业,力工商,逐什二以为务。今子释本而事口舌,困,不亦宜乎!"……苏秦为从约长,并相六国,北极赵王,乃行过雒阳,车骑辎重,诸侯各发使送之甚众,疑于王者。……苏秦之昆弟妻嫂侧目不敢仰视,俯伏侍取食。苏秦笑谓其嫂曰:"何前倨而后恭也?"嫂委蛇蒲服,以面掩地而谢曰:"见季子位高金多也。"

其　八

刮目如拨云,难自睹其面[①]。出言如涌泉,难道所未见。由来拭青铜[②],可方磨铁砚[③]。观我得妍媸,成材需锻炼。文章枵腹谈[④],无珠椟空炫[⑤]。学者务本源,勿以狂言煽。鉴貌如鉴心,金镜在黄卷[⑥]。

【注】

① "刮目"二句:意谓即使以金篦刮目犹如拨开云雾一样,即使人复明,也难以看清自己的面貌。刮目,典出《涅槃经》八:"有盲人为治目,故造诣良医。是时良医,即以金篦刮其眼膜。"

② 拭青铜:揩拭镜子,此喻自我反省。

③ 磨铁砚：《新五代史·桑维翰传》："初举进士，主司恶其姓，以'桑''丧'同音。人有劝其不必举进士，可以从他求仕者，维翰慨然，乃著《日出扶桑赋》以见志。又铸铁砚以示人曰：'砚弊则改而他仕。'卒以进士及第。"后以"磨铁砚"这个典故形容人立志坚定不移，苦读勤学。

④ 枵腹：空腹，指饥饿。这里指没有学问，没有才华。

⑤ 无珠椟空炫：典出《韩非子·外储说左上》："楚人有卖其珠于郑者，为木兰之柜，熏以桂椒，缀以珠与玉，饰以玫瑰，辑以翡翠。郑人买其椟而还其珠。此可谓善卖椟矣，未可谓善鬻珠也。"后以"买椟还珠"来形容舍本逐末，取舍失当。此典喻文章没有内容，空有形式等花架子。

⑥ 金镜：喻明道。南朝梁代刘孝标《广绝交论》："盖圣人握金镜，阐风烈，龙骧蠖屈，从道污隆。"注："《雒书》曰：秦失金镜。郑玄曰：金镜，喻明道也。"

其　　九

观书贵得间①，转在无字句。观人必于微，不在小名誉。论古无己见，贻诮书中蠹②。相士凭人言，十取有九误。我辈眼界空，随在披云雾③。

【注】

① 得间：本义是间隙可乘。后亦称得解为得间，犹言会心，领悟，如说读书得间。

② 书中蠹：蠹，蛀虫。喻埋头苦读的人。含有食古不化、不懂变通的意思。

③ 披云雾：语出《世说新语·赏誉上》："卫伯玉（瓘）为尚书令，见乐广与中朝名士谈议，奇之曰：'自昔诸人没已来，常恐微言将绝。今乃复闻斯言于君矣。'命弟子造之，曰：'此人，人之水镜也，见之若披云雾，睹青天。'"也作"披雾"。后用此典形容人言论精当，富有识鉴，使人受益。

其　　十

不知六合外①，空洞有何地。不知三皇前，宰治持何议②。幻想一萦胸，中庸变怪异③。不屑今人侪，反为古人累。两间

有疑团④,何关日用事。毋肖谈天才,甘⁽一⁾为挈瓶智⑤。圣人
有不知,君子贵素位⑥。

【校】

(一) 甘:原刻本中作"廿",修补本为"甘",今从修补本。

【注】

① 六合:天地四方。《庄子·齐物论》:"六合之外,圣人存而不论。"

② 宰治:掌管治理的官吏。

③ 中庸:不偏叫中,不变叫庸,儒家以中庸为最高的道德标准。《论语·雍
也》:"中庸之为德也,其至矣乎!"

④ 两间:天地之间。

⑤ 挈瓶:《左传·昭公七年》:"虽有挈缾之知,守不假器,礼也。"缾,同
"瓶"。谓虽仅有汲水的知识才智,亦能谨守其汲器,不借给别人。后以"挈瓶"
比喻知识浅薄。

⑥ 素位:语出《礼记·中庸》:"君子素其位而行,不愿乎其外。"孔颖达疏:
"素,乡也。乡其所居之位而行其所行之事,不愿行在位外之事。"

其 十 一

人有惠于我,虽小不可忘。我有惠于人,虽大无矜张。千
金报一饭①,意气殊堂堂。百钱愧亭长②,毋乃狭肺肠。手夺
楚天下,持以奉汉王。若执报施论,此功原难偿。神龙幻首
尾,我慕张子房③。

【注】

① 千金报一饭:《史记·淮阴侯列传》:"(韩)信钓于城下,诸母漂,有一母
见信饥,饭信,竟漂数十日。信喜,谓漂母曰:'吾必有以重报母。'母怒曰:'大丈
夫不能自食,吾哀王孙而进食,岂望报乎?'……徙齐王信为楚王,都下邳。信至
国,召所从食漂母,赐千金。"后以这个典故表示知恩图报。堂堂,大方,高显貌。

② "百钱"一句:《史记·淮阴侯列传》:"始为布衣时,贫无行,不得推择为

吏,又不能治生商贾,常从人寄食饮,人多厌之者,常数从其下乡南昌亭长寄食,数月,亭长妻患之,乃晨炊蓐食。食时信往,不为具食。信亦知其意,怒,竟绝去。……及下乡南昌亭长,赐百钱,曰:'公,小人也,为德不卒。'"

③ 张子房:指张良,《史记·留侯世家》:"留侯乃称曰:'家世相韩,及韩灭,不爱万金之资,为韩报仇强秦,天下振动。今以三寸舌为帝者师,封万户,位列侯,此布衣之报,于良足矣。愿弃人间事,欲从赤松子游耳。'乃学辟谷,道引轻身。"后以此典故喻不恋爵禄,辞官归山,及时隐退。

其 十 二

　　万金恣挥霍,朱门壁易空。一钱吝囊解①,乞人出富翁。暴殄非惜福,豀刻难图终②。不及犹太过③,俱未权以中。儒者鸡廉素④,岂必薄青铜⑤? 持躬务克俭,济物须大公。善人始可富,天道终梦梦。

【注】

　　① 一钱吝囊解:典出宋阴时夫《韵府群玉·阳韵》:"阮孚持一皂囊,游会稽。客问:'囊中何物?'曰:'但有一钱看囊,恐其羞涩。'"以"一钱羞涩"形容生活贫困,身边无钱。

　　② 豀(xī)刻:尖刻,刻薄。

　　③ 不及犹太过:出自《论语·先进篇》:"子曰:'过犹不及。'"

　　④ 鸡廉:喻小廉,汉桓宽《盐铁论·褒贤》:"文学言行,……不过高瞻下视,洁言污行,觞酒豆肉,迁延相让,辞小取大,鸡廉狼吞。"宋陆佃《埤雅·释鸟》:"鸡跑而食之,每有所择,故曰小廉如鸡。"

　　⑤ 青铜:这里指青铜铸造成的钱币,为铜钱中的上品,也泛指一般铜钱。

其 十 三

　　二客争于堂,刚柔互异趣。骂座犹未休①,唾面能无怒②。未休我不惊,无怒我翻惧。宵小阴险才③,往往貌仁恕。知否笑中刀④,杀人人不寤。

【注】

①　骂座：汉武帝时，魏其侯窦婴失势，武安侯田蚡强势压人，与窦婴交好的灌夫心里不服气，在庆贺田蚡燕王女的喜筵上，武安侯故意怠慢魏其侯窦婴，"灌夫不悦。起行酒，至武安，武安膝席曰：'不能满觞。'夫怒，因嘻笑曰：'将军贵人也，属之！'时武安不肯。行酒次至临汝侯，临汝侯方与程不识耳语，又不避席。（灌）夫无所发怒，乃骂临汝侯曰：'生平毁程不识不直一钱，今日长者为寿，乃效女儿咕嗫耳语！'……武安乃麾骑缚（灌）夫置传舍，召长史曰：'今日召宗室，有诏。'劾灌夫骂座不敬，系居室。"（《史记·魏其武安侯传》）

②　唾面能无怒：《尚书·大传·大战》中有"骂女毋叹，唾女毋干"之文，谓逆来顺受，忍辱不与人比较。刘肃《大唐新语·容恕》："初，（娄）师德在庙堂，其弟某以资高拜代州都督。将行，谓之曰：'汝今又得州牧，叨据过分，人所嫉也。将何以终之？'弟对曰：'自今虽有唾某面者，亦不敢言，但自拭之，庶不为兄之忧也。'师德曰：'夫前人唾也，发于怒也，汝今拭之，是逆前人怒也。唾不拭将自干，何如笑而受之？'弟曰：'谨受教。'"后以"唾面勿拭"的典故形容对人尽量忍让，避免惹事。

③　宵小：旧称盗贼坏人，这里指小人。

④　笑中刀：《旧唐书·李义府传》："义府貌状温恭，与人语必嬉怡微笑，而褊忌阴贼。既处权要，欲人附己，微忤意者，辄加倾陷。故时人言义府笑中藏刀。"后以此典故喻人外貌和善，内心阴险毒狠。

其　十　四

情即好盘游①，不想穷若木。性即嗜贪饕②，不思餐龙肉。从来无益谋，易以挠浑穆。敝庐天地宽，何事眉恒蹙。与子梦邯郸，黄粱炊饭熟③。

【注】

①　盘游：娱乐游逸。《尚书·五子之歌》："（太康）乃盘游无度，畋于有洛之表，十旬弗反。"

②　贪饕：贪得无厌，《战国策·燕》三："今秦有贪饕之心，而欲不可足也。"

③ "与子"二句：典出唐沈既济《枕中记》中记载道：唐代开元年间，有一道士吕翁，有神仙之术，他在邯郸道上旅舍中休息，见到年轻人卢生准备下田，便与其交谈。卢生感慨自己不遇于时，吕翁说："观子形体，无苦无恙，谈谐方适"，何来困顿？又问他什么是适意？卢生回答："士之生世，当建功树名，出将入相，列鼎而食，选声而听，使族益昌而家益肥，然后可以言适乎。"这时店主人正在蒸小米饭，吕翁拿出一青瓷枕让卢生枕眠以实现凤愿。卢生梦见自己娶了大族清河崔氏女儿，第二年又中了进士，官场中沉浮五十年，做到卿相高官，享尽荣华富贵，子孙都与名族婚配，最后年老病死。卢生这才醒，见自己仍在小旅馆里，主人的小米饭还没熟，于是明白了人生富贵荣华如梦幻的道理。后以此典说明了同样的道理。

其 十 五

尼山绍老彭①，不自矜先觉。隆中王佐才，自比管与乐②。由来圣贤心，冲虚成卓荦③。细流入沧海，土壤资泰岳。鄙哉篑为山④，无材空濯濯⑤。

【注】

① 尼山：山名，又名尼丘，在山东曲阜县东南。相传叔梁纥与颜氏女于尼丘野合而生孔子，即此山。这里指代孔子。　　老彭：人名，《论语·述而》："子曰：'述而不作，信而好古，窃比于我老彭。'"注："老彭，殷贤大夫。"汉郑玄、王弼以老为老聃，彭为彭祖，以老彭为两人。

②"隆中"二句：指诸葛亮自比管仲与乐毅。参见文集卷上《武乡侯自比管乐论》篇。

③ 卓荦：卓绝出众。汉班固《典引》："卓荦乎方州，洋溢乎要荒。"

④ 篑：盛土竹器。《尚书·旅獒》："为山九仞，功亏一篑。"

⑤ 无材空濯濯：光秃貌。语出《孟子·告子上》："人见其濯濯也，以为未尝有材焉，此岂山之性也哉？"

其 十 六

不有瓦缶响，黄钟⁽一⁾不见真①。不有碔砆质②，白璧不见纯。有莠苗斯贵,有秕粟乃珍。落叶满山谷,独瞻松柏新。掩鼻鲍鱼肆③,愿与幽兰邻。荣名属君子,反赖有小人。

【校】

(一)钟:原刻本中作"鍾",修补本中为"鐘",今从修补本。

【注】

① 黄钟:古乐十二律之一,声调最洪大响亮,《礼记·月令》仲冬之月:"其日壬癸……其音羽,律中黄钟。"注:黄钟者,律之始也。九寸,仲冬气至则黄钟之律应。

② 砆砆:似玉的美石。也作"武夫","珷玞"。《战国策·魏》:"白骨疑象,武夫类玉,此皆似之而非者也。"

③ "掩鼻"一句:《孔子家语·六本》:"与不善人居,如入鲍鱼之肆,久而不闻其臭,亦与之化矣。"此反用其意,谓远离小人。

其 十 七

一呼惊四筵,闻者色如土。片语定千秋,逝者气能吐。儒生予夺权,何问出与处①。黑夜飞电光,任他狡如鼠。赤手握干将②,任他猛如虎。荣人不待旌③,杀人不用斧。笔舌三寸端④,铁案断今古。

【注】

① 出:指出仕。　　处:指隐居。

② 干将:古剑名。相传春秋时吴人干将与莫邪善铸剑,铸有二剑锋利无比,一名干将,一名莫邪。后以干将为利剑的代称。

③ 旌:旌表,表彰。

④ 笔舌三寸:犹言"三寸舌",谓能言善辩,以语言胜人。《史记·平原君列传》:"毛(遂)先生以三寸之舌,强于百万之师。"《史记·留侯世家》:"留侯乃称曰:'家世相韩,及韩灭,不爱万金之资,为韩报仇强秦,天下振动。今以三寸舌为帝者师,封万户,位列侯,此布衣之极,于良足矣。'"

其 十 八

兵从纸上谈①，何难邀上赏。棋从局外观，不难指诸掌②。事外论成败，谁无名世想。岂知处当几③，神明多怅惘。子云识奇字，屈节乃为莽④。中郎本逸才，甘入董卓党⑤。以彼议旁人，藻鉴都不爽⑥。胡为自树立，牵就道以枉？冥鸿知不知⑦，西山有罗网⑧。

【注】

① 兵从纸上谈：战国赵括少学兵法，与其父奢谈兵事，奢不能难。后赵括代廉颇为将，被秦将白起打败。蔺相如称赵括徒能读其父书传，不知通变。见《史记·廉颇蔺相如传》附赵奢。

② 指诸掌：即指掌，指其手掌。比喻事情容易办。《三国志·魏书·钟会传》："文王（司马昭）笑曰：'……蜀为天下作患，使民不得安息，我今伐之，如指掌耳。"

③ 几：隐微，微妙。《周易·系辞上》："夫《易》，圣人所以极深而研几也。"

④ "子云"二句：子云指扬雄。《汉书·扬雄传》："雄少而好学，不为章句，训诂通而已，博览无所不见。""王莽时，刘歆、甄丰皆为上公，莽既以符命自立，即位之后，欲绝其原以神前事，而丰子寻、歆子棻复献之。莽诛丰父子，投棻四裔，辞所连及，便收不请。时，雄校书天禄阁上，治狱使者来，欲收雄，雄恐不能自免，乃从阁上自投下，几死。莽闻之曰：'雄素不与事，何故在此？'间请问其故，乃刘棻尝从雄学作奇字，雄不知情。有诏勿问。然京师为之语曰：'惟寂寞，自投阁；爰清静，作符命。'"

⑤ "中郎"二句：《后汉书·蔡邕传》："蔡邕字伯喈，陈留圉人也。……中平六年，灵帝崩，董卓为司空，闻邕名高，辟之，称疾不就。卓大怒，詈曰：'我力能族人，蔡邕遂偃蹇者，不旋踵矣。'又切敕州郡举邕诣府，邕不得已，到，署祭酒，甚见敬重。举高第，补侍御史，又转持书御史，迁尚书。三日之间，周历三台。迁巴郡太守，复留为侍中。……卓重邕才学，厚相遇待，每集宴，辄令邕鼓琴赞事，邕亦每存匡益。……及卓被诛，邕在司徒王允坐，殊不意言之而叹，有动于色。允勃然叱之曰：'董卓国之大贼，几倾汉室。君为王臣，所宜同忿，而怀

其私遇,以忘大节! 今天诛有罪,而反相伤痛,岂不共为逆哉?' 即收付廷尉治罪。……太尉马日磾驰往谓允曰:'伯喈旷世逸才,多识汉事,当续成后史,为一代大典。且忠孝素著,而所坐无名,诛之无乃失人望乎?'允曰:'昔武帝不杀司马迁,使作谤书,流于后世。方今国祚中衰,神器不固,不可令佞臣执笔在幼主左右。既无益圣德,复使吾党蒙其讪议。'……邕遂死狱中。"

⑥ 藻鉴:品藻鉴察,即品评鉴别之意。

⑦ 冥鸿:高飞的鸿雁,比喻避世隐居的人。汉扬雄《法言·问明》:"或问君子,在治(治世),曰:'若凤。'在乱(乱世),曰:'若凤。'(别人不明白)君子曰:'治则见,乱则隐,鸿飞冥冥,弋人(猎人)何篡焉。'"后以此典形容远祸避害。

⑧ 西山:即首阳山,在山西永济县南。《史记·伯夷列传》:"伯夷、叔齐,孤竹君之二子也。……武王……东伐纣。伯夷、叔齐叩而谏曰:'父死不葬,爰及干戈,可谓孝乎? 以臣弑君,可谓仁乎?'……武王已平殷乱,天下宗周,而伯夷、叔齐耻之,义不食周粟,隐于首阳山,采薇而食之"。

其 十 九

文如司马迁,奇祸遭蚕室①。诗如杜少陵②,风尘甘谴黜③。人心故不平,天意何尝恤! 岂知降奇才,必先加疢疾④。史公若兰台⑤,不过枚皋笔⑥。工部若鼎台⑦,不过房琯匹⑧。言功纵可称,焉能不世出? 丈夫志千古,勿计小得失。所以空山中,穷愁成著述⑨。

【注】

① 奇祸:指司马迁为李陵降匈奴事辩护,被汉武帝下狱。 蚕室:狱名,宫刑者所居之室。《后汉书·光武帝纪》:"诏死罪系囚皆一切募下蚕室。"注:"蚕室,宫刑狱名。宫刑者畏风,须暖,作暗室蓄火如蚕室,因以为名。"

② 杜少陵:指杜甫。杜陵东南十余里有小陵,为许后葬处,称少陵。唐杜甫祖籍杜陵,他也曾在此附近居住,自称杜陵布衣、少陵野老。

③ 风尘:喻漂泊流离,行旅艰辛。 谴黜:谪降与罢黜的意思。这里指

杜甫的一生都在安史战乱和长期流亡中。

④ 疢疾：久病。引申为灾患，灾祸。《孟子·尽心上》："人之有德慧术知者，恒存乎疢疾。"集注："疢疾，犹灾患也。"

⑤ 史公：指司马迁，其父司马谈为太史令，迁继之，皆称太史公。　　兰台：本为汉代宫廷藏书处，设御史中丞掌管，后置兰台令史，掌书奏。东汉以御史大夫官属省入兰台，班固曾任兰台令史，奉敕撰《光武本纪》及诸传记，后世也称史官为兰台。

⑥ 枚皋：枚皋，汉淮阴人，字少孺，其父枚乘，好诙谐，善辞赋，才思敏捷，讽刺不避权贵，时以比东方朔。司马相如善为文而迟，故所作少而善于皋，而枚皋为文敏捷，时称"枚速马工"。

⑦ 工部：指杜甫，严武曾荐杜甫为检校工部员外郎。　　鼎台：指三公之位。

⑧ 房琯（697—763）：河南人。肃宗（李亨）立，多参与决断朝中机密事务，琯有重名，而疏阔好大言，至德元年（756）自请领兵讨安禄山，战于陈涛斜，全军覆没，又因虚言浮诞，贬为邠州刺史，宝应二年（763）召拜刑部尚书，死于途中。

⑨ "所以"二句：《史记·平原君虞卿列传》："虞卿既以魏齐（魏相）之故，不重万户侯卿相之印，与魏齐间行，卒去赵，困于梁。魏齐已死，不得意，乃著书，上采《春秋》，下观近世……（共著八篇）以刺讥国家得失，世传之曰《虞氏春秋》。……太史公曰：'及不忍魏齐，卒困于大梁，庸夫且知其不可，况贤人乎？然虞卿非穷愁，亦不能著书以自见于后世云。'"

其　二　十

阮籍哭穷途①，世无逍遥地。陆云有笑癖②，亦招流俗忌。何如委初心，物情置勿议③？不绝淳于缨④，不洒灵均泪⑤。万事付悠然，升沉两无意。花间酒半壶，不醒亦不醉。日与羲皇人，北窗争把臂⑥。

【注】

① 阮籍哭穷途：《三国志·魏书·王卫二刘传》裴松之注引晋朝孙盛《魏

氏春秋》:"(阮)籍旷达不羁,……时率意独驾,不由径路,车迹所穷,辄恸哭而反。"用此典形容人感到前途无望,心中压抑悲伤。唐杜甫《陪章留后侍御宴南楼》:"此身醒复醉,不拟哭途穷。"以此典形容人感到前途无望,心中压抑悲苦。

② 陆云有笑癖:相传陆云爱笑,后因称易笑为陆云癖。《晋书·陆云传》:"(陆)机初诣张华,华问云何在。机曰:'云有笑疾,未敢自见。'俄而云至。华为人多姿制,又好帛绳缠须。云见而大笑,不能自已。先是,尝著缞绖(cuī dié 孝服)上船,于水中顾见其影,因大笑落水,人救获免。"

③ 物情:物理人情。《晋书·嵇康传·养生论》:"情不系于所欲,故能审贵贱而通物情。"

④ 绝淳于缨:《史记·滑稽列传·淳于髡(kūn)传》:"(齐)威王八年,楚大发兵加齐。齐王使淳于髡之赵请救兵,赍金百斤,车马十驷。淳于髡仰天大笑,冠缨索绝。(齐王以为他嫌少所以笑),淳于髡曰:'今者臣从东方来,见道旁有禳田者,操一豚蹄,酒一盂,祝曰:瓯窦满篝,污邪满车,五谷蕃熟,穰穰满家。臣见其所持者狭而所欲者奢,故笑之。'"后以此典形容为某种可笑的事而狂笑。

⑤ 灵均泪:屈原字灵均,《楚辞·离骚》:"皇览揆余初度兮,肇锡余以嘉名。名余曰正则兮,字余曰灵均。"《史记·屈原贾生列传》:"令尹子兰闻之大怒,卒使上官大夫短屈原于顷襄王,顷襄王怒而迁之。屈原至于江滨,被发行吟泽畔。颜色憔悴,形容枯槁。……乃作怀沙之赋。"汉王逸《楚辞·离骚叙》:"屈原放在草野,复作《九章》,援天引圣,以自证明,终不见省,不忍以清白久居浊世,遂赴汨渊自沉而死。"

⑥ "日与"二句:语本晋代陶渊明《与子俨等疏》:"见树木交荫,时鸟变声,亦复欢然有喜。尝言五六月中,北窗下卧,遇凉风暂至,自谓是羲皇上人(太古之人)。"后以此典形容人生活闲散自适,心境安逸。　　羲皇人,指上古淳朴之人。　　把臂:握人手臂,表示亲密。

其 二 十 一

　　人生各有癖,主人癖居官。居官亦何乐,珠履而华冠。富贵一朝得,忧戚仍无端。达官如大贾,知足良独难。吁嗟患得态①,十倍于寒酸。

【注】

　　① 患得态：指斤斤计较个人得失的样子。未得,怕不能得;既得,怕又失去。

其 二 十 二

　　嬾嬾灞桥絮①,亭亭淇水竿②。竿接高人屋,絮迎游子鞍。
位置若天定,凭君冷眼看。彼则折腰易③,此乃低头难。日暮
向何处,论交思岁寒④。

【注】

　　① 灞桥絮：即灞桥柳。灞桥,桥名,本作霸桥,在长安东,《三辅黄图·桥》:"霸桥在长安东,跨水作桥,汉人送客至此桥,折柳赠别。"

　　② 淇水竿：语出《诗经·卫风·竹竿》:"籊籊竹竿,以钓于淇。"　淇水,在今河南省北部,古为黄河支流,源出淇山,南流至今汲县东北淇门镇南边入河。

　　③ "彼则"二句：以柳絮与竹竿比喻人的品格。　彼,指柳絮。此,指竹竿。　折腰,弯腰,喻屈从、奉承。

　　④ 岁寒：《论语·子罕》:"子曰:'岁寒,然后知松柏之后凋也。'"后以此典指到危难关头或关键时刻才显出人的高尚德行和坚贞节操。

其 二 十 三

　　山水判动静,客心分知仁①。知以仁为主②,水与山相邻。
君看画图里,缺一少丰神。光明抱玉壶③,中热如阳春。居心
恃苛察④,泛滥皆迷津⑤。

【注】

　　① "山水"二句：语出《论语·雍也》:"智者乐水,仁者乐山。知者动,仁者静。知者乐,仁者寿。"

　　② 知以仁为主：语本《论语·卫灵公》:"知及之,仁不能守之。虽得之,必

失之。"

③ 玉壶：玉制的壶，喻指高洁。南朝宋鲍照《白头吟》："直如朱丝绳，清如玉壶冰。"

④ 苛察：苛刻烦琐，显示精明。《庄子·天下》："君子不为苛察，不以身假物。"

⑤ 迷津：犹迷途。唐孟浩然《南还舟中寄袁太祝》诗："桃源何处是？游子正迷津。"佛教中指迷妄的境界。

其 二 十 四

韩侯既得志，回首增扼腕①。千金怜母贤，百钱薄妻悍②。天下有心人，共发穷途叹③。能历大艰难，能展大才干。德怨不分明，懵懂笑痴汉。

【注】

① "韩侯"二句：韩信为击灭项羽、建立汉朝立下卓著战功，先后被封为齐王、楚王。汉朝建立后，遭汉高祖刘邦猜忌。汉六年，刘邦用陈平计，于云梦擒韩信，韩信叹曰："果若人言：'狡兔死，良狗烹；高鸟尽，良弓藏；敌国破，谋臣亡。'天下已定，我固当烹！"诗句即咏此事。　　扼腕，手握其腕，表示激怒、振奋或惋惜。

② "千金"二句：参见本题其十一注③。

③ 穷途叹：穷途指境遇困窘。参本题其二十注①。

其 二 十 五

独鹤立疏篱，群鸥嬉涧藻。篱边长苦饥，涧边长苦饱。饥者不为拙，饱者不为巧。江湖风浪危，亭榭烟霞好。长啸谢沙汀①，愿伴梅花老②。

【注】

① 长啸：《晋书·阮籍传》："籍尝于苏门山遇孙登，与商略终古（终古无为

之道）及栖神导气之术，登皆不应，籍因长啸而退。至半岭，闻有声若鸾凤之音，响乎岩谷，乃登之啸也。"后以此典形容人隐居放旷，啸傲山林。

② 愿伴梅花老：清代吴振之辑《宋诗钞·和靖诗钞序》："林逋，字君复，杭之钱塘人，少孤，力学，刻志不仕，结庐西湖孤山。……时人高其志识，赐谥和靖先生。逋不娶，无子，所居多植梅畜鹤。泛舟湖中，客至，则放鹤致之，因谓梅妻鹤子云。"元末王冕，以天下将乱，携妻儿隐居九里山，植梅千株，自号梅花屋主。后以多以"梅花伴"形容山林隐逸的生活。

其 二 十 六

舟行每苦危，车行每苦颠。不若徒步去，柳阴时息肩。陌上谁家子，翩翩裘马鲜①。裾横白玉佩，囊满青蚨钱②。一朝困贫贱，乞食沿市廛③。我从道傍见，恍惚忆当年。万化有荣落，沧桑犹变迁④。消长孰主宰，漫疑造物偏⑤。不见穿林鸟，绸缪未雨天⑥。

【注】

① 裘马：车马衣裘。《论语·公冶长》："子路曰：愿车马，衣轻裘，与朋友共，敝之而无憾。"后指代生活奢华。

② 青蚨钱：晋干宝《搜神记》十三："南方有虫，……又名青蚨。形似蝉而稍大，味辛美可食。生子必依草叶，大如蚕子。取其子，母即飞来，不论远近。虽潜取其子，母必知处。以母血涂钱八十一文，以子血涂钱八十一文。每市物，或先用母钱，或先用子钱，皆复飞归，轮转无已。"后因称钱曰青蚨。

③ 市廛：《孟子·公孙丑上》："市，廛而不征。"本指在市场上供给储存货物的屋舍、场地，于交易前不征收货物税。后用以指商店集中的处所。

④ 沧桑：沧海桑田的省称，比喻世事变化很大，晋代葛洪《神仙传·王远》："王远（汉时人，得道成仙）因遣人召麻姑，亦莫知麻姑是何人也。……如此两时，闻麻姑来。……麻姑自说云：'接侍以来，已见东海三为桑田。向到蓬莱，又水浅于往日会时略半耳，岂将复为陵陆乎？'王远叹曰：'圣人皆言海中行复扬尘也。'"

⑤　漫：助词，有随意、任由、枉、徒然等义。

⑥　绸缪未雨天：《诗经·豳风·鸱鸮》："迨天之未阴雨，彻彼桑土，绸缪牖户。"绸缪，紧相缠缚之意，引申为修补。指鸱鸮在未下雨时就啄剥桑树皮修补窝巢。后用以比喻事前准备或预防。

其二十七

晨鸡第一声，平旦第一念①。鸿鹄何处飞②，园花几时艳。遂令方寸间③，易放而难敛。身亦亲师儒④，手还握简椠⑤。貌合神早离，无从下针砭⑥。斩尽葛藤多，拂拭丰城剑⑦。

【注】

①　平旦：清晨，《孟子·告子》上："平旦之气。"

②　鸿鹄：《史记·陈涉世家》："陈涉少时，尝与人佣耕，辍耕之垄上，怅恨久之，曰：'苟富贵，无相忘。'庸者笑而应曰：'若为庸耕，何富贵也？'陈涉太息曰：'嗟乎，燕雀安知鸿鹄之志哉？'"

③　方寸：指心。《三国志·诸葛亮传》："亮与徐庶并从，为曹公所追破，获庶母。庶辞先主而指其心曰：'本欲与将军共图王霸之业者，以此方寸之地也。今已失老母，方寸乱矣，无益于事，请从此别。'"

④　师儒：古代指教官或学官。《周礼·地官·大司徒》："四曰联师儒，五曰联朋友。"郑玄注："师儒，乡里教以道艺者。"

⑤　简椠：即简版，宋人以版作书帖，谓之简版，元周密《癸辛杂识》前集："古无简椠，陆务观（游）谓始于王荆公，其后盛行。"

⑥　针砭：本指以石针刺穴治病，后引申为规劝告诫，范成大《晞真阁留别方道士宾实》："时时苦语见针砭，邂逅天涯得三益。"

⑦　丰城剑：晋王嘉《拾遗记》卷十："（传说从前吴国武库中有二兔，食兵刃之铁，长有铁肾胆，吴王让工匠将其铁胆肾铸成剑，后以石匣埋藏起来）至晋之中兴，（吴地）夜有紫气冲斗牛。张华使雷焕为丰城县令，掘而得之。华与焕各宝其一。试以华阴之土，光耀射人。后华遇害，失剑所在。焕子佩其一剑，过延平津，剑鸣飞入水。及入水寻之，但见双龙缠屈于潭下，目光如电，遂不敢前取矣。"

其 二 十 八

种花合移情,种枳易伤手①。畜鼠墉反穿②,畜犬户能守。
当其培养初,用情总加厚。岂好图报殊,得天异禀受。君子怜
小人,末路多掣肘③。

【注】

① 枳:木名,木如橘而小,高五七尺,茎多刺,春生白花,至秋成实,果小味
酸,不能食,可入药。

② 墉:墙壁。《诗经·召南·行露》:"谁谓鼠无牙,何以穿我墉?"

③ 掣肘:比喻使人做事故意留难牵制。战国时宓子贱治亶父,请鲁君派近
臣两人同往,至亶父,邑吏皆朝,宓子贱令吏二人书,吏方书,宓子贱便从旁掣摇
其肘,吏书之不善,则怒。吏归报鲁君,鲁君谓:"宓子以此谏寡人之不肖也。"事
见《吕氏春秋·具备》。

其 二 十 九

居高而驭卑,执巨而综细。宜乎才恢恢,布置归次第①。
那知变诈生,在在为牵制②。防奸适养奸,革弊翻酿弊③。尘
起风难驱,云飞日可闭。始知古今来,宵小术罔替。不在夷狄
间④,多在肘腋际⑤。所以古惠人⑥,宽政须猛济⑦。

【注】

① 次第:次序。这里指任人用事应该按才能的大小的顺序来安排布置。

② 在在:处处,到处。

③ 翻:反而,副词。北周庾信《卧疾穷愁》:"有菊翻无酒,无弦则有琴。"

④ 夷狄:指边远少数民族地区,喻疏远。

⑤ 肘腋:胳膊肘与胳肢窝,比喻密切接近。

⑥ 惠人:能为他人谋福利的人。《论语·宪问》:"或问子产,子曰:惠
人也。"

⑦ 宽政须猛济:语本《左传·昭公二十年》:"仲尼曰:善哉! 政宽则民慢,

慢则纠之以猛。猛则民残，残则施之以宽。宽以济猛，猛以济宽，政是以和。"

其 三 十

尚狂亦何补，弊与姑息同。宋末务宽纵，主臣相梦梦①。明末尚刻核，罹误多孤忠②。柔原咎在比③，刚亦咎在蒙④。无过无不及，尧舜能执中⑤。即大以喻小，无尘心镜空⑥。烛物能容物，笼罩如钟洪。容物不徇物，权衡本至公。精明在察察⑦，安足语亶聪⑧？

【注】

①"宋末"二句：指宋末朝内外官僚机构空前庞大腐败，皇帝昏庸无能，荒淫无度，和很多大臣一样贪生怕死，坐享富贵。贾似道当权，任用大批道学家做官，不谈理财备战，不管边政危机和财政困难，一味粉饰太平。理宗、贾似道大讲道学，竭力推行尊孔崇儒的路线，使得苟且偷安的精神深入人心。　梦梦，昏乱。

②"明末"二句：指明朝后期政治严苛，臣僚之间借"京察"机会徇私毁誉，党同伐异，官僚倾轧和朋党之争越演越烈，如朝官与言官，南官与北官，东林党与宣、昆党之间。皇帝大多怠于政事，或是昏乱无为，宫廷侈靡过度，兼并土地现象严重，百姓被严重剥削。　刻核，苛刻。

③比：包庇，勾结。《论语·为政》："君子周而不比，小人比而不周。"

④蒙：欺骗，隐瞒。《左传·僖公二四年》："下义其罪，上赏其奸，上下相蒙，难与处也。"

⑤"无过"二句：《论语·尧曰》："尧曰：'咨！尔舜！天之历数在尔躬，允执厥中，四海困穷，天禄永终。'舜亦以命禹。"包咸注："言为政信执其中，则能穷极四海，天禄所以长终。"又，《礼记·中庸》："子曰：'舜其大知也与！执其两端，用其中于民。执而用中，舜所受尧之道也。"朱熹注："凡物皆有两端，如小大厚薄之类。于善之中，又执其两端，而量度以取中，然后用之。""中者，不偏不倚，无过不及之名。"

⑥心镜：佛教谓人心明净如镜，能照万物，故称心镜，《圆觉经》："慧目肃

清,照曜心镜。"

⑦ 察察：分别辨析,《老子》:"俗人察察,我独闷闷。"

⑧ 亶聪:《尚书·泰誓上》:"亶聪明,作元后,元后作民父母。"后以亶聪谓天子之聪明,借指天子。

其 三 十 一

聪明亦何凭,凭在学与养。学深立不移,养粹权不爽。可立未可权,终惧为物罔①。能方不能圆,执一不执两②。与人家国事,安得无惝怳③？岂知旋转才④,意诚心原广？今不尽可非,古不皆可仿。不虑小人群,患在君子党⑤。一笑古权奸,非无希圣想⑥。用术与用权⑦,公私同运掌。

【注】

① "学深"四句：语出《论语·子罕》:"可与共学,未可与适道;可与适道,未可与立;可与立,未可与权。"　立,树立,成就。　爽,差错,过失。权,权变,变通。

② 执一：固执不变。《孟子·尽心上》:"执中无权,犹执一也。"

③ 惝怳(tǎng huǎng)：失意貌。

④ 旋转才：意即旋转乾坤的人才。

⑤ 君子党：指掌权者结党营私。

⑥ 希圣：指希望达到圣人的境界。

⑦ 用权：采用权变的办法。汉桓宽《盐铁论·复古》:"故志大者遗小,用权者离俗。"

泰 山 行

我观泰山侧,不上泰山巅。唯恐凌绝顶①,呼吸通上天。上帝建极穆清表②,山灵实司三公权③。理大物博宏抱负,为民请命贻安全。方今宇内困烽火,山左一带尤倒悬④。胡为坐视穹高处? 神力弗为旋坤乾⑤。我行泰山下,停车泰山前。民俗日凋敝,危险如川渊。呜呼噫嘻我知矣,天心本顺人心偏。即今干戈渐奠定,还仗真宰为斡旋⑥。我别泰山去,回首泰山边。酝酿精灵不可测,但见冈峦万仞生云烟。

【注】

① 凌绝顶:登上山的最高峰。唐杜甫《望岳》:"会当凌绝顶,一览众山小。"

② 上帝:天帝,天神。《尚书·盘庚》:"上帝将复我高祖之德。" 建极:《尚书·洪范》说治理政事的大道有九,称九畴。其五为"建用皇极"。《传》:"皇,大。极,中也。凡立事当用大中之道。"指令天下之人,各得其中,不失其所。后世诗文中常用作颂扬帝王立法以治国的套语。 穆清:指天。《史记·太史公自序》:"汉兴以来,至明天子,获符瑞,封禅,改正朔,易服色,受命于穆清。"

③ 三公:辅助国君掌握军政大权的最高官员。各个朝代三公的含义不一样,如周之三公:太师、太傅、太保,西汉之三公:大司空、大司徒、大司马。

④ "方今"二句:《清史·本纪二十》:"(咸丰三年)敕李僡查拿山东兖、沂、曹三府捻匪。……敕侍郎奕经统密云兵赴山东会防。……(咸丰四年)贼窜陷阜城,分股窜山东。……(咸丰五年)封僧格林沁亲王,移军山东,攻剿高唐踞匪。……(咸丰六年)调吉林、黑龙江、察哈尔、绥远城兵赴山东、河南剿贼。"

山左,旧称山东省为山左,因在太行山之左,故称。

⑤ 旋坤乾:即旋乾坤,即旋乾转坤,犹言回转天地,形容力量之大。唐韩愈《昌黎集·潮州刺史谢上表》:"陛下即位以来,躬亲听断,旋乾转坤,关机阖开,雷厉风飞。"

⑥ 真宰:指上天,古人认为天为万物的主宰,故称真宰。 斡旋:扭转,调解。宋苏辙《代三省祭司马丞相文》:"一二卿士,代天斡旋。"

游鸡鸣寺登旷观台①

携到游山屐②,登临得大观。天风怀抱放,秋色画图看。
乘兴闲吟好,寻幽久住难。白云双袖纳,无竹亦生寒。

【注】

① 鸡鸣寺:位于南京鸡笼山东麓。三国东吴后苑旧址,梁武帝萧衍在此建同泰寺,寺内殿堂楼阁巍峨,萧衍曾四次"舍身"该寺。太清三年(549)侯景起兵破城,寺被焚毁,五代杨吴在此置台城千佛院,后数次改名,数次被毁数次重建,1981 年重建后成为一处有名的景点。 旷观台:在鸡笼山巅,原名观象台。

② 山屐:登山用之木屐也。《南史·谢灵运传》:"常著木屐,上山则去其前齿,下山则去其后齿。"

游 金 山①

其 一

此时游兴觉非凡,万顷奔涛一叶帆②。
独有江风豪似我,浪花吹上旅人衫。

【注】

① 金山:山名,在江苏省镇江市西北,旧在江中,后沙涨成陆,与南岸相连,古有氐父、获符、伏牛、浮玉等山名,唐时裴头陀于江边获金,改名金山。最高处曰金鳌峰、妙高峰。

② "万顷"一句:金山在江中,唐杜光庭《洞天记》云:"金山,万川东注,一岛中立。"故言像一叶帆。

其　二

奚童扶我上轻舟①，竹杖诗囊挂两头②。

忽听骚人清啸远③，一声惊破海龙愁④。

【注】

　　① 奚童：犹言书童。

　　② 诗囊：装诗稿的袋子。唐李商隐《李贺小传》：“恒从小奚奴，骑疲驴，背一古破锦囊，遇有所得，即书投囊中。及暮归，太夫人使婢受囊出之，见所书多，辄曰：‘是儿要当呕出心始已耳。’上灯与食，长吉从婢取所书，研墨叠纸足成之，投他囊中。”

　　③ 骚人：指诗人，自《离骚》以降，作诗者多仿效之，故称诗人为骚人。

　　④ 海龙：指海龙君，传说龙宫多宝，因以海龙君比喻富藏财宝的人。《宣和书谱·五代》：“吴越国钱镠（liú），……至于后唐遂独有方面，号令一十三郡，垂四十年。……风物繁庶，族系侈靡，浙人俚语目之曰‘海龙君’。言富盛若彼也。”

其　三

峰峦回绕势崚嶒①，曲折亭台第几层。

一榻茶烟三径竹②，可能容我作诗僧。

【注】

　　① 崚嶒：高峻重叠貌。南朝齐谢朓《游山》：“坚崿既崚嶒，回流复宛澶。”

　　② 三径：谢灵运《田南树园激流植援》诗注引《三辅决录》：“（西汉末王莽专权）蒋诩，字元卿，隐于杜陵。舍中三径（开辟三条小路），惟羊仲、求仲从之游。二仲皆挫廉逃名。”多以“三径”形容厌恶仕宦，退隐田园或寄情山水。后常用作指代家园。唐王勃《秋晚入洛于毕公宅别道王宴序》：“三径蓬蒿，待公卿之来日。”

其 四

放眼峰头气概雄，小吟许我和天风。
最奇骇浪惊涛外，散入斜阳万丈红。

春日即事

一毡长伴岁寒身，到眼桃符又换春①。生计非难偏误我，
客途已苦况依人。疏狂有酒杯中尽，痛哭无书阙下陈②。烽火
终贻桑梓惧③，江乡何处武陵津④。

【注】

① 桃符：指春联。相传东海度朔山有大桃树，其下有神荼、郁櫑(lěi)二神，能食百鬼。故俗于农历元旦，用桃木板画二神于其上，悬于门户，以驱鬼辟邪。五代后蜀始于桃符板上书写联语，其后改书于纸，演为后代的春联。

② 痛苦无书：犹化用"贾长沙痛苦书"的典故。《汉书·贾谊传》："是时，匈奴强，侵边。天下初定，制度疏阔。诸侯王僭儗，地过古制，淮南、济北王皆为逆诛。谊数上疏陈政事，多所欲匡建，其大略曰：'臣窃惟事势，可为痛哭者一，可为流涕者二，可为长太息者六，若其它背理而伤道者，难遍以疏举。'"此典指忧国忧民，内心悲愤。这里指没有书上奏，内心悲愤和忧虑更甚。　　阙下：宫阙之下。后来指上书于皇上而不敢直指，但言阙下。

③ 桑梓：《诗经·小雅·小弁》："惟桑与梓，必恭敬止。"桑与梓为古代住宅旁常栽之树木，东汉以来遂用来比喻故乡。

④ 江乡：犹言水乡。唐杜甫《送大理封主簿亲事不合却赴通州》："余寒折花卉，恨别满江乡。"　　武陵津：即武陵源。晋陶潜《桃花源记》，称晋太元中，一武陵郡渔人入桃花源，见到一个没有战乱、没有压迫、人人怡然自得、一派平静美好的生活情景，故桃花源又叫武陵源，后以"武陵源"指远离尘嚣，清静幽美，避世隐居的美好世界。

拟杜诸将次元韵^①

其　一

阃外威严令似山^②,庙堂硕画重边关^③。史安祸乱驱除后^④,郭李勋名伯仲间^⑤。磷火四郊人迹杳^⑥,弓衣百战血痕殷^⑦。忍将盗贼贻君父^⑧,陵树苍凉戚圣颜。

【注】

①　诸将:唐杜甫有《诸将五首》,是杜甫于大历元年(766)在夔州所作。仇兆鳌《杜诗详注》:"首章为吐蕃内侵,责诸将不能御寇。"　次元韵:和别人的诗并依原诗的用韵次序,叫次韵。

②　阃外:指统兵在外。《晋书·桓冲传》:"臣司存阃外,辄随宜处分。"

③　庙堂:宗庙明堂,古代天子遇大事,告于宗庙,议于明堂,故以庙堂指代朝廷。　硕画:远大的计谋,也作"石画"。左思《魏都赋》:"硕画精通,目无匪制。"

④　史安祸乱:唐天宝十四年(755),平卢范阳河东三镇节度使安禄山起兵于范阳,连陷洛阳、长安两京。禄山死,其部将史思明杀禄山子庆绪,再度攻陷洛阳。思明死,子朝义继之,至广德元年,朝义为部将李怀仙所杀。兵事开始至结束,前后九年,华北中原兵燹严重,史称"安史之乱"。

⑤　郭李:唐郭子仪和李光弼的并称。两人平定安史之乱,廓清河朔,保乂皇室,翼戴三圣,世并称李郭。明张煌言《寄纪侍御衷文》诗之一:"赤松游在安刘后,郭李功名史并传。"　伯仲:古代以伯、仲、叔、季表示兄弟之间的顺序,后比喻人的才能相差很少,难分优劣。

⑥　磷火:夜间在野外常见忽隐忽现的青色火焰,俗称鬼火。

⑦　弓衣:装弓的袋,古也称韔(chàng),北周庾信《咏画屏风诗》:"弓衣湿溅水,马足乱横波。"

⑧　君父:以父为国君者的称呼。或者特称天子。

其　　二①

皇威自昔固金城，百部环瞻上将旌②。谈笑风云皆劲旅③，指挥草木即雄兵④。不教中土开边衅⑤，何惧阴霾混太清⑥。跃马花门遗恨远⑦，庙谟敢恃两京平⑧。

【注】

① 仇兆鳌《杜诗详注》："次章，为回纥入境，责诸将不能分忧。"

② 环瞻：周密细致地观察。

③ 谈笑风云：又说又笑，言从容不迫。化用宋苏轼《念奴娇·赤壁怀古》："遥想公瑾当年，小乔初嫁了，雄姿英发。羽扇纶巾，谈笑间、樯橹灰飞烟灭。"

④ 指挥草木即雄兵：化用"草木皆兵"的典故。《晋书·符坚载记》中记载：淝水之战中，前秦主帅符坚率百万大军进攻东晋，遇到晋将谢石、谢玄等阻击，符坚、符融等登城观望晋军，"见部阵齐整，将士精锐，又北望八公山上草木，皆类人形，"后对阵淝水，谢玄等请符坚后退，等晋军渡河后再决战，前秦军一后退便止不住，晋军乘胜追击……前秦军大败……闻风声鹤唳，皆以为晋军追杀来了。这里指用兵神奇，使草木等都能运用起来吓退敌军。

⑤ 中土：指中国，《后汉书·西域传》："其国则殷乎中土。"

⑥ 太清：天空，古人认为天系清而轻的气所构成，故称为太清。

⑦ 花门：唐代甘州张掖郡删丹军东北有居延海，又北三百里有花门山堡，又东北千里为回纥衙帐所在地，故唐人诗中常以花门为回纥的代称。唐杜甫《留花门》："花门既须留，原野转萧瑟。"

⑧ 庙谟：犹言庙谋，指朝廷对国事的计谋。　　两京：指汉代西京长安，东京洛阳。

其　　三①

手握吴钩望寇烽②，愁云层叠恨千重。大河天堑容谁渡，函谷泥丸枉自封③。阙北不忘边塞苦，岭南早罢内廷供④。中原解甲知何日，风雨邱墟泣老农⑤。

【注】

① 仇兆鳌《杜诗详注》："(第三章)为乱后民困,责诸将不行屯田。"

② 吴钩:钩,兵器,形似剑而曲。《吴越春秋·阖闾内传》:相传吴王阖闾命国中作金钩,而有人贪王之重赏也,杀其二子,以血涂钩,铸成二钩,献给吴王。王曰:"为钩者众,而子独求赏,何以异于众夫子之钩?"这个钩师向钩而呼二子之名:"吴鸿、扈稽,我在于此,王不知汝之神也。"两钩飞起来,贴在钩师的胸前。后来泛称锋利的刀剑为吴钩。

③ 函谷泥丸自封:《后汉书·隗嚣公孙述列传》:"(王莽时,隗嚣在天水割据,其将王)元遂说(隗)嚣曰:'今天水完富,士马最强,北收西河、上郡,东收三辅之地,案秦旧迹,表里河山。元请以一丸泥为大王东封函谷关,此万世一时也。'"　　函谷,在今河南灵宝县南,是秦的东关,东自崤山,西至潼津,深险如函,通名函谷。

④ 岭南:泛指五岭(裴渊《广州记》):大庾、始安即越城岭、临贺即萌渚岭、桂阳即骑田岭、揭阳即都庞岭)以南的地区。今称粤中为岭南。

⑤ 邱墟:即丘墟。孔子名丘,清代避孔丘讳,将丘写成"邱"。

其　　四①

奇勋不愿鼎钟标②,寰海兵戈久未销。谋托杜房空扰扰③,才如卫霍岂寥寥④。师中燕颔犹盘马⑤,灶下羊头已锡貂⑥。唯望法宫推毂慎⑦,历将成败鉴前朝。

【注】

① 仇兆鳌《杜诗详注》："(第四章)言贡赋不修,责诸将不能怀远(安抚远方之人)。"

② 鼎钟:鼎、钟为古彝器。器上常刻铭功纪德的文字,《三国志·魏书·陈思王植传》:"身虽屠裂,而功铭著于鼎钟,名称垂于竹帛。"

③ 杜房:唐杜如晦、房玄龄的并称。唐太宗时,杜如晦与房玄龄共掌朝政,朝章制度,多由二人订定,时人并称房杜。

④ 卫霍:指汉朝征伐匈奴的名将卫青和霍去病。《后汉书·冯绲(gǔn)

传》："卫、霍北征,功列金石。"

　　⑤ 燕颔:《东观汉记·班超》:"(班)超行诣相者,曰:'祭酒,布衣诸生耳,而当封侯万里之外。'超问其状,相者曰:'(阁下)生燕颔虎头,飞而食肉,此万里侯相也。'"此指军中将帅。

　　⑥ 灶下羊头:《后汉书·刘玄列传》:"更始(刘玄)纳赵萌女为夫人,有宠,遂委政于萌,日夜与妇人饮宴后庭。……其所授官爵者,皆群小贾竖,或有膳夫庖人,多着绣面衣、锦袴、襜褕,诸于、骂詈道中。长安为之语曰:'灶下养,中郎将。烂羊胃,骑都尉。烂羊头,关内侯。'"用此典指滥授官爵,官吏污杂。锡貂:指封官授爵。锡,通"赐"。貂,汉代内廷宦官以貂尾为冠饰。

　　⑦ 法宫:帝王处理政事的宫殿,即正殿。《汉书·晁错传》:"臣闻五帝神圣,其臣莫能及,故自亲事,处于法宫之中,明堂之上。"　　推毂(gǔ):比喻助人成事,或推荐人才,如助人推车毂,使之前进,《史记·荆燕世家》:"今吕氏雅故本推毂高帝就天下,功至大。"

其　　五①

　　节旄天上不重来②,鹤唳猿啼日夜哀。未见孙吴施豹略③,谁从褒鄂上麟台④。兰舟风净花三峡⑤,莲幕春秋酒一杯⑥。独有九重宵旰苦⑦,河山难得是边材。

【注】

　　① 仇兆鳌《杜诗详注》:"(第五章)为镇蜀失人,而思严武之将略。"

　　② 节旄:节以竹为之,柄长八尺,节上所缀牦牛尾饰物,称节旄。也指旌节。古代使者所持之节,为信守的象征。唐制节度使专制军事,给双旌双节,行则健节,树六纛,旌以专赏,节以专杀。

　　③ 孙吴:孙武和吴起,战国时都以善用兵知名,后世多以孙吴并称。豹略:古代兵书《六韬》中有《豹韬》篇,又有《三略》。因称用兵之术为豹略。

　　④ 褒鄂:唐初功臣段志玄封号褒国公,尉迟恭封号鄂国公,当时并称褒鄂。唐杜甫《丹青引》:"褒公鄂公毛发动,英姿飒爽来酣战。"　　麟台:麒麟阁的别称。《汉书·苏武传》:"甘露三年,单于始入朝。上思股肱之美,乃图画其人于

麒麟阁,法其形貌,署其官爵姓名。……皆有功德,知名当世,是以表而扬之,明著中兴辅佐。"后以此典形容臣子建立功业,名彪青史。

　　⑤ 兰舟:南朝梁代任昉《述异记》卷下:"木兰洲在浔阳江中,多木兰树。昔吴王阖闾植木兰于此,用构宫殿也。七里洲中,有鲁班刻木兰为舟,舟至今在洲中。诗家云木兰舟,出于此。"后以兰舟作为舟船的美称。　　三峡:峡名。四川奉节至湖北宜昌之间的长江两岸,重岩叠嶂,无地非峡,就其最险者称为三峡。三峡所指,历来说法不一,今以瞿塘峡、巫峡、西陵峡为三峡。

　　⑥ 莲幕:《南齐书·庾杲之传》中记载:南齐王俭于高帝时为卫将军,即宰相之职,领朝政,一时所辟,皆为才名之士,时人以入俭府为莲花池,故缄书美之,言如红莲绿水,交相辉映。后因称幕府为莲幕。也作"莲花幕"。这里单指实义上的莲花幕。　　酒一杯:《世说新语·任诞》:"张季鹰纵任不拘,时人号为江东步兵(比作阮籍)。或谓之曰:'卿乃可纵适一时,独不为身后名邪?'答曰:'使我有身后名,不如即时一杯酒。'"后诗文中多以"一杯酒"来形容人旷达适情,以酒为乐。

　　⑦ 九重:指宫禁,极言其深远。古代天子所居有九门,南面三门。三面各二门,合为九门。这里指帝王。　　宵旰(gān):即"宵衣旰食"的省称。天未明就起来穿衣,傍晚才进食,比喻勤于政务。为美化封建帝王的套语。也作"旰衣宵食"。

登 山 遣 兴

天地为蓬庐,云烟供吞吐。手扪星斗来,咳唾作风雨。
俯首睨华缨①,杳然如一羽。所以伟丈夫,一息足千古②。

【注】

　　① 华缨:彩色的冠缨,古代仕宦者的冠带。鲍照《咏史》:"仕子彯华缨,游客竦轻辔。"

　　② 一息:一呼一吸,比喻时间很短。

易 水 行①

　　云低日黯风萧萧，千秋过客心胆摇。我来吊古发长啸，河山兴废如寒潮。匕^{（一）}首若中祖龙死②，扶苏顷刻作天子。不杀蒙恬杀赵高③，燕丹之谋真误矣。嗟乎天心不佑秦，燕灭秦亡踵相因。焚书销兵筑长城，祸皆起于防杀身。防杀身兮铁锥至，博浪复有咸阳事④。雄心兼报六国仇，留侯犹是荆卿志⑤。陈胜吴广敢觊觎⑥，渐离击筑登高呼⑦。其时刘项兵未起，首功当归督亢图⑧。壮士不还已逆料，人心齐哭天心笑。河干送客白衣冠⑨，预为君王沙邱吊⑩。谁将成败论人才，书盗称侠胡为哉？亡秦终属燕太子，歌风一上黄金台⑪。

【校】

　　（一）匕：诸本皆作"七"，应为"匕"，系误刻，今改。

【注】

　　① 易水：水名，《战国策·燕》："燕南有呼沱、易水。"其水有三，皆发源河北易县，起自定兴西南入拒马河，为中易，今大部已干涸，在定兴西边沙河流入合于中易者为北易，即今之易水，经徐水县名瀑河者为南易。荆轲渡过燕国南界的易水去刺杀秦王，燕太子和高渐离等易水送别，荆轲作"风萧萧兮易水寒，壮士一去兮不复还"的《易水歌》。　　　行：乐府和古诗的一种体裁。

　　② 祖龙：指秦始皇，《史记·秦始皇本纪》："秋，使者从关东夜过华阴平舒道。有人持璧遮使者曰：'为吾遗滈（hào）池君。'因言曰：'今年祖龙死。'使者问其故，因忽不见，置其璧去。使者奉璧具以闻。始皇默然良久，曰：'山鬼固不过知一岁事也。'退言曰：'祖龙者，人之先也。'使御府视璧，乃二十八年行渡江所沈璧也。"集解："苏林曰：'祖，始也。龙，人君象。谓始皇也。'"

　　③ 蒙恬（？—前220）：秦始皇时官内史，秦统一六国，使蒙恬率军三十万北筑长城，起自临洮至辽东。始皇死，赵高立二世，赵以蒙氏世为秦朝皇帝亲近的大臣，恬又掌管兵权，遂矫旨赐恬死。　　　赵高（？—前207）：秦时宦者，始

皇崩于沙丘，高与李斯矫诏废太子，立二子胡亥为秦二世。旋杀李斯，自为丞相，独揽大权，后又杀二世，立子婴，子婴立，乃诛高。

④ "铁椎"二句：《史记·留侯世家》："秦灭韩。良年少，未宦事韩。韩破，良家僮三百人，弟死不葬，悉以家财求客刺秦王，为韩报仇，以大父、父五世相韩故。良尝学礼淮阳，东见仓海君。得力士，为铁椎重百二十斤。秦皇帝东游，良与客狙击秦皇帝博浪沙中，误中副车。秦皇帝大怒，大索天下，求贼甚急，为张良故也。""博浪金椎"的典故表示志士决心舍家亡身，报国复仇的气概。张良后来辅佐刘邦攻秦，先于项羽进占咸阳。

⑤ 留侯：张良因辅佐刘邦灭秦、楚有功，封为留侯。　　荆卿：指荆轲，又名庆卿。战国卫人，荆轲志指荆轲受燕太子所重托，誓死刺杀秦王。

⑥ "陈胜"一句：指陈胜吴广在蕲县大泽乡发动农民大起义，意在反抗强秦，夺取秦朝政权。

⑦ 渐离击筑：《史记·刺客列传》："荆轲既至燕，爱燕之狗屠及善击筑者高渐离。荆轲嗜酒，日与狗屠及高渐离饮于燕市，酒酣以往，高渐离击筑，荆轲和而歌于市中，相乐也，已而相泣，旁若无人者。"易水送别时"高渐离击筑，荆轲和而歌，为变徵之声……复为慷慨羽声"。

⑧ 督亢图：督亢，地名，战国时为燕膏腴之地，在今河北省涿县东，燕太子丹遣荆轲携督亢图，入秦廷谋刺杀秦王嬴政，即此地的地图。

⑨ 白衣冠：丧吊的冠服，《史记·刺客列传》："（轲）遂发。太子及宾客知其事者，皆白衣冠以送之。"荆轲刺秦王难以生还，故以白衣冠表示诀别。

⑩ 沙丘：地名，在今河北广宗县境，商纣在此扩建沙丘苑台，日夜取乐。主父（赵武灵王）曾被囚于此。秦始皇三十七年七月丙寅，始皇崩于沙丘平台。

⑪ 歌风：《史记·高祖本纪》："高祖还归，过沛，留。置酒沛宫，悉召故人父老子弟纵酒，发沛中儿得百二十人，教之歌。酒酣，高祖击筑，自为歌诗曰：'大风起兮云飞扬，威加海内兮归故乡，安得猛士兮守四方！'令儿皆和习之。高祖乃起舞，慷慨伤怀，泣数行下。"用"大风歌"的典故来歌颂慷慨豪迈、渴望安邦治国的情怀。　　黄金台：故址在今河北易县东南。《文选·鲍照〈放歌行〉》注引《上谷郡图经》："黄金台，易水东南十八里，燕昭王置千金于台上，以延天下之士。"

过 平 原①

　　千古将兵推孙子,吴有美人含冤死②。千古相士推平原,
赵有美人死更冤③。总由衰季人心伪,布衣乃敢骄权贵。乐羊
吴起真丈夫,仇视骨肉干名位④。师出函谷烽火红,邯郸宾客
巾帼同⑤。金钗十二筵犹侍⑥,珠履三千幕已空⑦。此时有客
跛而走,地下美人开笑口。愿请当日楼头剑,斩尽平原门下
首。吁嗟乎平原枉自矜贤豪,相士无乃徒皮毛。

【注】

　　① 平原:郡名,战国齐西境地,属赵,赵惠文王封弟胜为平原君。后属秦国
齐郡,汉高祖六年置县,并置平原郡于此,辖十九县,故城在今山东平原县南二
十五里,今县治城。

　　② "千古"二句:即"吴宫教阵"的典故,《史记·孙子吴起列传》:孙武以
兵法见于吴王阖庐,阖庐要他在宫中妇人身上试用自己的兵法。以宫中美女一
百八十人,分为两队,以吴王的两个宠姬为队长,开始号命,申明军法,然后击鼓
传命,使之向右,宫女们不动,只是大笑,再次反复申明,击鼓向左,宫女们仍是
大笑,孙武下令将两位队长斩首,吴王大骇,传令给孙武勿杀。孙武认为既为主
将,将在军,君命有所不受。遂斩二姬示众,这时再击鼓传令,众人左右前后跪
起皆中规矩绳墨,没人敢不遵从。

　　③ "千古相士"二句:即楼头剑斩美人的典故。《史记·平原君虞卿列
传》:"平原君家楼临民家。民家有躄者,槃散行汲。平原君美人居楼上,临见,
大笑之。""明日,躄者至平原君门,请曰:'臣闻君之喜士,士不远千里而至者,
以君能贵士而贱妾也。臣不幸有罢癃之病,而君之后宫临而笑臣,臣愿得笑臣
者头。'平原君笑应曰:'诺。'躄者去,平原君笑曰:'观此竖子,乃欲以一笑之故
杀吾美人,不亦甚乎!'终不杀。居岁余,宾客门下舍人稍稍引去者过半。平原
君怪之,曰:'胜所以待诸君者未尝敢失礼,而去者何多也?'门下一人前对曰:
'以君之不杀笑躄者,以君为爱色而贱士,士即去耳。'于是平原君乃斩笑躄者美

人头，自造门进蹙者，因谢焉。其后门下乃复稍稍来。"

④ "乐(yuè)羊"二句：乐羊，人名，也作"乐阳"。战国时魏将，封于灵寿，魏文侯令其率兵攻中山国，其子被中山人所获，乐羊不顾，攻益急，中山人于是烹其子将汤及头送之，乐羊哭泣饮汤三杯，卒拔中山。归而论功，文侯出示一箱非议乐羊的谤书，乐羊曰："此非臣之功，主君之力也。"　　吴起：战国时卫国人，曾从学于曾参，在此期间，其母死，起终不归。初仕鲁，齐人攻鲁，鲁欲将吴起，吴起娶齐女为妻，而鲁疑之。吴起于是欲就名，遂杀其妻，以明不与齐也。

⑤ 邯郸：地名，属河北省，邯，山名，郸，尽的意思，谓邯山至此而尽，故名，战国时为赵国国都，秦时置邯郸郡，明清时属广平府，1952年析县区置邯郸市。

⑥ 金钗十二：唐白居易《长庆集·酬思黯戏赠同用狂字》："钟乳三千两，金钗十二行。"自注："思黯(牛僧孺字)自夸前后服钟乳三千两甚得力，而歌舞之妓颇多。"后人谓姬妾众多，每用金钗十二之语。

⑦ 珠履三千：缀珠的鞋。《史记·春申君列传》："赵平原君使人于春申君，春申君舍之于上舍。赵使欲夸楚，为玳瑁簪，刀剑室以珠玉饰之，请命春申君客。春申君客三千余人，其上客皆蹑珠履以见赵使，赵使大惭。"后以珠履三千指豪门食客、宾客。

过　扬　关

本来设关防盗贼，谁料为虐更苛刻。岂独关吏盗行多，我辈居心尤鬼蜮①。文章剽窃总陈言，弋誉沽名皆苟得。朝廷设关关殃民，朝廷官人人误国②。殃民关吏且缓诛，误国文人先放殛③。但愿仕途无盗心，小吏当关能供职。

【注】

① 鬼蜮：《诗经·小雅·何人斯》："为鬼为蜮。"蜮，古代传说一种能含沙射人使人发病的动物，以鬼蜮并言指阴险害人的人。

② 官人：授人以官职。《尚书·皋陶谟》："知人则哲，能官人。"

③ 放殛(jí)：殛，杀，《尚书·舜典》："殛鲧于羽山。"

眺 高 邮 湖①

分明水外更无天，万顷湖光夕照边。
听得居人频指点，当年此地是桑田。

【注】

① 高邮湖：湖名，在江苏高邮县西北三里，又名新开湖。南通邵伯湖，天长以东之水皆汇于此，达于运河，湖突起一州，可百余里。

君 山 顶①

峰峦去地五百丈，天风吹我峰峦上。大海潮头不见来，江流一线平于掌。昂首望天天更高，云衢能达何辞劳②！置身已出红尘外，不必题诗也自豪。

【注】

① 君山：山名，即古抱犊山，在江苏江阴县北澄江门外，其巅有松风亭，突起平野，俯临长江，形势险要，又名瞰江山，宋南渡后在此设置营寨，为防守要地。

② 云衢(qú)：犹言青云之路，喻指仕路。

自杭应试后渡江作

芦洲风起布帆悬①，打桨中流破晓烟。孤雁南飞云有路，

大江东去水如天。助人豪气三千丈,迟我名场二十年。莫道
归装行色减,彩毫题遍六桥边②。

【注】

① 芦洲:指芦苇丛生的大块沼泽地。

② 彩毫:《南史·江淹传》:"(江淹)又尝宿于冶亭,梦一丈夫自称郭璞,谓
淹曰:'吾有笔在卿处多年,可以见还。'淹乃探怀中得五色笔一以授之。尔后为
诗绝无美句,时人谓之才尽。"后以"彩毫或五色笔"的典故来形容人有才思,诗
文佳妙。　　六桥:在浙江杭州市西湖,名映波、锁澜、望山、压堤、东浦、跨虹,
宋苏轼时始建,苏轼《轼在颍州与赵德麟同治西湖……》:"六桥横绝天汉上,北
山始与南屏通。"

过　郯　城①

车轮喧轣辘②,驱马过荒城。野阔树无影,风寒沙有声。
健儿行带剑,牧竖坐谈兵③。岂少匡时策,行行望帝京④。

【注】

① 郯(tán)城:县名,属山东省,春秋时郯子国,汉置郯县,属东海郡,清朝
时属沂州府。故城在今山东郯城县城西南三十里。

② 轣辘(lì lù):车声,转动声。陆游《春寒复作》:"青丝玉井声轣辘,又是
窗白鸦鸣时。"

③ 牧竖:牧童,牧奴。这里含有贬低的意味,指没有实际能力的人。
坐谈兵:只能坐而清谈,没有实际领兵作战的能力,犹言纸上谈兵。即战国赵
括学兵法不能按实际情况通变的典故。

④ 行行:走着不停。曹操《苦寒行》:"行行日已远,人马同时饥。"

偶　感

其　一

文章本小技，况复弋科名。晨夕起愁叹，乾坤尚战争。

识时惟俊杰①，误国半书生。谁定锄奸策，天心翊圣明。

【注】

① 识时惟俊杰：即识时务者为俊杰，语出《三国志·诸葛亮传》注引《襄阳记》："刘备访世事于司马德操（徽）。德操曰：'儒生俗士，岂识时务？识时务者在乎俊杰。此间自有伏龙、凤雏。'"

其　二

襆被都门去①，乘槎眼界开②。早知逐尘世，悔不访蓬莱③。

城郭邱墟恸，关山鼓角哀。伤心筹大局，须仗出群才。

【注】

① 襆被：以包袱裹束衣被。《晋书·魏舒传》："（魏舒）百日习一经，因而对策升第。除渑池长，迁浚仪令，入为尚书郎。时欲沙汰郎官。非其才者罢之。舒曰：'吾即其人也。'襆被而出。同僚素无清论者咸有愧色，谈者称之。"后指操行高洁，不恋禄位。

② 乘槎：槎，木筏。晋张华《博物志》卷十："旧说云，天河与海通，近世有人居海渚者（见年年有浮槎准时到海边），人有奇志，立飞阁于槎上，多赍粮，乘槎而去。十余日中，犹观星月日辰，自后芒芒忽忽，亦不觉昼夜。去十余日，（见有城郭房屋，宫中有织妇，一男子在河边饮牛。牵牛人见之很奇怪，此人问牵牛人是何处，牵牛人要他到蜀郡问严君平。）后至蜀问君平，曰：'某年月日，有客星犯牵牛宿。'计年月，正是此人到天河时也。"后以此典形容乘船远航。

③ 蓬莱：传说中的海中仙山。《列子·汤问》："（传说渤海之东几亿万里远，有巨沟壑，深得无底，名为归墟。）其中有五山焉：一曰岱屿、二曰员峤、三曰

方壶、四曰瀛洲、五曰蓬莱。"

顺河集晓行[1]

　　茅店宵栖月未残[2]，仆夫催我上征鞍。状如夐佛垂眉古，
情似缧囚措足难[3]。瘦马叱过荒戍险[4]，朔风吹透敝裘单。前
途传有萑苻警[5]，待把龙泉拂拭看[6]。

【注】

　　① 顺河集：地名，江苏宿迁、江苏淮安、河南民权、湖北麻城等地均有顺河
集。其中最著名的是江苏宿迁的顺河集，乾隆下江南时，曾驻跸于此。此诗所
言顺河集，未详所在，疑此为江苏淮安地。

　　② 茅店：简陋的客店。唐温庭筠《商山早行》："鸡声茅店月，人迹板
桥霜。"

　　③ 缧(léi)囚：囚犯。　　措足：立足，置身。

　　④ 荒戍：荒凉的边防区域的营垒、城堡。

　　⑤ 萑苻(huán fú)：泽名，《左传·昭公二十年》："郑国多盗，取人于萑苻
之泽。"注："萑苻，泽名。于泽中劫人。"萑苻为葭苇丛密之泽，易于藏身，旧时常
以此指起事农民或盗贼聚众出没之地。亦指盗贼，草寇。

　　⑥ 龙泉：剑名，曹植《与杨德祖书》："盖有南威之容，乃可论其淑媛；有龙
泉之利，乃可议其断割。"据晋《太康地记》记载，西平县（河南省西平县西四十
五里）有龙泉水，可以砥砺刀剑，特坚利，故有坚白之论，是以龙泉之剑为楚宝。
后来即作剑的泛称。

过　泰　山

　　到此才教眼界空，岩岩气象压龟蒙[1]。作来霖雨经纶

大^②,镇住乾坤位望崇。插足未离平地上,置身已到半天中。
回车定著梯云屐^③,万仞峰头看日红。

【注】

① 岩岩:高峻貌。《诗经·鲁颂·閟宫》:"泰山岩岩,鲁邦所詹。" 龟
蒙:山名,《诗·鲁颂·閟宫》:"奄有龟蒙,遂荒大东。"即今龟山(在山东泗水县
东北)和蒙山(在山东蒙阴县),皆属蒙山山系。

② 霖雨:连绵大雨。 经纶:整理丝缕,理出丝绪叫经,编丝成绳叫纶,
统称经纶。引申为筹划治理国家大事。

③ 梯云:犹言登上云端。

简故乡诸友^①

其 一

忡忡心绪日如焚,午夜鸡声枕上闻。侈口谈兵怜杜牧^②,
赧颜登第愧刘蕡^③。本来意气难谐俗,岂有文章可报君? 国计
支离家计拙,几回翘首望乡云^④。

【注】

① 简:战国至魏晋时期用削制的竹片或木片编串在一起,作为书写的材
料,用竹片书写的信叫简,后成为信札、书信的异名。

② 杜牧:字牧之,杜佑孙,唐文宗太和二年(828)擢进士第,复举贤良方正,
曾任监察御史,黄、池等州刺史,官至中书舍人。时值中晚唐,作《罪言》、《战
论》、《守论》,提出削藩、强兵、固边、反佛等主张,《旧唐书·杜佑传附杜牧》:
"牧好读书,工诗为文,尝自负经纬才略。武宗朝诛昆夷、鲜卑,牧上宰相书论兵
事,言'胡戎入寇,在秋冬之间,盛夏无备,宜五六月中击胡为便'。李德裕称之。
注曹公所定《孙武十三篇》行于代。"但杜牧从未领兵作战,故说他"侈口谈兵"。

③ 刘蕡(fén):唐昌平人,字去华,和杜牧同时应制举,唐文宗太和二年应

贤良方正对策,极言宦官祸国之烈,应扫除之,是时,第策官左散骑常侍冯宿、太常少卿贾𫗧、库部郎中庞严见賈对嗟伏,以为过古晁、董,而畏以窦文场和霍仙鸣为首的宦官眦睚,不敢取。士人读其辞,至感慨流涕者。同考的李郃说:"刘賁不第,我辈登科,实厚颜矣!"令狐楚、牛僧孺都推荐賈为幕府,授秘书郎,由于宦官陷害。贬为柳州司户参军。

④　望乡云:唐刘肃《大唐新语》卷六:"(阎立本)特荐(狄仁杰)为并州法曹。其亲在河阳别业,仁杰赴任,于并州登太行,南望白云孤飞,谓左右曰:'吾亲所居,近此云下!'悲泣,伫立久之,候云移乃行。"后以此典形容客居在外,思念家乡亲人。

其　　二

　　烽火延郊逼敝庐,零丁门户费踌躇。离家王粲人应笑①,奉母潘安愿已虚②。千里断云翔只雁,九原无路报双鱼③。伤心三十年前事,易箦遗言在读书④。

【注】

　　①　离家王粲:汉末,王粲因长安动乱,乃往荆州依刘表。刘表以王粲貌寝体弱,不太理睬他。参前文集卷上《病赞》注⑥。

　　②　奉母潘安:潘安,即潘岳,字安仁。潘岳除长安令,征补博士,未召,以母疾辄去,官免。……既仕宦不达,乃作《闲居赋》,小序中有"太夫人在堂,有羸老之疾,尚何能违膝下色养,而屑屑从斗筲之役乎!"其正文中有"太夫人乃御版舆,升轻轩,远览王畿,近周家园,体以行和,药以劳宣,常膳载加,旧痾有痊。"后因以"潘舆"为养亲之典。

　　③　九原:九州之土。《国语·周》:"汨越九原。"　　报双鱼:《饮马长城窟行》:"客从远方来,遗我双鲤鱼。呼儿烹鲤鱼,中有尺素书。长跪读素书,书上竟何如。上有加餐食,下有长相忆。"后以"双鱼"指代书信。

　　④　易箦(zé):调换寝席。箦,竹席。《礼记·檀弓上》:"(曾参临终,以寝席过于华美,不合当时礼制,命子曾元扶起易箦),曾元曰:'夫子之病革(jí危急)矣,不可以变,幸而至于旦,请敬易之。'曾子曰:'尔之爱我也不如彼。君子

之爱人也以德,细人之爱人也以姑息,吾何求哉? 吾得正而毙焉,斯已矣。'举扶而易之。反席未安而殁。"后以易箦喻将死。

其 三

风卷黄尘五月寒,旅窗人静日漫漫。未经归路裘先敝①,纵到侯门铗肯弹②。怀刺祢衡情寡合③,无车颜斶步能安④。伤情一掬长沙泪,欲向当途痛哭难⑤。

【注】

① 裘先敝:《战国策·秦策一》:"(战国时苏秦游说赵国大臣李兑,李兑没有听从,送他明珠玉璧,黑貂皮裘和黄金百镒,苏秦用它们西入秦国)说秦王,书十上而说不行。黑貂之裘敝,黄金百斤尽,资用乏绝,去秦而归。嬴滕履蹻,负书担橐,形容枯槁,面目黧黑,状有归色。"用典表示为功名奔走忙碌,而不遂其志的困窘之态。

② 纵到侯门铗肯弹:此典故指士人得到了赏识、礼遇。这里用"弹铗"来表示希望得到赏识,重视。参前文集卷上《病跋》注㉚。

③ 怀刺祢衡情寡合:刺,名片。怀藏名片,准备有所谒见。《后汉书·文苑列传·祢衡传》:"少有才辩,而尚气刚傲,好矫时慢物。……建安初,来游许下。始达颍川,乃阴怀一刺,既而无所之适,至于刺字漫灭。"指没有佩服的人值得访问,得不到接纳。所以说"情寡合"。

④ 无车颜斶(chù)步能安:颜斶,战国齐人,隐居不仕,尝说齐宣王礼贤下士,宣王悦服,请受为弟子,许以富贵,斶谢愿"晚食以当肉,安步以当车,无罪以当贵,清静贞正以自虞",遂辞归。见《战国策·齐四》。

⑤ "伤情一掬"两句:参看诗集卷上《春日即事》注②"贾长沙痛哭书"的典故。 当途:犹言当路,指执掌大权的人。

其 四

吴越江山眼界开①,那堪今夕首重回! 休言劫运关民命,早识庸臣是祸胎。河岳但求天厌乱②,风云不信世无才。枕戈空作刘琨卧③,百感茫茫入梦来。

【注】

①　吴越:五代十国之一。唐末钱镠为镇海节度使,后梁封吴越王,自称吴越国王,治杭州,有今浙江及江苏西南部、福建东北部。传主五代八十四年,纳土归宋。

②　河岳:黄河和五岳,古代祭祀山河的对象,后泛指山川、大地。

③　枕戈空作刘琨卧:典出《晋书·祖逖传》:“(祖逖)与司空刘琨俱为司州主簿,情好绸缪,共被同寝。中夜闻荒鸡鸣,蹴琨觉曰:‘此非恶声也。’因起舞。”《晋书·刘琨传》:“(刘)与范阳祖逖为友,闻逖被用,与亲故书曰:‘吾枕戈待旦,志枭逆虏,常恐祖生先吾著鞭。’”用“祖逖先鞭”或“枕戈”的典故指人怀有壮志,奋发争先,报国建功。这里反用指空有壮志,没有机会实现。　　刘琨,270—318,晋中山魏昌人,字越石,愍帝时任大将军,都督并、冀、幽三州诸军事,晋室南渡转任侍中太尉,长期坚守并州。琨和祖逖友善,都有志恢复中原。

闻南方消息有感①

其　　一

二百年来事②,皇仁治不颇。法宽庸吏进,俗敝乱民多。
帏幄需罴虎③,沙场老鹳鹅④。腥风江上恶⑤,何处着渔蓑?

【注】

①　南方消息:指清廷和太平军在江南作战的消息。《清史·本纪二十》:“(咸丰三年)贼陷江宁,将军祥厚、提督福珠洪阿等死之。以怡良为两江总督,命慧成驰赴江南防剿。”

②　二百年来事:指清朝建立至作者生活的咸丰年间,已有二百余年。

③　帏幄:即帷幄。军中的帐幕,《史记·太史公自序》:“运筹帷幄之中,制胜于无形。”　　罴(pí):兽名,俗称人熊,喻勇猛善战的将士。《诗经·大雅·

韩奕》："献其貔皮，赤豹黄罴。"疏："罴，有黄罴，有赤罴，大于熊。"

④ 鹳(guàn)鹅：鹳，涉禽。鹳鹅，军阵名，称为鹳阵、鹅阵。《左传·昭公二十一年》："与华氏战于赭丘，郑翩愿为鹳，其御愿为鹅。"注："鹳鹅皆陈(阵)名。"

⑤ 腥风：含有腥气的风，比喻战乱。唐韩愈《叉鱼招张功曹》："血浪凝犹沸，腥风远更飘。"

<h2 style="text-align:center">其　二</h2>

话到烽烟信①，樽中酒不温。羽书驰望眼②，风影动羁魂。

铁砚非生计③，青衫亦国恩④。鸡窗萦幻想⑤，万里阻君门⑥。

【注】

① 烽烟：同"烽燧"，即烽火，古代边防报警的两种信号，白天放烟叫"烽"，夜间举火叫"燧"，此指战事。

② 羽书：军事文书，插鸟羽以示紧急。《后汉书·西羌传》论："烧陵园，剽城市，伤败踵系，羽书日闻。"注："羽书即檄书也。魏武奏事曰'边有紧急，即插羽以示急'也。"

③ 铁砚：生铁铸成之砚。参看诗集卷上《杂感》中其八注③"磨铁砚"的典故，这里表示科举考试。

④ 青衫：唐制，文官八品九品服以青。指地位低微的官职。

⑤ 鸡窗：《艺文类聚》卷九十一引南朝宋刘义庆《幽明录》曰："晋兖州刺史沛国宋处宗，尝买得一长鸣鸡，爱养甚至，恒笼著窗间。鸡遂作人语，与处宗谈论，极有言智，终日不辍。处宗因此言巧大进。"后以"鸡窗"借指书窗、书斋。

⑥ "万里"一句：化用曹植《当墙欲高行》："愿欲披心自说陈，君门以九重，道远河无津"之意，谓无法接近朝廷君主。

<h2 style="text-align:center">其　三</h2>

乡间关痛痒，心事五更来。近郭非安土，多金是祸胎。

但求天厌乱，莫叹世无才。坐望妖氛扫①，春醪醉满杯②。

【注】

① 妖氛：不祥之气，此指太平军。

② 春醪(láo)：酒名，北魏杨衒之《洛阳伽蓝记·城西》中记述：相传晋河东人刘白堕酿酒香美，北魏永熙中青州刺史赍酒至部，路中逢劫盗，饮之皆醉而被擒，时为语曰："不畏张弓拔刀，唯畏白堕春醪。"

其　四

不废文章事，书生解问名①。何心犹弄墨，有口枉谈兵。
车出怜儿戏，江防仗老成②。柴门日回首，归路梦分明。

【注】

① 问名：旧日婚礼中六礼之一。男方具书，派人到女方，问女之名。女方复书，具告女的出生年月和其生母姓氏，纳采问名本为一个使者执行的事，所以合称为纳采。

② 江防：长江水系防护事宜。此指清廷在长江防御太平军。

重　有　感

其　一

见说江南事①，妖氛玷圣朝。河山悲火劫，金粉泣冰销。
忍听新笳鼓②，频怜旧画桥。征驹鞭不进，谁助霍嫖姚③？

【注】

① 江南：长江以南之总称，春秋战国秦汉时一般指今湖北的江南部分和湖南江西一带，近代专指今江苏南部和浙江一带。

② 新笳鼓：此指太平军所用依仗鼓乐。　　笳(jiā)，古管乐器名，汉时流行于西域一带少数民族间，初卷芦叶吹之，与乐器相和，后以竹为之，魏晋以后，

以箫笛为军乐,入卤簿(帝王驾出时扈从的仪仗队)。

③ 霍嫖姚:指霍去病(前140—前117),汉河东平阳人,卫青姊子,为人少言不泄,果敢任气,他曾任嫖姚校尉,年十八为侍中,善骑射,曾六次出击匈奴,涉沙漠,远至狼居胥山,封冠军侯,为骠骑将军,汉武帝为之建造府第,去病辞谢曰:"匈奴未灭,无以家为?"

其 二

乱世无安土,城垣或逊乡。主君情款款,游子意茫茫。

作客怀东道①,依人累北堂②。桃源何处是,春水眺河梁③。

【注】

① 东道:《左传·僖公三十年》:"(春秋时晋秦合兵围郑,郑文公使烛之武说秦师)若舍郑以为东道主,行李之往来,共其乏困,君亦无所害。"后以东道为主人的代称。

② 北堂:古代居室在房的北边的叫北堂,为妇女盥洗的地方,也为母亲居住的地方。《诗经·卫风·伯兮》:"焉得谖(萱)草(令人忘忧的草),言树之背。"毛传:"背,北堂也。"意谓于北堂种谖(萱)草,后因以北堂为母亲的代称。

③ 河梁:汉代苏武被匈奴扣留十九年,始得归汉,临行时李陵赠诗送别。旧题李陵《与苏武》诗之三:"携手上河梁,游子暮何之。徘徊蹊路侧,恨恨不得辞。行人难久留,各言长相思。"后以河梁指代送别之地。

寿佛寺题壁①

其 一

莽莽中原起劫灰②,临风愁上旧金台。鸱张压境危如卵③,乌合团兵祸已胎。未见卫青舒战略,但闻魏绛负奇才④。封侯岂是书生事,手抚龙泉日几回。

【注】

①　寿佛寺：今广西南宁市横县宝华山应天寺。明建文帝朱允炆因削藩被推翻而逃亡到横县，隐居在寿佛寺 15 年，在寿佛寺留下"万山第一"、"佛寿禅林"等墨宝，还作诗多首赞美横县山水风光。　　题壁：书字于壁。孟浩然《秋登张明府海亭》："染翰聊题壁，倾壶一解壶。"

②　劫灰：劫火的余灰。南朝梁慧皎《高僧传·竺法兰》："又昔汉武穿昆明池底，得黑灰，问东方朔。朔云：'不委，可问西域人。'后法兰既至，众人追以问之，兰云：'世界终尽，劫火洞烧，此灰是也。'"后以此典借指兵火战乱后的遗迹。

③　鸱张：鸱鸟张翼，喻猖狂，嚣张。《三国志·吴书·孙坚传》："（张）温责让（董）卓，卓应对不顺。坚时在坐，前耳语谓温曰：'卓不怖罪而鸱张大语，宜以召不时至，陈军法斩之。'"　　危如卵：枚乘《上书谏吴王》："能听忠臣之言，百举必脱。必若所欲为，危于累卵，难于上天。"李善注引《说苑》曰："晋灵公造九层台，荀息闻之，求见曰：'臣能累十二博棋，加九鸡卵棋上。'公曰：'危哉。'"用典形容极其严峻危险。

④　魏绛：春秋时晋国大夫，犨（chōu）之子，即魏庄子，悼公时，山戎无终子请和，绛因言和戎和好的五种好处，晋侯乃使绛与诸戎盟，晋无戎患，国势日振，八年之中，九合诸侯，复兴霸业。

其　　二

家国疮痍未忍论，盱衡时势暗声吞①。宵飞野马青磷黯，昼见天狼白日昏②。三窟狡谋空有地③，九重欲叩已无门。客愁深似卢沟水④，不独乡园绕梦魂。

【注】

①　盱（xū）衡：扬眉举目，《汉书·王莽传》陈崇奏："奋亡前之威，盱衡厉色，振扬武怒。"注："孟康曰：'眉上曰衡。盱衡，举眉扬目也。'"后引申为观察，纵观。

②　天狼：星名，在东井南，《楚辞·九歌·东君》："青云衣兮白霓裳，举长矢兮射天狼。"注："天狼，星名，以喻贪残。"

③ 三窟狡谋：《战国策·齐策》："冯谖曰：'狡兔有三窟，仅得免其死耳。今君有一窟，未得高枕而卧也。请为君复凿二窟。'（后齐湣王复召回孟尝君、在薛地建造宗庙）冯谖曰：'三窟已就，君姑高枕为乐矣。'"此典表示避祸求安，多设藏身之所。

④ 卢沟：水名，即今永定河，源出山西洪涛山，东流经河北，称卢沟河，出卢沟桥下东南流，至天津入海河，清康熙间堤浚下流，改名永定河。

其 三

卢循战舰早安排①，羽檄飞驰振棘槐②。仗节已无苏属国③，靫刀谁似李临淮④。乱臣筹笔羁戎幕⑤，贪吏求金酿祸阶。旧是朱门冠盖地⑥，风光萧瑟软红街⑦。

【注】

① 卢循：字于先，小名元龙，西晋时人。娶孙恩妹为妻。孙恩起义，与卢循通谋。孙恩亡后，义军推卢循为主。后被晋军所败，投水自尽。此借指太平军。

② 羽檄：即羽书，军事文书。《史记·韩信卢绾传》附陈豨："吾以羽檄征天下兵，未有至者。"集解："推其言，则以鸟羽插檄书，谓之羽檄，取其急速若飞鸟也。" 棘槐："三槐九棘"的省称。相传周代宫廷外种有三棵槐树，朝见天子时三公面向三槐而立，《周礼·秋官·朝士》："面三槐，三公位焉。"古代群臣外朝时，立九棘为标识，区别等级职位。《周礼·秋官·朝士》："左九棘，孤、卿、大夫位焉。……右九棘，公、侯、伯、子、男位焉。"注："树棘以为位者，取其赤心而外刺，象以赤心三刺也。槐之言怀也，怀来人于此，欲与之谋。"后即以"三槐九棘"称三公九卿。

③ 苏属国：指苏武，苏武出使匈奴，被匈奴扣留十九年，忠贞守节，不辱使命。《汉书·李广苏建传》："单于愈益欲降之，乃幽武置大窖中，绝不饮食。天雨雪，武卧啮雪与旃（通"毡"）毛并咽之，数日不死。匈奴以为神，乃徙武北海上无人处，使牧羝（dī 公羊），羝乳乃得归。……杖汉节牧羊，卧起操持，节旄尽落。……（昭帝即位后与匈奴和亲，武得归），拜为典属国……武留匈奴凡十九岁，始以强壮出，及还，须发尽白。"

④ 李临淮：李临淮，指李光弼，营州柳城人。其先，契丹之酋长，天宝末任河东节度使，平定安史之乱，以功进爵临淮郡王。宝应元年，进封临淮王，赐铁券，图形凌烟阁。《旧唐书·李光弼传》："初，光弼将战，谓左右曰：'战，危事，胜负系之。光弼位为三公，不可死于贼手，苟事之不捷，继之以死。'及是击贼，常纳短刀于靴中，有决死之志，城上面西拜舞，三军感动。"后以"靴刀誓死"谓战死沙场的决心。

⑤ 筹笔：犹言筹划，策划，在四川广元县北有筹笔驿，相传因诸葛亮出师运筹于此而得名。

⑥ 冠盖地：指官吏集聚之地。

⑦ 软红街：宋苏轼《次韵蒋颖叔钱穆父从驾景灵宫》诗之一："归来病鹤记城阇(yīn)，旧踏松枝雨露新。半白不羞垂领发，软红犹恋属车尘。雨收九陌丰登后，日丽三元下降辰。粗识君王为民意，不才何以助精禋。"自注："前辈戏语，有西湖风月不如东华软红香土。""软红"借指京城等繁华热闹的地方。

其　四

攀辕折槛竟何人①，一夕星芒动北辰②。鱼钥昼扃惊罢市③，龙旗宵遁苦蒙尘④。九州度地无安土，千古殃民是幸臣。底事见危争解组⑤，幸恩多系受恩身。

【注】

① 攀辕：即"攀辕卧辙"的典故。《后汉书·侯霸列传》："侯霸字君房，河南密人也。……后为淮平大尹，政理有能名。及王莽之败，霸保固自守，卒全一郡。更始元年，遣使征霸，百姓老弱相携号哭，遮使者车，或当道而卧。皆曰：'愿乞侯君复留期年。'"用此典来称赞地方官吏的政绩。　　折槛：即请剑折槛的典故。《汉书·杨胡朱梅云传》："(汉成帝时，丞相故安昌侯张禹是皇帝的老师，地位尊贵，槐里令朱云上书言应斩佞臣张禹来警告那些尸位素餐的大臣，成帝大怒，以侮辱帝师，要杀朱云)，御史将云下，云攀殿槛，槛折。(后左将军辛庆忌以死保谏，成帝才息怒。)……及后当治槛，上曰：'勿易！因而辑(修补)之，以旌直臣。'"以此典形容臣子不避权势，敢于直谏。

② 北辰：北极星。《论语·为政》："为政以德，譬如北辰，居其所而众星共（拱）之。"

③ 鱼钥：鱼形的门锁。南朝梁简文帝《秋闺夜思》："夕门掩鱼钥，宵床悲画屏。"扃（jiōng）：关闭。南朝宋颜延年《阳给事诔》："金柝夜击，和门昼扃。"

罢市：歇市，散市，近代商人为实现某种要求或表示抗议而联合起来停止营业也叫罢市。

④ 龙旗：即龙旂，画交龙图纹之旗，古王侯作仪卫用，《新唐书·仪卫志》上："朱雀队建……龙旗十二。" 蒙尘：蒙被尘土。多以喻帝王流亡或失位，遭受垢辱。

⑤ 底事：何事，何以。 解组：解下印绶。组，印绶。谓辞去官职。

其　五

已闻震怒誓征苗，事出非常骇百僚。蜀道铃声歧路险[①]，
咸阳火势上林焦[②]。云间射雁书难达[③]，塞外从龙焰更骄[④]。
知否六军仓猝去[⑤]，清人中道半逍遥[⑥]。

【注】

① "蜀道"一句：唐李白《李太白诗·蜀道难》："噫吁嚱危乎高哉，蜀道之难难于上青天。"

② 上林：苑名，秦朝旧苑，汉武帝扩建，周围至三百里，有离宫七十所，苑中养禽兽，供皇帝春秋打猎，其地在陕西长安、盩（zhōu）屋（zhì）、鄠（hù）县界。

③ 云间射雁：《汉书·苏武传》："昭帝即位数年，匈奴与汉和亲。汉求武等，匈奴诡言武死。后汉使复至匈奴，常惠请其守者与俱，得夜见汉使，具自陈道。教使者谓单于，言天子射上林中，得雁，足有系帛书，言武等在某泽中。"《开元天宝遗事》卷下记载，唐长安有女郭绍兰嫁给巨商任宗，任宗外出经商数年未归，绍兰将诗系于燕足，要求燕子捎信，后任宗在荆州接到燕子带来的信，于次年回家。以"云间射雁"的典故指代传书信或信使。

④ 从龙：《周易·乾·文言》："同声相应，同气相求，水流湿，火就燥，云从龙，风从虎。"旧以龙为君象，故称从帝王创业开国为从龙。

⑤ 六军：周制，天子有六军，《周礼·夏官·司马》："凡制军万有二千五百人为军。"后作为军队的统称。

⑥ 清人：高洁之人。汉刘向《关尹子》序："寂士清人，能重爱黄老，清静不可阙。"

其　六

武库征兵甲不坚①，折冲焉敢奋空拳②。绝无劲旅援周处③，安得排纷托鲁连④？双阙骑过流象泪⑤，九门尘起杂羊膻⑥。城垣已失藩篱固，日见闾阎减爨烟。

【注】

① 武库：储存兵器甲仗的仓库。汉置武库署，有武库令、丞，掌藏兵器，属执金吾。明置武库司，设武库郎中，属兵部，清末废。《晋书·杜预传》："杜预在内七年，损益万机，不可胜数，朝野称美，号曰'杜武库'，言其无所不有也。"后指人博学多识，干练多能，工于心计，也作"武库"。

② 折冲：使敌人的战车后撤，即击退敌军。冲，战车的一种。《吕氏春秋·召类》："夫修之于庙堂之上，而折冲乎千里之外者，其司城子罕之谓乎？"

③ 绝无劲旅援周处：周处，晋阳羡人，字子隐，少孤，横行乡里，乡人把他和南山虎、长桥蛟合称三害，周处决心改过，杀虎斩蛟，后入吴投陆机、陆云兄弟为师，《晋书·周处传》："迁御史中丞，凡所纠劾，不避宠戚。梁王彤违法，处深文案之。及氐人齐万年反，朝臣恶处强直……乃使建威将军夏侯骏西征……将战，处军人未食，彤促令速进，而绝其后继……遂力战而没。"即诗中所言"绝无劲旅援周处"。

④ 排纷托鲁连：鲁连，即鲁仲连，战国齐人，高蹈不仕，喜为人排难解纷，《史记·鲁仲连列传》："鲁仲连适游赵，会秦围赵，闻魏将欲令赵尊秦为帝，（鲁仲连力言不可）……秦将闻之，为却军五十里。适会魏公子无忌夺晋鄙军以救赵，击秦军，秦军遂引而去。于是平原君欲封鲁连，鲁连辞让者三，终不肯受……鲁连笑曰：'所贵于天下之士者，为人排患释难解纷乱而无取也。即有取者，是商贾之事也，而连不忍为也。'遂辞平原君而去，终身不复见。"

⑤ 双阙：即象阙，又名象魏，古代天子、诸侯宫门外的一对高建筑，亦叫"阙"或"观"，两观阙高巍巍然，为悬示教令的地方。

⑥ 九门：古代天子所居有九门，南面三门。三面各二门，合为九门。

其 七

忍死须臾耐蝎磨，一宵抵得十年过。婚丧草草安居少，奴仆汹汹叛主多①。闭户无心防盗狗，运赀有足倩明驼②。西山不是桃源境，路满萑苻唤奈何③。

【注】

① 汹汹：动荡不安，《新唐书·陆贽传》："人心惊疑如风涛然，汹汹靡定。"

② 倩：借助，请人替自己做事叫倩，汉刘向《列女传·鲁漆室女》："邻人女奔随人亡，其家倩吾兄行追之。"　明驼：骆驼，唐段成式《酉阳杂俎》中谓驼卧时，腹不贴地，屈足漏明，则行千里，故称明驼。

③ 萑苻：指起事农民或盗贼聚众出没之地。参看诗集卷上《顺河集晓行》注⑤。

其 八

扈跸无从日望云①，行间消息屡惊闻。新恩尚感梨园部②，旧垒犹屯灞上军③。九府泉刀输易尽④，一关人鬼界难分。出门还问天山檄⑤，可有元戎露布文⑥。

【注】

① 扈跸：同"扈驾"，跸，帝王出行时止行清道，泛指帝王的车驾。扈跸，随从帝王的车驾。　望云：指仰慕君王。《史记·五帝纪》："帝尧者，……就之如日，望之如云。"

② 梨园部：唐玄宗训练宫廷乐队于宫内的"梨园"（故址一在长安禁苑中，一在宜春院），《新唐书·礼乐志》："明皇既知音律，又酷爱法曲，选坐部伎子弟三百，教于梨园，声有误者，帝必觉而正之，号皇帝梨园弟子。"后戏称戏班为梨

园,戏曲演员为梨园弟子。

③ 灞上军:《史记·绛侯周勃世家》记载:汉文帝六年,匈奴大举侵边,文帝分派三支军队驻扎在霸上、棘门、细柳。上至霸上、棘门两处军营,一直驰入,将军等下骑亲自迎送。至细柳,"军士吏被甲,锐兵刃,彀弓弩,持满,"还有"军中闻将军令"、"将军约,军中不得驱驰"、甲胄之士不拜只行军礼等规定,文帝曰:"嗟乎,此真将军矣! 曩者霸上,棘门军,若儿戏耳,其将固可袭而虏也。"后用"棘门霸上"等指纪律松弛的军队。 灞上,即霸上,地名,在陕西长安县东,《水经注·渭水》:"霸水又左合浐水,历白鹿原东,即霸川之西,故芷阳矣。史记秦襄王葬芷阳者是也,谓之霸上。"汉高祖灭秦,还军霸上,即此。

④ 九府:周代掌管财物的九种官,即大府、玉府、内府、外府、泉府、天府、职内、职金、职币。 泉:古代的钱币的名称,《周礼·地官·泉府》注:"郑司农(众)云,故书泉或作钱。" 刀:古代钱币的名称。言其形如刀,故曰刀,以其利于人也。

⑤ 天山檄:《新唐书·薛仁贵传》:"时九姓(天山的九姓突厥)众十余万,令骁骑数十来挑战,仁贵发三矢,辄杀三人,于是虏气慑,皆降。仁贵虑为后患,悉坑之。转讨碛北余众,擒伪叶护兄弟三人以归。军中歌曰:'将军三箭定天山,壮士长歌入汉关。'九姓遂衰。"用此典来形容平虏定边的英雄气概。

⑥ 元戎:主帅,《周书·齐炀王(宇文)宪传》:"吾以不武,任总元戎。"露布文:不缄封之文书,《后汉书·李云传》:"云素刚,忧国将危,心不能忍,乃露布上书,移副三府。"注:"露布谓不封之也。"后多指捷报、檄文。元魏时专为捷报之称,且书帛建于漆竿之上。

其 九

献囚令下属西曹①,赫赫王章法敢逃。纵敌可能降孟获②,犒师犹赖有弦高③。盟成马市书悬阙④,宴比鸿门幕置刀⑤。忍视鼠牙穿秘禁⑥,更谁忠勇誓同袍⑦。

【注】

① 献囚:同"献俘",古时军礼之一,凯旋则献俘于太庙以告成功。《诗

经·鲁颂·泮水》:"淑问如皋陶,在泮献囚。"

②"纵敌"一句:指孟获,三国蜀汉时建宁人,诸葛亮为了巩固蜀汉后方,于蜀建兴三年平定南中(包括今四川南部、云南贵州等地),曾七次生擒孟获,七次释放,最后孟获心悦诚服。

③犒师犹赖有弦高:弦高,春秋郑商人,《左传·僖公三十三年》:"(秦穆公派兵袭郑)及滑,郑商人弦高,将市于周,遇之,以乘韦先,牛十二,犒师。曰:'寡君闻吾子,将步师出于敝邑,敢犒从者,不腆敝邑,为从者之淹。……'且使遽告于郑。郑穆公使视客馆,则束载、厉兵、秣马矣。……孟明曰:'郑有备矣,不可冀也……'。灭滑而还。"

④马市:以金帛茶盐等与少数民族交换马匹的互市。始于唐,唐玄宗时每年与突厥于西受降城进行互市,宋仍唐制,明设辽东马市三,多以布帛茶叶等换取马匹,正统年间王振裁马价,招致土木之变,嘉靖年间又开大同等处,清雍正年间停止。

⑤宴比鸿门:据《史记·项羽本纪》:公元前206年刘邦攻占咸阳,派兵守函谷关。不久项羽率兵攻入,进驻鸿门,准备进攻刘邦。经项伯调解,刘邦亲至鸿门会见项羽。宴会上,范增命项庄舞剑,欲杀刘邦,项伯拔剑起舞以掩护刘邦,最后樊哙带剑执盾闯入,刘邦乘隙脱险。后遂以"鸿门宴"指藏有杀机的宴会。   鸿门,古地名,在今陕西临潼县东,也称鸿门阪。

⑥鼠牙:牙比齿长,说鼠只有齿无牙,《诗经·召南·行露》:"谁谓雀无角,何以穿我屋?谁谓女无家,何以速我狱?"又"谁谓鼠无牙,何以穿我墉?谁谓女无家,何以速我讼?"原谓强暴侵凌引起争讼,后以鼠牙雀角比喻强暴势力。

⑦誓同袍:《诗经·秦风·无衣》:"岂曰无衣,与子同袍。王于兴师,修我戈矛,与子同仇。"袍,长衣,像后来的斗篷,军人行军时,日以当衣,夜以当被,言同袍以比喻同仇敌忾、并肩作战的友爱精神。

其　十

汉家根本在神京,柔远羁縻计偶成①。三辅勤王徒大举②,一车载鬼任横行。凿开地穴重城破,迁动天球九庙惊③。太息凤池同燕幕④,几时复见海波清⑤。

【注】

① 柔远：安抚远方，《尚书·舜典》："柔远能迩。"孔安国传："柔，安也，言安远乃能安近。" 羁縻：羁，马笼头。縻，牛纼(zhèn)，即穿在牛鼻子上以供牵拉用的绳子。喻联络，维系。《史记·司马相如传》："盖闻天子之于夷狄也，其义羁縻勿绝而已。"

② 三辅：指西汉治理京畿地区的三个职官，西汉建都长安，京畿官统称内史，景帝时分置左右内史及都尉，即有三辅的名称，汉武帝太初元年时左内史改为左冯翊，治长陵以北；右内史改为京兆尹，治长安以东；都尉改为右扶风，治渭城以西。

③ 天球：玉名，《尚书·顾命》："大玉、夷玉、天球、河图，在东序。"注："天球，雍州所贡之玉，色如天者。" 九庙：古代帝王立七庙以祀祖先，至王莽增建黄帝太初祖庙和帝虞始祖昭庙，共九庙，以后历代封建王朝沿用九庙。

④ 凤池：亦称凤凰池，禁苑中池沼，魏晋南北朝设中书省于禁苑，掌管机要，接近皇帝，故称中书省为凤池，或泛指中央政府机构。《晋书·荀勖传》："久之，以勖守尚书令。勖久在中书，专管机事。及失之，甚罔罔怅恨。或有贺之者，勖曰：'夺我凤皇池，诸君贺我邪！'" 燕幕：即燕巢幕上，比喻处境极危，《左传·襄公二十九年》："(吴国公子季札)自卫如晋，将宿于戚。闻钟声焉，曰：'异哉！吾闻之也：辩(通"变"，变乱)而不德，必加于戮。夫子获罪于君以在此，惧犹不足，而又何乐？夫子之在此也，犹燕之巢于幕上，君又在殡，而可以乐乎？'遂去之。"注："言至危。"

⑤ 海波清：即海不波溢，相传周成王时，周公摄政，越裳国重译来献白雉，其使臣言："吾受命国之黄发曰：'久矣，天之不迅风疾雨也，海不波溢，三年于兹矣。'意者中国殆有圣人，盍往朝之。"后因以海不扬波或海不波溢，指圣人治世，天下太平。

其 十 一

机宜已失暂偷安，大帅闻风胆尚寒。异教坫坛翚鸟壮①，藩封门第虎狼蟠②。小儿黄口分甘广③，少妇红颜受辱难。雅量还推诸执事③，分明唾面自容干④。

【注】

① 翚(huī)鸟：五采山雉，《尔雅·释鸟》："伊洛而南，素质，五采皆备，成章，曰翚。"

② 黄口：谓幼儿。　　分甘：本指分享快乐，《后汉书·杨震传》注引《孝经·援神契》："母之于子也，鞠养殷勤，推燥居湿，绝少分甘也。"后用来指父母对子女的慈爱。

③ 执事：各部门的专职人员，百官。《左传·僖公二十六年》："寡君闻君亲举玉趾，将有辱于敝邑，使下臣犒执事。"注："言执事，不敢斥尊。"后在书信中常用作对对方的敬称，表示不敢直指其人。

④ 分明唾面自容干：表示对人尽量忍让，参看诗集卷上《杂感》中其十二注②。

其 十 二

忍将敝屣视金瓯①，杀气凭陵四海愁。只恐王敦终负晋②，敢言周勃必安刘③。一杯救火炎难熄，二竖为灾疾不瘳④。藐小身家何足计，殷忧耿耿在神州⑤。

【注】

① 敝屣(xǐ)：破鞋，喻废物。也作"敝蹝"。《孟子·尽心上》："舜视弃天下，犹弃敝蹝也。"《史记·孝武本纪》："天子曰：'嗟乎！吾诚得如黄帝(指龙接黄帝升天)，吾视去妻子如脱躧(xǐ)'也。""脱躧"即"脱屣"，形容把某种事物看得很轻，不眷恋。　　金瓯(ōu)：黄金作的盆盂一类的陶器。唐李德裕《次柳氏旧闻》："玄宗善八分书，凡命相，皆先以御笔书其姓名，置案上，会太子入侍，上举金瓯覆其名，以告之，曰：'此宰相名也，汝庸知其谁也？即射中，赐尔卮酒。'肃宗拜而称曰：'非崔琳、卢从愿乎？'上曰：'然。'"后以"金瓯"指名高望重的堪任将相的栋梁之才。

② 王敦终负晋：《晋书·王敦传》：王敦，晋临沂人，字处仲，敦少有奇人之目，尚武帝女襄城公主，拜驸马都尉，除太子舍人。元帝渡江，威名未著，敦与从弟导等同心翼戴，以隆中兴，时人为之语曰："王与马，共天下，"……敦以元帅进

镇东大将军、开府仪同三司,加都督江扬荆湘交广六州诸军事、江州刺史,封汉安侯。……既素有重名,又立大功于江左,……遂欲专制朝廷,有问鼎之心。……永昌元年,敦以诛帝亲信刘隗等为名,起兵反,东下攻陷石头,入朝自为宰相,……明帝太宁二年再反,兵入江宁,途中病死,后被戮尸悬首。

③ 周勃安刘:周勃(?—前169),西汉泗水沛人,以军功为将军,封绛侯,勃为人敦厚少文,高帝以为可属大事。惠帝时任太尉,后与陈平定计诛诸吕,汉室以安,文帝时拜右丞相,惧功高招祸,又不谙政事,称病辞职,陈平死,复相,旋免,卒谥武。

④ 二竖:指病魔。《左传·成公十年》:"公(晋景公)疾病,求医于秦,秦伯使医缓为之。未至,公梦疾为二竖子,曰:'彼良医也,惧伤我,焉逃之?'其一曰:'居肓(心脏和膈膜之间)之上,膏(心尖脂肪)之下,若我何?'医至,曰:'疾不可为也,在肓之上,膏之下,攻之不可,达之不及,药不至焉,不可为也。'公曰:'良医也。'厚为之礼而归之。"以"竖子居肓"的典故形容病情危急,不可救药。瘳(chōu):病愈,治愈。

⑤ 神州:泛指中国,《史记·驺衍传》:"以为儒者所谓中国者,于天下乃八十一分居其一分耳。中国名曰赤县神州。赤县神州内自有九州,禹之序九州是也,不得为州数。"

其 十 三

河山大局费支持,中外机谋未许知。蓟北千家悲客戍①,江南十载老王师。兵甘作贼民真苦,虏解沽名势更危。百里严疆刁斗警②,钟闻长乐竟何时③。

【注】

① 蓟北:指蓟北雄关,即黄崖关长城,它位于天津蓟县北部山区,是京东军事险要之地,是比较完整的古代军事防御体系。蓟县长城始建于北齐年间,以后隋、明朝曾重修和增建。

② 刁斗:古代行军用具。白天用来烧饭,夜间击以巡更。《史记·李将军传》:"不击刁斗以自卫。"

③ 钟：乐器,古代祭祀或宴享时用,铜制而中空,用木槌击之发声。　　长乐：汉宫名,故址在陕西长安县西北,本秦朝的兴乐宫,汉加增饰,七年宫成,因更名,周围二十里,内有长信、长秋诸殿,汉初为朝会之所,其后为太后所居,谓之东宫,唐天宝后废。

其 十 四

巨艰独力岂堪胜,事到难言但抚膺。宰相刚方思赵鼎①,状元温饱愧王曾②,道傍筑室谁无误③,纸上谈兵我亦能。青史一编殷鉴在④,祸人家国是模棱⑤。

【注】

① 宰相刚方思赵鼎：赵鼎(1085—1147),宋解州闻喜人,字元镇,与张浚并相。言其刚方,《宋史·赵鼎传》:"登崇宁五年进士第,对策斥章惇误国"。"王德擅杀韩世忠之将,而世忠亦率部曲夺建康守府廨","鼎鞫德。鼎又请下诏切责世忠,而指取其将吏付有司治罪,诸将肃然"。鼎以力图复兴为志,荐用岳飞收复重镇襄阳。主张力战,连败金人,使金人北归。绍兴八年被贬岭南,移吉阳军,鼎谢表曰:"白首何归,怅余生之无几,丹心未泯,誓九死以不移。"桧见之曰:"此老倔强犹昔。"遂不食而死。"上尝语张浚曰:'赵鼎真宰相,天使佐朕中兴,可谓宗社之幸也。'"

② "状元温饱"一句：王曾,宋清州益都人,字孝先。咸平中由乡贡试礼部及廷对,皆第一,刘子仪为翰林学士,戏语之曰:"状元试三场,一生吃着不尽。"王曾正色曰:"曾平生之志,不在温饱。"范仲淹劝其明举士类,以尽相识。曾曰:"恩欲归己,怨使归谁?"仲淹服其言。以裁抑外戚,忤太后旨,出知青州,终判郓(yùn)州。仁宗为其篆碑曰"旌贤之碑"。

③ 道傍筑室：喻己无主见,而与不相干的人共谋,众说纷纭,莫衷一是,必难成功。《诗经·小雅·小旻》:"如彼筑室于道谋,是用不溃于成。"笺:"如当路筑室,得人而与之谋所为,路人之意不同,故不得遂成也。"

④ 青史：古代以竹简记事,故称史籍为青史。　　殷鉴：《诗经·大雅·文王》:"宜鉴于殷,骏命不易(保大命不容易)。"又《诗经·大雅·荡》:"殷鉴不

远,在夏后之世。"笺:"此言殷之明镜不远也。近在夏后之世,谓汤诛桀也。"本指殷灭夏,殷后代应以夏亡为鉴戒,后泛指可作鉴戒的前事。

⑤ 模棱:也作"模棱",同"摸棱",遇事不加可否,如模棱两可。《新唐书·苏味道传》:"(苏)味道练台阁故事,善占奏。然其为相,特具位,未尝有所发明,脂韦(比喻圆滑、阿谀)自营而已。常谓人曰:'决事不欲明白,误则有悔,摸棱持两端可也。'故世号"摸棱手",或称"摸棱宰相"。

其 十 五

扰攘乾坤几战场,何时浩劫免红羊①。将军空建回銮
策②,学士曾无谏猎章③。指鹿奸谋虞社稷④,为鱼民命泣江
乡。忧天绝少回天力,身世茫茫听上苍。

【注】

① 红羊:即红羊劫,指国难,古人迷信,以丙午、丁未是国家发生灾祸的年份,而丙、丁皆属火,色赤,未属羊,故称。或称午属马,因称丙午为赤马,丁未为红羊。殷尧藩《李节度平虏》:"太平从此销兵甲,记取红羊换劫年。"

② 回銮策:指1004年,辽国率兵二十万进攻北宋,兵临澶州。宰相寇准等主战派力挫投降派,力谏宋真宗御驾亲征,宋真宗亲征使得士气大涨,于澶州大败辽兵,双方议和,订"澶渊之盟"。在班师回京之前宋真宗曾赋《契丹出境诗》以志这次亲征胜辽之事,由寇准书丹,镌石于城内,也就是现存的回銮碑。

③ 谏猎章:指司马相如为郎时,曾作为武帝的随从行猎长杨宫,见武帝迷恋驰逐野兽的游戏,还喜欢亲自搏击熊和野猪,司马相如就写了一篇《谏猎章》书呈上,来规劝武帝。

④ 指鹿奸谋:《史记·秦始皇本纪》:"赵高欲为乱,恐群臣不听,乃先设验,持鹿献于二世,曰:'马也。'二世笑曰:'丞相误邪?谓鹿为马。'问左右,左右或默,或言马以阿顺赵高。或言鹿,高因阴中诸言鹿者以法。后群臣皆畏高。"后因以"指鹿为马"比喻故意颠倒是非,擅作威福。　虞:欺骗。

其 十 六

倥偬戎机乱似麻①,烟尘滚滚逼京华②。未枯心血怜诗

草,无用文章愧榜花③。投笔气雄班定远④,上书泪尽贾长沙。腐儒何解匡时略,但有危言报国家。

【注】

① 伧偬:困苦,急迫。戎机:指战争。《木兰诗》:"万里赴戎机,关山度若飞。"

② 京华:即京都,因为京都是文物、人才汇集的地方,所以称京华。

③ 榜花:科举考试榜上有名的荣耀。

④ "投笔气雄"一句:班定远,指班超,汉扶风安陵人,字仲升,班彪的少子,班固的弟弟。《后汉书·班超传》:"超与母随至洛阳。家贫,常为官佣书以供养。久劳苦,尝辍业投笔叹曰:'大丈夫无它志略,犹当效傅介子、张骞立功异域以取封侯,安能久事笔砚间乎?'左右皆笑之。超曰:'小子安知壮士志哉!'"明帝永平十六年,率三十六人出使西域,使西域五十余城国获得安宁,班超在西域三十一年,官至西域都护,封定远侯。用此典形容弃文从戎,建功疆场的远大志向。

书　愤

其　一

扰攘九州内,艰危十载前。河山怜鬼蜮,土木愤人天。疾恶齐民快①,持筹上相贤②。枕戈刘越石,夜起著先鞭③。

【注】

① 疾恶:憎恨邪恶,《北堂书钞》卷一三九引吴国谢承《后汉书》曰:"朱震字伯厚,陈留人也。初为州从事,奏济阴太守单匡赃罪,并连匡兄中常侍车骑将军超,桓帝收匡下廷尉,以遣超狱谢。三府谚曰:'车如鸡栖马如狗,疾恶如风朱伯厚。'"以此典称誉官吏刚直不阿,敢于抨击邪恶。　齐民:平民。《管子·君臣》:"齐民食于力,则作本。"

② 持筹：筹划。汉枚乘《七发》："孔老览观，孟子持筹而算之，万不失一。"上相：对宰相的尊称，《史记·陆贾传》："足下位为上相，食三万户侯。"

③ "枕戈"二句：刘越石，即刘琨，用"著先鞭"的典故表示人怀有壮志，思图奋发。参看诗集卷上《简故乡诸友》中"吴越江山眼界开"注③。

其　二

大错何时铸，长城郑重看①。十年天道变，独断庙谋难②。
朋党无牛李③，威名有范韩。小臣余痛哭，归计恋渔竿④。

【注】

① 长城：喻重要。《宋书·檀道济传》："道济立功前朝，威名甚重，左右腹心，并经百战，诸子又有才气，朝廷疑畏之。……于是收道济及其子给事黄门侍郎植等八人，并于廷尉伏诛……又收司空参军薛彤……收道济子夷、邕、演及司空参军高进之，诛之。初，道济见收，脱帻（zé）投地曰：'乃复坏汝万里之长城！'"用"长城"来比喻可以倚重的将领或功臣。

② 庙谋：朝廷对国事的计谋。

③ 朋党：排斥异己的宗派集团，汉有党锢，唐之牛、李，宋之蜀、洛、朔三党，明末东林、几社、复社等，旧史皆称为朋党。牛李：唐牛僧孺与李吉甫李德裕父子结成的宗派。《新唐书·李德裕传》："欲引僧孺益树党，乃出德裕为浙西观察使。俄而僧孺入相，由是牛李之憾结矣。"

④ 恋渔竿：犹言隐居不仕，不过问朝廷大事。

感　赋①

其　一

傀儡登场万事非，世情总与素心违。鸢肩只道能腾上②，
鹢羽犹然作退飞③。莫怪壮怀甘抑塞，本来始愿薄轻肥④。开
编俛仰儒林传，从古传人半布衣。

【注】

① 赋：吟咏、创作诗歌。

②"鸢肩"一句：这里指有些人官运亨通。参看文集卷上《病跋》注⑲。

③"鹢(yì)羽"句：鹢,水鸟名,形如鹭而大,羽色苍白,善翔。《左传·僖公十六年》："十六年春,陨石于宋五,陨星也。六鹢退飞过宋都,风也。"晋杜预注："鹢,水鸟,高飞遇风而退,宋人以为灾,告于诸侯,故书。"以"鹢羽退飞"形容人失意。这里指有才能的人却不被重用,被压制。

④ 轻肥：《论语·雍也》："(公西)赤之适齐也,乘肥马,衣轻裘。"后以轻肥指轻车肥马。借代指人富贵,发达。

其　二

　　诵弦甘苦对谁论,负笈原惭绛帐尊①。持论要关天下计,著书须白古人冤。肯因落拓移初志②,不徇交游变直言③。卧向北窗忘魏晋④,柴桑容住即桃源⑤。

【注】

① 负笈：谓背笈(书箱)游学。《抱朴子·祛惑》："书者,圣人之所作而非圣也,而儒者万里负笈以寻其师。"　绛帐：红色帐帷。《后汉书·马融列传》："融才高博洽,为世通儒,教养诸生,常有千数。善鼓琴,好吹笛,达生任性,不拘儒者之节。居字器服,多存侈饰。尝坐高堂,施绛纱帐,前授生徒,后列女乐,弟子以次相传,鲜有入其室者。"后以绛帐作为师长或讲座的代称。

② 落拓(tuò)：穷困失意,景况零落。唐白居易《效陶潜体诗》："问君何落拓,云仆生草莱。地寒命且薄,徒抱王佐才。"

③ 直言：直率而言。这里犹言《晏子春秋·重而异者》："晏子相景公,其论人也,见贤而进之,不同君所欲;见不善则废之,不辟君所爱;行己而无私,直言而无讳。"

④ 北窗：陶渊明《与子俨等疏》："尝言五六月中北窗下卧,遇凉风暂至,自谓是羲皇上人。"　忘魏晋：《桃花源记》："问今是何世,乃不知有汉,无论魏晋。"此句极言出世之乐。

⑤ 柴桑：县名。在今江西省九江市西南，因县西南有柴桑山而得名。晋代陶渊明的故里为栗里原，或称柴桑里，即近柴桑山。这里指代隐居之所。

其　　三

谋食何能笔砚焚①，眼前都似茧丝梦。近时吏治无常律，衰世人情有创闻。舌露词锋难悦俗，胸藏钱癖莫论文。盐车不遇孙阳过②，谁信骅骝本出群③。

【注】

① 笔砚焚：《晋书·陆机传》：“机天才秀逸，辞藻宏丽，张华尝谓之曰：‘人之为文，常恨才少，而子更患其多。’弟（陆）云尝与书曰：‘（崔）君苗见兄文，辄欲烧其笔砚。’”此典称誉别人的作品精美，自愧不如，表示自己不愿再著述。

② “盐车”一句：《战国策·楚策四》：“楚客汉明曰：君亦闻骥乎？夫骥之齿至矣，服盐车而上太行。蹄申膝折，尾湛（水浓重的样子）胕（同“肤”）溃，漉（液体下渗）汁洒地，白汗交流，中阪迁延，负辕不能上。伯乐遭之，下车攀而哭之，解纻衣以幂之。骥于是俯而喷，仰而鸣，声达于天，若出金石色者，何也？彼见伯乐之知己也。”用“盐车”或“未遇孙阳”的典故比喻贤才遭到埋没，压制，不得任用，处境困厄。　　孙阳，即伯乐。春秋秦穆公时人，善相马。《庄子·马蹄》：“及至伯乐，曰：‘我善治马。’”释文：“伯乐，姓孙，名阳，善驭马。”汉东方朔《七谏·怨世》：“骥踌躇于弊辇兮，过孙阳而得代。”后以“伯乐相马”来比喻善于鉴别人才的高低，优劣。

③ 骅骝：赤色骏马，亦名枣骝。《荀子·性恶》：“骅骝、骐（qí）骥、纤离、绿耳，此皆古之良马。”这里比喻与众不同的人才。

其　　四

拟将蓑笠换青衫①，世事无闻口欲缄。坦道岂宜轻纵辔，顺风须慎饱张帆。士林豺虎原难避，心地荆榛未易芟。惟盼春秋佳日度，一杯数共故人衔。

【注】

　　① 蓑笠：雨具和遮阳工具。《诗经·小雅·无羊》："尔牧来思，何蓑何笠。"传："蓑，所以备雨；笠，所以御暑。"这里借指隐者的服装。　　换青衫：意指走上仕途。

江上口占①

　　火速军书驿路催，征帆都向大江来。古今安得皆平世，天下何曾没将才。资格取人官有蠹②，因循了事祸成胎。寰中第一防危策，先在和衷协上台③。

【注】

　　① 口占：不用起草而随口成文。多指当场作诗。金董解元《西厢记》："佳人对月，依君瑞韵，亦口占一绝。"

　　② 资格：官吏据年资升迁之制，唐开元十八年裴光庭兼吏部尚书，始奏用循资格，凡官罢满，以若干选而集，各有差等，选满则注，限年升级，不得逾越，自宋以后年资之制遂成常法。

　　③ 和衷：《尚书·皋陶谟》："同寅协恭，和衷哉。"本意是同敬合恭而和善的意思，以后称同心为和衷。　　上台：官名，指三公。汉因秦制，设尚书为中台，御史为宪台，谒者为外台。阮籍《诣蒋公》："伏惟明公以含一之德，据上台之位，群英翘首，俊贤抗足。"

江上逢倪子

　　空读万卷书，不行万里路。犹如面墙人①，茫昧失趋步②。卓哉倪子胸襟豪，心轻青紫如鸿毛③。不隐山林隐廛市，挥鞭叱驭关河高④。我顺淮流下东浙⑤，相逢一笑冠缨绝⑥。天使

长风会短蓬⑦,举头直视天边月。绝塞新霜写旧愁,寒山落木
下孤舟。人生何必封侯贵,一样风尘老白头。所惜天下尚烽
火,丈夫岂肯衡门坐⑧? 听断鸡声不着鞭,却恐祖刘笑尔我。
明年玉关杨柳妍⑨,一樽相约燕台边⑩。吴门不遇倪高士⑪,辜
负扁舟江上天。

【注】

①　面墙:《尚书·周官》:"不学墙面,莅事惟烦。"《论语·阳货》:"子谓伯
鱼曰:'女为《周南》、《召南》矣乎? 人而不为《周南》、《召南》,其犹正墙面而立
也与?'"用此典喻不学无术,如面墙而一无所见。

②　失趋步:趋,疾行;步,徐行。《庄子·秋水》:"且子独不闻夫寿陵余子
之学行于邯郸与? 未得国能,又失其故行矣,直匍匐而归耳。"成玄英疏:"寿陵,
燕之邑;邯郸,赵之都。弱龄未壮,谓之余子。赵都之地,其俗能行,故燕国少年
远来学步。"这里指什么都不知,只知盲目模仿,照搬他人。

③　青紫:汉制,丞相、太尉皆金印紫绶,御史大夫银印青绶,三府官最崇贵。
后也泛指贵官之服。《汉书·夏侯胜传》:"胜每讲授,常谓诸生曰:'士病不明
经术。经术苟明,其取青紫如俯拾地芥耳。'"此处形容不以求取官职为意。

④　关河:《史记·苏秦传》:"秦四塞之国,被山带渭,东有关河,西有汉
中。"正义:"东有黄河,有函谷、蒲津、龙门、合河等关。"《史记·高祖传》:"秦,
形胜之国,带河山之险,县隔千里,持戟百万,秦得百二焉。"以此典形容山川险
要,城池雄壮。关河也泛指一般河山。这里是泛指。

⑤　淮流:淮水,古四渎之一。今称淮河。源出河南桐柏山,东经安徽江苏
流入洪泽湖,下游本流经淮阴涟山入海,后黄河夺淮,自洪泽湖以下主流合于运
河经高邮湖江都县入长江。　　东浙:即浙东。谓浙江省东部地区。

⑥　冠缨绝:参看诗集卷上《杂感》其二十注④。这里指老朋友见面很高兴
而开怀大笑。

⑦　长风会短蓬:即"风飘蓬飞"的典故。《晏子春秋·内篇杂上》:鲁昭公
丧失国柄逃亡齐国,齐景公问为何年纪轻轻就丢掉政权。昭公对曰:"(我年轻
时不亲近那些敬爱我的臣子,不任用那些劝谏我的臣子)好则内无拂而外无辅,

辅拂无一人,诮谀我者甚众。譬之犹秋蓬也,孤其根而美枝叶,秋风一至,根且拔矣。"用典形容人无处安居,身世飘零。

⑧ 衡门:横木为门,喻简陋的房屋。《诗经·陈风·衡门》:"衡门之下,可以栖迟(安居)。泌之洋洋,可以乐饥。"后借指隐者之居或是隐居生活。汉陆贾《新语·慎微》:"意怀帝王之道,身在衡门之里,志图八极之表。"

⑨ 玉关:即玉门关。古关名,在甘肃敦煌县西北,阳关在其东南,古为通西域要道,出玉关为北道,出阳关者为南道,《后汉书·班超列传》:"(班)超自以久在绝域,年老思土,上疏曰'……如自以寿终屯部,诚无所恨,然恐后世或名臣为没西域。臣不敢望到酒泉郡,但愿生入玉门关。'"

⑩ 燕台:即黄金台,故址在河北易县东南,燕昭王筑台放千金以招揽贤士,故称贤士台,又叫招贤台。参看文集卷上《武乡侯自比管乐论》注⑲。

⑪ 吴门:古吴县城(今苏州市)的别称。吴县为春秋吴都,故称吴县城为吴门。

望　山

水与山色相贯注,云气横盘如匹布。疑是山灵吹爨烟,五丁开出朝天路①。擎空一柱势嶒崚②,仿佛双龙为交互③。此间呼吸当上通,乘风我欲凌霄去④。

【注】

① 五丁:五个力士。汉扬雄《蜀王本纪》:"天为蜀王生五丁力士,能徙蜀山。"《秦惠王本纪》:"秦惠王欲伐蜀,乃刻五石牛,置金其后。蜀人见之,以为牛能大便金牛下,有养卒以为此天牛也,能便金。蜀王以为然,即发卒千人,使五丁力士拖牛成道,致三枚于成都。秦道得通,石牛之力也。后遣丞相张仪等,随石牛道伐蜀焉。"一说秦惠王把五女嫁给蜀王,王派五丁迎五女,回到梓潼时,见一条大蛇钻入山洞,五丁一起拉蛇尾,结果山崩压住五丁,五丁大叫。五女及其他人都化为石。

② 擎空一柱:《楚辞·天问》:"八柱何当。"汉王逸注:"谓天有八柱。"后用擎空一柱来比喻人能担当天下重任。这里是形容山势突兀,陡峻。

③ 双龙:参前诗集卷上《杂感》其二十注⑦。

④ 乘风:《庄子·逍遥游》:"列子御风而行,泠然善也,旬有五日而后反。"成玄英疏:"姓列,名御寇,郑人也,与郑繻公同时,师于壶丘子林,著书八卷,得风仙之道,乘风游行,泠然轻举,所以称善也。"指乘风飞游,飘飘而举。

观　潮

　　潮胡为而来?势如羽箭声如雷。潮胡为而去?云为旌斾风为驭。潮来潮去自奔驰,来果何自去何之。试观大造乘除运①,可悟人生衰旺时。吁嗟乎万物自长还自消,君不见海上潮。

【注】

　　① 大造:大功,大成就。《左传·成公十三年》:"秦师克还无害,则是我有大造于西也。"注:"造,成也。言晋有成功于秦。"　　乘除:抵销。意谓一乘一除,仍为原数。唐韩愈《三星行》:"名声相乘除,得少失有余。"

九日登高同人小集①

　　蓬莱三山望眼倦,登高空作茱萸醼②。盛会今古岂寻常,宾筵衫履皆时彦。题糕胆壮今王郎③,寸铁不持呼白战④。汉魏风骚迄六朝,李杜韩苏传一线。三千年后众仙来,数万里遥一堂见。橐笔我惭附骥迟⑤,花中自比酴醾殿⑥。酒酣正乐忧胡为,俯仰难将愁魔遣。西北花门种类骄,捷书谁定天山箭⑦。

东南奔突多豺狼⑧，未烬劫灰今复煽。何况阳侯一怒冲⑨，几处鲸波收赤县⑩。武昌已上监门图⑪，河决淮扬哀鸿遍⑫。有客凭栏忆梓桑，真愁庾亮尘污面⑬。出门呜咽不能言，土木高于金华殿⑭。未雨绸缪定有人，杞忧散作风中霰⑮。古人余事作诗人，文章润色河山奠。而我胸襟郁不开，燕台徒把黄金羡。少难投笔作班超，老欲据鞍追马援⑯。四顾茫茫殡祖鞭⑰，低头仍抱端溪砚⑱。马当风顺原偶然⑲，龙山何事夸侧弁⑳。独在异乡秋复秋，思亲我更松楸恋㉑。妻孥消息阻云天，尺书难托窥帘燕。三径无人菊已荒㉒，客中揽镜朱颜变。天涯友朋骨肉同，何啻齐婴与卫瑗㉓？王粲楼前兴倍豪，豪吟直欲轰雷电。天高北极雨无多，明月半轮修竹院。七步方惊子建工㉔，三绝尤奇郑虔擅㉕。嗟乎我辈岂虚生，可中可狂还可狷。何日携尊五岳游，手挥太华云一片㉖。

【注】

① 九日：指农历九月初九，即重阳节。《艺文类聚》四引《续晋阳秋》："世人每至九日，登山饮菊酒。" 同人：易卦名。离下乾上。与人同和的意思。后因称志同道合的友人为同人。唐韦应物《韦江州集》附录《陪王郎中寻孔征君》："俗吏闲居少，同人会面难。"

② 茱萸醼(yàn)：茱萸，植物名，生于山谷，其味香烈，古代风俗，农历九月初九重阳节佩戴茱萸，以祛邪避灾。唐王维《九月九日忆山东兄弟》："遥知兄弟登高处，遍插茱萸少一人。"醼，聚饮。茱萸醼，即茱萸会。重阳节佩戴茱萸相约登高就是茱萸会，又称茱萸节，晋周处《风土记》："以重阳相会，登山饮菊花酒，谓之登高会，又名茱萸会。"

③ 题糕：即题餻。唐刘禹锡尝作九日诗，欲用餻字，以五经中无之，辍不复为。宋代宋祁以为不然，因九日食餻遂作诗云："飚馆轻霜拂曙袍，糗餈(qiǔ cí)花饮斗分曹。刘郎不敢题餻字，虚负诗中一诗豪。"指有胆识，敢于破旧迎新，独立特行。

④ 白战：徒手作战，用以比喻作禁体诗，不得用某些常用的字眼。宋苏轼

《聚星堂雪诗序》："与客会饮聚星堂，忽忆欧阳文忠公作守时，雪中约客赋诗，禁体物语，于艰难中特出奇丽。"《诗》："当时号令君听取，白战不许持寸铁。"

　　⑤ 橐笔：古代书史小吏，手持橐囊，插笔于头颈，侍立于帝王大臣左右，以备随时记事，称持橐簪笔，简称橐笔，《汉书·赵充国传》："赵印家将军以为（张）安世本持橐簪笔事孝武帝数十年。"注："师古曰：'橐，所以盛书也，有底曰囊，无底曰橐。簪笔者，插笔于首。'"这里指文士的笔墨生涯。　　附骥：用"苍蝇附骥尾可致千余里"的典故来形容追随先辈、名人而出名受益。参看文集卷下《〈黎半樵先生奏疏文集〉书后》注㉙。

　　⑥ 酴醿(tú mí)：花名，以色似酴醿酒，故名。宋苏轼《杜沂游武昌以酴醿花菩萨泉见饷》："酴醿不争春，寂寞开最晚。"这里作者自谦，认为自己是最晚取得名望的。

　　⑦ 天山箭：《新唐书·薛仁贵传》："时九姓（天山的九姓突厥）众十余万，令骁骑数十来挑战，仁贵发三矢，辄杀三人，于是虏气慑，皆降。仁贵虑为后患，悉坑之。转讨碛北余众，擒伪叶护兄弟三人以归。军中歌曰：'将军三箭定天山，壮士长歌入汉关。'九姓遂衰。"用此典来形容平虏定边的英雄气概。

　　⑧ 豺狼：《后汉书·张纲列传》："汉安元年，选遣八使徇行风俗，皆耆儒知名，多历显位，唯纲年少，官次最微。余人受命之部，而纲独埋车轮于洛阳都亭，曰：'豺狼当路，安问狐狸！'遂奏曰：'大将军梁冀……甘心好货，纵恣无底，多树谄谀，以害忠良。诚天威所不赦，大辟所宜加也。'……书御，京师震竦。"后以"豺狼"指大奸、大恶。"狐狸"指小奸、小恶。"豺狼当路"指奸臣当权，横行无忌。这里指扰乱社会的反叛分子。

　　⑨ 阳侯：传说中的波神。《楚辞·九章·哀郢》："凌阳侯之泛滥兮，忽翱翔之焉薄。"《淮南子·览冥训》："武王伐纣，渡于孟津，阳侯之波，逆流而击，疾风晦明，人马不相见。"汉高诱注："阳侯，陵阳国侯也。其国近水，溺（nì 同"溺"）水而死。其神能为大波，有所伤害，因谓之阳侯之波。"

　　⑩ 鲸波：鲸鱼兴起之波，谓江海巨浪。　　赤县：赤县神州的略称。指中国。《史记·孟子传》附骈衍："中国名曰赤县神州。"赤县神州内有九州，其外如赤县神州者也有九州。

　　⑪ 武昌：指太平军在 1852 年攻克岳州后十天占领了汉阳，后占领了汉口，准备攻占武昌，清朝官兵借清野为名，对武昌进行焚烧劫掠，1853 年 1 月太平军

炸毁武昌文昌门,占领武昌。　　　监门图:即"郑侠图",指百姓生活困苦。《宋史·郑侠传》:"是时,自熙宁六年七月不雨,至于七年之三月,人无生意。……(郑)侠知(王)安石不可谏,悉绘所见为图,奏疏诣阁门,不纳。为假称密急,发马递上之银台司。……疏奏,神宗反复观图,长吁数四,袖以入。是夕,寝不能寐。翌日,命开封体放免行钱……越三日,大雨,远近沾洽。辅臣入贺,帝示以侠所进图状,且责之,皆再拜谢。"

⑫ 河决淮扬:自北宋黄河南徙,夺淮渎下游而入海,于是淮受其病,淮病而入淮诸水泛溢四出。咸丰元年(1851)南河、丰北(江苏省徐州丰县北)三堡河决。咸丰三年黄河再决丰北。咸丰五年黄河复决铜瓦厢,东注大清河入海。

哀鸿:哀叫着的大雁。《诗经·小雅·鸿雁》:"鸿雁于飞,哀鸣嗸嗸。"后来常用来比喻哀伤痛苦、流离失所的人。

⑬ 庾亮尘污面:《晋书·王导传》:"于时庾亮以望重地逼,出镇于外。南蛮校尉陶称间说亮当举兵内向,或劝导密为之防……时亮虽居外镇,而执朝廷之权,既据(长江)上流,拥强兵,趣向者多归之。导内不能平,常遇西风尘起,举扇自蔽,徐曰:'元规(庾亮字)尘污人。'"用此典形容权臣显贵的熏人气焰。这里指恶浊混乱的社会现实。

⑭ 土木:地名。即土木堡,在河北怀来县西。明英宗正统十四年率师击瓦剌,兵败,被虏于此,旧史称土木之役。其地本名统漠镇,后音讹变为土木。

金华殿:汉殿名,在西汉未央宫。《汉书·叙传》:"时上(成帝)方乡学,郑宽中、张禹朝夕入说《尚书》、《论语》于金华殿中,诏(班)伯受焉。"后作为宫殿的通称。这里指少数民族的反叛势力呈压过中央政府的势头,很担忧。

⑮ 杞忧:即杞人忧天。《列子·天瑞》:"杞国有人,忧天地崩坠,身亡所寄,废寝食者。"指没必要的忧虑。

⑯ 老欲据鞍追马援:《东观汉记·马援》:"马援(伏波将军),字文渊,建武二十四年,威武将军刘尚击武陵溪蛮夷,深入,军没。援因复请行。时年六十二,帝愍其老,未许之,援自请曰:'臣尚能披甲上马。'帝令试之。援据鞍顾眄,以示可用。帝笑曰:'矍铄哉,是翁也!'遂遣援。"用此典表示人老但壮心仍在,思建勋业。

⑰ 殢(tì):滞留。李白《峨眉山月歌送蜀僧晏》:"我似浮云殢吴越。"
祖鞭:祖即祖逖。参前"枕戈刘琨卧"或"著先鞭"的典故。这里指未奋发争先,

找不到报国建功的方向和机会。

⑱ 端溪砚：端溪，县名，今为广东德庆县，县东有端溪水，其地有三洞，产砚石著称于世。端溪砚即以广东德庆县端溪产石所制之砚，自唐以来，即为人重，唐刘禹锡《唐秀才赠端州紫石砚以诗答之》诗中已有"端州石砚人间重"之句，入宋名益盛，鉴别之法，亦渐以精密。这里指作者未弃笔从戎，建功沙场。

⑲ 马当风顺原偶然：宋曾慥（zào）《类说》卷三十四《摭遗·滕王阁记》："王勃舟次马当水次，见一叟曰：'来日滕王阁作记，子可构之，垂名后世。'勃曰：'此去洪州六七百里，今晚安可至也？'叟曰：'吾助汝清风一席，中原水府吾主此祠。'勃登舟张帆，未晓抵洪，谒府帅阎公，公俾为记（即《秋日登洪府滕王阁饯别序》），赠百缣。"用此典指人时至运来，得贵人相助。　　马当，山名，位于江西彭泽县东北，山形似马，横枕长江，为江流要害之处。

⑳ 龙山何事夸侧弁：《晋书·孟嘉传》："为征西桓温参军，温甚重之。九月九日，温燕龙山，僚佐毕集。时佐吏并著戎服，有风至，吹嘉帽堕落，嘉不之觉。温使左右勿言，欲观其举止。嘉良久如厕，温令取还之，命孙盛作文嘲嘉，著嘉坐处。嘉还见，即答之，其文甚美，四坐嗟叹。"作者用这两个典故指要有好的社会环境才华才能尽情展露。

㉑ 松楸：松树与楸树，因多植于墓地，常用作墓地的代称。唐刘禹锡《酬乐天见寄》："若使吾徒还早达，亦应箫鼓入松楸。"

㉒ 三径无人菊已荒：晋陶渊明《归去来兮辞》："问征夫以前路，恨晨光之熹微。乃瞻衡宇，载欣载奔。僮仆欢迎，稚子候门。三径就荒，松菊犹存。携幼入室，有酒盈樽。"此典形容厌弃仕宦，向往田园佳趣。这里是烘托诗人独在异乡思念亲人、悲凉的心境。

㉓ 齐婴：《列子·汤问》有一则关于扁鹊为人换心的故事，鲁国的公扈和赵国的齐婴二人均有疾病，同时请扁鹊治疗。扁鹊让二人饮服药酒，三日不醒，于是将两人心脏互换，再用神药使伤口愈合，不露痕迹。二人醒来后各自回家，结果公扈去了齐婴的家，而齐婴则来到公扈的家。他们的妻子儿女都不认识，把他们当做了陌生人。两个家庭因此发生纠纷，待扁鹊说明了原委真相，才消除了一场误会。

㉔ "七步"一句：子建，即三国魏曹植字。《世说新语·文学》："（魏文帝曹丕即位后欲铲除其弟曹植），尝令东阿王七步中作诗，不成者行大法。应声

便为诗曰：'煮豆持作羹,漉菽以为汁。其在釜下燃,豆在釜中泣。本是同根生,相煎何太急!'帝深有愧色。"此典称誉人才思敏捷,出口成章。

㉕"三绝"一句：唐李绰《尚书故实》："(郑广文)自写所制诗并画,同为一卷,封进玄宗,御笔书其尾曰:'郑虔三绝。'"郑虔,字弱齐,曾任广文馆博士。以此典称誉人擅长诗词、书法、绘画。

㉖太华：山名,即西岳华山,在陕西渭南县东南。《山海经·西山经》："又西六十里,曰太华之山,削成而四方,其高五千仞,其广十里。"因远望其形如华(花),故名;因其西有少华山,故又称太华。

新 秋 夜 坐①

其 一

心事连朝恶,头衔卅载空②。今宵看皓月,旧梦触秋风。

眼界孤吟放,胸襟几辈同。一关名利破,万事等沙虫③。

【注】

① 新秋：新,开始,新秋犹言初秋。

② 头衔：唐时选曹补受,须存资历,闻奏之时,先具旧官名品于前,次书拟官于后,新旧相衔不断,故称官衔,亦曰头衔。

③ 沙虫：《艺文类聚》卷九十引《抱朴子》曰："周穆王南征,一军尽化。君子为猿为鹤,小人为虫为沙。"此典指人间众生。这里形容非常渺小,一切微不足道。

其 二

梧叶响萧萧,乡情动此宵。身同无定絮,心似不平潮。

地僻蜗庐小①,天空鹤梦超。那堪复回首,肠断秣陵桥②。

【注】

　　① 蜗庐：即蜗舍，喻居室狭小。晋崔豹《古今注》中《鱼虫》："蜗牛，陵螺也。……野人结圆舍，如蜗牛之壳，曰蜗舍。"《三国志·魏书·管宁传》注引《魏略》曰："（时有隐者焦先，河东人也。）先字孝然。……饥不苟食，寒不苟衣，结草以为裳，科头徒跣。每出，见妇人则隐翳，须去乃出。自作一瓜牛庐，净扫其中。营木以为床，布草蓐其上。至天寒时，构火以自炙，呻吟独语。饥则出为人客作，饱食而已，不取其直。"裴松之案《魏略》云："焦先及杨沛，并作瓜牛庐，止其中。以为瓜当作蜗；蜗牛，螺虫之有角者也，俗或呼为黄犊。先等作圜舍，形如蜗牛蔽，故谓之蜗牛庐。"比喻隐士的简陋住宅。

　　② 秣陵：地名，今江苏江宁县，历代更名很多次，楚威王以其地有王气，埋金镇之，号曰金陵，秦始皇改为秣陵，后孙权迁都于此，改为建业。

其　三

夜色清如许，烟尘少捷音。乾坤生侠气，河汉净诗心①。
耻作囊中剑②，甘为爨下琴③。相知怜有几，把臂入山林④。

【注】

　　① 河汉：黄河和汉水。南朝梁江淹《被黜为吴兴令辞笺诣建平王》："濯以河汉之流，曝以秋阳之景。"

　　② 囊中剑：犹言囊中锥。这里形容人才华得以展露，锋芒毕露。

　　③ 爨下琴：晋干宝《搜神记》卷十三："（汉灵帝时陈留蔡邕触犯灵帝，而遁迹江海，）至吴，吴人有烧桐以爨者，邕闻火烈声，曰：'此良材也。'因请之，削以为琴，果有美音，而其尾焦，因名'焦尾琴'。"以"爨下琴"来比喻素质优秀的人才，也比喻良材不得其用，遭受弃置。作者这里指甘愿才华埋没，隐居不仕。

　　④ 把臂入山林：《世说新语·赏誉》："谢公（安）道：'豫章（谢鲲）若遇七贤，必自把臂入林。'"七贤，竹林七贤。后因称与友偕隐为把臂入林。《北齐书·祖鸿勋传》"与阳休之书"："一得把臂入林……斯亦乐矣，何必富贵乎？"

其　四

梦为晨钟破,初心仔细扪。人情渐趋险,吾道当自尊。
衰世休弹铗,空山好杜门。满腔积忧愤,惆怅对孤樽。

山西司当月夜坐口占①

其　一

薄宦羁居久,官衙待漏晨。穷愁磨意气,劳苦炼精神。
放胆陈时事,伤心哭古人。归怀萦岁杪②,江北尚烟尘③。

【注】

① 山西司:清代官制,户部按全国行政区域规划共分十四个清吏司,每司设郎中、员外郎和主事,山西司掌管山西的钱粮,这里当指山西司官署。

② 岁杪:年末,年底。《礼记·王制》:"冢宰制国用,必于岁之杪。"

③ 江北:指长江下游以北地区,古代一般指唐淮南道,宋淮南路,近代专指江苏长江北部一带。《清史·本纪二十一》:"(同治元年)粤匪犯庐、和及江浦。……命副都御史晏端书赴广东督办厘金,吴棠督办江北团练。"同治元年(1862)作者由江北团练大臣晏端书奏调襄办军务,叙功,奉旨赏加员外郎衔。

其　二

风雪催寒尽,饥躯耐客途。一官双鬓短,千里只身孤。
报国心空有,还家梦转无。不知春已到,惊见换桃符。

感　事

其　一

世路崎岖那得平,眼前泾渭尚分明。高怀自屈陈同甫①,

痛哭谁怜阮步兵②。千古伤心悲落拓,四方蒿目想澄清③。英
雄肯逊留皮豹④,珍重乾坤没世名。

【注】

①"高怀自屈"一句：陈同甫(1143—1194),名亮,号龙川,婺州永康(今属
浙江)人。孝宗时曾多次上书朝廷,反对和议,力主抗金,反对"偏安定命",痛
斥秦桧口邪,倡言恢复,完成祖国统一大业,因触怒当权者,三次被诬入狱,遂愤
而归家治学十年。光宗绍熙四年(1193)擢进士第一,授签书建康府官厅公事,
未及到任即病卒。他是永康学派的杰出代表。提倡事功,反对空谈性理。

②"痛哭谁怜"一句：指人感到前途无望,心中非常压抑,苦楚。详前《杂
感》中其二十注②。阮步兵：即阮籍,曾为步兵校尉,世称阮步兵。

③澄清：使混浊变为清明。《后汉书·党锢列传·范滂(pāng)》："范滂字
孟博,汝南征羌人也。少厉清节,为州里所服,举孝廉,光禄四行。时冀州饥荒,
盗贼群起,乃以滂为清诏使,案察之。滂登车揽辔,慨然有澄清天下之志。乃至
州境,守令自知臧污,望风解印绶去。其所举奏,莫不厌塞众议。"以此典表示人
有济世报国的抱负。

④留皮豹：《周易·革》："上六,君子豹变……象曰：君子豹变,其文蔚
也。"豹子的皮毛越变文采越斑斓。留皮豹即豹死留皮,喻留美名于后世。《新
五代史·王彦章传》："彦章武人不知书,常为俚语谓人曰：'豹死留皮,人死
留名。'"

其　二

历尽关山路几重,旅窗梦短觉惺忪。马蹄争似名心急,鸡
肋还逾世味浓①。臧否来前胸有镜,才华敛后舌无锋。劳劳未
惮驰驱苦②,坐拥寒裘待晓钟。

【注】

①鸡肋：《三国志·魏书·武帝纪》裴松之注引《九州春秋》曰："(曹操攻
打刘备汉中之地,却攻不下,想要回去又不忍心,正好军中来请示口令)时王欲

还,出令曰'鸡肋',官属不知所谓。主簿杨修便自严装,人惊问修:'何以知之?'修曰:'夫鸡肋,弃之如可惜,食之无所得,以比汉中,知王欲还也。'"用此典借指没有什么价值的事物。这里指处世劳累繁琐无趣,还比不上鸡肋味浓。

② 劳劳:惆怅忧伤的样子。《古诗为焦仲卿妻作》:"举手长劳劳,二情同依依。"

书　怀

其　一

驹隙匆匆岁序催①,青衫依旧混尘埃。放开眼界空流辈②,可奈毛锥困拙才③。心地但求平似水,声华不羡响于雷④。祖鞭知向何时著,夜夜荒鸡破梦来⑤。

【注】

① 驹隙:犹言隙驹。喻易逝的光辉。《庄子·知北游》:"人生天地之间,若白驹之过郄。"《释文》:"郄,本亦作隙。"　　岁序:犹言时令。序,时序,季节。也泛指时间。

② 流辈:同辈,同一流的人。

③ 毛锥困拙才:《新五代史·汉臣传·史弘肇传》:"弘肇曰:'安朝廷,定祸乱,直须长枪大剑,若毛锥子安足用哉?'三司使王章曰:'无毛锥子,军赋何从集乎?'毛锥子,盖言笔也。弘肇默然。"后用此典借指文事,与武事相对。这里指作者很遗憾被困于文事当中,未弃笔从戎,建功战场。

④ 声华:美好的名声。唐白居易《晏坐闲吟》:"昔为京洛声华客,今作江湖潦倒翁。"

⑤ 荒鸡:古以夜三鼓前鸣的鸡为荒鸡。迷信的人以半夜鸡鸣附会为兵起之象。祖逖与刘琨为好友,共被同寝。祖逖半夜闻荒鸡鸣,便蹴刘琨曰:"此非恶声也。"便开始练剑。这就是"闻鸡起舞"的典故。作者典故指自己在时时激励自己驰骋沙场,奋发建功。

其　二

惊梦晨钟拥被闻,芸窗又见日朝曛①。文求投俗才多敛,
诗怕伤时稿半焚。自笑心同追电马,可怜身似在山云②。梅花
莫怅清寒甚,我比梅花瘦十分③。

【注】

① 芸窗:书斋,芸香能辟蠹,书室常贮之,故名。

② "可怜"一句:化用苏轼《题西林壁》:"不识庐山真面目,只缘身在此山
中。"这里指身被俗事缠绕,不得脱身,无法按照自己的理想行事。

③ "我比梅花"一句:化用李清照《醉花阴》:"莫道不销魂,帘卷西风,人比
黄花瘦。"

醉 后 述 怀

其　一

晓行尘土满征衫,驴背诗囊兴不凡①。故旧疏于荒岸柳,
功名难似逆风帆。检残图史惭虫技②,望断云天失雁函③。无
复牢骚憎世态,瓮头春酿一杯衔④。

【注】

① 驴背:宋孙光宪《北梦琐言》卷七:"唐相国郑綮,虽有诗名,……或曰:
'相国近有新诗否?'对曰:'诗思在灞桥(今陕西长安县东,古时送客至此,折柳
赠别。)风雪中驴子上,此处何以得之?'盖言平生苦心也。"用此典形容文思奔
涌,写出好诗。　　诗囊:装诗稿的袋子,参前《游金山》中"奚童扶我上轻舟"
注①"李贺诗囊"的典故。

② 虫技:对仅工辞赋者的贬称,轻讥文士雕辞琢句,亦是文士的自谦。汉
扬雄《法言·吾子》:"或问:'吾子少而好赋?'曰:'然,童子雕虫篆刻。'俄而曰:

'壮夫不为也。'"按西汉学童习秦书八体,虫书、刻符为其中两体,纤巧难工。故以指作辞赋之雕章琢句,亦喻小技,末道。

③ 雁函:即雁书,雁来去有定候,以帛系雁足得以传书,后因以称书札为雁书。

④ 瓮头春:瓮也作"甕"。初熟酒,省称瓮头。唐岑参《喜韩樽相过》:"瓮头春酒黄花脂,禄米只充沽酒资。"

其　二

名场甘苦任蹉跎,才拙无庸斫地歌。一卷生涯聊复尔,廿年心事竟如何。眼前风月新吟少,梦里江山旧恨多。剧爱村居图画好,着来雨笠共烟蓑。

寄王南卿①

其　一

青眼高歌日②,回头此谊真。神州无乐土,老屋有诗人。风雅能扶教,科名不疗贫。所期弄云水③,一浣浊襟尘。

【注】

① 王南卿:人名,不详。

② 青眼:《晋书·阮籍传》:"(阮籍母死办丧事,嵇喜去吊丧),籍又能为青白眼,见礼俗之士,以白眼对之。及嵇喜来吊,籍作白眼,喜不怿而退。喜弟康闻之,乃赍酒挟琴造焉,籍大悦,乃见青眼。"后用"青眼"表示对人喜爱,赏识。以"白眼"表示对人厌恶、轻蔑。这里指互相喜爱的朋友在一起其乐融融,放旷自由。

③ 云水:指行脚僧或游方道士。言其如行云流水无所定居,唐《寒山子诗集》附《丰干禅师录》:"一身如云水,悠悠任来去。"这里指归隐,逍遥自在。

其　二

一别经年月,光阴举目非。关河烽火限,风雪梦魂归。

下榻展曾倒,看花觞惯飞。别愁难遣帚,日盼叩林扉。

又

记得淮阴市①,酾歌酒一杯。新秋回首处,旧感上心来。

家国无穷憾,湖山有数才。停云二千里②,惆怅独登台。

【注】

　　① 淮阴市:指淮阴郡,后魏置,北周置东平郡。隋开皇元年改郡为淮阴,后置楚州,南宋绍定元年改楚州为淮安军,明清时为淮安府,治所在山阳县,1914年废府,改山阳县为淮安县。

　　② 停云:晋陶潜有《停云》诗四首,自序称"停云,思亲友也。"后很多题名都取此意,如明文征明《停云馆帖》、清李家瑞《停云阁诗话》。

赠　刘　云　岩①

其　一

一片青毡旧②,因循十二年。岁华真似水,得失总由天。

滞我云程远③,依人地主贤。鸡声空喔喔,几个祖生鞭。

【注】

　　① 刘云岩:人名,不详。

　　② 青毡旧:《太平御览》卷七零八引晋裴启《语林》曰:"王子敬(王献之)在斋中卧,偷人取物,一室之内略尽。子敬卧而不动,偷遂登榻,欲有所觅。子敬

因呼曰:'偷儿! 石染青毡是我家旧物,可特置否?'于是群偷置物惊走。"后以借指士人故家旧物,或传承的事业。这里作者指自己老样子,没什么新的变化。

③ 云程:犹言云路。青云之路,喻宦途。宋陆游《答发解进士启》:"万里抟风,莫测云程之远。

其 二

地占繁华俗,人趋靡丽风。胸间泾渭判,眼底垢尘空。
望月心千里,摊书地半弓。古今不平事,多付笑谈中。

赠 刘 德 扬①

其 一

干济几人同②,声名啧啧中。须眉今侠士,肝胆古英雄。
世味胸中饱,儒冠眼底空。从君江上去,万里破长风③。

【注】

① 刘德扬:人名,不详。

② 干济:干练的办事能力。《北齐书·唐邕传》:"邕善书计,强记默识,以干济见知。"

③ 万里破长风:《宋书·宗悫(què)传》:"宗悫字元干,南阳人也。叔父炳,高尚不仕。悫年少时,炳问其志,悫曰:'愿乘长风破万里浪。'"形容人胸怀壮志,前程远大。这里指赞扬刘德扬才华突出,胸襟空阔,作者愿意追随他过潇洒放旷的人生。

其 二

未展英雄志,他乡作故乡。品高安我素,才大替人忙。
湖海增豪气,风尘有热肠。回头三十载,往事忆茫茫。

酬鲍小山①

自笑谈天口②,酣吟付酒杯。心随明月朗,气挟大江来。
秋色孤帆带,湖光一镜开。六朝金粉地③,重访旧亭台。

【注】

① 鲍小山:即鲍桂生,字小山,道光己酉年举人,才华卓越,下笔千言,任职清河道,值兵事出为大帅上客,后任贵州按察使,改山西补雁平道,旋卒。

② 谈天口:《史记·孟子荀卿列传》:"(驺衍)乃深观阴阳消息而作怪迂之变,《终始》、《大圣》之篇十余万言。其语闳大不经,必先验小物,推而大之,至于无垠。先序今以上至黄帝,学者所共术,……推而远之,至天地未生,窈冥不可考而原也。先列中国名山大川,……及海外人之所不能睹。……王公大人初见其术,惧然顾化,其后不能行之。……驺衍之术迂大而闳辩……故齐人颂曰:'谈天衍,雕龙奭,炙毂过髡。'"注引汉刘向《别录》曰:"驺衍之所言五德终始,天地广大,尽言天事,故曰:'谈天'。"此典形容议论宏大,善于雄辩。后世众人闲居,高谈闳辩,谈笑风生,概云谈天,这里作者正用此意。

③ 六朝金粉:指六朝的吴、东晋、宋、齐、梁、陈国都金陵(今南京市及江宁县)的靡丽繁华景象。清吴伟业《残画》:"六朝金粉地,落木更萧萧。"

酬鲍又山①

波静鹭鸥眠,渔舫似旧年。桑麻饶水国,云树满江天。
潮信催诗稿,山光入画笺。石尤休见阻②,旅馆本萧然。

【注】

① 鲍又山:人名,生平不详。

② 石尤:传说石氏女嫁尤郎,尤为商远行,妻阻之,不从。尤久不归,妻思

念致病,临亡叹曰:"吾恨不能阻其行,以至于此。今凡有商旅远行,吾当作大风为天下妇人阻之。"故称逆风、顶头风为石尤或石尤风,参阅宋洪迈《容斋诗话》四。

寄万雨村

其 一

天末秋风起,离愁两地深。新霜游子鬓,明月故人心。
报国稀长策,思乡托短吟。平原云树迥,何处是淮阴?

其 二

忍泪出门后,思君几断肠。故交徒梦寐①,真味在文章。
南浦孤云邈②,西风一枕凉。关山烽燧阻③,消息总茫茫。

【注】

① 梦寐:犹言寐梦。半睡半醒,似梦非梦,恍惚若有所见。《周礼·春官·占梦》:"占六梦之吉凶,……四曰寐梦。"

② 南浦:泛指面南的水边。《楚辞·九歌·河伯》:"子交手兮东行,送美人兮南浦。"后来泛指为送别的地方,江淹《别赋》:"黯然销魂者,唯别而已矣。""送君南浦,伤如之何?"这里表达了作者分离送别后怀念友人的情怀。

③ 烽燧:即烽火,古代边防报警的两种信号,白天放烟叫"烽",夜间举火叫"燧"。

赠史汉章①

扫径停高躅②,欣然倒屐迎③。骚坛扶运会④,宦海愧才名。书剑仍狂态⑤,乾坤有正声⑥。会看鹏化日⑦,振羽到蓬瀛。

【注】

① 史汉章:人名,生平不详。

② 高躅:高尚的行迹。

③ 欣然倒屣迎:《太平御览》卷四零七引《后汉书》曰:"肃宗始修古礼,巡狩方岳。崔骃上《四巡颂》,帝叹之。谓侍中窦宪曰:'知崔骃乎?'对曰:'班固数为臣说之,然未见。'帝曰:'公爱班固而忽崔骃,叶公之好龙也。可试见。'骃候宪,宪倒屣迎,笑谓骃曰:'吾受诏交公,何得薄我哉!'遂揖入也。"《三国志·魏书·王粲传》亦载:蔡邕非常赏识王粲的才名,闻知王粲求见,"倒屣迎之"。以此典形容主人热情好客,宾主情意相投。

④ 运会:时势。晋羊祜《让开府表》:"今臣身托外戚,事遭运会,诚在过宠,不患见遗。"

⑤ 书剑:书与剑,指能文能武。唐陈子昂《送别出塞》:"平生闻高义,书剑百夫雄。"

⑥ 正声:和平中正的诗篇。唐李白《古风》:"正声何微茫,哀怨起骚人。"

⑦ 鹏:《庄子·逍遥游》:"北冥有鱼,其名为鲲。鲲之大,不知其几千里也。化而为鸟,其名为鹏。鹏之背,不知其几千里也;怒而飞,其翼若垂天之云。是鸟也,海运则将徙于南冥。南冥者,天池也。"以"鲲鹏"等称胸怀大志,奋发有为,前程远大的人。作者在这里指友人有远大的志向和前程。

赠汤仁山①

其 一

未经觌面早情牵,可奈云山各一天。成佛不居才子后,争名能到古人前。风尘眼界空流辈,湖海胸襟属大贤②。万里边关双秃管③,诗翁谁识是神仙。

【注】

　　① 汤仁山：人名，生平不详。

　　② 湖海胸襟：《三国志·魏书·陈登传》："陈登者，字元龙，在广陵有威名。……后许汜与刘备并在荆州牧刘表坐，表与备共论天下人，汜曰：'陈元龙湖海之士，豪气不除。'……备问汜：'君言豪，宁有事邪？'汜曰：'昔遭乱过下邳，见元龙。元龙无客主之意，久不相与语，自上大床卧，使客卧下床。'备曰：'君有国士之名，今天下大乱，帝主失所，望君忧国忘家，有救世之意，而君求田问舍，言无可采，是元龙所讳也，何缘当与君语？如小人，欲卧百尺楼上，卧君于地，何但上下床之间邪？'"用典来形容人志向远大，豪放不羁，不屑与世俗人来往。

　　③ 秃管：犹秃笔，指笔尖脱毛而不合用的毛笔，这里指代写作。

其　　二

　　潦倒名场感旧游，江帆几度秣陵秋。当年知己曾青眼，今日逢君已白头。肝胆徒倾三尺剑，风尘奈少百金裘。登龙纵使初心慰①，输与诗名奕世留②。

【注】

　　① 登龙：即登龙门。《后汉书·党锢列传·李膺传》："是时（汉桓帝时）朝廷日乱，纲纪颓阤（zhì），膺独持风裁，以声名自高。士有被其容接者，名为登龙门。"有注曰："以鱼为喻也。龙门，河水所下之口，在今绛州龙门县。辛氏《三秦记》曰：'河津一名龙门，水险不通，鱼鳖之属莫能上，江海大鱼薄集龙门下数千，不得上，上则为龙也。'"用"李膺"的典故形容受高士、贤者接待交往。"注"中的"鱼跃龙门"的典故指科举时代凡会试中式，功名地位有所改变，致身荣显。作者在这里指科举考试中进士。

　　② 奕世：累世，一代接一代。《后汉书·杨震传》附杨秉上疏："臣奕世受恩，得备纳言。"注："奕，犹重也。"

赠鲍又山

本来心迹水同清，又趁天风放棹行。肯把文章投俗好，可怜身世误虚名。一秋风月饶清兴，六代江山续旧盟①。自分生涯耕钓老，那堪俯首向公卿！

【注】

① 六代：六朝。此指金陵山水。

寄丁子静①

其 一

骊歌犹记袂初分②，旅馆怀人日易曛。十六年来交似水③，二千里外梦如云。依人书剑应怜我④，经世才名久让君。寄语金台投笔客⑤，江干城郭尚烟氛。

【注】

① 丁子静：人名，不详。

② 骊歌：即《骊驹》之歌的省称，告别之歌。《汉书·儒林传·王式传》："博士江公世为《鲁诗》宗，至江公著《孝经说》，心嫉式，谓歌吹诸生曰：'歌《骊驹》。'式曰：'闻之于师：客歌《骊驹》，主人歌《客毋庸归》。今日诸君为主人，日尚早，未可也。'江翁曰：'经何以言之？'式曰：'在《曲礼》。'江翁曰：'何狗曲也！'式耻之，阳醉遏地。"注："服虔曰：'《骊驹》：逸《诗》篇名也，见《大戴礼》。客欲去，歌之。'文颖曰：'其辞云：骊驹在门，仆夫具存；骊驹在路，仆夫整驾。'"用典来表示离别。

③ 交似水：指两个人的友谊不因利益而有所改变，即道义之交。《庄子·

山木》:"且君子之交淡若水,小人之交甘若醴。君子淡以亲,小人甘以绝。彼无故以合者,则无故以离。"

④ 书剑:书与剑,指读书做官,仗剑行军。唐孟浩然《自洛之越》:"遑遑三十载,书剑两无成。"

⑤ 投笔客:即掷笔,指弃文从戎的人。参前诗集卷上《寿佛寺题壁》其十六注④。

其 二

风起蘋洲暑欲残,每瞻烟树想长安。囊空真令名心死,世乱翻形宦路宽。迹判云泥今太易①,交如管鲍古犹难②。杜门不识天涯远,夜雨挑灯把剑看③。

【注】

① 云泥:云在天,泥在地,相差太远,喻人地位悬隔,道路有异。后魏荀济《赠阴凉州》:"云泥已殊路,喧凉讵同节。"

② 交如管鲍:《史记·管晏列传》:"管仲曰:'吾始困时,尝与鲍叔贾,分财利多自与,鲍叔不以我为贪,知我贫也。吾尝为鲍叔谋事而更穷困,鲍叔不以我为愚,知时有利不利也。吾尝三仕三见逐于君,鲍叔不以我为不肖,知我不遭时也。吾尝三战三走,鲍叔不以我怯,知我有老母也。公子纠败,召忽死之,吾幽囚受辱,鲍叔不以我为无耻,知我不羞小节而耻功名不显于天下也。生我者父母,知我者鲍子也。'"用此典彼此知心,交谊深厚。

③ "夜雨"一句:化用宋辛弃疾《破阵子·为陈同甫赋壮词以寄之》:"醉里挑灯看剑,梦回吹角连营。八百里分麾下炙,五十弦翻塞外声,沙场秋点兵。"

简 王 南 卿

其 一

星霜寒透旧征袍①,何计浮名可暂逃。乱世豺狼当道险,

空山猿鹤杜门高^②。沧桑变幻归双眼，钟鼎升沉等一毛。偷得
清闲来问字^③，公卿不拜拜诗豪^④。

【注】

① 星霜：星一年一周转，霜每年因时而降，故以星霜指年岁。这里指每年
的霜降。

② 猿鹤：《艺文类聚》九十引《抱朴子》："周穆王南征，一军尽化，君子为猿
为鹤，小人为虫为沙。"谓死于战乱者化为异物。北周庾信《哀江南赋》："小人
则将及水火，君子则方成猿鹤。"这里指代君子。

③ 问字：《汉书·扬雄传》："（扬雄多识古文奇字）刘棻尝从雄学作奇字。"
"（扬）雄以病免，复召为大夫，家素贫，耆（嗜）酒，人希至其门。时有好事者载
酒肴从游学，而钜鹿侯芭常从雄居，受其《太玄》、《法言》焉。"后以此典形容从
师受业，请教学问。

④ 诗豪：杰出的诗人。唐白居易《刘白唱和集解》："彭城刘梦得（禹锡），
诗豪者也，其锋森然，少敢当者，予不量力，往往犯之。"

其　二

梅花消息负江乡^①，人隔淮南旧草堂^②。迢递关河萦梦
寐，穷愁岁月郁文章。骚坛有幸开风气，驿馆无聊眺夕阳。眼
底一空冠盖满，名山盛业在诗囊^③。

【注】

① 梅花消息：《太平御览》卷九七零引南朝宋盛弘之《荆州记》曰："陆凯与
范晔相善，自江南寄梅花一枝，诣长安与晔，并赠花诗曰：'折花逢驿使，寄与陇
头人。江南无所有，聊赠一枝春。'"以此典表现对他乡家人、亲友的慰问及思
念。后遂以梅花喻驿使。

② 淮南：泛指淮水以南之地，大致为今江苏安徽两省长江以北、淮河以南
的地区。　　草堂：旧时文人避世隐居，多名其所居为草堂。南齐周颙隐居于
钟山时，仿蜀草堂寺筑室，名为草堂。后来还有如唐杜甫的浣花草堂。

③ 名山盛业：即名山事业。汉司马迁撰《史记》,《自序》谓自成一家之言,"藏之名山,副在京师,俟后世圣人君子"。后来因称著作为名山事业。

燕市喜晤张芸磎①

其　一

燕市重徘徊,浇愁酒一杯。廿年弹指去,万感入心来。

家国方多事,乾坤或有才。南风鹅鹳警②,惆怅怕登台。

【注】

① 燕市：即在春秋战国时燕国的国都蓟城内。蓟城在今北京城西南部宣武门至和平门一带。古蓟城城内有公宫、历室宫。有燕市,会聚南北各地的物产。《史记·荆轲传》："荆轲嗜酒,日与狗屠及高渐离饮于燕市。"　张芸磎：人名,不详。

② 南风：《左传·襄公十八年》："晋人闻有楚师,师旷曰:'不害。吾骤歌北风,又歌南风。南风不竞,多死声。楚必无功。'"晋杜预注:"歌者吹律以咏八风,南风音微(与律声不相应),故曰不竞也。师旷唯歌南北风者,听晋楚之强弱。"楚在晋的南面,师旷歌南北风以听占晋楚的强弱。后以此典形容衰弱不振,或是形容一方局势不利。　鹅鹳：鹅鹳,即鹳鹅,军阵名,称为鹳阵、鹅阵。《左传·昭公二十一年》："与华氏战于赭丘,郑翩愿为鹳,其御愿为鹅。"注:"鹳鹅皆陈(阵)名。"

其　二

相逢怜意外,斜日照河梁。流水易分手,离云各断肠。

浮沉惊岁月,慷慨入文章。知否关情处,南飞雁一行。

其　三

契合芝兰臭①,淋漓笔一枝。沧江骚客感,香草故人诗②。

报国真无术,为邻定有时。秋风天末起,莼菜也相思③。

【注】

① 芝兰：香草名。《荀子·王制》：“其民之亲我也，欢若父母，好我芳若芝兰。”　臭：气味。《易经·系辞》上：“同心之言，其臭如兰。”疏：“臭，气香馥如兰也。”

② “沧江骚客感”二句：《史记·屈原贾生列传》：“屈原至于江滨，被发行吟泽畔，颜色憔悴，形容枯槁。”后以屈原的遭贬黜、落魄失意、壮志难酬、悲愤交加、忧国忧民的情怀泛称为“骚客感”。唐白居易《与元九书》：“故河梁之句，止于伤别；泽畔之吟，归于怨思。”　香草，是屈原诗歌中特有的意象，喻指正人君子。汉王逸《离骚经章句》：“《离骚》之文，依《诗》取兴，引类譬谕，故善鸟香草，以配忠贞；恶禽臭物，以比谗佞；灵修美人，以媲于君。”后称《离骚》为香草美人之辞。这里指作者的友人作的抒发自己骚客之感的诗篇。

③ “秋风”二句：《晋书·张翰传》：“齐王冏辟（翰）为大司马东曹掾。……翰因见秋风起，乃思吴中菰菜、莼羹、鲈鱼脍，曰：‘人生贵得适志，何能羁宦数千里以要名爵乎！’遂命驾而归。”后以“秋风莼菜”的典故形容人羁旅在外，怀乡思归。　莼菜，一名水葵，又名凫葵。多生于湖泊河流之中，有长柄浮于水面，茎及叶柄有黏液，可以作羹。亦作“蓴菜”。

其　　四

回首南村路，儿时旧竹林。九原恩未报，千里信偏沉。

世局浮云态，乡愁旧雨心①。会将金石意②，珍重发长吟。

【注】

① 旧雨：唐杜甫《秋述》：“秋，杜子卧病长安旅次，多雨生鱼，青苔及榻，常时车马之客，旧，雨来；今，雨不来。”谓旧时宾客遇雨亦来，而今遇雨不至。后以“旧雨”比喻老朋友，故人；“今雨”比喻新交。

② 金石意：即“金石交”，金石即金银、玉石之属，比喻如金石般坚贞的、深厚的友情。

怀万雨村

其　一

京洛秋风起^①,惊心又一年。花从孤馆谢,月似故乡圆。

麈话萦胸次^②,鸿书落眼前。离怀无可诉,珍重读吟笺。

【注】

　　① 京洛:即洛阳。因东周、东汉曾建都于此,故称京洛。陆机《为顾彦先赠妇》:"辞家远行游,悠悠三千里。京洛多风尘,素衣化为缁。修身悼忧苦,感念同怀子。"指追逐功名利禄,风尘仆仆地奔走京城。这里指在外奔波,辛苦劳累,思念亲友。

　　② 麈话:即麈谈的意思。《太平御览》卷七零三引晋郭澄之《郭子》曰:"孙安国(晋代孙盛)往殷中军(殷浩)许共语,左右进食,冷而复暖者数四,彼我奋掷麈尾(驼鹿尾),悉堕落满饭中,宾主遂至暮忘餐也。"魏晋时名士清谈,常持麈尾,以"麈谈"来指善于谈玄,客座清谈。

其　二

恍惚泾溪岸,逢君握手才。一声肠已断,孤枕梦初回。

风雨新诗稿,园林旧酒杯。何时真觌面,携屐钓鱼台^①?

【注】

　　① 钓鱼台:即钓台。汉严子陵垂钓处,故址在今浙江省桐庐县富春山,下瞰富春渚,有东西二台,各高数百丈。参前诗集卷上《杂感》注②"严陵钓"。这里指欲归隐山泽,享受逸趣。

其　三

欲与谈时势,茫茫不可言。豺狼半轩冕^①,荆棘塞乾坤。

天数何从挽,人心不自扪。近来参世味,清福在柴门。

【注】

① 轩冕：卿大夫的轩车和冕服，谓官位爵禄。《庄子·缮性》："古之所谓得志者，非轩冕之谓也。"

其 四

穷达聊循分，初心各护持。平情三自反，惜别两相思。

怕问当时事，徐商老去诗。欲将知己慰，宝剑化龙时①。

【注】

① 宝剑化龙：晋王嘉《拾遗记》：晋代吴地有紫气上冲于牛、斗两宿之间，张华让雷焕去丰城县寻宝，发现有两把宝剑，各留了一把，最后张华遇害，剑飞入襄城水中，雷焕之子佩剑经过延平津时剑也飞入水中，在水下发现了两条龙互相盘绕。后以"宝剑化龙"借指人去世，或称亲人、友人分离聚合。参前诗集卷上《杂感》注⑥。这里指友人聚合。

酬 王 琴 南①

江河日流下，交谊愧敦厚。分袂情便忘，当筵语亦偶。岂无誓金石，可暂安可久？觌面极绸缪②，怨诽随其后。交游易寒盟，取与兼辞受③。何人挽浇风④，惟我同心友。直谅兼多闻⑤，猷为基有守⑥。泥涂视轩冕⑦，栗里企耕叟⑧。闲抚三径松，坐对一尊酒。避世有桃源，书堂藏深柳。昔我过前溪，南村频握手。红树小桥边，绿波古渡口。别后一年余，夜夜望南斗⑨。安得日追随，翦烛西窗右⑩？浮名眼底空，真乐胸中有。知还鸟倦飞⑪，不难欢聚首。

【注】

① 王琴南：人名，生平不详。

② 绸缪:本指缠绕紧密。用来比喻情意殷勤。《三国志·蜀书·先主传》:"先主至京见(孙)权,绸缪恩纪。"

③ 寒盟:背约。宋范成大《阊门初泛二十四韵》:"邻翁喜问讯,逋客愧寒盟。"辞:谦让,不受。

④ 浇风:浮薄的社会风气。《梁书·谢朓传》高祖(萧衍)表:"自浇风肇扇,用南成俗,淳流素轨,余烈颇存。"

⑤ 直谅多闻:谓正直、诚实兼见识广。《论语·季氏》:"益者三友,……友直、友谅、友多闻,益矣。"

⑥ 猷为基有守:有操守。《尚书·洪范》:"凡厥庶民,有猷、有为、有守,汝则念之。"

⑦ 泥涂:泥泞的道路。引申为污浊。宋范仲淹《桐庐郡严先生祠堂记》:"既而动星象,归江湖,得圣人之清,泥涂轩冕,天下孰加焉?惟光武以礼下之。"这里指把公卿的轩冕看作是卑下污秽的东西。

⑧ 栗里:地名。在今江西九江市南陶村西。晋陶潜曾居于此,唐白居易《访陶公旧宅》:"柴桑古村落,栗里旧山川。"这里赞扬作者友人是不追逐名利的淡泊之士。

⑨ 南斗:星名,南斗六星,即斗宿。

⑩ 剪烛西窗:剪去烬余的烛心。唐李商隐《夜雨寄北》:"君问归期未有期,巴山夜雨涨秋池。何当共剪西窗烛,却话巴山夜雨时。"指朋友聚晤话旧,以此形容分离的夫妻、友人之间的思念之情。

⑪ 知还鸟倦飞:化用晋陶渊明《归去来兮辞》:"云无心以出岫,鸟倦飞而知还。"

别 郭 相 廷

其 一

泗州古徐界①,盱眙为所属②。东南第一山,峰回路弥曲。闻有都梁宫③,烟树增绮缛。闻有起秀亭,雨过苔争绿。所见殊所闻,君将壮瞻瞩。但成诗一篇,如摹画一幅。

【注】

① 泗州:汉泗水国,唐置泗州,属河南道,明清属凤阳府。其故城康熙时沦入洪泽湖,移治旧虹县地,雍正二年升直隶州,属安徽布政使司。1912年改名泗县,属安徽省。徐:古诸侯国名,相传周穆王封徐偃王子宗为徐子,其封国为徐。故址在今安徽泗县。《春秋·庄公二十六年》:"秋……齐人伐徐。"

② 盱眙:县名,属江苏省,古属泗州。春秋时吴国善道地,秦置县,秦二世二年项羽奉楚怀王孙心为义帝,都于此,汉属临淮郡,晋升为盱眙郡,隋废郡置县,唐曾名西楚州、建中县,宋元明仍为盱眙县。

③ 都梁:山名,在江苏盱眙县,《广志》谓山上生兰草,一名都梁香草,故以为名,上有都梁宫,隋炀帝所建,大业十年,孟让于此立营,宫遂废。唐光宅元年,徐敬业起兵讨武后,其将韦超屯于此。

其　二

天涯客王粲①,海外来东坡②。不读三万卷,眼界小于鹅。不行三万里,测海终以螺③。青春不可再,白日倏然过。天生此健骨,胡可令蹉跎?如金必待铸,如石终当磨。振衣邱阜上④,岂识五岳峨?褰裳沟浍下⑤,安能涉大河?壮哉游子骑,一鞭霜露多。回头笑故人,徒解恋岩阿⑥。

【注】

① 天涯客王粲:指王粲离家在外,去荆州依附刘表。参前文集卷上《病赞》注⑥。

② 海外来东坡:古人认为我国疆土四面环海,故称中国以外的地方为海外。这里指苏东坡被贬到当时的荒蛮之地,今海南省,三面环海。《宋史·苏轼传》:"绍圣初,御史论轼掌内外制日,所作词命,以为讥斥先朝。……贬宁远军节度副使,惠州安置。居三年,泊然无所蒂芥,人无贤愚,皆得其欢心。又贬琼

州别驾,居昌化。昌化,故儋耳地,非人所居,药饵皆无有。"

③ 测海:《庄子·秋水》:"子乃规规然而求之以察,索之以辩,是直用管窥天,用锥指地也,不亦小乎!"东方朔《答客难》:"语曰:'以管窥天,以蠡测海,以筳撞钟,岂能通其条贯,考其文理,发其音声哉?'"用典形容见识狭隘、浅陋。

④ 振衣:抖衣去尘。《楚辞·渔父》:"新沐者必弹冠,新浴者必振衣。"

邱阜:即丘阜。小土山,《淮南子·泰族》:"丘阜不能生云雨,泞水不能生鱼鳖者,小也。"

⑤ 褰(qiān)裳:提起衣裳,撩起衣裳,《诗经·郑风·褰裳》:"子惠思我,褰裳涉溱。" 沟浍(kuài):田间排水的渠道。《孟子·离娄下》:"七八月之间雨集,沟浍皆盈。"

⑥ 恋岩阿:岩阿,山窟边侧的地方。汉扬雄《法言》:"谷口郑子真,不屈其志,而耕乎岩石之下,名震于京师。"《汉书·王贡两龚鲍传》:"成帝时,元舅大将军王凤以礼聘子真,子真遂不诎而终。"后以此典形容隐居山野,耕作为生。

其 三

　　君缘湖干行,应爱湖滨好。湖水浊且浑,离思添懊恼。湖水洁且清,尘虑临风埽①。湖水迢复迢,名程怜远道。湖水深复深,万事萦怀抱。湖水光如奁,照人颜色槁。湖水声如号,使人忧心捣。我有双鲤鱼②,临流放去早。

【注】

① 埽:扫除,通"扫",《诗经·豳风·东山》:"洒埽穹室。"
② 双鲤鱼:借代书信。参前《简故乡诸友》其二注③。

其 四

　　君去梅开岭,君归雪满山。预思两月后,如隔十年间。春醅酿莫缓,春韭种莫闲。但闻君息驾,应容我叩关①。会当共一醉,细话云水寰。

【注】

① 叩关:入关求见。春秋战国时列国皆于边界设关,检查行客,客至必先进见关人,《周礼·地官·司关》:"凡四方之宾客敂关(古"叩"字),则为之告。"后来也称叩门为"叩关"。

景小晴江局遇难

天地生人谁不死,泰山鸿毛分彼此①。向道纨袴出搢绅,卓哉乃有景公子。公子风流文艺高,毫飞龙蛇惊落纸②。博学直欲绍丁鸿③,刊讹往往到亥豕④。此才若令贡玉堂⑤,岂第木天耀金紫⑥。薄宦清贫何足愁,一门风雅归乔梓⑦。宵来江上黑风腥,颇似沙场冲石矢。大勇真从纯孝生,名贤那惜求全毁⑧。见危授命古成人,上真招手白云里。我读而翁哭子诗,酒酣王郎拔剑起。论事已遍三千年,观人不遗廿二史。祸福须从翻案看,漫与庸俗评臧否。百岁形骸土木同,朝闻夕死关素履⑨。何况孝友笃天伦,八叉七步皆余技⑩。正气俨惊百里霆,大名不朽三江水⑪。何用村居建以祠? 何用椽笔为之诔⑫? 有子无子亦何多,无子有子诚如是。遗我翰墨金石交,我欲焚香登玉几。而翁吟筒又寄来,果是诗城坚壁垒。劝君狂歌莫再悲,从此天人大欢喜。

【注】

① 泰山鸿毛:比喻轻重悬殊。司马迁传《报任安书》:"人固有一死,死有重于泰山,或轻于鸿毛,用之所趋异也。"

② 龙蛇:形容草书笔势。唐李白《草书歌行》:"怳怳如闻鬼神惊,时时只

见龙蛇走。"

③ 丁鸿(？—94)：东汉颍川定陵人，字孝公，从桓荣受《欧阳尚书》，三年而明章句，善论难，为都讲，遂笃志精锐，持"天人感应"论。汉章帝时与诸儒于白虎观论定五经同异，论难最明，时人叹曰："殿中无双丁孝公。"深得章帝赏识，被提升为校书官。

④ 亥豕(hài shǐ)：《吕氏春秋·察传》："子夏之晋过卫，有读史记者曰：'晋师三豕涉河。'子夏曰：'非也，是己亥也。夫己与三相近，豕与亥相似。'至于晋而问之，则曰晋师己亥涉河也。"《抱朴子·遐览》："故谚曰：'书三写，鱼成鲁，虚成虎。'"以"鲁鱼亥豕"指传抄、刊刻中的文字错讹。

⑤ 玉堂：唐宋以后，称翰林院为玉堂。宋苏易简为学士，太宗以红罗飞白书"玉堂之署"四字以赐。

⑥ 木天：高大宏壮的木结构建筑物。后指代翰林院，明王翙《红情言》："先生薇省鸿才，木天时彦，远临幕府，深荷辉光。" 金紫：金印紫绶，汉相国、丞相，皆金印紫绶，魏晋以来，左右光禄大夫、光禄大夫，皆银章青绶，其重者，诏加金章紫绶，则谓之金紫光禄大夫。这里指高官公卿界。

⑦ 乔梓：乔，梓，二木名。《尚书大传·梓材》载：伯禽、康叔见周公，三见而三笞。乃见商子而问。商子曰：南山之阳有木名乔。二子往观，见乔实高高然而上。反以告商子，商子曰：乔者，父道也。南山之阴有木名梓。二子复往观，见梓实晋晋然而俯。反以告商子，商子曰：梓者，子道也。后因以乔梓喻父子。

⑧ 求全毁：为求得完美无缺反而受到诋毁，《孟子·离娄上》："有不虞之誉，有求全之毁。"后来多作过于求全责备之意。这里指应追求完美。

⑨ 素履：淳朴的行为。《易经·履》："初九，素履往，无咎。"注："履道恶华，故素乃无咎。"

⑩ 八叉：两手相拱为叉。唐温庭筠才思艳丽，工于小赋，从来不起草稿，考试作赋，叉手构思，叉八次就赋成八韵，时人称他为温八叉。后以此典称誉人富有才华，才思敏捷。

⑪ 三江：三条江的合称。说法很多，这里当为《水经注·沔水》引晋郭璞说的以岷江、松江、浙江为三江。

⑫ 椽笔：《太平御览》卷六零五引《世说》曰："王东亭尝梦有人与大笔，其

管如椽。既觉,说人云:'当有大手笔事。'不日,烈宗晏驾,哀策谥议,并王所作也。"犹言大著作,朝廷的诏令文书。后因以"椽笔"称颂重要文章或写作才能。

赠 陈 子 扬①

其 一

白门风月旧魂销②,一种悲吟托玉箫。

扇上桃花襟上泪,伤心岂独为南朝。

【注】

　　① 陈子扬:人名,生平不详。

　　② 白门:古代把天地八方分为八门,西南方为白门。南朝宋都城建康城西门,西方金,金气白,故称白门。后遂称金陵为白门。

其 二

千古兴亡不尽哀,英雄儿女总天才。

护持一点灵犀在①,忠孝神仙做得来。

【注】

　　① 灵犀:旧说以犀为神兽,犀角有白纹,感应灵敏。因以喻心意相通。唐李商隐《无题》:"身无彩凤双飞翼,心有灵犀一点通。"

其 三

岂有文章可疗贫,龙门误尽折腰身①。

乾坤风化谁收管,担荷都归老逸民。

【注】

　　① 龙门:科举考试试场的正门。参前《赠汤仁山》其二注①"登龙"的典

故。这里指科举猎取功名。　　折腰身：南朝梁萧统《陶渊明传》："岁终,会郡遣督邮至。县吏请曰:'应束带见之。'渊明叹曰:'我岂能为五斗米折腰向乡里小儿!'即日解绶去职。"后以屈身事人为折腰。

其　四

依旧霖云出岫迟[①],淮南鸿足解缄诗。

江天何日同携酒,借我元龙笔一枝[②]。

【注】

① 霖云出岫迟:化用晋陶渊明《归去来兮辞》:"云无心以出岫,鸟倦飞而知还。"

② 元龙:指陈登。东汉下邳人,陈登深沉有大略,豪气干云,志向远大,豪放不羁,不屑与世俗人来往,参前诗集卷上《赠汤仁山》其二注②。

题《协五集》

其　一

襟带江湖阔[①],钟灵讵等闲。奇才卢骆上[②],佳句白元间[③]。

烽火惊投笔,霖云喜出山。金台题壁处,十丈软红删[④]。

【注】

① 襟带:谓山川屏障环绕,如襟如带。比喻地势险要。汉张衡《西京赋》:"岩险周固,襟带易守。"

② 卢骆:指初唐四杰中的卢照邻、骆宾王,两人非常有才华。

③ 白元:即元白。指唐朝的元稹白居易,两人同时能诗,当时称为元白。

④ 软红:都市繁华,车马喧哗的景象。参前诗集卷上《寿佛寺题壁》其三注⑤。

其　　二

我亦耽毫素，蹉跎鬓已霜。浮沉怜宦海，感慨剩吟囊。

日下逢君晚，樽前把卷狂。商量千古事，不朽是文章。

题琴南诗后

其　　一

百感归毫素，苍凉字字真。古今多劫运，天地几诗人。

鸡肋功名贱①，蜗庐著作新。岂惟襟抱写，大雅待扶轮②。

【注】

　　① 鸡肋：喻乏味而又不忍舍弃之物。宋苏辙《送转运判官李公恕还朝》："官如鸡肋浪奔驰，政似牛毛常黾勉。"参前《感事》其二注①。

　　② 大雅：对才德高尚者的赞词。《汉书·景十三王传》赞："夫唯大雅，卓尔不群，河间献王近之矣。"　　扶轮：扶翼车轮，在侧拥进之意。《左传·宣公二年》："初，宣子（赵盾）田于首山，舍于翳桑，见灵辄饿，问其病。曰：'不食三日矣。'食之，舍其半。问之，曰：'宦三年矣，未知母之存否，今近焉，请以遗之。'使尽之，而为之箪食与肉，置诸橐以与之。既而与为公介，倒戟以御公徒，而免之。问何故。对曰：'翳桑之饿人也。'问其名居，不告而退，遂自亡也。"以"扶轮"指以受了恩回头又帮助别人作为回报。这里指能够得到赏识，提携和帮助。

其　　二

惊喜相逢日，旋增别后愁。交深逾骨肉，旧感上心头。

望远怜红树，临风想白裘。不堪霜雪里，嗷雁满汀洲。

其　　三

心迹泾流水，难忘旧草堂。如君真直谅，误我是文章。

岁月雕虫业①，乾坤战马场。可容结茅屋，相对检诗囊。

【注】

① 雕虫业：对仅工辞赋者的贬称，轻讥文士雕辞琢句，亦是文士的自谦。汉扬雄《法言·吾子》："或问：'吾子少而好赋？'曰：'然，童子雕虫篆刻。'俄而曰：'壮夫不为也。'"按西汉学童习秦书八体，虫书、刻符为其中两体，纤巧难工。故以指作辞赋之雕章琢句，亦喻小技，末道。

其　四

钟鼎山林业①，平生默信天。素心倾往事，青眼慰何年。

笳鼓惊淮上，关河梦日边②。蓬门如忆旧，鱼雁待吟笺③。

【注】

① 钟鼎：古铜器的总称。上面多有纪事表功的文字，《墨子·鲁问》："则书之于竹帛，镂之于金石，以为铭于钟鼎，传遗后世子孙。"　山林业：指隐居，因隐士多避于山林中，故称。《艺文类聚》三七南朝梁代沈约为武帝搜访隐逸诏："高尚其志，义焕通爻，山林不出，训光惇史。"

② 日边：犹言天边，指极远的地方。《世说新语·夙惠》："（晋明帝司马绍数岁，有人从长安来，元帝问洛阳消息潸然流涕。明帝问原因，元帝告诉他皇室被迫东渡的经过，）因问明帝：'汝意谓长安何如日远？'答曰：'日远，不闻人从日边来，居然可知。'元帝异之。明日集群臣宴会，告以此意，更重问之。乃答曰：'日近。'元帝失色，曰：'尔何故异昨日之言邪？'答曰：'举目见日，不见长安。'"以"日近长安远"指不得接近皇帝，蒙受赏识。又封建社会以帝王比日，也以"日边"比喻帝王左右或帝都附近。

③ 鱼雁：鱼与雁，古传鱼雁都能传递书信，后用以指代书信。

题 砚 宾 集

其　一

门外红尘十丈高，有人摇笔托风骚。功名不羡萧曹伟①，

襟抱谁如李杜豪。三辅河山消劫运②，四时花鸟入吟毫。开编
动我田园兴，欲着农蓑傲锦袍。

【注】

　　① 萧曹：指汉开国功臣萧何和曹参。萧何为相国，定律令制度，何死，曹参
继任相国，举事无所变更，稳定了汉朝的统治根基。

　　② 三辅：指西汉治理京畿地区的三个职官。参前《寿佛寺题壁》其十
注②。

其　　二

　　犹记琳琅惠一编①，驹光弹指忽三年。疏狂那得神仙福，
风雅原担我辈肩。红树家园春入画，白云亲舍梦如烟②。门庭
著作君无负，雏凤清吟已戾天③。

【注】

　　① 琳琅：玉石名，喻美好。这里指诗文。南朝梁刘勰《文心雕龙·时序》：
"建安之末，区宇方辑，……陈思以公子之重，下笔琳琅。"

　　② 白云亲舍：指在外旅居，思念亲人。参前诗集卷上《简故乡诸友》其一注
④"望乡云"。

　　③ 雏凤清吟：雏凤，幼凤，喻有才华的子弟。唐李商隐《韩冬郎即席为诗相
送……因成二绝寄酬兼呈畏之员外》："桐花万里丹山路，雏凤清于老凤声。"
按：韩偓字冬郎，十岁能诗。父瞻，字畏之。诗中老凤、雏凤即指韩氏父
子。　　戾天：到达天上。《诗经·大雅·旱麓》："鸢飞戾天，鱼跃于渊。"这里
指友人的后代非常优秀，才华出众。

其　　三

　　冰壶玉碗俗尘删，丰韵天然异等闲。当代喜逢黄叔度①，
古人雅近白香山②。东瀛珊树千年秀③，南海明珠一夜还④。

都被锦囊收拾去,披吟胜似读荆关⑤。

【注】

① 黄叔度:《后汉书·黄宪传》:黄宪字叔度,汝南慎阳人也。世贫贱,父为牛医。颍川荀淑至慎阳,赞誉黄叔度是"颜子",同郡陈蕃、周举常相谓曰:"时月之间不见黄生,则鄙吝之萌复存乎心。"郭林宗曰:"叔度,汪汪若千顷波,澄之不清,淆之不浊,不可量也。"卒年四十八,世号为征君。论曰:宪隤然其处顺,渊乎其似道,浅深莫臻其分,清浊未议其方。

② 白香山:指白居易,《旧唐书·白居易传》:"会昌中,请罢太子少傅,以刑部尚书致仕。与香山僧如满结香火社,每肩舆往来,白衣鸠杖,自称香山居士。"

③ 东瀛:东海。唐刘禹锡《汉寿城春望》:"不知何日东瀛变,此地还成要路津。" 珊树:即珊瑚树。热带海中的腔肠动物,骨骼相连,形如树枝,故名。谓宝物,这里比喻文章像珊瑚一样珍贵,文采华美,经世流传。

④ 明珠:谓珍珠,比喻很宝贵的东西,这里指诗歌《砚宾集》字字如珍珠,非常宝贵。珊瑚和明珠都是宝物,所以很多用来作书名,三国魏曹植《美女篇》中有"明珠交玉体,珊瑚间木难。"

⑤ 荆关:五代后梁画家荆浩、关同。荆浩擅长山水,为一时名家。长安关同从荆浩学画,有青出于蓝之誉。后世论画者多以"荆关"并称。

其 四

清到幽兰瘦到梅,十年青眼为谁开。墨磨岁月无长策,藻绘乾坤有大才。宦海能容高士隐,诗城不怕敌军来。男儿何必麒麟阁①,权把骚坛作将台。

【注】

① 麒麟阁:指汉甘露年间为功臣而立的纪念阁,这里指追求建功立业,名垂青史。参看文集卷上《武乡侯自比管乐论》注⑤。

题雨荪词集

二千里外订兰盟,十五年前旧识荆[①]。素位不妨行患难[②],苍天底事忌才名。时遭祸乱文章贱,境到穷愁著述精。一卷瓣香承四代[③],乾坤豪侠总多情。

【注】

① 识荆:唐李白《与韩荆州书》:"白闻天下谈士相聚而言曰:'生不用封万户侯,但愿一识韩荆州。'何令人之景慕一至于此耶?"按韩朝宗曾为荆州长史,喜识拔后进,为时人所重。后用作久闻其名而初识面的敬词。

② 素位:谓现在所处之地位。语出《礼记·中庸》:"君子素其位而行,不愿乎其外。"孔颖达疏:"素,乡也。乡其所居之位而行其所行之事,不愿行在位外之事。"

③ 一卷瓣香:古以拈香一瓣表示对他人的敬仰。佛教禅宗长老开堂讲道,焚香敬礼,烧至第三炷香时,长老就说这一瓣香敬献授给我道法的某某法师。后来师承某人,也叫瓣香某人。宋陈师道《观文忠家六一堂图画》:"向来一瓣香,敬为曾南丰。"曾巩字南丰,是陈师道的老师。这里指诗文著述等家学传承四代。

题采风集

天地一诗薮,吟坛属老成。千秋留绝调,万里任孤行[①]。大笔扶风雅[②],高歌本性情。关河尚戎马,挥涕望澄清。

【注】

① 孤行:单独流传,独自刊行。《三国志·魏书·杜畿传》注引《杜氏新

书》:"(杜预)著《春秋左氏经传集解》,又参考众家,谓之《释例》……尚书郎挚虞甚重之,曰:'左丘明本为《春秋》作传,而《左传》遂自孤行。《释例》本为《传》设,而发明何但《左传》,故亦孤行。'"

② 大笔:对别人书法或文章的赞词。《太平御览》卷六零五引《世说》曰:"王东亭尝梦有人与大笔,其管如椽。既觉,说人云:'当有大手笔事。'不日,烈宗晏驾,哀策谥议,并王所作也。"《新唐书·苏颋传》:"自景龙后,与张说以文章显,称望略等,故时号'燕许大手笔'。"

题范咏青鸿雪集①

其 一

翻被多才误,轮蹄负此行。迢遥骚客感,生死故人情。
塞雁风前影②,庭鹃梦里声。素怀敦本贵,无味是浮名。

【注】

① 范咏青:人名,不详。

② 塞雁:边塞的大雁。雁是候鸟,秋季南来,春季北去,所以古代诗人常用塞雁或塞鸿作比,怀念远离家乡的亲人。

其 二

共洒刘蕡泪①,霜天一骑回。大名南国振②,纯孝北堂哀。
烽火衰文运,河山待将才。终当投笔去,鸿雪觅金台。

【注】

① 刘蕡泪:《旧唐书·刘蕡传》:"方宦人握兵,横制海内,号曰'北司',凶丑朋挺,外胁群臣,内掣侮天子,蕡常痛疾。"后刘蕡在应对贤良方正科的对策中痛心国之权柄专在宦官手里,国势动荡,极言宦官祸国之烈,条陈激切,"盖所以痛社稷之危,哀生人之困,岂忍姑息时忌,窃陛下一命之宠哉?"参前诗集卷上

《简故乡诸友》其一注③。

②南国：古指江汉一带的诸侯国。《诗经·小雅·四月》："滔滔江汉，南国之纪。"

题王南卿寄庐笔记

其　一

同是乾坤寄迹身，江淮十载尚烟尘。著书巨眼空流辈[1]，闭户愁肠忆故人。文字有缘关性命，友朋不负况君亲。此才纵使蜗庐老，呵护名山在鬼神。

【注】

①巨眼：指善于鉴别是非真伪的眼力、见识。清江藩《汉学师承记·江艮庭（声）先生》："其辨《泰誓》曰：'……自东晋伪古文出，则有《太誓》三篇，世无具巨眼人，遂翕然信奉，以为孔壁古文。'"

其　二

热血填胸一卷成，草堂风雨拥诗城。不才如我惭虚誉，当代何人比盛名。万事悲叹今昔感，百年聚散死生情。等闲莫作鸿泥视[1]，留与骚坛播正声。

【注】

①鸿泥：即雪泥鸿爪。亦作"雪泥指爪"。宋苏轼《和子由渑池怀旧》诗："人生到处知何似，应似飞鸿踏雪泥。泥上偶然留指爪，鸿飞那复计东西。"以此典形容人生四处飘泊，生涯行止留下的踪迹很浅。这里指很容易被抹杀被忽视的东西，不起什么作用。

题杨定夫图照①

千秋风雅费担当,付与先生古锦囊。湖海几人同抱负,林泉高趣属文章②。雪鸿留迹新花样,风鹤惊心旧草堂③。偶一披图清兴远,卅年情绪共茫茫。

【注】

① 杨定夫:人名,不详。

② 林泉:山林与泉石。指幽静宜于隐遁之所。亦用以称退隐。宋徐铉《奉和子龙大监与舍弟赠答之什》诗:"怀恩未遂林泉约,窃位空惭组绶悬。"

③ 风鹤惊心:《晋书·符坚载记》中记载:淝水之战中,前秦主帅符坚率百万大军进攻东晋,遇到晋将谢石、谢玄等阻击,符坚、符融等登城观望晋军,"见部阵齐整,将士精锐,又北望八公山上草木,皆类人形,"后对阵淝水,谢玄等请符坚后退,等晋军渡河后再决战,前秦军一后退便止不住,晋军乘胜追击,前秦军大败,"闻风声鹤唳,皆谓晋师之至。"指人惊慌疑惧,自相惊扰。

题裘梅生图照①

戎马书生事,时艰抱负开。天留铜柱在②,人自玉关来。中外多兵劫,乾坤几将才。但存真面目,何必画云台③。

【注】

① 裘梅生:人名,不详。

② 铜柱:《后汉书·马援列传》注引《广州记》曰:"(马)援到交趾,立铜柱,为汉之极界也。"《水经注·温水注》引《林邑记》曰:"建武十九年,马援树两铜柱子象林南界,与西屠国分汉之南疆也。"指将领征战边地建功。

③ 画云台:云台,汉宫中高台名,洛阳南宫有云台。汉武帝时用作召集群

臣议事之所。汉明帝图画中兴功臣二十八人于云台，即此。这里指名标青史。参前文集卷上《武乡侯自比管乐论》注⑥。

题归汉图①

　　丈夫不能晨趋五凤楼②，即当夜宿虎皮帐③。不能只手挽天河④，即当匹马冲烟瘴。我闻燕市金台高，西去雁门资保障⑤。有客身从绝域回，为余手画边尘状。万里平原草不青，风盘沙漠成岚嶂⑥。黄尘百丈天容低，日月二丸相摩荡⑦。毳幕韦鞲极萧条⑧，肥牛大酒真豪宕。男儿闭户名未成，登高徒向长安望。忽地披君归汉图，依稀当日征途况。生女谁如蔡中郎⑨，怜才乃有曹丞相。牧马一声边日愁，朔风吹送明驼上。四百年来间气钟⑩，胡笳直接琵琶唱。阿瞒高谊何足夸⑪，风雅一门无人抗。回头涕见旧河山，脱手翻出新花样。绝代才华领袖推，文憎命薄殊悽怆。旧日风流不可追，黄沙白草仍无恙。巾帼尚留千载名，须眉把镜空惆怅。方今天下一统居，今人才与古人行。数椽茅屋天地宽，何况骅骝任奔放⑫。曷不口饮天池冰⑬？尽洗尘襟清腑脏。曷不射虎出营门⑭？扫绝妖氛觇浩荡。而乃坐拥管城封⑮，兴来但遣骚坛将。吁嗟乎女子生能入汉关，丈夫不识长城壮。

【注】

　　① 归汉图：据文意画面内容应为蔡琰从南匈奴回到中原汉朝国家。

　　② 五凤楼：楼名，唐和后梁在洛阳皆有五凤楼。宋曾慥《类说》卷五十三引《谈苑》曰："韩浦、韩洎(jì)咸有词学。洎尝轻浦，语人曰：'吾兄为文，譬如绳枢草舍，聊庇风雨。予之为文，是造五凤楼手。'浦窃闻其言，偶得蜀笺，以诗赠洎曰：'十样蛮笺出益州，寄来新自浣溪头。老兄得此全无用，助尔添修五凤

楼。'"后以此典指人有文才,善于写作。

③ 虎皮帐:武将的营幕,即虎帐。

④ 天河:由大量恒星构成的星系,晴夜当空,呈银白色带状,形如大河,故名天河,也叫星河、天汉、云汉、银汉、银河等。

⑤ 雁门:山名,即句注山,在山西代县西北,《尔雅》谓之北陵,亦曰西隃,亦曰陉岭。自雁门以南谓之陉南,以北谓之陉北,东西山岩峭拔,中有路,盘旋崎岖,绝顶置关,谓之西陉,亦曰雁门关,自古为戍守重地。

⑥ 岚障:像是雾气缭绕形成的屏障。

⑦ 摩荡:《易经·系辞》:"是故刚柔相摩,八卦相荡。"疏:"阳刚而阴柔,故刚柔共相切摩更递变化也。"后以"摩荡"形容气势雄伟。这里指日月相更替变化。

⑧ 毳(cuì)幕韦韝(gōu):韝同"鞲"。即毡帐和皮制的袖套。旧题汉李陵《答苏武书》:"韦韝毳幕,以御风雨;羶肉酪浆,以充饥渴。"

⑨ "生女"两句:《后汉书·列女传·蔡琰传》:"(蔡琰)博学有才辩,又妙于音律兴平中。"兴平中为乱兵所掠,又嫁南匈奴左贤王,在胡中十二年,生二子。曹操遣使者以金璧赎之,而重嫁于祀。"祀为屯田都尉,犯法当死,文姬诣曹操请之。……及文姬进,蓬首徒行,叩头请罪,音辞清辩,旨甚酸哀,众皆为改容。……操感其言,乃追原祀罪。……操因问曰:'闻夫人家先多坟籍,犹能忆识之不?'文姬曰:'昔亡父赐书四千许卷,流离涂炭,罔有存者。今所诵忆,裁四百余篇耳。'操曰:'今当使十吏就夫人写之。'……(文姬独自)缮书送之,文无遗误。" 蔡中郎,即蔡邕,蔡琰之父。

⑩ 间气:《春秋演孔图》:"正气为帝,间气为臣,宫商为姓,秀气为人。"古谶纬之说以五行附会人事,正气为若木,得之以生为帝;间气乃"不苞一行"之气,得之以生为臣。

⑪ 阿瞒:指三国魏曹操,小名阿瞒。

⑫ 骅骝:赤色骏马,亦名枣骝。《荀子·性恶》:"骅骝、骐(qí)骥、纤离、绿耳,此皆古之良马。"

⑬ 天池:在山西宁武县西南管涔山上,俗名祈连泊池,相传潜流通桑乾水(源出山西马邑县桑乾山,下流入永定河)。以池在山原之上,故名。

⑭ 射虎:《史记·李将军列传》:"(李)广出猎,见草中石,以为虎而射之,

中石没镞,视之石也。因复更射之,终不能复入石矣。广所居郡闻有虎,尝自射之。及居右北平射虎,虎腾伤广,广亦竟射杀之。"形容勇将武艺超群,气概非凡。

⑮ 管城封:唐韩愈《毛颖传》以笔拟人:"毛颖者,中山人也。(秦始皇时将军蒙恬南伐征楚,至中山,准备大猎,先占卜)筮者贺曰:'今日之获,不角不牙,衣褐之徒,缺口而长须,八窍而趺居,独取其髦,简牍是资。天下其同书,秦其遂兼诸侯乎?'遂猎,围毛氏之族,拔其豪,载颖而归,……秦皇帝使恬赐之汤沐,而封诸管城,号曰管城子,日见亲宠任事。颖为人强记而便敏,自结绳之代以及秦事,无不纂录。"后以"管城子"借指毛笔。这里指从事著述。

题渔樵耕读图

大愚书不读,读书真大愚。案头三万卷,不足当薪刍。献策侯门去,弹铗仍无鱼。箪豆一朝罄,枵腹说黄虞①。何若一竿一斧并一锄,五陵人在天地初②。

【注】

① 黄虞:黄帝、虞舜的合称。
② 五陵,当为"武陵"。

独　秀　峰①

惆怅四无邻,乾坤砥柱身。
我来桂林里,依傍向何人。

【注】

① 独秀峰:又叫独秀山,在广西桂林市王城内,平地孤拔,以无他峰相属,

故名。下有岩洞,南朝宋颜延之曾在此岩中读书,因名读书岩。

虞　　山①

古乐不可闻,空山咽流水。
安知千年前,不坐薰风里②?

【注】

① 虞山:在桂林叠彩区北极路东,漓江西岸,是桂林城北一座孤峰,海妃殉之。相传虞帝曾南巡至此,唐时在山下建虞帝庙,庙东宋人建南薰亭,把山叫做虞山或舜山。虞山西麓有南北对穿的南薰洞,又名韶音洞。山崖上有唐韩云卿文,韩秀实书、李冰阳篆额的《舜庙碑》和宋朱熹作的《虞帝庙碑》等石刻。

② 薰风:和风,指初夏时的东南风。《吕氏春秋·有始》:"东南曰薰风。"注:"巽气所生,一曰清明风。"

隐　　山①

空山捷径多②,大隐在朝市③。
不见洞中人,松风门外起。

【注】

① 隐山:本名盘龙岗,又名招隐山,位于桂林市西山公园内,唐时为西湖为环绕,因其山体小巧,像一座绿色的小岛,毫不起眼,游人罕至,唐代李渤因此称其为隐山。整座山有八个洞,分上下两层。下层有朝阳、夕阳、南华、北牖,上层有嘉莲、白雀,这就是有名的"隐山六洞"。另外还有龙洞、招隐二洞。隐山有唐宋以来摩崖石刻100余件,其中清人摹刻唐代名画家吴道子画的观音像为其中精品。山上有朝阳亭,观日台等建筑。

② 捷径：唐刘肃《大唐新语》卷十："卢藏用始隐于终南山中，中宗朝累居要职。有道士司马承祯者，睿宗迎至京，将还。藏用指终南山谓之曰：'此中大有佳处，何必在远！'承祯徐答曰：'以仆所观，乃仕宦捷径耳。'藏用有惭色。"借指假称隐逸而求仕宦的行为或谋取官职、名利的途径。

③ 朝市：朝廷与市肆。《史记·张仪传》："臣闻争名者于朝，争利者于市。今三川、周室，天下之朝市也，而王不争焉。"后因称朝市泛指名利之场。晋王康琚《反招隐》："小隐隐陵薮，大隐隐朝市。"

桂　　山①

回首广寒秋，赏心明月夕。
君知八桂堂，更比深山僻。

【注】

① 桂山：在广西桂林市郊，俗称北山，有三峰连属，前峰拔起，如狮昂首。

题郝蕴山听瀑图①

其　　一

何地无尘市，萧然独闭关。知公襟次乐，示我画中山。
笔意丹黄里②，风流水石间。危峰天半挂，翘首绝追攀。

【注】

① 郝蕴山：人名，不详。
② 笔意：指书画的意态和风格。　　丹黄：点校书籍所用的两种颜色，旧时点校书籍，用朱笔书写，如遇误字时则用雌黄涂抹。此处指绘画的色彩。

其 二

麈柄诗人物[①]，棕鞋处士风[②]。小园三径拓，佳兴四时同。
花木皆生意[③]，文章付画工。渔歌何处起，约略小桥东。

【注】

① 麈柄：古以驼鹿尾为拂尘，因称拂尘为麈尾，麈柄即拂尘的柄。

② 棕鞋：即椶綦（zōng qí），棕毛作的鞋。 处士：未仕的或不仕的士人。《汉书·异姓诸侯王表》："秦既称帝，患周之败，以为起于处士横议。"注："处士谓不官于朝而居家者也。"

③ 生意：生机。《世说新语·黜免》："桓玄败后，殷仲文还为大司马咨议，意似二三，非复往日。大司马府听前有一老槐，甚扶疏。殷因月朔，与众在听，视槐良久，叹曰：'槐树婆娑，无复生意！'"

其 三

飞瀑千岩落，如斯逝者情[①]。林泉无俗韵，天地此清声。
潭底龙方静，山空鹤不惊。幽人时侧耳[②]，有本悟平生。

【注】

① 如斯逝者：《论语·子罕》："子在川上曰：'逝者如斯夫，不舍昼夜。'"

② 幽人：隐士。《周易·履》："履道坦坦，幽人贞吉。"

其 四

留得天然趣，行行入径深。古今一图画，宇宙几山林。
归鸟何曾倦[①]，闲云亦有心。叩门无俗客，空谷送清音。

【注】

① "归鸟何曾倦"二句：化用晋陶渊明《归去来兮辞》："云无心以出岫，鸟倦飞而知还。"

题罗翼廷吟秋图①

其　一

有才如此拥书城②,俯仰茫茫百感生。退鹢功名风未顺③,离鸿心事月孤明。山空百尺梧桐老,林静三更蟋蟀鸣。自是乾坤清绝境,可无椽笔和秋声④。

【注】

① 罗翼廷:人名,不详。

② 书城:书籍环列如城,言其多。《魏书·李谧传》:"(李谧)每曰:'丈夫拥书万卷,何假南面百城(比喻统治者的地位尊崇富有)。'每绝迹下帏,杜门却扫,弃产营书,手自删削,卷无重复者四千有余矣。"后以此典形容家中藏书极丰。

③ 退鹢句:以"鹢羽退飞"形容人失意,指有才能的人却不被重用,被压制。参前《感赋》其一注③条"鹢羽退飞"。

④ 秋声:秋时西风作,草木零落,多肃杀之声,曰秋声。

其　二

我亦京华踏软尘,六年不见故园春。浮沉日下谁知己,著作江东尚有人①。到眼光阴惊雁燕,图形勋业笑麒麟。书生骨相非寒俭,终是清时有用身②。

【注】

① 江东:汉至隋唐称自安徽芜湖以下的长江下游南岸地区为江东。晋王坦之,字文度,弱冠与郗超俱有重名,时人为之语曰:"盛德绝伦郗嘉宾(郗超字),江东独步王文度。"这里用典来赞颂人文才横溢。

② 清时:太平盛世。《太平御览·三国魏武帝·令》:"今清时,但当尽忠于国,效力王事。"　有用身:化用俗语"百无一用是书生。"清黄景仁在其《杂感》中有"十有九人堪白眼,百无一用是书生。"

题郝定珍柳阴观钓图①

其 一

浪说苍生共乐忧,天然邱壑此中留②。

主人自是丝纶手③,小占湖山三十秋。

【注】

①郝定珍:人名,不详。

②邱壑:即丘壑。深山幽谷,常指隐居的地方。《太平御览·荀子》:"黄帝……谓容成子曰:'吾将钓于一壑,栖于一丘。'"谢灵运《斋中读书》:"昔余游京华,未尝废丘壑。"

③丝纶手:丝纶指钓丝。旧题晋代王嘉《拾遗记·前汉》:"(宣)帝常以季秋之月,泛衡兰云鹢之舟,穷暑系夜,钓于台下,以香金为钩,缥丝为纶,丹鲤为饵,钓得白蛟。"这里双关指垂钓和绘画的高手。

其 二

树色溪光碧似烟,名山一榻付神仙。

小桥东去知何处,料是琅嬛洞里天①。

【注】

①琅嬛洞里天:即瑯嬛福地。传说中的神仙洞府,元伊世珍《瑯嬛记》:晋张华游洞宫,遇一人引至一处,大石中开,别有天地,宫室嵯峨,每室各陈奇书,有《历代史》、《万国志》等秘籍。华历观其书,皆汉以前事,多所未闻者。问其地,曰:"瑯嬛福地也。"华甫出,门自闭。

其 三

流水桃花梦不真,年年惆怅武陵春①。

风尘我欲披蓑去,愁作先生画里人。

【注】

　　① 武陵春：即武陵源。晋陶潜撰《桃花源记》，称晋太元中武陵郡渔人入桃花源，所见洞中居民及生活情景俨然另一世界。后泛指清静幽美、避世隐居之地。

其　　四

抟鹏兴趣钓鳌才①，垂柳阴中户不开。
沧海巨鲸三百丈，时嘘风雨待君来。

【注】

　　① 抟鹏：抟，环绕，盘旋。《庄子·逍遥游》："鹏之徙于南冥也，水击三千里，抟扶摇而上者九万里，去以六月息者也。"以"鲲鹏"等称胸怀大志，奋发有为，前程远大的人。参前诗集卷上《赠史汉章》注⑦。　　钓鳌：《列子·汤问》："渤海之东不知几亿万里，有大壑焉，实惟无底之谷，其下无底，名曰归墟……（其中五座仙山并不与海底相连，而是随波漂荡）帝恐流于西极，失群仙圣之居，乃命（海神）禺强使巨鳌十五举首而戴之。迭为三番，六万岁一交焉。五山始峙而不动。而龙伯之国有大人，举足不盈数步而暨五山之所，一钓而连六鳌，合负而趣归其国，灼其骨以数焉。于是岱舆、员峤二山流于北极，沉于大海，仙圣之播迁者巨亿计。"以此来形容气概非凡，抱负宏大。

袁浦柳枝词①

其　　一

河堤曲折水潆洄②，指点垂杨翠一堆。
不信东风三月暮③，暗吹金粉渡江来。

【注】

　　① 袁浦：水名，又名袁水、秀江。源出江西省萍乡县罗霄山，东流入赣江，

有险滩,形势险峻,号五浪滩。

②潆洄:旋绕转折。也作"萦迴"。

③东风:春风。《礼记·月令》"孟春之月":"东风解冻,蛰虫始振。"

其　二

门巷浓阴路几条,大堤夹岸酒旆飘。

玉箫一曲人何处,不数扬州廿四桥①。

【注】

①廿四桥:古代名胜,在江苏省扬州市,唐杜牧《寄扬州韩绰判官》:"二十四桥明月夜,玉人何处教吹箫?"

其　三

邮亭西去豁吟眸①,树自青青水自流。

人影未随鸦影散,杨花飞不到前头②。

【注】

①邮亭:驿馆,递送文书投止之所。《汉书·薛宣传》:"宣从临淮迁至陈留,过其县,桥梁邮亭不修。"注:"邮,行书之舍,亦如今之驿及行道馆舍也。"

②杨花:柳絮。北周庾信《春赋》:"新年鸟声千种啭,二月杨花满路飞。"

其　四

剧怜金缕溅淤泥①,平远亭台夕照低。

渔笛一声孤棹返,别无人听暮鸦啼。

【注】

①金缕:金丝。这里指饰有金丝的衣服。

【 剑虹居诗集 】

·卷 下·

赤 地 叹①

一千里内赤地多,东连沧海北大河。五月六月天不雨,掘地一丈仍干土。但乞斗水咽老牛,舌敝唇焦敢言苦。闻说潮头坝上高,出门相唤求大府②。大府巍然尊,牙戟排重阍。呼泣声雷动,疾苦陈侯门。明日羽书驰津驿,数日河流长二尺。归来准备桔槔忙③,谁料槁苗今异昔,君不见千里赤。

【注】

① 赤地:指旱灾造成遍地不生五谷。

② 大府:高级官府。明清时称总督、巡抚为大府。

③ 桔槔(jié gāo):井上汲水的工具。也作“桔皋”。《庄子·天运》:“且子独不见夫桔槔者乎?引之则俯,舍之则仰。”

飞 蝗 叹

飞蝗去,呜咽吞声不敢诅。飞蝗来,全家相顾色死灰。西畴一带供尔腹①,似食农人心头肉。蝗食我谷有处飞,我化哀鸿没处宿。泣声上诉向穹苍,四野无云亢骄阳。亢骄阳起飞蝗,天心仁爱非茫茫。我代造物为农语,殃祥数定人自取。愿君此后梦维鱼②,丰年莫忘凶年苦。

【注】

① 西畴:西边的田园。晋陶渊明《归去来辞》:“农人告余以春及,将有事于西畴。”

② 梦维鱼:指蝗虫变成鱼儿。《诗经·小雅·无羊》:"牧人乃梦,众维鱼矣,旐维旟矣。大人占之,众维鱼矣,实维丰年。"《笺》:"《无羊》,厉王之时,牧人之职废,宣王始兴而复之,至此而成,谓复先王牛羊之数。"

乞 食 叹

乞食难,乞食难,昼行宵伏河之干。橐橐虽具糗粮少①,呱呱褓负黄尘道。凉风西来林木号,路上饥躯吹欲倒。近村门巷犬声狂,小儿索哺呼爷娘。稍获箪豆便奔走,夕阳在树齐搔首。隔岸人家门已关,荒祠无佛三两间。悲哉露宿岂得已,日出僵尸扶不起。

【注】

① 橐橐(tuò):盛物的袋子。《诗经·大雅·公刘》:"乃裹餱粮,于橐于囊。"传:"小曰橐,大曰囊。"又《集传》:"无底曰橐,有底曰囊。" 糗(qiǔ)粮:干粮。《尚书·费誓》:"峙乃糗粮。"疏:"郑玄云:糗,捣熬谷也,谓熬米麦使熟,又捣之以为粉也。"

崔苻叹①

崔苻崔苻,四顾皆危途。我闻皖省千百里,盗贼公行竞蜂起。聚者红巾据县城②,散者白日劫行李。天下官多盗亦多,盗不畏官官奈何。壮士手把妖氛扫,几见作贼能到老。流民无业沟壑填③,谋生反让为盗好。亦解草泽非久安,不忧桎梏忧饥寒。苟知崔苻皆赤子④,为官何患除盗难?

【注】

① 萑苻(huán fú)：泽名。《左传·昭公二十年》："郑国多盗,取人于萑苻之泽。"注："萑苻,泽名。于泽中劫人。"萑苻为葭苇丛密之泽,易于藏身,旧时常以此指起事农民或盗贼聚众出没之地。亦指盗贼,草寇。

② 红巾：古代农民起义军,常以红巾裹头,史籍上因称红巾。

③ 沟壑：溪谷,山沟。《孟子·梁惠王》："凶年饥岁,君之民老弱转乎沟壑,壮者散而之四方者,几千人矣。"沟壑填指死而弃尸溪谷。

④ 赤子：婴儿。婴儿生出来是赤色的,故名。引申为子民百姓。

从 军 叹

朝从军,暮从军,不为功名遑为君? 自从负戟离乡井,遇贼不战真大幸。岂唯冻馁可无嗟,剩有朱提还寄家①。肥牛大酒当营坐,几见尸归马革裹②。留贼不杀非无心,烽烟若靖何用我? 土著之兵无斗粮,师行之卒金满囊。一矢未遗鸟雀举,但知闻金不闻鼓。寇至真如鼠,寇去仍如虎。吁嗟乎民既苦贼复苦兵,君门万里难知情。

【注】

① 朱提：山名,在云南昭通县北。《汉书·地理志·犍为郡》："县十二……朱提,山出银。"注："苏林曰：朱,音铢;提,音时。"又《食货志》下："朱提银重八两为一流,直一千五百八十。"后亦以朱提为银的代称。

② 尸归马革裹：《东观汉记·马援》："马援曰：'方今匈奴、乌桓尚扰北边,欲自请击之。男儿要当死于边野,以马革裹尸还葬耳,何能卧床上在儿女子手中耶?'故人孟冀曰：'谅为烈士,当如此矣。'"此典指战死沙场。

贪　吏　叹

　　苛政官便民不便,贪吏敛财兼敛怨。只求财贿囊橐充,那计怨忿闾阎遍。堂堂长吏挟大权,征输不足日议捐。幸在府库归职掌①,虚名何难冒国帑。但有锱铢暮夜投②,令可旋更法可枉。方今时势需吏才,吏才半为黄金来。谋国日拙谋身巧,一方虽瘠一家肥。无厌孰如贾,难饱孰如虎。登垄心计负嵎威③,何人兼之惟大府。

【注】

　　① 府库:官府储存财物兵甲的仓库。汉张衡《东京赋》:"因秦宫室,据其府库。"注:"府库,谓官吏所止为府,车马器械所居曰库。"

　　② 暮夜投:《后汉书·杨震列传》:"杨震字伯起,弘农华阴人也。……四迁荆州刺史、东莱太守。当之郡,道经昌邑,故所举荆州茂才王密为昌邑令,谒见,至夜怀金十斤以遗震。震曰:'故人知君,君不知故人,何也?'密曰:'暮夜无知者。'震曰:'天知,神知,我知,子知。何谓无知!'密愧而出。后转涿郡太守。性公廉,不受私谒。子孙常蔬食步行,故旧长者或欲令为开产业,震不肯,曰:'使后世称为清白吏子孙,以此遗之,不亦厚乎!'"以此典形容居官廉洁,不受馈赠。这里指官吏只要有一点点钱财就会贪污受贿。

　　③ 登垄:原指站在市集的高地上操纵贸易,后泛指操纵和独占市场,牟取暴利。语本《孟子·公孙丑下》:"有贱丈夫焉,必求龙断而登之,以左右望而罔市利。"　负嵎:嵎,山曲;负,背倚。负嵎则只当一面,其余三面无虑。《孟子·尽心》:"有众逐虎,虎负嵎,莫之敢撄。"后世因称据险以抗曰负嵎。

逝　者　叹

　　逝者长已矣,一入泉台唤不起①。前日犹见汝为人,道傍握手言笑亲。不曾闻疾忽闻吊，作鬼君先不自料。何况两鬓未华颠②，终朝问舍兼求田③。常为子孙千岁计，近虑且抱一百年。胡为有药不医病？胡为有钱不买命？地下如果魂有知，也当逃归诏不应。否则便宜梦里来，强似独上望乡台④。呜呼！问君君不语，觅君君何处。一出郭门心酸楚，青草已生墓头土。

【注】

① 泉台：地下，墓穴。唐骆宾王《乐大夫挽词》："忽见泉台路，犹疑水镜悬。"

② 华颠：头发花白。

③ 问舍兼求田：《三国志·魏书·陈登传》："陈登者，字元龙，在广陵有威名。……后许汜与刘备并在荆州牧刘表坐，表与备共论天下人，汜曰：'陈元龙湖海之士，豪气不除。'……备问汜：'君言豪，宁有事邪？'汜曰：'昔遭乱过下邳，见元龙。元龙无客主之意，久不相与语，自上大床卧，使客卧下床。'备曰：'君有国士之名，今天下大乱，帝主失所，望君忧国忘家，有救世之意，而君求田问舍，言无可采，是元龙所讳也，何缘当与君语？如小人，欲卧百尺楼上，卧君于地，何但上下床之间邪？'"后以此典形容人无大志，只顾家业田产。

④ 望乡台：旧时迷信，谓阴间有望乡台，人死后鬼魂可登台望见阳世家中情况。

荡　子　叹①

荡子荡子来何处，逢人犹话江干路。话到秣陵城上战血腥，一家数口如飘萍。身虽流离兴不减，犹向花前倚画槛。青旂一角酒炉边②，朝朝买醉掷金钱。枇杷门巷烹茶待③，谈罢干戈听管弦。我谓壶觞一夕乐，费他粱稻数家获。不知歉岁薪米艰，忘却故乡烽火恶。翩然裘马走通衢，骨肉尚受红巾虐。

【注】

　　① 荡子：流荡不归的男子。《古诗十九首》："荡子行不归,空床难独守。"注引《列子》："有人去乡土游于四方而不归者,世谓之为狂荡之人也。"

　　② 青旂：即青帘,指酒旗,古时酒店挂的幌子。

　　③ 枇杷门巷：唐胡曾赠蜀妓薛涛诗："万里桥边女校书,枇杷花下闭门居。"见五代后蜀何光远《鉴诫录·蜀才妇》。后称妓家为枇杷门巷。

青 楼 叹

　　青楼女儿愁似缕,强饰欢容迎客舞。自怜生小困风尘,沦落天涯秋复春。故里莺花怕回首,移人风俗章台柳①。生男不妨任游手,生女但虑容颜丑。抱得琵琶掩面难②,缠头归去聊糊口③。安能顾曲来周郎④,四弦未拨先断肠? 相逢咫尺若千里,望隔银河一泓水。郎迹疏同晓天星⑤,妾命薄于秋江萍⑥。别后朱颜瘦如许,乱红零翠春无主。知否青衫有泪痕⑦,誓死不嫁钱塘贾⑧。

【注】

　　① 章台柳：唐韩翃有姬柳氏,以艳丽称。韩选官后归家省亲,柳留居长安。安史之乱起,柳为番将沙吒利所劫。韩使人寄诗曰："章台柳,章台柳,昔日青青今在否? 纵使长条似旧垂,亦应攀折他人手。"后以"章台柳"形容窈窕美丽的女子。

　　② 抱得琵琶掩面难：唐白居易《琵琶行并序》："元和十年,予左迁九江郡司马。明年秋,送客湓浦口,闻舟船中夜弹琵琶者。……问其人,本长安倡女,尝学琵琶于穆、曹二善才,……遂命酒,使快弹数曲,……自叙少小时欢乐事,今漂沦憔悴,转徙于江湖间。予……感斯人言,是夕始觉有迁谪意。"诗中有："千呼万唤始出来,犹抱琵琶半遮面。"这里指人身世飘零,潦倒贫困,自觉无颜面,愧对家里人。

③ 缠头：古代歌舞艺人表演时以锦缠头，演毕，客以罗锦为赠，称缠头。后来又作为赠送女妓财物的通称。

④ "顾曲"一句：《三国志·吴书·周瑜传》："瑜少精意于音乐，虽三爵之后，其有阙误，瑜必知之，知之必顾（回头），故时人谣曰：'曲有误，周郎顾。'"以此典指席上欣赏音乐戏曲，或者借指听音乐的知音或情人。这里指来欣赏音乐的知音。

⑤ 晓天星：形容其稀疏。

⑥ 秋江萍：比喻其身世像秋天浮在水面的萍草一样漂泊不定，凄凉落魄。

⑦ 青衫有泪痕：唐白居易《琵琶行》："座中泣下谁最多？江州司马青衫湿。"这里用来指同情青楼女子身世不幸之人。

⑧ 誓死不嫁钱塘贾：唐李益《江南曲》："嫁得瞿塘贾，朝朝误妾期。早知潮有信，嫁与弄潮儿。"此二句指希望能找到可信的知音托付终生，不会将就委曲自己。

砚　田　叹①

田仗砚，无耕佃。砚作田，皆丰年。古人之言真欺我，赤手谋生无一可。出作南亩犹呼庚②，何况日向青毡坐。不执求富鞭③，不蓄买山钱④。市廛易裹足，负担难上肩。折腰五斗或可得，性又崛强不肯前。是伊自趋荆棘路，莫把炎凉嗟世故。嗟世故，真大误，主人甘作书中蠹。砚田虽恶心田丰⑤，枵腹吐气成白虹⑥。旁观扼腕请无虑，感喟声多主人怒。

【注】

① 砚田：砚台，文人恃文墨为生，故谓砚为砚田。清蒋超伯《南滧（chún）楛（kǔ）语·砚》："近得一砚，上有（伊秉绶）先生铭云：'惟砚作田，咸歌乐岁。墨稼有秋，笔耕无税。'"

② 南亩：《诗经》里多处说到南亩，如《豳风·七月》："馌（yè）彼南亩"；

《小雅·大田》:"俶载南亩。"由于南亩向阳,利于农作物生长,古人田土多向南开辟,后泛称农田为南亩。　　呼庚:《左传·哀公十三年》传及注:春秋时吴王夫差与晋鲁等国会盟,吴大夫申叔仪向鲁大夫公孙有山氏乞粮,答曰:"粱则无矣,粗则有之,若登首山以呼,曰:'庚癸乎?'则诺。"因军中缺粮,故用隐语乞粮。庚,西方,主谷;癸,北方,主水。后因称向人告贷为"呼庚呼癸"或"庚癸之呼"。

③ 求富鞭:《论语·述而》中:"子曰:'富而可求也,虽执鞭之士,吾亦为之。如不可求,从吾所好。'"这里指缺少金钱富贵。

④ 买山钱:南朝梁慧皎《高僧传》四:"支遁遣使求买岕山(在今浙江嵊县)之侧沃洲小岭,欲为幽栖之处。(竺道)潜答曰:'欲来辄给,岂闻巢、由买山而隐。'"以此典指归隐山林。

⑤ 心田:佛教语,即心。《广弘明集·(南朝梁简文帝)上大法颂表》:"泽雨无偏,心田受润。"

⑥ 白虹:日月周围的白色晕圈。凡日傍气色白而纯者名为白虹。

咏　史

其　一

　　盛代抢才旷典逢①,那容瓦釜混黄钟②。九官不免遗朱虎③,两顾犹难屈卧龙④。人若魏征真妩媚⑤,世无胡广鲜中庸⑥。秦台照胆悬何在⑦,金镜原归豁达胸⑧。

【注】

① 抢才:即抢材。选择木材。《周礼·地官·山虞》:"凡邦工入山林而抢材,不禁。"后借指选拔人才。　　旷典:罕见难逢的典礼。《宋史·乐志》:"百年旷典,至是举行。"

② 瓦釜:《楚辞·(屈原)卜居》:"世溷浊而不清,蝉翼为重,千钧为轻;黄钟毁弃,瓦釜雷鸣;谗人高张,贤士无名。"注:"黄钟,乐器,喻礼乐之士。瓦釜,

喻庸下之人。雷鸣者,惊众也。"用瓦釜来指代庸下的人,没有才能;黄钟指代贤士,有才能的人。

③ 九官:传说虞舜置九官,即:伯禹作司空,弃为后稷,契作司徒,皋陶作士,垂为共工,益作朕虞,伯夷作秩宗,夔为典乐,龙为纳言。朱虎:宋朱泰家贫穷,卖柴养母,一日入山遇虎,被虎所获,昏眩复醒,叹其母无所依靠,虎忽弃泰而去。"乡里闻其孝感,率金帛遗之,里人目为朱虎残。"(《宋史·孝义传》)后遂借朱虎虎口残生故事称誉孝子。

④ 两顾犹难屈卧龙:卧龙,汉末时诸葛亮隐居于卧龙岗(河南南阳市),徐庶向刘备荐举诸葛亮,称其为"卧龙先生"。后喻隐居或尚未展露头角的杰出人才。刘备三次往隆中访聘诸葛亮,请他出山辅佐他兴复汉室。表示诚心诚意地招纳贤士。

⑤ 魏征:《旧唐书·魏征列传》:"征少孤贫,落拓有大志,不事生业,出家为道士。……太宗素器之,引为詹事主簿。……太宗新即位,励精政道,数引征入卧内,访以得失。征雅有经国之才,性又抗直,无所屈挠。太宗与之言,未尝不欣然纳受。征亦喜逢知己之主,思竭其用,知无不言。太宗尝劳之曰:'卿所陈谏,前后二百余事,非卿至诚奉国,何能若是?'……太宗谓侍臣曰:'贞观之后,尽心于我,献纳忠谠,安国利民,犯颜正谏,匡朕之违者,唯魏征而已。古之名臣,何以加也!'"卒谥文贞。

⑥ 胡广(91—172):《后汉书·胡广传》:"胡广字伯始,南郡华容人也。……遂察孝廉。既到京师,试以章奏,安帝以广为天下第一。……性温柔谨素,常逊言恭色。达练事体,明解朝章。虽无謇直之风,屡有补阙之益。故京师谚曰:'万事不理问伯始,天下中庸有胡公。'……自在公台三十余年,历事六帝,礼任甚优,每逊位辞病,及免退田里,未尝满岁,辄复升时。"时朝廷衰微,外戚宦官专权,广将顺自保而已。以此典称官吏办事谨慎、老成练达。

⑦ 秦台照胆:晋葛洪《西京杂记》卷三:"高祖初入咸阳宫,周行库府,金玉珍宝,不可称言。其尤惊异者,……有方镜,广四尺,高五尺九寸,表里有明,人直来照之,影则倒见。以手扪心而来,则见肠胃五脏,历然无碍。人有疾病在内,则掩心而照之,则知病之所在。又女子有邪心,则胆张心动。秦始皇常以照宫人,胆张心动者则杀之。"后人称官吏断狱清明、明察奸恶为秦镜照胆。

⑧ 金镜:即铜镜,喻明察。南朝梁刘孝标《广绝交论》:"盖圣人握金镜,阐

风烈,龙骧(xiāng 昂首)蠖屈,从道污隆。"注:"《雒书》曰:秦失金镜。郑玄曰:金镜,喻明道也。"

其 二

渊沉难测是胸襟,枉直何劳计尺寻①。伍哙自非韩信
愿②,荐衡谁识孔融心③。一时望气知城剑④,几辈闻声识爨
琴⑤。何必名登高士传,空山风雨任升沉。

【注】

① 寻:古长度单位,八尺为一寻,《诗经·鲁颂·闷宫》:"是断是度,是寻是尺。"《笺》:"八尺为寻。"

② "伍哙"一句:《史记·淮阴侯列传》:"信知汉王畏恶其能,常称病不朝从。信由此日夜怨望,居常鞅鞅(意不满貌),羞与绛、灌等列。信尝过樊将军哙,哙跪拜送迎,言称臣,曰:'大王乃肯临臣!'信出门,笑曰:'生乃与哙等为伍!'"指不屑与比自己差的人为伍。

③ "荐衡"一句:《后汉书·文苑列传·祢衡传》:"衡始弱冠,而融年四十,遂与为交友。上疏荐之曰:……窃见处士平原祢衡,年二十四,字正平,淑质贞亮,英才卓砾。初涉艺文,升堂睹奥。目所一见,辄诵于口;耳所瞥闻,不忘于心。性与道合,思若有神。……鸷鸟累伯(百),不如一鹗。使衡立朝,必有可观。"指为国推荐人才。

④ 望气:古代迷信占卜法,望云气附会人事,预言吉凶。《墨子·迎敌祠》:"凡望气,有大将气,有小将气,有往气,有来气,有败气,能得明此者,可知成败吉凶。" 城剑:即丰城剑,比喻宝贵珍奇之物或杰出的人才。参前《杂感》其二十注⑦。

⑤ 爨琴:晋干宝《搜神记》卷十三:"(汉灵帝时陈留蔡邕触犯灵帝,而遁迹江海,)至吴,吴人有烧桐以爨者,邕闻火烈声,曰:'此良材也。'因请之,削以为琴,果有美音,而其尾焦,因名'焦尾琴'。""爨琴"比喻良材或素质优秀的人。以这两个典故来形容善于鉴拔人才。

其　　三

　　抟风际遇想鹏鲲^①，历代人才待品论。投阁犹生非是
福^②，上书遽死也辜恩。一朝忍负垂青惠，千古原多未白冤。
偶向芸编搜往事^③，樽前老泪湿衫痕。

【注】

　　① 抟风：《庄子·逍遥游》："抟扶摇而上者九万里。"扶摇，旋风，谓鹏鸟如
旋风圈飞而上。后因称鸟乘风捷上曰抟风。

　　②"投阁犹生"一句：指王莽时扬雄怕被符命事牵连，从天禄阁自投下，几
死，后屈节在王莽朝复召为大夫。参前《杂感》其十八注④。

　　③ 芸编：书籍。芸，香草，置书页内，可以辟蠹，故称书籍为芸编。

其　　四

　　五噫悲愤和梁鸿^①，从古和衷戒党同。扪虱不为桓氏
用^②，骑驴隐恸岳家忠^③。雄才自信殊狐媚^④，兔死谁知念狗
功^⑤。麟阁图形非易事，丈夫底事耻雕虫^⑥。

【注】

　　① 五噫：《五噫歌》，诗五句，每句末都有一"噫"字，东汉梁鸿作。《后汉
书·逸民列传·梁鸿传》："梁鸿字伯鸾，扶风平陵人也。……居有顷，妻曰：
'常闻夫子欲隐居避患，今何为默默？无乃欲低头就之乎？'鸿曰：'诺。'乃共入
霸陵山中，以耕织为业，咏《诗》、《书》，弹琴以自娱。仰慕前世高士，而为四皓
以来二十四人作颂。因东出关，过京师，作《五噫之歌》曰：'陟彼北芒兮，噫！顾
览帝京兮，噫！宫室崔嵬兮，噫！人之劬劳兮，噫！辽辽未央兮，噫！'肃宗闻而
非之，求鸿不得。"以此典表示对黑暗的现实不满而隐退离去。这里指政治不清
明，臣子得不到公正的待遇。

　　② 扪虱：《初学记》卷五引崔鸿《前燕录》曰："（晋代咸阳）王猛隐华山。桓
温入关，猛被褐而诣之，一面说当代之事，扪虱而言，旁若无人。"形容人胸怀才
略，放达任性，不拘小节。这里指才能突出、思想高洁的士人。

③ 骑驴隐恸岳家忠：指宋高宗建炎十一年韩世忠与岳飞、张俊同被召入朝，任枢密使，解除了兵权。韩世忠诋排和议，主张力战金，上疏秦桧误国，后罢为醴泉观使，自此杜门谢客，绝不言兵事，时跨驴携酒，纵游西湖，岳飞冤狱，韩世忠独诘秦桧曰："'莫须有'，何以服天下！"为岳飞鸣不平。

④ 狐媚：俗说狐狸善以媚态惑人。《晋书·石勒载记》："（石勒宴请高句丽、宇文屋孤使，问徐光自己比远古帝皇如何，徐光说他迈于高皇，超绝魏祖，三王不可比，仅次于轩辕，）勒笑曰：'人岂不自知，卿言亦以太过。朕若逢高皇，当北面而事之，与韩彭竞鞭而争先耳。朕遇光武，当并驱于中原，未知鹿死谁手。大丈夫行事当磊磊落落，如日月皎然，终不能如曹孟德、司马仲达父子，欺他孤儿寡妇，狐媚以取天下也。'"指自己有雄才大略，无须欺骗戏弄天下人。

⑤ "兔死"一句：打猎用狗，兔死则狗失作用，烹以为食。《史记·越王勾践世家》："范蠡遂去，自齐遗大夫（文）种书曰：'蜚鸟尽，良弓藏；狡兔死，走狗烹。越王为人长颈鸟喙，可与共患难，不可与共乐。子何不去？'种见书，称病不朝。"比喻事成见弃，多指帝王建业成功后便猜忌或杀戮功臣。

⑥ 雕虫：指对作辞赋之雕章琢句的贬称，也称雕虫小技。参前《题琴南诗后》其一注①。

读 孟 子

七国干戈讲义仁①，秉钧无望望传薪②。
当时纵展匡王略，未必齐梁定灭秦。

【注】

① 七国：战国时秦、楚、燕、齐、韩、赵、魏称为七国。也称"七雄"、"七王"。《史记·孟子荀卿列传》："当是之时，秦用商君，富国强兵；楚、魏用吴起，战胜弱敌；齐威王、宣王用孙子、田忌之徒，而诸侯东面朝齐。天下方务于合从连衡，以攻伐为贤，而孟轲乃述唐、虞、三代之德，是以所如者不合。退而与万章之徒序诗书，述仲尼之意，作《孟子》七篇。"

② 秉钧：喻执国政。钧为衡石，秉钧犹言持衡，谓国轻重，皆出其手。指宰相的职位。晋干宝《晋纪总论》："选者为人择官，官者为身择利，而秉钧当轴之士，身兼官以十数。"注："毛诗曰：'秉国之钧，四方是维。'" 传薪：传火于薪，前薪烧完，火及后薪，火种传续不绝。《庄子·养生主》："指穷于为薪，火传也，不知其尽也。"后称学问、技艺、事业师徒相传为传薪。

读 国 策①

绝奇笔阵太锋铓②，世界将成逐鹿场③。

今日夷疆高舌辩，良才我颇慕苏张④。

【注】

①《国策》：即《战国策》，汉刘向编订战国时诸国史料成书，内容多述当时游说之士的言论活动。

② 笔阵：谓诗文雄健有力如军阵。唐杜甫《醉歌行》："词源倒流三峡水，笔阵独扫千人军。" 锋铓：刀剑兵器的尖端，泛指事物的锐利部分。唐刘长卿《送元八游汝南》："刀笔素推高，锋铓久无敌。"

③ 逐鹿场：《史记·淮阴侯列传》："（汉高祖杀了韩信，又捕捉蒯通，问其为何教韩信反，蒯通对曰：）秦之纲绝而维弛，山东大扰，异姓并起，英俊乌集。秦失其鹿（比喻帝位），天下共逐之，于是高材疾足者先得焉。"形容国家分裂，群雄竞争天下为逐鹿。

④ 苏张：指战国时游说各国的辩士苏秦与张仪。

读 庄 子

糟粕群经吐属新①，焚书莫尽怪嬴秦。

若非绝妙南华笔②，谁把清谈祸晋人。

【注】

　　① 吐属：言论,文章。《三国志·魏书·王粲传》附阮瑀"太祖并以(陈)琳、瑀为司空军谋祭酒,管记室"注:"又其辞云:'他人焉能乱',了不成语,瑀之吐属,必不如此。"

　　② 南华：即庄子。唐贾岛《病起》:"灯下南华卷,祛愁当酒杯。"

读　离　骚

　　缠绵悱恻此肝肠,洁比湘兰吐异芳。
　　试问忠贞谁克绍,治安三策有文章①。

【注】

　　① 治安三策：《汉书·贾谊传》:"(汉文帝时,贾谊上疏陈述时弊及使国家长治久安的方略,以为事势可为痛哭流涕长太息,而)进言者皆曰天下已安已治矣,臣独以为未也。曰安且治者,非愚则谀,皆非事实知治乱之体者也。……因陈治安之策,试详择焉!"

尧

　　未闻阊阖启丹墀①,阶土茨茅德可思②。
　　不是圣心精一至,何知三祝是危辞③。

【注】

　　① 阊阖(chàng hé)：《淮南子·原道训》:"排阊阖,沦天门。"汉高诱注:"阊阖,始升天之门也。天门,上帝所居紫微宫门也。"此指天宫之门。也用指皇宫正门或泛指宫门。晋时洛阳城西门名阊阖。这里指宫门。　　丹墀(chí):

古代宫殿前的石阶,漆成红色,称为丹墀。汉张衡《西京赋》:"右平左墄(cè),青琐丹墀。"

② 阶土茨茅:以土为阶,以茅作屋。《周书·武帝纪》:"上栋下宇,土阶茅屋。"《韩非子·五蠹》:"尧之王天下也,茅茨不翦,采椽不斫;粝粢之食,藜藿之羹;冬日麑裘,夏日葛衣;虽监门之服养,不亏于此矣。"称颂尧勤政俭朴,舍己为民。

③ 三祝:《庄子·天地》:"尧观乎华。华封人曰:'嘻,圣人! 请祝圣人。使圣人寿。'尧曰:'辞。''使圣人富。'尧曰:'辞。''使圣人多男子。'尧曰:'辞。'"后以此典祝颂人富贵长寿多子等。

舜

尧阶岳牧本同寅①,小草偏能指佞臣②。

倘使史官工忌讳,早闻徽号上顽嚚③。

【注】

① 尧阶:《竹书纪年》:"(尧时)又有草夹阶而生,月朔始生一荚,月半而生十五荚,十六日以后日落一荚,及晦而尽,月小则一荚焦而不落。"《艺文类聚》卷十一引晋代皇甫谧《帝王世纪》曰:"惟盛德之君,应合而生,故尧有之。名曰蓂荚。" 岳牧:传说尧舜时代有四岳、十二牧,省称岳牧,《史记集解》郑玄曰:"四岳,四时官,主方岳之事。"《史记·伯夷传》:"尧将逊位,让于虞舜,舜禹之间,岳牧咸荐,乃试之于位。"后泛指地区的长官。这句话是指尧舜的圣德和清明制度都没有变。 同寅:《尚书·皋陶谟》:"同寅协恭,和衷哉。"寅,敬,同寅即同具敬畏之心。后称同僚为同寅。

② 小草:中药名,远志的苗。《广雅·释草》:"苑,远志也。其上谓之小草。"《世说新语·排调》:"谢公(安)始有东山之志,后严命屡臻,势不获已,始就桓公(温)司马。于时人有饷桓公药草,中有远志,公取以向谢:'此药又名小草,何一物而有二称?'谢未即答。时郝隆在坐,应声答曰:'此甚易解,处则为远志,出则为小草。'谢甚有愧色。"这里以"小草"谦指自己居官卑微。

③ 徽号:美好的称号,多指加于帝后尊号上的歌功颂德的套语。 顽嚚

(yín)：愚悍而顽固。《史记·五帝本纪》："（尧问四岳谁能继承他的位子，四岳推荐虞舜，尧问舜如何。）岳曰：'盲者子。父顽，母嚚，弟傲，能和以孝，烝烝治，不至奸。'"

禹

九州既奠一家春①，禹甸原无负屈民②。
若是下车真堕泪③，圣人我笑妇人仁。

【注】

① 一家春：形容美好的自然境界或生活景况。唐王勃《山扉夜坐》："林塘花月下，别是一家春。"

② 禹甸：《诗经·小雅·信南山》："信彼南山，维禹甸之。"《毛传》训甸为治，汉郑玄《笺》谓六十四井为甸，甸方八里，言禹立为丘甸之法。后人用郑义，称中国九州之地为禹甸。

③ 下车堕泪：言不得已而用刑，比喻为政宽仁。汉刘向《说苑·君道》："禹出见罪人，下车问而泣之。"

汤

返躬责己一心虔①，大旱无难挽七年②。
幻说牺牲人代畜③，不惟诬圣且诬天。

【注】

① 返躬责己：《史记·殷本纪》：既绌夏命，还亳，作汤诰："维三月，王自至于东郊。告诸侯群后：'毋不有功于民，勤力乃事。予乃大罚殛女，毋予怨。'曰：'古禹、皋陶久劳于外，其有功乎民，民乃有安。东为江，北为济，西为河，南为

淮,四渎已修,万民乃有居。后稷降播,农殖百谷。三公咸有功于民,故后有立。昔蚩尤与其大夫作乱百姓,帝乃弗予,有状。先王言不可不勉。'禹、咎繇以久劳于外,故后有立。及蚩尤作乱,天不佑之,乃致黄帝灭之。皆是先王赏有功,诛有罪,言令汝不可不勉。此汤诫其臣。曰:'不道,毋之在国,女毋我怨。'"以令诸侯。

②　大旱无难挽七年:很多家典籍都说汤有七年之旱。如《管子·轻重篇》载:"汤七年旱,民有无米禀卖子者。"《汉书·食货志》记晁错的话说:"尧、禹有九年之水,汤有七年之旱。"后汤祈祷桑林,天降大雨,又以庄山之金铸币,救民之命。因此作《桑林》之乐,名《大濩》。

③　供祭祀用的纯色全体牲畜。祭天地宗庙曰牺,卜得吉日曰牲。

文　王

帝谓三声寓意深①,殷咨七叹后人吟②。

天王明圣臣当罪,止有昌黎识圣心③。

【注】

①　三声:指琴学上的散声、按声、泛声三声。这里指周文王精通琴道,有琴曲《拘幽操》传世,为文王拘于羑里作。

②　殷咨七叹:指《诗经·大雅》中《荡》斥周厉王无道,第一章直接谴责厉王,其他七章都是托文王指斥殷纣王的口吻讽刺厉王,指责厉王强横暴虐,聚敛剥削;并告诫厉王"殷鉴不远,在夏后之世"。其七章开头都是"文王曰咨,咨女殷商。"故称"殷咨七叹"。

③　昌黎识圣心:《全唐诗》卷三百三十六载唐韩愈《琴操十首·拘幽操》:"文王羑里作。古琴操云:殷道溷溷,浸浊烦兮。……目窈窈兮,其凝其盲;耳肃肃兮,听不闻声。朝不日出兮,夜不见月与星。有知无知兮,为死为生。呜呼,臣罪当诛兮,天王圣明。"

武　王

莫骇东坡著论新①，当年叩马两商民②。
式闾封墓文俱备③，忘却西山饿死人④。

【注】

① 东坡著论新：苏东坡论武王："使当时有良史如董狐者，则南巢之事，必以叛书；牧野之事，必以弑书。而汤、武，仁人也，必将为法受恶。"

② 叩马：《史记·伯夷列传》："于是伯夷、叔齐闻西伯昌善养老，盍往归焉。及至，西伯卒，武王载木主，号为文王，东伐纣。伯夷、叔齐叩马而谏曰：'父死不葬，爰及干戈，可谓孝乎？以臣弑君，可谓仁乎？'左右欲兵之。太公曰：'此义人也。'扶而去之。"

③ 式闾封墓：式，车前横木，通"轼"。闾，里门。车至里门，人立车中，俯凭车前横木，用以表示敬意。《史记·周本纪》："武王为殷初定未集，乃使其弟管叔鲜、蔡叔度相禄父治殷。已而命召公释箕子之囚。命毕公释百姓之囚，表商容之闾。命南宫括散鹿台之财，发钜桥之粟，以振贫弱萌隶。命南宫括、史佚展九鼎保玉。命闳夭封比干之墓。命宗祝享祠于军。乃罢兵西归。"表示对仁人贤士的尊重敬仰。

④ 西山饿死人：指商朝遗民伯夷、叔齐，两人耻食周粟，饿死在首阳山。参看诗集卷上《杂感》其十八注⑦。

秦　始　皇

坑儒独谏嗣君贤，获咎批鳞始谪边①。
留得扶苏诛李赵，长城以内少烽烟。

【注】

①　批鳞：《韩非子·说难》："夫龙之为虫也，柔可狎而骑也，然其喉下有逆鳞径尺，若人有婴之者则必杀人。人主亦有逆鳞，说者能无婴人主之逆鳞则几矣。"形容触犯君主而致其发怒。

汉　光　武

石勒无知妄较量①，岂知世祖迈高皇②？
不惟忠厚殊残忍，新莽机谋胜项王③。

【注】

①　"石勒"一句：指石勒纠集人马起兵造反，攻打东晋列国时汉朝刘姓后裔建立的前赵。

②　世祖：东汉汉光武帝死后的庙号就是世祖。　　　高皇：指汉高祖刘邦，他死后，群臣上尊号为高皇帝。

③　新莽：王莽废汉自立，建号新，故称新莽。

魏　武　帝

雄心敢自拟文王①，鼎足相形势较强。
若使紫阳无铁笔②，至今犹颂魏高皇③。

【注】

①　雄心敢自拟文王：曹操统一北方时，始终坚持"奉天子以令不臣"的策略，"或者人见孤（曹操）强盛，又性不信天命之事，恐私心相评，言有不逊之志，妄相忖度，每用耿耿。齐桓、晋文所以垂称至今日者，以其兵势广大，犹能奉事周室也。

论语云'三分天下有其二,以服事殷,周之德可谓至德矣'(赞扬文王),夫能以大事小也。"(《三国志·魏书·太祖本纪》魏武故事载公十二月己亥令)曹操为了表明自己不称王的本志,表示要像文王、齐桓、晋文那样"以大事小","奉事周室"。在《短歌行》诗中:"周西伯昌,怀此圣德。三分天下,而有其二。修奉贡献,臣节不坠。"

　② 紫阳:山名,在安徽省歙县城南,宋朱松读书于此,后其子朱熹居福建崇安县,题厅事曰紫阳书室,后人因以紫阳为朱熹的别号。清咸丰于歙县建紫阳书院,同治时延俞樾为主讲。　　铁笔:刻印时以刀代笔,谓之铁笔。这里指朱熹仇视曹操,丑化曹操,在《通鉴纲目》对曹操进行攻击:"只有先主名分正,曹操自是贼。"在《朱子语类》卷一百四十《论文下》中说:"曹操作诗必说周公,如云'山不厌高,水不厌深。周公吐哺,天下归心。'又《苦寒行》云:'悲彼东山诗。'他也是做得个贼起。不惟窃国之柄,和圣人之法也窃了。"

　③ 魏高皇:指魏武帝曹操,开国帝王,子孙以其功最高,多称为高祖。

隋 炀 帝

长城能筑慕秦皇,开到淮流利孔长[①]。
权足殃民才盖世,大功谁复颂君王。

【注】

　① 开到淮流:指隋炀帝开通南北大运河,客观上便利了南北交通,加速了南北交流。《隋书·隋炀帝本纪》:"丙申,发丁男数十万掘堑,自龙门东接长平、汲郡,抵临清关,度河,至浚仪、襄城,达于上洛,以置关防。……辛亥,发河南诸郡男女百余万,开通济渠,自西苑引谷、洛水达于河,自板渚引河通于淮。"

宋 太 祖

宵旰时披一卷书[①],干戈五代较何如。

请看南渡名儒出^②，始信先朝化育储。

【注】

① 宵旰：宵旰（gàn）：即"宵衣旰食"的省称。天未明就起来穿衣，傍晚才进食，比喻勤于政务。为美化封建帝王的套语。也作"旰衣宵食"。

② 南渡：指宋高宗自北渡江，建都临安，称为南渡。

周　公

管蔡何尝助武庚^①，殷人传弟误周成。
东征若是方黄辈^②，斫斧都成靖难兵^③。

【注】

① 管蔡：即武王的弟弟管叔鲜与蔡叔度。《史记·管蔡世家》："武王既崩，成王少，周公旦专王室。管叔、蔡叔疑周公之为不利于成王，乃挟武庚（商纣王子）以作乱。周公旦承成王命伐诛武庚，杀管叔，而放蔡叔，迁之，与车十乘，徒七十人从。"后以管蔡喻乱国之臣。

② 东征：周成王年幼，管叔、蔡叔联合商纣子武庚及东方的徐、奄、薄姑等邦国，起兵造反，周公领兵东征，并作《大诰》，战争历时三年，诛杀了以武庚为首的叛周贵族，压服了以奄为首的东夷诸部落，杀死管叔，流放蔡叔，平定了叛乱。

方黄：方：疑为"齐"字。指明建文帝的谋臣齐泰、黄子澄。

③ 靖难兵：指明建文帝用齐泰、黄子澄之谋，削夺诸藩，燕王朱棣反，指齐黄为奸臣，起兵入清君侧，号曰靖难，建文四年六月，靖难兵入京师，帝不知所终，燕王称帝，大杀建文诸臣，发其妇女入教坊。

晋　文　公

霸术虽从正谲分，若论尊攘迈齐君。

后来莽操群奸起,大半阴谋祖晋文。

楚　霸　王

当年非楚莫亡秦,降卒曾坑廿万人[①]。
攻破函关天下定,项王原是汉功臣。

【注】

　　① "降卒"一句:《史记·项羽本纪》:"(项羽大破秦军,及手下诸侯吏卒多侮辱使唤秦降卒,秦降卒怕被杀有了动摇心理,)项羽乃召黥布、蒲将军计曰:'秦吏卒尚众,其心不服,至关中不听,事必危,不如击杀之,而独与章邯、长史欣、都尉翳入秦。'于是楚军夜击阬秦卒二十余万人新安城南。"

吴　越　王[①]

银涛白马涌雄疆[②],十万神机弩力强。
果使君王英武甚,弯弓何不射朱梁[③]。

【注】

　　① 吴越王:指钱镠,字具美,杭州临安人也。《新五代史·吴越世家》:"梁太祖(朱温)即位,封镠吴越王兼淮南节度使。客有劝镠拒梁命者,镠笑曰:'吾岂失为孙仲谋邪!'遂受之。"
　　② 银涛白马:《太平广记》卷二九一"伍子胥"条引《钱唐志》:"伍子胥累谏吴王,赐属镂剑而死。临终,戒其子曰:'悬吾首于南门,以观越兵来。以鲣鱼皮裹吾尸,投于江中,吾当朝暮乘潮,以观吴之败。'自是自海门山,潮头汹高数百尺,越钱塘鱼浦,方渐低小。朝暮再来,其声震怒,雷奔电走百余里。时有见子胥乘素车白马在潮头之中,因立庙以祀焉。"这里指钱塘江汹涌的波涛浪潮。

③ 朱梁：指五代时朱温建立的后梁王朝。朱温本是唐朝的臣子，却权重于唐天子，灭唐自己称帝，不符合封建伦理道德，故云"射朱梁"。《旧五代史·太祖本纪》附《五代史补》：太祖朱全忠，黄巢之先锋。巢入长安，以刺史王铎围同州，太祖遂降，铎承制拜同州刺史。黄巢灭，淮、蔡间秦宗权复盛，朝廷以淮、蔡与汴州相接，太祖汴人，必究其能否，遂移授宣武军节度使以讨宗权，未凡灭之。自是威福由己，朝廷不能制，遂有天下。

介　子　推①

盟水要君事不同②，逃名未免愧纯忠。

母甘偕隐非偕死，凄绝绵山一炬红③。

【注】

① 介子推：指春秋时介之推，也作介推，介子绥，晋人。曾跟随晋文公重耳政治流亡，晋文公回国，赏赐流亡时的从属，他没有得到提名，就和母亲隐居在绵上山里，文公为逼他出来，放火烧山，他坚持不出，焚死。

② 盟水要君：要挟以结盟，强迫订立盟约。《公羊传·庄公十三年》："要盟可犯，而桓公不欺。"注："臣约其君曰要。强见要胁而盟尔，故云可犯。"《史记·晋世家》："文公元年春，秦送重耳至河。咎犯曰：'臣从君周旋天下，过亦多矣。臣犹知之，况于君乎？请从此去矣。'重耳曰：'若反国，所不与子犯共者，河伯视之！'乃投璧河中，以与子犯盟。是时介子推从，在船中，乃笑曰：'天实开公子，而子犯以为己功而要市于君，固足羞也。吾不忍与同位。'乃自隐渡河。"

③ 绵山：即介山，在山西介休县东南，古名绵上，即介之推隐居于此。

杨　朱①

正人心术望归儒，兼爱差同为我愚。

今日乾坤无墨翟,看来大概学杨朱。

【注】

① 杨朱:战国时魏人,字子居,又称杨子、阳子或阳生。后于墨翟,前于孟轲。其说重在爱己,不以物累,不拔一毛以利天下,主为我,与墨子的"兼爱"相反,是战国时与儒家对立的两个重要学派,同为当时的儒家斥为异端,杨朱著述不传。《孟子·滕文公下》:"杨朱墨翟之言盈天下,天下之言,不归杨,则归墨。……杨墨之道不息,孔子之道不著,是邪说诬民,充塞仁义也。"

墨　翟①

谊昧亲疏世罕闻,敢言无父胜无君。

笑渠那得成兼爱,博济犹教病放勋②。

【注】

① 墨翟(前478？—前392):春秋战国之际思想家,墨家学派的创始者。鲁国人,作过宋国大夫,死于楚国。一说是宋国人。他主张兼爱、非攻、尚贤、尚同,反对儒家的繁礼厚葬,提倡薄葬、非乐。他的学派叫墨家,墨子自己以钜子的身份带着学生到各国进行政治活动。

② 放勋:尧名,《尚书·尧典》:"粤若稽古帝尧,曰放勋,钦明文思安安。"孔安国传以放为效,言尧放上世之功纪,朱熹以为史臣赞美帝尧之辞,因以为号,蔡沈训放为至,言尧之功,大而无所不至。

荆　轲①

一曲悲歌易水滨,西行同送白衣人。

祖龙若死燕丹手,不是亡秦是王秦。

【注】

　　① 参前诗集卷上《易水行》。

张　留　侯

留侯那肯学燕丹，王佐休同侠客看。
六国议封谁谏止^①，始知忠汉不忠韩。

【注】

　　① "六国议封"一句：《史记·留侯世家》：汉三年，项羽急围汉王荥阳，汉王恐忧，与郦食其谋桡（náo 削弱）楚权。食其建议复立秦朝灭掉的六国后代（韩国是其中之一），老百姓必定感恩戴德，争取力量战胜项羽。留侯张良列举出八项不可以这样行事的理由，并且说楚国强大，六国立者复桡（屈服）而从之。最后汉王放弃了郦食其的建议。

淮　阴　侯

汉鼎终思赤手扶，才如平勃眼中无。
长淮若驾扁舟去，巧宦羞同范大夫^①。

【注】

　　① 巧宦：长于钻营的官吏，晋潘岳《闲居赋序》："岳尝读《汲黯传》，至司马安四至九卿，而良史书之，题以巧宦之目，未尝不慨然废书而叹！"《史记》中记载司马安"文深巧善宦，官四至九卿，"潘赋省为"巧宦"。　　范大夫：指范蠡，仕越为大夫，辅佐越王勾践灭吴国，后辞官入齐，经商致富，称陶朱公。

贾　生

晁错机谋好变更,危言愤事总书生。
汉文若纳长沙策①,痛哭先招七国兵②。

【注】

　　① 长沙策:指贾谊和晁错都主张削藩,削弱七个刘姓诸侯王,《史记·屈原贾生列传》:"文帝复封淮南厉王子四人皆为列侯。贾生谏,以为患之兴自此起矣。贾生数上疏,言诸侯或连数郡,非古之制,可稍削之。"

　　② 七国:指汉初吴王濞、楚王戊、赵王遂、胶西王昂、济南王辟光、菑川王贤、胶东王雄渠等七个诸侯国王认为自己的实力完全可以脱离、甚至取代汉中央,他们以"清君侧,除晁错"为名,在景帝三年元月起兵反叛。因为是"七王"联合起兵,史称"七国之乱"。

李　将　军

营前射虎共惊闻①,百战难追卫霍勋。
关内羊头千古痛②,数奇岂独李将军③?

【注】

　　① 营前射虎:《史记·李将军列传》:"(李)广出猎,见草中石,以为虎而射之,中石没镞,视之石也。因复更射之,终不能复入石矣。广所居郡闻有虎,尝自射之。及居右北平射虎,虎腾伤广,广亦竟射杀之。"

　　② 关内:函谷关以内。　　羊头:三棱形的箭镞。《淮南子·修务》:"苗山之鋋,羊头之销,虽水断龙舟,陆剸兕甲,莫之服带。"《方言》:"凡箭镞……三镰者谓之羊头。"

③ 数奇：命运乖舛，有志难酬，指遭遇不顺当。《史记·李将军列传》："初，广之从弟李蔡与广俱事孝文帝。景帝时，蔡积功劳至二千石。……封为乐安侯。……蔡为人在下中，名声出广下甚远，然广不得爵邑，官不过九卿，而蔡为列侯，位至三公。诸广之军吏及士卒或取封侯。广尝与望气王朔燕语，曰：'自汉击匈奴而广未尝不在其中，而诸部校尉以下，才能不及中人，然以击胡军功取侯者数十人，而广不为后人，然无尺寸之功以得封邑者，何也？岂吾相不当侯邪？且固命也？'……大将军青亦阴受上诫，以为李广老，数奇，毋令当单于，恐不得所欲。"《汉书·李广传》："以为李广数奇。"注："言广命支不耦合也。"

李 少 卿

许以忠臣语近阿，斥为降将论犹苛。

较量功罪平情贵，一恸河梁别泪多①。

【注】

① 一恸河梁别泪多：桥梁。汉代苏武被匈奴扣留十九年，历尽艰辛，始得归汉，临行时已降匈奴的李陵自愧不如，赠诗送别。李陵《与苏武诗》之三："携手上河梁，游子暮何之。徘徊蹊路侧，恨恨（liàng）不得辞。行人难久留，各言长相思。安知非日月，弦望自有时，努力崇明德，皓首以为期。"

朱 买 臣①

敝裘归去笑苏秦②，嫂不为炊妻怒嗔。

我道穷途能奋志，当时赖有下堂人③。

【注】

① 朱买臣（？—前115）：《汉书·朱买臣传》："朱买臣字翁子，吴人也。家

贫,好读书,不治产业,常艾薪樵,卖以给食,担束薪,行且诵书。其妻亦负戴相随,数止买臣毋歌呕道中。买臣愈益疾歌,妻羞之,求去。……(武帝时朱买臣为中大夫侍中,后任会稽太守,到会稽去)有顷,长安厩吏乘驷马车来迎,买臣遂乘传去。会稽闻太守且至,发民除道,县长吏并送迎,车百余乘。入吴界,见其故妻、妻夫治道。买臣驻车,呼令后车载其夫妻,到太守舍,置园中,给食之。居一月,妻自经死,买臣乞其夫钱,令葬。"

②"敝裘"二句:《战国策·秦策一》:"(苏秦)说秦王书十上而不行。……归至家,妻不下纴,嫂不为炊,父母不与言。苏秦喟叹曰:'妻不以我为夫,嫂不以我为叔,父母不以我为子,是皆秦之罪也。'"《史记·苏秦列传》:"(苏秦)出游数岁,大困而归。兄弟嫂妹妻妾窃皆笑之,曰:'周人之俗,治产业,力工商,逐什二以为务。今子释本而事口舌,困,不亦宜乎!'苏秦闻之而惭。" 敝裘,指人为功名奔走,而不遂其志的困窘之态。参前诗集卷上《简故乡诸友》注①。

③下堂:降阶而到堂下。《后汉书·宋弘传》:"弘曰:'臣闻贫贱之知不可忘,糟糠之妻不下堂。'"后称妻子被丈夫抛弃或要求离婚曰下堂。

严 子 陵

唐尧在上有巢由①,东汉谁推第一流。
风义报君心独苦,褧衣不著著羊裘②。

【注】

①巢由:即巢父与许由,传说为唐尧时隐士,尧以天下让于二人,不受,诗文中多用于隐居不仕的典故。《汉书·鲍宣传》附薛方:"尧舜在上,下有巢由。"

②著羊裘:严子陵,即严光。晋皇甫谧《高士传》:"少有高名,同光武游学。及帝即位,(严)光乃变易姓名,隐逝不见。帝思其贤,乃物色求之。后齐国上言:'有一男子,披羊裘钓泽中。'帝疑光也,乃遣安车玄纁(黑色的币帛,帝王常以此作为聘请贤士的贽礼)聘之,三反而后至。""除为谏议大夫,不屈,乃耕

于富春山。后人名其钓处为严陵濑焉。"

马 文 渊①

薏苡明珠谤偶然②，椒房议贵遂遗贤③。
云台不见图形处，铜柱今犹远镇边④。

【注】

① 马文渊：《后汉书·马援列传》："马援字文渊，扶风茂陵人也。其先赵奢为赵将，号曰马服君，子孙因为氏。"新莽末为新成大尹，后依附隗嚣，复归刘秀。隗嚣叛据陇西，援于帝前聚米为山谷，指画形势，因以破嚣。建武十七年任伏波将军，南征，立铜柱以表功，尝谓宾客曰："丈夫为志，穷当益坚，老当益壮。"又言："男儿要当死于边野，以马革裹尸还。"

② 薏苡明珠谤偶然：《后汉书·马援列传》："初，援在交阯，常饵薏苡实，用能轻身省欲，以胜瘴气。南方薏苡实大，援欲以为种，军还，载之一车。时人以为南土珍怪，权贵皆望之。援时方有宠，故莫以闻。及卒后，有上书谮之者，以为前所载还，皆明珠文犀。武与于陵侯侯昱等皆以章言其状，帝益怒。援妻孥惶惧，不敢以丧还旧茔，裁买城西数亩地槀葬而已。宾客故人莫敢吊会。"也此典形容遭受毁谤，诬陷，蒙受冤屈。清朱彝尊《酬洪昇》："梧桐夜雨词凄绝，薏苡明珠谤偶然。" 薏苡(yì yǐ)，一年生或多年生草本植物，花生于叶腋，果实椭圆，果仁叫薏米，白色，可杂米中做粥饭或磨面，可入药。

③ 椒房：汉皇后所居的宫殿，以椒和泥涂壁，温、香、多子之义。后因以椒房为后妃的代称。 议贵：周代八辟（符合减刑或免刑的八种条件）之一，辟，法；贵，高位，高贵者；贵者犯罪则考虑减、免其刑罚，《周礼·秋官·小司寇》："六曰议贵之辟。"注："郑司农（众）云：若今时吏墨绶有罪先请是也。"

④ "铜柱"一句：《后汉书·马援列传》注引《广州记》曰："（马）援到交阯，立铜柱，为汉之极界也。"指将领征战边地建功。参前诗集卷上《题裘梅生图照》注①。

班　定　远

不作书佣拥百城^①，玉关万里请长缨^②。

世间多少奇男子，甘被毛锥误一生^③。

【注】

① 不作书佣：参前诗集卷上《寿佛寺题壁》"倥偬戎机乱似麻"注③"投笔气雄"。　　百城：书籍环列如城，言其多。参前《题罗翼廷〈吟秋图〉》其一注①。

② 请长缨：《汉书·终军传》："南越与汉和亲，乃遣（终）军使南越，说其王，欲令入朝，比内诸侯。军自请：'愿受长缨，必羁南越王而致之阙下。'军遂往说越王，越王听许，请举国内属。"后遂称自愿请命出征或出使，或从军击敌为请长缨。这里指班超于汉明帝永平十六年，自请命率三十六人出使西域，使西域五十余城国获得安宁。他在西域三十一年，官至西域都护，封定远侯。

③ 毛锥：借指毛笔。参前诗集卷上《书怀》注③。

祢　正　平^①

怀缄一刺叩谁门^②，韦布何知宰相尊^③。

祸到杀身狂不止^④，权奸对此已销魂。

【注】

① 祢正平：指东汉祢衡，他恃才傲物，藐视权贵，率性而为，狂傲不逊。

② 怀缄一刺：《后汉书·文苑列传·祢衡》："祢衡字正平，平原般人也。少有才辩，而尚气刚傲，好矫时慢物。兴平中，避难荆州。建安初，来游许下。始达颍川，乃阴怀一刺，既而无所之适，至于刺字漫灭。"

③ "韦布"一句：《后汉书·文苑列传·祢衡传》："融既爱衡才，数称述于

曹操。操欲见之,而衡素相轻疾,自称狂病,不肯往,而数有恣言。操怀忿,而以其才名,不欲杀之。闻衡善击鼓,乃召为鼓史,……(命令其改穿鼓吏之装,)于是先解衵衣,次释余服,裸身而立,徐取岑牟、单绞而着之,毕,复参挝而去,颜色不怍。操笑曰:'本欲辱衡,衡反辱孤。'衡乃着布单衣、疏巾,手持三尺梲杖,坐大营门,以杖捶地大骂。……操怒,谓融曰:'祢衡竖子,孤杀之犹雀鼠耳。顾此人素有虚名,远近将谓孤不能容之,今送与刘表,视当何如。'"

④ 祸到杀身:《后汉书·文苑列传·祢衡传》:"后复侮慢于表,表耻,不能容,以江夏太守黄祖性急,故送衡与之,祖亦善待焉。""后黄祖在蒙冲船上,大会宾客,而衡言不逊顺,祖惭,乃呵之。……衡方大骂,祖恚,遂令杀之。"

诸 葛 孔 明

襟抱原从淡泊彰,自言臣不负君王[①]。
可怜良相谋生术,犹赖成都八百桑[②]。

【注】

① 自言臣不负君王:诸葛亮在《出师表》中有"受命以来,夙夜忧叹,恐托付不效,以伤先帝之明","此臣所以报先帝而忠陛下之职分也","臣鞠躬尽,死而后已",表达对刘备父子的忠心。

② 成都八百桑:《三国志·诸葛亮传》:"初,亮自表后主曰:'成都有桑八百株,薄田十五顷,子弟衣食,自有余饶。至于臣在外任,无别调度,随身衣食,悉仰于官,不别治生,以长尺寸。若臣死之日,不使内有余帛,外有赢财,以负陛下。'"

陶 士 行[①]

清谈挥麈盛名高,瓦裂河山误尔曹。
不有惜阴陶太尉[②],谢王门巷已蓬蒿[③]。

【注】

① 陶士行：即陶侃，字士行，本都阳人也。吴平，徙家庐江郡寻阳县，东晋著名的军事家。初为县吏，积功迁至荆州刺史，遭王敦忌，转任广州刺史。苏峻叛晋，建康失守，温峤推侃为盟主，击杀苏峻，封长沙郡公，都督八州军事，在军四十余年，果毅善断，卒谥桓。

② "不有惜阴"句：《晋书·陶侃传》："侃性聪敏，勤于吏职，恭而近礼，爱好人伦。终日敛膝危坐，阃外多事，千绪万端，罔有遗漏。远近书疏，莫不手答，笔翰如流，未尝壅滞。引接疏远，门无停客。常语人曰：'大禹圣者，乃惜寸阴，至于众人，当惜分阴，岂可逸游荒醉，生无益于时，死无闻于后，是自弃也。'"

③ 谢王：六朝时王谢世为望族，故用来做高门望族的代称。《景定建康志》引旧志云："乌衣巷在秦淮南，晋南渡，王、谢诸名族居此，时谓其子弟为乌衣诸郎。"唐刘禹锡《乌衣巷》："朱雀桥边野草花，乌衣巷口夕阳斜。旧时王谢堂前燕，飞入寻常百姓家。"

陶　元　亮①

八州门第搢绅尊②，五斗辞归静掩门。
何必桃源寻异境！柴桑别自有乾坤。

【注】

① 陶元亮：即陶潜，字元亮。
② 八州：指全中国。《汉书·许皇后传》："殊俗慕义，八州怀德。"

谢　太　傅①

百万秦师胆尽寒，儿曹破贼等闲看。
围棋一局从容甚②，筹画非难镇静难。

【注】

① 谢太傅：指东晋宰相谢安。

② "围棋一局"句：《晋书·谢安传》："(谢)玄等既破坚，有驿书至，安方对客围棋，看书既竟，便摄放床上，了无喜色，棋如故。客问之，徐答云：'小儿辈遂已破贼。'既罢，还内，过户限，心喜甚，不觉屐齿之折，其矫情镇物如此。"

王　右　军

中原板荡孰匡扶①，逸少经纶世所无。

徒向兰亭搜墨宝，似珍鳞爪弃骊珠②。

【注】

① 板荡：《诗经·大雅》有《板荡》二篇，讥刺周厉王无道，败坏国家，后因以板荡指政局变乱或社会动荡不安，也作"版荡"。《旧唐书·萧瑀传》唐太宗诗："疾风知劲草，版荡识诚臣。"

② 鳞爪：指事物的片断或点滴，比喻不重要或用处不大的东西。宋代尤袤《全唐诗话·刘禹锡》："长庆中，元微之、刘梦得、韦楚客同会乐天舍，论南朝兴废，各赋《金陵怀古》诗。刘满引一杯，饮已即成。白公览诗曰：'四人探骊龙，子先获珠，所余鳞爪何用耶？'"　骊珠：《庄子·列御寇》："河上有家贫恃纬萧而食者，其子没于渊，得千金之珠。其父谓其子曰：'取石来锻之！夫千金之珠，必在九重之渊而骊龙颔下。子能得珠者，必遭其睡也。使骊龙而寤，子尚奚微之有哉！'用"骊珠"指代珍贵难得的人才或事物。这里指王羲之致力于书法，没有把自己的才能报效于国家，丢掉了重要的部分。

张　季　鹰①

战场萧瑟夕阳红，禾黍离离满故宫②。

怕见铜驼荆棘满③,思莼原不为秋风④。

【注】

① 张季鹰:即张翰,字季鹰,吴郡吴人也。父俨,吴大鸿胪。翰有清才,善属文,而纵任不拘,时人号为'江东步兵',齐王冏辟为大司马东曹掾。时政事混乱,翰为避祸,急欲南归。

② 禾黍离离:《诗经·王风·黍离》:"彼黍离离,彼稷之苗。行迈靡靡,中心摇摇。知我者,谓我心忧;不知我者,谓我何求。悠悠苍天,此何人哉!"《序》:"《黍离》,闵宗周也。周大夫行役,至于宗周,过故宗庙宫室,尽为禾黍,闵周室之颠覆,彷徨不忍去,而作是诗也。"指触景生情,伤时吊古。

③ 铜驼荆棘:《晋书·索靖传》:"靖有先识远量,知天下将乱,指洛阳宫门铜驼,叹曰:'会见汝在荆棘中耳!'"以此典来比喻变乱或亡国后的凄凉破败的景象。

④ 思莼:《晋书·张翰传》:"翰谓同郡顾荣曰:'天下纷纷,祸难未已。夫有四海之名者,求退良难。吾本山林间人,无望于时。子善以明防前,以智虑后。'荣执其手,怆然曰:'吾亦与子采南山蕨,饮三江水耳。'翰因见秋风起,乃思吴中菰菜、莼羹、鲈鱼脍,曰:'人生贵得适志,何能羁宦数千里以要名爵乎!'遂命驾而归。"

张 公 艺

九重大义属中宫,拱手无言等聩聋。
何事同居张处士,犹书百忍惑宸聪①。

【注】

① "犹书"一句:《旧唐书·孝友传》:"郓州寿张人张公艺,九代同居。北齐时,东安王高永乐诣宅慰抚旌表焉。隋开皇中,大使、邵阳公梁子恭亦亲慰抚,重表其门。贞观中,特敕吏加旌表。麟德中,高宗有事泰山,路过郓州,亲幸其宅,问其义由。其人请纸笔,但书百余'忍'字。高宗为之流涕,赐以缣帛。"

郭 子 仪

临淮武勇邠侯忠①,尚逊兴唐第一功。
岂独阿家调护苦②,事君也要学痴聋③。

【注】

① 临淮:指李光弼,曾被封临淮王。 邠侯:指唐朝李泌,字长源,先世
辽东襄平人,徙居京兆,唐天宝中,以翰林供奉东宫,历仕玄、肃、代、德四朝,以
图谋画策见重,出入中禁,位至宰相,力劝帝王行仁政,勤修内政,充裕军政费
用。保全功臣李晟、马燧,以调和将相。外结回纥、大食,以困吐蕃而安定边陲。
封邠县侯,世称李邠侯。

② 阿家:古代对公主的称呼。郭子仪儿、孙皆有为驸马者,故云。

③ "事君"一句:郭子仪功高权重,为了打消君主的疑虑,他留守京师,受君
王的监视,并且数次上疏,言辞恳切谦逊,不居功自傲,史臣裴垍曰:"汾阳事上
诚荩,临下宽厚……天下以其身为安危者殆二十年……权倾天下而朝不忌,功
盖一代而主不疑,侈穷人欲而君子不之罪。"

杜 少 陵①

工部才名冠盛唐,教忠独傍孔门墙。
骚坛风气江河下,砥柱诗城一草堂。

【注】

① 杜少陵:即杜甫,他忧国忧民,多反映现实的深刻之作,曾居住在成都,
有一浣花草堂。《旧唐书·杜甫传》:"元和中,词人元稹论李、杜之优劣
曰:……至于子美,盖所谓上薄《风》、《骚》,下该沈、宋,言夺苏、李,气吞曹、刘,
掩颜、谢之孤高,杂徐、庾之流丽,尽得古今之体势,而兼人人之所独专矣!使仲

尼考锻其旨要,尚不知贵其多乎哉! 苟以为能所不能,无可无不可,则诗人已来
未有如子美者。"

韩 昌 黎①

论著诤臣佞幸除,谏迎佛骨至诚摅。

孤忠不为君王谅,特为平章一上书②。

【注】

① 韩昌黎: 这首诗指韩愈上书谏遣使往凤翔迎佛骨事。《旧唐书·韩愈
传》:"凤翔法门寺有护国真身塔,塔内有释迦文佛指骨一节,其书本传法,三十
年一开,开则岁丰人泰。(元和)十四年正月,上令中使杜英奇押宫人三十人,持
香花赴临皋驿迎佛骨。自光顺门入大内,留禁中三日,乃送诸寺。王公士庶,奔
走舍施,唯恐在后。百姓有废业破产、烧顶灼臂而求供养者。愈素不喜佛,上疏
谏……疏奏,宪宗怒甚。……因事言之,乃贬为潮州刺史。"

② 平章: 辨别明白。《尚书·尧典》:"九族既睦,平章百姓。"传:"百姓,百
官。言化九族而平和章明。"

白 香 山①

琵琶声里一停帆,司马胸襟本不凡。

有泪总缘苍赤下,休疑闻曲湿青衫②。

【注】

① 白香山:《新唐书·白居易传》:"居易被遇宪宗时,……然为当路所忌,
遂摈斥,所蕴不能施,乃放意文酒。既复用,又皆幼君,偃蹇益不合,居官辄病
去,遂无立功名意。……东都所居履道里,疏沼种树,构石楼香山,凿八节滩,自

号醉吟先生,为之传。暮节惑浮屠道尤甚,至经月不食荤,称香山居士。"

②"琵琶"四句:唐白居易《琵琶行并序》:"元和十年,予左迁九江郡司马。明年秋,送客溢浦口,闻舟船中夜弹琵琶者。……今漂沦憔悴,转徙于江湖间。予……感斯人言,是夕始觉有迁谪意。"《琵琶行》结句:"就中泣下谁最多?江州司马青衫湿!"

曹 武 惠①

雕戈玉印定山河②,儿戏功名记手摩③。

一自宦情经道破,好官不过得钱多④。

【注】

① 曹武惠:即曹彬(931—999),字国华,真定灵寿人。宋太祖伐江南,以彬将行营之师,攻破金陵,生俘后主李煜,不妄焚杀。死谥武惠。

② 雕戈:刻有花纹之戈。

③"儿戏功名"句:《宋史·曹彬传》:"父芸,成德军节度都知兵马使。彬始生周岁,父母以百玩之具罗于席,观其所取。彬左手持干戈,右手持俎豆,斯须取一印,他无所视,人皆异之。及长,气质淳厚。"

④"一自"两句:《宋史·曹彬传》:"及还,献俘。上谓曰:'本授卿使相,然刘继元未下,姑少待之。'既闻此语,(副帅潘)美窃视彬微笑。上觉,遽诘所以,美不敢隐,遂以实对。上亦大笑,乃赐彬钱二十万。彬退曰:'人生何必使相,好官亦不过多得钱尔。'"

吕 易 直①

规模大处费经营,一德相孚重老成。

非是糊涂宜小事,繁苛正是不聪明。

【注】

① 吕易直：即吕端，字易直，宋幽州安次人。宋太宗时擢拜户部侍郎、平章事。《宋史·吕端传》："时吕蒙正为相，太宗欲相端，或曰：'端为人糊涂。'太宗曰：'端小事糊涂，大事不糊涂。'决意相之。……端历官仅四十年，至是骤被奖擢，太宗犹恨任用之晚。端为相持重，识大体，以清简为务。……端姿仪瑰秀，有器量，宽厚多恕，善谈谑，意豁如也。虽屡经摈退，未尝以得丧介怀。善与人交，轻财好施，未尝问家事。"所以在这里诗人称赞吕端不事繁苛，小处放手，大处不含糊，有王佐的大器量。

苏 东 坡

烛照金莲宠遇多①，无端海外谪东坡②。
文章大得波涛助③，才信沉沦是琢磨。

【注】

① 烛照金莲：《新唐书·令狐绹传》："迁御史中丞，再迁兵部侍郎。还为翰林承旨，夜对禁中，烛尽，帝以乘舆、金莲华炬送还，院吏望见，以为天子来。及绹至，皆惊。"以此典形容文士受皇帝宠用。

② 海外：这里指苏东坡被贬到当时的荒蛮之地，今海南儋州。参前《别郭相廷》其二注②。

③ "文章"一句：指苏轼的文章波澜壮阔。《宋史·苏轼传》："（苏辙）且言：'吾兄远居海上，惟成就此儿能文也。'……论曰：……器识之闳伟，议论之卓荦，文章之雄隽，政事之精明，四者皆能以特立之志为之主，而以迈往之气辅之。故意之所向，言足以达其有猷，行足以遂其有为。"清俞樾《茶香室丛钞》："国朝萧墨《经史管窥》引李耆卿《文章精义》云：'韩如海，柳如泉，欧如澜，苏如潮。'然则今人称韩潮苏海，误矣。"

陆 放 翁

一腔忠义发文章,绝代清才富锦囊。
独惜南园轻落笔^①,千秋人议蔡中郎^②。

【注】

① "独惜"句:《宋史·陆游传》:"游才气超逸,尤长于诗。晚年再出,为韩侂胄撰《南园阅古泉记》,见讥清议。朱熹尝言:'其能太高,迹太近,恐为有力者所牵挽,不得全其晚节。'"　南园,旧址在浙江杭州市灵隐寺东麓,宋光宗时赐给韩侂胄。

② 蔡中郎:指东汉蔡邕。陆游《小舟游近村·舍舟步归》:"夕阳古柳赵家庄,负鼓盲翁正作场。身后是非谁管得,满村听说蔡中郎。"意为千秋功过,自有后人评说。

韩 蕲 王^①

半壁偏安失将才,深宫但惧两宫回^②。
君王不使骑驴老^③,谁敢吴山立马来^④?

【注】

① 韩蕲王:指韩世忠,字良臣,宋延安人。风骨伟岸,目瞬如电。早年骜勇绝人,能骑生马驹。抗击金兵有大功,孝宗朝,追封蕲王,谥忠武,配飨高宗庙庭。

② 两宫:本指太后和皇帝。有时太上皇和皇帝、皇帝和皇后、两帝和两后并举时,也叫"两宫"。这里指被金兵俘去的宋徽宗和宋钦宗两父子。《宋史·韩世忠传》:"世忠与二酋相持黄天荡者四十八日。……世忠分海舟为两道出其背,每缒一绠,则曳一舟沉之。兀术穷蹙,求会语,祈请甚哀。世忠曰:'还我两

宫,复我疆土,则可以相全。'"

③ 骑驴:指代韩世忠。韩世忠诋排和议,主张力战金,上疏秦桧误国,后罢为醴泉观使,自此杜门谢客,绝不言兵事,时跨驴携酒,纵游西湖。

④ 吴山:在浙江省杭州市西湖东南,春秋时为吴南界,故名。又名胥山,因伍子胥而名。南宋初金主完颜亮南侵,扬言欲立马吴山,即此。

陆 秀 夫①

开基论语佐经筵②,海上犹陈大学篇③。
太息兴亡双宰相,休将成败议前贤。

【注】

① 陆秀夫:宋盐城人,字君实。宝祐四年进士,官礼部侍郎。李庭芝镇淮南,辟置幕中,元兵东下,扬州臣僚大多逃散,被调临安,任礼部侍郎。元军攻破临安后,与张世杰等在福州拥立端宗,任端明殿学士、签书枢密院事,继续抗元。端宗死,又拥立赵昺为帝,任左丞相,与世杰共秉政,抵抗元兵。元世祖祥兴二年(至元十六年)元军破厓山,秀夫背负赵昺投海而死。

② "开基"句:指宋初宰相赵普的事迹。从宋太祖取得政权开始,到平定南方,赵普是主要的谋士,立了不少大功。宋太祖拜赵普为宰相,事无大小,都跟赵普商量。他出身小吏,比起一般文臣来,他的学问差得多。他当上宰相以后,宋太祖劝他读点书。赵普每次回家,就关起房门,从书箱里取书,认真诵读。第二天上朝处理政事,总是十分敏快。他死后,家人发箧取书,仅《论语》二十篇。于是就流传赵普是"半部《论语》治天下"的说法。

③ "海上"句:祥兴元年,帝封陆秀夫为端明殿太学士兼枢密院使。时君臣流播海滨,处于厓山患难当中,陆秀夫每日朝帝,必正笏垂绅,立如治朝,尚日书《大学》章句,训导帝昺。后追兵赶至,陆秀夫仍给帝赵昺讲《大学》,然后再负帝从容跳海。

吕　后

大风歌后四方安①，异姓封王势本难。
雉不畏人翻畏狗②，萧何无恙杀彭韩③。

【注】

① 大风歌：《史记·高祖本纪》："高祖还归，过沛，留。置酒沛宫，悉召故人父老子弟纵酒，发沛中儿得百二十人，教之歌。酒酣，高祖击筑，自为歌诗曰：'大风起兮云飞扬，威加海内兮归故乡，安得猛士兮守四方！'令儿皆和习之。高祖乃起舞，慷慨伤怀，泣数行下。"这里指汉朝政权得到建立。

② "雉不畏人"句：《史记·吕太后本纪》："孝惠元年十二月，帝晨出射。赵王少，不能蚤起。太后闻其独居，使人持鸩饮之。……汉高后八年三月中，吕后祓，还过轵道，见物如苍犬，据高后掖，忽弗复见。卜之，云赵王如意为祟。高后遂病掖伤。"

③ 彭韩：指彭越和韩信。彭越，汉初昌邑人，字仲，秦末聚众起兵，后归刘邦，略定梁地，多建奇功，封为梁王，后被人告谋反，夷三族。

武　则　天

珠帘高卷效山呼①，宝婺光中虎拜狐②。
读罢文章瞙宰相③，怜才如此古今无。

【注】

① 山呼：旧时臣民对皇帝举行颂祝仪式，叩头高呼万岁者三，叫做山呼。《元史·礼乐志》一《元正受朝仪》："曰跪左膝，三叩头，曰山呼，曰山呼，曰再山呼。"注："凡传山呼，控鹤呼噪，应和曰万岁；传再山呼，应曰万万岁。"

② 宝婺(wù)：婺女星。借指为女神。后来诗文中多用为颂扬贵妇人之词。　　虎拜：《诗经·大雅·江汉》："虎拜稽首：天子万年，作召公考。"召穆公名虎，奉周宣王命，征伐淮夷有功，宣王赏予土地礼器，召公稽首拜谢。后因称大将拜君为虎拜。狐：俗说狐狸善以媚态惑人，多用来指代女性。

③ "读罢文章"句：指武则天善擢人才。徐敬业起兵造反时，骆宾王参行军事，他执笔《讨武曌檄》，义正词严，气势磅礴，仿佛长虹凌空，据说武则天读到"一抔之土未干，六尺之孤何托"时，感慨地说："遗漏如此人才，宰相之过也！"

<h1 style="text-align:center">缇　萦①</h1>

不有裙钗一上书，汉廷讵见肉刑除。

能消苛政培元气，绛灌勋名恐不如②。

【注】

① 缇萦：即汉太仓令淳于意的女儿。《史记·仓公列传》："(汉文)帝四年中，人上书言意，以刑罪当传西之长安。意有五女，随而泣。意怒，骂曰：'生子不生男，缓急无可使者！'于是少女缇萦伤父之言，乃随父西。上书曰：'妾父为吏，齐中称其廉平，今坐法当刑。妾切痛死者不可复生而刑者不可复续，虽欲改过自新，其道莫由，终不可得。妾愿入身为官婢，以赎父刑罪，使得改行自新也。'书闻，上悲其意，此岁中亦除肉刑法。"

② 绛灌：汉绛侯周勃与颍阴侯灌婴。两人皆佐汉高祖，累立军功，为一时名将。

<h1 style="text-align:center">木　兰</h1>

儿女英雄十二年，作忠移孝仗仔肩。

宵深只有黄河水，时送征魂父母前。

杂　诗

古人不可见，冥虑追黄虞。士生三代后，流风乘世途^①。六经遭秦火，千秋发叹吁。经籍出两汉，著作无能逾。披编固难罄，考义尤万殊。宿慧胸次有，肤词眼底无。文比百城富^②，精气与之俱。歌喻时一卷，窥园草木苏。甘苦入魂梦，劳瘁生恬愉。所愿企董贾^③，不乐为俗儒。澄思在八表^④，尽信无乃拘。道为曾守约^⑤，学为颜如愚^⑥。优游臻化境^⑦，始亦由勤劬。卓哉大手笔，落纸风云驱。

【注】

① 流风：指遗风。指先代流传下来的好风气。

② "文比"句：《魏书·李谧传》："(李谧)每曰：'丈夫拥书万卷，何假南面百城(比喻统治者的地位尊崇富有)。'每绝迹下帷，杜门却扫，弃产营书，手自删削，卷无重复者四千有余矣。"后以此典形容家中藏书极丰。这里指才学高，满腹经纶。

③ 董贾：指汉儒董仲舒和贾谊。参前文集卷下《〈朱子良年谱〉序》注㉕。

④ 八表：八方之外，指极远的地方。《宋书·乐志》三魏明帝《苦寒行》："遗化布四海，八表以肃清。"

⑤ 曾守约：字子如，明惠东人，嘉靖己丑进士、授行人，选为江西监察御史，为广西巡按，升升大理寺丞。为泰州后学颜钧的弟子罗汝芳的门人，推崇阳明学，弘扬心学。

⑥ 颜如愚：颜，指孔子弟子颜回，鲁人也，字子渊。少孔子三十岁。《史记·仲尼弟子列传》：孔子曰："贤哉回也！一箪食，一瓢饮，在陋巷，人不堪其忧，回也不改其乐。""回也如愚(《集解》孔安国曰：'于孔子之言，默而识之，如愚也。')，退而省其私，亦足以发，回也不愚。"

⑦ 优游：悠闲自得，《诗经·小雅·白驹》："慎尔优游，勉尔遁思。"臻：至，到。化境：艺术造诣达到精妙的境界，可与造化媲美。

有　感

　　我闻古人言,感恩输知己。忠孝矢朴诚①,都缘至情起。
怜才结真知,一诺誓生死。岂知古才人,往往贻羞耻。扬雄莽
大夫,蔡邕哭董氏。皆感知遇恩,顿忘门如市。千秋旷代才,
姓名玷青史。后世纵原心,当时几不齿。何若气节伸,常变直
如矢。所以车笠盟,择交在慎始。

【注】

　　① 矢:施布,陈列,这里指显示出,表现出。

书　怀

其　一

　　襆被生涯近一年①,心如蚕茧万丝牵。秋鸿春燕忙何事,
北马南船遇偶然。报德不妨人负我,忧时休道数凭天。金台
百尺愁登眺,知有浮云在日边②。

【注】

　　① 襆被生涯:指不任官职,为平民百姓的生活。参前诗集卷上《偶感》其二
注②。
　　② 浮云:比喻小人。《楚辞·(宋玉)九辩》:"何泛滥之浮云兮,猋壅蔽此
明月?"注:"浮云行,则蔽月之光;谗佞进,则忠良壅也。"　　日边:比喻帝王左
右或帝都附近。参前诗集卷上《题琴南诗后》其四注②。

其　二

　　一千里外未归人,十二时中独住身。家阻烽烟魂梦悸,室

无憛仆影形亲。风尘侧足偏多事,霜露惊心是鲜民^①。历尽名场辛苦味,始知清福属儒巾。

【注】

①鲜(xiǎn)民:孤子,无父母孤穷之民。《诗经·小雅·蓼莪》:"鲜民之生,不如死之久矣!"鲜、斯古通用,鲜民即"斯民"。

其　三

出山犹是闭门心^①,已有霜华两鬓侵。偃蹇功名囊底颖^②,凄凉身世爨余琴^③。宦何足累仍行素,少不言贫况在今。欲问绮窗梅萼信^④,乡书一半付新吟。

【注】

①闭门心:指不与外界沟通,息交绝欲,隐逸不仕。三国魏丁仪妻《寡妇赋》:"静闭门以却扫,块孤独以穷居。"

②偃蹇:困顿。《聊斋志异·三生》:"后婿中岁偃蹇,苦不得售。"　囊底颖:比喻人之怀才未展。参前文集卷上《病跋》注㉜"囊底锥"。

③爨余琴:比喻良材不得其用,遭受弃置。参前诗集卷上《新秋夜坐》其三注③。

④绮窗:雕画美观的窗户。　梅萼信:《太平御览》卷九七零引南朝宋盛弘之《荆州记》曰:"陆凯与范晔相善,自江南寄梅花一枝,诣长安与晔,并赠花诗曰:'折花逢驿使,寄与陇头人。江南无所有,聊赠一枝春。'"后以此典表现对他乡家人、亲友的问讯及思念。

其　四

霜满边城画角残,鸟飞须择一枝安。疮痍到眼伤心易,悲愤填胸闭口难。长铗关河愁失路^①,短檠风雨旧经寒^②。请缨未满班生志,卧听鸡声度夜阑。

【注】

① 长铗：长剑。

② 檠（qíng）：一种矫正弓弩的器具。《淮南子·修务》："故弓待檠而后能调，剑待砥而后能利。"这里指兵器和人才无用武之地。

倦鹤吟

其 一

霜天有双鹤，雄飞而雌伏。一在涧之滨，一在西岩曲。此时两地栖，平日同巢宿。胡为逐暮鸦？不守松崖屋。驿亭凉月孤，夜夜梦林谷。有子方鸣阴①，翩然去何速。前途风雪深，薄翎弥瑟缩。辛苦客中来，还我梅花福②。

【注】

① 鸣阴：因将雨，见阴天而鸣。

② 梅花福：梅鹤常并称。典出清代吴振之辑《宋诗钞·和靖诗钞序》："林逋，字君复，杭之钱塘人，少孤，力学，刻志不仕，结庐西湖孤山。……时人高其志识，赐谥和靖先生。逋不娶，无子，所居多植梅畜鹤。泛舟湖中，客至，则放鹤致之，因谓梅妻鹤子云。"

其 二

梅花著一树，凡鸟未许栖。回思结实候，分种与檐齐。老鹤心万里，天空时一啼。岂不慕霄汉，恋兹古屋西。在天莫为月，月缺愁眉低。在地莫为水，水流客心悽。在山莫为石，石瘦霜雪凄。在枝莫为叶，叶落成芳泥。愿为双比翼，照影兰涧溪。

其 三

兰涧深且长，清澈桃花浪。中有两鸳鸯，翱翔相倚傍。如

何九皋姿①，日怅离群况。自从日夜归，谁向湖亭放。高人在
空山，倚杖柴门望。神仙在蓬莱，招手青云上。长啸谢仙人，
移家入青嶂。

【注】

　　① 九皋：深远的水泽淤地。《诗经·小雅·鹤鸣》："鹤鸣于九皋，声闻于
野。"笺："皋，泽中水溢出所为坎，自外数至九，喻深远也。"

其　四

　　青嶂千仞高，牵萝屋可补①。天生冰雪姿，绝世好毛羽。
有时戛然鸣，如抱愁万缕。饥欲餐云霞，路隔天尺五②。渴欲
饮洞庭，望断衡阳浦③。不如暂依人，谁家闲院宇。昔为花底
禽，和鸣而对舞。今为风里萍，易散而难聚。明月上纸窗，独
立泪如雨。

【注】

　　① "牵萝"句：牵藤萝补屋漏。南朝梁陶弘景《山居赋》："采芝蕈为盘蔬，
牵藤萝补岩屋。"后形容生活拮据，处境简陋，居不庇身。这里指山高，其上面生
长的藤萝很长，衬托山险高。
　　② 尺五：近，不远。唐杜甫《赠韦七赞善》："尔家最近魁三象，时论同归尺
五天。"
　　③ 浦：水边，河岸。

为万雨村题画

　　我闻葡萄贡大宛①，骊珠粒粒垂芳苑。又闻山鼠号社
君②，作声谷谷自成群③。一则风味甘如饴，金橘霜柑未足奇。

一则形神狡如兔,潜踪乃向空山树。画工随手任挥毫,有画转愁无诗句。读画未可泥画中,诗情高于天半虹。君看乾坤皆草草④,即知人事总虫虫⑤。功名富贵蔗境耳⑥,上口甜头有如是。几辈垂涎鼠窃忙,食苗食黍胡无耻⑦。予视繁华水面蘋,瓮头自酿葡萄春⑧。朱门招我长揖谢,只恐松阴鼠笑人。

【注】

① 大宛:古代西域三十六城国之一,北通康居,西南邻大月氏,盛产名马和葡萄。

② 社君:鼠的别称,土地庙里的老鼠。《抱朴子·登涉》:"寅日,有自称虞吏者,虎也。……子日,称社君者,鼠也。"

③ 谷谷:象声词,禽鸟鸣声。明刘基《杂诗》:"咬咬水中凫,谷谷墙下鸡。"

④ 草草:骚动不安。

⑤ 虫虫:热气蒸腾貌。《诗经·大雅·云汉》:"旱既大甚,蕴隆虫虫。"传:"蕴蕴而暑,隆隆而雷,虫虫而热。"这里指人事热闹纷乱。

⑥ 蔗境:美好的晚境。《世说新语·排调》:"顾长康(恺之)啖甘蔗,先食尾。人问所以,云:'渐至佳境'。"甘蔗根甜于梢,比喻境况渐好或兴味渐浓。

⑦ "食苗"一句:《诗经·魏风·硕鼠》:"硕鼠硕鼠,无食我黍。……硕鼠硕鼠,无食我苗。"《诗·序》:"国人刺其君重敛,蚕食于民,不修其政,贪而畏人,若大鼠也。"后因称贪黩自肥的官吏为硕鼠。

⑧ 瓮头:瓮口,北魏贾思勰《齐民要术·法酒》:"七月七日作酒法方,……编竹瓮下,罗饼竹上,密泥瓮头。"

为郝子高题画

南山料峭北山曲,中有幽人结茅屋。碧树深深红树复,半弓拓地移花木。主人原是巨川才,十载江帆空碌碌。我欲乘风向东瀛①,东风镇日穿岩谷②。我欲乘风达西池,西风阻我

江之隩③。而今潦倒背山居,林下风情入画轴。画工乃是夺天
才,下笔苍莽惊人目。望里风帆快似云,岸芦一带逆风伏。天
风若能对面吹,人世应无不平哭。暮可北溟钓巨鳌④,朝可扶
桑濯双足⑤。出门从此驾长风⑥,尔我可以齐荣辱。主人狂笑
曰何能,天心那得如人欲。君不见挂帆终有收帆时,行止定数
争迟速。譬如立品慎浊清,或为洁身或谐俗。不争上游必下
流,人海从无中立局。欲两济兮反两穷,名利之途形蹙踖⑦。
感此怆然涕下多,门外风波不忍瞩。且作空山面壁人⑧,离骚
一卷愁来读⑨。

【注】

① 东瀛:东海。唐刘禹锡《汉寿城春望》:"不知何日东瀛变,此地还成要
路津?"

② 镇日:犹整日。

③ 隩(yù):水岸内曲处。

④ 北溟:北海。　　钓巨鳌:喻豪迈之举止,形容气魄非凡。参前诗集卷
上《题郝定珍柳阴观钓图》注①"钓鳌"。

⑤ 扶桑:古国名。《梁书·扶桑国传》:"扶桑在大汉国东二万余里,地在
中国之东,其土多扶桑木,故以为名。"按其位置、方向约相当于日本,故用作日
本的代称。　　濯双足:《孟子·离娄上》:"有孺子歌曰:'沧浪之水清兮,可以
濯我缨;沧浪之水浊兮,可以濯我足。'"比喻保持高风洁行,避世脱俗。

⑥ 长风:《宋书·宗悫传》:"宗悫字元干,南阳人也。叔父炳,高尚不仕。
悫年少时,炳问其志,悫曰:'愿乘长风破万里浪。'"形容人胸怀壮志,志趣远大。

⑦ 蹙踖:形容行动小心戒惧。《诗经·小雅·正月》:"谓天盖高,不敢不
局。谓地盖厚,不敢不蹐。"《释文》:"局本又作跼。"

⑧ 面壁人:宋代道原《景德传灯录·菩提达磨》:"(达摩)寓止于嵩山少林
寺,面壁而坐,终日默然,人莫之测,谓之壁观婆罗门……迄九年已。"后佛教称
为坐禅,谓面向墙壁,端坐静修,苦心修行。

⑨ 《离骚》句:《世说新语·任诞》:"王孝伯(王恭)言:'名士不必须奇才。

但使常得无事,痛饮酒,熟读《离骚》,便可称名士。'"以此典来形容豪放风雅的名士风度。这里指无报效的机会便遁迹山林,学屈原超脱尘俗,洁身自好。

题郝蕴山金焦放棹图①

看画不如看山妙,支筇绝顶舒长啸②。看山不如看画佳,杜门镇日供凭眺。何况江山入画中,看山看画同含笑。天把江山作画图,江山原有画图号。图画江山本不分,今古幽人寓嗜好。空于图画见江山,幽人不到神不到。画家大好是解人③,依稀绘出先生貌。雨树风樯入渺茫,亭台约略芜城傍④。广陵女儿隔窗坐,香篆一炉琴一张。林亭位置非草草,水阁无尘石谁扫。三百里外骑鹤游⑤,轻挥麈柄烟霞饱。囊中剩有买山钱⑥,柳条贯处鲥鱼鲜⑦。携酒与鱼放舟去,名胜不到非神仙。金山艳绝如美女,云鬟花姿镜中睹。焦山奇峭如骚人,胸襟空洞蓬莱府。去年春帆泊六桥⑧,又向白门停画桡⑨。烟云到眼皆旧雨,诗情消长如秋潮。归来三径培花木,拳石为山竹为屋。有时对我话游踪,清谈胜把奇书读。我亦秋江放浪才,往还此境十四回。计日又欲买舟去,只恐青山笑我来。怜予游山如闭户,不到峰巅何足数。羡君闭户如游山,萧疏自作林泉主。林泉真趣写不工,昂头一笑天地空。世人但解携游屐,那知邱壑在胸中⑩。

【注】

① 金焦:指金山和焦山。金山,山名,在江苏省镇江市西北,旧在江中,后沙涨成陆,与南岸相连,古有氐父、获符、伏牛、浮玉等山名,唐时裴头陀于江边获金,改名金山。焦山,在江苏镇江市东北,屹立江中,与金山对峙,向为江防要塞,古名樵山,相传汉末处士焦先隐此,因名焦山。南宋岳飞、韩世忠曾驻此抗

击金兵。

②筇：竹名，可为杖，故杖也叫筇。

③解人：见事高明能通晓人意者。《世说新语·文学》："谢安年少时，请阮光禄（裕）道《白马论》，为论以示谢。于时谢不即解阮语，重相咨尽。阮乃叹曰：'非但能言人不可得，正索解人亦不可得。'"

④芜城：即广陵城，故址在今江苏江都县境，战国楚地，秦汉置县，西汉吴王刘濞都此，筑广陵城。南朝宋竟陵王刘诞据广陵反，兵败死，城邑荒芜，鲍照作《芜城赋》讽之，因名芜城。一说即邗沟城，汉以后荒废，因名。

⑤骑鹤游：南朝梁任昉《述异志》卷上："荀瓖字叔伟，潜栖即㟃。尝东游，憩江夏黄鹤楼上，望西南有物，飘然降自霄汉，俄顷已至，乃驾鹤之宾也。鹤止户侧，仙者就席，羽衣虹裳，宾主欢对，已而辞去，跨鹤腾空而灭。"以此典咏仙人事，这里表达一种怡然自得，随心所欲的情感。

⑥买山钱：指买山归隐。参前诗集卷下《砚田叹》注④。

⑦鲥（shí）鱼：体形扁而长，腹部银白色，生活海中，五六月间入淡水产卵，为名贵食用鱼，以其进出有时，故名鲥。

⑧六桥：在浙江杭州市西湖，名映波、锁澜、望山、压堤、东浦、跨虹，宋苏轼时始建。

⑨白门：南朝宋都城建康城西门，西方金，金气白，故称白门。后遂称金陵为白门。　画桡（ráo）：桡，船桨。这里指代船，指装饰华美的船。

⑩邱壑：即丘壑。深山幽谷，常指隐居的地方。《太平御览·荀子》："黄帝……谓容成子曰：'吾将钓于一壑，栖于一丘。'"

题 云 龙 图

人中之龙神落落①，云中之龙光茫茫。龙在人中拓胸次，有时敛迹山之冈。龙在云中奋牙爪，有时嘘气凌八荒②。神龙神龙莫飞舞，且立云中听我语。尔亦幸游帝座傍，得乘运会兴霖雨③。雨师为尔招雷车④，风伯为尔荐天府。天帝全无梦梦心,帝曰咨女女为霖。九州大旱望穿眼,云旌一过成棠阴⑤。功在生民称迈种⑥,黍苗诗章作歌颂⑦。沐日浴月驾虹霓,此才还作舟楫用。有谁与女相颉颃,麟外独剩丹山凤⑧。珠宫玉宇金为台⑨,奇杰都归驾驭来。文章不夸羲世马⑩,声价直振禹门雷⑪。若同尘界开捷径,谁能拔尔不羁才。女岂不见红尘里,有人奋臂攀龙尾⑫。头角虽成世不奇,貂冠蝉冕形如鬼。鬼蜮俨将玉尺操⑬,风尘何处龙门高。不是龙门不敢入,悄然洒涕江之皋。不为南山之虎豹,不为东溟之鲸鳌。愿为岩阿长屈蝼⑭,锦标睥睨轻鸿毛。蓬峰万丈头不昂,宦海千寻足不插。著手光芒成云烟,文章只算小鳞甲⑮。得路能教蛟鼍驯⑯,失时不免虫鱼狎。重渊虽得颔下珠⑰,剑不出匣恨何如。神龙神龙汝莫笑,汝无云气能升乎。不信但看青云上,腾身人作乘龙状。举袖星辰信手扪,云光洗眼消尘障。一声礐欻飞风霆⑱,潭底潜蛟梦尽醒。吐翕银潢一泓水,乘风散作乾坤青。仙槎直达犯牛斗⑲,驭叱金鳞鞭而走⑳。如虹灏气排长空㉑,何物苍莽敢昂首。宇宙不少凌云才,凌云自具降龙手。东来缥渺五云飞㉒,往往六龙随车后㉓。吁嗟乎云中之龙冠鳞虫㉔,人中之龙称英雄。云中人中两奇绝,升沉位置凭天公。天心欲慰云霓望㉕,不应空山老卧龙。

【注】

① 落落:高超不凡貌。

② 八荒:八方荒远的地方。汉刘向《说苑·辨物》:"八荒之内有四海,四海之内有九州。"

③ 运会:时势。

④ 雷车:雷神之车。

⑤ 云旌:状如旌旗的云气。也作"云旂"。　　棠阴:传说落棠山为日入之处,《淮南子·览冥》:"朝发博桑,日入落棠,此假弗用而能以成其用者也。"

后因以棠阴指傍晚。

⑥ 生民：谓诞生或教养人。《诗经·大雅·生民》篇，《毛诗序》：“生民，尊祖也。后稷生于姜嫄，文、武之功起于后稷，故推以配天焉。”民赖五谷以生，初生此民者，时维姜嫄，而姜嫄实生后稷。 迈：超越，超过。种：指人的后嗣。《晋书·刘颂传》：“闻（张）华子得逃，喜曰：‘茂先（张华字），卿尚有种也！’”

⑦《黍苗》：指《诗经·小雅·黍苗》：“芃芃黍苗，阴雨膏之。悠悠南行，召伯劳之。”这首诗是赞扬召伯勤于政事，功劳润泽天下。朱熹《诗集传》：“言‘芃芃黍苗’，则唯阴雨能膏之，‘悠悠南行’，则唯召伯能劳之也。”

⑧ 丹山凤：丹山之凤，为百鸟之尊，寓意吉祥。丹山，产丹砂之山，或名赤山，在今湖北巴东县西，晋袁山松《宜都记》：“郡西北四十里有丹山，山间时有赤气笼林，岭如丹色，因名丹山。”

⑨ 珠宫玉宇：唐段成式《酉阳杂俎》前集卷二：“翟天师名乾祐，峡中人，长六尺，手大尺余，每揖人，手过胸前，卧常虚枕。……曾于江岸与弟子数十玩月，或曰：‘此中竟何有？’翟笑曰：‘可随吾指观。’弟子中两人见月规半天，琼楼金阙满焉，数息间不复见。”以“琼楼玉宇”指代仙界的楼阁。

⑩ 羲世：上古之世。

⑪ 禹门：即龙门，相传为禹所凿，故名禹门，在今山西河津县西。《尚书·禹贡》：“导河积石，至于龙门。”

⑫ 攀龙尾：比喻依附有威望的人而立名建功。

⑬ 玉尺：玉制的尺，《世说新语·术解》：“后有一田父耕于野，得周时玉尺，便是天下正尺。”后比喻衡量才识高下的尺度。

⑭ 岩阿：山窟边侧的地方。参前诗集卷上《别郭相廷》其二注⑤。指隐居不仕，甘愿埋没自己。 屈蠖：《周易·系辞下》：“尺蠖（一种昆虫）之屈，以求信（伸）也。”后用屈蠖比喻人不得意。

⑮ 鳞甲：鳞介类的鳞片和甲壳，比喻微不足道或无大用处的事物。《左传·隐五年》：“公将如棠观鱼者.臧僖伯谏曰：‘凡物不足以讲大事，其材不足以备器用，则君不举焉。’”

⑯ 蛟：古代传说中的一种动物，龙类，似蛇，而四脚小，头细，头有白瘿，大者十数围，卵如一二石瓮，能吞人。 鼍（tuó）：一名鼍龙，俗称猪婆龙，或称扬子鳄。体长六尺至丈余，四足，背尾鳞甲，力猛能坏堤岸，皮可冒鼓。

⑰ 重渊：极深的泉源。《庄子·列御寇》："千金之珠必在九重之渊。"
颔下珠：参前诗集卷下《王右军》注④"骊珠"。

⑱ 謦欬(qǐng kài)：咳嗽。声之轻者为謦,重者曰欬。《北齐书·崔㥄传》：
"謦欬为洪钟响,胸中贮千卷书,使人那得不畏服！"

⑲ "仙槎"句：参前诗集卷上《偶感》其二注②。这里指天上遨游等。

⑳ "驭叱"句：《初学记》卷一引《淮南子》云："爱止羲和,爱息六螭,是谓悬
车,薄于虞渊,是谓黄昏。"注："日乘车驾以六龙,羲和御之,日至此而薄于虞渊,
羲和至此而回六螭。"以此形容太阳运行,光阴流转。这里指神奇恢宏的仙界之
事。羲和在神话传说中本为日母,后演变为日御者。

㉑ 灏(hào)气：浟漫于天地之间的大气。

㉒ 五云：指青、白、赤、黑、黄五色之云,古人认为这是祥瑞。

㉓ 六龙：指太阳,传说日神乘车,驾以六龙。参看本诗注⑳条。

㉔ 冠鳞虫：鳞虫,鱼和爬行类的动物。《大戴礼·曾子天圆》："毛虫之精
者曰麟,羽虫之精者曰凤,介虫之精者曰龟,鳞虫之精者曰龙,倮虫(没有毛羽鳞
甲的动物)之精者曰圣人。"故诗人云冠鳞虫者为龙。

㉕ 云霓望：比喻想望之切。《孟子·梁惠王下》："《书》曰：'汤一征,自葛
始。'天下信之,东面而征,西夷怨;南面而征,北狄怨,曰：'奚为后我？'民望之,
若大旱之望云霓也。"这里比喻盼望贤君明政,清明政治。

题于舟书屋

　　于舟书屋渺何处,依稀记得辋川路①。一叶秋风红到村,
半篙春水绿盈渡。柴扉向来车马稀,叩门惊起溪边鹭。中有
草堂三两间,今年又种桃李树。别有斗室远红尘,不是诗人不
许住。我闻蠖宅可以潜神龙,嘘吸所至风雷通。双丸可以收
侠剑,陡然震骇飞长虹。何况名山悬榻地②,洞壑一重云一重。
岂必白家琴鹤雅③？岂必米舫书画工④？主人倚窗忽大笑,古
今天地成孤篷。吁嗟乎十二万年若流水,我欲纵横十万里。

银汉天船不可招,暂来先生茅屋里。

【注】

① 辋川:水名,又名辋谷水。在陕西蓝田县南,川口即峣山之口,两山夹峙,川水从此北流入灞,路甚险狭,过此则豁然开朗,山峦掩映,风景优美,唐王维晚年在此得宋之问蓝田别墅,改筑别业,水环舍下,与友裴迪浮舟往来其间。后为退隐别业的通名。这里指退隐的幽径。

② 悬榻:《后汉书·徐稚传》:"徐稚字孺子,豫章南昌人也。家贫,常自耕稼,非其力不食。恭俭义让,所居服其德。屡辟公府,不起。时陈蕃为太守,以礼请署功曹,稚不免之,既谒而退。蕃在郡不接宾客,惟稚来特设一榻,去则县之。后举有道,拜太原太守,皆不就。"《后汉书·陈蕃传》:"郡人周璆,高洁之士。前后郡守招命莫肯至,唯蕃能致焉。字而不名,特为置一榻,去则县之。"此典表示敬贤礼士。

③ 白家琴鹤雅:指唐白居易被罢免官职,寻林泉之趣,不以迁谪为意。每至池风春,池月秋,水香莲开之旦,露清鹤唳之夕,拂杨石,举陈酒,援崔琴,弹《秋思》,颓然自适,不知其他。酒酣琴罢,又命乐童登中岛亭,含奏《霓裳散序》。

④ 米舫:指宋代米芾家运载书画的船,他是有名的书画家,喜欢收藏书画。宋黄庭坚《戏赠米元章》诗之一:"万里风帆水著天,麝煤鼠尾过年年。沧江尽夜虹贯月,定是米家书画船。"任渊注:"崇宁间,元章为江淮发运,揭牌于行舸之上,曰:'米家书画船'云。"

梅　　花

其　　一

梦回孤馆峭寒侵,消息关情问上林①。历劫风霜原有骨,降才天地岂无心。若非老鹤谁株守②,除是幽人莫浪吟。笑汝轮蹄寻不到,软红尘外自携琴。

【注】

① 消息：谓一长一消，互为更替。《周易·丰》："天地盈虚，与时消息。"

上林：苑名，是汉武帝在秦代旧苑址上扩建的皇家园林。

② "老鹤株守"句：宋代林逋隐居西湖孤山，所居多植梅蓄鹤。泛舟湖中，客至，则放鹤致之，因谓梅妻鹤子云。明田汝成《西湖游览志》中记载至元间，儒学提举余谦即葺林逋之墓，复植梅数百本于山，构梅亭于其下。郡人陈子安以处士无家，妻梅而子鹤，不可偏举，乃持一鹤，放之孤山，构鹤亭以配之。所以说老鹤株守梅树。

其 二

天然丰骨在瑶台，人世芳名笑占魁。东阁可能容我到①，西湖曾记为君来②。萧条驿路仍无恙，管领春城仗此才。顾影垂垂霜鬓短③，一枝才向陇头开④。

【注】

① "东阁"句：南朝梁何逊《扬州法曹梅花盛开》："兔园标物序，惊时最是梅。衔霜当路发，映雪拟寒开。……"注："逊为建安王水曹，王刺扬州，逊廨舍有梅花一株，日吟咏其下，赋诗云云。后居洛思之，再请其任，抵扬州，花方盛开，逊对花彷徨，终日不能去。"杜甫《和裴迪登蜀州东亭送客逢早梅相忆见寄》："东阁官梅动诗兴，还如何逊在扬州。"

② "西湖"句：林逋植梅蓄鹤，隐居在西湖孤山。

③ 垂垂：渐渐。

④ "一枝"句：即陇头梅，参前诗集卷下《有感》其三注④。

其 三

当窗缟袂玉珊珊①，欲著纤尘一点难。对此令人羞富贵，较来比我更孤寒。在山自有冬心抱，出世谁非冷眼看。可记灞陵风雪里，飞花如絮扑吟鞍②。

【注】

① 珊珊：象声词，凡玉、铃、雨、雪、钟等声音舒缓者常做珊珊。

② "可记"句：灞陵，本作霸陵，故址在今陕西西安市东。其附近有座霸桥，也作"灞桥"。《三辅黄图·桥》："霸桥在长安东，跨水作桥，汉人送客至此桥，折柳赠别。"宋孙光宪《北梦琐言》卷七："唐相国郑綮，虽有诗名，……或曰：'相国近有新诗否？'对曰：'诗思在灞桥风雪中驴子上，此处何以得之？'"此典指在真实情景下文思泉涌，写出佳作。这里表达一种惬意美好的情景。

其　四

幽芬底事故开迟，能耐清贫世未知。香晚为曾经酝酿，品
高原不待扶持。当前立雪非无地①，此后和羹或有时②。莫怅
空山寒太甚，恩光已到向南枝③。

【注】

① 立雪：宋代道原《景德传灯记》载：北魏时僧人神光感慨孔子、老子的礼教，《庄子》《易经》之类，还未谈尽玄妙，于是他去少林寺参达摩大师，以达玄境。"其年十二月九日夜，天大雨雪。光坚立不动，迟明积雪过膝。……光悲泪曰：'惟愿和尚慈悲，开甘露门，广度群品。'"后达摩收下他做弟子，改名慧可，即中土禅宗二祖。《宋史》中也记载杨时和游酢拜理学大师程颐为师，足足等到雪下了有一尺多深。此典喻尊师重道，苦心求学。

② 和羹：指用不同的调味品配制的羹汤。《尚书·商书·说命》："（商高宗武丁梦见一个叫说的圣人，使百工之官四处找，在傅岩得到说。当时说是个刑徒，在傅岩筑墙，带来见武丁，武丁与他谈话，果然是圣人）王置诸其左右，命之曰：'朝夕纳诲，以辅台德。若金，用汝作砺；若济巨川，用汝作舟楫；若岁大旱，用汝作霖雨。启乃心，沃朕心……尔惟训于朕志，若作酒醴，尔惟曲蘖；若作和羹，尔惟盐梅。'本谓盐多则咸，梅多则酸，盐梅适当，就成和羹。后比喻大臣辅助君王，和心合力，治理国政。这里指先苦心学习，耐住清贫，以后有机会辅助国政。

③ 恩光：恩宠的光辉，后指皇帝的恩惠。

其　五

　　绮窗明月旧琴樽,绘出霜天一抹痕。百炼养成高士性,孤吟销尽美人魂①。瘦为我伴宜开径②,清恐人知且闭门。不问争春桃李树,参天松柏共盘根。

【注】

　　① 美人:唐柳宗元《龙城录》:"隋开皇中,赵师雄遭罗浮。一日天寒日暮,在醉醒间,因憩仆车于松林间,酒肆旁舍,见一女人,淡妆素服,出迓师雄。……与之语,但觉芳香袭人,语言极清丽。因与之扣酒家门,得数杯相与共饮。……久之东方已白,师雄起视,乃在大梅花树下,上有翠羽啾嘈相顾,月落参横,但惆怅而已。"后以"林下美人"来咏梅。

　　② 开径:指蒋诩开三径,参前《游金山》其三注②。

其　六

　　小桥流水夕阳天,此别家山又几年。老去才华难绚烂,客中眷属有神仙。海棠不聘真清福①,修竹为邻也夙缘。羌笛一声回首处,烽烟知已靖江边②。

【注】

　　① 聘:访,探问。《诗经·小雅·采薇》:"我戍未定,靡使归聘。"
　　② 靖江:县名,属江苏省。元江阴县,明成化七年置靖江县,清属常州府。

其　七

　　罗浮何处证前身①,纸帐宵长入梦频。风月传神皆画意,湖山知己几诗人。南檐向暖非因热,北地消寒易见春。洗尽铅华完太古,携锄便是葛天民②。

【注】

　　① 罗浮句:参看诗集卷下《梅花》其五注②"赵师雄罗浮仙梦"的典故。罗

浮,山名,在广东省博罗、增城、河源等县间,长达百余公里,峰峦四百余,风景秀丽,为粤中名山。相传罗山之西有浮山,为蓬莱之一阜,浮海而至,与罗山并体,故曰罗浮。传称晋葛洪于此得仙术,并在此炼丹,山上有洞,道教列为第七洞天。

② 葛天:即葛天氏,传说中远古帝号,在伏羲之前,其治不言而自信,不化而自行,古人认为理想中的自然、淳朴之世,晋陶潜《五柳先生传》:"无怀氏之民欤? 葛天氏之民欤?"

其　八

春风难禁百花狂,天使孤标压众芳①。茅舍竹篱高格调,玉堂金鼎大文章。诗成终带烟霞气②,情重何伤铁石肠。自古怜才珍老干,栽培反赖有冰霜。

【注】

① 孤标:清峻特出的人或物。此指梅花。

② 烟霞气:指有自然林泉之趣。烟霞,山水胜景。

菊　影

其　一

离骚托迹楚江干①,秋色惊心月又团。卷幔不嫌三径寂,披书同恋一灯寒。交能极淡传神远,品到真高识面难。花落园亭人散后,独开冷眼倚栏看。

【注】

① 离骚:犹离忧者也。　　托迹:犹言托身,寄托踪迹。

其　二

幽香冷艳远朱门,节候阴晴任晓昏。画本早羞脂著色,诗笺翻笑墨留痕。一年老圃供吟眺,万里扁舟系梦魂。惆怅秋宵容易度,拟烧银烛照金尊。

其　　三

性情相近迹相亲,约略秋光认逼真。篱落无尘谁写意,窗枨有镜我伤神。兴邀明月空中色,鬓染新霜物外身。联得寒斋真气味,一花丰韵一诗人。

其　　四

记听寒山寺里钟[①],橹摇江上与君逢。疏狂未改凌霜气,憔悴曾怜冒雨容。五柳渐稀成絮梦[②],群芳虽艳是萍踪。黄花晚节原心事[③],孤负庭柯手种松。

【注】

① 寒山寺:在江苏苏州市西枫桥附近。相传唐代诗僧寒山、拾得二人在此住过,故名。又名枫桥寺,本名妙利普明塔院。唐张继《枫桥夜泊》:"姑苏城外寒山寺,夜半钟声到客船。"

② 五柳:五株柳树。《晋书·陶潜传》:"(陶潜)尝著《五柳先生传》以自况曰:'先生不知何许人,不详姓字,宅边有五柳树,因以为号焉。闲静少言,不慕荣利。……常著文章自娱,颇示己志,忘怀得失,以此自终。'"

③ 黄花晚节:谓菊花傲霜而开,喻老而弥坚。宋胡仔《苕溪渔隐丛话·韩魏公》引韩琦诗:"不羞老圃秋容淡,且看黄花晚节香。"

菊　　梦

其　　一

秋色都归冷淡中,花和人醉倚西风。俗情解脱怜蕉鹿[①],

乡思分明怨草虫②。几处柳眠衣易白③,谁家棠睡烛烧红④。
可知纸帐银床外,甘与青毡况味同。

【注】

① 蕉(qiáo)鹿:《列子·周穆王》:"郑人有薪于野者,遇骇鹿,御而击之,毙之。恐人见之也,遽而藏诸隍中,覆之以蕉,不胜其喜。俄而遗(忘记)其所藏之处,遂以为梦焉。"后用以比喻人世真假杂陈,得失无常。这里指事物的得而易逝,不能长久存在。

② 草虫:《诗经·召南·草虫》:"喓喓草虫,趯趯阜螽(zhōng 指蚱蜢)。未见君子,忧心忡忡。"这里转指心中想念家乡,所以听到虫鸣心烦意乱。

③ 柳眠:指柳(或称人柳或称三眠柳)的柔弱枝条下垂静止之态。清张澍辑《三辅旧事》:"汉苑中有柳,状如人形,号曰人柳,一日三眠三起。"

④ 棠睡:《太真外传》:"上皇登沉香亭,诏太真妃子。妃子时卯醉未醒,命力士从侍儿扶掖而至。妃子醉颜残妆,鬓乱钗横,不能再拜。上皇笑曰:'岂是妃子醉,真海棠睡未足耳。'"以此典来形容女子醉态、睡态。

其 二

十年一觉软红尘,秋思微茫忆不真。清寐北窗陶靖节①,
忠魂南国楚灵均②。三生化蝶徒痴想③,五夜闻鸡欲笑人④。
莫怅空斋岑寂甚,对床风雨有吟身⑤。

【注】

① 陶靖节:指陶渊明,南朝宋颜延之《陶征士诔·序》:"故询诸友好,宜谥曰靖节征士。"世称靖节先生。

② 楚灵均:指楚国屈原。《楚辞·离骚》:"皇览揆余初度兮,肇锡余以嘉名。名余曰正则兮,字余曰灵均。"

③ 三生:佛教语,指前生、今生、来生,即过去世、现在世、未来世。 化蝶:《庄子·齐物论》:"昔者庄周梦为胡蝶,栩栩然胡蝶也,自喻适志与!不知周也。俄然觉,则蘧蘧然周也。不知周之梦为胡蝶与?胡蝶之梦为周与?周与

胡蝶，则必有分矣。此之谓物化。"以此典形容睡梦、睡眠等。

④ 五夜：一夜分甲、乙、丙、丁、戊五段，即五更。五夜即甲夜，乙夜，丙夜，丁夜，戊夜。

⑤ 对床风雨：风雨之夜，两人对床共语，倾心交谈，指朋友间聚会的快乐。唐韦应物《示全真元常》："宁知风雪夜，复此对床眠。"

其 三

园亭悄悄夕阳残，户外风尘眼倦看。寂处才知清味永，高人毕竟独醒难。幽如兰蕙含香久，迟共梅花卧雪寒。自是千秋超绝品，也教依样觅邯郸。

其 四

芳魂销尽黑甜乡①，篱落萧疏月过墙。高卧令人尊晚节②，微醺随我度重阳。金风摇影秋三径，玉露留痕叶半床。领略无言诗境界，笔花五色总寻常③。

【注】

① 黑甜乡：指梦乡，形容酣睡。宋苏轼《发广州》："朝市日已远，此身良自如。三杯软饱后，一枕黑甜余。"自注："俗谓睡为黑甜。"

② 高卧：高枕而卧，谓安闲无事。晋代陶渊明《与子俨等疏》："尝言：五六月中，北窗下卧，遇凉风暂至，自谓是羲皇上人（太古之人）。"《世说新语·排调》："谢公（安）在东山，朝命屡降而不动。后出为桓宣武（温）司马，将发新亭，朝士咸出瞻送。高灵（崧）时为中丞，亦往相祖。先时，多少饮酒，因倚如醉，戏曰：'卿累违朝旨，高卧东山，诸人每相与言："安石不肯出，将如苍生何？"今亦苍生将如卿何？'谢笑而不答。"以"高卧"来形容隐居山林不仕。

③ 笔花五色：《太平御览》卷六零五引《齐书》曰："江淹尝宿于冶亭，梦一丈夫，自称郭璞，谓淹曰：'吾有笔在卿处多年，可以见还。'淹乃探怀中，得五色笔一以授之。尔后为诗绝无美句，时人谓之才尽。"《南史·纪少瑜传》："少瑜尝梦陆倕（chuí）以一束青镂管笔授之，云'我以此笔犹可用，卿自择其善者。'其

文因此遒进。"以"五色笔"形容人诗文佳妙,才思敏捷。

春　　草

　　十载浪游,一毡枯坐,愁肠郁而谁语,倦眼醒而自怜。感时赋物,笔乏鸿裁。依韵抒怀,语无鳞次。唯愿阳春和我好,同观大块文章,亦知小草笑,人且长啸空山风雨。

其　　一

　　茫茫百感付东风,春色迷离一望中。管领何须寻地主,吹嘘唯有仗天公。众芳未斗姿先见,群卉虽多臭不同。抱得寸心葵藿外,向阳犹恋日华红①。

【注】

　　①"葵藿"二句:葵花常朝向太阳,用以比喻向往倾慕之心。参前诗集卷上《杂感》其一注⑥。

其　　二

　　生涯零落阅残冬,气转微和万绿浓。早向葭灰惊节候①,不因荼苦怨遭逢②。风前倚树含愁态,雨后看山带笑容。九十韶华都入眼③,百花香外一寻踪。

【注】

　　①葭灰:葭莩之灰。古人烧苇膜成灰,置于十二律管中,放密室内,以占气候。某一节候至,某律管中的葭灰即飞出,示该节候已到。如冬至节至,则相应之黄钟律管中的葭灰飞动。

　　②荼苦:荼,苦菜,味苦。《诗经·邶风·谷风》:"谁谓荼苦,其甘如荠。"

这里比喻生活的苦难,处境艰苦。

③ 九十:喻极多。《诗经·豳风·东山》:"九十其仪。"

其 三

　　早随梅柳渡湘江^①,别有芳心未肯降。得意人归金络马,断肠客在木兰艭^②。令谁裹足迷前路,且自埋头向小窗。一卷离骚资润色^③,清芬原不让蔄茳^④。

【注】

　　① 湘江:又名湘水,湖南省最大的河流,与漓水同发源于广西兴安县海阳山,称漓湘;合流至兴安县,始分流向东北,至零陵与潇水汇合,称潇湘;至衡阳与蒸水汇合,称蒸湘,总称三湘。

　　② 木兰艭(shuāng):艭,小船。木兰艭即木兰舟。旧题南朝梁任昉《述异记》下:"木兰洲在浔阳江中,多木兰树。昔吴王阖闾植木兰于此,用构宫殿也。七里洲中,有鲁般刻木兰为舟,舟至今在洲。诗家云木兰舟,出于此。"后常用为船的美称。

　　③ 一卷《离骚》:《楚辞·离骚》中多以香草比喻高洁的君子,忠良之人。汉王逸《离骚·序》:"《离骚》之文,依《诗》取兴,引类譬喻,故善鸟香草,以配忠贞。"

　　④ 蔄茳:即"茳蔄",也作"江离","茳离",香草名。又名蘼芜。《楚辞·离骚》:"扈江离与辟芷兮,纫秋兰以为佩。"

其 四

　　平畴新绿又离离,几度和风着力吹。惟与碧苔堪结契,任无红豆亦相思。美人魂断天低处,游子心惊日暮时。一样模糊凭眺里,静观原自有参差。

其 五

　　又见群莺陌上飞,天心酝酿到芳菲^①。文章尝绘明堂藻②,经纬能成太古衣。处境自来随意好,逃名甘受不材讥③。
长途销尽轮蹄铁,只有柴门辙迹稀。

【注】

① 芳菲:花草,又指花草的芳香。南朝梁顾野王《阳春歌》:"春草正芳菲,
重楼启曙扉。"

② 明堂:古代帝王宣明政教的地方。凡朝会、祭祀、庆赏、选士、养老、教学
等大典,均在此举行。

③ 不材:《庄子·山木》:"庄子行于山中,见大木,枝叶盛茂,伐木者止其
旁而不取也。问其故,曰:'无所可用。'庄子曰:'此木以不材得终其天年。'"以
"不材"表示无用的东西。

其　六

野阔云平纵目初,韶光正共柳条舒。青留北地明妃冢①,
绿到南阳处士庐②。卷起玉钩裁燕剪③,拾来铜瓦篆蜗书④。
征衫那及农蓑好,欲种新蔬学荷锄。

【注】

① 北地:古郡名,春秋时为义渠戎国之地,秦置北地郡,汉、三国魏、隋均有
北地郡,地域与郡治有变迁,在今甘肃东南部和宁夏南部一带。　　明妃冢:
指汉和亲匈奴的王昭君墓,现在内蒙古呼和浩特市南,据《太平寰宇记》,昭君墓
草色常青,故名青冢。　　明妃,晋人避司马昭(文帝)讳,改称昭君为明君,后
人又称明妃。

② 南阳:郡名,秦置,包括有河南省旧南阳府,湖北省旧襄阳府之地。治
宛,即今河南省南阳市。《三国志·蜀书·诸葛亮传》"亮躬耕陇亩"注引《汉晋
春秋》:"亮家于南阳之邓县,在襄阳城西二十里,号曰隆中。"

③ 玉钩:弯月。唐李贺《七夕》:"天上分金镜,人间望玉钩。"

④ 蜗书:蜗牛所行处,留下黏液的痕迹,有如篆文,故称蜗篆。篆蜗书这里
指书写像蜗篆的文字。

其　七

苍烟一抹界前途,天末离人旅思孤。过眼繁华空土芥[①],
伤心翘秀在泥涂[②]。荣枯他日收场定,甘苦平生识者无。剩有
香芸时伴我,讲堂书带未荒芜[③]。

【注】

① 土芥:泥土草芥,比喻微贱之物,不足轻重。

② 泥涂:泥泞的道路。比喻卑下的地位。《左传·襄公三十年》:"以晋国
之多虞,不能由吾子,使吾子辱在泥涂久矣。"

③ 书带:即沿阶草,坚韧异常,郑玄门下取以束书,故名。《后汉书·郡国
志·东莱郡》注引晋伏琛《三齐记》曰:"郑玄教授不期山,山下生草大如薤
(xiè),长一尺余,坚刃异常,土人名曰康成书带。"此典形容讲经治学之所。

其　八

灞陵东去锦江西[①],石发溪毛望欲迷[②]。绿满沧洲鹦鹉
去[③],红飞庭院鹧鸪啼。但留隙地身容住,底事狂才首亦低。
最好长林风日丽,有人濡笔赋萋萋[④]。

【注】

① 锦江:在四川成都南,又名流江、汶江,俗名府河,自郫(pí)县分流至成
都城南合郫江,折西南入彭山县界,传说蜀人织锦濯其中则锦色鲜艳,濯于他
水,则锦色暗淡,故名锦江。

② 石发:生于水边石上的苔藻。晋周处《风土记》:"石发,水苔也,青绿
色,皆生于石也。"　　溪毛:指溪中水藻,《左传·隐公三年》:"涧溪沼沚之毛,
蘋蘩蕴藻之菜。"

③ 沧洲:滨水的地方,古称隐者所居。在湖北汉阳县西南江中有一鹦鹉
洲,后汉末,黄祖为江夏太守,其长子射大会宾客,有人献鹦鹉,祢衡作赋,洲因
以为名,明时被江水冲没。唐崔颢《黄鹤楼》:"晴川历历汉阳树,芳草萋萋鹦
鹉洲。"

④ "有人"句：出自《楚辞·招隐士》："王孙游兮不归，春草生兮萋萋。"濡笔，以笔蘸墨，指写作，也作"濡毫"。萋萋，指草盛貌。

其　九

置身何用借安排，城市山林出处偕。幽秀尚堪留劲节，萧疏从不傲同侪。也能得地生瑶圃①，未肯随人上玉阶。闻道茅茹关运会②，年来寥落在天涯。

【注】

① 瑶圃：美丽的园地，指神仙所居之处。

② 茅茹：茹，茅根。谓同类互相牵引。《周易·泰》："拔茅茹，以其汇，征吉。"注："茅之为物，拔其根而相牵引者也。茹，相牵引之貌也。"旧时比喻互相引荐，擢用一人就连带进许多人。

其　十

蓦地东风眼底催，碧烟滚滚卷芳埃。六朝金粉成流水，万里湖山起劫灰。野火烧残心不死，冰霜历尽梦初回。乾坤清气归林莽，莫道芸生是弃材①。

【注】

① 芸生：芸，香草名。《周礼·月令》仲冬之月："芸始生。"

其　十　一

绝怜生小届芳辰①，相见连番认未真。着色无多偏入画，托根虽浅不埋尘。长教杜牧为羁客②，岂独江淹是恨人③？一种深情含未吐，青青碾破几征轮。

【注】

① 生小：幼年。芳辰：美好的年岁，指少年青春。

② "杜牧"句：指杜牧于大和二年离开长安到江西观察使沈传师府署中担任幕僚，后转入淮南节度使牛僧孺和宣歙观察使崔郸幕中任掌书记、判官等职。十数年间奔波各地，寄人篱下，而且秉性刚直，屡受排挤，一生仕途不得志。

③ "江淹"句：江淹，字文通，济阳考城人也。以文章见称于世，其抒情赋中以《恨赋》《别赋》最为著名。其《别赋》："黯然销魂者，唯别而已。""送君南浦，伤如之何？"其《恨赋》："春草暮兮秋风惊，秋风罢兮春草生。绮罗毕兮池馆尽，琴瑟灭兮丘垄平。自古皆有死，莫不饮恨而吞声。"皆为抒情名句。

其 十 二

雨重含滋日薄曛，生机到眼满芸芸①。斗残靡丽嗟门荞，
耐得清贫笑泮芹②。匝地不嫌依白屋③，连天犹想附青云。几
人艳说芝泥兆④，输与田夫植杖耘。

【注】

① 芸芸：众多貌。《老子》："夫物芸芸，各复归其根。"

② 泮芹：出自《诗经·鲁颂·泮水》："思乐泮水，薄采其芹。"

③ 白屋：古代平民住屋不施采，故称白屋，《汉书·吾丘寿王传》："三公有司，或由穷巷，起白屋，裂地而封。"注："白屋，以白茅覆屋也。"

④ 芝泥：古人缄封书札物件用的封泥，上盖印章，如后世之用火漆印，或曰即印泥。

其 十 三

落花时节忆王孙①，道左相逢恨暗吞。北郭新晴闲白
打②，南朝废寺易黄昏③。英姿毕竟殊浮梗，灵性才能长宿根。
漫惜天涯芳信老④，渭云江树尚留痕⑤。

【注】

① 忆王孙：化用《楚辞·招隐士》"王孙游兮不归，春草生兮萋萋"。

② 白打：蹴鞠戏名，两人对踢为白打，三人角踢为官场，胜者有采。

③ 南朝废寺：南朝佛教发达，其寺庙在历史上有名，唐杜牧《江南春绝句》："南朝四百八十寺，多少楼台烟雨中。"

④ 芳信：春天的讯息。老：衰落，到尾声。

⑤ 渭云江树：化用杜甫《春日忆李白》"渭北春天树，江东日暮云"句，借春草喻思念。

其　十　四

独有新愁思渺漫，郊原风景入遥看。色香未肯投时好，根本曾能耐雪寒。每为路歧停款段①，别无人处倚阑干。出门便是伤心地，不但征夫远道难。

【注】

① 路歧：大道上分出的小道。　　款段：本指马行迟缓貌。《后汉书·马援传》："士生一世，但取衣食足，乘下泽车，御款段马，为郡掾（yuàn）史，守坟墓，乡里称善人，斯可矣。"注："款犹缓也，言形段迟缓也。"后借指驽马。

其　十　五

碧㧪涧面翠添鬟①，烟景如开镜里颜。荆棘漫教横大道，蕙兰自分占清班②。托身僻处何辞腐，混迹劳人不碍闲。只有年年沽酒地，夕阳流水送君还。

【注】

① 鬟：本指环形的发髻。这里比喻山形。

② 清班：清贵的官班，多指文学侍从一类的大臣。唐白居易《重赠李大夫》："早接清班登玉陛，同承别诏直金銮。"

其　十　六

江天南去路芊绵①，人眺重营古戌前。红雨洗愁埋瓦砾②,青山逃劫出烽烟。百年碑碣横荒砌,六代园亭变墓田③。
何日停舟佳丽地,玉壶携上翠微巅④。

【注】

　①　芊绵:草木茂密繁盛。

　②　红雨:红色的雨。《致虚杂俎》:"(唐)天宝十三年,宫中下红雨,色若桃花。"这里比喻落花。

　③　六代:指三国吴、东晋、南朝的宋、齐、梁、陈六个朝代,又称六朝。

　④　翠微:轻淡青葱的山色。亦指青山。

其　十　七

抹雨涂烟去路遥,别离心绪为谁撩。梦从腊鼓声中破①,
魂在芒鞋踏处销。关塞九边余燧火②,江山一代几渔樵。长安
道上浓如锦,愿借生花彩笔描③。

【注】

　①　腊鼓:古时于腊日或腊前一日击鼓驱疫的民俗。南朝梁代宗懔《荆楚岁时记》:"十二月八日为腊日。谚语云:'腊鼓鸣,春草生。'村人并击细腰鼓,戴胡头,及作金刚力士以逐疫。"

　②　九边:明代北方的九处要镇,即辽东、宣府、大同、延绥、宁夏、甘肃、蓟州、偏头、固原。这里是泛指一般的边塞重镇。

　③　生花彩笔:五代后周王仁裕《开元天宝遗事·梦笔头生花》:"李太白少时,梦所用之笔头上生花,后天才瞻逸,名闻天下。"比喻人文笔华富俊逸。

其　十　八

无才恐惹出山嘲①,迹寄风尘等系匏②。细叶那堪栖翡
翠,薄阴只合卷蟏蛸③。门多桃李皆新契,室有芝兰是旧交。
谁似当年张仲蔚④,衡茅低掩少人敲。

【注】

① 出山嘲：《世说新语·排调》："谢公(安)始有东山之志,后严命屡臻,势不获已,始就桓公司马。于时人有饷桓公药草,中有远志,公取以向谢:'此药又名小草,何一物而有二称?'谢未即答。时郝隆在坐,应声答曰:'此甚易解,处则为远志,出则为小草。'谢甚有愧色。"以出山来比喻出仕。

② 系匏(páo)：《论语·阳货》："子曰:'然,可是言也。不曰坚乎,磨而不磷;不曰白乎,涅而不缁。吾岂匏瓜也哉? 焉能系而不食?'"按匏苦不可食,无所用处,故系而置之,比喻人伏处一隅,未出仕或被弃置。

③ 蟏蛸(xiāo shāo)：虫名,长脚蛛,体细长,暗褐色,即喜蛛,一名喜子、喜母。《诗经·豳风·东山》："伊威在室,蟏蛸在户。"

④ "张仲蔚"句：晋皇甫谧《高士传》："张仲蔚者,平陵人。与同郡魏景卿俱修道德,隐身不仕,明天官博物,善属文,好诗赋,常居穷素,所处蓬蒿没人。闭门养性,不治荣名,时人莫识,唯刘龚(字孟公)知之。"

其 十 九

庭萱空忆北堂高①,每到良辰首重搔。三月春晖心上系②,一年寒食客中遭③。忍思出郭循陔蕙④,愁见提筐感涧芼⑤。怅望墓门肠寸断⑥,青青满眼没蓬蒿。

【注】

① 北堂：指代母亲。参前《重有感》其二注③。

② 三月春晖：唐孟郊《游子吟》："慈母手中线,游子身上衣。临行密密缝,意恐迟迟归。谁言寸草心,报得三春晖。"后以"春晖"来比喻父母对子女的恩情。

③ 寒食：节令名,在农历清明前一天或二天。相传春秋时晋国介子推辅佐重耳回国后,隐于山中,重耳烧山逼他出来,之推抱树而死,其母也跟着一起被烧死。晋文公为了悼念他,禁止在之推死日生火煮食,只吃冷食,以后相沿成俗,叫寒食禁火。它与清明节连在一起,有踏青扫墓,拜祭死去的长辈的习俗。

④ 循陔蕙：晋束晳《补亡诗·南陔》："循彼南陔,言采其兰。眷恋庭闱,心

不遑安。"《诗·小序》:"孝子相戒以养也,……有其义而亡其辞。"后人采《诗·小序》和束诗之意,用"兰陔"或"陔惠"为孝子养亲之典。

⑤ 芼:可供食用的水草。

⑥ 墓门:墓道之门。《诗经·陈风·墓门》:"墓门有棘,斧以斯之。"

其 二 十

碧阴深处几经过,旧梦惺忪唤奈何。当道漫言除莠易,出门空笑折花多。原殊嘉种分疆域①,不与凡材受斧柯。我是尘寰游倦客,结茅准拟辟烟萝②。

【注】

① 嘉种:好的种子。《诗经·大雅·生民》:"诞降嘉种,维秬维秠,维糜维芑。"

② 烟萝:即烟萝子,古代修道者的名号,宋苏轼《游张山人园》:"壁间一轴烟萝子,盆里千枝锦被堆。"注:"烟萝子,今所画修养者多有之。"

其 二 十 一

疏姿未喜斗奇葩,一色葱茏望眼赊①。绣陌争携骚客杖②,翠钿轻堕美人车。折腰应笑当门柳,薄命翻怜落地花。自是无边烟景富,不劳分绿到邻家。

【注】

① 赊:长,遥远。

② 绣陌:绮丽如绣的市街。南朝陈陈暄《长安道》:"长安开绣陌,三条向绮门。"

其 二 十 二

采蓝归去袖犹香①,远景蓬蓬引兴长。小巷门关频细雨,

大堤花落又斜阳。偶因近水怜萍泊,未肯临风逐絮狂。千里
云程空极目,听蛙犹自向池塘。

【注】

① 采蓝:蓝,植物名,其叶可制蓝色染料,即靛青,叶如蓼,又称蓼蓝。《诗
经·小雅·采绿》:"终朝采蓝,不盈一襜(chān)。"

其 二 十 三

笑让群芳浪得名,独从疏野露菁英。襟分南浦怜宾主①,
梦入西堂感弟兄。伴我劳劳长远道②,怀人渺渺正清明③。望
中别有牵肠处,不似柔条管送迎。

【注】

① 南浦:泛指南面的水边。《楚辞·九歌·河伯》:"子交手兮东行,送美
人兮南浦。"后来多泛指送别的地方,表达分离送别的伤心情感。

② 劳劳:惆怅忧伤的样子。

③ 渺渺:远貌。宋苏轼《前赤壁赋》:"渺渺兮予怀,望美人兮天一方。"

其 二 十 四

又被东皇唤梦醒①,寻芳踏遍短长亭。沙飞漠北黄成
阵②,山到江南翠作屏。三月风光湖上见,一年消息雨中听。
当途多少升沉感,笑任杨花化白萍③。

【注】

① 东皇:司春之神。唐杜甫《幽人》:"风帆倚翠盖,暮把东皇衣。"注:"东
皇,乃东方青帝也。"

② 漠北:古代泛称蒙古高原大沙漠以北地区。

③ 杨花:柳絮。北周庾信《春赋》:"新年鸟声千种啭,二月杨花满路飞。"

其 二 十 五

　　宝马香车感废兴①,南辕北辙旧时曾②。兰亭风日联王
社③,蜀道关山走杜陵④。饥色谁怜千里骥,疾眸空负九秋
鹰⑤。故园斗室青痕在,欲掩蓬门尚未能。

【注】

　　① 宝马香车:装饰华美的车马。

　　② 南辕北辙:欲南行却车向北。比喻行动与目的不相一致。战国时魏王
欲攻邯郸,季梁以有人向南至楚国却向北走为喻,说魏王的行动"犹至楚而北行
也。"后人也以此喻背道而驰。

　　③ "兰亭"句:指王羲之于穆帝永和九年三月三日同谢安等四十一人会于
会稽山阴之兰亭,修袚禊之礼。参前诗集卷下《王右军》注③。

　　④ "蜀道"一句:指唐杜甫曾寓居四川成都。杜陵,这里指唐杜甫。

　　⑤ 九秋:秋季九十天。

其 二 十 六

　　探花空羡五陵游①,道左香车跨碧油。不借栽培能得意,
纵经蹂躏肯低头。散才可许薇垣植②,逸品谁从药笼收③。种
就生刍人似玉④,场苗端为白驹留⑤。

【注】

　　① 五陵:汉朝皇帝每立陵墓,都把四方富家豪族和外戚迁至陵墓附近居
住,最著名的为五陵:长陵、安陵、阳陵、茂陵、平陵。后来诗文中常以五陵为豪
门贵族聚居之地。

　　② 薇垣:即薇省,紫薇省的简称。唐开元元年,改中书省曰紫薇省,中书令
曰紫薇令。后因简称中枢机要官署为薇省。元代称行中书省为薇垣,明改其承
宣布政司,亦沿称薇省或薇垣,清初布政司亦有此称。

　　③ 药笼收:《旧唐书·元行冲传》:"元行冲……纳言狄仁杰甚重之。行冲
性不阿顺,多进规诫,尝谓仁杰曰:'下之事上,亦犹蓄聚以自资也。譬贵家储

积,则脯腊朡胰以供滋膳,参术芝桂以防疴疾。伏想门下宾客,堪充旨味者多,愿以小人备一药物。'仁杰笑而谓人曰:'此吾药笼中物,何可一日无也!'"以"药笼中收"比喻预先储蓄人才。

④ 生刍:新割的小草。这里化用《诗经·小雅·白驹》:"皎皎白驹,在彼空谷。生刍一束,其人如玉。"《后汉书·徐稺传》:"及林宗(郭泰)有母忧,稺往吊之,置生刍一束于庐前而去。众怪,不知其故。林宗曰:'此必南州高士徐孺子也。'《诗》不云乎:"生刍一束,其人如玉。"吾无德以堪之。'"后世因称吊丧礼物为生刍。以此典来赞誉死者德行。

⑤ "场苗"句:这里化用《诗经·小雅·白驹》:"皎皎白驹,食我场苗。絷(zhí)之维之,以永今朝。"《诗·小序》谓大夫刺宣王不能用贤而作,"白驹"比喻贤才。

其 二 十 七

碧苔满地小成阴,芳径迢遥夕照沉。在野未尝无秀色,出山原不是初心。讵忘图蔓期当路①,也喜扬芬近上林②。纵览平原生意满,合随禾黍被甘霖。

【注】

① 图蔓:图,设法对付,谋取。蔓,蔓生的杂草。《左传·隐公元年》:"对曰:'姜氏何厌之有? 不如早为之所,无使滋蔓,蔓难图也。蔓草犹不可除,况君之宠弟乎?'公曰:'多行不义必自毙,子姑待之。'" 当路:当仕路,掌握政权。《孟子·公孙丑》:"夫子当路于齐,管仲晏子之功可复许乎?"这里指掌权的人。

② 芬:比喻美好的德行或声誉。

其 二 十 八

风情旖旎碧毵毵①,远入晴空接蔚蓝。大道骅骝归去疾,小园蝴蝶斗来酣。逢君席地容趺坐②,送客旗亭喜立谈③。最是暮烟残照里,萋迷难问径三三④。

【注】

①毵毵(sān)：形容细长的枝叶。

②跏坐：双足交叠而坐。唐王维《登辨觉寺》："软草承跏坐,长松响梵声。"

③旗亭：酒楼。

④径三三：宋杨万里于东园辟九径,分植不同的花木,名曰"三三径"。宋杨万里《三三径》诗序："东园新开九径,江梅、海棠、桃、李、橘、杏、红梅、碧桃、芙蓉九种花木,各植一径,命曰三三径。"

其 二 十 九

纵辱泥涂亦不嫌,本来丰致露纤纤①。瀛洲有路前程阻②,旅馆无人别恨添。难禁出头居要地,偏能生色到穷阎③。藓苔懒唤奚奴扫,时对凉阶一卷帘。

【注】

①纤纤：柔美貌。

②瀛洲：传说仙人所居山名。《史记·封禅书》："自威、宣、燕昭使人入海求蓬莱、方丈、瀛洲。此三神山者,其传在勃海中。"

③穷阎：僻巷。

其 三 十

谁从种类判仙凡,收拾韶光入画函。本色文章羞绚烂,闲身位置爱林岩。酿成化境留萤照①,荫得香泥待燕衔。春梦唤醒秋又到,莫将草草笑青衫②。

【注】

①化境：艺术造诣达到精妙的境界,可与造化媲美。　萤照：《礼记·月令》季夏之月："腐草为萤。"注："萤,飞虫,萤火也。"《晋书·车胤传》："胤恭勤不倦,博学多通。家贫不常得油,夏月则练囊盛数十萤火以照书,以夜继

日焉。"

②　草草：劳心，忧虑貌。《诗经·小雅·巷伯》："骄人好好，劳人草草。"

秋　　草

何氏山林，杜工部题留重到①。黄州风月，苏玉局赋续前游②。仆本恨人，才非远志。长途驻足，望程莫遣新愁。短梦惊心，搁管重拈旧韵。且作在山之草，三径就荒。聊吟异地之秋，一年容易。

【注】

①　"何氏山林"二句：唐杜甫有《陪郑广文游何将军山林十首》（当作在天宝十二年夏），十首连成一篇游记，或写意，或抒情，讲述园中依山傍水，连村落，包原隰，景致幽雅的风韵。天宝十三年春杜甫再作《重游何氏五首》，突出何氏山林的俭朴，疏野的林泉之趣。　　山林，园林。《汉书·东方朔传》："愿陛下时忘万事，养精游神，从中掖庭回舆，枉路临妾山林。"注引应劭："公主（窦太主）园中有山，谦不敢称第，故托山林也。"

②　"黄州风月"句：指宋苏东坡被贬谪黄州，写下了《初到黄州》、《定惠院寓居月夜偶出》、《安国寺寻春》、《次韵前篇》等诗篇，后又写下《别黄州》、《歧亭五首》、《过江夜行武昌山上闻黄州鼓角》等系列诗篇，来描写黄州的诸多景色和特有韵味。　　苏玉局，指苏轼。《宋史·苏轼传》："微宗立，（苏轼）移廉州，改舒州团练副使，徙永州。更三大赦，遂提举玉局观，复朝奉郎。轼自元祐以来，未尝以岁课乞迁，故官止于此。"　　玉局观，成都市有玉局化，道书云，东汉永寿元年，李老君与张道陵到此，有局脚玉床自地而起，老君升坐，为道陵说《南北斗经》，既去而床隐，地中因成洞穴，故名玉局化。宋时在此设玉局观，每年九月九日设药市。

其 一

草草乾坤属化工,苍茫秋色浩无穷。天垂大野情根在,人立平原眼界空。岁月浮沉怜过客,山川兴废感诗翁。一年意绪谁勾起,不为庭除叶落桐。

其 二

丰姿如旧认遥峰,浅碧浓青第几重。露下渡头栖宿鹭,月明墙角隐吟蛩。难从阆苑分金粟①,愿近空江伴玉蓉。四望平芜迷去路,停云何处倚枯筇。

【注】

① 阆苑:阆风之苑,仙人所居之地,指仙山,仙境。旧题汉东方朔《十洲记》:"昆仑,号曰崐崚,在西海之戌地,北海之亥地。……山三角正北,干辰之辉,名曰阆风颠。……西王母之所治也,真宫仙灵之所宗。" 金粟:桂花的别称。以其花蕊如金粟点缀。

其 三

芸窗分影近兰釭①,似我萍踪滞异邦。尘踏青骢鞭有影②,云眠黄犊笛无腔③。鸭头旧剩痕千点,鸿爪新添迹一双。小院苔深门掩处,凉风吹绿上庭幢。

【注】

① 芸窗:书斋,芸香能辟蠹,书室常贮之,故名。 兰釭:用兰膏即泽兰炼成的油点的灯。釭,灯,也作"缸"。

② "尘踏"句:犹言骑着青骢踏尘。青骢,马之青白色杂毛者。

③ 云眠:犹言眠云。指山居,山中多云,故云。

其 四

澹容自小薄胭脂,犹是芃芃旧日姿①。兰翠无妨当我户②，花黄何事寄人篱③。惊心时节愁逾远，入眼科名笑已迟。
不为城西频送别，绿茵成路问谁知。

【注】

　　① 芃芃(péng)：草木茂密貌。《诗经·邶风·载驰》："我行其野，芃芃
其麦。"

　　②"兰翠"句：《三国志·蜀书·周群传》："先主常衔其(张裕)不逊，加忿
其漏言，乃显裕谏争汉中不验，下狱，将诛之。诸葛亮表请其罪，先主答曰：'芳
兰生门，不得不鉏。'裕遂弃市。""蕙兰当户"比喻因下对上有所阻拦而被清除。

　　③"花黄"句：宋钱易《南部新书》卷乙："长安举子自六月以来，落第者不
出京，谓之过夏。多借静坊庙院，及闲宅居住，作新文章，谓之夏课。亦有十人
五人醵率酒馔，请题目于知己，朝达谓之私试。七月后设献新课，并于诸州府拔
解人，为语曰：'槐花黄，举子忙。'"以此典来形容考生准备科举考试。

其　五

　　自从长道倦游归，荒径重过举目非。松柏丛中延暮景，风
霜影里感春晖。芜城入咏销魂瘦①，金谷摹图著色肥②。但乞
心香留一瓣③，不妨株守旧柴扉。

【注】

　　① 芜城：即广陵城。鲍照登广陵城，见广陵之荒芜，有感于丧乱而写《芜城
赋》："天道如何？吞恨者多。抽琴命操，为芜城之歌。歌曰：边风急兮城上寒，
井径灭兮丘陇残。千龄兮万代，共尽兮何言。"

　　② 金谷：也称金谷涧，在河南洛阳市西北，有水流经此，谓之金谷水，东南
入于瀍河，古时入谷水。晋太康中石崇筑园于此，即世传之金谷园。《世说新
语·品藻》"谢公云金谷中"条注引晋石崇《金谷诗序》："有别庐在河南县界金
谷涧中，或高或下，有清泉茂林、众果竹柏、药草之属，莫不毕备。……余与众贤
共送往涧中，昼夜游宴，屡迁其座。"形容宴游雅集。

　　③ 心香：佛教语，比喻虔诚敬仰的心意，如供佛之焚香。唐韩偓《仙山》：

"一炷心香洞府开。"

其　六

藤芜亭馆记停车，又是萧条落木余。八月红过豳地枣①，一畦绿界庾园蔬②。谁夸组绶恩荣久③，独处林泉故旧疏。知否兰襟离别苦④，沅江遥涉费踟蹰⑤。

【注】

①"八月"句：《诗经·豳风·七月》："六月食郁及薁(yù)，七月亨葵及菽。八月剥枣，十月获稻。"豳地，古国名，同"邠"，在今陕西旬邑县彬县一带。西魏置南豳州，寻曰豳洲。后改名为邠州。

②庾园蔬：《南齐书·庾杲之传》："庾杲之，字景行，新野人也。……郢州举秀才，除晋熙王镇西外兵参军，世祖征虏府功曹，尚书驾部郎。清贫自业，食唯有韭菹、生韭、杂菜，或戏之曰：'谁谓庾郎贫，食鲑常有二十七种。'言三九也。"三九二十七，谐音三韭。

③组绶：古代天子、诸侯、大夫、士佩玉为饰，系玉的丝带称为组绶。这里指有高官厚禄。

④兰襟：谓衣襟，兰，美其香洁。喻良友。

⑤沅江：即沅水。源出贵州都匀县云雾山。上游为清水江，自西向东，至湖南黔阳县下始称沅江。经沅陵、桃源等至汉寿县注入洞庭湖。屈原的诗歌中多次写到沅澧两水边的芳草。

其　七

远天晴色忆南湖，乘兴登临物态殊。几处门庭分冷暖，一般雨露异荣枯。疏林旧识闻鹏地，花管重描扑蝶图。喜共登场红稻茂①，不愁前路有萑苻。

【注】

①登场：谷物收获后登上晒场。　　红稻：红色黍米的别称，又叫红莲

米。《尔雅》谓之虋(mén),亦作"䴊","穈",谷的一种,即赤粱粟。浙人呼为红莲米,江南多白黍,间有红者,呼为赤蝦米。

其　八

近来情绪日衔悽,旧迹微茫等雪泥①。露滑荒台人试马,凉生茅店客闻鸡②。闲花开谢犹无主,衰柳萧疏况不齐。一样画桥西去路,非关风雨自凄凄。

【注】

　① 雪泥:指生涯行止留下的痕迹很浅。参前诗集卷上《题王南卿〈寄庐笔记〉》其二注①。

　②"凉生"句:化用唐温庭筠《商山早行》:"鸡声茅店月,人迹板桥霜。"

其　九

尘埃插脚惜沉埋,清露频牵阮籍怀①。春意未抛留色相,冬心能抱是根荄。由来遇合迟偏好,毕竟文章老更佳。弱质那辞磨炼苦,长途犹自破青鞋。

【注】

　① 阮籍怀:痛心天下政治不清明,严苛黑暗,不愿随波逐流,不事权贵,避世自保。《晋书·阮籍传》:"籍本有济世志,属魏、晋之际,天下多故,名士少有全者,籍由是不与世事,遂酣饮为常。……时率意独驾,不由径路,车迹所穷,辄恸哭而反。"

其　十

犹记新春识面才①,奇花曾冒晓寒开。衣仍着绿人非少,野到无青汝亦才。卧虎独当盘马路,怒雕飞上钓鱼台。一茎倘被莲池露②,丈六金身化得来③。

【注】

　　① 才：刚刚，方始。

　　② 莲池：即莲花池，指佛地，佛教谓极乐净土。

　　③ 丈六金身：佛有三身：法身、报身和化身，一般称佛的化身为"丈六金身"，《观无量寿经》："阿弥陀佛神通如意，于十方国变现自在。或现大身，满虚空中；或现小身，丈六、八尺。所现之形皆真金色。"

其　十　一

　　总是红尘未了因，幽姿犹自露精神。迎凉雅似霜中菊，附热羞同爨下薪。雪窖咽毡苏属国①，江干纫佩楚灵均②。芳心讵向空山死，且与残花暂结邻。

【注】

　　① 雪窖咽毡：苏属国，即苏武，苏武得归后，被拜为典属国。《汉书·苏武传》："（卫）律知武终不可胁，白单于。单于愈益欲降之，乃幽武置大窖中，绝不饮食。天雨雪，武卧啮雪与旃（通"毡"）毛并咽之，数日不死。"赞扬不畏困苦，忠贞守节的高尚情操。

　　② 江干纫佩：《楚辞·离骚》："扈江离与辟芷兮，纫秋兰以为佩。"《史记·屈原列传》："屈原至于江滨，被发行吟泽畔。颜色憔悴，形容枯槁。……屈原曰：'举世混浊而我独清，众人皆醉而我独醒，是以见放。'"指不屈服于尘世的黑暗，高洁自持，追慕清明的美好品行。　　灵均：乃屈原字。

其　十　二

　　无复阳和陌上薰，柳营风劲起尘氛①。妆涂白下山千点②，茵衬红桥月二分③。落叶铺平前代苑，野花开遍故人坟。伤神门巷乌衣旧④，记折杨枝为赠君。

【注】

　　① 柳营：汉周亚夫治军严明，曾营于细柳。后人因称军营为柳营。

② 白下：东晋咸和三年，陶侃讨苏峻，筑白石垒，后因以为城。故城在今南京市北。唐武德九年，更金陵为白下，移治白下故城，故今亦称南京市为白下。

③ 红桥：桥名，在江苏扬州市，清吴绮《扬州鼓吹词序·红桥》："在城西北二里，崇祯间形家设以锁水口者。朱栏数丈，远通两岸，虽彩虹卧波，丹蛟截水，不足以喻。"

④ 乌衣门巷：地名，在今南京市东南。三国吴时于此置乌衣营，以兵士服乌衣而名。东晋时，王谢诸望族居此。

其 十 三

长途无客不销魂，踏遍残红屐齿存。万种情怀归绿野①，一生踪迹远朱门。蒹葭自壮山林色②，蓬梗难忘雨露恩。看到繁华消歇尽，移家最好蓼花村③。

【注】

① 绿野：唐裴度在今河南洛阳的别墅叫绿野堂，省作"绿野"。度以宦官专权，时事已不可为，乃自请罢相，于午桥创别墅，花木万株，中起凉台暑馆，名曰绿野堂。与白居易、刘禹锡等作诗酒宴会。

② 蒹葭：蒹，荻；葭，芦苇。为常见的值贱的水草。

③ 蓼花：味辛，又名辛菜，可作调味用。有水蓼、红蓼、刺蓼等。《诗经·周颂·良耜》："以薅荼蓼。"毛《传》："蓼，水草也。"

其 十 四

青郊犹自望吟鞍，缭绕生香兴未阑。老圃有花相点缀，古碑无字半凋残。疾风明主知王霸①，出世时人笑谢安②。莫唱当年河畔曲，客来天末泪难干。

【注】

① 王霸：《后汉书·王霸传》："王霸字元伯，颍川颍阳人也。……武过颍阳，霸率宾客上谒，曰：'将军兴义兵，窃不自知量，贪慕威德，愿充行伍。'光武

曰:'梦想贤士,共成功业,岂有二哉!'……光武为大司马,以霸为功曹令史,从度河北。宾客从霸者数十人,稍稍引去。光武谓霸曰:'颍川从我者皆逝,而子独留。努力!疾风知劲草。'""疾风知劲草"来比喻节操坚定,经得起考验。

② 出世句:参前诗集卷下《舜》注②。以"远志"和"小草"分别指隐居和出仕。

其 十 五

风流无事俗尘删,一道平芜水石寰①。亮节尚存三径宅,军威曾振八公山②。不辞憔悴居人后,自有刍荛重世间③。迟暮尚劳青眼顾,未随红叶出松关④。

【注】

① 平芜:杂草繁盛的原野。

② 八公山:在安徽寿县(寿州)北,淝水之北,淮水之南,相传汉淮南王刘安曾同八公即八个门客登此山,故名。也叫北山,前秦苻坚攻晋,谢玄在淝水大败坚兵,坚望见八公山上的草木都以为是晋兵,即草木皆兵,故曰"军威曾振"。

③ 刍荛:割草叫刍,打柴叫荛。指割草打柴的人。《诗经·大雅·板》:"先民有言,询于刍荛。"传:"刍荛,薪采者。"引申为草野之人。

④ 松关:柴门。唐孟郊《退居》:"日暮静归时,幽幽扣松关。"

其 十 六

一夕飙风百感牵①,芳丛几度老鲜妍。蓬麻托足原随地,萍梗无心且任天。别恨尚萦官渡外②,忠魂频吊战场边。眼前万象都迁变,只有青青似去年。

【注】

① 飙:暴风。《尔雅·释天》:"扶摇谓之猋(即'飙')。"注:"暴风从下上。"

② "别恨"句:汉建安五年,曹操与袁绍战于官渡,操子曹丕种柳于此,十五

年后，丕因作《柳赋》以寄感物伤怀之情："昔建安五年，上与袁绍战于官渡时，余始植斯柳。自彼迄今，十有五载矣。感物斯怀，乃作斯赋。"后多用为感怀的典故。 官渡，地名，在今河南中牟县东北，以临古官渡水而得名，也称中牟台。

其 十 七

身世何妨共寂寥，胜他蒲柳望风凋。纵含菜色谁怜悴，不作桐材也怕焦①。大漠疏烟鸦阵阵，荒城残照马萧萧。云深未辨幽人处，但指蒿莱路一条②。

【注】

① 桐材：即桐爨，参前诗集《新秋夜坐》其三注③"爨下琴"的典故。

② 蒿莱路：喻指隐居之路。参前诗集卷下《春草》其十八注④。蒿莱，野草，杂草。《韩诗外传》："原宪居鲁，环堵之室，茨以蒿莱，蓬户瓮牖，桷桑而无枢，上漏下湿，匡坐而弦歌。"引申指草野。

其 十 八

曾经膏雨吐芳苞①，候过金风叶未抛②。万古标名营有菜③，数椽庇士屋惟茅。天兼寒燠如三月，地起烽烟逼四郊。休笑闲才关系小，军书星火索刍荛④。

【注】

① 膏雨：滋润作物的及时雨。

② 金风：秋风，西方为秋而主金，故秋风曰金风。

③ 营：谋生，生计。《世说新语·文学》："恒周旋市肆，乞索以自营。"

④ 星火：流星的光，喻急迫。 刍荛(jiāo)：刍，用草料喂牲口。荛，喂牲口的干草。《尚书·费誓》："峙乃刍荛，无敢不多。"这里指军粮。

其 十 九

苍凉景色满林皋,野处浮名信可逃。蕉剥有心含绪苦①,
萝牵无力托根牢。江淮贡远怀三脊②,风雨庐荒感二毛③。相
对莫生摇落恨,闲拈花管注离骚。

【注】

① 绪:丝头。汉焦延寿《易林·兑》之《坎》:"饥蚕作室,丝多绪乱,端不
可得。"

② 三脊:指有三条脊骨的茅草,即菁茅,又叫灵茅。《管子·轻重》:"江淮
之间,有一茅而三脊,毌(贯)至其本,名之曰菁茅。……诸从天子封于泰山、禅
于梁父者,必抱菁茅一束,以为禅藉,不如令者不得从。"封建帝王祭祀、封禅都
用菁茅来滤酒。

③ 二毛:人老头发斑白,故以此称老人。北周庾信《哀江南赋·序》:"信
年始二毛,即逢丧乱。"

其 二 十

柴门深掩影婆娑,莫笑潜踪但涧薖①。风雪未经人结屋,
江山无事我披蓑。孤臣泪眼弹兰芷②,孝子悲怀托蓼莪③。欲
对群芳夸藻鉴,菲葑原待早搜罗④。

【注】

① 薖(kē):草名。清王筠《说文解字句读》:"或即莴苣。"

②"孤臣"句:指屈原面对楚国政治的黑暗,选择了忠贞守节,高洁自好,把
自己的理想寄托在兰芷(兰草和白芷)等香草身上,以此来表达对贤明政治的追
慕和向往。在他的诗歌中,多次出现兰芷等意象。《楚辞·离骚》:"兰芷变而
不芳兮,荃蕙化而为茅。"

③ 蓼莪(lù é):《诗经·小雅》篇名。《蓼莪》:"蓼蓼者莪,匪莪伊蒿。哀哀
父母,生我劬劳。"方玉润《诗经原始》:"此诗为千古孝思绝作,尽人能识。"后因
以蓼莪指孝子对亡亲的悼念。

④ 菲葑(fēng)：菲，萝菔，又名芴、诸葛菜等。葑，即蔓菁，大头菜。菲葑，即葑菲，蔓菁与蒲(fú 恶菜，叶细而花赤的有臭气。)一类的菜。《诗经·邶风·谷风》："采葑采菲，无以下体。"

其 二 十 一

雨霁平原日又斜，光阴回首负春华。思牵旧路纷如绮，愁逼中年乱似麻。蟋蟀篱边餐月露，牛羊陇上卧烟霞。登高触起茱萸兴①，何处城头有暮笳。

【注】

① 茱萸兴：重阳节佩戴茱萸亲朋好友相约登高就是茱萸会，又称茱萸节，晋周处《风土记》："以重阳相会，登山饮菊花酒，谓之登高会，又名茱萸会。"参前诗集卷下《九日登高同人小集》注②。

其 二 十 二

翩翩裙屐少年场，到此丰神逼老苍。富贵悟人头上露，飘零怜我鬓边霜。吴宫楚泽寒烟外①，石马铜驼古道傍②。无限兴亡凭眺里，岂惟行色壮诗囊？

【注】

① 吴宫：指吴国先前非常强大，后来传至夫差，为越国勾践所灭。楚泽：楚国的河流。春秋战国时国力强盛，疆域扩大，后来逐渐衰落，屡败于秦，至王负刍为秦所灭。

② 石马：唐姚汝能《安禄山事迹》："（唐哥舒翰与安禄山叛军崔乾祐作战，）须臾（黄旗军数百队）又见与乾祐斗，黄旗不胜，退而又战者不一，俄然不知所在。后昭陵（唐太宗墓官）奏：是日灵宫石人马汗流。"指石马与叛军作战，维护王室。此处意谓消歇与变迁。　铜驼：汉铸铜驼二枚，在洛阳宫门之南四会道，夹路相对。《晋书·索靖传》："靖有先识远量，知天下将乱，指洛阳宫门铜驼，叹曰：'会见汝在荆棘中耳！'"比喻变乱后的破败景象。

其 二 十 三

　　幽栖弹指岁华更，伏处难忘旧日盟。江上芙蓉怜逐客①，
盘中苜蓿笑先生②。愿逢盛世依鱼藻③，能佐嘉宾宴鹿苹④。
重向蘅芜门巷过⑤，深深如见故人情。

【注】

　　① 江上芙蓉：《南史·庾杲之传》："（王俭）乃用杲之为卫将军长史。安陆侯萧缅与俭书曰：'盛府元僚，实难其选。庾景行（杲之字）泛渌水，依芙蓉，何其丽也。'时人以入俭府为莲花池，故缅书美之。"以"红莲绿水"来称美富有才干的幕僚之人。这里指有官职、受君王重用或宠幸的人。

　　② 盘中苜蓿：五代王定保《唐摭言·闽中进士》卷十五："薛令之，闽中长溪人。神龙二年及第，累迁左庶子。时开元东宫官僚清淡，令之以诗悼之，复纪于公署曰：'朝旭上团团，照见先生盘。盘中何所有？苜蓿长阑干。饭涩匙难绾，羹稀箸易宽。只可谋朝夕，那能度岁寒！'"后以"苜蓿盘"比喻小官或士人清苦冷落的生活。

　　③ 鱼藻：《诗经·小雅·鱼藻》："鱼在在藻，有颁其首。王在在镐，岂乐饮酒。"这首诗赞美武王，称赞其是太平盛世。朱熹《诗集传》认为："此天子燕诸侯，而诸侯美天子之诗。"

　　④ 鹿苹：即《诗经·小雅·鹿鸣》篇。《鹿鸣》："呦呦（yōu）鹿鸣，食野之苹。我有嘉宾，鼓瑟吹笙。"为宴会宾客时奏的乐歌。《毛诗序》："《鹿鸣》，燕群臣嘉宾也。"

　　⑤ 蘅芜：香草名。旧题晋王嘉《拾遗记·前汉》："（汉武）帝息于延凉室，卧梦李夫人授帝蘅芜之香。帝惊起，而香气犹著衣枕，历月不歇。"这里指有高洁品行的良友的门巷。

其 二 十 四

　　乞恩从不向园丁，兰桂为邻德亦馨。南内亭台唐苑绿①，
西来风雨汉陵青②。终看藻彩垂仙露③，原识藜辉应列星④。
问到香名知己鲜，长依芸案检葩经⑤。

【注】

　　① 南内：唐时兴庆宫，在隆庆坊。原系玄宗为藩王时故宅，后为宫。西南隅有花萼相辉勤政务本之楼，在东内（大明宫）之南，故称南内。一作"南苑"。

　　② 西：指西园。汉上林苑的别称。

　　③ 藻彩：藻，水草的总称。颜色较丰，华美繁富，可作装饰用，如贯玉的丝绳，故曰"藻彩"。《诗经·召南·采蘋》："于以采藻，于彼行潦。"

　　④ 藜辉：藜，草名，又名莱，俗名红心灰藋。初生可食，古蒸以为茹，茎老可作杖，也用于燃藜照明，故曰"藜辉"。

　　⑤ 芸案：指书桌，书架。古时藏书者多以芸香置书中辟蠹，故称。　　蔙经：唐韩愈《进学解》："《诗》正而蔙。"故遂称《诗经》为蔙经。

其 二 十 五

　　荏苒年华感不胜，兴衰到眼总难凭。楼前夕照愁王粲，塞外凉风泣李陵①。古道几时金埒去②，画栏一样玉人凭。名山出处寻常事，惟有清芬晚更增。

【注】

　　①"塞外"句：《汉书·苏武传》："李陵置酒贺武曰：'今足下还归，扬名于匈奴，功显于汉室，虽古竹帛所载，丹青所画，何以过子卿！陵虽驽怯，令汉且贳陵罪，全其老母，使得奋大辱之积志，庶几乎曹柯之盟，此陵宿昔之所不忘也。收族陵家，为世大戮，陵尚复何顾乎？已矣！令子卿知吾心耳。异域之人，一别长绝！'陵起舞，歌曰：'径万里兮度沙幕，为君将兮奋匈奴。路穷绝兮矢刃摧，士众灭兮名已聩。老母已死，虽欲报恩将安归！'陵泣下数行，因与武决。"指李陵感慨自己的命运多舛，以及与故人惜惜相别、失去知己的孤寂情怀。

　　② 金埒（liè）：即金埒马。《世说新语·汰侈》："王武子（济）被责，移第北邙下。于时人多地贵，济好马射，买地作埒，编钱匝地竟埒。时人号曰'金沟'。"注："'沟'一作'埒'。"

其 二 十 六

莺花冉冉旧神州①,吹到商飙绿更稠②。听雨客悬司马榻③,思莼人放季鹰舟④。青留竹马迎春路⑤,黄指茅龙卖酒楼⑥。最好蓼红芦白外⑦,几行鸿雁下汀洲。

【注】

① 冉冉:柔弱下垂的样子。

② 商飙:秋风,也作"商飚"。晋陆机《园葵诗》:"时逝柔风戢,岁暮商飚飞。"

③ "听雨"句:唐白居易《招张司业宿》:"能来同宿否? 听雨对床眠。"指希望与好友聚会畅谈的心情。司马指唐白居易,《旧唐书·白居易传》:"(元和十年)诏出,中书舍人王涯上疏论之,言居易所犯状迹,不宜治郡,追诏授江州司马。"

④ 思莼句:季鹰指晋朝人张翰,形容人旅居在外,非常想念家乡。参前诗集卷下《张季鹰》注③。

⑤ 竹马:儿童游戏时当马骑的竹竿。参前文集卷下《崧镇青方伯五十寿序》注⑬。这里特咏竹。

⑥ 茅龙:传说仙人所骑的神兽。汉刘向《列仙传·呼子先》:"呼子先者,汉中关下卜师也。老寿百余岁,临去,呼酒家老妪曰:'急装,当与妪共应中陵王。'夜,有仙人持二茅狗来至,呼(呼)子先。子先持一与酒家妪,得而骑之,乃龙也。"

⑦ 蓼:草本,叶味辛香,花淡红色或白色。古人用为调味品,入药。有水蓼、马蓼、辣蓼等。

其 二 十 七

落红门户嫩凉侵,藤席花茵浅间深。天惜芬芳培艺圃①,客从冷淡感苔岑②。相逢黄叶情如昨,已被青袍误到今③。尔雅释名骚摘艳④,一齐并入短长吟。

【注】

① 艺圃：犹言艺苑，艺林。指典籍著述之事或藏书之处。

② 苔岑：苔岑都生长在泽中下潮湿的地方。晋郭璞《赠温峤》："人亦有言，松竹有林，及尔臭味，异苔同岑。"后称意气相投的挚友为苔岑。

③ 青袍：唐制官八九品服青，指官职卑微。这里指代官仕。南朝侯景为应"青丝白马寿阳来"的童谣，特向朝廷求锦，用朝廷的青布制袍，乘白马。所以北周庾信《哀江南赋》中有"青袍如草，白马如练"的诗句。

④ 摘艳：谓文辞之华美。唐杜牧《冬至日寄小侄阿宜诗》："高摘屈宋艳，浓薰班马香。"

其 二 十 八

物犹如此我何堪，频向花前次第探。分手自从三月后，伤心无过大江南。恩知必报愁长结，忧到能忘垢且含①。几度登城怜谢客，苍苍萑苇阻征骖②。

【注】

① 垢且含：指含垢。《左传·宣公十五年》晋国伯宗引古谚："高下在心，川泽纳污，山薮藏疾，瑾瑜匿瑕，国君含垢。"本谓国君应当有容忍的器量。

② 萑苇：即蒹葭，又名芦苇。《汉书·晁错传》上书言兵事："萑苇竹萧，草木蒙茏，支叶茂接，此矛铤之地也。"言其地形有利于短兵器。　征骖：指旅人远行的车。

其 二 十 九

芳情从不解趋炎，埋首平畴岁月淹①。莫笑称臣殊市井，无难指佞到堂廉②。交多始觉兰盟淡，老去弥知蔗境甜③。休怕打头风信紧④，天恩湛露好同霑⑤。

【注】

① 平畴：平坦的田地。

② 堂廉：堂基的四周称堂廉。犹言堂隅。《礼记·丧大记》："卿大夫即位于堂廉楹西。"疏："堂廉谓堂基南畔廉陵之上。"

③ 蔗境：美好的晚境。参前诗集卷下《为万雨村题画》注⑥。

④ 打头风：逆风。唐白居易《小舫》："黄柳影笼随棹月，白蘋香起打头风。"

⑤ 天恩：指帝王的恩赐。　　湛露：《诗经·小雅》篇名，《湛露》："湛湛露斯，在彼杞棘。显允君子，莫不令德。"《笺》："燕，谓与之燕饮酒也。诸侯朝觐会同，天子与之宴，所以示慈惠。"

其 三 十

新凉天气鼓机缄①，风里平畴雨后杉。花在眼前同是梦，茅生心上本难芟。迢迢远塞翔鹰鸷，莽莽荒原走兔毚②。转盼绿窗春色动，扫除何忍借长镵③。

【注】

① 机缄：《庄子·天运》："天其运乎，地其处乎，日月其争于所乎。孰主张是，孰维纲是，孰居无事，推而行是。意者，其有机缄而不得已邪？意者，其运转而不能自止邪？"唐成玄英疏："机，关也；缄，闭也。……谓有主司关闭，事不得已。"指推动事物动作的造化力量。

② 兔毚(chán)：即毚兔。狡兔，《诗经·小雅·巧言》："跃跃毚兔，遇犬获之。"疏："《苍颉解诂》曰：'毚，大兔也。大兔必狡猾，又谓之狡兔。'"

③ 长镵(chán)：农具名，用来翻土。踏田器也，柄长三尺余，后偃而曲，上有横木如拐，以两手按之，用足踏其镵柄后跟，其锋入土。

跋

　　先严自有声庠序，即嗜古文诗词。登第后，研究弥笃，尝谕保愚曰：《尚书》、《左》、《国》，文章之根柢也；《毛诗》、《楚辞》，诗赋之本源也。童子读书多未能解释，果能由此入手，尽明其义，庶可窥学古之门径矣。保愚承训迄今，未敢或忘。回念先严历官部务，从游者众，公余所制每随手散轶，迨出守桂林观察、盐法，陈臬粤西，犹时时间作手稿，百不一存。

　　岁癸卯，恩艺棠中丞、汪剑新太守先后莅任淮壖。下车伊始，备述昔年师弟之谊，亟索先严遗稿，谨检家藏尚存若干篇，抄呈二公，爰合力出资，付之手民，并序简端以垂不朽。保愚愧父书之徒读，幸先泽之犹存，获助他山，始堪传后，谨述数语以志不忘云尔。

　　　　　　　　　　　　　光绪乙巳夏六月保愚谨识

参 考 文 献

［ 1 ］（清）秦焕撰：《剑虹居古文诗集》[M]，清光绪三十一年（1905年）刻本

［ 2 ］（清）邱沅、王元章、段朝瑞等人纂修：《续纂山阳县志》[M]，民国十年（1921年）刻本

［ 3 ］（清）丁宴、何绍基、孙云、张兆栋等纂修：《重修山阳县志》[M]，同治十二年（1873年）刻本

［ 4 ］（清）白昶等修，（清）张嘉言等纂：《寿阳县志》[M]，清光绪十六年（1890年）刻本

［ 5 ］《清光绪朝中法交涉史料》[M]，北京：故宫博物院，1932年版

［ 6 ］陈民牛编：《壮丽东南第一州·楚州》[M]，北京：中国文史出版社，2005年

［ 7 ］周中明著：《桐城派研究》[M]，沈阳：辽宁大学出版社，1999年

［ 8 ］周振甫注：《文心雕龙注释》[M]，北京：人民文学出版社，1981年

［ 9 ］张仲谋著：《清代文化与浙派诗》[M]，北京：东方出版社，1997年

［10］陈衍著：《石遗室诗话》[M]，沈阳：辽宁教育出版社，1998年

［11］王夫之等：《清诗话》[M]，上海：上海古籍出版社，1999年

［12］郑剑顺著：《晚清史研究》[M]，长沙：岳麓书社，2004年

［13］费振钟著：《江南士风与江苏文学》[M]，长沙：湖南教育出版社，1995年

［14］张㧑之、沈起炜、刘德重主编：《中国历代人名大辞典》［M］，上海：上海古籍出版社，1999 年

［15］俞琰编：《咏物诗选》［M］，成都：成都古籍出版社，1984 年

［16］郭汉民著：《晚清社会思潮研究》［M］，北京：中国社会科学出版社，2003 年

［17］《中国历史大辞典》编纂组：《中国历史大辞典》［M］，上海：上海辞书出版社，1996 年

［18］广西通志馆旧志整理室等编：《广西方志提要》［M］，南宁：广西人民出版社，1989 年

［19］臧励和等编：《中国古今地名大辞典》［M］，上海：商务印书馆，1982 年

［20］臧励和等编：《中国人名大辞典》［M］，上海：上海书店印行，1980 年

［21］唐志敬编：《清代广西历史记事》［M］，南宁：广西人民出版社，1999 年

［22］梁淑安主编：《中国文学家大辞典·近代卷》［M］，北京：中华书局，1996 年

［23］吕宗力主编：《中国历代官制大辞典》［M］，北京：北京出版社，1994 年

［24］莫乃群主编：《广西历史人物传》［M］，南宁：广西地方史志研究组编印，1981 年

［25］张高评著：《宋诗特色研究》［M］，长春：长春出版社，2002 年

［26］张健著：《清代诗学研究》［M］，北京：北京大学出版社，1999 年

［27］王运熙　顾易生著：《中国文学批评史新编》［M］，上海：复旦大学出版社，2001 年

［28］（清）梁启超著：《近三百年学术史》［M］，北京：中华书局，1988 年

［29］郭延礼著：《中国近代文学发展史》［M］，山东：山东教育出版社，

1990 年

[30] 余英时著：《士与中国文化》[M]，上海：上海人民出版社，1987 年

[31] 魏中林整理：《钱仲联论清诗》[M]，苏州：苏州大学出版社，2004 年

[32] 刘世南：《清诗流派史》[M]，北京：人民文学出版社，2004 年

[33] 严迪昌著：《清诗史》[M]，杭州：浙江古籍出版社，2002 年

[34] 孙立群著：《中国古代的士人生活》[M]，北京：商务印书馆，2004 年

[35] 牟安世著：《太平天国》[M]，上海：上海人民出版社，1979 年

[36] 胡绳著：《从鸦片战争到五四运动》（上、下册）[M]，北京：人民出版社，1995 年

[37] 王军伟著：《传统与现代之间——梁章钜学术与文学思想研究》[M]，济南：齐鲁书社，2004 年

[38] 陆尊梧等编：《历代典故辞典》[M]，北京：作家出版社，1990 年

[39] 杭州大学中文系：《古书典故辞典》[M]，南昌：江西教育出版社，1988 年

[40] 广西通志馆旧志整理室编：《广西地方史志文献联合目录》[M]，南宁：广西人民出版社，1989 年

[41] 辞源修订组和商务印书馆编辑部：《辞源》（合订本）[M]，北京：商务印书馆，1988 年

[42] 罗竹风主编：《汉语大词典》[M]，汉语大词典出版社，1990 年

[43] 臧维熙主编：《中国旅游文化大辞典》[M]，上海：上海古籍出版社，2000 年

[44] 张松如主编，李继凯、史志谨著：《中国近代诗歌史论》[M]，长春：吉林教育出版社，1995 年

[45] 梁启超著，夏晓虹点校：《清代学术概论》[M]，北京：中国人民大学出版社，2004 年

[46] 才晓予主编：《二十四史掌故辞典》[M]，北京：中国发展出版社，1995 年

[47] 李寅生：《中日古代帝王年号及大事对照表》[M]，成都：四川出版集团、四川辞书出版社 2004 年

[48] 王钟翰点校：《清史列传》[M]，北京：中华书局，1987 年

[49] 萧华荣：《中国诗学思想史》[M]，上海：华东师范大学出版社，1996 年

[50] 史为乐主编：《中国历史地名大辞典》（上、下卷）[M]，北京：中国社会科学出版社，2005 年

[51] （日）青木正儿著：《清代文学评论史》[M]，北京：中国社会科学院出版，1988 年

[52] （清）姚鼐：《古文辞类纂》[M]，上海：上海古籍出版社，1998 年

[53] 赵尔巽等撰：《清史稿》[M]，北京：中华书局，1979 年

[54] （清）谢启昆，胡虔等修：《广西通志》[M]，广西人民出版社（据光绪十七年桂垣书局补刊本版），1988 年

[55] 童庆炳著：《中国古代心理诗学与美学》[M]，北京：中华书局，1992 年

[56] 俞鹿年主编：《中国官制大辞典》（上、下册）[M]，哈尔滨：黑龙江人民出版社，1992 年

后　记

　　古籍整理研究看似是一项枯燥乏味的工作，长期浸淫其间，坚持下去，又不得不让人惊叹于其内在深谜般的挑战和乐趣。古人把妙趣新奇的人、事、物用专属时代的语言记录下来形成典籍，而这些流传千年的图籍逃开散佚消亡的厄运，穿越历史的大浪淘沙，担负着文化传承的主要使命，为现代社会构建起一个蕴藏丰富、深厚沉淀的传统文化资源宝库，古籍整理就是要深入其中，挖掘文献内涵的精神元素，以助推文化传承和创新。或圈点，或校注，或选注，或辑录，或补订，古籍整理者像一个幻化移行的魔法师，不断揭开它们独特的文化特质，孜孜不倦地赋予文献新的生命力，从而弘扬和发展民族文化。其价值之重大，意义之深远，可谓是中国传统学术的基石。

　　我们早在上世纪八十年代就开始专注广西地方古籍的整理和研究。广西虽地处偏远，但仍有大量的珍贵文献遗存，这些文献历经岁月侵蚀而依然不减其珍贵本色，是广西崛起和持续发展的内在动力，整理和研究它们，就是要找到薪火相传的文化基因，提供源源不断的精神动力，这既是饮水思源、告慰先人的文化情结的体现，也是昭示未来、发展前进所需。几十年的坚持，团队的共同努力，让广西的地方古籍整理硕果累累。

　　本书的选题聚焦在一位江苏山阳人士——秦焕身上，虽然是游宦广西的客籍人士，但从客籍人士的整体看，他或整顿粮赋，或救济孤贫，或严于刑狱，或筹措军饷，在一定程度上促进了广西经济、政治、社会的发展，又他或立学兴教，或倡导学术，或吟诵题赋，或酬唱作答，在一定程度上促进了广西文化和学术的兴盛。因此整理这些客籍人士的诗文著作,能更深刻地理解外来的交流切磋让广西的发展如何充满勃勃生机,从不同的视角来看待和体味广西的文化。

尽管本书的整理研究还是沿用传统的文献学方法,但这种传统的研究方法依然具有强大的力量,这套方法体现的是中国学术的薪火相传,同时也是采用现代技术来进行古籍整理的必要基础,是学术延展的必要。整理者秉承实事求是的治学理念,忠于原著,认真还原古籍原貌,同时也为今人的阅读和理解提供尽可能精确的校点和通俗的解释,正如钱大昕所说:"惟有实事求是,护惜古人之苦心,可与海内共白。"所有的努力就是希冀充分展现古人在书中蕴含的思想菁华,为今所用,成为照亮现在和未来的灯柱。

然囿于编者的整理水平,难免有疏漏和不当之处,敬请方家斧正。

编　者

2015.11